Zoran Drvenkar

DER LETZTE ENGEL
DER RUF AUS DEM EIS

cbj

© Corinna Bernburg

DER AUTOR

Zoran Drvenkar wurde 1967 in Kroatien geboren und zog als Dreijähriger mit seinen Eltern nach Berlin. Seit über 20 Jahren arbeitet er als freier Schriftsteller und schreibt Romane, Gedichte und Theaterstücke über Kinder, Jugendliche und Erwachsene. Zoran wurde für seine Bücher mit zahlreichen Preisen ausgezeichnet und lebt heute in der Nähe von Berlin in einer ehemaligen Kornmühle.

Von Zoran Drvenkar ist bei cbj außerdem erschienen:

Der letzte Engel (40134)
Touch the flame (40285)
Die Kurzhosengang und
das Totem von Okkerville (22317)

Zoran Drvenkar

DER LETZTE ENGEL
DER RUF AUS DEM EIS

Roman

cbj

1. Auflage
Erstmals als cbj Taschenbuch August 2016

Umschlagfoto: Veronika Wunderer
Umschlaggestaltung: Circulo dei Gatti, Florenz
KK · Herstellung: UK
Satz: Corinna Bernburg
Druck: GGP Media GmbH, Pößneck
ISBN: 978-3-570-40338-9
Printed in Germany

www.cbj-jugendbuch.de

für Ulrike,
du bringst uns zum Leuchten

DER ERSTE TAG

Aber so wenige wissen, wie man richtig lebt.
Leben heißt, ein Ziel für seine Sehnsucht zu suchen.

Lars Sund

WILLKOMMEN IM LEBEN

Und dann ist da ein Mann, der nicht an Engel glaubt. Er glaubt nicht an den Tod und auch nicht an das Leben. Der Mann ist so erfüllt von Sehnsucht, dass er keinen klaren Gedanken fassen kann. Die Sehnsucht ist eine Flamme, die hell und klar in seinem Verstand brennt.

Und sie brennt.

Und sie lodert.

Und sie treibt ihn an.

Ein Wagen hupt, jemand ruft, der Mann geht weiter.

Sein Hemd ist neu und knarrt bei jedem Schritt. Der Anzug ist oft getragen worden, auch er gibt Laute von sich. Es sind müde Laute. Als hätte der Anzug seine besten Tage hinter sich und wollte endlich ruhen. Dazu erklingt das beständige Klopfen der Schuhsohlen. Leder auf Stein. Der Takt ändert sich nicht, der Mann schreitet beharrlich voran.

Die Leute weichen aus.

Die Autos bremsen.

Er ignoriert das Rot der Ampel und geht weiter.

Der Mann sieht nichts um sich herum, er spürt nichts um sich herum, er existiert nur aus einem urmenschlichen Verlangen heraus und dieses Verlangen ist Sehnsucht. Sie lässt keinen Platz für andere Gefühle. Auf diese Weise überquert er eine Straße nach der anderen und läuft dabei im Schatten, denn das Licht blendet ihn.

Ein Hund duckt sich.

Ein Kind lässt sein Eis fallen.

Er geht weiter.

Es ist Mittag und der Himmel ist wolkenlos. Der Mann hat kein Interesse an der Zeit oder dem Wetter. Es könnte Nacht sein, es könnte regnen oder schneien. Nichts verzögert seinen Schritt. Nichts lenkt ihn ab. Er ist frei vom eigenen Denken. Es ist der reinste Zustand des Seins und der Mann hat ihn erreicht. Er ist ein Pfeil, der von der Sehne geschnellt ist. Es gibt nur ein Ziel und darauf bewegt er sich zu.

Das Haus ist ein Haus von vielen. Mit Fenstern, Türen und Zimmern, mit Menschen, die reden, schlafen und denken. Die Fassaden sind alle in der gleichen Farbe gestrichen, die Hecken haben eine Höhe. Früher hat es den Mann gestört. Er wollte anders sein. Also hat er der Garage einen rot-grünen Anstrich verpasst und zu Weihnachten verrückte Beleuchtungen um die Fenster herum angebracht. Jetzt interessiert es ihn nicht mehr, wie sein Zuhause aussieht. Farben und Formen haben ihre Bedeutung verloren.

Er überquert die Straße.

Die Haustür ist unverschlossen.

Er tritt ein und geht durch den Flur und bleibt stehen, als ihm ein Junge den Weg versperrt.

»Papa?«

Der Mann sieht den Jungen an, der Junge sieht den Mann an, nichts weiter geschieht, dann streckt der Junge vor Glück beide

Arme in die Luft, als hätte er das entscheidende Tor geschossen. Er ist fünf Jahre alt und nur mit Shorts bekleidet, sein Oberkörper ist nackt und an seinem linken Daumen klebt ein Pflaster. Der Junge hat sich noch nie so glücklich gefühlt. Er rennt auf den Mann zu und umschlingt seine Beine. Und klammert sich fest. Und klammert sich fest.

»Mama, Papa ist wieder da!«, ruft er laut. »Papa ist wieder da!«

Der Mann rührt sich nicht.

Der Junge schaut zu ihm hoch und bemerkt jetzt erst, dass etwas anders ist. Der Mann schaut nicht mehr zu ihm runter.

Als wäre ich nicht da, denkt der Junge und sagt:

»Ich wusste, dass du zurückkommst.«

Und er sagt:

»Ich habe es Mama verraten, aber Mama hat mir nicht geglaubt.«

Der Mann macht einen Schritt nach vorn, der Junge wird von seinem Bein zur Seite geschoben, der Mann geht weiter.

Durch den Flur und die Treppe hoch.

Er ist dem Ziel so nahe.

Eine Tür.

Noch eine Tür.

Da.

Angekommen.

Die Mutter hat den Jungen rufen gehört, aber kein Wort verstanden, denn die Terrassentür ist wegen der Fliegen nur einen Spalt geöffnet. Der Garten liegt noch im Schatten, bald werden sie die Vorhänge zuziehen müssen, um die Hitze auszusperren.

Die Mutter sitzt unter dem Kirschbaum auf einer Bank und nippt von ihrem Wein. Seit dem Erwachen hat sie sich auf diesen Moment gefreut. Eine Wespe umsummt ihr Glas, sie wedelt sie weg und wünscht sich, jemand würde für eine Weile auf den

Jungen aufpassen. Am besten wäre es, wenn er zu einem seiner Freunde ginge. Der Mutter ist im Moment alles zu viel. Was würde sie nicht für zwanzig Stunden ununterbrochenen Schlaf geben.

Die Terrassentür gleitet auf und da steht der Junge und sie bereut es sofort, ihn weggewünscht zu haben. Sie sind seit einer halben Stunde vom Bestatter zurück und der Junge hat sich sofort umgezogen. Er stand vor dem Spiegel und sagte immer wieder: »Das bin ich nicht.«

Das Jackett, die Hose, das Hemd, die Schuhe.

Nein, das war er nicht.

Jetzt ist sein Oberkörper nackt und die Rippen drücken gegen die Haut wie Äste, die sich dem Frühling entgegenstrecken. Der Junge ist so dürr, dass sich die Mutter manchmal Sorgen macht.

»Mama!«, ruft er.

»Ich bin müde«, sagt sie.

»Aber Papa ist wieder da!«

»Nicht«, sagt die Mutter und ihre Stimme ist so schwach, dass der Junge sie überhört.

»Aber Papa ist wieder da!«, wiederholt er aufgeregt.

Sie winkt ihn zu sich, umarmt ihn und drückt seinen Kopf an ihren Bauch. Er hört es gluckern und wünscht sich, er hätte den Röntgenblick und könnte sehen, was da so im Bauch seiner Mutter vor sich geht. Sie streicht über sein Haar und würde viel dafür geben, diese Zuversicht wieder zu besitzen. Dieses Wissen, dass jeder Morgen ein guter Morgen ist, weil jemand da ist, der sich um einen kümmert. Seitdem sie mit dem Jungen allein ist, hat sich eine Kluft aufgetan. Jeder Morgen ist einfach nur ein weiterer Morgen, den sie hinter sich bringen muss.

»Ich leg mich ein wenig hin«, sagt sie.

»Aber wirklich wirklich«, sagt der Junge, »Papa ist zurück!«

Sie lächelt, sie ist eine gute Mutter, sie ist aber wirklich sehr müde. *Morgen geht es weiter,* denkt sie und fürchtet sich vor dem nächsten Tag. Der Junge gibt nicht auf, er zieht an ihrer Hand, sie seufzt und folgt ihm, lässt sich ins Haus und die Treppe hochführen.

»Ich wusste, dass er zurückkommt«, plappert der Junge weiter. »Sie haben es mir gesagt. Und was ich weiß, das weiß ich, so ist das nun mal.«

Die Mutter bleibt auf dem obersten Treppenabsatz stehen, sodass der Junge sie nicht weiterziehen kann. Sie hockt sich hin und fällt beinahe hintenüber. Sie weiß nicht, ob sie zwei oder drei Gläser Wein getrunken hat. Sie bereut es, die Flasche nicht mit hochgenommen zu haben.

»Du gehst jetzt in dein Zimmer und spielst ein wenig«, sagt sie, »und Mama geht in ihr Zimmer und schläft ein wenig. Danach schauen wir, was uns Tante Julia zum Nachtisch in den Kühlschrank gestellt hat, einverstanden?«

»Aber …«

Sie legt ihren Zeigefinger auf seine Lippen. Es ist ein altes Spiel. Wer dem anderen als Erster den Zeigefinger auf die Lippen legt, der hat den Zauber und der Zauber ist Schweigen.

»Ganz ehrlich«, sagt sie, »ich muss schlafen.«

Der Junge spürt die Tränen hochkommen und blinzelt sie weg. Er hat in den letzten Tagen so viel geweint, er will nicht mehr. Also nickt er und gibt seiner Mutter einen Kuss auf den Finger. Danach geht er in sein Zimmer, dreht sich aber im Türrahmen um.

Gleich, denkt er, *gleich wird sie sehen, dass ich recht habe.*

Die Mutter schließt die Schlafzimmertür hinter sich.

Der Junge wartet. Er wartet geduldig, dass seine Eltern gemeinsam das Zimmer verlassen und sagen: *Alles ist wieder gut.*

Er wartet und wartet und schreckt zusammen, als er seine Mutter schreien hört. Hoch und spitz. Dann ist es wieder still.

Wenn ich mich freue, klingt das anders, denkt der Junge und wartet weiter.

Vier Minuten, bevor die Mutter schreit, lehnt sie mit der Stirn an der geschlossenen Schlafzimmertür und glaubt, dass es ein Fehler war, dem Jungen die Grabstelle seines Vaters zu zeigen. Sie fühlt sich ausgelaugt und wie sie da an der Tür lehnt und sich fragt, wie sie die Beerdigung morgen früh überstehen soll, bemerkt sie den Geruch. Creme oder Lotion. Sie hebt die Hände an ihre Nase, riecht an ihrer Bluse.

Nein, der Geruch kommt von woanders.

Sie tritt ans Fenster und klappt es an. Eine warme Brise weht herein, der Geruch wird intensiver. Sie lässt die Jalousien bis auf einen schmalen Spalt herunter. Das Zimmer versinkt im Halbdunkel. Sie riecht erneut an ihren Händen. Nichts.

Nur einen Moment schlafen, denkt sie, *mehr will ich nicht.*

Sie wendet sich dem Bett zu und erstarrt. Der Mann liegt da, wie er da immer gelegen hat. Auf der Seite, Arme und Beine angewinkelt, als wollte er in sich verschwinden. Sie wagt es nicht, näher zu kommen. Im Dämmerlicht wirkt sein Gesicht wächsern, die Decke ist bis zu seinem Kinn hochgezogen.

Wie immer, denkt sie und wartet, dass er verschwindet, dass er sich wie ein wirrer Gedanke aus den Laken löst und nur einen Abdruck zurücklässt. Eine Illusion, die durch Müdigkeit, Hitze und Alkohol entstanden ist.

Aber er liegt da und er bleibt da liegen.

Er ist hier, denkt sie, *er ist …*

Sie bemerkt, dass der Geruch vom Bett kommt. Sie bemerkt die Schuhe, die unter der Decke hervorschauen. Schwarzer Lack mit Ledersohle. Sie hat die Schuhe vor zwei Tagen für den halben Preis gekauft, weil die Verkäuferin Mitleid mit ihr hatte. Sie wurden nie getragen und jetzt sind die Sohlen zerkratzt.

Sie begreift, dass er komplett angezogen im Bett liegt.

Sie begreift auch, was für ein grausamer Scherz das ist.

Jemand hat meinen Mann da reingelegt.

Ihr Hals zieht sich zusammen, ein Schrei der Wut baut sich auf.

Jemand hat meinen toten Mann vom Bestattungsunternehmen entführt, hierhergebracht und in unser Bett gelegt!

Für Sekunden geschieht nichts und jetzt erst spürt sie, dass sie schon seit einer Weile aufgehört hat zu atmen. Als hätte der Mann das auch bemerkt, verlässt ein Seufzer seine Brust. Er öffnet die Augen und sieht sie an.

Sie kann nicht wissen, dass er an seinem Ziel angekommen ist.

Das Ende der Sehnsucht.

Hier.

Der Mann hat alles erreicht, er muss nichts mehr tun, er hat kein Verlangen mehr. Die Flamme in seinem Kopf ist zu einem Glühen zusammengesunken. Sein Mund klappt auf. Ein trockener Wattebausch fällt heraus und bleibt Zentimeter von seinen Lippen entfernt auf der Matratze liegen. Der Mann spürt seine Zunge im Mund, kann aber nichts mehr mit ihr anfangen. Ein zweiter Seufzer steigt aus seiner Brust nach oben, als wäre sein Atem eine Quelle, die am Versiegen ist.

Die Mutter weicht zurück, bis ihr Rücken die Wand berührt, und dann schreit sie.

EINE STUNDE VORHER

Nachdem sie beim Bestatter gewesen waren, hatte der Junge darauf bestanden, dass sie am Friedhof aus dem Bus stiegen. Er wollte sehen, wo sein Vater begraben werden sollte. Die Mutter hielt gar nichts davon, sie sagte, er würde den Friedhof schon früh genug zu Gesicht bekommen. Die Beerdigung sollte am nächsten Morgen stattfinden.

»Nur für eine Minute«, sagte der Junge. »Bitte.«

Sie verließen den Bus am Friedhof und schauten auf dem Lageplan, wo das Grab des Vaters liegen sollte. Sie gingen Hand in Hand. Es war ein warmer Sommermorgen und für einen Moment war sich die Mutter sicher, alles würde gut werden.

Nach fünfzig Metern kamen sie an einer Beerdigung vorbei und dieses Mal sagte die Mutter Nein, als der Junge sich dazustellen und mal schauen wollte. Es fiel ihr sehr schwer, ihm Grenzen zu setzen, denn der Tod hatte schon die schlimmste Grenze zwischen Vater und Sohn gezogen.

Sie liefen an den Trauernden vorbei und fanden nach einer Viertelstunde die Grabstelle des Vaters. Das Stück Erde war unscheinbar. Kein Baum wuchs in der Nähe, das Gras wirkte müde und ein Pappschild mit dem Familiennamen steckte schief im Boden. Die Mutter bereute es sehr, sich gegen eine

Feuerbestattung entschieden zu haben. Der Junge sah sich zweifelnd um.

»Hier?«, sagte er.

»Wir können ja einen Baum pflanzen«, sagte die Mutter.

»Hier?«, wiederholte der Junge.

»Ich weiß, es ist nicht besonders«, sagte die Mutter, »aber hier ist es.«

Die Grabstelle war nur ein paar Schritte vom Weg entfernt. Wenn der Junge nach rechts schaute, sah er einen grünen Mülleimer. Auf dem Kiesweg wurde ein leerer Pappbecher von einer Brise mal nach links, mal nach rechts bewegt. Der Junge wollte wieder gehen. Die Mutter war erleichtert. Sie wandten sich ab und gingen. Beide hatten denselben Gedanken: *Es wäre so schön, nicht noch einmal herkommen zu müssen.*

Auf dem Rückweg kamen dem Jungen die Tränen. Er hatte gedacht, er kommt auf den Friedhof und da ist eine große Wiese und ein wunderschöner Platz, der nur für seinen Vater reserviert ist. Er hielt den Blick gesenkt und weinte lautlos, damit seine Mutter es nicht mitbekam. Und sie bekam es auch nicht mit. Sie hatte ihre Sonnenbrille auf und war in Gedanken schon zu Hause. Sie saß im Garten auf der Bank und goss sich Wein ein und vergaß für eine Weile, dass sie ihren Mann verloren hatte und dass ihn nichts und niemand zurückbringen konnte.

Als sie den Friedhofseingang erreicht hatten, hörte der Junge ein Knirschen hinter sich. Er wischte sich die Tränen weg und drehte sich um. Eine schwarze Limousine mit getönten Scheiben fuhr im Schritttempo auf sie zu. Die Mutter zog den Jungen ein Stück zur Seite, um den Wagen vorbeizulassen. Der Junge konnte nicht anders, er hob die Hand und winkte dem Fahrer.

Als wäre es ein verabredetes Zeichen, blieb die Limousine neben ihnen stehen. Der Motor schnurrte und nichts weiter geschah. Die Mutter wollte weitergehen, tat es aber nicht, weil sie wusste, wie sehr der Junge in Autos vernarrt war.

Eines der Fenster glitt herunter.

»Wen haben wir denn da?«, sagte eine brüchige Stimme.

»Mich«, sagte der Junge, weil ihm beim Anblick der alten Dame keine andere Antwort einfiel. Er hatte noch nie so viele Falten in einem Gesicht gesehen. Er wollte die Haut berühren und schauen, ob es eine Maske war. Natürlich wusste er, dass das nicht ging. Niemand mag es, im Gesicht betatscht zu werden. Obwohl die alte Dame uralt aussah, funkelten ihre Augen, als würde in ihrem Kopf ein Gewitter stattfinden.

»Und dein Name ist?«, fragte sie.

»Daniel.«

»Daniel?«

Der Junge nickte, seine Mutter stand hinter ihm und legte ihm die Hände auf die Schultern, die alte Dame sah zu ihr auf und lächelte.

»Nicht traurig sein«, sagte sie.

Da begann die Mutter zu weinen, es brach regelrecht aus ihr heraus.

Der Junge schaute zu ihr hoch.

Der Junge schaute wieder zur alten Dame.

Die alte Dame fragte, wer denn gestorben sei.

»Mein Papa«, antwortete der Junge.

Die alte Dame lächelte wieder, als wäre der Tod nichts Schlimmes, dann winkte sie den Jungen zu sich. Er sah die Farbe auf ihren Fingerspitzen, zumindest hielt er es für Farbe. Seine Finger sahen auch immer so aus, wenn er malte. Der Junge trat zwei Schritte vor, die Mutter nahm die Hände von seinen Schultern und ließ ihn gehen. Jetzt konnte der Junge in das

Innere der Limousine schauen. Zu seiner Überraschung sah er dort eine zweite alte Dame sitzen.

»Seid ihr Schwestern?«, fragte er.

»Mehr oder weniger«, sagte die alte Dame.

»Hallo, Daniel«, sagte die andere alte Dame.

»Hallo«, sagte der Junge und hatte plötzlich einen Kloß im Hals. Er musste an die Hexe aus Hänsel und Gretel denken. Wenn die alten Damen jetzt sagten, er solle mal den Finger ausstrecken, dann würde er rennen wie der Wind.

»Soll ich dir was verraten?«, fragte die erste Dame.

Der Junge hielt die Luft an und nickte und hörte, wie sich seine Mutter hinter ihm schnäuzte.

»Sei ohne Sorge, Daniel, niemand stirbt einfach so. Dein Papa kommt bald wieder.«

»Versprochen?«, sagte der Junge.

»Versprochen«, sagten die zwei Damen gleichzeitig, dann strich eine uralte Hand mit eingetrockneten Blutspritzern über die Wange des Jungen, und das war der Abschied.

Das Fenster glitt hoch und die Limousine setzte sich wieder in Bewegung.

Der Junge stand da und musste sich sehr beherrschen, um nicht auf der Stelle zu tanzen. Er hatte es die ganze Zeit über gewusst. Niemand starb einfach so, das war eine Lüge. Es fühlte sich an, als hätte der Junge nur darauf gewartet, dass ihm jemand die Wahrheit verriet. Es war geschehen, es war die Wahrheit – sein Vater würde zurückkehren.

MOTTE

Zwei Engel ohne Flügel saßen auf einem Friedhof und hörten die Toten kommen. Der eine Engel war ich, der andere Engel hieß Esko und beide waren wir schlecht gelaunt. Ich fühlte mich ganz besonders mies, denn man hatte mir vor einer Stunde mit einer Heckenschere die Flügel abgeschnitten, mich in mein eigenes Grab geworfen und mit Erde bedeckt. Keine Ahnung, wie ihr darüber denkt, aber ich finde, da hilft selbst der beste Sinn für Humor nicht, denn das kann man einfach nicht witzig finden. Da hilft es auch nicht, wenn man nach einer Stunde wieder ausgegraben wird. Beerdigt werden ist nie spaßig.

Links von mir kniete meine große Liebe Rike. Sie war ein Jahr älter als ich, hatte langes schwarzes Haar, eine Haut wie Milch und war eigentlich viel zu schön, um sich für einen Typen wie mich zu interessieren. Rechts von mir hockte mein bester Kumpel Lars. Wir kannten uns seit dem Kindergarten und er war Held und Pfeife in einer Person – wenn es brenzlig wurde, rannte Lars weg; kam er dann aber zurück, ging man besser in Deckung. Mir gegenüber hockte der andere Engel ohne Flügel. Er sah aus wie jemand, der schon seit einer Weile auf der Straße lebt – halblanges, verfilztes Haar, gebrochene Nase und ein paar Schrammen auf den Wangen. Er hatte keinen Kumpel an seiner Seite, weil alle seine Kumpel vor einer halben Million Jahren gestorben waren. Ich weiß, wie das alles klingt. Es klingt wie der witzige Anfang für ein Theaterstück von Beckett, in dem alle auf Godot warten und sich Wortduelle liefern, die niemand versteht.

MOTTE: Hört ihr sie denn nicht kommen?
RIKE: Was ... Was ist das?
MOTTE: Ich will meine Flügel zurückhaben.
LARS: Oh Mann, Alter, was passiert hier?
ESKO: Die Toten erwachen.

Ich wünschte, es hätte sich um ein absurdes Theaterstück gehandelt. Selbst mit einer mickrigen Schulaufführung hätte ich mich zufriedengegeben. Alles wäre in dem Moment besser gewesen als das wahre Leben, in dem ich mit sechzehn Jahren den Löffel abgegeben hatte.

»Was heißt denn, die Toten erwachen?«, fragte Rike.

Die Geräusche um uns herum waren nicht zu überhören. Es rumorte und scharrte und ich war mir sicher, jeden Moment würde eine Klaue aus dem Boden schießen und mir den Finger zeigen. Sie wäre damit absolut im Recht gewesen, denn ich allein war verantwortlich – mit einem simplen Atemzug hatte ich die Toten erweckt.

»Ich kann das erklären«, sagte ich und ließ mir von Lars aufhelfen.

Rike fasste mit an, und so kam ich auf die Beine, einen Arm um Rike, einen um Lars gelegt. Mein Rücken schmerzte höllisch, die Knie waren butterweich, ich trug nur meine Shorts und war ein dürrer Jugendlicher, der sich fühlte, als würde er aus einem jahrelangen Koma erwachen. Ich atmete tief durch, bis ich dachte, meine Lungen würden platzen. Es war wie Durst löschen, es war wie nach einer langen Zeit der Dunkelheit wieder

Licht sehen. Als ich mir sicher war, ich könnte von allein stehen, ließen mich meine Freunde los und schauten mich fragend an. Ich bereute es, die Klappe so weit aufgerissen zu haben. Was sollte ich ihnen erklären? Dass mir vorhin zwei alte Damen eine Prophezeiung ins Ohr geflüstert hatten? Wie hörte sich das an? Und wer sollte mir glauben, dass diese zwei alten Damen danach mit meinen Flügeln abgehauen waren?

»Wer hat dich denn vergraben?«, fragte Rike.

»Zwei alte Damen und ein Chauffeur«, sagte ich.

Lars lachte, Esko schaute über den Friedhof, als könnte er irgendwo in der Ferne die alten Damen und den Chauffeur sehen. Er war zu dem Zeitpunkt ein Fremder für mich.

»Und wer bist du?«, fragte ich.

Esko sah mich an, er sah mich lange an, dann antwortete er:

»Mein Name ist Esko. Auch ich habe meine Flügel verloren.«

»Du bist ein Engel?!«

Er sparte sich eine Antwort und sagte:

»Ich habe ein paar wichtige Informationen für dich. Am besten bringen wir das gleich hinter uns.«

Er lächelte schwach und fügte hinzu, dass es wehtun könnte.

»Kein Problem, ich kann was vertragen«, sagte ich.

Es sollte witzig klingen, keiner lachte. Esko trat einen Schritt vor und legte seine Hand um meinen Nacken. Er kam mir mit seinem Gesicht so nahe, dass ich für einen Moment dachte: *Oh nee, jetzt küsst er mich.* Seine Stirn berührte meine und sofort schoss mir ein glühender Schmerz durch den Kopf, und der Schmerz war wie ein Skalpell, das für Sekunden in meinem Gehirn herumschnitt, ehe Esko mich wieder losließ. Ich war erstarrt, ich stand da und konnte mich nicht bewegen. Etwas Warmes kroch mir aus der Nase und erst als es meine Oberlippe erreicht hatte und mir in den Mund floss, schmeckte ich mein eigenes Blut.

»Ach du Scheiße«, sagte ich und fiel im selben Moment in mich zusammen wie eine Marionette, der man die Schnüre gekappt hat.

Die *paar* wichtigen Informationen waren innerhalb von Sekunden durch mich hindurchgerauscht. Esko gab mir in diesem kurzen Zeitraum sein ganzes Wissen. Als wäre mein Kopf eine leere Festplatte, die nur darauf gewartet hatte, gefüllt zu werden. Ich wusste von dem Moment an alles über die Entstehung der Engel und wie es vor einer halben Million Jahren zum Krieg mit den Menianern gekommen war. Ich erfuhr von den Blutsgeschwistern und ihrer bitteren Fehde gegen die Engel; von Mona und auf welchem Weg sie Esko aus ihrer Erinnerung geholt hatte. Das war aber noch nicht alles. Mit Eskos Wissen füllte mich auch das Wissen von Jean-Luc Fleur, dem Archivar aus Edinburgh, sodass ich alles über den Fund im Eis, die Familie und die Experimente erfuhr. Im Zentrum des Geschehens standen die Gräfinnen und mein Großvater. Alle Fäden führten zu ihnen. Vor allem meinen Großvater sah ich jetzt in einem anderen Licht. Wir waren so sehr verwandt wie ein Kaktus und eine Tischtenniskelle – mein angeblicher Großvater war der legendäre Zar Alexander I., ehemaliger Kaiser von Russland und gute 230 Jahre alt.

Eine Million Bilder pro Sekunde rauschten durch meinen Kopf, es war eine unfassbare Menge an Wissen, die da auf mich einprasselte. Nur über die Prophezeiung lernte ich nichts, sie schien in der Erinnerung von Esko und dem Archivar nicht zu existieren. Dafür erfuhr ich alles über die Entstehung der Bruderschaft und Dimitri Lazars Rolle bei der Vernichtung der Häuser. Es war zu viel. Die Informationsflut war so unglaublich groß, dass mein Denken die Bremse zog und ich ohnmächtig wurde. Als ich wieder zu mir kam, saß ich auf einer Parkbank und Rike hockte vor mir und hielt meine Hand. Sie sah mich an, als würden wir uns eine Ewigkeit kennen. Ich sah sie an wie ein alter Mann, der müde davon ist, das Weltgeschehen zu beobachten. Rike hatte keine Ahnung, was eine Ewigkeit war. Eine Ewigkeit kann vier Tage anhalten. In einer Ewigkeit stirbst du, deine Leiche wird gegrillt und deine Seele aus einem Raben rausgeschnitten. In einer Ewigkeit wirst du mit dem Wissen eines Engels vollgepumpt und erfährst eine der größten Lügen, die dir bisher aufgetischt worden ist.

»Meine Eltern sind nicht meine Eltern«, sagte ich.

»Ich weiß«, sagte Rike, »Esko hat es uns erzählt.«

Ich sah zu Esko, und als ich sprach, klang meine Stimme ein wenig schrill:

»Und ich bin ein Genexperiment?! Ich meine, jetzt mal echt, sie haben mich aus *deinen* Genen gemacht?!«

»Es tut mir leid«, antwortete Esko, als wäre es seine Schuld.

Ich vergrub das Gesicht in den Händen. So saß ich eine ganze Minute und keiner sagte was, dann stand ich auf und wollte gehen. Ich kam zwei Schritte weit. Wohin willst du, wenn du kein Zuhause mehr hast und für die Welt tot bist? Wohin willst du, nachdem du erfahren hast, dass dein Leben bis zu diesem Tag eine einzige große Lüge gewesen war? Ich wusste nicht weiter. Esko kam an meine Seite und legte mir einen Arm um die Schultern. Zwei Engel ohne Flügel standen nebeneinander auf dem Friedhof und starrten vor sich hin.

»Mit der Zeit wird es einfacher«, sagte er.

»Wirklich?«

»Versprochen.«

»Und bis dahin?«

»Bis dahin tut es weh.«

Lars räusperte sich hinter uns.

»Leute, ich will ja euren Moment nicht stören«, sagte er, »aber wir haben da ein Problem.«

Wir drehten uns um. Eine Frau kam über den Kiesweg auf uns zu. Sie trug ein bodenlanges Kleid, der Körper war ein wenig nach links geneigt, die Frisur saß schief und wirkte wie festgefroren. Die Arme waren bis zu den Ellenbogen verdreckt und ihre Gesichtshaut erinnerte an eine verwitterte Landschaft, die zu viel Sonne abbekommen hat. Ich schätzte, sie musste schon seit einer Weile unter der Erde gelegen haben.

Wir traten zur Seite und machten ihr Platz.

Sie beachtete uns nicht, sie ging an uns vorbei, ohne dabei einen auf Zombie zu machen – keine vorgestreckten Arme, kein Sabbern oder Knurren. Nur zwei nach vorn starrende Augen, nur ein Körper, der weiterwollte.

»Da kommen noch mehr«, sagte Rike.

Zehn Meter von uns entfernt wurde das Gras nach oben gedrückt, als würde ein schüchterner Maulwurf versuchen, nach Luft zu schnappen. Dann brach der Boden auf und ein Paar Hände schoben die Erde beiseite. Ein Männerkopf folgte. Der Tote war vielleicht vor einem Monat beerdigt worden, vielleicht war es auch länger her, ich bin da kein Experte. Sein Gesichtsausdruck war blank, wie bei einem schlechten Schauspieler, der nur einen Gesichtsausdruck hat.

Ich wich zurück und stieß gegen Esko. Sein Blick sagte alles. Er musste in diesem Moment begriffen haben, dass es eine ausgesprochen dumme Idee gewesen war, mich ins Reich der Lebenden zurückzuholen.

Ich kam nicht allein, ich brachte die Toten mit.

Sie spazierten über den Kiesweg, Dreck rieselte von ihrer Kleidung, die Gesichter waren größtenteils verwest, offene Münder und keine Mimik. Sie waren zu acht und liefen nebeneinander her, als hätten sie ein gemeinsames Ziel. Wir ließen sie passieren. Wir standen einfach nur da und sahen zu, wie sie an uns vorbei zum Friedhofsausgang marschierten. Als wären wir Geister und sie könnten uns nicht sehen. Es war ein strahlender Montagmittag und keiner von uns ahnte, was mein erster Atemzug alles für Auswirkungen haben würde.

DIE TOTEN

Sie steigen aus der Erde, sie kommen aus dem Wasser und ziehen sich aus Felsspalten hoch. Sie wühlen sich aus verborgenen Gräbern und suchen das Licht. Nicht alle haben genügend Kraft. Viele erstarren in der Dunkelheit und zucken und beben und kommen nicht voran. Was sie aber auch tun, sie alle haben eines gemeinsam: Die Sehnsucht treibt sie an, jede Fiber ihres leblosen Körpers strebt nach der Befriedigung dieser Sehnsucht. Sie wollen nicht zurück in das Leben. Sie sind tot, das Leben kann nichts mit ihnen anfangen. Sie wollen zu dem Ort, der ihre Existenz möglich gemacht hat. Sie wollen zu den Menschen, die ihnen Sicherheit gaben.

Geliebte. Kinder. Freunde.

Sie sehnen sich mit solch einer Intensität, dass der Tod sie nicht mehr halten kann. Denn das ist es, was es heißt, das Tote zu erwecken – die Sehnsucht nach dem Erinnerten wird entfacht. Und ist sie erst einmal entfacht, dann will sie auch gestillt werden.

DAS MÄDCHEN

Zwei Stunden bevor Motte aus seinem eigenen Grab befreit wird, sitzt Mona auf der Bettkante und die Sonnenstrahlen fließen wie eine goldene Flüssigkeit über die Holzdielen auf sie zu. Sie weiß, dass das Haus der Kormorane jeden Moment erwachen wird. Es ist Sommer und in den Nächten stehen die Fenster offen und die Mücken hängen an den Fliegengittern wie müde Bergsteiger, die Rast machen. Jasmin schläft noch, es ist kurz nach sieben und auch in den Nebenzimmern ist es still. Die sieben Schwestern drehen sich in ihren Betten auf die andere Seite. Sie spüren den neuen Tag bis in ihre Träume hinein und zögern den Moment des Erwachens hinaus. Mona weiß, dass die Haushälterin Stella O'Niven jetzt in der Küche das Frühstück vorbereitet; sie weiß auch, dass der Großteil der Gouvernanten bereits draußen auf der Terrasse sitzt, Tee trinkt und dabei dem Radio lauscht.

Mona wird wehmütig bei dieser Vorstellung. Da ist ein Verlangen nach dieser Zeit, die nie mehr sein wird. Sie will in diesem Moment verharren – Stella, die die Brötchen aus dem Backofen holt, das Gemurmel der Gouvernanten, das Meeresrauschen und alle Schwestern in ihren Betten.

In Sicherheit, denkt Mona und setzt die Füße auf den warmen Dielenboden.

Sie schleicht auf Zehenspitzen aus dem Zimmer und geht den Flur hinunter ins Bad. Der Wasserhahn an einem der vier Waschbecken tropft. Mona dreht ihn zu und betrachtet sich im Spiegel.

Ich bin hier und hier will ich bleiben, denkt sie und wünscht sich Jasmin würde zu ihr kommen.

Die Badezimmertür schwingt auf und Jasmin kommt herein.

»Ich bin noch nicht wirklich wach«, sagt sie und setzt sich aufs Klo. Ihre Augen sind nur einen Spalt geöffnet und wenn das leise Geräusch aus der Kloschüssel nicht wäre, hätte Mona schwören können, dass ihre Schwester wieder eingeschlafen war.

»Was schaust du so?«, fragt Jasmin.

Mona hebt die Schultern. In einem Traum weiß man nicht, dass man träumt. In einer Erinnerung ist man sich aber immer vollkommen bewusst, dass man sich erinnert. Die Schwestern und Stella sind seit vier Tagen tot, sie alle sind wie die Gouvernanten und die Hausherrin durch die Hand der Bruderschaft gestorben. Nur in Monas Erinnerung leben sie ewig weiter, nur in ihrer Erinnerung beginnt jeder Morgen damit, dass die Schwestern erwachen und einen neuen Tag anbrechen sehen.

Jasmin gähnt, dann reißt sie ein Stück Klopapier ab. Die Spülung rauscht. Jasmin stößt mit ihrer Hüfte gegen Monas.

»Rutsch mal.«

Jasmin wäscht sich das Gesicht. Mona reicht ihr das Handtuch vom Haken. Acht Haken mit acht Namen. *So wie es immer war,* denkt Mona und entscheidet sich zu bleiben. Für immer eingeschlossen in dieser Erinnerung. Sie wird anfangen rückwärts zu leben. Vom Sommer in den Frühling in den Winter in den Herbst. Sie wird die Zeit zurückdrehen und ihre Schwestern nie wieder verlieren. Es ist ein guter Plan, auch wenn er unsinnig ist.

»Das macht keinen Sinn«, sagt Jasmin.

»Ja, aber stell dir vor heute wäre gestern«, sagt Mona.

»Das macht erst recht keinen Sinn«, erwidert Jasmin und lässt das Handtuch über dem Waschbeckenrand hängen, wo sie es immer hängen lässt, sodass das Handtuch irgendwann im Lauf des Tages auf dem Boden landet.

Alles ist wie immer, denkt Mona und folgt ihrer Erinnerung nach unten.

Auf der Treppe spürt sie, dass sie sich getäuscht hat – alles ist anders. Sie versucht ihre Erinnerung zu dirigieren, aber so einfach geht das nicht. Nicht nur Jasmin kann ihre Gedanken hören, das ganze Haus scheint zu wissen, dass sie hier ist.

Ihre Gedanken sind meine Gedanken, und meine Gedanken sind ihre Gedanken.

Mona betritt den Frühstücksraum. Die Gouvernanten sitzen am Tisch, die Schwestern haben Teller vor sich stehen, Dampf steigt aus den Teebechern auf. Niemand isst, alle schauen zu Mona.

»Ich will nur einen Tag bleiben«, sagt sie.

»Das geht nicht«, sagt die Hausherrin, »das ist deine Erinnerung, du kannst hier nicht leben.«

»Nur einen Tag«, wiederholt Mona leise.

Ihre Schwestern schütteln die Köpfe, ihre Haare fliegen und es klingt wie Meeresrauschen und es klingt wie die Ankündigung eines Sturms. Mona weiß, sie haben recht. Esko hat sie vorgewarnt. Er hat gesagt, dass Erinnerungen ihre Grenzen haben, und je öfter Mona sie berührt, desto blasser werden sie. Namen, Gesichter und Orte verlieren ihre Bedeutung. Mona hat drei der Gouvernanten nicht erkannt und sie weiß auch nicht mehr den Namen der Hausherrin.

Ich werde sie noch alle verlieren, denkt sie und schließt die Augen und verlässt die Erinnerung, wie sie sie betreten hat.

Als Mona aufschaut, steht der Anführer der Bruderschaft

noch immer in der Zimmertür und beobachtet sie. Ein Flugzeug wandert über den Berliner Himmel und die Villa erzittert. Die Realität ist für Mona ein blanker, kalter Stein, den keine Sonne wärmen kann. Das Haus der Kormorane existiert nicht mehr und die Geister ihrer Schwestern sind unten auf dem Hof der Villa und rufen ihr Warnungen zu. Eine Welle von Trauer umflutet Mona.

»Hast du mich gehört?«, fragt Lazar.

Mona ballt die Hände.

»Ich bin hier, um dir ein Märchen zu erzählen«, wiederholt Lazar.

Mona weicht einen Schritt zurück. Sie befindet sich im ersten Stock und überlegt, ob sie aus dem Fenster springen sollte. Der Mörder ihrer Schwestern beobachtet sie regungslos.

»Ich verspreche, ich tue dir nichts«, sagt er.

»Meine Schwestern sagen was anderes. Sie meinen, du willst mich töten.«

Lazar spuckt aus.

»Deine Schwestern sind eine Plage. Ich bin nur hier, um mit dir zu reden.«

Mona kann sehen, wie sehr er leidet. Sein linkes Auge ist so schwarz, dass keine Pupille zu sehen ist, das andere Auge wirkt müde und zittrig. Mona weiß, dass ihre Schwestern daran schuld sind. Es war ihr größter Wunsch gewesen, dass Mona sie mit Lazar zusammenführt. Er hat die Strafe verdient. Auf seinen Befehl hin wurde das Haus der Kormorane mitsamt seinen Bewohnern vernichtet. Die Geister der Schwestern sind Lazars Fluch und sie werden alles tun, um ihn in den Tod zu treiben.

»Wir werden beide von der Familie benutzt«, spricht Lazar weiter, »und alles nahm seinen Anfang mit einer Prophezeiung, die als Märchen getarnt wurde. Ohne dieses Märchen würde es dich und mich nicht geben. Ich mache dir einen Vorschlag. Ich erzähle dir das Märchen und im Austausch möchte ich, dass du mir die toten Mädchen vom Hals schaffst.«

»Und was ist, wenn ich das nicht tue?«

»Dann werde ich einen anderen Weg finden, um sie loszuwerden«, antwortet Lazar. »Wichtig ist, dass du mir jetzt zuhörst, ich denke, danach wirst du die richtige Entscheidung treffen.«

Er zieht sich einen Stuhl heran und setzt sich in die Mitte des Zimmers. Wie auf einen geheimen Befehl hin verstummen die toten Schwestern vor der Villa, während zur gleichen Zeit zwanzig Kilometer entfernt der letzte Engel an seinem eigenen Grabrand steht und keine Ahnung hat, dass in einer Villa am Tegeler See über ihn gesprochen wird.

»Es heißt *Das Märchen vom letzten Engel*«, sagt Lazar, »und es beginnt in einer Zeit lange vor unserer Zeit.«

DAS MÄRCHEN VOM LETZTEN ENGEL

DAS GLEICHGEWICHT DER ENGEL

In einer Zeit lange vor unserer Zeit gab es eine Epoche und sie wurde die Epoche der Engel genannt. Es waren die Engel, die der Menschheit ihr Wissen einhauchten, es waren die Engel, die dem Leben der Menschen einen Sinn gaben. Sie lebten über die Welt verteilt und säten Gerechtigkeit und lehrten Frieden. Sie brachten Licht in die Dunkelheit und ließen die erste Zivilisation erblühen. Nicht nur, dass sie den Menschen das geschriebene Wort gaben, sie erweckten in ihnen auch Neugierde und Wissensdurst und sandten sie aus, damit sie die Welt entdeckten. Kulturen entwickelten sich in dieser Zeit nicht alleine, sie entwickelten sich miteinander. Es gab keine Plagen, keinen Hunger, keine Kriege. Die Engel hielten die Welt im Gleichgewicht und herrschten, ohne jemals die Hand zu erheben. Und die Menschheit achtete dieses Geschenk und verlangte nicht nach mehr.

In dieser Zeit nahm sich ein König aus dem Norden eine Frau aus dem Volk der Seher. Er machte sie zu seiner Königin und ein Jahr später gebar sie ihm zwei Mädchen. Nach der Geburt aber war die Königin geschwächt und kränklich, sodass der König nach den Heilern rief, die sich seiner Gemahlin annehmen sollten. Ein jeder von ihnen untersuchte die Königin, ein jeder von ihnen kam zu demselben Ergebnis – die Königin hatte nicht mehr lange zu leben. All ihre Kraft war bei der Geburt in die Zwillinge übergegangen.

Das Reich trauerte eine Woche lang, dann fasste der König den Beschluss, seine Königin wegzuschicken. Er gab ihr eine Burg auf einer der kleineren Inseln und ein Gefolge. Er stellte einen der Heiler an ihre Seite, der sie bis zu ihrem Tod pflegen sollte.

»Der Mutter meiner Kinder soll es nie an etwas mangeln«, sprach er und nahm dabei die Hand der Königin in seine. »Du weißt, ich bin kein grausamer Herrscher, geliebte Frau, aber meine Pflichten warten. Ich habe ein Reich zu regieren und kann meinem Volk gegenüber keine Schwächen zeigen. Ein Jahr hatten wir miteinander, und es war eine glückliche Zeit. Jetzt muss ich dich gehen lassen. Ein König, der sein Leben an der Seite einer kränkelnden Königin verbringt, ist schwach und sentimental. Das Volk soll mich achten und ehren. Drei Tage darfst du noch bei den Kindern bleiben, dann heißt es Abschied nehmen. Unsere Töchter sollen von der Hand ihres Vaters aufgezogen werden, wie es sich für Königskinder gehört. Ich verspreche, ich werde mich redlich um sie kümmern. Darauf gebe ich dir mein Wort.«

Die Königin senkte den Kopf.

So war es beschlossen.

Doch der König vergaß, dass die Liebe einer Mutter Berge

versetzen kann, besonders die Liebe einer Mutter, die aus dem Volk der Seher kommt. Die Königin hatte die Gabe von ihrem Vater geerbt und konnte die Zukunft deuten. Sie wusste zwar nicht, wie der nächste Moment aussah, dafür wusste sie aber, welchen Kurs das Leben eines jeden Menschen nehmen würde und an welchem Punkt es endete. So sah sie lange vor ihrer Hochzeit die tödliche Schwäche voraus, die sie nach der Geburt der Zwillinge befallen würde. Doch auch wenn die Königin ihre Zukunft kannte, war sie wie jeder Mensch versucht, sich gegen das Schicksal zu stellen. Eine Mutter gibt Leben und vergisst nicht, dass sie für dieses Leben verantwortlich ist. Und so schaute die Mutter in die Zukunft ihrer Kinder. Und so sah sie, was für ein Grauen ihnen bevorstand.

Drei Tage blieben ihr, um das Schicksal der zwei Mädchen in neue Bahnen zu lenken.

DIE DREI TAGE

Am ersten Tag verließ die Königin das Königreich und suchte die Engel auf. Sie fiel vor ihnen auf die Knie und bat als Mutter um Hilfe. Für sich und für ihre Familie.

»Ihr könntet mir Heilung geben«, sagte sie.

Darauf schüttelten die Engel ihre Köpfe.

»Ihr Menschen seid eigenständige Wesen«, erwiderten sie. »Euer Schicksal gehört euch ganz allein. Wir greifen nicht in euer Geschehen ein.«

»Auch nicht für das Leben meiner Kinder?«, wollte die Königin wissen.

»Auch nicht für das Leben deiner Kinder«, sprachen die Engel.

Da wandte sich die Königin ab und ging.

Ihre Enttäuschung war wie ein Schatten, der ihr folgte.

Auch am zweiten Tag trat die Königin vor die Engel. Dieses Mal kam sie nicht als Mutter, sondern als Seherin und prophezeite den Engeln deren Niedergang. Sie sagte, sie hätte die Zukunft gesehen und die Zukunft sei ein Grauen. Sie sagte, es wäre an den Engeln allein, dieses Schicksal zu verändern.

»Rettet mein Leben«, sprach sie, »und eurer Vernichtung wird Einhalt geboten.«

Es war vergebens, die Engel wiesen die Königin ein zweites Mal ab.

»Wir greifen nicht in das Geschehen der Menschen ein«, sagten sie.

Da brach die Königin in Tränen aus, wie nur ein Mensch in Tränen ausbrechen kann, der in seiner Verzweiflung nicht mehr weiterweiß. Die Arroganz der Engel machte sie sprachlos. Als sie sich abwandte, verwandelte sich der Schatten an ihrer Seite und wurde zu einer tiefen Dunkelheit.

Die Königin spürte, wie das Gute in ihr zu versteinern begann und Bitterkeit ihr Herz belegte.

Am dritten und letzten Tag stand sie wieder vor den Engeln und ihr Herz war schwarz und ihre Gedanken ohne Gnade. Dieses Mal war sie keine Mutter, sie war auch keine Seherin. Dieses Mal sprach sie als Königin und sagte Worte, die bisher niemand zu den Engeln gesagt hatte, weil niemand es wagte, ihnen zu drohen. Es war ein Frevel, es war eine Untat. Die Königin sprach:

»Nehmt euch meiner und meiner Töchter an, nehmt uns unter eure Flügel, auf dass unser königliches Blut beschützt wird, und ich verspreche euch im Gegenzug, dass niemals jemand Krieg gegen euch führen wird.«

»Du drohst uns mit Krieg?«, fragten die Engel verblüfft.

»Du glaubst, wir fürchten uns?«, sagten sie.

»Ich bitte euch«, antwortete die Königin. »Und ich befehle euch mit gutem Gewissen, denn einen Krieg werdet ihr nicht überleben.«

Aber auch da wiesen die Engel sie ab, einige lächelten sogar, so unsinnig war der Gedanke an einen Krieg. Die Engel waren mit Recht furchtlos, denn die Welt befand sich im Gleichgewicht. Sie glaubten nicht, dass die Zukunft vorhersehbar war, und so glaubten sie auch keiner Seherin, die ihnen ihren Untergang prophezeite.

Da begriff die Königin, dass es vergeblich war. Sie wandte sich ab und die Dunkelheit lenkte jeden ihrer Schritte, während die Bitterkeit in ihrem Inneren Wurzeln schlug und das Gute einen lautlosen Tod starb.

Auf diese Weise kehrte sie in ihr Königreich zurück.

DIE PROPHEZEIUNG

Als der vierte Morgen graute, hatte die Königin nur noch eine einzige Bitte an den König.

»Lasst mich ein letztes Mal zu unseren Kindern, mein Herr. Auf dass ich Abschied von ihnen nehmen kann.«

Der König ließ sie allein mit den Kindern und für eine Weile stand die Königin reglos vor der Wiege und betrachtete die schlafenden Mädchen, wie sie eng beieinander lagen. Sie wusste, dass ihre Kinder bald erwachen würden, es blieb ihr nicht viel Zeit. So beugte sie sich über die Zwillinge und brachte ihr Gesicht nahe an ihre Gesichter heran. Sie sog den warmen Duft ihrer Haut ein und es war, als würde sie die Träume der Mädchen riechen. Ehe der Köngin die Tränen kommen konnten, sprach sie mit sanfter Stimme und in ihren Worten schwang die Zukunft ihrer Kinder mit:

»Ihr seid mein, mein ganz allein, und ihr ganz allein werdet dieses Königreich regieren und euren Vater und sein Volk unter die Erde bringen. Denn ihr seid meine Kinder und somit den Engeln gleich. In dreimal drei Jahren werden eure Kräfte erwachen. In viermal vier Jahren wird euch dieses Reich gehören und ihr werdet ausziehen, um Jagd auf die Engel zu machen. Denn die Engel haben es abgelehnt, eurer Mutter zu helfen, und damit haben sie ihr eigenes Schicksal besiegelt. Ihr werdet sie erlegen und ihnen beweisen, dass ihr ihnen gleich seid. Ihr werdet ihre Knochen zermalmen und ihre Flügel tragen. Auf diese Weise bringt ihr die Welt aus dem Gleichgewicht und das ist recht so. Aber hütet euch, denn es wird eine Zeit kommen, in der ihr in Vergessenheit geraten werdet. Königreiche werden untergehen und neue emporwachsen, Generationen werden erblühen und vergehen, auch die Engel werden wieder ihre alte Zahl erreichen, denn das ist ihr Streben, auf diese Weise halten sie das Gleichgewicht der Welt. Doch sorgt euch nicht, auch ihr werdet in der Vergessenheit erblühen und keinen Tag altern, weil euch die Kraft der Flügel schützt. So werdet ihr wachsen und euch auf den Krieg der Kriege vorbereiten. Und dann, meine lieben Kinder, werdet ihr aus der Vergessenheit zurückkehren.«

Sie strich erst dem einen, dann dem anderen Mädchen über den Kopf.

»Der Krieg gegen die Engel wird zehn Tage dauern. Eine von euch wird dabei ihr Herz, die andere ihre Seele verlieren. Aber fürchtet euch nicht, denn das wird nicht euer Ende sein. Sobald der letzte Engel gefallen ist, wird ihn sein Atem verlassen und die Flamme des Lebens verlöschen. Mit seinem Tod werdet ihr die gesamte Menschheit opfern und es wird den Preis wert sein, denn aus der Asche der alten wird eine neue Menschheit erwachsen und sie wird ohne Engel sein. Auf diese Zeit des

Sterbens muss euer Volk vorbereitet sein. Denn wie Wasser zu Eis und der Tag zur Nacht wird, so müsst ihr euch in den langen Schlaf begeben. Alles endet mit eurem Tod, meine lieben Kinder, doch euer Tod wird nicht ewig währen. Ihr werdet von denen erweckt werden, die ihr ausgelöscht habt, und auf diese Weise wird sich der Kreis des Lebens wieder schließen.«

Sie nahm die Hände ihrer Töchter und zeichnete ihnen unsichtbare Kreise auf die Handflächen.

»Vergesst nicht, jede von euch besitzt eine Gabe. Eine kann nicht ohne die andere zurückkehren, denn nur zusammen seid ihr ein Ganzes. Wie ihr Geschwister seid, so werdet ihr auch jene finden, die füreinander wie Geschwister sind. Ihnen müsst ihr diese Prophezeiung anvertrauen, damit sie in eurem Namen handeln. Sagt ihnen: *Geht und sucht den Schlüssel, der das Tor zu den Engeln öffnet. Sagt ihnen: Und suchen müsst ihr, denn der Schlüssel ist verborgen im Kern des Lebens, verborgen tief in den Gebeinen derer, die nicht mehr sind. Und sagt ihnen auch: Denn wie das Wasser die Erde erweckt, werden es vier Engel sein, die unser Volk wiedererwecken.«*

Kaum hatte die Königin diese Worte gesprochen, da öffneten die Mädchen die Augen und sahen die Mutter schweigend an, und ihre Augen waren voller Klugheit, aber auch voll von dem Zorn, den die Mutter in ihre jungen Seelen gepflanzt hatte. Die Mutter sprach weiter:

»Vier Engel werden vor euch treten und aus ihren Knochen sollt ihr eine Armee erschaffen und aus ihren Knochen wird euer neues Volk hervorgehen, das keinen Schmerz und keine Furcht, das keinen Hunger und keine Müdigkeit kennt.«

Sie hob einen Finger.

»Der erste Engel wird den Namen der Rache tragen. Das Leiden von tausend Kriegern wird in seinem Herzen brennen, und eines seiner Augen wird der Tag, das andere die Nacht sein.

Nehmt euch vor diesem Engel in Acht, denn er hat nur eure Vernichtung im Sinn.«

Sie hob zwei Finger.

»Der zweite Engel wird von geborgter Zeit leben und ihr werdet ihn an seinen Wunden erkennen und an der Vergangenheit, die wie ein unendliches Fieber durch seine Adern fließt. Auch er ist euer Feind, er ist es, mit dem ihr den Tod betreten werdet. Er ist es, der sich mit einem Lächeln verabschieden wird.«

Sie hob drei Finger.

»Der dritte Engel wird euch alle täuschen, denn er wird an der Seite der Engel erwachen, aber er wird kein Engel sein. Er wird euch an die Hand nehmen und in das Jetzt treten lassen. Für diesen Engel sind Gegenwart und Vergangenheit nur einen Schritt voneinander entfernt. Für diesen Engel endet die Reise mit dem Tod und eure Reise beginnt mit dem Leben.«

Sie hob vier Finger.

»Der letzte Engel wird schutzlos vor euch treten. In seiner Brust wird eine Leere hausen, die nur ein anderer Engel füllen kann. Er ist der, der aus der Dunkelheit des Todes geboren wird, er ist der, der den Lebenshauch in sich trägt. So wie sein erster Atemzug die Flamme entzünden und das Vergangene drei Tage lang erblühen lassen wird, so wird sein letzter Atemzug alles Lebendige verlöschen. Und siehe, in dieser Zeit wird euer Volk erwachen. Und siehe, eine neue Ära wird anbrechen, denn jeder Anfang ist ein Ende und jedes Ende ein Anfang in diesen Zeiten ohne Engel.«

Die Königin flüsterte die nächsten Worte.

»Dieser Engel ist es, der die Tür für euch öffnet.«

Die Augen der Schwestern flackerten und schlossen sich wieder.

»Erst wenn die vier Engel versammelt sind, erfüllt sich die Prophezeiung«, sprach die Königin leise weiter. »Aber nehmt euch in Acht, denn vereint sind die Engel eine Macht, die ihr nicht missachten dürft. Deswegen trennt euch nie. Nur gemeinsam seid ihr stark genug, um euch dieser Macht zu erwehren. Denn ihr seid meine Kinder und somit den Engeln gleich.«

Mit diesen abschließenden Worten zog die Mutter eine Klinge und öffnete ihre Adern. Im Sterben legte sie ihre Arme um die schlafenden Geschwister und badete sie in ihrem Blut.

Und anders ist es nicht geschehen.

Lange bevor der König wieder das Zimmer betrat, hatte das Herz der Mutter seinen letzten Schlag getan. Es wird erzählt, dass kein einziger Blutstropfen in der Wiege vorzufinden war. Auf diese Weise kamen die Mädchen zu ihren zweiten Namen und wurden fortan die Blutsgeschwister genannt. Sie trugen die Prophezeiung ihrer Mutter in sich, wie man eine Erinnerung in sich trägt, die nur leise nachhallt, aber immer anwesend ist.

DIE SCHWESTERN

Im neunten Lebensjahr der Schwestern kam es, wie es die Mutter vorhergesehen hatte, und die Kräfte der Mädchen erwachten.

Eine der Schwestern konnte Erinnerungen berühren. Ihr Name war Theia.

Die andere Schwester konnte Erinnerung zerstören. Ihr Name war Lisk.

Kaum waren ihre Kräfte erblüht, nahm die eine Schwester die andere bei der Hand und sie traten in ihre eigene Erinnerung, um ihre Mutter zu sehen. Sie kehrten in den Moment zurück, in dem die Mutter an der Wiege zu ihnen sprach. Und so erfuhren sie von der Prophezeiung und so sahen sie ihre Mutter sterben.

Was auch immer die Zwillinge unterschied, von diesem Tag an gab es eine Gemeinsamkeit, die sie für immer verbinden sollte – die Engel wurden ihre erklärten Feinde. Denn sie hatten der Mutter in der Not nicht zur Seite gestanden, sie hatten ihre Warnung ignoriert und sie sterben lassen. Dieser Zorn gegen die Engel beeinflusste alles Handeln und Denken der Geschwister und hüllte sie in dieselbe Dunkelheit, die auch ihre Mutter vor ihrem Tod umschlossen hatte.

Und so wurden die Mädchen sechzehn Jahre alt.

DIE DREI RÄTSEL

Der König liebte seine Töchter sehr und wusste von ihren Kräften, aber er fürchtete sie nicht, denn ein König, der seine Kinder fürchtet, ist kein wahrer Herrscher. Und weil der König seine Kinder so gut kannte, war er nicht erstaunt, als sie am Morgen ihres sechzehnten Geburtstages vor seinem Thron standen und ihn wissen ließen, dass sie nach seiner Krone strebten.

»Du bist alt«, sagten sie. »Du hast das Land lange genug regiert, es ist an der Zeit, dass wir uns um das Volk kümmern.«

Der König lächelte, als er das hörte. Er besaß eine Flotte von vierzig Schiffen, sein Volk war nicht groß, aber seine Handwerkskunst wurde auf der ganzen Welt hoch geachtet. Die Menianer bewohnten vier Inseln im hohen Norden, die über eiserne Brücken miteinander und mit dem Festland verbunden waren. Das Königreich hieß Menia Tuul Han, die Hauptstadt wurde Tuul Han genannt, und es wurde gesagt, dass das Glück dort auf der Straße läge.

»Wie wollt ihr euch besser um das Volk kümmern als ich?«, wollte der König von seinen Töchtern wissen. »Ihr seid viel zu jung und habt keine Gefolgschaft. Sagt, wie wollt ihr das machen?«

Darauf hatten die Mädchen keine Antwort. Sie waren jung, sie hatten keine Gefolgschaft, aber sie wollten mehr vom Leben und sie wollten es sofort. Der König kannte diesen jugendlichen Drang, es war derselbe Drang, der ihn auf diesen Thron gebracht hatte. Trotz alledem würden seine Töchter warten müssen, denn noch regierte er das Land. Um sie zu vertrösten, gab der König ihnen drei unlösbare Rätsel auf.

»Löst mir folgende Rätsel«, sagte er, »und ich gebe euch die Krone und beuge mein Knie vor euch.«

Die Mädchen klatschten vor Freude in die Hände. Sie sahen in diesem Moment aus, als wären sie wieder sechs Jahre alt, und dem König wurde ganz wehmütig ums Herz.

Und so sprach er die drei Rätsel.

»Was ist die Macht, die nie bezwungen wurde, die niemand bändigen kann, weil sie frei ist wie der Wind, der Sturm und das Sonnenlicht? Worin unterscheidet sich diese Macht, was macht sie zu dem, was sie ist? Und das dritte Rätsel lautet: Das Unbezwingbare besitzt einen Namen und diesen Namen müsst ihr mir finden, denn nur wer das Unbezwingbare bezwingt und in seine Fußspuren tritt, der hat die dritte Antwort und wird wahrlich meiner Nachfolge würdig sein.«

Die Mädchen schauten verwirrt.

»Soll ich die Rätsel wiederholen?«, fragte der König.

Die Mädchen schüttelten die Köpfe und wunderten sich, ob das schon alles sei.

»Die Rätsel sind zu einfach«, sagten sie.

»Selbst ein Kind weiß darauf die Antworten«, sagten sie.

Da lachte der König und schickte sie weg.

Drei Tage brauchten die Geschwister, dann waren die Rätsel gelöst.

Die Schwestern traten wieder vor ihren Vater und sprachen: »Wir haben gesucht und gefunden und es war nicht schwer.«

Mit diesen Worten rollten zwei Diener einen mannshohen Käfig in den Saal, der mit einem Vorhang bedeckt war. Der König wusste nicht, was er davon halten sollte.

»Was für ein Tier habt ihr gefangen?«, fragte er.

»Das mächtigste Tier von allen«, antworteten die Mädchen und zogen den Vorhang vom Käfig.

Der Engel darin war gefesselt und seine Kleidung verdreckt. Der Käfig war so eng, dass die Flügel gegen die Gitterstäbe drückten. Der Engel blickte nicht auf, als der Vorhang beiseitegezogen wurde. Er schaute starr auf den Boden, als wäre er müde der Dinge, die geschahen.

Der König verstand nicht, wie das möglich war.

»Was habt ihr nur getan?«, fragte er fassungslos. »Was habt ihr Mädchen nur getan?!«

Die Schwestern erklärten, sie hätten ihre Gaben eingesetzt und dem Engel seine Erinnerung geraubt, bis nur noch ein Schatten seines Bewusstseins zurückgeblieben war. Der Engel wusste nicht mehr, wer er war und warum er existierte. So grausam und groß war die Macht der Blutsgeschwister.

»Hier ist die Macht, die nie bezwungen wurde«, antworteten sie. »Hier ist die Kraft, von der du sagtest, dass sie niemand bändigen kann, weil sie frei ist wie der Wind, der Sturm und das Sonnenlicht.«

Sie öffneten den Käfig und der Engel trat heraus wie ein zahmes Tier. Der König musste die Augen senken, so betroffen fühlte er sich. Noch nie hatte jemand Hand an einen Engel gelegt.

»Ist das nicht dein Rätsel gewesen, Vater?«, fragten die Schwestern.

»Das war zwar mein Rätsel«, sagte der König, »aber die Antwort hätte mir in Worten genügt, niemand wollte Taten sehen. Seid ihr denn noch bei Sinnen?!«

Die Schwestern erklärten, dass das noch nicht alles gewesen sei.

»Noch sind deine Rätsel nicht ganz gelöst«, sagten sie, und dann ließ eine von ihnen den Engel niederknien und drückte ihm eine Hand auf die Schulter, worauf die andere ihr Schwert hob und dem Engel einen Flügel vom Rücken schlug.

Der Engel schrie und es war, als würde er nur den König anschreien.

Der zweite Schlag ließ den Engel vor Schmerz zusammenbrechen, und da lag er dann auf dem Boden und die Mädchen waren zufrieden mit ihrer Tat.

Jede von ihnen hob einen der Flügel auf und legte ihn dem König zu Füßen.

»Durch diese Flügel unterscheiden sich die Engel von uns«, sprachen sie. »Diese Flügel geben ihnen Willen und Kraft und machen sie zu dem, was sie sind.«

Mit diesen Worten befahlen sie dem Engel, wieder in den Käfig zu gehen. Der Engel gehorchte, denn er war ohne Willen. Er schleppte sich hinter die Gitter und sank dort ohnmächtig nieder.

»Wir haben das Unbezwingbare bezwungen«, sprachen die Schwestern weiter. »Wir sind in seine Fußspuren getreten und sind ihm jetzt gleich. So hat das Unbezwingbare einen neuen Namen und es ist unser Name. Sag, Vater, und sei ehrlich: Jetzt sind wir doch wahrlich deine Nachfolger und werden dieses Königreich regieren.«

Da wusste der König, dass seine Zeit gekommen war. Er war voller Scham und begriff nicht, wie seine Töchter zu so einer Tat hatten fähig sein können. Er betrachtete die Flügel zu seinen Füßen, er betrachtete den Engel in dem Käfig und ihm wurde zum ersten Mal bewusst, dass es vielleicht ein Fehler gewesen war, die Mutter seiner Töchter verbannt und in den Freitod getrieben zu haben.

Der König nahm die Krone von seinem Haupt und brach sie in zwei Hälften. Die eine Hälfte gab er seiner Tochter Theia, die andere gab er seiner Tochter Lisk. Dann stand er von seinem Thron auf und betrat ihn nie wieder.

LAZAR

Du sitzt da wie der alte Mann, der du bist – dein Nacken schmerzt und deine Zunge ist so trocken, als hättest du die ganze Nacht durch den Mund geatmet. Du spürst den Herzschlag unangenehm im Hals und da ist ein Stechen in deinen Schläfen, das dich mit den Zähnen knirschen lässt. Mona scheint es nicht besser zu gehen. Sie wirkt vollkommen übermüdet und der Schlafmangel hat ihr dunkle Schatten unter die Augen gezeichnet. Seit wann ist sie jetzt schon wach? Sind es drei oder vier Tage? Du siehst, was für einen Tribut sie für diesen Wachzustand zahlt – ihr Blick ist unruhig und flackert wie eine Kerzenflamme im Durchzug. Du weißt, warum sie nicht schläft. Mona hat den Engel Esko aus ihrer Erinnerung geholt, und ihr Wachzustand bindet ihn an die Realität. Esko würde sofort in Monas Erinnerung zurückkehren, wenn sie ihrer Müdigkeit nachgäbe. Oder wenn sie sterben würde.

Vor einer halben Stunde hast du nicht einmal daran gedacht, Mona gegenüber das Märchen zu erwähnen. Du wolltest ihren Tod und warst bereit gewesen, sie eigenhändig zu erschießen, sollte sie ihre toten Schwestern nicht von deiner Seite nehmen.

Die Dinge haben sich geändert.

Jetzt hoffst du, dass sie das Märchen verstanden hat und sich auf deine Seite stellt. Du bist auf einem neuen Kurs. Aber um deinen Wandel zu verstehen und auch um zu erfahren, wie du Mona an diesem Montagmorgen in der Villa gefunden hast, müssen wir uns ansehen, was du den Sonntag über getan hast.

Der Rest erklärt sich von selbst.

Nachdem du mit Cedric von Samstagnacht bis zum Sonntagmorgen vergeblich am Ufer des Wannsee auf Paulsens Rückkehr gewartet hast, seid ihr ins Hotel zurückgefahren und dort hast du fünf Stunden durchgeschlafen. In Ruhe. Wie du zu deiner Überraschung feststellen musstest, war der Schlaf die einzige Zeit, in der die toten Mädchen nicht an dich herankamen. Natürlich erwarteten sie dich, kaum dass du die Augen aufgeschlagen hattest. Sie schrien dir ins Gesicht, kreischten vor Freude über deinen Schreck und verlachten dich, weil du so blass warst.

Eine Stunde später hast du in einem Flieger nach Edinburgh gesessen und den Rest des Sonntags damit verbracht, das Chaos, das deine Söldner dort angerichtet hatten, wieder in Ordnung zu bringen. Das Archiv war nicht mehr, und der Archivar hatte sich selbst geopfert, um alle Spuren, die zur Familie führten, verschwinden zu lassen. Eine in die Luft gesprengte Mietwohnung im Herzen der Stadt geht nicht mal so eben an den Behörden vorbei. Vor allem nicht, da sich vier deiner Söldner unter den Toten befanden, die alle im Dienst der Bruderschaft gestanden hatten.

Edinburgh war ein Problem, das du ganz alleine lösen musstest, seitdem sich Leopold nicht mehr an deiner Seite befand. Die letzten Jahrzehnte über hatte er die Operationen der Bruderschaft geleitet und Probleme dieser Art mit Leichtigkeit in den Griff bekommen. Du warst seine ausführende Kraft gewesen. Er fehlt dir sehr. Du fühlst dich durch seinen Tod im Stich gelassen, als hätte dir jemand die Rückendeckung genommen.

Alle Fäden liegen jetzt in deinen Händen, und es ist ein Balanceakt, keinen dieser Fäden zu verlieren.

Sonntagnacht waren die Wogen in Edinburgh schließlich geglättet und die Polizei gab als Ursache für die Explosion eine undichte Gasleitung an die Presse weiter. Gegen Mitternacht hast du mit der Bruderschaft gesprochen, um sie wissen zu lassen, dass es nur noch eine Überlebende der Experimente gab – Mona Breech. Du hast kein Wort über die toten Mädchen verloren, obwohl sie dich während der Videokonferenz wie ein wütender Hornissenschwarm belagerten. Auch Eskos Erscheinen und Monas Begabung und alles, was sie dir in ihrer Erinnerung gezeigt hatte, hast du wohlweislich für dich behalten. Das war sehr klug von dir, denn seit Leopolds Tod befandest du dich auf deiner eigenen Mission. Es ging nicht mehr nur darum, die Familie auszulöschen und die Prophezeiung aufzuhalten; es ging dir auch ganz besonders darum, dich der toten Mädchen so schnell wie möglich zu entledigen. Zu dem Zeitpunkt wusstest du noch nicht, dass der letzte Engel kurz davor war, seinen ersten Atemzug zu machen. Sei ehrlich, du wusstest nicht einmal, dass er schon existierte.

Während du den Sonntag in Edinburgh verbracht hast, blieb Cedric in Berlin und begab sich auf die Suche nach Paulsen. Das Verschwinden des Söldners machte Cedric nervös, er fühlte sich für alle seine Männer verantwortlich. Auch du warst beunruhigt, und wer weiß, wie eure Reaktion gewesen wäre, wenn ihr erfahren hättet, dass Paulsen mit einem Loch in der Stirn am Ufer des Tegeler Sees begraben lag.

Paulsen war in der Samstagnacht einer Gruppe von Rentnern gefolgt, die mit Mona im Boot den Wannsee hinuntergetrieben war. Nachdem er gegen Mitternacht durchgegeben hatte, wo er sich aufhielt, brach die Verbindung ab und seitdem hatte es von ihm kein Lebenszeichen mehr gegeben. Cedric leitete die Adresse an die Quelle weiter und das Ergebnis hat dich verwirrt. Paulsen hatte von einem Villengrundstück aus angerufen. Es gehört einem Alexei Bos Mattek, der in Moskau wohnhaft ist und das letzte Mal vor drei Jahren Berlin besucht hat. Es ist dir ein Rätsel, wie ein Informatiker mit einem durchschnittlichen russischen Monatsgehalt ein millionenschweres Grundstück in Berlin besitzen konnte. Was auch immer da los war, du hattest Cedric den Auftrag erteilt, die Villa bis zu deiner Rückkehr zu observieren. Cedrics Bericht war knapp: Die Villa war gesichert, ein Wachmann patroullierte am Ufer, einer befand sich auf der Dachterrasse und ein dritter Wachposten behielt die Auffahrt im Auge. Der vierte Wachmann war direkt in der Villa postiert.

Cedric sagte, dass er weniger als zwei Minuten bräuchte, um die Villa einzunehmen.

Mehr musstest du nicht hören.

Am Montagmorgen hast du dich in den ersten Flieger gesetzt und bist um kurz nach zehn wieder in Berlin gelandet, wo dich ein Van mit vier Söldnern erwartet hat. Ihr seid durch Konradshöhe und Tegelort gefahren und dann dem Theresenweg zum Tegeler See gefolgt. Die Straße bestand auf dem letzten Stück aus groben Pflastersteinen, sodass ihr heftig durchgerüttelt wurdet, obwohl der Wagen nur dreißig Stundenkilometer fuhr. Auf der einen Seite breitete sich der Tegeler Forst aus, auf der anderen Seite lagen idyllische Einfamilienhäuser. Am Ende des Theresenwegs ging die Scharfenberger Straße ab und geradeaus führte ein Privatweg zum Wasser. Der Weg war asphaltiert und fünfzig Meter bevor er vor dem Seeufer endete, öffnete sich auf der rechten Seite eine breite Einfahrt zur Villa, die von zwei Mauerpfeilern begrenzt war. Du wusstest, dass du dich auf der richtigen Spur befandest, weil die toten Mädchen vollkommen am Durchdrehen waren, je näher ihr der Villa kamt. Sie drängten sich um dich herum, jaulten dir ins Gesicht und versuchten dir die Sicht nach draußen zu versperren. Eine deutlichere Bestätigung konnten sie dir nicht geben. Du warst hier richtig.

Das Grundstück war von Birken und einer mannshohen Mauer umschlossen. Einige Meter vor der Einfahrt parkte ein Taxi und Cedric lehnte mit dem Hintern an der Motorhaube. Du stiegst aus, die Söldner blieben im Van zurück, Cedric nahm Haltung an.

»Wem gehört das Taxi?«, hast du gefragt.

»Paulsen muss es sich ausgeliehen haben, als er dem Mädchen hierhergefolgt war. Er hat uns vom Handy des Fahrers angerufen.«

»Und wo ist der Fahrer jetzt?«

Cedric hob die Schultern und drehte sich zum Taxi um. Der Wagen war verlassen, niemand lag auf dem Rücksitz. Der fehlende Taxifahrer war ein Detail mehr, dass dich nicht zu kümmern hatte.

»Was hast du für mich?«

Cedric reichte dir die Fotos von den Bewohnern der Villa. Mona war dir bekannt, die alten Leute an ihrer Seite waren dagegen Fremde – zwei greise Männer und zwei greise Frauen. Paulsen hatte bei seinem Anruf nicht gelogen, sie waren wirklich uralt.

»Dagegen bin ich ein Teenager«, sagtest du.

Da Cedric nie weiß, ob du einen Scherz machst oder nicht, verzog er keine Miene.

»Und wo steckt Paulsen?«, fragtest du.

»Es gibt keine Spur von ihm.«

Du gabst ihm die Fotos zurück mit dem Auftrag, sie an die Quelle weiterzuleiten, denn du wolltest wissen, wer diese alten

Leute waren. Cedric informierte dich in knappen Worten, was den Sonntag über in der Villa passiert ist. Dass Mona Breech und einer der alten Männer die ganze Nacht auf gewesen waren, dass Mona um acht Uhr früh mit den zwei alten Damen auf dem Balkon gefrühstückt hatte, ehe diese an der Seite der Greise um zehn Uhr die Villa in einer Limousine verlassen hatten.

»Ich habe Hausner auf sie angesetzt«, schloss Cedric. »Er ist ihnen bis runter nach Zehlendorf auf eine Beerdigung gefolgt. Sie sind noch immer auf dem Friedhof. Du hast sie nur knapp verpasst. Wenn wir---«

»Um die Alten kümmern wir uns später«, hast du ihn unterbrochen. »Wo ist das Mädchen jetzt?«

Cedric zeigte dir auf dem Grundriss, wo die Wachposten positioniert waren und in welchem der oberen Zimmer sich Mona befand. Es war kurz vor halb elf. Cedric tippte auf zwei der Eingänge.

»Ich würde die Männer hier und hier reingehen lassen.«

Du hast deine Zustimmung gegeben, daraufhin öffnete Cedric den Van und die vier Söldner stiegen aus. Sie waren wie Zivilisten gekleidet, die Schulterholster unter den Jacken sah man nicht. Sie betraten das Grundstück und verteilten sich. Du bist mit Cedric beim Van geblieben. Die toten Mädchen umschwärmten dich in ihren verdreckten Schlafanzügen und mit bloßen Füßen, dass du dir wünschtest, Cedric könnte sie für eine Sekunde sehen und verstehen, was du durchmachtest.

Nach drei Minuten kam über Funk die Nachricht, dass ihr eintreten könntet.

»Bringen wir es hinter uns«, hast du gesagt und bist mit Cedric die Einfahrt hochgelaufen.

Dein Plan war einfach. Du gehst rein, richtest die Waffe auf Mona und verlangst, dass sie dir die toten Mädchen vom Hals schafft. Sollte sie sich weigern, hattest du nicht vor zu zögern. Du würdest ihr Schmerzen zufügen. Sie hatte dich mit ihren toten Schwestern zusammengeführt, sie würde wissen, wie sie euch wieder trennen konnte. Du würdest ihr so lange Schmerzen zufügen, bis sie dich von dieser Plage befreit hatte. Da hattest du keine Skrupel. Es gab keine andere Alternative. Das oder dein eigener Tod. Und du dachtest nicht daran, jetzt schon zu sterben.

Der Anblick des Grundstücks verschlug dir den Atem. Niemals hättest du vermutet, dass das Anwesen hinter den Mauern so groß sein könnte. Die Villa thronte wie eine Perle in dem Grün und war ein strahlend weißer Prachtbau mit einem roten Dach und mehreren Terrassen. Sie war umgeben von einem Rasen, der wie ein gebürsteter Teppich am Ufer des Tegeler Sees endete. Keine hundert Meter entfernt lag die Insel Scharfenberg. Der Anblick war so idyllisch, dass du dich einfach ans Wasser setzen und die Seele baumeln lassen wolltest.

»Was ist das da unten?«

Der Glaskasten am Ufer erinnerte dich an eine übergroße Spieldose aus der Jugendstilzeit.

»Es ist eine Voliere«, antwortete Cedric. »Sie halten da über hundert Vögel.«

Du hast durchgeatmet, vielleicht wäre nachher ein wenig Zeit, sich die Vögel anzuschauen, erst mal musstest du dich aber um das Mädchen kümmern. Es war dir egal, dass ihre toten Schwestern dir den Weg versperrten und so laut kreischten, dass es in den Ohren schmerzte. Nichts und niemand konnte dich jetzt noch aufhalten. Umso erstaunter warst du, als ihr Gezeter auf den Stufen zur Villa plötzlich verstummte.

Du hast dich überrascht umgesehen.

Die toten Mädchen waren verschwunden.

»Alles in Ordnung?«, fragte Cedric.

»Alles in Ordnung.«

Und so habt ihr die Villa betreten und seid an den Söldnern vorbei nach oben gegangen. Deine Hände waren klamm, dein Kiefer malmte. Du erwartetest hinter jeder Ecke, die toten Mädchen hervorschnellen zu sehen. Als ihr an einem Spiegel vorbeikamt, sahst du dich im Profil. Ein großer schlanker Mann mit zurückgekämmten Haaren in einem teuren Anzug, der vor einer Woche seinen einundsechzigsten Geburtstag gefeiert hat. Du hattest das Gefühl, vollkommen falsch angezogen zu sein und wünschtest dir eine Uniform.

Cedric führte dich zur Zimmertür. Der Schlüssel steckte. Du fühltest dich ohne die toten Mädchen an deiner Seite so erleichtert, dass du am liebsten stehen geblieben und den Moment genossen hättest.

»Deine Waffe«, sagtest du.

Cedric zog seine Glock und reichte sie dir. Du hast die Sicherung umgelegt und wolltest dich eben der Tür zuwenden, da vibrierte das Handy in deiner Brusttasche. Du sahst den Namen auf dem Display und bist einen Schritt von der Tür weggetreten. Seitdem das Haus der Mädchen vor drei Tagen in Irland in Flammen aufgegangen war, hast du auf diesen Anruf gewartet.

»Beckmann?«, fragte Cedric, ohne auf das Display zu schauen.

»Beckmann«, hast du geantwortet.

Cedric wandte sich ab und gab dir Raum, er kannte die Prozedur.

Professor Beckmann ist ein unscheinbarer Mann in deinem Alter, der in Zürich sein eigenes Labor leitet. Seitdem der genetische Fingerabdruck vor zwanzig Jahren entdeckt worden war, erwartest du nach jeder Mission Beckmanns Anruf. Die DNA-Untersuchung ist die letzte Bestätigung, die die Bruderschaft von dir verlangt. Sie wissen nicht, dass du diese Bestätigung genauso nötig hast wie sie. Wann immer eines der Häuser zerstört worden war, hattest du Haarproben der Jungen an Beckmann geschickt, damit er sie mit deinem DNA-Profil vergleichen konnte. Das Ergebnis nahm stets eine Last von deinen Schultern. Zu wissen, dass du rechtmäßig gehandelt hattest, zu wissen, dass die Jungs dieselben Qualen erlitten hätten wie damals deine Brüder, das war und ist für dich der wichtigste Antrieb, mit der Jagd weiterzumachen. Bisher gab es keine Abweichung, dein DNA-Profil hat immer gepasst. *Warum sollte es bei den Mädchen im Haus der Kormorane anders sein?*, hast du dich gefragt und das Handy an dein Ohr gedrückt.

Es gab keine Begrüßung. Beckmann hat sich nur geräuspert und gesagt:

»Es tut mir leid.«

»Sind Sie sicher?«

»Natürlich bin ich mir sicher.«

Der Boden unter deinen Füßen schien zu schwanken. Du hast zwei vorsichtige Schritte zum Fenster hin gemacht und dich mit einer Hand an der Wand abgestützt. *Wie kann das sein?*, hast du dich gefragt. Die Verbindung zur Familie war definitiv vorhanden. *Wo war der Fehler?* Du wusstest, du warst ohne Schuld. *Ich bin ohne Schuld.* Du hast aber auch gedacht: *Konnte ich mich so täuschen?*

Du wolltest Beckmann bitten, die Untersuchung zu wiederholen. Er kam dir zuvor.

»Wir haben sechs Durchläufe gemacht. Alle Proben sind untereinander genetisch verwandt gewesen, aber der DNA-Code stimmt nicht mit Ihrem Code überein. Es gibt keine Verbindung, Lazar, es tut mir leid, das sind die Fakten.«

Mehr musstest du nicht hören. Die Situation war innerhalb von Sekunden auf den Kopf gestellt worden. Ein Anruf und alles war anders. Du warst so begierig darauf gewesen, die Jagd zu einem Finale zu bringen, dass du dachtest, du hättest die

Prophezeiung verstanden. Die Erkenntnis brachte dich aus der Balance.

Die Mädchen waren keine Engel, sie sollten nie Engel sein, hast du in diesem Moment begriffen. *Aber was machte das aus Mona?*

Mit diesem letzten Gedanken schlossen sich alle Verbindungen und du hast es begriffen, du hast es endlich begriffen. Es war ein Höhepunkt in deinem Leben. Du hast aus dem Fenster auf den Tegeler See gesehen und dich gewundert, wie du die ganze Zeit über nur so blind hattest sein können. Dein Mund bewegte sich, die Prophezeiung kam dir lautlos über die Lippen. Alles war, wie es sein sollte, und dir wäre es beinahe entgangen. Die Engel hatten sich versammelt.

»Sie ist kein Engel«, hast du zu Cedric gesagt und gelächelt. »Sie hat uns getäuscht.«

Er sah dich an, wie man jemanden ansieht, der eine fremde Sprache spricht. Es interessierte ihn nicht, was die letzten Jahrzehnte über dein Antrieb gewesen war, die Häuser mitsamt den Jungen zu vernichten. Er wurde für seine Dienste gut bezahlt, weil er sie nicht infrage stellte.

»Ich gehe da jetzt rein und will nicht gestört werden«, hast du gesagt und die Waffe an Cedric zurückgegeben. »Ich komme auch ohne klar.«

Cedric holte eine Plastikdose aus seiner Jacke. Du nahmst dir einen der winzigen Kopfhörer und hast ihn dir ins Ohr gesteckt. Der Empfänger gab zwei Töne von sich und war aktiviert. Du hast dich dem Zimmer zugewandt und den Schlüssel umgedreht. Ein Windzug traf dich, als die Tür aufschwang.

Mona stand vor dem offenen Fenster und schien dich nicht bemerkt zu haben. Jetzt wusstest du auch, warum die toten Mädchen von deiner Seite verschwunden waren. Sie hatten ihre Schwester vor dir warnen wollen. Für einen langen Moment hast du einfach nur im Türrahmen gestanden und die letzte Überlebende der Experimente betrachtet. Sie wirkte klein und hilflos. Du musstest die richtigen Worte wählen, du musstest sie davon überzeugen, sich auf deine Seite zu stellen. Alleine warst du chancenlos gegen die Prophezeiung.

Mona drehte sich um und ihre Wut war wie eine Hitzewelle, die dich mit voller Wucht traf. Du hast beide Hände gehoben, als würdest du dich ergeben.

»Ich bin hier, um dir ein Märchen zu erzählen«, hast du gesagt.

Jetzt liegt das Märchen hinter dir. Die Sätze sind dir nach all den Jahrzehnten noch immer bis ins Mark eingebrannt. Du hast Wort für Wort aus dem Manuskript zitiert, ohne dich ein einziges Mal zu versprechen. Mona hat dich nicht unterbrochen, auch die toten Mädchen sind still geblieben. Jetzt atmest du durch. Kein Kreischen ist von draußen zu hören, nur die Stille eines Sommermorgens. Es fühlt sich an, als hättest du über vierzig Jahre lang einen Felsen mit dir herumgeschleppt und durftest ihn nun endlich abwerfen. Mona beendet die Ruhe mit einer simplen Feststellung.

»Das ist kein Märchen. Das ist wirklich passiert.«

»Vollkommen richtig«, sagst du. »Diese Geschichte wurde den Brüdern Grimm im Winter 1815 von zwei russischen Gräfinnen übergeben. Die Gräfinnen haben behauptet, die Geschichte wäre der Ursprung aller Märchen. Sie wollten damit das Interesse der Brüder Grimm wecken.«

»Warum das?«

»Weil sie Hilfe brauchten. Sie verstanden die Prophezeiung nicht, auch hatten sie keine Ahnung, wer die vier Engel sein sollten. Du weißt, wer die Engel sind, nicht wahr?«

Mona schweigt, ihr Kopf ist leicht geneigt, als würde sie versuchen an dir vorbeizuschauen. Du bist dir sicher, sie weiß, wovon du sprichst, aber versteht sie auch die Bedeutung des Ganzen? Vielleicht hast du die Kleine überschätzt. Sie ist noch immer ein zehnjähriges Mädchen.

Ja, aber ein zehnjähriges Mädchen, das die Gabe besitzt, Erinnerung zu berühren.

»Du bist der Engel, der den Namen der Rache trägt«, sagt Mona und zerstört mit diesen Worten alle deine Zweifel an ihr.

Dein Herz verkrampft sich, aber du weigerst dich, auf das Gesagte zu reagieren, denn du siehst dich nicht als Engel. Du hast dir mit neunzehn Jahren deine mickrigen Flügel abschneiden lassen und dich damit von deinem Erbe abgewandt. Obwohl Mona das nicht wissen kann, wirst du das Gefühl nicht los, dass sie dich durchschaut. Du müsstest dich jetzt sehen, die Selbstverleugnung ist dir ins Gesicht geschrieben. Aber bald ist es damit auch vorbei, bald wirst du zu dem stehen, was du bist. Warte es ab.

»Das Leiden von tausend Kriegern brennt in deinem Herzen«, spricht Mona weiter. »Wer sind diese Krieger?«

»Sie waren meine Brüder«, antwortest du. »Ich habe sie von ihrem Leiden erlöst. Sie waren nie dazu gemacht, Engel zu sein. Kein Mensch ist dazu gemacht.«

Jetzt begreift sie es.

»*Du* bist ein Teil der Familie?«, sagt sie überrascht.

Sie weiß doch nicht alles, denkst du und sagst:

»Ich *war* ein Teil der Familie, bevor ich mich entschied, alles zu tun, um die Experimente aufzuhalten. Die Bruderschaft hat mich aufgenommen und für die Jagd ausgebildet.«

»Dann hast du deine eigenen Brüder umgebracht.«

»Erlöst«, korrigierst du sie. »Ich habe sie vor einem qualvollen Schicksal bewahrt.«

Mona verzieht das Gesicht. Ihre nächsten Worte sind schneidend und passen nicht zu einer Zehnjährigen:

»So wie du meine Schwestern vor einem qualvollen Tod bewahrt hast?!«

Sie kommt einen Schritt auf dich zu.

»Wir waren nie dazu bestimmt, Engel zu sein!«

»Ich weiß«, erwiderst du und musst dich beherrschen, nicht mit dem Stuhl zurückzuweichen. »Ich habe das eben erst erfahren. Es tut mir leid. Ich hatte die falschen Informationen.«

Sie starrt dich an, als wäre sie sich nicht sicher, ob das ein Scherz sein sollte. Es fällt dir schwer, ihrem Blick standzuhalten. Nur Ehrlichkeit bringt dich weiter.

»Obwohl du kein Engel bist«, sagst du, »bist du ein Teil der Prophezeiung. Du bist der Engel, der alle täuscht. Auch mich hast du getäuscht und das hat zum Tod deiner Schwestern geführt. Esko ist der Engel, der von geborgter Zeit lebt, weil du ihn aus deiner Erinnerung geholt hast. Und wenn ich der Engel bin, der den Namen der Rache trägt, bleibt nur noch ein Engel übrig, und ich denke, wir wissen beide, wer das ist.«

»Motte«, sagt Mona.

»Wer?«

»Sein Name ist Markus«, sagt Mona, »aber alle nennen ihn Motte.«

»Markus Hakonson«, stimmst du ihr zu. »Langsam begreife ich, warum ihr ihn habt sterben lassen, bevor meine Männer ihn fanden. Das war sehr clever von euch.«

»Es war der einzige Weg, um ihn zu retten.«

»Ja, aber verstehst du auch, was ihr damit ausgelöst habt?«

Du kannst an ihrem Gesicht ablesen, dass sie es nicht versteht. Du zitierst aus dem Märchen:

»*... er ist der, der aus der Dunkelheit des Todes geboren wird und den Lebenshauch in sich trägt.* Erinnerst du dich an diese Worte? Da steht auch geschrieben: *Dieser Engel ist es, der die Tür für euch öffnet.* Indem ihr diesen Jungen gerettet habt,

habt ihr der Familie in die Hände gespielt. Es ging ihnen nie darum, die Engel auf die Erde zu holen, weil sie es gut mit der Menschheit meinten. Sie brauchten einen Engel, der ihnen die Tür öffnet. Ich bin hier, weil ich das aufhalten will, Mona. Wo ist der Junge jetzt?«

»Er ist tot.«

Sie macht dich wütend, es ist fast so, als würde sie dir nicht wirklich zuhören.

»Kleine, sag mal, verarschst du mich? Anscheinend willst du nicht verstehen, um was es hier geht. Ich weiß, dass er tot ist. Ich muss ihn finden und aufhalten, bevor er seinen ersten Atemzug macht. Sein Tod ist mir egal, es geht nur um sein Erwachen. Wo steckt er?«

»Ich weiß es nicht.«

»Und wo steckt Esko?«

»Ich weiß es nicht!«

Ihre Hände sind Fäuste, sie steht da und ist bereit, sich zu verteidigen. Du weißt, wozu sie fähig ist. Sie hat dir in ihrer Erinnerung gezeigt, wie sie Tulli Marsden im Zweikampf getötet hat. In ihrer Seele haust eine Kriegerin, die einst gegen ein Heer von Engeln in den Krieg gezogen ist. Du denkst nicht daran, sie anzugreifen, denn da ist eine ganz andere Gefahr, der du dich stellen musst. Die Gefahr ist ihre Erinnerung.

Vorhin gab es einen Moment, als sich Mona vom Fenster abwandte und dich wütend ansah. Sie schloss kurz die Augen, und in diesem Moment muss sie in ihrer Erinnerung gewesen sein, denn der Hass war aus ihrem Blick verschwunden, als sie dich wieder ansah, und eine unsägliche Trauer hatte seinen Platz eingenommen. Seitdem beobachtest du sie ganz genau, denn es wäre unpassend, wenn sie in ihre Erinnerung gehen und mit einer Waffe in der Hand zurückkehren würde. Oder mit einem weiteren Engel.

»Lazar?«

Die Stimme erklingt leise in deinem Kopf und für einen Moment denkst du, die toten Mädchen wären wieder an deiner Seite und würden dir ins Ohr wispern. Ohne den Blick von Mona zu nehmen, berührst du den Empfänger und stellst die Verbindung zu Cedric her.

»Ich höre dich.«

»Wir haben die alten Leute lokalisiert.«

»Kann das nicht warten?«

»Nicht wirklich.«

Mona rührt sich nicht, du rührst dich nicht.

»Sprich weiter«, sagst du zu Cedric.

»Die Quelle hat die Fotos durch ein Gesichtserkennungsprogramm geschickt, konnte sie aber keinem Personalausweis zuordnen. Dann hat die Quelle eine Aufnahme gefunden, auf der unsere vier Alten zu sehen sind. Das Gruppenfoto ist aus einem Bildband.«

»Gut. Und was ist das Problem?«

»Es ist ein Bildband über den letzten russischen Kaiser. Das Foto wurde in der Winterresidenz von Nikolaus II. gemacht. Im Vordergrund sitzt der Kaiser mit seiner Frau. Um das Paar herum stehen neun Leute und vier davon sind unsere Alten. Die Aufnahme wurde im Februar 1913 gemacht. Und schon damals waren sie sehr alt.«

Mona blinzelt einmal, als würde sie die ganze Zeit über hören, was du hörst, aber natürlich weißt du, dass das nicht möglich ist. Du spürst den Schweiß in deinem Nacken. Es ist plötzlich zu heiß in dem Zimmer. Cedric spricht weiter.

»Anscheinend sind unsere vier Greise aus einem anderen Zeitalter.«

»Und da stehen keine Namen?«

»Nichts zu machen.«

»Gab es eine Bildunterschrift?«

»Die Bildunterschrift lautet: *Nikolaus II. im Kreis der Familie.*«

Das Feuerwerk in deinem Kopf lässt dich die Augen zukneifen. *Im Kreis der Familie.* Du unterbrichst die Verbindung zu Cedric und kämpfst gegen das Schwindelgefühl an.

Die Bruderschaft hat vor Jahrzehnten einen Stammbaum der Familie aufgestellt. Es war bekannt, dass die Baronin von Krüdener und Yves Romain die Familie gegründet hatten. Bis 1900 war die Zahl der Mitglieder auf 147 angestiegen. Du kennst die Namen und ihre Verbindungen untereinander, auch dass die Forschungen zum größten Teil von Zar Alexander I. finanziert wurden, ist dir bekannt. Aber all das ist über hundert Jahre her. Die Baronin, Yves Romain und der Zar sind längst unter der Erde. Die Familie erreichte Ende der 80er-Jahre mit 320 Mitgliedern ihren Höhepunkt. Dann schlug die Computertechnologie zu und die Bruderschaft hatte es leichter, ihnen auf der Spur zu bleiben. In den letzten zwanzig Jahre bist du davon ausgegangen, dass sich die Familie stillschweigend in nichts aufgelöst hat, denn es entstanden keine neuen Häuser oder Laboratorien.

»Wer sind diese alten Leute?«, fragst du Mona.

Sie zuckt zurück, als hättest du sie bei einem verbotenen Gedanken erwischt. Sie weiß genau, wer sie sind. Du hast dich in ihr getäuscht. Du hast ernsthaft geglaubt, dass du sie mit dem Märchen auf deine Seite ziehen könntest. Du täuschst dich in letzter Zeit zu oft.

»Die alten Leute gehören zur Familie, nicht wahr?«, sagst du. »Sie …«

Du verstummst. Plötzlich begreifst du, wo sich der letzte Engel befindet. Ein Teil passt zum anderen – Markus Hakonson, der in seinem eigenen Bett gestorben ist, Markus Hakonson, der in der Nacht Besuch von einem Raben bekam.

Du tippst dir ans Ohr.

»Cedric, finde heraus, auf welcher Beerdigung sich die vier Alten befinden, ich will …«

Weiter kommst du nicht, denn Mona schließt die Augen. Wenn du jetzt nicht reagierst, kannst du dich auf eine Überraschung aus ihrer Erinnerung einstellen. Du bist mit vier Schritten bei ihr, deine Faust trifft ihre Schläfe und Mona stürzt zu Boden. Es ist kein zweiter Schlag nötig. Ein Schlüssel fällt aus ihrer Hand und bleibt vor deinen Füßen liegen. Du hebst ihn auf und hörst von draußen die toten Mädchen aufjaulen. Ehe ihre Stimmen verklungen sind, tauchen sie vor dir im Zimmer auf und drängen sich zwischen dich und ihre ohnmächtige Schwester. Du stehst nur da und schaust auf Mona herab. Deine rechte Hand schmerzt, der Schlüssel drückt in dein Fleisch, dein Herz rast. Bekomm jetzt bloß keinen Herzinfarkt. Du machst einen Schritt auf Mona zu, die toten Mädchen umtosen dich und reißen an dir, sie füllen deinen Mund und deine Nase, sodass du keine Luft bekommst.

Du schlägst um dich und taumelst nach hinten, du hast keine Chance, niemals werden sie dich näher an das Mädchen heranlassen. Du bereust es, Cedric die Waffe zurückgegeben zu haben. Eine Kugel würde reichen und es wäre vorbei. Dein Herz will sich nicht beruhigen. Es wäre besser, wenn du jetzt gehst, sonst landest du erneut im Krankenhaus.

Du weichst zurück und spuckst die Worte regelrecht aus.

»Sagt ihr, sie hat ihre Chance gehabt, sagt ihr, sie wollte es nicht anders.«

Die toten Mädchen fauchen dich an, sie folgen dir aber nicht, sondern bleiben weiter wie eine Wand vor der ohnmächtigen Mona stehen.

Du verlässt das Zimmer und schließt die Tür ab.

»Alles in Ordnung?«, fragt Cedric hinter dir.

Du schreckst zusammen.

Ruhig, nur ruhig.

Du drehst dich um und sagst beherrscht:

»Wir sind hier fertig. Sprich mit Hausner. Ich will wissen, ob sich die Limousine mit den alten Leuten noch immer auf dem Friedhof befindet. Sie sind jetzt unser neues Ziel. Selbst wenn sie nicht mehr auf dem Friedhof sind, fahren wir dorthin.«

»Ich verstehe nicht«, sagt Cedric. »Was wollen wir auf dem Friedhof?«

»Einen Toten ausgraben«, antwortest du.

Während Cedric den Anruf macht, stehst du wieder vor dem Fenster und betrachtest die Vögel in der Voliere, wie sie auf den Stangen hocken und sich nicht rühren. Du atmest mehrmals kräftig durch, aber du wirst die Anspannung nicht los. Dir ist bewusst, wo du dich hier befindest. Das Mädchen hat dich in das Nest der Familie geführt, und wenn du ein wenig Glück hast, sitzt die Familie noch immer in dieser Limousine und hat keine Ahnung, wie nahe du ihnen bist.

»Lazar?«

Cedric steht wieder an deiner Seite.

»Hausner geht nicht ran, aber ...«

Er hält dir das Handy entgegen und räuspert sich.

»... eine Frau hat den Anruf angenommen.«

Du drückst dir das Handy ans Ohr.

»Ja?«

Du hörst ein tiefes Einatmen, dann sagt eine furchtbar alte Stimme:

»Ah, Lazar, es ist eine Weile her.«

MOTTE

Ich fühlte mich fremd in meinem Körper, aber ich sah fast wieder normal aus und trug Shorts von Lars, die so schreiend bunt waren, dass sie beim längeren Betrachten zu epileptischen Anfällen führen konnten. Dazu ein T-Shirt und Jeans, deren Saum auf dem Boden schleifte.

»Seit wann bist du größer als ich?«, wollte ich wissen.

»Seit wann bist du kleiner als ich?«, fragte er zurück.

Ich krempelte die Hosen einmal um und sah aus wie ein Angler. Lars schüttelte den Kopf.

»Kein Angler hat so ein cooles Shirt.«

Ich zupfte an dem T-Shirt, als könnte ich den Aufdruck abschütteln. Rike sagte, ich solle mich nicht so haben. Esko zuckte nur mit den Schultern.

»Es könnte schlimmer sein«, sagte er.

Auf dem T-Shirt stand: *16 cm ist ein kurzes Ende.*

»Witzig ist es, wenn man darüber lacht«, sagte ich.

Mein bester Kumpel lachte.

Wir waren vom Friedhof direkt zu Lars nach Hause gefahren, damit ich mir was Vernünftiges anziehen konnte. Rike hatte die Wunden auf meinem Rücken versorgt und gereinigt. Zweimal zog sie dabei meinen Kopf nach hinten und küsste mich.

Zweimal machte sie aus meinem miesen Leben ein fast normales Leben. Jetzt war ein Verband fest um meinen Rücken und die Brust gewickelt.

»Die Flügel sind deine größte Schwachstelle«, ließ Esko mich wissen. »Der Rest deines Körpers heilt schneller. Es gibt so gesehen kein Körperteil an dir, das sich nicht regenerieren kann.«

»Außer«, sagte ich und zeigte mit beiden Hände zwischen meine Beine.

»Tut mir leid«, sagte Esko, »da kommt nichts mehr.«

»Zumindest haben wir dieselbe Schuhgröße«, sagte Lars.

Ich schaute auf die Sandalen runter, meine Zehen schauten zu mir hoch. Ich fühlte mich wie ein müder Hippie. Vielleicht war es nicht dumm, weiter barfuß zu laufen.

»Wie ein Krieger siehst du auf jeden Fall nicht aus«, stellte Rike fest.

»Hör nicht auf sie«, sagte Esko. »Du bist ein Krieger im Herzen.«

Auch wenn mir seine Worte Mut machen sollten, machten sie mich eher wackelig. Ich fühlte mich wie ein Testfahrzeug, das auf seine erste Fahrt wartet. Esko hatte mir mit seinem Wissen auch seine Erfahrungen als Kämpfer übertragen. Keine Ahnung, was so ein mickriger Körper wie meiner damit anfangen sollte, aber mit einem Schwert in der Hand hätte ich mich bestimmt besser gefühlt.

Ich hatte ihnen alles erzählt, was mir auf dem Friedhof widerfahren war – von den Gräfinnen und dem Chauffeur Kolja, der mit mir und meinen Flügeln kurzen Prozess gemacht hatte. Sie wussten von meiner Rolle in der Prophezeiung und davon, dass mein erster Atemzug die Toten für drei Tage zum Leben erwecken würde.

»Drei Tage?«, wiederholte Lars. »Alter, und was passiert danach?«

»Das Volk wird erwachen«, sagte ich. »Eine neue Zeit wird anbrechen.«

»Ich habe das schon kapiert«, sagte Lars. »Aber was *genau* heißt das?«

Ich hatte keine Antwort darauf.

»Als Erstes müssen wir Mona finden und deine Flügel zurückholen«, sagte Esko und zog einen Zettel aus seiner Hosentasche. »Das ist die Adresse der Familie, die uns der Archivar gegeben hat. Er wollte, dass Mona die Familie aufsucht. Ich denke, wenn wir die Gräfinnen finden, finden wir nicht nur deine Flügel, sondern auch Mona.«

Esko legte den Zettel vor uns auf den Tisch und tippte auf die Adresse.

»Wisst ihr, wo das ist?«

Lars und ich beugten uns über den Zettel.

»Keine Ahnung«, sagte Lars.

»Könnte überall sein«, sagte ich.

»Lasst uns fahren«, sagte Rike.

Vier Leute saßen in einem blauen Volvo an einem prächtigen Sommertag, an dem die Welt am Durchdrehen war, und keiner da draußen ahnte, dass sich die Ursache für das Chaos auf dem Rücksitz befand und froh war, wieder sichtbar zu sein. Es war ja nicht so, dass eine Horde von Toten auf den Straßen herumlief und Fressen suchte. Wir begegneten auf der Fahrt keiner einzigen Leiche, dennoch herrschte eine allgemeine Panik unter den Lebenden.

Esko fuhr, Rike und ich saßen auf der Rückbank, Lars spielte den Beifahrer. Er hatte den Stadtplan auf seinem Schoß ausgebreitet und dirigierte uns zu der Adresse. Zwischen Lars' Beinen lag sein Rucksack. Mein guter Kumpel hatte die Waffe dabei, die Esko vor zwei Tagen Lazar abgenommen hatte. Erst wollten wir sie nicht mitnehmen, dann sagte Rike, das wäre ja wohl das Dämlichste auf der Welt, gegen Söldner und Psychopathen ins Feld zu ziehen und die Waffen zu Hause zu lassen. So kam die Knarre in den Rucksack.

Das Radio lief und überall sprach man nur von den Toten. Auf diese Weise erfuhren wir, dass mein erster Atemzug nicht in Berlin hängen geblieben war, sondern sich in einem rasenden Tempo ausgebreitet und keinen Kontinent verschont hatte. Rike holte ihr Handy raus und wir sahen auf dem Display, was in der Welt geschah – Clips aus Afrika und Indien, Panik in Spanien, Panik in Australien und Japan. Deutschland sprach von einer Quarantäne, ein Virus würde die Runde machen. China schloss alle seine Tore und ließ niemanden mehr rein. Dann gab es da Aufnahmen von einem Friedhof in Rio – der Boden bebte, der Boden brach auf und dann krochen die Toten aus der Erde. Es gab kein anderes Thema mehr. Die Toten spazierten durch die Gegend und taten, was keiner von ihnen erwartet hatte: Sie gingen nach Hause. Oder wie es ein Nachrichtensprecher zusammenfasste: »Was auch immer die Toten aus den Gräbern holt und antreibt, es ist so schrecklich menschlich, dass es einen zu Tränen rührt.«

Wir bekamen davon nichts zu sehen. Berlin war überflutet von den Lebenden. Die Leute standen auf den Bürgersteigen und redeten miteinander, als würden sie eben von einem großen Konzert kommen. Wir sahen eine Menschenschlange vor einer Kirche, wir sahen drei Männer an einer Ampel knien und beten. Es wurde nicht rumgeschrien, es wurde nicht gestritten, es wurde geredet und auch ein wenig geheult. Keiner ahnte, dass die Religionen bald den Bach runtergehen würden, so wie keiner ahnte, dass sich unser Weltbild innerhalb der nächsten drei Tage vollkommen verändern würde. Ich glaube, die Leute waren mehr verwirrt als ängstlich. Lars sah das anders.

»Ich sage euch, in drei Tagen steht Berlin in Flammen.«

Rike beugte sich vor und boxte ihm gegen die Schulter.

»Sag so was nicht.«

»Wart ab, bis die Toten erst mal Hunger kriegen.«

»Wieso sollten sie Hunger kriegen?«, fragte Esko.

»Das sind doch keine Zombies«, sagte ich.

»Was sind sie dann?«, wollte Lars wissen.

»Einfach nur tot«, antwortete ich und hörte, wie lahm es klang.

Lars verdrehte die Augen und ließ die Zunge raushängen, er ahmte einen Zombie so schlecht nach, dass wir loslachen mussten.

»Ich weiß nicht, was daran witzig ist«, stellte Esko nüchtern fest.

Der Verkehr war ein Albtraum. Anscheinend hatte sich jeder, der ein Auto besaß, reingesetzt und war einfach losgefahren. Die A100 war eine Kette aus Metall, die alle paar Minuten einen Millimeter vorrückte. Hubschrauber kreisten über den Dächern, Polizeiwagen standen auf den Bürgersteigen. Es fühlte sich an, als würden alle nur darauf warten, dass die Toten durchdrehten und das Ende der Welt begann.

»So kommen wir nicht weiter«, sagte Lars und sah vom Stadtplan auf. »Fahr mal die Königsallee hoch, da ist nie was los.«

Esko bog links ab und fuhr parallel zur Autobahn. Vor dem Funkturm kamen wir wieder in einen Stau, quetschten uns vorbei und erreichten Tegel. Ich hatte längst aufgehört auf Rikes Handy zu schauen und brütete vor mich hin. Wie gerne hätte ich mich in mein Bett verkrochen und einfach nur einen Monat durchgeschlafen. Aber mein Bett war mit meiner Leiche in Flammen aufgegangen und mein Zuhause war nur noch eine Ruine, die nicht einmal ein Obdachloser freiwillig betreten hätte. Es war wirklich nicht witzig. Die Karten waren gemischt und ich hielt ein mieses Blatt in der Hand. Dazu juckte mein Rücken die ganze Zeit. Seitdem sie mir die Flügel genommen hatten, fühlte es sich an, als hätte sich in meinem Inneren ein schwarzes Loch geöffnet. Der gute Motte war jetzt ein Flügeljunkie, der froh sein konnte, wenn er vor Sehnsucht nicht einfach krepierte.

Ich war mir sicher, wäre mein Großvater während der Beerdigung nicht zusammengeklappt, dann hätte er die Gräfinnen davon abgehalten, mir die Flügel abzuschneiden. Es fiel mir schwer, ihn *nicht* als Großvater zu sehen. In der Erinnerung des Archivars hatte er keinen Namen gehabt, nur einen Titel – der Zar. Seine wahre Identität wurde wie die Identität von dem Chauffeur und den alten Damen über Jahrzehnte hinweg geheim gehalten, denn wie willst du deinen Anhängern erklären, dass vier Greise, die zusammen über tausend Jahre alt sind, die Familie leiten?

»Wie können sie so alt geworden sein?«, fragte ich.

Keiner hatte eine Antwort darauf. Ich starrte weiter aus dem Fenster. Mein Vater war nicht mein Vater, meine Mutter war nicht meine Mutter und auch mein Großvater war nicht mein Großvater. Es hörte sich in meinem Kopf an wie ein bescheuertes Gedicht, das man nur einmal liest und sofort vergisst.

»Und was ist, wenn sie mir meine Flügel nicht zurückgeben wollen?«, fragte ich.

Esko warf mir im Rückspiegel einen kurzen Blick zu. Er hatte beide Hände am Lenkrad und fuhr wie ein Mann, der dem Verkehr nicht traut. Als wir an einer Ampel warteten, drehte er sich um.

»Du kapierst gar nichts, oder? Natürlich werden sie dir deine Flügel nicht zurückgeben, aber das solltest du auch nicht erwarten. Mit Erwartungen kommst du nicht weit, Motte. Nur dein Wille zählt. Also hör jetzt auf, wie ein Schluck Wasser an dieser

Tür zu kleben. Niemand wird dir etwas freiwillig zurückgeben, du musst es dir holen.«

Der Wagen hinter uns hupte, Esko fuhr weiter und ich saß da und war rot im Gesicht. Ich wollte was Brillantes erwidern, ich wollte sagen: *Engel hin oder her, ich bin sechzehn Jahre alt und habe Schiss in der Hose.* Natürlich sagte ich das nicht. Mir kam stattdessen eine Textzeile von Paul Tiernan in den Kopf: *I'm still sixteen and I think that my life is nearly over, will I ever get older.*

Wie es aussah, würde ich für immer sechzehn bleiben, dabei hatte mein Leben eben erst begonnen. Ich starrte aus dem Fenster und wunderte mich, wo mein Vater abgeblieben war. Er hatte sich nicht auf meiner Beerdigung blicken lassen; er hatte meine Leiche mit Benzin übergossen und war spurlos verschwunden.

»Alles okay?«, fragte Rike.

»Ich könnte heulen«, sagte ich.

Sie nahm meine Hand und drückte sie, ich biss mir auf die Unterlippe und heulte nicht. Eine Viertelstunde später wurden wir auf einer Pflastersteinstraße durchgerüttelt. Esko bremste auf Schritttempo runter.

»Hier lässt sich's leben«, sagte Lars.

Wir hatten keine Ahnung, dass Lazar dieselbe Strecke vor einer Stunde gefahren war.

Lars zeigte nach vorn.

»Da in den Privatweg rein.«

Das Gewackel hörte auf, denn der Privatweg war asphaltiert. Vor uns glänzte der Tegeler See und rechts zog sich eine zwei Meter hohe Mauer entlang. Die Lindenbäume hinter der Mauer wirkten wie strenge Wächter. Mir kamen sie bekannt vor, auch die Mauer hatte ich schon mal gesehen. Bevor ich was sagen konnte, beugte sich Rike vor.

»Da, hinter dem Taxi geht es rechts rein.«

Esko fuhr in die Einfahrt.

»Alter!«, rief Lars überrascht. »Hier wohnt doch dein …«

Lars verstummte. Esko bremste so scharf, dass wir alle vier nach vorne geworfen wurden. Der Motor soff ab, danach standen wir still und starrten auf die Villa meines Großvaters oder auf das, was die Villa einst gewesen war. Ich kannte die Adresse nicht, ich war nur ein einziges Mal hier gewesen und damals war es finsterste Nacht. Die Erinnerung war jetzt so klar und deutlich in meinen Kopf zurückgekehrt, dass ich sie zu riechen glaubte. Und sie stank nach Zigarillo.

Vor vier Jahren wurden Lars und ich hier mitten in der Nacht von einer Limousine abgesetzt, nachdem wir es geschafft hatten, bis nach Dänemark zu trampen, um meine Mutter ausfindig zu machen. Damals waren wir zwölf Jahre alt und mein Großvater hatte uns aus dem Schlamassel gerettet, sonst hätte uns die dänische Polizei wahrscheinlich wegen Einbruch für zehn Jahre eingelocht. Mein Großvater hatte uns an dem Abend vor dem Eingang der Villa auf den breiten Stufen erwartet. Ich sehe ihn noch genau vor mir, wie er dasaß und seinen Zigarrillo rauchte. Die Stufen waren jetzt verschwunden und nur ein gewaltiges nasses Rechteck Erde wies noch auf das Fundament hin, auf dem die Villa einst gestanden hatte.

DIE GRÄFINNEN

Sie befinden sich auf dem Rückweg vom Friedhof. Die Limousine gleitet beinahe lautlos durch die Straßen, die Gräfinnen schauen aus den Fenstern und lächeln, als würden sie sich in einem prächtigen Opiumrausch befinden. Es ist schon eine Weile her, dass es ihnen so gut ging. Sie fühlen sich wie Anfang zwanzig, als sie mit der Baronin von Krüdener in den Keller gestiegen sind und das erste Mal die Skelette mit den Flügeln im Eis erblickten. Dem Zar dagegen geht es miserabel. Seitdem er auf der Beerdigung umgekippt ist, hat er das Bewusstsein noch nicht wiedererlangt. Er sitzt den Gräfinnen zusammengesunken gegenüber und atmet schwer. Vielleicht gibt sein Herz langsam den Geist auf, vielleicht war es der Schock, den Jungen mit seinen Flügeln auf der anderen Grabseite stehen zu sehen. Wer weiß.

»Er ist einfach zu alt«, sagt Pia.

»Er ist eine Last«, sagt Natascha.

Die Wahrheit ist, die Gräfinnen sind schon seit einer Weile nicht mehr vom Geld des Zaren abhängig. Sie haben über die letzten hundertfünfzig Jahre einen beträchtlichen Teil seines Vermögens zur Seite geschafft, es aber dennoch nicht gewagt, den Zaren endgültig zu verlassen. Er ist Familie, er ist ihr Cousin und außerdem noch immer ein mächtiger Mann. Niemand hört auf zwei alte Damen, dagegen hört jeder auf diesen klapperigen Greis, der Verbindungen in alle Länder hat. Auch wenn ihm jetzt Speichel aus dem Mund läuft und er hilflos wirkt, so ist der Zar nicht zu unterschätzen.

Pia tritt ihm gegen die Sohle des linken Schuhs, der Zar rührt sich nicht.

»Wir könnten ihn ins Krankenhaus bringen«, sagt sie.

»Lass uns abwarten, vielleicht hört er von selbst auf zu atmen.«

Pia schüttelt den Kopf.

»Nicht mit den Flügeln im Kofferraum.«

»Ah, da sagst du was.«

Die Gräfinnen lächeln breit und reiben wohlig ihre Rücken an dem Ledersitz. Die Kraft von Mottes Flügel vibriert aus dem Kofferraum heraus, durchdringt das Innere des Wagens und lädt die zwei Damen mit positiver Energie auf. Orgasmen sind dagegen ein Witz. Selbst Kolja spürt am Lenkrad die Vibrationen, obwohl sich eine Trennscheibe zwischen ihm und den Gräfinnen befindet.

»Ich wünschte, es würde nie enden«, sagt Natascha.

»Wir werden dafür sorgen, dass es nie endet«, verspricht ihr Pia und sieht auf ihre Hände. Mottes Blut ist in den Falten und Rillen ihrer Haut eingetrocknet, das ist es aber nicht, was sie betrachtet. Aus einem bestimmten Blickwinkel ist ein sanftes Leuchten zu sehen, das von ihren Handflächen aufsteigt und an Phosphor erinnert. Pia seufzt. Es war so wunderbar, die Federn zu berühren. Auch nachdem Kolja sie abgeschnitten hatte, fühlten sie sich warm und lebendig an. Wenn es nach Pia gegangen wäre, hätte sie die Flügel jetzt auf ihrem Schoß liegen, aber Natascha hat darauf bestanden, sie im Kofferraum zu verstauen. Sie war schon immer die Vernünftigere. Im Nachhinein war die Entscheidung klug gewesen, denn die Begegnung mit dem kleinen Jungen am Friedhofseingang wäre anders verlaufen, wenn er die blutigen Flügel auf Pias Schoß gesehen hätte.

»Ich habe ihn vermisst«, sagt Natascha.

Pia weiß sofort, wovon sie spricht.

»Ich dachte, ich höre ihn nie wieder«, sagt sie.

Die Gräfinnen hatten den Ruf heute Morgen leise vernommen, als die Limousine auf dem Friedhof geparkt hatte. Sie hielten ihn für Wunschdenken, denn die Damen waren in tiefer Trauer gewesen, weil Mottes Tod unweigerlich auch das Ende der Familie bedeutete. Die letzte Generation der Jungen war mit Motte ausgelöscht worden, das Leben hatte für die Gräfinnen seinen Sinn verloren. Und dann sahen sie den Engel am Grabrand und ihr ganzes Bewusstsein war mit einem Schlag erfüllt gewesen von dem Ruf, der laut und klar wie ein Glockenton durch jede Zelle ihres Körpers hallte.

»Wie lange ist es her?«, fragt Natascha.

»War es im Sommer 1817 oder 1818?«, fragt Pia.

»Ich weiß es nicht mehr«, gibt Natascha zu.

Es war 1817, dass sie den Ruf das letzte Mal gehört hatten. Es war das Jahr, das ihr Leben und Denken vollkommen veränderte. Und jetzt ist der Ruf nach knappen 200 Jahren zurückgekehrt und verlangt nach ihnen.

»Was denkst du, wie lange Esko brauchen wird, um den Jungen wieder auszugraben?«, fragt Pia.

»Nicht lange«, antwortet Natascha und zitiert: *»Der letzte Engel wird schutzlos vor euch treten. In seiner Brust wird eine Leere hausen …«*

»… die nur ein anderer Engel füllen kann«, beendet Pia für sie.

Die Gräfinnen sehen sich an, dann küssen sie sich. Es ist kein Kuss der Leidenschaft, es ist ein Kuss der Liebe und Dankbarkeit. Sie haben aneinander geglaubt, sie haben immer zueinandergehalten und jetzt ist der Tag gekommen – die Prophezeiung ist dabei, sich zu erfüllen, und der letzte Engel wird bald seinen ersten Atemzug tun. Sie hätten nie damit gerechnet, dass das Schicksal sich so plötzlich wendet. Vor zwei Tagen stahl ihnen Erik Hakonson die Flügel, die sie über ein Jahrhundert gehütet hatten, und jetzt liegt ein neues Flügelpaar im Kofferraum und der Ruf füllt ihre Köpfe. Es hat sie nicht überrascht, dass der Zar und Kolja ihn heute Morgen nicht vernommen haben. Der Ruf gehört den Damen allein.

Pia streicht Natascha zärtlich mit dem Handrücken über die Wange. Die Gräfinnen lächeln sich an. Der Zar stöhnt in seiner Ohnmacht auf.

»Und was tun wir mit ihm?«, fragt Pia und tritt erneut gegen die Schuhsohle des Zaren.

Sie wissen, er wird ihnen immer eine Last sein. Der Zar weiß nichts von der Prophezeiung, noch von den Blutsgeschwistern oder dem Volk der Menianer. Er hat insbesondere keine Ahnung, was die Gräfinnen vorantreibt. Der Zar hungert nach dem Leben, die Gräfinnen hungern nach einem Königreich, das wiedererweckt werden will. In den Augen der Damen hat der Zar seine Aufgabe erfüllt. Er hat die Gräfinnen über ein Jahrhundert hinweg gut versorgt und ihnen Sicherheit gegeben. Diese Zeiten sind vorbei, die Gräfinnen brauchen den Schutz des Zaren nicht mehr. Bevor Pia einen vernichtenden Vorschlag machen kann, fährt die Trennscheibe herunter.

»Wir werden verfolgt«, sagt Kolja, ohne den Blick von der Straße zu nehmen.

»Seit wann?«

»Seit dem Friedhof, aber es ist möglich, dass ich den Wagen schon auf der Hinfahrt gesehen habe.«

Die Gräfinnen drehen sich um und schauen durch das getönte Heckfenster.

»Der Range Rover?«, fragt Pia.

»Wer kann das sein?«, fragt Natascha.

Kolja antwortet nicht. Die Gräfinnen können jede Art von Schweigen des Dieners deuten – das reservierte, das peinlich berührte, das angewiderte. Jetzt schweigt Kolja, weil er nicht antworten will. Er weicht sogar dem Blick der Gräfinnen im Rückspiegel aus.

»Kolja, weißt du, wer das ist?«

»Ich hab da so eine Ahnung.«

»Was für eine Ahnung?«

Kolja seufzt und bereut es, die Damen auf den Range Rover hingewiesen zu haben. Zögerlich erzählt er ihnen, wie in der Samstagnacht, als sie das Mädchen in die Villa gebracht haben, der Zar am Ufer des Tegeler Sees einen halb nackten Mann entdeckt hat.

»Der Mann saß auf einem Liegestuhl und hat wohl was Falsches gesagt. Der Zar machte kurzen Prozess und jagte ihm eine Kugel in den Kopf. Er sagte danach, er würde einen Söldner erkennen, wenn er ihn sehe. Der Mann war unbewaffnet und trug nur Shorts, er hätte auch ein Nachbar sein können. Ich musste dem Zaren am darauf folgenden Morgen helfen, die Leiche hinter der Voliere zu begraben. In meinen Augen sah der Mann nicht aus wie ein Söldner. Falls er aber doch zur Bruderschaft gehört hat, erklärt das den Range Rover und dass wir unter Beobachtung stehen. Im Nachhinein glaube ich, dass der Zar richtig gehandelt hat. Wir wissen, dass sich Lazar in Berlin aufhält. Die Dinge haben sich seit dem Tod des Jungen überstürzt.«

»Du hättest uns das vorher erzählen müssen«, sagt Pia.

»Es gab keine Notwendigkeit«, erwidert Kolja.

Natascha kann die Panik in ihrer Stimme nicht verbergen. »Keine Notwendigkeit? Kolja, wir sind enttäuscht von dir!« Sie schaut wieder nach hinten.

»Soll ich mich darum kümmern?«, fragt Kolja.

Bevor sich Natascha noch mehr aufregen kann, schaltet sich Pia ein.

»Es wäre klug, wenn du etwas unternimmst«, sagt sie und tätschelt dabei Nataschas schweißfeuchte Hand. »Wir sind mit Berlin fertig, wir sollten so wenig Spuren wie möglich hinterlassen, verstehst du?«

»Ich habe verstanden«, antwortet Kolja.

Die Gräfinnen sind die größte und einzige Liebe des Dieners. Er träumt jede Nacht von ihnen und steht so sehr in ihrem Bann, dass er sich selbst dann nach ihnen sehnt, wenn sie neben ihm stehen. Seitdem er die Gräfinnen in einer Sommernacht nackt auf zwei Flügelpaaren schlafen gesehen hat, ist Kolja nicht mehr von ihrer Seite gewichen. Jene Sommernacht hat aber nicht nur sein Leben verändert, sondern auch das der Gräfinnen.

So wurde 1815 ein Wendepunkt für sie alle.

Kolja weiß von der Prophezeiung und würde die Motive der Gräfinnen nie hinterfragen, denn auch ihn erhält die Kraft der Flügel am Leben. Er ist jetzt zwar ein uralter Mann, aber wenn Gefahr droht, wird aus dem uralten Mann ein Krieger. Für den Diener gibt es nichts Schlimmeres, als die Gräfinnen in Furcht zu sehen. Und so setzt er den Blinker und fährt die Limousine mitten auf dem Hohenzollerndamm an den Bürgersteig.

Der Range Rover rollt vorbei, der Fahrer schaut nicht nach rechts.

Kolja wartet eine Minute, ehe er wieder anfährt.

Zehn Minuten später erreichen sie Charlottenburg und der Range Rover ist wieder hinter ihnen.

Kolja biegt am Kaiserdamm links ab und und folgt der Sophie-Charlotten-Straße über den Spandauer Damm. Der Verkehr bleibt hinter ihnen zurück.

»Weißt du, was du tust?«, fragt Pia.

»Wir könnten Draeger anrufen«, sagt Natascha.

Kolja schüttelt den Kopf. Philipp Draeger leitet den Sicherheitsdienst, der für den Schutz der Familie zuständig ist. Kolja will ihn nicht hinzuziehen. Er weiß, was er tut.

Die Sophie-Charlotten-Straße verjüngt sich nach zweihundert Metern und wird zu einer schmalen Sackgasse, die kaum befahren ist. Sie führt auf die Rückseite vom Schlosspark und endet an einem umzäunten Bauplatz. Kolja hat sich einmal hierher verirrt, als er den Zaren zur Schlosspark-Klinik fahren wollte. Es ist befriedigend, einen Fehler bewusst ein zweites Mal zu begehen. Der Range Rover kann jetzt zwar an ihnen vorbeifahren, er muss aber am Bauplatz wenden und sie dann erneut passieren.

Kolja hält am Straßenrand, der Range Rover rollt an ihnen vorbei, Kolja wartet, dass er um die Biegung verschwunden ist, erst dann steigt er aus. Die Straße ist auf der einen Seite durch einen Zaun von den S-Bahn-Gleisen getrennt, auf der anderen Seite führt eine Böschung zu einer brusthohen Mauer hinunter, die den Schlosspark eingrenzt. Kein Mensch verirrt sich hierher.

Es ist ein guter Ort, um Konflikte zu lösen, denkt Kolja, ehe er nach hinten geht, um den Kofferraum zu öffnen. Für Sekunden starrt er auf die zwei Flügel und das getrocknete Blut an den Schnittstellen. Er wagt es nicht, die Flügel zu berühren. Sie sind wie die Gräfinnen – bewundernswert, aber unantastbar. Kolja klappt die Seitenverkleidung runter und holt eine Tasche hervor. Der Zar besteht immer darauf, dass sie beim Verlassen der Villa bewaffnet sind und keine Risiken eingehen, denn man weiß ja nie, wer einem querkommt. Es kann auch ein Range Rover sein, in dem der Fahrer langsam begreift, dass er hereingelegt worden ist.

Kolja nimmt ein Jagdgewehr aus der Tasche. Der Lauf ist abgesägt, was die Waffe sehr handlich macht und für mehr Eindruck sorgt als ein Revolver. Auch wenn das Gewehr nur mit zwei Patronen geladen ist. *Zwei Kugeln werden reichen,* denkt Kolja und schiebt sich zur Sicherheit noch einen Revolver hinten in den Hosenbund, ehe er den Kofferraum wieder schließt und auf den Range Rover wartet.

Der Fahrer des Range Rovers heißt Balik Hausner, er ist aus Kapstadt und behauptet von sich selbst, immer den Überblick zu haben. Als er am Ende der Straße vor einem Bauzaun ankommt, begreift er seinen Fehler, wendet und fährt zurück. Er erwartet, dass die Limousine verschwunden ist; er erwartet nicht, einen alten Mann auf der Straße stehen zu sehen. Hausner ist ein Söldner, der sich sein Geld damit verdient, der Gefahr ins Auge zu sehen und zu tun, was von ihm verlangt wird. Niemand verlangt an diesem Tag von ihm, einen alten Mann niederzufahren, der mit einem abgesägten Jagdgewehr auf ihn zielt.

Hausner bremst fünf Meter von Kolja entfernt.

Der Diener macht eine knappe Geste mit dem Waffenlauf.

Hausner stellt den Motor ab, steigt aus und nimmt die Hände hoch. Er kennt die Prozedur, er war schon in zwei Krisengebieten und hat gelernt, seinen Opponenten nicht zu unterschätzen. In der einen Hand hält er den Zündschlüssel, in der anderen seine Waffe.

Kolja neigt den Kopf ein wenig.

Hausner legt Schlüssel und Waffe auf das Dach des Range Rovers und tritt zwei Schritte vom Auto weg. Die Hände behält er in der Luft.

»Ich will keinen Ärger«, sagt er.

»Wer schickt dich?«

Hausner schweigt. Für den Bruchteil einer Sekunde denkt er darüber nach, sich in die Büsche zu schlagen, aber das Risiko ist zu groß. Der alte Mann ist fokussiert, das Jagdgewehr in seiner Hand zittert nicht.

»Mein Name ist Kolja«, sagt der alte Mann. »Wie heißt du?«

»Hausner.«

»Hausner, ich frag dich nur noch einmal, wer schickt dich?«

Der Söldner schweigt. Die Hintertür der Limousine öffnet sich und eine Dame verlässt den Wagen. Sie rückt ihr Trauerkleid zurecht und streckt eine Hand aus, um einer zweiten Dame beim Aussteigen behilflich zu sein. Auf den ersten Blick sehen sie aus wie Schwestern. Die Gräfinnen bleiben neben der Limousine stehen und betrachten Hausner, dem langsam unwohl wird in seiner Haut. *Wie kann man nur so alt werden?*, wundert er sich.

»Was sagt er?«, fragt Natascha.

Kolja antwortet, ohne sich umzudrehen.

»Sein Name ist Hausner und er will keinen Ärger. Er---«

»Scht!«, unterbricht ihn Pia. »Was ist das für ein Geräusch?«

Kolja neigt den Kopf, jetzt hört er es auch. Alle drei sehen Hausner an, der reglos neben dem Range Rover steht und sich Mühe gibt, unbeteiligt auszusehen.

Diese Leute sind uralt, denkt er, *niemals werden sie darauf kommen.*

Das Geräusch wiederholt sich.

Kolja ist mit sechs Schritten bei Hausner und drückt ihm den Gewehrlauf aufs Herz.

»Hol's langsam raus«, sagt er.

Hausner bewegt seine Hand und fischt mit zwei Fingern das vibrierende Handy aus seiner Jackentasche. Kolja nimmt es ihm ab und zeigt mit dem Lauf auf den Boden. Hausner legt sich auf den Bauch und verschränkt die Hände hinter dem Kopf.

Das Handy hört auf zu vibieren.

Kolja nimmt die Wagenschlüssel und die Waffe vom Autodach und geht rückwärts zu den Gräfinnen zurück, ohne den Gewehrlauf von Hausner zu nehmen. Pia schnappt sich das Handy und schaut mit schmalen Augen auf das Display, ehe sie es auf Armeslänge von sich weg hält.

»Verdammt, ich brauche meine Brille!«

Natascha nimmt das Handy und liest den Namen des Anrufers laut vor.

»Cedric?«

»Nie gehört«, sagt Kolja.

»Ruf ihn zurück«, sagt Pia.

»Ich kann ihn doch nicht einfach zurückrufen«, sagt Natascha.

Im selben Moment vibriert das Handy wieder, Natascha lässt es beinahe fallen.

»Geduld ist manchmal alles«, sagt Kolja.

»Stell auf ›laut‹«, sagt Pia.

Natascha nimmt den Anruf an und stellt auf »laut«.

»Hausner, wie sieht es aus?!«, bellt eine Stimme. »Wir müssen wissen, auf wessen Beerdigung die alten Leute---

»Hier ist nicht Hausner«, unterbricht ihn Pia.

»Was?!«

»Ich tippe, ich spreche mit Cedric. Und ich tippe, Hausner und Sie arbeiten für die Bruderschaft, n'est-ce pas?«

»Was?!«

»Wie wäre es, wenn Sie mich an Lazar weiterleiten?«

Kolja nickt anerkennend zu Pias Worten, Natascha schickt ihr einen Luftkuss. Das Geräusch von Schritten ist aus dem Lautsprecher zu hören, dem folgt unverständliches Gemurmel, dann fragt eine misstrauische Stimme:

»Ja?«

»Ah, Lazar«, sagt Pia. »Es ist eine Weile her.«

»Wer spricht da?«

»Mein Lieber, hier ist dein personifizierter Albtraum.«

Natascha kichert und hält sich schnell die Hand vor den Mund, als Pia sie strafend anblickt. Kolja kann sich ein Grinsen nicht verkneifen. Kein Laut ist am anderen Ende der Leitung zu hören. Pia spricht weiter:

»Wir sind uns schon einmal begegnet, mein guter Mann, aber du erinnerst dich ganz bestimmt nicht, du warst damals noch jung, acht oder neun Jahre alt, und der Sinn des Ganzen ist ja, dass du dich nicht erinnerst. Wir haben dich und deine Brüder in eurem rumänischen Domizil besucht. Das war lange, bevor du das Haus angezündet hast. Ich bin Gräfin Pia.«

Lazar zögert einen Moment, schließlich sagt er:

»Gräfin Pia Katja Jollitsch, Cousine von Zar Alexander I. und Tochter von Graf Iljan Jollitsch und Gräfin Tamara Jollitsch. Familienmitglied seit der ersten Stunde. Ja, ich habe von Ihnen gehört.«

Pia lacht.

»Jetzt sei nicht so förmlich, Lazar, natürlich hast du von mir gehört. Wahrscheinlich hast du gedacht, ich wäre schon seit einem Jahrhundert unter der Erde. Wir Gräfinnen sind sehr zäh. Ich hoffe, die Familie hat dir das Leben nicht zu schwer gemacht.«

Durch das Handy kommt ein Geräusch, als würde etwas zerbrechen, Lazars Stimme verliert ihren trockenen Ton und wird zu einem Zischen.

»Du verdammte Hexe, ich habe *alle* eure Häuser zerstört, ich habe *keines* eurer Laboratorien stehen lassen. Ich würde sagen, wenn jemandem das Leben schwer gemacht wurde, dann euch!«

Pia und Natascha verdrehen theatralisch die Augen, Natascha nimmt das Handy aus Pias Hand und sagt:

»Da gehen die Meinungen leider auseinander, mein Lieber. Du hast uns viel Leid zugefügt, ja, aber wie sehr hast du damit deine Seele belastet?«

»Wer zum Teufel spricht jetzt?«, fragt Lazar verwirrt.

»Ich bin Gräfin Natascha, und ich will dir sagen, dass du gegen dein eigenes Erbe angetreten bist, und wozu war das jetzt bitte schön gut? Die Engel sind unter uns, Lazar, selbst dir müsste das aufgefallen sein. Und du weißt, was das bedeutet, nicht wahr?«

Die Gräfinnen warten auf eine Antwort, sie hören nur Lazars Atmen.

»Bald werden die drei Tage anbrechen«, spricht Natascha weiter. »Und bald schon wird das Volk aus dem Schlaf erwachen und wir werden Seite an Seite mit den Königinnen in den Krieg ziehen. Sag mir, wie fühlt es sich an, auf ganzer Ebene versagt zu haben? Ich frage mich, wie du das vor der Bruderschaft rechtfertigen willst? Sie---«

»Ich habe das Mädchen«, unterbricht sie Lazar.

Natascha greift sich mit der freien Hand an den Mund, Kolja flucht, Pia runzelt dir Stirn. Selbst Hausner, der noch immer auf der Straße liegt, begreift, dass etwas Entscheidendes passiert ist, und hebt den Kopf.

»Du hast was?!«, fragt Pia nach.

»Ich habe das Mädchen, Gräfin, und ich weiß, wo ihr lebt, denn ich stehe in eurer verdammten Villa und sehe auf den Tegeler See hinunter. Sagt mir, wie fühlt sich das jetzt an? Es gibt keinen Ort, an dem ich euch nicht finden werde.«

»Lazar, nicht das Mädchen«, bittet Pia. »Lass sie gehen, und wir reden über alles.«

»Es gibt nichts zu reden. Aber ich schlage euch einen Tausch vor.«

Lazar verstummt, das Schweigen hält eine halbe Minute.

»Ich höre«, sagt Pia schließlich.

»Ihr gebt mir den Jungen, und ich lasse das Mädchen am Leben.«

»Der Junge ist tot.«

»Ich weiß, und ich werde dafür sorgen, dass er für immer tot bleibt.«

Jetzt ist es an den Gräfinnen zu schweigen.

»Ihr denkt, ihr könnt eure Scharade spielen und alle im Dunkeln halten, aber ihr vergesst, wer ich bin. Ich bin das Herz der Bruderschaft, ich kenne die Prophezeiung Wort für Wort und weiß, was euer Ziel ist. Ihr seid auf der Beerdigung des Jungen gewesen, nicht wahr?«

»Es ist nie gut, zu viel wissen«, sagt Pia und lächelt.

»Komm mir nicht mit diesem philosophischen Scheiß, Gräfin, mein Angebot steht. Der Junge gegen das Mädchen, falls ihr wisst, wo er sich befindet.«

»Wir haben den Jungen erschaffen«, sagt Pia, »natürlich wissen wir, wo er sich befindet.«

Sie wechselt einen kurzen Blick mit Natascha, die ihr zunickt.

»Gib uns einen Moment«, spricht Pia weiter. »Wir müssen darüber nachdenken. Ich kann das nicht allein entscheiden. Wir melden uns.«

Pia beendet die Verbindung. Kolja nimmt den Blick von Hausner und sieht sie an.

»Was hast du vor?«, fragt er.

Pia wedelt mit dem Handy.

»Sie werden uns über das GPS finden, so wie wir am Samstag Mona gefunden haben.«

»Du *willst,* dass sie uns finden?«, fragt Kolja verwirrt.

»Pia, das geht nicht«, sagt Natascha.

»Meine Lieben, das ist doch der Sinn des Ganzen. Wir *wissen,* wo sie sind; sie *wissen,* wo wir sind. Es ist Zeit, dass wir es zu einem Ende bringen. Kolja, was denkst du, wie lange werden sie brauchen?«

»Zwanzig Minuten höchstens, wenn sie die Autobahn nehmen und gut durchkommen.«

»Dann bleibt uns genug Zeit.«

»Und Mona?«, fragt Natascha. »Du setzt ihr Leben auf Spiel.«

»Mona wird sich selbst schützen. Wenn sie wirklich das Erbe ist, dann bin ich unbesorgt, und du solltest es auch sein.«

Natascha weiß nicht, was sie davon halten soll.

»Sie ist erst zehn«, sagt sie.

»In meinen Augen ist sie älter als alle Menschen auf dieser Welt zusammengenommen. Und wir haben keine Ahnung, was sie alles kann.«

»Soll ich den Zaren wecken?«, fragt Kolja.

Die Gräfinnen schauen auf die getönten Fenster der Limousine.

»Ich denke nicht«, sagt Pia.

LAZAR

Kaum hörst du ihre Stimme, weißt du, dass sie zur Familie gehört. Dieser Akzent, diese arrogante Art. Ihre Worte atmen russischen, hochnäsigen Adel. Während du mit ihr sprichst, gibst du Cedric ein Zeichen, damit er die Verbindung zurückverfolgt. Das hier ist deine Chance, bis vor Kurzem wusstest du nicht einmal, ob die Familie überhaupt noch existiert, und jetzt hast du eines der Mitglieder am Apparat.

Du wendest Cedric den Rücken zu und wechselst das Handy ans andere Ohr. Reiß dich zusammen. Du brauchst die volle Konzentration, du musst ruhig bleiben und das Gespräch bestimmen.

Es gelingt dir nicht.

Das Telefonat dauert keine drei Minuten und mittendrin schlägst du in deiner Wut das Fensterglas vor dir ein. Als die Gräfinnen den Anruf beenden, bist du schweißgebadet und starrst auf den Tegeler See und kannst dein Glück nicht fassen.

Sie wissen, wo der Junge ist.

Cedric taucht neben dir auf, er ist außer Atem und hat ein Notebook unter dem Arm.

»Wer war die Alte?«, fragt er.

»Die Familie in Person. Sie weiß, wo der Junge sich befindet und will mich zurückrufen.«

»Glaubst du ihr?«

»Natürlich nicht. Hast du das Handy lokalisiert?«

Cedric nimmt eine Vase von einem der schmalen Tische, die zur Dekoration entlang der Flurwand platziert sind. Er stellt das Notebook auf den Tisch, klappt es auf und öffnet ein Satellitenbild. Dein Kopf schwirrt, da sind Namen und Daten. Auch Gräfin Natascha Romanow ist eine Cousine von Zar Alexander I. gewesen. Wenn du jetzt noch herausfinden könntest, wer die zwei alten Männer sein sollen, dann …

»Hier sind sie«, unterbricht Cedric deinen Gedankengang. »Es ist das andere Ende der Sophie-Charlotten-Straße.«

Du siehst Charlottenburg, den Schlosspark und eine Straße, die sich zu einem schmalen Asphaltstreifen verjüngt. Cedric zoomt näher heran. Ein schwarzer Strich ist auf dem Asphalt zu erkennen, ein paar Meter davon entfernt ist ein kurzer grüner Strich zu sehen. Cedric sagt, er könne nicht näher herangehen, und tippt auf den grünen Strich.

»Das ist Hausners Range Rover, das hier ist die Limousine und das hier …«

Du folgst seinem Finger und siehst drei winzige Flecken.

»… ist die Position der Familie, während du mit ihr telefoniert hast.«

»Ich dachte, sie sind zu viert.«

Cedric hat darauf keine Antwort.

»Und wer liegt da neben dem Range Rover?«

»Ich tippe, das ist Hausner«, sagt Cedric.

Du musst dich entscheiden, du solltest nicht zögern, du sagst:

»Gut, du bleibst mit zwei Männern hier. Überprüfe den Standort des Handys über das GPS. Sollten sie die Straße verlassen, sag mir Bescheid, haben wir uns verstanden?«

Cedric nickt. Ihr habt euch verstanden.

Du nimmst zwei Söldner mit. Knappe vierundzwanzig Kilometer trennen dich von deinem Ziel. Als ihr nach sechzehn Minuten am Spandauer Damm abfahrt, klingelst du bei Cedric durch und er sagt, so schnell würde er kein neues Satellitenbild bekommen, aber das GPS über das Handy würde noch immer stehen.

»Sie haben sich nicht gerührt«, sagt er.

Ihr rast mit 80 Stundenkilometern die Sophie-Charlotten-Straße runter, seht die Limousine weiter vorne parken und haltet parallel zu ihr an. Es sind keine zwanzig Minuten seit dem Anruf vergangen, du steigst aus dem Wagen, deine Söldner folgen dir mit gezogenen Waffen. Und das ist einer dieser Momente, in dem alles auf der Spitze balanciert – ihr steht neben der Limousine, ihr seid bereit zu handeln. Jetzt. Momente wie dieser verfolgen dich. Wie oft hast du dich im Morgengrauen den Häusern genähert, links die Armbrust, rechts das Funkgerät? Wie oft hast du tief durchgeatmet und die Ruhe genossen, bevor du den Befehl gegeben hast, das Haus zu stürmen?

Und immer durchfuhr dich die Anspannung körperlich.

Und immer hast du dich danach wie ein gerechter Gott gefühlt.

Du gibst das Zeichen.

Die Söldner reißen die Türen der Limousine auf.

DER ZAR

Ahnungslosigkeit ist hochgefährlich. Auf die Entfernung hin wirkt sie harmlos und charmant, auf die Nähe hin kann sie aber so vernichtend sein, dass sie Herzen zum Stillstand bringt. Der Zar erfuhr es am eigenen Leib, als er mit den Gräfinnen abgehetzt und vollkommen ahnungslos auf Mottes Beerdigung erschienen ist. Nicht nur waren sie eine halbe Stunde zu spät losgefahren, Kolja hatte zusätzlich die Friedhöfe verwechselt – Lichterfelde und Zehlendorf waren für ihn ein Bezirk. So fuhren sie nach einem kurzen Zwischenstopp in Lichterfelde weiter nach Zehlendorf und parkten auf dem Friedhof im Halteverbot. Die Trauernden sahen sie strafend an, aber das berührte den Zaren wenig, er war zu alt für strafende Blicke. Außerdem wusste er, was ihm bevorstand. Es war nicht die erste Beerdigung, der er beiwohnte. Eine öde Stunde lang würde er sich die Beine in den Bauch stehen, und wofür? Er trauerte um Motte, wie man um einen Baum trauert, der es nicht über den Winter geschafft hat.

Der Zar hatte ganz andere Probleme.

Seitdem Mottes Vater Samstagnacht die Glasvitrine eingeschlagen und mit den Flügeln verschwunden war, fühlte sich der Zar mehr tot als lebendig. Den Gräfinnen erging es nicht besser, sie waren allesamt zitterig und mussten einander stützen.

Arthritis und Rheuma waren in den letzten vierundzwanzig Stunden an ihren Gelenken wie Geschwüre ausgebrochen, die Haut war schuppig und trocken, auch die Augen verloren an Kraft und ließen den strahlenden Sonnentag in einem trüben Licht erscheinen. Ohne den Schutz der Flügel holte sie ihr Alter ein. So standen die drei schwer atmend und erschöpft zwischen den Trauernden und wunderten sich, wie viel Zeit ihnen noch blieb, ehe ihre Körper vollkommen versagten.

Der Zar hatte zwar noch einen Joker im Ärmel, er glaubte aber nicht, dass er jemals die Energie aufbringen würde, diesen Joker auszuspielen. Die Zeit war sein größter Gegner. Schon seit dem Erwachen spielte er mit dem Gedanken, sich einen Pistolenlauf in den Mund zu schieben. In der Nacht war er in seinem eigenen Urin erwacht, es fehlte nur noch, dass er die Kontrolle über seinen Darm verlor. Der Zar hatte nicht vor, im Krankenhaus von einer Maschine am Leben gehalten zu werden. Und wie er sich so zwischen die Trauernden stellte und über seine triste Zukunft nachdachte, überkam ihn ein angenehmes Prickeln. Er schaute sich um, er schaute an den Trauernden vorbei nach vorne und erblickte Motte, der nur mit einem Paar alberner Shorts bekleidet hinter dem offenen Grab stand.

Und der Zar sah die zusammengefalteten Flügel.

Dieser Anblick hätte beinahe sein Leben beendet. Der Zar schaffte es gerade noch, sich über die Augen zu wischen, doch das Bild blieb und das war einfach zu viel für den alten Mann. Er hatte Russland regiert, er hatte seinen eigenen Tod vorgetäuscht und war so alt geworden, dass Gott frustriert ausgespuckt hätte, wäre er ihm über den Weg gelaufen. Aber nach über einem Jahrhundert des Hoffens auf einen Jungen, der das Experiment überlebt, nach all dem Wünschen und Sehnen war der Anblick eines wahrhaftigen Engels einfach zu viel für ihn.

Der Zar klappte zusammen und verlor das Bewusstsein.

Als er wieder zu sich kommt, sitzt er auf dem Rücksitz der Limousine und hat einen widerlichen Geschmack im Mund. Sein erster Griff ist zur Bar. Er öffnet den schmalen Kühlschrank, nimmt sich eine Flasche Wasser und trinkt sie leer. Danach beugt er sich vor und schaut aus dem Fenster. Der Zar erwartet den Friedhof zu sehen, aber da sind nur Büsche und ein Zaun auf der einen und eine Backsteinmauer mit einem schmiedeeisernen Tor auf der anderen Seite. Der Zar hat keine Ahnung, wo er sich befindet. Er steigt aus und streckt sich. Gelenke knacken, Muskeln ächzen, in der Ferne fährt ein Zug vorbei. Der Zar schaut an sich herab. Er ist überrascht, dass er sich nicht so elend wie am Morgen fühlt.

Wie auch, denkt er, *du hast einen Engel gesehen.*

Und er denkt: *Motte hat es überlebt, der kleine Scheißer hat es überlebt!*

Der Zar grinst, dann sieht er sich um und da es nicht viel zu sehen gibt, beschließt er, sich schnell zu erleichtern. Er steigt die Böschung hinunter. Er war noch nie jemand, der einfach gegen eine Mauer gepinkelt hat, also rüttelt er an dem schmiedeeisernen Tor, das ohne große Proteste nachgibt, indem es aus den Angeln fällt. Der Zar betritt den Park und stellt sich hinter den erstbesten Baum, er öffnet seine Hose und wartet. Früher hätte er gelacht, wenn ihm jemand gesagt hätte, er würde sich eines Tages auf so was Banales wie seine Blase konzentrieren müssen. Alles ändert sich, wenn man die zweihundert überschritten hat. Die ersten Tropfen lösen sich, der Zar ächzt erleichtert und hört einen Wagen angerast kommen. Es wird hart auf die Bremse getreten, Reifen schliddern, Türen schlagen und der Zar kann seine Blase nicht mehr halten.

Das ist ein weiteres Manko des Alters – wenn es erst mal läuft, dann läuft es.

Der Zar schaut hinter dem Baum hervor und erkennt durch

die schmale Toröffnung nur die Vorderseite der Limousine. Er hört ein Fluchen. *Ruhig bleiben,* sagt er sich und beschließt, so lange hinter dem Baum zu warten, bis die Luft wieder rein ist. Der Zar wurde in seinem langen Leben eine Menge geschimpft, einen Idioten hat ihn bisher keiner genannt.

Schritte nähern sich und ein Mann tritt vor die Limousine.

Der Zar muss seinen Hals strecken, um besser sehen zu können. Der Mann ist groß und schlank, er trägt einen Leinenanzug und sein Gesicht ist so voller Schatten, als wäre es mit Tuschestrichen gezeichnet worden. Obwohl der Zar fünfzehn Meter entfernt ist und seine Augen nicht mehr die besten sind, weiß er sofort, wer das ist. Er ist ihm nie begegnet, er hat aber Fotos studiert und von dem Tag geträumt, an dem er diesen Mann mit einem gezielten Schuss vom Angesicht der Erde entfernt.

Dimitri Lazar wirkt älter als auf den Fotos und irgendwas stimmt nicht mit seinem linken Auge.

Der Zar tritt wieder hinter den Baum und drückt die Stirn fest gegen die Borke, während der Urin zögerlich aus ihm herauströpfelt. Er hat keine Waffe und keine Ahnung, was hier passiert, er hat aber das Gefühl, dass seine Blase einfach nicht leer werden will.

Wo sind die Gräfinnen?, fragt er sich. *Und warum steht die Limousine in dieser gottverlassenen Gegend?*

Und dann vibriert das Handy in seinem Jackett. Der Zar runzelt die Stirn. Er hasst es, wenn die Dinger vibrieren. Er zieht das Handy heraus und lässt es beinahe fallen.

»Was zum ...«

Er starrt auf ein Handy, das nicht seines ist. Das Vibrieren wiederholt sich, die Nummer ist unterdrückt, und obwohl es der Zar besser weiß, nimmt er den Anruf an. Er hört ein Rauschen, er hört ein Gurren und schaut nach oben, wo eine Taube in der Krone sitzt und zu ihm runterschaut.

»Hallo? Wer ist da?«, fragt eine raue Stimme.

»Dieselbe Frage könnte ich auch stellen«, erwidert der Zar.

Für einen Moment ist es still am anderen Ende, dann hört der Zar einen Knall und schaut hinter dem Baum hervor. Lazar hat einen der Scheinwerfer eingetreten, ein Handy ist an sein Ohr gedrückt, das Gesicht ist weiß vor Wut. Der Zar verschwindet wieder hinter dem Baum.

»Wo sind die Gräfinnen?«, zischt ihm Lazar ins Ohr.

»Das würde ich auch gerne wissen«, sagt der Zar und kann sich ein Grinsen nicht verkneifen.

Schweigen am anderen Ende, dann spricht Lazar betont langsam.

»Wer auch immer du bist, du und deine verdammten Gräfinnen, ihr habt einen großen Fehler begangen. Ihr denkt, ihr könnt mit mir spielen? Ihr täuscht euch. Das Mädchen wird dafür bezahlen, haben wir uns verstanden?«

»Du hast das Mädchen?!«

»Bist du ein Idiot oder was?«

Der Zar spart sich eine Antwort.

»Mit wem spreche ich überhaupt?«, will Lazar wissen.

Beinahe wäre der Zar hinter dem Baum hervorgetreten; beinahe hätte er seine Stimme erhoben, um den Schweinehund zu sich zu rufen. *Dir pisse ich vor die Füße,* hätte er gesagt.

»Lass die Finger von der Kleinen«, sagt er stattdessen.

»Sie ist so gut wie tot«, verspricht Lazar.

»Wenn du ihr auch nur ein Haar krümmst, dann finde ich dich, Lazar, und ich schieb dir den Lauf meiner Knarre in dein verschissenes gesundes Auge und drücke so lange ab, bis dein Kopf wie ein Klo aussieht, und weißt du, was ich dann mache? Dann pisse ich da rein, haben wir uns verstanden?«

Der Zar unterbricht die Verbindung, sein Herz rast, aber er fühlt sich blendend. Er hat dem Erzfeind gedroht, und auch wenn er dessen Gesicht jetzt nicht sehen kann, ist es ein sehr erhabenes Gefühl, sich Luft gemacht zu haben.

Von der Straße ist das Zuschlagen von Autotüren zu hören, dann entfernt sich das Auto wieder. Der Zar schüttelt die letzten Tropfen ab und schließt seine Hose, ehe er zur Limousine zurückkehrt. Alle Türen stehen offen. Der Boden des Kofferraums ist mit Blutspritzern bedeckt, aber es liegt niemand im Auto.

Der Zar öffnet die Seitenklappe.

Ein Jagdgewehr und ein Revolver fehlen. Der Zar wählt eine Automatik aus. Er begreift langsam, was das Handy in seiner Brusttasche verloren hat. Er nimmt es heraus, lässt es auf den Asphalt fallen und tritt zweimal drauf. Es ist kein Zufall gewesen, dass Lazar hier aufgetaucht ist.

Wie gesagt, der Zar ist kein Idiot.

Die Gräfinnen haben mich wie einen billigen Köder ausgelegt, denkt er und folgt dem Verkehrsrauschen zum Spandauer Damm. Er versteht nicht, warum sie das getan haben, und beschließt, die Damen in der Villa zur Rede stellen und anschließend ein ausgiebiges heißes Bad zu nehmen.

Und dann will ich Motte in die Arme schließen, denkt er.

An der Ecke Spandauer Damm bleibt der Zar stehen. Auf der anderen Straßenseite befindet sich eine Taxihalte, an der ein einziges Taxi wartet. Der Zar winkt, der Wagen blendet zweimal auf und hält neben ihm. Der Zar gibt dem Fahrer die Adresse der Villa und bittet ihn, das Radio auszuschalten. Der Fahrer schaltet das Radio aus und fährt in Richtung Autobahn.

Der Zar lehnt sich zufrieden zurück.

Etwas Gutes ist geschehen. Dieses absonderliche Kurzabenteuer mit Lazar hat seine Lebensgeister geweckt. Er denkt nicht mehr daran, sich den Lauf einer Pistole in den Mund zu schieben. Es war eine alberne Idee, die nicht wirklich zu ihm passt.

Nein, sagt er sich, *Resignation ist ein Bahnhof, auf dem mein Zug nicht hält.*

Aber auch wenn etwas Gutes geschehen ist, hat der Zar einen schalen Geschmack im Mund. Er macht sich Sorgen um das Mädchen. Er hat die Kleine in sein Herz geschlossen und fühlt sich ein wenig wie der Großvater, der er immer vorgab zu sein. Mona und Motte. Auch wenn der Zar es nie gedacht hätte, ist er furchtbar stolz auf den Jungen. Zwar hat er Motte vor ein paar Jahren den Tod gewünscht und einen amateurhaften Killer auf ihn angesetzt, aber das waren damals andere Zeiten.

Das hier ist eine neue Ära, sagt er sich.

Die Familie hat ihr Ziel im doppelten Sinne erreicht. Sie hat einen Engel geschaffen und eines ihrer Mädchen besitzt eine unfassbare Gabe.

Meine Familie, denkt der Zar mit Stolz und Verbitterung zugleich. Seine Familie hat ihn verraten, seine Familie hat ihn als Köder zurückgelassen. Der Zar verzeiht eine Menge, aber sein Großmut hat auch Grenzen. Und diese Grenzen haben die Gräfinnen um Meilen überschritten.

CEDRIC

Der Anruf von Lazar erreicht ihn, als er mit dem Notebook auf der Terrasse der Villa sitzt. Jeden Menschen treibt ein ganz besonderer Hunger an, es können die kleinsten Dinge sein, nach denen wir uns sehnen, und manchmal ist es die Gewohnheit eines guten Lebens. Für Cedric sind es Straßen und Häuser, für Cedric sind es aber auch Rituale, auf die er in seiner langen Zeit als Söldner verzichtet hat – neben jemandem erwachen und Kaffee trinken, an einem Kiosk vorbeigehen und gegrüßt werden, zwei Gläser mit Wein füllen.

Cedric hat sich angeschaut, wie das Wetter in Wien ist. Die Livecam zeigt den Blick vom Wasserturm auf die Donau City. Cedric ruft sie in jeder freien Minute auf. Er fragt sich, was seine Frau gerade macht und ob seine Sonnenstudios gut besucht sind. Wann immer die Kamera am Riesenrad vorbeischwenkt, sieht Cedric den Balkon ihrer Wohnung.

Lazars Anruf lässt ihn zusammenschrecken. Cedric klickt die Livecam sofort weg, als wäre Lazar hinter ihm aufgetaucht.

»Sie haben den Range Rover genommen«, hört er ihn sagen. »Und sie haben Hausner im Kofferraum der Limousine zurückgelassen.«

»Lebt er?«

»Er lebt.«

»Ich werde sofort den Range Rover suchen lassen und---«

»Und was ist mit Hausners Handy los?«, unterbricht ihn Lazar. »Hier war kein Mensch und als ich die Nummer gewählt habe, ging nicht die Gräfin, sondern ein Mann an den Apparat. Wie ist das möglich, Cedric? Ich dachte, du hast alles im Blick? Wie genau ist dieses verdammte GPS?«

»Ich würde sagen, es ist auf zehn, fünfzehn Meter genau.«

»Und wieso war dann niemand hier?«

Cedric spürt, wie er rot anläuft. Das GPS-Programm aktualisiert sich jede Viertelstunde automatisch. Cedric hätte die Aktualisierung manuell machen müssen, er hat aber viel lieber geschaut, ob er seine Frau auf dem Balkon sehen konnte.

»Moment.«

Er zieht das Notebook zu sich heran. Die Aktualisierung dauert ein paar Sekunden. Als Cedric die neue Info sieht, unterdrückt er einen Fluch und sagt mit ruhiger Stimme:

»Die Verbindung ist vor einer Minute zusammengebrochen, aber bis dahin war Hausners Handy definitiv im Umkreis der Limousine.«

»Zusammengebrochen?«

»Ich tippe, das Handy wurde zerstört.«

Lazar schweigt, dann bricht es aus ihm heraus:

»So ein Schweinehund!«

»Wer?«

»Der Penner hat uns beobachtet, als wir angekommen sind. Er hat mein Auge gesehen. Er war die ganze Zeit in der Nähe und ich habe es nicht kapiert.«

»Wer?«

»Es ist doch scheißegal, wer er ist!«

Stille. Nach einer Pause spricht Lazar weiter.

»Schick mir die Adresse vom Friedhof, danach treffen wir uns im Hotel. Und Cedric, jag die Villa in die Luft.«

»Ich bin auf keine Sprengung vorbereitet.«

»Dann zünde die Bude an, mach irgendwas. Ich will, dass sie ihr Zuhause verlieren.«

»Und das Mädchen?«

»Ich brauche sie nicht mehr.«

»Aber---«

»Cedric, ich brauche sie nicht mehr«, unterbricht ihn Lazar und mehr muss nicht gesagt werden.

Cedric klappt das Notebook zu und starrt vor sich hin. Er spürt, dass er den Draht zu Lazar verliert. Früher waren sie ein Team und haben die Aktionen des anderen vorausgesehen. Der Rhythmus ist gestört. Jetzt ist Lazar ein stressgetriebener Mann, der vor Autos läuft und auf keine andere Meinung hört.

Cedric gibt sich einen Ruck.

Ich will nach Hause, denkt er und geht ein Stockwerk höher.

Für einen Moment steht er vor dem Zimmer, ehe er den Schlüssel umdreht und die Tür öffnet. Eine warme Brise weht durch das Fenster und für Cedric fühlt es sich an, als würde die Brise versuchen, ihn wieder aus dem Zimmer zu schieben.

Das Mädchen liegt ohnmächtig auf dem Boden und sieht so furchtbar unschuldig aus, dass Cedric sich fragt, was er hier verloren hat. Nachdem das letzte Haus der Jungen vor vierzehn Jahren vernichtet worden war, hatte er geglaubt, das Töten sei zu Ende.

Und dann kam das Haus der Komorane.

Und dann kam das Haus in der Culmer Street.

Cedric bereut jede Minute.

Er steht vor dem ohnmächtigen Mädchen und sein Waffenarm ist schwer. Das Gewicht wirkt sich auf seinen ganzen Körper aus und drückt auf die Wirbelsäule, die Beine sind wie zementiert, die Schultern sacken nach unten.

Was tue ich hier?

Cedric geht wieder aus dem Zimmer und schließt die Tür

hinter sich ab. Sofort fühlt er sich leichter. Für einen Moment denkt er darüber nach, einen der Söldner reinzuschicken, weiß aber, dass das nicht geht. Die Söldner wissen nichts vom Zielobjekt und er will sie auf keinen Fall in die Operation einweihen. Außerdem passt es nicht zu Cedric, die Last auf andere abzuwälzen.

Zwanzig Minuten später verlässt er die Villa mit den zwei Söldnern an seiner Seite. Ihre Namen sind Rutschinski und Hedder. Sie sind Mitte zwanzig und Cedric hat sie für diesen Auftrag ausgewählt, weil sie schon mehrere Einsätze miteinander hatten und als effektiv und schnell gelten. Cedric schätzt Teamgeist.

»Wartet in der Seitenstraße auf mich«, sagt er.

Die Söldner verlassen das Grundstück und steigen in den Van, um eine Querstraße weiter zu parken. Es wäre dumm, vor der Villa zu stehen, während sie niederbrennt. Cedric bleibt alleine auf der Einfahrt stehen und schaut zurück. Rauch steigt träge auf, Flammen lecken an der Fassade hoch und toben im Gebälk. Sie haben acht Brandherde gelegt und Cedric weiß aus Erfahrung, dass die Feuerwehr zu spät kommen wird. Er ist den Weg des Feiglings gegangen und hat das Mädchen den Flammen überlassen. Und wie er das Feuer betrachtet, beschließt Cedric, das wird sein letzter Mord sein. Er hat über die Jahrzehnte hinweg genug für Lazar getan. Auch wenn er nicht weiß, wie er es ihm erklären soll, so wird er es trotzdem heute noch tun. Aber nicht gleich.

»Lazar?«

»Ich höre.«

»Es ist getan, die Villa brennt.«

»Und das Mädchen?«

Im ersten Stockwerk explodieren zwei Balkontüren nach außen, die Vorhänge wehen als brennende Fahnen in den Sommertag, ein Scherbenregen geht auf den Rasen nieder. Obwohl Cedric gute dreißig Meter entfernt ist, weicht er zurück.

»Es ist getan«, wiederholt er mit einem bitteren Unterton.

»Dann sehen wir uns gleich im Hotel.«

»Ich denke nicht.«

»Was heißt das?«

»Nenn es ein Bauchgefühl, aber ich finde, wir sollten in der Nähe bleiben.«

»Du denkst, sie kommen zurück?«

»Wenn die Villa der Hauptsitz der Familie ist, stehen die Chancen sehr hoch, dass sie zurückkommen.«

»Cedric, das ist Unsinn. Sie wissen, dass wir da waren.«

»Ja, sie wussten aber auch, dass du ihnen hinterherjagst.«

»Ich verstehe.«

»Vielleicht haben wir ja Glück.«

»Und das sagt dir dein Bauch?«

»Das sagt mir mein Bauch.«

»Wie lange willst du warten?«

»Bis die Feuerwehr da ist. Gib mir eine Stunde.«

»Gut, wir sehen uns in eineinhalb Stunden im Hotel.«

Die Verbindung ist unterbrochen. Cedric wendet sich von der brennenden Villa ab und verlässt das Grundstück. Er bleibt kurz neben dem Taxi stehen und denkt sich, was auch immer Paulsen an Spuren in dem Wagen hinterlassen hat, das ist jetzt allein sein Problem. Ein Söldner, der vierundzwanzig Stunden verschwunden ist, hat seine Mission nicht erfüllt.

Cedric geht links in die Scharfenberger Straße und steigt in den Van, der vor einem Einfamilienhaus geparkt ist. Rutschinski sieht ihn fragend an.

»Wir bleiben noch und warten auf die Feuerwehr«, sagt Cedric.

»Du denkst, sie kommen zurück?«, fragt Hedder von hinten.

»Es ist möglich.«

Sie haben gute Sicht auf die Einfahrt des Privatweges. Wenn sie sich ein wenig vorbeugen, können sie hinter dem Einfamilienhaus den Rauch von der Villa aufsteigen sehen. Cedric schätzt, es wird nicht lange dauern, bis ein Nachbar 112 wählt.

»Ich wette, die Feuerwehr braucht fünfzehn Minuten«, sagt Hedder und legt fünfzig Euro auf die Ablage zwischen den Vordersitzen.

»Zwanzig Minuten«, sagt Rutschinski und legt zu den fünfzig Euro fünfzig dazu.

»Dreißig«, sagt Cedric und besiegelt die Wette mit einem Schein.

Keiner von ihnen denkt daran, die Feuerwehr anzurufen. Es wäre gegen die Regeln. Eine Wette ist eine Wette.

DAS MÄDCHEN

Mona?

Komm zu dir!

Mona?!

KOMM ZU DIR!

Mona schreckt hoch. Ihr Kopf schmerzt, es kratzt im Hals und sie hat das Gefühl, um jeden Atemzug kämpfen zu müssen. Der Rauch wölbt sich unter der hohen Zimmerdecke wie ein weißer Baldachin. Er sticht in ihren Lungen und bringt sie zum Husten. Durch den Rauch hindurch sieht sie ihre Schwestern auf dem Boden vor sich sitzen. Sie lächeln, denn sie sind froh, weil Mona endlich aus ihrer Ohnmacht erwacht ist. Ihre Augen sind wie eine sternenlose Nacht.

Wir dachten, du wirst gar nicht mehr wach.

Wir dachten schon, das wäre es gewesen.

Hast du uns denn nicht gehört?

Mona schüttelt den Kopf und versucht aufzustehen, beinahe wäre sie hintenübergefallen.

Vorsichtig!, rufen die Schwestern.

»Was ist passiert?«, fragt Mona und geht auf die Tür zu.

Sie wollten dich erschießen, aber wir haben es nicht zugelassen.

Sie haben die Villa angezündet.

Sie haben dich zurückgelassen.

Mona erreicht die Zimmertür, das Holz fühlt sich heiß unter ihren Fingern an, öliger Rauch quillt durch die Ritzen herein, die Tür ist verschlossen. Mona findet den Schlüssel nicht, sie weiß, sie hatte ihn vorhin noch in der Hand gehabt. Sie will den Boden um das Fenster herum absuchen. Die Schwestern versperren ihr den Weg.

Nicht!

Die Flammen lecken an der Fassade hoch, sie werden von außen in das Zimmer reingesogen und kriechen über die hohe Decke. Mona schreckt zurück und weiß nicht wohin.

Mach was!

Rette dich!

Mach was!

Mona lehnt mit dem Rücken an der Zimmertür, ein Windzug weht durch den Raum, peitscht die Flammen auf, Mona schließt die tränenden Augen …

Konzentrier dich!

Schnell!

… und als sie ihre Augen wieder öffnet, steht sie im Haus der Kormorane in der Küche und die Hitze ist verschwunden. Eine angenehme Abendsonne scheint durch die Fenster, das Meer ist zu hören. Mona atmet tief durch. Sie riecht den Garten, sie atmet die frische Luft. Die Küchentür öffnet sich und Ennis schaut rein.

»Das ist der falsche Weg«, sagt sie.

»Aber hier bin ich sicher«, widerspricht ihr Mona.

Ennis schüttelt den Kopf.

»Das ist der falsche Weg«, wiederholt sie.

Mona glaubt ihr nicht. Sie will die Küche verlassen und zu ihren Schwestern, sie will ihnen erzählen, wie sie das Schicksal ausgetrickst hat, aber die Erinnerung entgleitet ihr und sie befindet sich wieder in der brennenden Villa. Der Rauch umschließt sie und die Tür in ihrem Rücken ist glühend heiß.

Mona kneift die Augen fest zu.

Als sie vorsichtig blinzelt, sprüht ihr eine kühle Gischt ins Gesicht und sie steht neben Ennis auf der Fähre nach England. Der Wind, die Leute, die Gespräche, es ist alles, wie es vor drei Tagen war. Ennis schüttelt den Kopf und spricht. Mona hört sie nicht über die Geräusche der Fähre hinweg, aber sie kann die Worte von ihren Lippen ablesen: »Das ist der falsche Weg.« Dann entgleitet ihr die Erinnerung erneut und Ennis und die Fähre verschwinden und die Realität reißt Mona zurück. Sie ist wieder in dem brennenden Zimmer und atmet den Rauch ein und hustet und kneift die Augen zusammen.

Und öffnet sie.

Und ist noch immer in der Villa.

Sie bekommt keine Luft, die Nase läuft, sie kann sich nicht konzentrieren, ihre Schwestern verschwinden hinter einem Vorhang aus Rauch und Tränen und sagen:

Nicht weinen.

Nicht aufgeben.

Mona, nicht!

Sie setzen sich zu ihr auf den Boden. Sie umringen Mona und versuchen sie zu schützen, aber kein Geist bietet Schutz vor einem Feuer.

Mona.

Nicht.

Aufgeben.

Mona hört ihre Stimmen wie aus weiter Ferne. Die Tür in ihrem Rücken dampft, der Lack wirft Blasen. Mona kann die Hitze selbst durch die Dielen unter sich spüren, der Boden scheint jeden Moment in Flammen aufzugehen. *Jeden Moment werde auch ich brennen,* denkt sie und kneift die Augen zu und blendet die Geräusche und ihre eigene Panik aus. Aber es ist sinnlos. Sie kann nicht mehr in die Erinnerung fliehen, die Gefahr im Jetzt ist zu groß. Ihr Verstand sperrt sich gegen eine Flucht, es gibt keinen sicheren Ort mehr vor der Gegenwart.

Außer, flüstern die Schwestern.

Außer, denkt Mona und streicht mit den Fingern über den Dielenboden und spürt das Holz und sucht eine Verbindung, denn es gibt immer eine Verbindung. Ennis hat es den Mädchen im Unterricht eingebläut: »Nichts ist tot, alles hat seine Daseinsberechtigung. Jeder Mensch und jedes Tier, jeder Baum und jeder Stein muss respektiert werden.«

Monas Finger tasten und suchen die Verbindung zur Villa, während sich ihr Haar unter der Hitze zu kräuseln beginnt, während die Stockwerke eins ums andere in Flammen aufgehen, sucht Mona, tastet Mona und dann entdeckt sie die Verbindung und berührt das brennende Haus und nimmt es mit in ihre Erinnerung.

Wohin?, fragen die toten Schwestern.

Wohin willst du?

Mona weiß, wohin.

Es ist vor vier Jahren. Es ist Sommer und Mona und ihre Schwestern sind den ganzen Tag über am Strand gewesen. Sie sind braun gebrannt und tragen handgemachte Strohhüte, die ihnen die zwei Söhne der Haushälterin letztes Weihnachten geschenkt haben. Um jeden Strohhut liegt ein farbiges Band. Monas ist gelb.

Die Schwestern mögen die Sommerzeit, wenn die Gouvernanten sie am Strand unterrichten. Jeder Tag ist wie ein Abenteuer und am Abend sitzen sie auf der Terrasse vor dem Haus der Kormorane und halten ihre Stockbrote ins Lagerfeuer und warten, dass es Sternenschnuppen regnet.

Vielleicht hat sich Mona deswegen diese Erinnerung ausgesucht. Weil sie den Duft des Holzfeuers mag. Oder weil sie an diesem Tag zum ersten Mal gespürt hat, was es bedeutet zusammenzugehören – die Schwestern wurden eine noch engere Gemeinschaft, weil sie gemeinsam ein Wunder erblickt haben.

Zum Mittag laufen sie den Weg zum Haus hoch. Zwei Gouvernanten folgen ihnen mit dem jetzt leeren Proviantkorb. Es ist ein Tag wie jeder andere. Die Schwestern sind sechs Jahre alt und haben noch das ganze Leben vor sich. Auf der Terrasse setzen sie sich und wischen den Sand von ihren Fußsohlen. Sie plappern und sind aufgeregt von ihrem Aufenthalt am Strand und gleichzeitig angenehm müde von der Hitze. Sie freuen sich auf die Kühle des Hauses und auf Stellas Essen. Es ist Dienstag und zum Nachtisch soll es Pancakes mit Himbeereis geben. Stella hat es den Schwestern am Morgen versprochen, und was Stella verspricht, hält sie auch ein.

Es ist eine stille Episode, die in Monas Erinnerung wie in Zeitlupe abläuft – die Gouvernanten erreichen die oberste Steinstufe, die Schwestern sitzen in einer Reihe auf der Terrasse und reiben ihre Fußsohlen sauber, eine der Gouvernanten sagt was, die Schwestern lachen, die Sonne glitzert über dem Meer und plötzlich wird sie verdeckt.

Sonnenfinsternis, denken die Schwestern und schauen auf und sehen, wie ein gewaltiger Schatten über das Meer wandert. Sie müssen ihre Augen abschirmen, um den dunklen Fleck gegen das Sonnenlicht besser zu erkennen.

Und sehen tun sie alle dasselbe.

Eine brennende Villa schwebt einige Meter über dem Wasser. Die Schwestern sehen jedes Detail – das Dach ist mit roten Ziegeln gedeckt, die Mauern sind rußig, wo das Feuer sie angefressen und schwarze Schlieren auf der schneeweißen Fassade zurückgelassen hat. Eine Dachrinne löst sich und versinkt zischend im Meer, der schwarze Rauch weht wie ein Banner der Sonne entgegen. Die Schwestern sehen, wie die Fensterscheiben das Tageslicht reflektieren und dass nur eines der Fenster offen steht. Dann sinkt die Villa, als hätte eine Hand sie fallen gelassen, sie klatscht auf die Meeresoberfläche und die Schwestern glauben in diesem kurzen Moment eine Gestalt durch das offene Fenster zu erkennen. In dem Zimmer sitzt ein Mädchen an eine Tür gelehnt und schaut zu ihnen raus. Dann schließen sich die Wellen um die Villa, die Flammen verlöschen mit einem lauten Zischen und das Geräusch schreckt die Kormorane aus ihren Nestern auf. All das geschieht innerhalb weniger Sekunden. Die Schwestern blinzeln in dieser Zeit kein einziges Mal, und die Gouvernanten drehen sich bei dem zischenden Geräusch um und sehen den aufsteigenden Rauch und das schäumende Wasser, in dem die Villa spurlos verschwunden ist, aber die Villa selbst haben sie verpasst.

Und Mona öffnet die Augen.

Das Feuer ist um sie herum, der Baldachin aus Rauch hat sich gesenkt, das Zimmer brennt, aber die Flammen vor dem Fenster sind verschwunden und ein kühler Wind weht herein und bewegt die Vorhänge, als wären sie Spinnweben. Auch die Baumwipfel sind draußen verschwunden und ein strahlend blauer Himmel hat ihren Platz eingenommen. Mona sieht eine Möwe vorbeifliegen und spürt für einen Augenblick, wie alles in der Schwebe ist. Sie, die Villa und die Erinnerung an ein Zuhause, von dem sie nie gedacht hätte, dass sie es jemals verlieren würde. Dann vergeht der Moment und die Villa sinkt und der Himmel verschwindet und Mona erblickt durch das Fenster das Haus der Kormorane und sieht ihre Schwestern und sich selbst dort auf der Terrasse sitzen – die gebräunte Haut und die Strohhüte mit den bunten Bändern –, dann taucht die brennende Villa mit einem Zischen ins Meer ein und das Wasser schießt durch das Fenster und prallt von den Wänden wieder ab und erstickt die Flammen, sodass nur noch das Rauschen der Wellen zu hören ist.

Mona rührt sich nicht. Sie hat Hände und Füße flach auf den Zimmerboden gedrückt, als könnten ihr die Dielen Halt geben. Das Haus neigt sich zur Seite, die Wellen umspülen Mona und dann ist sie unter Wasser und da ist plötzlich nur noch das Murmeln des Meeres in ihren Ohren. Mona weiß, dass es jeden Moment so weit ist und sie die Erinnerung loslassen muss, sonst gibt es kein Zurück mehr für sie. Dennoch zögert sie. Da ist die Müdigkeit, da ist die Verlockung in dieser Stille zu versinken und sich ihr zu ergeben. Das Wasser füllt ihren Mund und strömt durch ihre Nase. Mona blinzelt in das Dämmerlicht, das Salzwasser brennt in ihren Augen. Sie weiß, ihre Schwestern würden es ihr nie verzeihen, wenn sie jetzt aufgibt. Und mit diesem Gedanken lösen sich ihre Finger von den Dielen, und Mona lässt die Villa und die Erinnerung los und kehrt zurück in die Gegenwart und spuckt und hustet Wasser und sitzt auf dem Fundament der verschwundenen Villa und atmet wie ein Taucher, der nie gedacht hätte, dass er jemals die Sonne wiedersehen würde.

DER ZAR

Der Zar starrt auf das Mädchen, das mit angezogenen Knien auf dem Fundament sitzt und zittert. Sie hat die Arme um die Beine gelegt und den Blick auf eine Pfütze zu ihren Füßen gerichtet. Das gelbe T-Shirt klebt nass und wie eine zweite Haut an ihrem Körper.

Der Zar begreift nicht, was er da sieht.

Eben ist er aus dem Taxi gestiegen und hat sich gewundert, dass das Taxi, das heute Morgen vor der Villa geparkt hat, noch immer auf dem Bürgersteig steht; eben ist er die Einfahrt hochgelaufen und erstarrt, als wäre er gegen eine Wand gelaufen.

Die Villa existiert nicht mehr.

Wo das große Haus gestanden hat, ist nur noch das Fundament zu sehen. Es liegen keine Überreste von einer Explosion auf dem Grundstück herum, kein Rauch ist in der Luft zu sehen, obwohl es verbrannt riecht. Der Kiespfad endet, wo einst eine breite Treppe nach oben führte.

Meine Villa ist weg, denkt der Zar und geht am Fundament entlang über den Rasen, als wäre dieser Anblick ein Trugbild und er müsste nur einen anderen Blickwinkel finden, um die Täuschung zu durchschauen.

Etwas knirscht unter seinen Schuhsohlen.

Er schaut nach unten und sieht, dass er auf Glasscherben steht.

Mehr ist von meiner Villa nicht übrig, denkt er und wischt sich über die Augen, wie er es heute auf dem Friedhof getan hat, als er Motte mit den Flügeln auf der anderen Grabseite stehen sah. Das Bild bleibt dasselbe – die Villa ist mitsamt den Stufen und der Terrasse spurlos verschwunden und nur ein nasses Mädchen ist an ihrer Stelle zurückgeblieben. Der Schrecken weicht der Erleichterung. *Sie haben ihr nichts angetan,* denkt der Zar und betritt das Fundament.

»Mona?«

Sie schaut nicht auf. Der Zar weicht den großen Pfützen aus, weil er seine handgefertigten Schuhe nicht ruinieren will. Wie in Zeitlupe geht er vor Mona in die Hocke und fragt sich, ob er sich jemals wieder von allein wird aufrichten können. Die Gelenke knacken, als würde ein kaltes Feuer in seinen Knochen brennen. Der Zar berührt Mona am Knie und wiederholt ihren Namen. Endlich löst sich ihre Starre und sie schaut auf.

»Mona, was ist hier passiert?«

»Ich bin so müde«, sagt sie und beginnt zu weinen. »Und mir ist kalt.«

Obwohl der Zar weiß, dass er seinem Körper viel abverlangt, schiebt er die Hände unter ihre Achseln und hebt Mona hoch. Sein Rückgrat kreischt, für eine Sekunde wird ihm schwarz vor Augen, dann steht er aufrecht da und nur seine Knie zittern leicht nach. Mona legt ihre Arme um seinen Hals und drückt sich an seine Brust, ihre Beine schließen sich um seine Hüften, sie umklammert ihn wie ein Äffchen. Der Zar kann spüren, wie sehr sie friert. Er murmelt beruhigende Worte, streichelt über ihren Kopf und steigt vom Fundament wieder auf den Rasen runter. Sein Herz ist schwer und leicht zugleich. *Man gibt und man nimmt,* denkt er und schaut zum Ufer hinunter. Er wird die Voliere und den Blick auf den See vermissen, auch sein ergonomischer Stuhl wird ihm fehlen, doch all das sind Dinge, die sich wieder beschaffen lassen.

Der Zar tritt mit Mona in den Sonnenschein. Er nimmt sein Handy aus dem Jackett und wählt die Nummer des Sicherheitsdienstes, ohne Mona abzusetzen. Philipp Draeger meldet sich nach dem ersten Freiton.

»Philipp, ich brauche einen Wagen. Ich komme euch auf der Scharfenburger Straße entgegen. Bringt Decken mit. Die Villa ist nicht mehr. Und dass wir uns verstehen, das hier geht auf deine Rechnung. Deine Männer sollten uns beschützen. Sie haben einen furchtbar miesen Job gemacht.«

Er unterbricht die Verbindung, ehe Draeger sich erklären kann.

Mona hebt den Kopf und sieht den Zaren an.

»Das war unfreundlich«, sagt sie.

»Manchmal musst du unfreundlich sein, wenn dir dein Leben was wert ist.«

»Wohin gehen wir?«

»Du brauchst erst mal eine heiße Dusche, einen kräftigen Kakao und trockene Kleidung, und ich brauche einen doppelten Espresso. Danach setzen wir uns hin und du erzählst mir, was hier passiert ist. Bis dahin kannst du deine Augen schließen und dich ausruhen. Du bist jetzt in Sicherheit.«

Mona legt den Kopf wieder dankbar an seine Schulter, ihre Augen bleiben aber offen.

Der Zar verlässt das Villengrundstück und läuft den Privatweg hoch. Mona scheint mit jedem Schritt schwerer zu werden. Der Zar hasst seinen alten Körper. Er biegt in die Scharfenburger Straße ein und beißt die Zähne zusammen. Er weiß, an der nächsten Ecke steht eine Parkbank.

Wenn ich es bis dorthin schaffe, denkt er, *werde ich mich ausruhen.*

Der Zar wechselt auf den anderen Bürgersteig und kommt an einem geparkten Van vorbei. Der Fahrer trägt einen schwarzen Rollkragenpullover, der bei dem Wetter zu heiß sein muss. Er hat einen mageren Schnurrbart und erinnert den Zaren an einen jungen Errol Flynn mit zu viel Bräune im Gesicht. Ihre Blicke begegnen sich, der Fahrer lächelt, aber der Zar erwidert das Lächeln nicht und geht weiter. Die Parkbank wartet.

DER FAHRER, SEIN KOLLEGE UND IHR BOSS

Es sind zehn Minuten vergangen und Rutschinski ist ein wenig nervös, weil er seinen Wetteinsatz nicht verlieren will. Er ist nie religiös gewesen, aber wenn es passt, schickt er schon mal ein Gebet oder zwei nach oben.

Komm, mach schon, lieber Gott, lass mich den Topf gewinnen.

Cedric hat den Platz mit Hedder getauscht und sich in den hinteren Teil des Vans verzogen. Die Trennwand ist geschlossen, damit er in Ruhe daran arbeiten kann, Hausners Range Rover zu lokalisieren. Es wird ihm nicht leicht gemacht. Die Quelle in Barcelona ist zwar zuverlässig, aber da die Bruderschaft nicht ihr einziger Kunde ist, heißt es sich zu gedulden. Cedric befindet sich mit seiner Anfrage in der Warteschleife und hat große Lust ein Loch in das Dach des Vans zu schlagen. Hedder und Rutschinski sind dagegen vollkommen entspannt. Die Mission ist beendet, alles lief reibungslos, es war leicht verdientes Geld. Hedder schaut auf seine Uhr.

»Ich dachte, die Berliner Feuerwehr wäre schneller. So eine Rauchwolke muss doch bis zur Siegessäule zu sehen sein.«

Er beugt sich vor, bis seine Stirn das Fenster berührt, und traut seinen Augen nicht.

»He, es qualmt nicht mehr!«

Rutschinski schaut an ihm vorbei, auch er sieht keinen Rauch.

»Bei einem richtig heißen Feuer hört der Rauch irgendwann auf«, sagt er. »Das Feuer brennt dann sauber weiter.«

»Woher weißt du das?«

»Das weiß doch jeder.«

Hedder sieht wieder auf die Uhr.

»Ich hasse es zu verlieren.«

Eine Frau verlässt den Bungalow schräg gegenüber und beginnt den Bürgersteig zu fegen. Sie schaut immer wieder zum Van, als wäre sie empört, dass sie dort parken. Rutschinski checkt die Straßenschilder, nein, sie stehen auf keinem Behindertenparkplatz, sie versperren auch niemandem die Einfahrt. Zwei Jungen radeln vorbei und klingeln die Frau an, die nicht daran denkt, aus dem Weg zu gehen. Die Jungs weichen auf das Kopfsteinpflaster aus und werden durchgeschüttelt. Hedder lacht, weil es witzig aussieht. Eine Mutter mit Kinderwagen kommt aus dem Haus, vor dem der Van parkt, und lächelt Rutschinski zu.

»Die mag dich«, sagt Hedder.

»Ich seh ja auch gut aus.«

Hedder lacht wieder, er ist bester Laune, er hätte nicht gedacht, dass der Tag so entspannt zu Ende gehen würde. Rutschinski boxt ihm gegen die Schulter, die Frau verschwindet wieder in den Bungalow. Die zwei Männer schauen der Mutter mit dem Kinderwagen hinterher.

»Jungs?«

Sie drehen sich um. Cedric ist gute dreißig Jahre älter als sie, er darf sie ruhig Jungs nennen. Er dürfte sie auch Trottel rufen, er ist ihr Boss.

»Was ist mit der Feuerwehr?«

Sie schütteln die Köpfe, die Trennwand schließt sich wieder, die zwei Söldner schauen auf die Straße und wissen nicht, dass es diese kleinen Momente gibt, die man verpasst und nicht mehr einfangen kann. In genau solch einem Moment haben sie ein Taxi übersehen, das im Schritttempo in den Privatweg reingefahren ist. Sie übersehen aber nicht, dass ein Taxi nach zwei Minuten wieder aus dem Privatweg rausgefahren kommt.

»Verstehst du das?«, fragt Rutschinski.

»Nicht wirklich.«

»Das ist doch das Taxi, das vor der Einfahrt zur Villa geparkt hat.«

»Vielleicht lag der Taxifahrer die ganze Zeit über ohnmächtig in den Büschen und hat sich eben aufgerappelt.«

»Niemand liegt von Samstagnacht bis Montagmittag ohnmächtig in den Büschen.«

»Das war ja nur eine Theorie.«

»Was hat sich Paulsen überhaupt dabei gedacht, einen Zivilisten mit reinzuziehen?«

Sie haben beide von Paulsens kleinem Solo gehört und dass er mit einem Maschinengewehr im Gepäck unterwegs gewesen war und später ein Taxi samt Fahrer gekidnappt hat.

»Zählen Taxifahrer zu Zivilisten?«, fragt Hedder.

»Natürlich sind sie Zivilisten.«

»Ich frag ja nur.«

Sie sehen sich an.

»Scheiß aufs Taxi«, sagt Rutschinski.

»Scheiß aufs Taxi«, beschließt Hedder.

Sie sehen wieder auf die Straße.

»Paulsen weiß schon, was er tut«, sagt Hedder. »Er ist cool.«

»Er ist verschwunden.«

»Ja, aber er kommt wieder, du kennst doch Paulsen.«

Hedder schaut auf die Uhr. Er kennt Paulsen nicht wirklich.

»Ach, Mist«, sagt er, »das waren meine fünfzig Euro.«

Sie beobachten weiter die Straße und sehen ein Eichhörnchen einen Baum hochlaufen. Rutschinski lässt das Fenster ein wenig runter und erwartet Feuerwehrsirenen zu hören. Vögel zwitschern, irgendwo knattert ein Rasenmäher, Hedders Magen knurrt. Rutschinski beugt sich vor und öffnet das Handschuhfach. Eine Packung Müsliriegel kommt zum Vorschein.

»Nimm schon.«

»Nee, so was ess ich nicht.«

»Aber dein Magen knurrt.«

»Der knurrt, weil er wütend ist. Ich hasse es zu verlieren.«

Rutschinski zuckt mit den Schultern und nimmt sich einen der Riegel. Er reißt die Verpackung auf und beißt hinein.

»Lecker«, sagt er und hält Hedder den angebissenen Riegel entgegen.

»Hau bloß ab. Ich hasse diesen Müslischeiß, wer will schon ewig leben? Am Ende siehst du dann aus wie der alte Sack dort und freust dich, wenn dir einer den Gnadenschuss gibt.«

Hedder zeigt mit dem Kinn nach vorne. Ein alter Mann überquert die Straße. Rutschinski hat keine Ahnung, aus welchem Haus er gekommen ist. Er merkt, dass er den Fokus verliert. Der Job ist getan. Sie haben vier Wachleute ausgeschaltet und das Terrain gesichert, mehr gab es nicht zu tun. Der Befehl, die Villa anzuzünden, kam als Bonus dazu, und keiner von ihnen hat nachgefragt, was mit den Wachleuten passieren sollte. So wie auch keiner von ihnen erfahren hat, dass in einem der Zimmer ein Mädchen eingeschlossen war. Cedric streut seine Informationen vorsichtig. Die Männer hatten einen Auftrag und den haben sie ausgeführt. Wenn es nach Rutschinski ginge, wären sie jetzt längst an der Hotelbar und würden sich für den Abend warmtrinken.

Der Alte hat ein Mädchen auf dem Arm und es sieht aus, als würde die Kleine schlafen. Er kommt auf den Van zu und sieht

Rutschinski in die Augen. Rutschinski lächelt automatisch, der Alte lächelt nicht zurück. Als er am Van vorbei ist, beobachtet ihn Rutschinski noch einen Moment lang im Rückspiegel. Das Mädchen hat den Kopf auf der Schulter des Alten liegen. Ihr kurzes schwarzes Haar wirkt nass, aber das kann auch eine Täuschung sein. Als hätte sie bemerkt, dass Rutschinski sie beobachtet, schaut sie auf. Ihre Blicke treffen sich und Rutschinski schaut schnell weg. Seitdem er *Das Omen* gesehen hat, traut er keinem Kind, das nicht lächelt.

»Der Alte ist bestimmt ein Pädo, der seine Beute abschleppt«, sagt Hedder.

Rutschinski schüttelt den Kopf.

»Mann, dein Humor ist echt mies.«

»Du hast aber gegrinst.«

»Dennoch ist dein Humor mies.«

Hedder schaut wieder auf die Uhr.

»Und jetzt ...«

Er wartet ab, bis der Sekundenzeiger die zwölf erreicht.

»... bist du raus!«

»Ach, Mist aber auch!«

Sie schauen wieder auf den Privatweg und warten, dass die Feuerwehr kommt. Beide verlieren nicht gerne. *Aber fünfzig Euro sind nicht das Ende der Welt,* denkt Rutschinski und steckt sich den Rest vom Müsliriegel in den Mund.

LAZAR

Erde und Blut. Du hockst neben dem Grab des Jungen und kannst sehen, dass sie die Erde mit den Händen ausgehoben haben. Die Blutspuren auf dem Gras sind eingetrocknet, das Gras selbst ist flach getreten und da liegt auch ein alter Bekannter von dir.

Der Rabe hat die Flügel ausgebreitet, sein Brustkorb ist aufgeschnitten, aber das Vieh atmet natürlich noch immer.

Stirbst du nicht, weil sie dich aus ihrer Erinnerung geholt hat, möchtest du fragen, *oder weil du so stur bist wie ich?*

Natürlich sagst du kein Wort, es wäre mehr als albern, sich mit einem Raben zu unterhalten, während zwei deiner Söldner auf dem Weg hinter dir stehen und sich nervös umsehen.

Das Gras hat sich noch nicht wieder aufgerichtert. Vielleicht ist eine Stunde vergangen, seitdem sie den Jungen ausgegraben haben, vielleicht sind es auch nur dreißig Minuten. Wie du es auch drehst und wendest, du bist zu spät gekommen.

Hätte ich nicht hinter den Gräfinnen hergejagt, sondern wäre sofort hierhergefahren …

Deine Söldner haben Grund genug, so angespannt zu sein. Sie hätten beinahe eine Frau umgefahren, als sie auf den Friedhof eingebogen sind. Du wusstest sofort, dass ihr zu spät gekommen seid. Der Frau fehlten die Augen und ihre Fingerknochen schauten durch die Fingerspitzen, weil sie sich aus der Erde gewühlt hatte. Sie war tot, lief aber aufrecht und zielstrebig an euch vorbei. Du hast deinen Söldnern gesagt, sie sollten die Waffen stecken lassen. Es ist geschehen, die Toten sind erwacht, doch sie sind keine Gefahr, die Gefahr kommt von ganz woanders her.

Und siehe, in dieser Zeit wird euer Volk erwachen.

Dein Handy vibriert, es ist Cedric.

»Die Quelle hat den Range Rover lokalisiert«, lässt er dich wissen. »Er steht am Flughafen Tegel. Parkebene fünf, unweit vom Taxistand.«

»Und wieso hat das so lange gedauert?«

»Wir sind nicht die einzigen Kunden, die sich der Quelle bedienen.«

»Was?! Was soll das heißen? Was denken die, wer wir sind? Ohne die Bruderschaft würde es die Quellen und die verdammte Organisation überhaupt nicht geben. Gib mir ihre Kontaktdaten.«

»Lazar, tu das nicht. Du kannst der Organisation nicht querkommen.«

»Und wer sagt das, bitte schön?«

Cedric schweigt, er kann froh sein, dass er jetzt nicht vor dir steht. Niemand belehrt dich, vor allem nicht in Situationen wie diesen, in denen du zu spät gekommen bist.

»Ich warte«, sagst du.

Cedric gibt dir die Kontaktdaten der Organisation durch. Du fragst ihn, wie lange er noch braucht.

»Die Feuerwehr scheint sich überhaupt nicht für den Brand hier zu interessieren«, antwortet er. »Es hat sich auch niemand von der Familie blicken lassen. Wir fahren in ein paar Minuten los.«

Du unterbrichst die Verbindung und schiebst den Raben mit dem Fuß in das Grab. Du kommst dir dabei albern vor, aber so ist es nun mal. Hättest du einen Spaten, würdest du das Vieh vergraben. Nachdem du mit den Söldnern an deiner Seite zum Wagen zurückgekehrt bist, fahrt ihr zum Flughafen. Es ist an der Zeit, dass du mit der Organisation sprichst. Niemand behandelt dich wie einen dahergelaufenen Bittsteller.

DER FAHRER, SEIN KOLLEGE UND IHR BOSS

Hedder setzt sich wieder nach hinten, Cedric nimmt seinen Platz neben Rutschinski ein.

Es ist fast schon eine Routine, denkt Cedric, *es ist immer der gleiche Ablauf,*

Am Ende der Mission sitzt er mit seinen Söldnern im Wagen, während eines der Häuser in Flammen steht. Ob jetzt an der Westküste von Malaysia oder in einem winzigen Ort in Ecuador, ob einen Steinwurf von der italienischen Riviera entfernt oder hier im Herzen von Berlin – wo auch immer sie die Familie aufgespürt haben, nach getaner Arbeit sitzen sie im Wagen und nur Asche bleibt zurück.

»Wo bleibt die Feuerwehr?«, fragt Cedric.

»Es steigt schon seit einer Weile kein Rauch mehr auf«, meldet sich Hedder von hinten. »Vielleicht hat der Wind das Feuer ausgeweht.«

Cedric beugt sich vor, um über die Baumwipfel zu schauen.

»Kein Wind könnte so ein Feuer auswehen«, sagt er.

»Ich habe mal gehört, dass ein sauberes Feuer ohne Rauch brennt«, sagt Rutschinski.

»Ein Holzfeuer vielleicht, aber doch kein verdammtes Haus«, widerspricht ihm Cedric.

»Wer weiß---«

»*Ich* weiß«, unterbricht ihn Cedric scharf und klingt dabei genau wie Lazar. »Ich habe mehr Häuser brennen sehen, als ihr euch vorstellen könnt. Die Scheißdinger qualmen ewig. Irgendwas stimmt da nicht. Wir ...«

Cedric verstummt, als er im Rückspiegel einen blauen Volvo sieht, der über das Kopfsteinpflaster gerumpelt kommt. Er hat ein britisches Nummernschild, schwarze Schrift auf gelbem Untergrund. Cedric runzelt die Stirn. Er weiß, es ist absurd, aber derselbe Wagen parkte vor drei Tagen in der Culmer Street in Edinburgh. Während Cedric an dem Tag das Archiv observiert hatte, schickte er einen seiner Männer los, um die geparkten Autos zu fotografieren. Die neunzehn Fotos wurden an die Quelle weitergeleitet, die die Namen der Fahrzeughalter anhand des Kennzeichens ausfindig machte. Sollte es später Augenzeugen geben, wäre es dumm, wenn man nicht wüsste, wer diese Zeugen waren. Außerdem ist Vorsicht besser als Nachsicht, denn man weiß nie, wozu diese Informationen unter Umständen gut sind.

Unter Umständen wie diesen hier, denkt Cedric und beugt sich vor, um im Seitenspiegel den Fahrer besser zu erkennen. Aber der Wagen schaukelt auf dem Kopfsteinpflaster so sehr, dass das Gesicht unscharf bleibt. Das Gesicht des Jungen auf der Beifahrerseite dagegen ist klar zu erkennen.

Cedric schaut wieder zum Fahrer.

Unscharf.

»Ich weiß, wer das ist«, sagt er halblaut und drückt sich das Handy ans Ohr.

Cedric hat Esko das erste Mal vor dem Haus der Hakonsons gesehen. Schon damals war es für ihn unmöglich gewesen, sein Gesicht deutlich zu erkennen.

»Lazar, dieser Esko ist hier«, sagt Cedric ins Handy.

Der Volvo rattert vorbei und biegt in den Privatweg ein. Lazars Antwort ist kurz und knapp. Cedric nimmt das Handy vom Ohr. Lazar hat ihm grünes Licht gegeben, dennoch ist Cedric vorsichtig. Er hat gesehen, wie es Lazar nach seiner Konfrontation mit diesem Esko ergangen ist. Lazar schien danach um Jahre gealtert und sein eines Auge war blutig. Cedric fürchtet sich nicht vor Esko, er hat aber Respekt.

»Und?«, fragt Rutschinski.

»Wir haben freie Hand«, antwortet Cedric. »Folg dem Wagen.«

Rutschinski startet den Motor und parkt aus. Cedric und Hedder ziehen ihre Waffen. Die Geldscheine beginnen von der Ablage zu rutschen. Hedder greift danach und steckt sie ein.

»Ich hab das gesehen«, sagt Rutschinski.

»Ich pass nur drauf auf«, sagt Hedder und lacht nervös.

Sie biegen in den Privatweg ein und sehen keine Spur vom Volvo. Vierzig Meter entfernt steht noch immer das verlassene Taxi. Hedder und Rutschinski sind irritiert, sie wissen, was sie gesehen haben. Ein Taxi verließ vorhin den Privatweg.

»Fahr auf das Grundstück«, sagt Cedric. »Wir schnappen sie uns, laden sie in den Van und verschwinden wieder. Wie viele haben in dem Wagen gesessen?«

»Ich habe vier gezählt«, sagt Rutschinski.

»Gut. Hedder, du übernimmst den Fahrer ...«

Weiter kommt Cedric nicht, denn ein nackter Mann tritt auf den Privatweg. Er ist von Kopf bis Fuß voller Dreck und trägt nur ein paar schwarze Shorts. Der Mann bleibt vor der Einfahrt stehen, als würde er überlegen, ob er nach rechts zum Ufer des Tegeler Sees will oder doch lieber nach links zur Straße. Er entscheidet sich für links und geht auf den Van zu.

Rutschinski bringt den Wagen zum Stehen. Die drei Söldner starren auf den verdreckten Mann, der näher kommt.

»Keiner rührt sich«, sagt Cedric und steigt aus.

MOTTE

Eine halbe Stunde kann den entscheidenden Unterschied ausmachen, eine halbe Stunde kann mehr oder weniger das Weltgeschehen verändern oder unbemerkt an dir vorbeistreichen, während du dir die Zehennägel schneidest und deine Lieblingsserie auf DVD schaust. Wir wussten nicht, dass die Villa in Flammen aufgegangen war, genauso wenig wie wir wussten, dass wir Mona und den Zaren verpasst hatten. Wir stiegen aus dem Volvo und starrten auf das Fundament der Villa und waren recht ratlos. Der Blick auf den Tegeler See war jetzt frei. Ein Segelboot glitt vorüber. Es schien, als hätte es hier nie eine Villa gegeben.

»Kneif mich mal«, sagte Lars.

»Was ist hier passiert?«, fragte Esko.

»Hier stand mal eine Villa«, sagte ich.

»Und sie war echt groß«, sagte Lars.

Rike trat an das Fundament heran und beugte sich vor.

»Hier liegt ein Hering«, sagte sie.

Wir sahen uns den Hering an. Er lag einen halben Meter von einer Pfütze entfernt auf dem Trockenen und öffnete und schloss sein Maul, als würde er was sagen wollen. Seine Schuppen waren ausgetrocknet und schimmerten matt.

»Ich dachte, Heringe gibt es nur im Salzwasser«, sagte Lars.

Rike tunkte einen Finger in eine Pfütze und leckte daran.

»Das *ist* Salzwasser«, sagte sie.

Und wie wir dieses kleine Wunder betrachteten, landete eine Fliege auf dem Rücken des Herings und marschierte den bläulichen Körper entlang, als würde sie einen Spaziergang über ein gut gedecktes Buffet machen.

»Alter«, stellte Lars fast schon bewundernd fest, »anscheinend holst du *alles* zurück, was tot ist. Der arme Kerl liegt da schon eine Weile.«

Die Fliege verschwand im Fischmaul, daraufhin begann der Hering kurz zu zappeln und lag wieder still, nur sein Maul gab keine Ruhe. Auf und zu. Wir warteten, dass die Fliege herauskam. Sie blieb verschwunden.

»Hier finden wir nichts«, sagte Esko.

»Das ist wie Monopoly«, sagte Lars, »Geh zurück auf Los, streich aber keine Kohle ein. Wenn wir jetzt …«

Mein bester Kumpel verstummte und schaute an mir vorbei zum Ufer, wo eine Voliere stand, die die Größe eines Häuschens hatte. Die Papageien darin tobten, was vermutlich an dem Mann lag, der neben der Voliere aufgetaucht war. Er sah aus, als hätte er sich im Schlamm gewälzt. Er war von Kopf bis Fuß verdreckt und trug nur schwarze Shorts, sah darin aber nicht einmal halb so lässig aus wie ich, wenn ich meine Shorts anhatte – sein Körper war muskulös und übertrieben tätowiert, die Arme aufgepumpt, die Oberschenkel wie aus Marmor gehauen. Sein Kopf war rasiert und auf seiner Stirn prangte eine winzige rote Blüte, als wäre er ein Hare-Krishna-Anhänger, der sich verlaufen hat und gleich in einen Singsang ausbrechen wird. Was er aber nicht tat, stattdessen kam er auf uns zu. Seine Augen waren trübe, der halb geöffnete Mund erinnerte mich an den Hering. Die Papageien in der Voliere beruhigten sich, je weiter er sich von ihnen entfernte, die Sonne grinste und aus der Blüte auf der Stirn des Mannes wurde ein Einschussloch.

»Scheiße, den kenne ich«, sagte Lars und wich zurück.

»Hau bloß nicht wieder ab«, sagte ich.

»Wieso sollte ich?«, fragte Lars und blieb stehen.

»Das ist der Söldner, der am Wannsee auf uns geschosssen hat«, sagte Esko. »Als ich ihn mir schnappen wollte, hätte er mir beinahe den Magen aufgeschlitzt.«

Wir waren nicht das Ziel des Toten, er ging an uns vorbei zur Einfahrt, ohne uns zu beachten. Es war eine komische Situation. Wir wagten es nicht zu sprechen, wir standen still und hatten nur Augen für den toten Söldner. Erst als er durch die Einfahrt auf die Straße getreten und nicht mehr zu sehen war, atmeten wir beinahe gleichzeitig durch.

»Was auch immer hier passiert ist«, sagte Esko, »wir sind zu spät gekommen. Lasst uns verschwinden.«

Lars war so schnell im Wagen, dass es fast schon albern war. Esko setzte sich hinters Steuer, Rike und ich rutschten auf die Rückbank. Wir waren so ahnungslos, dass ich am liebsten wegschauen und das Folgende überspringen würde. So wie wir nicht wussten, dass wir zu spät gekommen waren, wussten wir auch nicht, dass der Tod direkten Kurs auf uns genommen hatte. Vorhin habe ich gesagt, dass eine halbe Stunde den entscheidenden Unterschied ausmachen kann. Manchmal sind es nur Sekunden.

Esko wendete den Wagen und fragte, wo es jetzt hingehen würde. Lars sagte, er wäre sehr froh, wenn die drei Tage endlich vorbei wären. Rike lehnte sich an mich und legte ihren Kopf an meine Schulter, und ich drehte mich ein letztes Mal um und sah auf das Fundament, auf dem einst die prächtige Villa meines Großvaters gestanden hatte.

Verschwunden, dachte ich, *einfach verschwunden.*

Als ich wieder nach vorne schaute, bog Esko vom Grundstück auf den Privatweg und dann explodierte die Welt um uns herum.

DIE TOTEN

Paulsen fühlt sich zum Licht hingezogen.

Die Sehnsucht hat ihn geweckt, die Sehnsucht zwang ihn aus der Erde.

Und sie brennt.

Und sie lodert.

Und sie treibt ihn an.

Er gräbt sich frei. Erde rieselt aus seinem Mund, Erde klebt auf seinen offenen Augen, er blinzelt sie weg. Für eine Weile steht er neben der Voliere und hört die Papageien toben und lauscht ihnen, wie man einem Gedanken lauscht, der keinen Sinn macht. Kaum etwas macht Sinn, wenn man tot ist. Außer der Ruf der Sehnsucht.

Paulsen überquert den Rasen und folgt der Spur, die er vor zwei Tagen hinterlassen hat. Er hat keine Erinnerung an das Taxi, mit dem er hierhergefahren ist, noch erinnert er sich an den Zaren, der ihm in den Kopf geschossen hat. Paulsens Erinnerung ist auf den Ort reduziert, der ihm einst ein Zuhause war. Die Sehnsucht will, dass er dorthin zurückkehrt. Und so ist Paulsen unterwegs nach Bristol. Er wird das Land und das Meer überqueren, er wird nicht ruhen, bis er dort angekommen ist.

Paulsen ignoriert Lars und Motte, die ihn verblüfft anstarren. Er ignoriert auch Rike und Esko, die ihm Platz machen. Vor zwei

Tagen hat er mit einem Maschinengewehr auf Lars geschossen. Damals konnte Paulsen das Gewehr mit geschlossenen Augen innerhalb von einer Minute auseinandernehmen und wieder zusammenbauen. Heute wüsste er nicht einmal, wie er die Waffe halten sollte.

Schritt für Schritt geht er auf sie zu, Schritt für Schritt geht er an ihnen vorbei.

Und zögert in der Einfahrt.

Und wendet sich nach links.

Heimwärts.

Vom anderen Ende des Privatweges nähert sich ein Van und bremst zehn Meter von Paulsen entfernt. Ein Mann springt aus dem Wagen und kommt auf ihn zugerannt.

»Paulsen?«

Paulsen will weitergehen, eine Hand legt sich auf seine Brust und hält ihn zurück. Paulsen steht reglos da und sieht in das Gesicht des Mannes. Es gibt dort nichts für ihn zu sehen. Es könnte jedermann sein. Es ist Cedric.

»Wer hat dir das angetan?«

Paulsen wartet, dass die Hand ihn wieder gehen lässt. Seine Beine wollen sich wieder in Bewegung setzen, die Sehnsucht schiebt und drückt in seinem Rücken. Cedric betrachtet die Schusswunde auf Paulsens Stirn und die leblosen Augen, die von einem Schleier überzogen sind. Seine Hand liegt noch immer auf Paulsens Brust, er spürt keinen Herzschlag und nimmt die Hand herunter. Paulsen will den nächsten Schritt machen, als ein dumpfes Klopfen aus dem Taxi erklingt. Es ist der Fahrer, den Paulsen in den Kofferraum gestopft hat. Zwei Tage ist das jetzt her, aber es könnten genauso gut zwei Millionen Jahre sein. Paulsen kennt keine Zeit mehr. Er erstarrt mitten im Schritt. Niemand hält ihn mehr auf, dennoch rührt er sich nicht.

»Paulsen, was ist dir passiert?«, will Cedric wissen. »Paulsen, sieh mich an!«

Paulsen hört und hört die Worte nicht. Er sieht und sieht Cedric nicht. Da ist etwas Neues. Eine Verbindung, die nur die Toten teilen. Paulsen geht zum Kofferraum des Taxis. Cedric sieht seinen Hinterkopf. Die Kugel hat ein kraterförmiges Austrittsloch hinterlassen.

Paulsen öffnet den Kofferraum.

Cedric dreht sich um und rennt zum Van.

Der Taxifahrer war einunddreißig Jahre alt, als er gestorben ist. Er hatte eine Frau und zwei Kinder, er hatte eine Mutter, die im Pflegeheim lebt. Niemals hätte er gedacht, dass er vor seiner Mutter sterben würde. Auch ihm fehlt die Erinnerung, sein Leben ist ein vollgeschriebenes Blatt, das der Tod mit Schwärze gefüllt hat. Er weiß nicht mehr, dass ihm Paulsen das Genick gebrochen hat. Er weiß nicht mehr, wer seine Mutter oder seine Kinder sind. Seine Sehnsucht ist kein Ort, seine Sehnsucht ist ein Mensch. Er hat nur seine Frau vor Augen. Und so steigt er aus dem Kofferraum und hat keinen Blick übrig für seinen Mörder, so wie sein Mörder keinen Blick für ihn übrig hat.

Als Cedric wieder im Van sitzt, will Hedder wissen, was mit Paulsen los ist.

Cedric ignoriert ihn.

»Fahr an ihm vorbei«, sagt er.

»Aber, das ist Paulsen, er---«

»Ich sagte, fahr an ihm vorbei! Wir können für Paulsen nichts mehr tun. Fahr schon!«

Rutschinski legt den Gang ein, der Motor röhrt auf und der Van schießt an den zwei Toten vorbei, die den Privatweg runterlaufen und sich nicht umsehen und nicht mitbekommen, wie der Van auf das Grundstück einbiegt, während im selben Moment ein blauer Volvo vom Grundstück fährt, um auf den Privatweg einzubiegen. Die beiden Wagen treffen mit einem Krachen aufeinander. Der Volvo wird frontal an der Fahrerseite getroffen. Seine Reifen lösen sich vom Boden und der Wagen stellt sich für Sekunden auf die Räder der Beifahrerseite. Die Toten hören zwar noch das Geräusch von sich verbiegendem Metall, es ist aber kein Geräusch, das sie interessiert. Sie wollen nach Hause, nur das zählt, sie wollen einfach nur nach Hause.

MOTTE

Natürlich wussten wir nicht, dass es ein Unfall war. In den wenigen Sekunden, als sich der Volvo seitlich auf die Räder stellte und dann mit dem Dach gegen einen der Mauerpfeiler krachte, wussten wir einfach nichts. Es hätte auch ein Meteor sein können, der uns erwischt hatte. Fest stand nur, ohne den Pfeiler hätten wir uns überschlagen. Das Dach des Volvos wurde eingedrückt, die Scheiben auf der Fahrerseite zerbrachen, dann zog uns die Schwerkraft zurück und der Wagen landete wieder auf seinen vier Rädern und wippte nach wie ein albernes Kinderspielzeug.

Plötzlich war es vorbei – Rike lag auf mir, eine Hand auf meiner Brust, die andere über meinem Kopf gegen die Tür gedrückt. Sie flüsterte, ob ich okay wäre. Unsere Gesichter waren so nahe, als wollten wir uns küssen. Ein Blutstropfen lief über ihre Schläfe und fiel auf meine Wange.

»Du blutest«, sagte ich.

»Das ist nichts«, sagte sie.

Lars stieß die Beifahrertür auf, beugte sich raus und kotzte auf die Einfahrt. Esko reagierte als Einziger vernünftig, drehte den Zündschlüssel und versuchte den Wagen zu starten. Nur ein Gurgeln kam aus dem Motorraum.

»Raus hier!«, rief Esko uns zu.

Wir setzten uns auf, ich öffnete die Tür in meinem Rücken und kroch mit Rike aus dem Wagen. Der Van stand neben dem Volvo, seine Schnauze war eingedrückt, die getönten Scheiben wirkten unheimlich im Sonnenlicht. Wir hockten neben Lars' Erbrochenem, was um einiges besser war, als im Auto zu sitzen und auf den nächsten Angriff zu warten. Mein bester Kumpel stand noch immer vorgebeugt neben dem Wagen und war kalkweiß im Gesicht. Er atmete durch den Mund, was ihn ein wenig wie einen hechelnden Dackel klingen ließ. Rike und ich richteten uns langsam auf und schauten über das Autodach.

Zwei Söldner stiegen aus.

Der Beifahrer war benommen und lehnte an der Motorhaube. Der Fahrer war beim Aufprall mit der Stirn gegen die Windschutzscheibe geflogen und ein Blutfaden lief ihm über die Wange, aber das hielt ihn nicht davon ab, sofort zu reagieren und eine Knarre auf Esko zu richten.

»Langsam«, sagte er.

Esko stieg langsam aus.

»Ich will deine Hände sehen! Nimm die Hände hoch!«

Esko zeigte ihm seine Hände, der Söldner kam näher und holte aus seiner Jacke ein paar Handschellen. Er hätte nicht näher kommen dürfen. Der Stein traf ihn zwischen die Beine und rollte mit einem Klacken über die Straße. Der Söldner ließ Waffe und Handschellen fallen und umklammerte seine Hoden mit beiden Händen. Sein Gesicht verlor alle Farbe, nach zwei Schritten sank er auf die Einfahrt und röchelte nur noch.

Ich schaute nach rechts.

Lars stand da wie ein Speerwerfer, der seinem Weltrekord hinterherschaut. Ich konnte sehen, er war selbst erstaunt über seinen Glückswurf. Erbrochenes klebte an seinem T-Shirt, ein Grinsen breitete sich auf seinem Gesicht aus.

»Alter, hast du das gesehen?!«, rief er und streckte beide Arme in die Luft. »Ich habe ihn erwischt! Das war wie Olympiade!«

Die erste Kugel durchschlug seine linke Schulter, sodass mein bester Kumpel um die eigene Achse gedreht wurde, ehe die zweite Kugel ihn im Rücken traf. Lars fiel gegen den Mauerpfeiler und rutschte an ihm herunter. Wir starrten fassungslos von Lars zum Schützen.

Der dritte Söldner war aus der hinteren Schiebetür des Vans gestiegen und stand auf der Beifahrerseite. Er hatte beide Hände um seine Waffe liegen und richtete sie auf mich. Es erschrak mich, wie ruhig ich blieb; es erschrak mich noch viel mehr, wie klar mein Denken dabei war. Ich dachte keine Sekunde daran, die Flucht zu ergreifen oder in Deckung zu gehen. Ich fragte mich, wie ich den Söldner schnell und effektiv außer Gefecht setzen konnte. Niemand konnte zu dem Zeitpunkt wissen, dass die Lebenserwartung des Söldners rapide gesunken war. Ihm blieben noch drei Minuten.

»Runter!«, rief Rike und riss an meinem Arm.

Zwei weitere Schüsse gingen über uns hinweg. Rike fragte mich, ob ich vollkommen bescheuert sei, wie eine Zielscheibe in der Gegend rumzustehen. Ich wollte ihr erklären, dass alles gut wäre, da hörten wir Lars stöhnen. In meiner Coolness hatte ich meinen besten Kumpel vollkommen vergessen. Rike kroch auf allen vieren zu ihm rüber, ich wollte ihr folgen, da tauchte Esko an meiner Seite auf. Er hockte sich neben mich und fragte, ob alles in Ordnung sei.

»Ich habe einen Plan«, sagte ich und streifte mir die dämlichen Sandalen von den Füßen ab.

»Motte, du …«

Und weg war ich.

Jetzt weiß ich, wie dumm ich war; jetzt verstehe ich, in was für eine Gefahr ich uns alle gebracht habe. Damals aber war diese Gewissheit in meinem Kopf, dass ich mehr tun konnte, als mich zu ducken und Angst zu haben.

Ich war noch nie so ruhig in meinem ganzen Leben.

Ein Schuss fiel, dann noch einer.

Ich verschwand hinter der Mauer und bekam nicht mit, wie Esko fluchte; ich bekam auch nicht mit, dass er sich in die entgegengesetzte Richtung bewegte. Der Söldner hatte keine Ahnung, auf wen er sich konzentrieren sollte. Esko verschwand im Wald, ich lief an der Mauer entlang, packte einen der tiefer hängenden Äste und schwang mich hoch, als würde ich das zehnmal am Tag tun. Mein wunder Rücken brüllte zwar auf vor Schmerz, aber es kümmerte mich nicht. Die Bewegungen wirkten wie geölt, ich landete mit beiden Füßen auf der Mauerkrone und hockte dort wie ein Raubvogel.

Was tat ich hier?

Die Zweifel verschwanden so schnell, wie sie gekommen waren. Eskos Wissen funkte durch meine Synapsen. Ich besaß zwar nur den Körper eines Sechzehnjährigen, aber ich hatte das Können eines ausgebildeten Kämpfers, der nicht zweifelte, sondern handelte und jeden seiner Schritte berechnet setzte.

Und ich hatte einen Plan.

Der Söldner war zwei Meter von mir entfernt, als ich hinter ihm auf dem Boden landete. Meine bloßen Füße klatschten auf den Asphalt. Er schnellte herum und richtete die Knarre auf mich, aber ehe er abdrücken konnte, schlug ich seine Hand zur Seite und ein Schuss löste sich. Mein nächster Schlag brach ihm das Nasenbein. Die Waffe fiel zu Boden, der Söldner taumelte nach hinten und sah mich überrascht an.

»Wow«, sagte ich zu mir selbst und schüttelte meine Hand aus, die sich anfühlte, als hätte ich gegen eine Wand geboxt.

Aber auch dieser Schmerz war nicht schlimm, das Adrenalin kochte in meinem Blut, es fetzte durch meine Synapsen und ich war bereit für alles, als ich plötzlich angeschrien wurde.

»Was ist nur in dich gefahren?!«

Esko stand vor dem Van, und es war wie in einem surrealen Film – der eine Söldner lehnte mit beiden Armen auf der Motorhaube und starrte auf den Lack; der andere Söldner war ein Knäuel auf der Straße und hielt sich noch immer die Hoden. Ich konnte es nicht fassen, wir hatten es gepackt, wir hatten drei Söldner schachmatt gesetzt, und es ergab keinen Sinn, dass Esko so wütend auf mich war.

Ich wollte ihn fragen, was sein Problem war, da nahm der Söldner vor mir die Hände von seinem Gesicht, sodass das Blut in roten Perlen von seiner Nase tropfte. Ich sah die Perlen wirklich, ich sah auch das Zittern seiner Augenlider, als er ein Messer aus seinem Stiefel zog und auf mich zukam. Es war für mich ein wenig so, als würde alles durch einen Zeitfilter geschleift werden.

Die Knarre lag zwischen uns, aber der Söldner tat, als würde er sie nicht sehen. Er stach zu, ich wich aus, er stach zu, ich wich aus und verpasste ihm einen Schlag in die Nieren. Er trat zurück und griff erneut an. Der Tanz begann von vorne und nachdem ich zwei Treffer gelandet hatte, lehnte der Söldner mit dem Rücken an dem Van und atmete schwer. Ich war schnell, meine Reflexe waren so natürlich, dass ich mir am liebsten selbst applaudiert hätte.

Der Söldner verstand nicht, wie das möglich war. Der kleine Scheißer Motte nahm es barfuß mit ihm auf. Weit entfernt hörte ich Esko brüllen, ich sollte zurücktreten, aber ich ignorierte ihn und hob die Knarre von der Straße auf. Sie war so schwer, dass ich beide Hände brauchte, um sie ruhig zu halten.

»Lass mal das Messer fallen«, sagte ich zum Söldner.

Heute denke ich, wir sind für alles selbst verantwortlich. Heute weiß ich auch, dass das Schicksal nur ein Scherz ist – wir sind es, die die Steine in Bewegung setzen, wir sind es, die der Lawine zuschauen, während sie auf uns zurast. Wir könnten ihr ausweichen, aber wir sind so fasziniert von der Zerstörung, dass wir stehen bleiben.

Der Söldner und ich ahnten nicht, dass er nur noch eine Minute zu leben hatte.

»Und jetzt?«, fragte er. »Willst du mich erschießen?«

Ehe ich ihm eine Antwort geben konnte, richtete sich Rike hinter dem Volvo auf. Ihre Hände waren blutverschmiert, die Augen voller Tränen. Sie knallte Lars' Rucksack auf das Autodach und öffnete ihn. Sie zog die Knarre heraus und kam um den Wagen herum. Wir sahen jetzt beide wie zwei Westernhelden aus. Rike beachtete mich nicht, sie war auf Kollisionskurs und hatte nur Augen für den Söldner.

Das Seitenfenster des Vans wurde pulverisiert, der Söldner duckte sich. Rike schoss ein zweites Mal, die Kugel ging über ihn hinweg und verschwand in den Bäumen. Rike kam näher. Der Söldner hätte einfach weglaufen sollen, aber wann immer ein Söldner wegläuft, weiß man, dass man im falschen Film sitzt. Er trat auf Rike zu. Der Waffenlauf zitterte in ihrer Hand, sie war jetzt drei Meter von ihm entfernt und konnte nicht mehr danebenschießen. Die Waffe machte ein klickendes Geräusch, Rike klappte der Mund auf, auch der Söldner war überrascht, was aber nicht hieß, dass er zögerte. Ein Schritt, noch ein Schritt. Und Rike stand noch immer mit der Knarre in der Hand vor ihm. Der Messerarm kam von unten und ich sah die Klinge, die Rikes Magen aufschlitzen würde, sah sie einen silbernen Lichtbogen in der Luft hinterlassen und zögerte nicht und schoss dem Söldner in den Rücken.

Bitte, kommt mir nicht mit Gerechtigkeit oder Moral. Bitte, schüttelt nicht den Kopf und wundert euch, was bei mir nicht stimmt. Ich kann euch sagen, was nicht stimmt. Diese Welt hier. Diese Welt, in der es Waffen gibt und Menschen, die andere Menschen aus Gier, Neid und Angst umbringen. Diese Welt stimmt nicht, in der wir um unsere Sicherheit fürchten und mit dem Leben unserer Liebsten bezahlen müssen. Und das hat nichts mit Moral zu tun, das ist einfache nackte Wahrheit. Ich weiß, wovon ich rede. Ich habe für das Leben meiner großen Liebe mit einem Mord bezahlt. Und es war richtig. Ich weiß es, denn ich war da. Und die Moral hat in die andere Richtung gesehen.

Ich kam nicht einmal dazu, die Knarre zu senken. Esko schlug meine Waffenhand zur Seite und verpasste mir links und rechts eine Schelle, dass mir der Speichel aus dem Mund flog. Danach stand ich wie benommen vor ihm und hatte keine Ahnung, was das sollte. Erst später begriff ich, dass es keine Wut gewesen war, die ich da in seinem Blick zu sehen glaubte. Esko war besorgt und ängstlich.

»Wieso hast du das getan?!«, schrie er mich an.

Ich wollte ihm erklären, dass Rike in Gefahr gewesen war, aber das hatte er ja selbst gesehen. Esko ging es nicht um den Söldner.

»Denkst du, du bist unverwundbar? Denkst du, nur weil du als Engel wiedergeboren wurdest, kann dir niemand was? Du verdammter Narr, mach das nie wieder, hast du mich verstanden?!«

Ich nickte, ich schluckte ein paar Tränen herunter und nickte erneut.

Ich hatte keine Ahnung, was hier passierte.

Und dann rief Rike nach uns.

Und dann rannten wir alle los, um das Leben meines besten Kumpels zu retten.

DAS MÄDCHEN

Während Esko mit Motte und Rike und dem blutenden Lars auf dem Rücksitz des demolierten Volvos zum Krankenhaus rast, hat es sich Mona im Morgenmantel auf einem samtbezogenen Sofa bequem gemacht und hält einen Becher Kakao in den Händen. Ihre toten Schwestern sind um sie herum und sitzen auf den Armlehnen und zu ihren Füßen. Mona weiß, dass sie nicht lange bleiben können. Seitdem Mona sie mit Lazar zusammengeführt hat, zehren die toten Schwestern von Lazars Energie und werden schwächer und schwächer, wenn sie nicht in seiner Nähe sind. Aber die Schwestern wollen noch nicht von Monas Seite weichen. Sie fühlen sich schuldig, weil sie Mona in der brennenden Villa nicht helfen konnten; gleichzeitig sind sie erleichtert, weil es Mona schon besser geht. Sie hat so lange geduscht, bis ihre Fingerspitzen aufgequollen waren. Jetzt ist ihr warm und sie wünscht sich, sie könnte sich auf dem Sofa ausstrecken und für ein paar Minuten die Augen schließen.

Ihre Schwestern schütteln die Köpfe.

Mona gähnt und streicht mit der Hand über den glatten Stoff des Morgenmantels. Er ist aus weißer Seide und viel zu groß für sie. Mona hat die Ärmel hochgekrempelt. Zwei Initialen sind mit rotem Garn über dem Herzen eingestickt.

»Wer ist IB?«, ruft sie dem Zaren zu.

Seit zehn Minuten steht der Zar in der Küche und wartet, dass die Espressomaschine den richtigen Druck aufbaut. Als Mona wissen wollte, warum er seinen Kaffee nicht mit einer einfachen Kaffeemaschine zubereitet, hat der Zar erwidert, Kaffeemaschinen seien was für Bauern. »Wir vom Adel wollen so perfekt sein, wie es nur geht«, war seine genaue Antwort. Die Espressomaschine ist einen Meter lang und erinnert Mona an ein silbernes Raumschiff.

Der Zar tritt durch die doppelflügelige Tür in das Wohnzimmer.

»Der Morgenmantel hat einer alten Freundin von mir gehört«, sagt er und nimmt eine gerahmte Fotografie von der Wand. »Du wirst sie nicht kennen. Sie starb unglücklicherweise vor einem halben Jahrhundert. Dieses Foto wurde Anfang der 60er in New York gemacht, ist sie nicht wunderschön?«

»Sie sieht traurig aus«, sagt Mona.

Der Zar betrachtet das Foto überrascht. Er muss zugeben, sie sieht wirklich traurig aus.

»Du erinnerst mich ein wenig an sie«, sagt er und hängt das Foto wieder an seinen Platz. »Ihr hättet euch gut verstanden und sie hätte bestimmt nichts dagegen gehabt, dass du ihren Morgenmantel trägst. Sie war eine berühmte Schauspielerin und vielleicht siehst du ja eines Tages einen ihrer Filme, dann kannst du sagen, du hast auf ihrem Sofa gesessen und aus ihrem Becher getrunken.«

»Wie hieß sie?

»Ihr Name war Ingrid Bergman und sie kam aus Schweden. Als kleines Kind hat sie ihre Eltern sehr früh verloren. Ihr Vater war Fotograf und ein guter Freund von mir. Nach seinem Tod habe ich mich um die Kleine gekümmert und dafür gesorgt, dass sie bei einem Verwandten unterkam und die Schauspielschule besuchte. Ingrid war sehr talentiert und verflucht charmant, da war es also kein Wunder, dass ihr bald schon die Welt zu Füßen lag. Wann immer sie Berlin besuchte, hat sie hier gewohnt.«

Der Zar sah sich im Zimmer um.

»Wenn ich ganz ehrlich bin, behalte ich die Wohnung mehr aus Erinnerung an sie, als dass ich sie wirklich bräuchte. Alles hier hat Geschichte, alles hier lebt und ich erwarte jederzeit Ingrids Schlüssel im Schloss zu hören.«

Der Zar und Mona lauschen.

Ein leises Piepen ist zu hören.

Mona macht große Augen. Der Zar lacht.

»Wir wollen keine Geister heraufbeschwören«, sagt er und die toten Schwestern kichern dazu. Der Zar verschwindet den Flur hinunter und kehrt mit Monas Kleidung zurück. Sie ist noch warm vom Trockner. Der Zar nimmt Mona den leeren Becher aus der Hand und sagt, sie solle sich anziehen, er würde ihr in der Zwischenzeit noch einen Kakao zubereiten.

Als er Minuten später wieder das Wohnzimmer betritt, hat er einen doppelten Espresso und einen Kakao in den Händen. Mona sitzt angezogen auf dem Sofa, der Morgenmantel liegt gefaltet neben ihr. Der Zar reicht ihr den Becher und sinkt in einen Sessel. Er ist blass, die Schmerzen von heute Morgen sind zurückgekehrt, die Gelenke angeschwollen und jeder Schritt eine Qual.

»Dir geht es nicht gut«, sagt Mona

»Das wäre eine Untertreibung«, erwidert der Zar und lächelt gequält. »Wir haben alle unsere Abhängigkeiten und meine haben Federn. Aber reden wir nicht von mir. Ich habe vorhin das erste Mal in meinem Leben mit Lazar telefoniert. Er hat gedroht, dass du so gut wie tot wärst. Du kannst dir denken, wie besorgt ich war. Erzähl mir, was in der Villa passiert ist.«

Mona beginnt zu erzählen, wie Lazar in der Villa aufgetaucht ist, nachdem die Familie zum Friedhof gefahren ist.

»Er weiß von euch, er kennt aber nicht eure Namen. Er weiß nur, dass ihr die Familie seid. Er hat mich gefragt, wo er Motte finden kann, dann hat er mich niedergeschlagen. Als ich aufgewacht bin, brannte die Villa und ich wusste nicht, was ich tun sollte, also habe ich ...«

Mona verstummt und schaut in ihren Becher. Eine Haut hat sich auf dem Kakao gebildet, Mona stellt den Becher weg.

»Was hast du getan?«, fragt der Zar.

»Ich habe die Villa mitgenommen.«

»Mitgenommen wohin?«

Mona sieht ihn an, ihr Blick hat fast schon was Herausforderndes.

»In meine Erinnerung«, sagt sie.

Der Zar sieht auf ihre Stirn, als würde sich die Villa dahinter verstecken.

»Und dann habe ich sie dort gelassen,« fügt Mona hinzu.

»In deiner Erinnerung?«

»Es war der einzige Weg. Mehrmals habe ich versucht, vor dem Feuer in meine Erinnerung zu fliehen, aber das ging nicht. Dafür war die Gefahr zu groß. Also musste ich die Gefahr entfernen. Und das habe ich getan.«

»Aber wo ist die Villa jetzt?«

»Im Meer.«

»Im Meer?!«

Der Zar wartet, er weiß, dass das noch nicht alles war. Mona wechselt einen Blick mit ihren toten Schwestern, sie nicken ihr zu, sie soll weitererzählen.

»Vor vier Jahren sind meine Schwestern und ich vom Strand gekommen. Wir saßen auf der Terrasse und rieben uns den Sand von den Fußsohlen. Als wir aufschauten, sahen wir ein brennendes Haus über dem Meer schweben. Und dann stürzte es ins Wasser. Es dauerte keine drei Sekunden. Wir waren uns sicher, es musste eine Luftspiegelung gewesen sein.«

»Eine Fata Morgana.«

»Genau, eine Fata Morgana.«

»Und das brennende Haus war die Villa?«

Mona nickt.

»Du hast also die Villa in die Vergangenheit geschickt?«

Mona schüttelt den Kopf.

»Nicht in die Vergangenheit, in meine Erinnerung.«

Der Zar beugt sich vor.

»Aber wenn deine Schwestern und du die brennende Villa vor vier Jahren über dem Meer gesehen habt, dann ist die Villa nicht nur ein Teil deiner Erinnerung, sondern auch ein Teil der Vergangenheit deiner Schwestern.«

»Richtig«, sagt sie.

»Das heißt, wenn du die Villa vorhin in deine Erinnerung mitgenommen hast, dann ist ihr Auftauchen über dem Meer vor vier Jahren eine Folge von dem, was dir heute widerfahren ist.«

Mona denkt nach, es macht Sinn, sie nickt wieder.

»Das heißt, du *hast* die Vergangenheit beeinflusst, Mona«, schließt der Zar zufrieden.

Mona versteht, worauf er hinauswill, sie weiß aber nicht, ob ihr der Gedankengang gefällt.

»Es *ist* meine Erinnerung«, sagt sie und die Worte klingen wie ein Schlusspunkt. »Und es tut mir leid, dass ich die Villa nicht retten konnte.«

»Es muss dir nicht leidtun«, erwidert der Zar. »Wir hätten dich mit auf die Beerdigung nehmen sollen. Es war die Idee der Gräfinnen, dich mit den Sicherheitsleuten zurückzulassen. Wir haben die Bruderschaft vollkommen unterschätzt. Du hast dich selbst gerettet, und nur das zählt. Ich habe ihn übrigens gesehen.«

Mona runzelt die Stirn.

»Wen?«

»Motte, den Engel Motte. Er war auf dem Friedhof. Stell dir vor, der Kerl war auf seiner eigenen Beerdigung! Und er war ein Anblick. Etwas dürr und etwas albern in den komischen Shorts, aber sehr imposant mit seinen Flügeln. Über zweihundert Jahre habe ich darauf gewartet, dass ein Engel auf die Erde zurückkehrt, und dann werde ich bei seinem Anblick ohnmächtig. Wenn du mich fragst, dann ist *das* etwas, was einem leidtun kann.«

Seine müden Augen leuchten auf.

»Wir sind am Ziel, Mona, wir haben die Engel zurückgeholt. Alles, wofür wir als Familie eingestanden haben, hat sich erfüllt. Merk dir diesen Tag. Wir werden die Welt verändern.«

In diesem Moment begreift Mona, dass der Zar keine Ahnung von dem Märchen und der Prophezeiung hat. Es erschreckt sie, denn sie dachte, der Zar wüsste alles. Er kann an ihrem Gesicht ablesen, dass irgendwas nicht stimmt.

»Was ist? Habe ich was Falsches gesagt?«

»Weißt du eigentlich, wer die Blutsgeschwister sind?«

Der Zar lacht, er ist verwirrt.

»Nie gehört«, antwortet er.

Mona atmet tief durch, dann erzählt sie ihm das Märchen.

Es ist eine halbe Stunde später und der Zar sitzt vollkommen fassungslos in dem Sessel und auch wenn es nicht möglich ist, wirkt er um zwanzig Jahre gealtert.

»Das war's?«, sagt er danach und kann seine Stimme kaum selbst hören.

»Das war's«, sagt Mona.

Der Zar geht in die Küche und kommt mit einer Flasche Wasser wieder. Er würde sich am liebsten einen Cognac eingießen, hat aber das Gefühl, dass er nach einem Glas nicht mehr aufhören wird zu trinken. Wasser ist die bessere Wahl. Erst nachdem er das Glas geleert hat, kann er wieder sprechen.

»Warum wusste ich nichts davon? Ich meine …«

Sein Hals zieht sich zusammen, ihm fehlen die Worte, die Enttäuschung ist so groß, dass es ihm die Sprache verschlägt. Wieder steht er auf. Dieses Mal geht er direkt zur Bar, greift sich eine Flasche Cognac und setzt sich wieder.

»Verzeih«, sagt er und trinkt ein halbes Glas, als würde es sich um Wasser handeln.

Der Alkohol entspannt ihn sofort. Sein Herzrasen beruhigt sich.

»Ich glaub das einfach nicht«, spricht er weiter und gießt sich nach. »Sie haben mich die ganze Zeit im Dunkeln gelassen. All das hier …«

Er breitet die Hände aus und meint nicht die Wohnung, sondern sein Leben, die Experimente und die Hoffnung auf Engel.

»… nur wegen eines Märchens?«

»Es ist kein wirkliches Märchen«, sagt Mona. »Es ist als Märchen getarnt. Die Geschichte ist wirklich passiert und deswegen sind wir hier. Die Engel in der Prophezeiung sind Motte, Esko und ich. Lazar ist der vierte Engel, auch wenn er sich weigert es zuzugeben. Er will Motte aufhalten, bevor Motte seinen ersten Atemzug macht und damit die Toten erweckt.«

»Niemand kann die Toten erwecken«, sagt der Zar mit einem Lachen und reibt sich übers Gesicht und denkt: *Und niemand kann die Erinnerung berühren, und niemand kann die Engel zurückholen, du alter Narr.* Als er die Hände herunternimmt, sind seine Augen blutunterlaufen.

»Ich glaube zwar nicht, dass es möglich ist«, sagt er. »Aber wenn es doch passiert, kannst du dir sicher sein, dass das Fernsehen es als Erstes weiß.«

Der Zar öffnet eine Vitrine. Der Fernseher dahinter leuchtet matt. Der Zar schaltet ihn ein und setzt sich wieder. Sie müssen nicht suchen, es gibt keine andere Schlagzeile, kein Film läuft, niemand versucht Waschmittel zu verkaufen, denn die Toten sind unterwegs.

Es ist vier Uhr nachmittags, die Welt ist am Durchdrehen und ein uralter Mann und ein zehnjähriges Mädchen sitzen in einer Wohnung, in der früher Ingrid Bergman ein und aus ging. Der Fernseher ist wieder ausgestellt. Der Zar starrt in sein Glas. In der Cognacflasche befindet sich nur noch ein Bodensatz, der Zar wirkt nicht betrunken.

»Und jetzt?«, fragt er.

»In der Prophezeiung steht, dass die Toten drei Tage lang erwachen«, sagt Mona.

»Und dann kehren die Blutsgeschwister und ihr Volk zurück«, spricht der Zar weiter. »Ja, aber was heißt das? Woher kehren sie zurück?«

Mona hat darauf keine Antwort.

»Esko wird wissen, was zu tun ist«, sagt sie.

»Ich würde dir gerne helfen, nach ihm zu suchen«, sagt der Zar, »aber schau mich an, ich habe meine eigenen Probleme. Mit ein wenig Pech sehe ich morgen früh aus wie eine von diesen Rosinen, die einem vom Teller fallen und eine Woche auf dem Boden rumliegen. Ich muss mich im Moment selbst retten.«

Mona hat die gepackte Tasche neben der Zimmertür längst bemerkt.

»Du willst verreisen?«

»Nur ein kleiner Abstecher in den Süden. Es wäre gut, wenn du mitkämst. Da ist jemand, der mir helfen kann und der das

Märchen unbedingt hören sollte. Außerdem möchte ich nicht, dass du hier alleine durch die Stadt irrst und Lazar über den Weg läufst.«

»Wen willst du besuchen?«

»Weißt du, was ein Joker ist?«

»Eine Spielkarte.«

»Das auch. Aber ein Joker ist auch jemand, mit dem keiner rechnet. Genau wie beim Kartenspiel. Ein Joker stellt alles auf den Kopf. Er ist meine letzte Hoffnung. Ich habe das Gefühl, ich kenne die Gräfinnen nicht wirklich, und er weiß mehr über sie als jeder andere. Was meinst du, möchtest du meinen Joker kennenlernen?«

Der Zar sieht auf die Uhr.

»Ein Anruf und unser Flieger steht in einer halben Stunde bereit.«

Mona zögert, ihre Schwestern sind unruhig geworden, sie umringen Mona und drängen sich an sie wie Katzen.

Geh mit, sagen sie.

Aber sei vorsichtig.

Trau ihm nicht.

»Ich komme mit«, sagt Mona und rutscht vom Sofa.

»Eine Frage habe ich noch«, sagt der Zar.

Mona wartet.

»Wenn du diese Königin in dir hast und ihre Erinnerung teilst, dann teilst du auch ein wenig ihre Persönlichkeit, nicht wahr? Meine Frage ist, warum solltest du dich dann gegen die Prophezeiung stellen? Warum solltest du sie aufhalten wollen?«

Er lächelt, es ist aber kein wirklich freundliches Lächeln, es ist abwartend. Der Zar mag Mona, er ist aber kein Narr.

»Weil ich nicht sterben will«, antwortet Mona. »Denn so sieht das Ende der Prophezeiung aus – ich sterbe und die Königinnen kommen zurück. Können wir jetzt gehen?«

LAZAR

»Die Quelle macht *was?!*«

»Sie pausiert.«

»Wie kann die Quelle pausieren?«

»Das ist Usus bei uns.«

»Was?! Verarschen Sie mich?«

»Ich kann Ihnen gerne die Kontaktdaten einer anderen Quelle schicken.«

»Ich brauche Barcelona. Ich arbeite seit einer Woche ausschließlich mit Barcelona zusammen, die Quelle hat alle meine Materialien, wagen Sie es also nicht, mir eine andere Quelle vorzuschlagen!«

»Wann war Ihr letzter Kontakt mit Barcelona?«

»Was hat das damit zu tun?«

»Es ist für die anderen Quellen möglich, auf alle Informationen zuzugreifen, solange die Informationen außerhalb eines bestimmten Zeitrahmens liegen.«

»Welcher Zeitrahmen wäre das?«

»Zwei Tage.«

»Die Informationen, die ich brauche, liegen knappe vier Stunden zurück.«

»Dann müssen Sie sich gedulden, bis Barcelona wieder aktiv ist.«

»Und wie lange muss ich mich Ihrer Meinung nach gedulden?«

»Fünfundzwanzig Stunden.«

»Was? Soll das ein Scherz sein?«

»Ich scherze nicht, wenn Sie---«

»Wo in Barcelona finde ich die Quelle?«

Stille am anderen Ende der Leitung, dann sagt die Frauenstimme ganz ruhig:

»Wie Sie sich denken können, ist diese Information klassifiziert und für unsere Kunden nicht zugänglich.«

»Und wie Sie sich denken können, würde ich Ihnen jetzt gerne den Arsch aufreißen, wenn ich in Ihrer Nähe wäre.«

»Dann haben wir ja beide Glück gehabt«, erwidert die Frau und wünscht dir noch einen guten Tag.

Es klickt in der Leitung.

Du vergisst immer wieder, dass die Bruderschaft für die Organisation nur einer von vielen Kunden ist. Und so stehst du da und spürst das Plastik des Handys in deiner Hand knacken. Die zwei Söldner warten neben dem Range Rover und schauen nicht zu dir rüber. Die Spannung liegt spürbar in der Luft. Du bist laut geworden, ohne es zu wollen.

Es ist kurz vor drei.

Du wählst erneut Cedrics Nummer. Seit einer halben Stunde versuchst du es schon. Er geht nicht ran. Nur Cedric und der Quelle liegen die Fotografien von den alten Leuten vor. Die Quelle würde keine zehn Minuten brauchen, dann wüsstest du, wohin die Familie verschwunden ist. Die Quelle hat überall Augen, sie muss nur wissen, wonach sie schauen soll.

Fünfundzwanzig Stunden, denkst du, *ich soll fünfundzwanzig Stunden warten?!*

Du drückst auf Wahlwiederholung, dieselbe Frau nimmt den Anruf entgegen.

»Ich will eine der anderen Quellen«, sagst du.

Sie reagiert, ohne zu zögern, als hätte sie deinen Anruf erwartet.

»Ich würde Ihnen unsere europäischen Standorte empfehlen, wären Sie damit einverstanden?«

Du schluckst eine beleidigende Antwort runter und sagst, ja, du wärst damit einverstanden.

»Utrecht, Wien, Bukarest oder Regensburg?«

»Ich bin gerade in Deutschland, geben Sie mir Regensburg. Nein, einen Moment, ich nehme alle vier.«

»Alle vier?«

»Für den Fall, dass eine der anderen Quelle auch pausiert.«

Die Frau schweigt einen Moment.

»Gut. Ich schicke Ihnen den Zugangscode und alle vier Kontakte.«

Du unterbrichst die Verbindung, bevor dir noch eine Beschimpfung rausrutscht. Es ist nicht deine Art, unhöflich zu sein, du verkraftest es einfach nicht, dass die Quelle in Barcelona an einem Tag wie diesem für fünfundzwanzig Stunden pausiert.

Konzentrier dich, sei bei dir.

Dein Handy signalisiert dir den Eingang einer Nachricht. Zugangscode und alle vier Kontakte. Dein Daumen gleitet über die Tastatur. Du schreibst eine knappe Nachricht an die Quelle in Regensburg. Du musst dich nicht erklären. Deine Nachricht sagt alles.

> Suche Hausadresse & Namen der Barcelona Quelle.
> 50 000 Euro. Angebot gilt 2 Minuten lang.

Du schickst die Nachricht ab und zweifelst sofort, ob der Zeitraum zu kurz ist. Falls die Quelle nicht antwortet, wendest du dich an die Quelle in Utrecht. Sicher haben sie alle ihren Ethos, aber Geld ist nun mal---

Die Antwort erreicht dich innerhalb von vierzig Sekunden.

50 000 für Risiko.
200 000 für Hausadresse/Namen.

Du zuckst nicht zurück, du schreibst:

Wohin?

Die Bankverbindung erscheint auf deinem Handy. Du überweist 250 000 Euro vom Konto der Bruderschaft, speicherst die Bestätigung ab und schickst sie ohne Kommentar an die Quelle in Regensburg.

Und zählst die Sekunden.

Und weißt, dass der Empfänger die Überweisung jetzt nachprüft.

Eine Minute vergeht. Dann kommt die Antwort.

Name und Hausadresse.

Bingo.

DER MANN, DER ALLES VERBINDET

Sein Verstand sucht Antworten, seine Finger tippen Befehle, die Gedanken sind so schnell, dass er ihnen niemals mit Worten folgen könnte. Vier Minuten nachdem der Engel seinen ersten Atemzug getan hat, beginnen sich die Toten zu regen und Felipe Milos Santos ist mit einer der Ersten, die es bemerken.

Es ist ein Telefonat, das eine rote Phase auslöst.

Sobald innerhalb eines Gesprächs drei Worte aus einem Pool von Begriffen vorkommen, wird ein Programm gestartet und ein automatischer Mitschnitt findet statt. Dabei ist es egal, an welchem Ort das Gespräch geführt wird. Das Programm filtert Telefonate aus der ganzen Welt. Täglich werden aus diesem Pool an die zwei Millionen Gespräche aufgenommen, geprüft und ausgewertet. In der folgenden grünen Phase setzt die zweite Filtermaske ein, die viel präziser ist und direkt auf den Inhalt eingeht. Die zwei Millionen reduzieren sich auf ein Hundertstel. Noch erfahren die Quellen nichts davon, noch fällt es in den Rahmen des Unbedenklichen und wird nur von dem Programm ausgewertet. Erst mit dem nächsten Schritt beginnt es für die Quellen interessant zu werden – das Programm ruft spezielle Faktoren auf, sortiert die Anrufe nach Wert, Handlung und Umstand, ehe es eine Warnung ausspricht. Im Pool befinden sich zu dem Zeitpunkt hundert Gespräche. Sie sind ein Destillat der Gefahr, sie sind die rote Phase.

Der Fluss der Nachrichten kennt keine Ebbe und keine Flut, der Fluss der Nachrichten ist unermüdlich und hat seinen ganz eigenen Rhythmus, den die Quellen lesen und deuten. Es geht ums Kombinieren, es geht um das Fingerspitzengefühl, dem richtigen Faden zu folgen und die Knoten in dem Ganzen aufzudecken.

Felipes Büro ist fünfzig Quadratmeter groß und hat einen Stuhl in der Mitte, vier Tische mit acht Monitoren drum herum. Andere Quellen haben bis zu zwanzig Bildschirme im Einsatz. Felipe begann mit sechzehn Monitoren und war davon überfordert. Daraufhin hat er die Anzahl der Bildschirme so weit reduziert, bis er an die Grenzen seiner Kapazität gestoßen ist. Acht ist die richtige Zahl. Die Wände des Büros sind dunkle Holzregale, in denen 1200 PCs stehen. Sie sehen alle gleich aus – fünfundzwanzig Zentimeter lang, zwanzig Zentimeter hoch, mattschwarz. Sie sind so angeordnet, dass nur ihre Vorderfront sichtbar ist. Kein Arbeitsgeräusch ist zu hören, kein Kabel zu sehen. Felipe ist buchstäblich vom Informationsfluss eingeschlossen und es gibt Zeiten, da glaubt er, dass ihn dieser Fluss durchfließt und sein Herz im Rhythmus der Zeit schlagen lässt. Felipe ist ein Teil des Ganzen. Nichts entgeht ihm.

Der Anruf, der die rote Phase auslöste, war das Gespräch zwischen zwei Freundinnen. Eine der Freundinnen war Ärztin und befand sich während des Anrufs in der Charité bei einer Obduktion, in der sich ein Toter plötzlich aufrichtete und den Raum verließ. Die Ärztin rief ihre beste Freundin an, sie sprachen zwei Minuten miteinander und der Satz, der die rote Phase auslöste, lautete: »… dachte, er wäre scheintot, aber sein Gehirn lag schon auf der Waage und ich hatte meine Hände in seinem Brustkorb und war dabei, sein Herz zu entfernen, da setzte er sich auf und ich schrak zurück und sein Herz rutschte aus der Brust und landete auf seinem Bauch.«

Es hätten auch Worte aus einem Horrorfilm sein können, dieses Risiko besteht und wird deswegen im Voraus von dem Programm überprüft. Film-, Theater- und Literaturzitate fließen ein, die Datenbank von Reden, Telefonaten und Zeitungsartikeln wird durchforstet, während auf einer parallelen Ebene die Gesprächspartner evaluiert und ihre medizinischen Akten einbezogen werden, um psychische Störungen und Medikamentenabhängigkeit auszuschließen. Das Leben jedes Einzelnen wird durchleuchtet, um keine Fehlinformationen entstehen zu lassen. Der Abgleich von Fakten und Faktoren dauerte in diesem Fall vierzehn Sekunden, danach wurde die Auswertung an die Quelle in Barcelona verschickt.

Felipe sieht die Nachricht auf dem ganz linken Monitor. Er startet die Aufnahme und hört sich das Gespräch an, währenddessen öffnet er auf demselben Monitor die Kameras in der Charité, findet den leitenden Arzt, findet die Anruferin, die mit einer Zigarette in der Hand vor einer Feuertür sitzt, und braucht weitere sieben Sekunden, bis er den Toten lokalisiert hat – eine Gruppe von Leuten versperrt ihm den Ausgang, sie haben die Arme ausgebreitet, während der Tote einfach nur nackt und mit aufgeschnittenem Brustkorb und offenem Schädel dasteht und keine Regung zeigt.

Felipes Verstand sucht nach logischen Antworten, seine Finger tippen Befehle und er sendet den Bericht und die Kameraaufnahmen an die anderen Quellen, lehnt sich zurück und atmet tief durch, ehe er sich weiter an seine Arbeit macht. Für ihn ist das Gesehene nur ein weiteres Rätsel mehr, das gelöst werden muss. Es ist im Moment nicht sein Hauptproblem, denn er bearbeitet eine Anomalie in Island und muss den Kopf dafür frei haben. Er kann nicht wissen, dass dieses eine Rätsel sehr bald schon sein Leben aus der Bahn werfen wird.

Im Verlauf der nächsten zwei Stunden häufen sich die Nachrichten. Die Welt neigt sich dem Chaos entgegen, die Toten wandern durch die Gegend, die Börse beginnt einzubrechen, religiöse Fanatiker schreien sich an, die Selbstmordrate schnellt hoch. Felipe bleibt ruhig, es ist nicht sein Problem. Tokio und Chicago haben die Informationslast übernommen, alle Berichte laufen jetzt über sie. Es würde den Informationsfluss zum Stocken bringen, wenn sich alle Quellen demselben Thema widmen würden. Aber auch wenn Felipe nicht will, befasst er sich auf einer weit entfernten Gedankenspur mit den Toten – hin und wieder schaltet er von einem Nachrichtensender zum nächsten und verfolgt ihr Erwachen aus den Augenwinkeln, so wie wenn man eine weit entfernte Gefahr beobachtet, die sich langsam nähert.

Als sein persönlicher Countdown gestartet wird, beginnt Felipe sich zu entspannen. Es ist halb drei, der Informationsfluss für Barcelona wird gebremst, die letzten Updates finden statt, während in einer Ecke des Monitors dreißig Minuten runtergezählt werden. Um drei ist Feierabend, es ist aber nicht der übliche Feierabend, auf den sich ein Normalbürger freut. Felipe ist an diesem Montagnachmittag seit fünfundneunzig Stunden wach, ohne auch nur ein Zeichen von Erschöpfung zu zeigen. Sein Schlafrhythmus und seine Auffassungsgabe machen ihn ideal für diesen Job – nach vier Tagen versetzt sich sein Körper in einen Ruhezustand. Felipe pausiert, schläft achtzehn Stunden durch und ist danach fit für die nächsten vier Tage.

Punkt drei löscht er die Lichter und verlässt seinen Arbeitsplatz, ohne die PCs herunterzufahren. Er weiß, dass niemand das Büro in seiner Abwesenheit betritt. Während er pausiert, ist die Quelle weiter aktiv und sammelt Informationen, nimmt Aufträge an und bereitet alles vor, sodass Felipe nach seiner Ruhepause mit den Auswertungen genau dort weitermachen kann, wo er den Tag beendet hat.

Ihm bleiben noch drei Stunden, dann wird er die Augen schließen und sich in seinen wohlverdienten Ruhezustand begeben. In diesen Stunden wird er essen, Musik hören und mit seinen Eltern telefonieren. Er wird ein Bad nehmen, sich danach auf dem Bett ausstrecken und in einem Nichts der Gedanken verschwinden.

Zweieinhalb Stunden später liegt Felipe in der Wanne, nippt von seinem Earl Grey und denkt über die Toten nach. Er vermutet einen Virus, wobei es ihn verwirrt, dass die Toten kein Aggressionspotenzial zeigen. Ein Virus, der einen Wirtskörper übernimmt und danach passiv bleibt, ist sehr unwahrscheinlich. Außerdem stört ihn an dem Fall aus der Charité das Fehlen einer Basis. Kein Gehirn heißt keine Gehirnfunktionen heißt kein Denken.

Woher kommen dann die Befehle?, fragt er sich. *Was steuert die Motorik?*

Felipe weiß eine Menge, er weiß aber fast nichts über Sehnsucht, und so hätten ihn die Antworten eher verwirrt als beruhigt. Er wirft einen Blick auf die Armbanduhr, legt sie wieder auf den Wannenrand und streckt sich wohlig aus. Er ist dem Ruhezustand so nahe, dass er ihn am ganzen Körper spüren kann. Einige Male hat er in seiner Jugend den Fehler begangen, nicht darauf zu hören. Er dachte, er könnte die Erschöpfung bezwingen, und war an den absurdesten Orten in Tiefschlaf verfallen. Vor acht Jahren wäre er beinahe in der Wanne ertrunken, weil ihn der Schlaf zu früh erwischt hat. Seitdem stellt er den Wecker seiner Armbanduhr.

Noch dreiundzwanzig Minuten.

Felipe schließt die Augen und atmet den Bergamotteduft tief ein. Der Teebecher ruht auf seiner Brust und die Entspannung geht so tief, dass Felipe für einen Moment wegnickt. Es ist nicht der Alarm, der ihn aufweckt. Irgendwas stimmt nicht. Der Tee auf seiner Brust ist noch immer heiß, aber der Raum hat sich verändert.

Als Felipe die Augen öffnet, hockt ein Mann vor der Wanne. Er hat die Arme auf dem Wannenrand liegen und das Kinn auf die Hände gestützt. Es sieht aus, als würde er schon seit einer langen Weile dort warten. Sein linker Augapfel ist vollkommen schwarz, das Gesicht wirkt wie geschnitzt und ist ohne Regung.

»Und ich dachte, du wärst tot«, sagt der Mann.

Felipe kneift die Augen zu. Der Becher rutscht von seiner Brust und verschwindet im Badewasser. Felipe denkt an eine Gehirnblutung oder vielleicht ist es ein psychotischer Schub. Als er die Augen wieder öffnet, sagt der Mann:

»Felipe Milos Santos?«

Felipe weiß, es wäre klüger, den Kopf zu schütteln. Er nickt und versucht dabei, tiefer in der Wanne zu verschwinden.

»Ich bin Dimitri Lazar«, sagt der Mann. »Es ist an der Zeit, dass wir uns besser kennenlernen.«

Es ist wie die Erinnerung an einen Traum, der sich nicht abschütteln lässt. Felipe weiß noch die Uhrzeit und den Tag, an dem er vor einer Woche das erste Mal Lazars Namen gesehen hat. Er weiß nicht mehr, um was für einen Auftrag es sich gehandelt hat, dafür gehen einfach zu viele Anfragen bei ihm ein. Er erinnert sich aber noch sehr gut daran, was er dachte, als er Lazars Namen das erste Mal las: *Er klingt wie ein Zauberspruch, wie ein Fluch.* Und jetzt hockt Lazar hier bei ihm am Wannenrand und Felipe weiß, dass seine Vorahnung richtig war. Dieser Mann *ist* ein Fluch. Und der Fluch will, dass Felipe aus der Wanne steigt und mit ihm kommt.

»Ich kann nicht. Ich …«

Felipe lächelt gequält, ehe er fast schon entschuldigend hinzufügt:

»Ich muss schlafen, sonst breche ich zusammen.«

Lazar gibt zu, dass er schon lange nicht mehr so eine schlechte Ausrede gehört hat.

»Hör mal gut zu, Felipe Milos Santos. Ich bin nicht jemand, der umsonst 1500 Kilometer zurücklegt. Ich brauche Informationen. Sobald ich die Informationen habe, kannst du so lange pausieren, wie du möchtest. Solange ich die Informationen aber nicht habe, halte ich dich wach, bis du nicht mehr weißt, wer du bist. Haben wir uns verstanden? Gut, dann zieh dich an, ich warte im Wohnzimmer auf dich.«

Mit diesen Worten verlässt er das Bad.

Felipe wundert sich nicht, wie Lazar ihn gefunden hat. Es gibt keine Information, die nicht käuflich ist. Die Quellen stehen untereinander in Konkurrenz und nichts ist einfacher, als eine Adresse weiterzugeben. Felipe wundert sich vielmehr, dass ihm das nicht schon früher widerfahren ist. Seit zehn Jahren arbeitet er für die Organisation, analysiert Informationen und leitet sie weiter. Der Kontakt zu den Kunden findet allein über die Zentrale statt, deswegen haben die Kunden keinen Grund, Felipe direkt anzusprechen; und sie haben erst recht keinen Grund, in seinem Badezimmer aufzutauchen.

Die Organisation wurde Anfang der 60er-Jahre gegründet. Damals gab es nur eine Quelle in Amsterdam, die exklusiv für die Bruderschaft arbeitete. Mit dem Beginn des Computerzeitalters änderte sich das Bild – Informationen wurden zur Ware, der globale Informationsfluss bekam unzählbare Seitenarme und begann bis in die hinterste Ecke des Planeten zu reichen. Früher hätte nie jemand auch nur ansatzweise eine Verbindung zwischen einem kanadischen Kaff wie Okkerville und einem indischen Kaff wie Phulbani gezogen. Diese Orte waren nur Staubkörner auf der Erde. Heute dagegen ist jedes noch so kleine Kaff über das Internet mit der Welt verbunden und ringt um eine Position im großen Geschehen. Das Durchschnittseinkommen, die Kaufgewohnheiten und die Sterblichkeitsrate sind für jeden zugänglich, alle Informationen stehen dem Betrachter offen. Es war also kein großes Wunder, dass zu der einen Quelle sehr schnell weitere Quellen dazukamen. Der stetig wachsende Informationsfluss musste kontrolliert und bewertet werden. Das Ausmaß war bald schon unübersehbar und begann die Bruderschaft zu überfordern. Aus einem kleinen Projekt hatte sich eine Maschinerie entwickelt, die sich von den Gründern löste und ihr eigenes Leben begann.

Die Bruderschaft greift noch immer auf die Organisation zurück. Sie ist aber nur einer von über siebenhundert Kunden. Die Quellen ahnen nichts von ihrem Ursprung, ihnen ist die Bruderschaft kein Begriff, sie arbeiten für die Organisation und die Organisation ist ein Teil des Informationsflusses. Und mehr müssen die Quellen nicht wissen.

Felipe fischt den Teebecher aus dem Wasser und stellt ihn auf den Wannenrand. Als er sich aufrichten will, zieht die Müdigkeit an seinen Knochen. Normalerweise liebt er diesen Zustand.

Bitte, nicht jetzt, denkt er und schaut auf die Uhr.

Siebzehn Minuten.

Bis zum Büro ist es eine Fahrt von einer halben Stunde. Er denkt darüber nach, sich im Bad einzuschließen und es darauf ankommen zu lassen. Aber Felipe ist kein Held, er weiß auch nicht, was ihm das bringen sollte. Dimitri Lazar wirkt nicht wie jemand, der sich von verschlossenen Türen aufhalten lässt.

»Was soll das?«, fragt Lazar, als Felipe in seinem gestreiften Schlafanzug aus dem Bad tritt.

»Meine Kleidung liegt im Schlafzimmer.«

Lazar lässt ihn vorbei, kurz darauf trägt Felipe Jeans und ein Hemd. Er ist nicht überrascht, dass vor der Wohnung noch zwei weitere Männer auf ihn warten.

»Das ist meine Eskorte«, sagt Lazar. »Bitte breite die Arme aus.«

Einer der Söldner tastet Felipe ab, danach gehen sie die Treppe runter. Vor dem Mietshaus wartet ein Auto. Lazar setzt sich mit Felipe nach hinten.

»Darf ich fragen, um was es geht?«

»Vier Fotografien, die heute kurz vor elf Uhr bei dir eingegangen sind.«

»Die alten Leute?«, sagt Felipe und erinnert sich an die Absurdität der Anfrage. Fotos von Menschen, die nirgendwo registriert waren. Als das Programm das Gruppenfoto in dem Bildband entdeckt hatte, verstand Felipe die Welt nicht mehr.

»Ich will wissen, wo ich sie finden kann«, sagt Lazar.

»Das muss ein Witz sein.«

»Nein, das ist kein Witz.«

»Aber es gibt sie nicht«, sagt Felipe. »Es kann sie nicht mehr geben. Das Foto war von 1913.«

»Lass das mal mein Problem sein«, sagt Lazar. »Du musst sie nur finden.«

Felipe schweigt. Lazar hat recht. Es ist nicht sein Problem. Er ist nur die Quelle und die Quelle hat keine Verantwortung, sie lenkt den Lauf der Dinge, sie beeinflusst ihn, aber sie hat keine Verantwortung. Und sie macht auch nicht die Probleme der Kunden zu ihren eigenen. Felipe unterdrückt ein Gähnen. Er schaut aus dem Fenster auf den vorbeiziehenden Verkehr und spürt, wie die Schwere ihn durchströmt.

»Je schneller du arbeitest, desto schneller bist du wieder zu Hause«, verspricht ihm Lazar.

Felipe hätte beinahe losgelacht. Es klang wie ein Satz aus einem billigen Agentenfilm, in dem der Wissenschaftler am Ende mit einer Kugel zwischen den Augen aus dem fahrenden Auto geworfen wird.

»Das ist nicht das Problem«, sagt Felipe und bekommt kaum den Mund auf, so träge sind seine Gedanken.

»Was ist das Problem?«

»Da drin …«

Felipe tippt sich gegen die Stirn.

»… da läuft eine Uhr und die …«

Er lächelt entschuldigend.

»… muss aufgezogen werden.«

Lazar hat natürlich keine Ahnung, was das heißt. Er bekommt es sieben Minuten später zu spüren, als sie in die Moll de l'Escar einbiegen und gegenüber der Klinik vor dem Büro anhalten. Felipe gibt einen Seufzer von sich, sein Oberkörper sackt zur Seite und sein Kopf landet in Lazars Schoß. Felipe ist im Ruhezustand …

… und kehrt mit einem lauten Aufstöhnen wieder ins Bewusstsein zurück.

Einer der Södner hockt über ihm und hält eine Spritze in der Hand. Als Felipe an sich herabschaut, sieht er das Einstichloch in seinem Arm und einen Blutstropfen, der die Armbeuge hinabfließt. Ihm ist kalt und heiß zugleich, was auch immer sie ihm gespritzt haben, sein Körper reagiert heftig darauf. Es schüttelt ihn, die Härchen an seinen Armen stehen hoch und er spürt, dass er eine unangenehme Erektion hat.

»Das geht vorbei«, sagt der Söldner.

»Was … Was ist das?«

»Ein kleiner Cocktail.«

Lomack zeigt mit dem Daumen über seine Schulter.

»Ich war in der Klinik. Es ist ja ein Wunder, was man in Barcelona alles für sein Geld bekommen kann.«

In Felipes Ohren klingt das, als wäre Lomack kurz mal im Supermarkt gewesen.

»Was … Was für ein Cocktail?«, bekommt er heraus und versucht eine Faust zu machen. Er sieht seine Hand, die Finger bewegen sich, aber es könnte auch der Arm eines anderen sein.

»Keine Sorge«, sagt Lomack. »Ich war fünf Jahre Sanitätsoffizier, der Mix ist gut und hält eine Weile. Du wirst dich gleich besser fühlen.«

Felipe sitzt noch immer auf dem Rücksitz, Lomack steigt aus, Felipe glaubt das Blut in seinen Ohren rauschen zu hören, Lazar steckt den Kopf in den Wagen.

»Und?«

»Mir ist komisch.«

»Und was macht die Uhr?«

»Sie tickt wieder«, antwortet Felipe ehrlich und ist erstaunt, wie klar sein Denken trotz des Unwohlseins ist. Der Körper liegt noch träge in der heißen Wanne, der Verstand dagegen ist messerscharf.

»Dann wollen wir mal«, sagt Lazar und hilft Felipe beim Aussteigen.

Es ist nicht nur das erste Mal, dass Felipe einen Drogencocktail verpasst bekommen hat, es ist auch das erste Mal, dass er sein Büro mit einer anderen Person an seiner Seite betritt. Wann immer die PCs gewartet werden, geschieht es für Felipe unbemerkt an der Rückseite der Wände. Es fällt ihm nur auf, weil die Lämpchen an der Vorderseite verlöschen. In der Mittagspause macht eine Putzfrau ihre Runde, sie wischt, sie saugt, sie hinterlässt alles exakt, wie es vorher war – kein Stift liegt anders, kein Monitor ist verschoben. Felipe ist der Putzfrau noch nie begegnet.

Für Sekunden sieht er seinen Arbeitsplatz mit Lazars Augen. Die Symmetrie, die Klarheit. Und natürlich ist da der Duft, von dem Felipe nach all den Jahren noch immer nicht weiß, woher er kommt.

»Hier riecht es wie in einem Teeladen«, sagt Lazar.

Felipe hätte beinahe losgelacht. Seine Müdigkeit ist einer übertriebenen Euphorie gewichen. Der Körper bewegt sich, als wäre die Schwerkraft kein Gegner mehr für ihn, bei jedem Schritt hat er das Gefühl, auf Wattebäusche zu treten. Er setzt sich an seinen Arbeitstisch und aktiviert die Monitore. Da es im Büro nur einen Stuhl gibt, bleibt Lazar hinter Felipe stehen und sagt ihm, von wem die Anfrage gekommen ist.

»Sein Name ist Cedric Bosnard.«

Felipe findet den Ordner und ruft die Fotos auf, die ihm heute früh von Cedric zugeschickt worden sind. Gleichzeitig öffnet sich die Fotografie aus dem Bildband über Nikolaus II. Das Buch selbst wurde 1953 in Dresden gedruckt. Lazar beugt sich vor. Die vier Gesichter sind fast deckungsgleich mit den Fotos.

»Die zwei alten Frauen sind Gräfinnen«, sagt Lazar. »Wer die zwei alten Männer sein sollen, muss ich noch herausfinden. Spür sie für mich auf.«

Felipe fragt Lazar nach dem Zeitraum, den er bearbeiten soll.

»Es ist etwas anderes, als ein Foto zu suchen«, erklärt er. »Wir brauchen einen Zeitrahmen, auf den wir uns konzentrieren können.«

»Heute ab zwölf Uhr mittags.«

Felipe schickt die Fotografien auf die Reise. Die Gesichtserkennungstechnologie integriert das Foto und loggt sich in alle aktiven Kameras ein, die kontinental zur Verfügung stehen. Felipe beginnt mit Europa. Der Suchprozess dauert eine knappe Minute.

Die erste Aufnahme ist vom Flughafen Tegel, sie ist vierzig Sekunden lang. Die Gräfinnen steigen aus dem Range Rover und winken ein Taxi heran, an ihrer Seite befindet sich ein kahlköpfiger Hüne mit Bart, der einen länglichen Koffer aus dem Heckraum des Range Rover heraushebt. Lazar weiß zu dem Zeitpunkt nicht, dass der Mann Kolja heißt und ein unehelicher Sohn von Zar Alexander I. ist, so wie er auch nicht weiß, dass Kolja ihm bald mit einem Gewehr gegenübertreten und sich persönlich vorstellen wird.

»Er sieht aus wie ein Leichenbestatter«, sagt Lazar, während die drei alten Leute in ein Taxi steigen. Felipe gibt das Kennzeichen ein, das Programm folgt dem Taxi durch Berlin und passt seine Ankunft über eine Livecam am Kurfürstendamm ab. Kolja hält den Gräfinnen die Tür auf, sie steigen aus dem Taxi und gehen auf eines der Häuser zu. Felipe holt sich die Details für das Gebäude. Die Besitzer und die Mieter tauchen auf dem Bildschirm auf.

»Es sind hauptsächlich Anwaltskanzleien«, sagt er. »Ich kann mir ansehen, wer …«

Er verstummt, die Gräfinnen haben sich vor dem Hauseingang umgedreht. Sie sehen nicht wirklich in die Kamera, die auf der gegenüberliegenden Straßenseite an einem Bankgebäude installiert ist, aber anscheinend ahnen sie, dass sie beobachtet werden. Eine der Damen lächelt, die andere ergreift sie am Arm und zieht sie in das Gebäude.

»Und jetzt?«, fragt Lazar.

Felipe aktiviert wieder die Suchfunktion. Zwei Sekunden später sehen sie die nächste Aufnahme.

Die Uhr am Bildrand zeigt an, dass fünfundfünfzig Minuten vergangen sind. Felipe liefert Lazar keine Erklärung, wie die Gräfinnen und der alte Mann von der Kurfürstenstraße an den Ortsrand von Berlin gekommen sind. Es geht nur darum, wann sie gefilmt wurden. Die Aufnahme ist kurz – ein Wagen fährt vorbei und auf dem Fahrersitz ist Kolja für zwei Sekunden im Profil zu sehen.

»Hellersdorf?«, fragt Lazar.

»Die Sicherheitskamera gehört zu einem Juwelier«, sagt Felipe.

»Was machen sie bitte schön in Hellersdorf?«

Felipe sucht weiter. Die nächste Aufnahme kommt von der Webcam eines Notebooks in Altlandsberg. Es ist neunzehn Minuten später. Felipe ruft den Ort auf, es ist ein Privatflughafen. Die Gräfinnen sind im Vorbeigehen zu sehen. Der Besitzer des Notebooks ist gerade dabei, mit einem Kunden zu skypen. Für den Bruchteil einer Sekunde sind die Gräfinnen ein Teil der Übertragung.

»Das war's«, sagt Felipe danach.

»Wie, das war's?

»Mehr Aufnahmen gibt es bis jetzt nicht. Die Gesichtserkennung hilft uns nicht mehr weiter.«

»Was haben sie auf dem Flughafen verloren?«, will Lazar wissen.

Felipe loggt sich in den PC des Privatflughafens ein und schaut sich an, wer welche Flüge wohin gebucht hat. Für den Zeitraum gibt es nur eine Buchung.

»Sie haben einen Privatjet gemietet.«

»Welchen?«

»Den Dornier 328 Executive.«

Lazar flucht, Felipe kennt sich mit Jets nicht aus und ruft den Dornier 328 Executive auf. Er sieht Kapazität, Flugweite und -geschwindigkeit.

»3519 Kilometer ist weit«, sagt er.

»Gib mir ihr Flugziel«, sagt Lazar.

In den Daten des Privatflughafens gibt es dazu keine Angaben, nur dass der Jet für drei Tage gemietet wurde.

»Ich kann ihnen folgen«, sagt Felipe und kopiert sich die Serien- und Hecknummer des Jets. Er verlässt den PC des Privatflughafens und loggt sich in das System des Herstellers ein. Nachdem er die zwei Nummern eingegeben hat, flippt er durch die Daten des Jets und bemerkt mit Zufriedenheit, dass alle Modelle mit Trackingsystemen ausgerüstet sind. Felipe lokalisiert den Jet der Gräfinnen innerhalb von einer Minute.

»Das hier ist ihre Flugroute«, sagt er.

Die Weltkarte ist zu sehen. Ein grüner Strich wandert von Altlandsberg aus über Polen, Lettland und Estland. Er geht über Sankt Petersburg hinweg und kommt im Norden der russischen Doppelinsel Nowaja Semlja zum Stehen.

Felipe zeigt mit dem Cursor.

»Und hier sind sie vor zwei Stunden gelandet.«

Felipe ruft ein Satellitenbild des nördlichen Küstenstreifens auf. Der Flughafen ist nur eine Landebahn mit vier niedrigen Gebäuden daneben. Felipe zoomt heran. Der Jet ist zu sehen. Fünfzig Meter entfernt steht eine Flotte von Hubschraubern. Felipe klickt eines der Gebäude an und lokalisiert zwei Server, in die er sich einloggt.

»Es ist eine Tankstation, die auch Proviant und Post lagert. Sie vermieten dort Hubschrauber für Flüge zu den Bohrinseln. Ihre Kundschaft sind Öl- und Gasgesellschaften. Der letzte Hubschrauber hat vor zwei Stunden abgehoben und das …«

Felipe öffnet das Logbuch des Hubschraubers, überträgt die Daten auf einen zweiten Monitor und lässt sie auf der Karte darstellen.

»… ist das nächste Flugziel der Gräfinnen.«

Lazar beugt sich über Felipes Schulter.

»Was, zum Teufel, ist dort?«

»Nichts«, antwortet Felipe. »Und da war auch nie was. Sewernaja Semlja ist eine unbewohnte Inselgruppe, die größtenteils unter Gletschern begraben liegt. Für kurze Zeit gab es dort eine meteorologische Station, die aber Mitte der 80er eingestellt wurde.«

Felipe wechselt zur Satellitenaufnahme, die Verbindung braucht einige Sekunden, dann sehen sie auf die Landschaft runter. Felsen und Eis und noch mehr Eis.

Felipe zeigt mit dem Cursor auf die mittlere der Inseln.

»Ihr Ziel ist die Oktoberrevolutions-Insel. Sie werden dort in einer Stunde und sechsundfünfzig Minuten landen.«

»Und da ist wirklich nichts?!«

Lazar klingt fassungslos, er versteht die Welt nicht mehr. Felipe zoomt näher heran und scannt die Landschaft. Lazar fällt eine Bewegung weiter südlich auf. Felipe geht näher ran, es ist ein Bär. Felipe zoomt raus. Einige Kilometer entfernt erblickt er einen Strich, der sich als Wolfsrudel entpuppt. Mehr gibt es nicht zu sehen.

»Wo genau wird ihr Landeplatz sein?«, fragt Lazar.

Felipe zeigt es ihm auf der Satellitenaufnahme. Der Landeplatz liegt direkt an der Ostküste. Er besteht nur aus Eis und Schnee und ist so trostlos und verlassen wie die ganze Landschaft. Felipe lehnt sich zurück, es ist getan. Das Hemd klebt an seinem Rücken. Er hofft sehr, dass Lazar nicht nachfragt, aber natürlich tut er es doch.

»Und wo ist der Vierte im Bunde?«

So wie Lazar nicht weiß, wer Kolja ist, weiß er auch nicht, dass er vorhin den Zaren am Telefon hatte. Er wird ihm nie begegnen, was auch gut ist, denn der Zar hätte Lazar genau das angetan, was er ihm während ihres kurzen Gesprächs angedroht hatte.

Sie finden den Zaren auf dieselbe Weise wie die Gräfinnen. Auch diese Suche führt Felipe zu einem Flughafen. Der Zar ist nach einem kurzen Zwischenstopp in Paris vor einer Stunde an der adriatischen Küste gelandet.

Lazar will die Aufnahmen wegwinken, er ist ungeduldig und möchte sich auf die Gräfinnen konzentrieren, da fällt ihm ein Handyfoto auf, das ein japanischer Tourist auf dem Flughafen Split gemacht und per Mail an seine Familie in Kyoto verschickt hat.

»Moment.«

Lazar beugt sich vor und tippt auf den Monitor, was Felipe zurückzucken lässt, als hätte Lazar mit dem Finger seinen Augapfel berührt.

»Vergrößere das.«

Felipe zoomt näher an das Foto heran. Es zeigt einen übergroßen Stoffpinguin, der mit einer Hand winkt, den anderen Arm hat er um eine dicke Japanerin gelegt, die in die Kamera lächelt. Im Hintergrund sieht man den Zaren vorbeilaufen. Er hat eine Reisetasche in der Hand und das Jackett liegt über einer Schulter. Links von ihm geht ein Mädchen mit Pagenschnitt und einem gelben T-Shirt.

»Fuck!«, rutscht es Lazar heraus.

DER JOKER

Sie sitzen zu viert an einem Tisch am Wasser, lauschen den Wellen und spielen Karten. Wann immer ein Kunde kommt, steht einer von ihnen auf und kümmert sich um ihn. Sie sprechen wenig miteinander, sie kennen sich so lange, dass Worte unnötig sind. Der Sonnenschirm wird alle paar Stunden neu ausgerichtet und die Katzen mit Tritten vertrieben. Sie knacken Kürbiskerne mit den Zähnen und spucken die Schalen auf den Boden. Sie trinken viel Kaffee und hin und wieder einen Gemišt – Weißwein und Mineralwasser zu gleichen Teilen. Zum späten Abend hin fegen sie die Kürbiskernschalen auf, räumen die Stühle und den Tisch nach drinnen und löschen das Licht in der Bar, die gerade mal Platz für die Theke und ein paar Hocker hat.

Die vier Männer sind Brüder und betreiben die Bar seit siebzig Jahren auf der Insel Komiža. Keiner von ihnen denkt daran, von hier wegzugehen. Die Insel ist ihr ein und alles. Ihre Kinder haben Arbeit in Deutschland und Österreich gefunden, ihre Frauen fahren regelmäßig mit der Fähre nach Split, Freunde und Bekannte kommen und gehen, die Brüder bleiben. An regnerischen Tagen sitzen sie unter der Markise, drehen Zigaretten und kommentieren den Tag. Zur Erntezeit betreiben sie eine Olivenpresse und an den Wochenenden treten vor ihrer Bar lokale Musiker auf. Sie sind beliebt bei den Nachbarn, ihr selbst gekelterter Wein ist schwarz wie Ochsenblut und bringt selbst den standhaftesten Trinker nach drei Gläsern zum Schwanken. Außer ihren Frauen weiß keiner, woher sie die Trauben beziehen.

Wenn in den Ferien die Touristen kommen, kehrt auch der Großteil ihrer Kinder auf die Insel zurück und hilft in der Bar aus, sodass die vier Brüder den ganzen Tag an ihrem Tisch sitzen können und nur im Notfall einspringen müssen. Sie spielen seit siebzig Jahren immer das gleiche Kartenspiel und notieren die Punkte auf einem Notizblock. Die Karten sind samtig weich vom vielen Anfassen, das Spiel heißt Bela. Kein anderer darf sich in ihre Runde einmischen. Das Kartenspiel ist ihre engste Beziehung zueinander, die sie mit niemandem teilen.

Ihr Vater hat ihnen das Spiel beigebracht.

Immer wieder schauen sie von den Karten auf, immer wieder gleitet ihr Blick über die Adria und landet auf der gegenüberliegenden Insel Svetac, die dreizehn Seemeilen westlich von Komiža entfernt wie eine verlorene Boje zwischen Kroatien und Italien liegt. Die dicht bewachsene Insel hat eine Steilküste und eine Fläche von vier Quadratkilometern. Sie ist mit Höhlen gespickt und es wird gesagt, sie sei schon seit einer Weile unbewohnt. Die Brüder wissen es besser.

Einmal in der Woche setzen sie sich in ihr Boot und fahren vor dem Morgengrauen nach Svetac. Sie haben Lebensmittel geladen, sie haben Bücher und Zeitschriften dabei, Kanister mit Heizöl, Brennholz und Benzin. Die Brüder verbringen zwei Stunden auf der Insel, ehe sie wieder zurückfahren. Auch an diesen Tagen öffnet ihre Bar pünktlich und niemand sieht ihnen an, wo sie waren. Nur ihre Frauen wissen von der Fahrt nach Svetac und haben es längst aufgegeben, die Brüder danach zu fragen. Zur Traubenernte ist die Bar für drei Tage geschlossen und die Brüder bleiben auch die Nächte über auf der Insel. Sie kehren mit einem voll beladenen Boot zurück und ihre Hände sind lila gefärbt von den schweren dunklen Trauben.

Der älteste der Brüder ist zweiundneunzig, der jüngste ist einundsechzig Jahre alt. Ihre Namen sind für diese Geschichte unwichtig, die vier Männer sind allgemein bekannt als die Brüder Odlavkut und so soll es auch bleiben. Über Generationen hinweg fuhr außer ihnen keiner von der Verwandtschaft auf die Nachbarinsel Svetac. So haben sie es eingerichtet, so soll es sein.

Es ist ein prächtiger Montagabend in Kroatien. In den Kaffeetassen glänzt ein dunkler Bodensatz, die sinkende Sonne wärmt angenehm und von der Adria weht eine kühle Brise herüber und lässt ab und zu die Spielkarten auf der Tischplatte flattern. Ein würziger Duft liegt über der Insel, die Touristen haben aufgehört zu lärmen, die Panik hat sich gelegt.

Die Panik war durch sechzehn Tote ausgelöst worden, die aus ihren Gräbern gekrochen kamen. Acht der Toten sind einfach ins Meer marschiert, die anderen kehrten zu den Häusern zurück, in denen sie einst gelebt hatten. Die zwei Kirchen wurden in der kurzen Zeit überrannt und viele der Bewohner packten ihre Sachen und fuhren aufs Festland, bis in den Nachrichten gesagt wurde, dass das Phänomen der lebenden Toten auf der ganzen Welt stattfinden würde. Da kehrten sie wieder zurück und erklärten, das Jüngste Gericht stünde wohl bevor.

Die Brüder hat es nicht berührt. Sie wissen, es gibt für alles eine Erklärung, und solange die Erklärung nichts mit dem Teufel zu tun hat, können sie damit leben. Der Tod macht ihnen keine Angst. Sie wissen, die Welt wird sich auch ohne sie weiterdrehen.

»Wenn ich tot wäre, würde ich nie wieder aufstehen.«

»Wenn ich tot wäre, würde ich auch nach Hause wollen.«

»Keiner von uns stirbt so schnell.«

»Noch eine Runde?«

Die Karten werden neu verteilt, das Mineralwasser über den Tisch gereicht, einer von ihnen spuckt über die Brüstung, um das Meer zu beschwichtigen, einer leckt seine Zigarette an, bevor er sie anzündet. Bald werden ihre Frauen kommen, Schüssel und Teller in den Händen, Brot und Besteck unter den Arm geklemmt. Sie werden warten, dass die Brüder die Partie beenden, dann wird einer von ihnen die Karten mit einem Seufzer vom Tisch wischen und in seiner Brusttasche verstauen. Erst dann wird der Tisch gedeckt.

»Oprostite«, sagt eine rostige Stimme.

Die Brüder erstarren in ihrer Bewegung und schauen sich um. Sie sehen einen alten Mann mit einem kleinen Mädchen vor der Bar stehen. Das Mädchen hat die Hände hinter dem Rücken verschränkt und wirkt furchtbar müde. Ihre Augen erinnern die Brüder an Kohlestücke, die kaum noch Glut haben. Der alte Mann dagegen ist über die Müdigkeit hinweg und wirkt mehr tot als lebendig. Sein Gesicht ist eingefallen, die Schädelknochen drücken gegen die pergamentene Haut, das Weiß seiner Augen ist gelblich. Er spricht ein brüchiges Kroatisch, aber die Brüder verstehen ihn.

»Wer von euch fährt uns zu der Insel?«, fragt er.

Die Brüder wechseln einen Blick und heben die Schultern.

»Ich will ihn sehen«, sagt der alte Mann.

»Wen?«, fragt einer der Brüder.

»Euren Vater«, antwortet der alte Mann.

Die Brüder legen die Karten auf den Tisch, leeren ihre Kaffeetassen und spülen mit einem Schluck Wein nach, dann stehen sie fast gleichzeitig auf. Das Rattern der Plastikstühle hallt wie eine kurze Maschinengewehrsalve von den Hauswänden wider.

»Er erwartet mich«, sagt der alte Mann.

Die Brüder schütteln die Köpfe.

»Davon wissen wir nichts.«

Einer schnippt seine Zigarette weg, einer scharrt mit den Füßen.

»Vielleicht wisst ihr nicht alles«, sagt der alte Mann.

Es ist, als hätte er mit einem Hammer auf eine Granitwand geschlagen. Die Brüder zeigen keine Regung. Der alte Mann spricht weiter.

»Euer Vater und ich sind verabredet. Euer Vater erwartet mich seit gut hundert Jahren, aber ich hatte bisher keine Zeit, um ihn zu besuchen.«

Die Brüder wechseln einen kurzen Blick. Sie haben längst begriffen, dass das hier kein Tourist ist, der sich die Insel Svetac ansehen will. Sie gehen an ihm und dem Mädchen vorbei und betreten die Bar. Es ist das erste Mal seit dem Ende des letzten Krieges, dass sie nicht auf ihre Frauen warten. Die Brüder stehen an der Theke und leeren eine Flasche Rakija innerhalb von fünf Minuten. Als sie durch die offene Tür nach draußen schauen, stehen der alte Mann und das Mädchen noch immer neben dem Tisch und warten. Ein Donnern hallt über den Himmel. Ein Gewitter nähert sich.

DER MANN, DER ALLES VERBINDET

Felipe wagt es nicht, sich zu rühren. Als Lazar das Foto mit dem alten Mann und dem Mädchen im Hintergrund gesehen hat, ist er zurückgewichen. Felipe beobachtet ihn in der Spiegelung des Monitors.

»Was treibt das Mädchen in Kroatien?«, will Lazar wissen. »Und was wollen die Gräfinnen in Russland?«

Felipe schweigt. Er hofft sehr, dass Lazar keine Antwort von ihm erwartet. Seine Füße kribbeln, die Finger zucken und da ist der unwiderstehliche Drang, aufzuspringen und sich zu bewegen. Felipe hat das Gefühl, dass sich sein Kiefer wie von selbst bewegt, und malmt und malmt. Die Wirkung des Cocktails ist in die nächste Phase eingetreten und sein Körper beginnt den Preis für die vielen Energieschübe zu zahlen. Felipe schließt die Augen und reißt sie erschrocken wieder auf, als ihm Lazar die Hände auf die Schultern legt.

»Wir sind hier fertig, Felipe Milos Santos«, sagt er. »Mach deine Arbeit weiter wie zuvor und vergiss, dass ich hier war. Ich möchte keine Beschwerden von der Organisation hören, sonst komme ich zurück.«

Die Hände verschwinden wieder, dann kehren sie zurück.

»Beinahe hätte ich es vergessen. Ich soll dir von Lomack

ausrichten, dass der Cocktail seine Wirkung nach einer Stunde verliert, du solltest dich danach besser hinlegen.«

»Wieso hinlegen?«

»Frag nicht mich, ich bin nur der Überbringer der Botschaft.«

Lazar lacht, als hätte er einen guten Witz gemacht. Seine Hände verschwinden von Felipes Schultern, seine Schritte entfernen sich und dann schnappt die Tür zu. Felipe kann nicht glauben, dass es vorbei ist. Er beugt sich vor und legt die Stirn auf die Tischkante. So bleibt er eine Weile sitzen und lauscht der atemlosen Stille der PCs, ehe er sich wieder aufrichtet. Sein Körper entkrampft sich und langsam löst sich die Spannung. Felipe spürt, dass er dringend auf die Toilette muss. Er schaut auf seine zitternden Hände. Die Innenflächen sind übersät mit weißen Flecken, als gäbe es Probleme mit seiner Durchblutung.

Ich muss nach Hause, ich muss mich hinlegen.

Er will aufstehen und knickt sofort ein. Er verhindert einen Sturz, indem er sich an der Stuhllehne festklammert. Felipe schaut erschrocken an sich herab. Es fühlt sich an, als hätte ihm jemand die Beine amputiert. Er zieht sich am Stuhl hoch und langsam, langsam kommt wieder Leben in seine Beine. Für Sekunden sieht er alles doppelt. Die Lippen sind taub, der Rücken ist mit Schweiß bedeckt, die Hände werden zu Fäusten und entspannen sich und werden wieder zu Fäusten, ohne dass Felipe die Kontrolle darüber hat.

Der richtige Absturz kommt dreißig Meter vom Büro entfernt. Felipe schafft es in den Flur, er verlässt das Haus und tritt auf die Straße, als die Lähmung in seinem linken Arm einsetzt. Sein Gesicht verzieht sich unter heftigen Zuckungen, Speichel fließt ihm wie Wasser aus dem Mund. Alles in seinem Inneren ist ein Krampf, das Herz nur noch ein zuckender Klumpen, der aus der Brust fliehen möchte. Eine Hitzewelle jagt die nächste, dann rumort sein Magen plötzlich.

Nicht, denkt Felipe, als sich auch schon sein Darm entleert.

Er legt sich flach auf den Bürgersteig. Er erwartet in Flammen aufzugehen und drückt die Wange auf die kühlen Steinplatten und würgt und zittert, während der Herzinfarkt wie eine lautlose Bombe in seiner Brust hochgeht und hochgeht und noch mal hochgeht. Felipe zieht sich in seinen Kopf zurück und lässt den Körper allein. Er denkt an die beruhigende Luftaufnahme von Sewernaja Semlja und wünscht sich in das Eis hinaus, wünscht sich auf einer der Inseln zu liegen, wo es nichts gibt, wo nichts von einem erwartet wird und wo sich nach einer kurzen Zeit über alles und jeden eine dichte kühle Lage aus Schnee legt.

DIE GRÄFINNEN

Zeit bekommt eine andere Bedeutung, wenn die wichtigen Ereignisse hintereinander passieren. So ist es heute, und so ist es auch vor zweihundert Jahren gewesen. Zeit kann die Füße schleifen lassen oder so hastig vorbeieilen, dass es einem den Atem verschlägt.

Bis zu ihrem zwanzigsten Geburtstag hatten die Gräfinnen kaum etwas Bedeutendes in ihrem Leben erreicht. Sie hatten viel gefeiert und waren auf Festen, Banketten und mehrmals in der Oper gewesen. Sie hatten hitzige Diskussionen mit ihren Eltern und genauso hitzige Affären mit Männern, denen sie das Herz brachen. Es gab nichts, wonach es ihnen wirklich verlangte. Kunst, Musik, Literatur. Sie verstanden von allem etwas, sie waren keine Dummköpfe, aber nichts fesselte ihre Aufmerksamkeit lange genug.

Alles änderte sich an einem Herbsttag im Jahre 1815, an dem die Baronin von Krüdener die Gräfinnen zum Tee einlud und ihnen den Fund zeigte – zwei Skelette und zwei Paar Flügel, eingeschlossen in einen Eisblock. Es war ein Wunder in doppeltem Sinne: Nicht nur handelte es sich um die Überreste von zwei Engeln, es handelte sich gleichzeitig auch um die Überreste eines männlichen *und* eines weiblichen Engels. Da war aber noch eine verborgene Wahrheit, von der niemand etwas ahnte und die nur von den Gräfinnen aufgedeckt wurde – das weibliche Skelett gehörte keinem Engel, es gehörte einer Königin, die mit ihrem Volk für den Niedergang der Engel verantwortlich gewesen war. Diese verborgene Wahrheit haben die Gräfinnen der Familie gegenüber nie aufgedeckt und nur für ihren eigenen Zweck genutzt. Während die Familie die Engel auf die Erde zurückholen wollte, ging es den beiden Damen nur darum, einen Engel zu erschaffen, den sie sich für die Prophezeiung zu Diensten machen konnten.

Die Gräfinnen waren von Anfang an besessen von dem Fund und bauten eine ganz eigene Verbindung zu den Engeln auf, indem sie nackt auf den Flügeln schliefen. Am Morgen darauf vernahmen sie leise, aber bestimmt das erste Mal den Ruf und schrieben unter dem Einfluss der Flügel wie im Fieberrausch *Die Chronik der Engel* – ein detaillierter Bericht über das Dasein und die Herkunft der Engel.

Der Fund und das Buch wurden die Grundlage für die Entstehung der Familie.

Es sollte nicht die letzte schriftstellerische Arbeit der Damen bleiben.

Zwei Monate darauf verfassten sie *Das Märchen vom letzten Engel,* das ihnen während eines dreitägigen Drogenrausches von Königin Theias Geist diktiert wurde. Die Gräfinnen durchschauten den Großteil der Prophezeiung, aber da gab es eine Passage, die sich ihnen nicht erschließen wollte:

> *Geht und sucht den Schlüssel, der das Tor öffnet. Und suchen müsst ihr, denn der Schlüssel ist gut verborgen im Kern des Lebens, verborgen tief in den Gebeinen.*

Die Gräfinnen verstanden nicht, welches Tor gemeint war, was der Kern des Lebens sein sollte oder wie er sich in den Gebeinen verbergen konnte. Auf der Suche nach Antworten reisten sie quer durch Deutschland und sprachen mit verschiedenen Professoren. Einer von ihnen riet den Gräfinnen, in Marburg die Brüder Grimm aufzusuchen. Die Brüder waren hoch angesehene Gelehrte, die sich mit Rätseln aus Märchen und Fabeln auskannten. Von ihnen erhofften sich die Gräfinnen, dass sie die Prophezeiung deuten konnten. Aber auch dieser Versuch, an die Wahrheit heranzukommen, endete in einem Fiasko, das Jahrzehnte später zur Entstehung der Bruderschaft führen sollte. Aber das wussten die Gräfinnen zu dem Zeitpunkt nicht.

Sie kehrten entmutigt nach Sankt Petersburg zurück.

Ein träges neues Jahr begann, in dem die Gräfinnen keine Antworten auf ihre Fragen fanden. Sie wälzten Bücher, sie studierten und stellten Theorien auf, aber es war nutzlos, die Prophezeiung erschloss sich ihnen nicht. Der Lichtschein trat erst Ende 1816 in ihr Leben, und zwar in der Gestalt von Barthom van Leeuwenhoek, dem Urenkel des niederländischen Mikroskopherstellers Antoni van Leeuwenhoek.

Barthom war ein charmanter Kerl im selben Alter wie die Gräfinnen, der nicht auf den Mund gefallen war und sich wenig darum scherte, was die Leute von ihm dachten. Er war arrogant, gut aussehend und passte perfekt zu den zwei Damen. Leider verachteten die Gräfinnen ihn vom ersten Moment an und sahen in ihm nur einen niederländischen Schnösel, der das Glück hatte, der Enkel eines berühmten Forschers zu sein. Barthom war aber mehr als das. Er tat gerne, als wäre er unerfahren und wild, um von seinen Begabungen abzulenken. Er war nicht nur ein brillanter Biologe, auch in der Mathematik und der Sternenkunde konnte ihm kaum jemand das Wasser reichen. Er kombinierte schnell und hatte überhaupt keine Schwierigkeiten, die Passage aus der Prophezeiung zu deuten. Er sprach von Mendelssohn und davon, dass der Kern des Lebens in den Knochen verborgen ist, denn Knochen seien keine tote Materie, im Gegenteil, in ihnen war das Erbe eingeschlossen, und wer das Erbe hatte, konnte die Vergangenheit aufleben lassen.

Ohne Barthoms Interpretation hätte die Familie nie den nächsten Schritt getan und mit den Experimenten angefangen. Es war der Beginn der genetischen Forschung in Sankt Petersburg und gleichzeitig der Anfang einer lang anhaltenden Affäre zwischen den Gräfinnen und Barthom.

Aus dem Frühjahr wurde der Sommer 1817 und die Gräfinnen brannten regelrecht an beiden Enden. Sie hatten zwar die Prophezeiung begriffen, aber jetzt stand die Frage im Raum, was sie mit ihrem Wissen anfangen sollten. Das Laboratorium im Keller der Villa war fertiggestellt und die ersten Experimente mit dem Knochenmark der Engel fanden statt. Doch das reichte den Gräfinnen nicht. Sie waren zweiundzwanzig Jahre alt, der Ruf war permanent in ihren Köpfen und lockte und verlangte nach ihnen. Sie brauchten ein neues Ziel und so beschlossen sie, den Fundort der Flügel ausfindig zu machen.

Die *Rurik* hatte im Sommer 1815 den Eisblock mit den Flügeln und Skeletten von den Färöer-Inseln geborgen. Die Inseln wurden somit das logische Ziel der Gräfinnen. Bevor die Damen aber die Reise planten, sprachen sie mit dem Mann, der seine schützende Hand über die Forschungsreise gehalten und dafür gesorgt hatte, dass die *Rurik* unbehelligt die Meere überqueren konnte.

»Darf ich fragen, warum euch der Fundort interessiert?«, fragte Zar Alexander.

Die Gräfinnen waren seine Cousinen, der Zar hatte sie schon als Kinder gemocht und war immer wieder erstaunt, wie rücksichtslos sie mit dem Beginn der Pubertät die Männerwelt erobert hatten.

»Und darf ich gleichzeitig fragen, was ihr euch von so einer Reise versprecht?«

Die Gräfinnen beugten sich vertraulich vor.

»Vielleicht gibt es noch mehr Flügel«, sagte Pia.

»Vielleicht waren das nicht die einzigen Engel«, sagte Natascha.

Der Zar wunderte sich, warum er nicht selbst auf den Gedanken gekommen war.

»Und ihr wollt sie ausfindig machen?«

»Wir würden gerne das Glück herausfordern«, antwortete Pia. »Dafür müssen wir an den Ort, an dem die *Rurik* den Eisblock geborgen hat.«

Der Zar beschloss ehrlich zu sein. Er war zu dem Zeitpunkt noch kein fester Teil der Familie, aber er hatte die Flügel berührt und konnte nachvollziehen, was die Gräfinnen antrieb.

»Ich muss euch enttäuschen«, sagte er. »Leider sprecht ihr mit dem falschen Mann. Ich weiß von der *Rurik* nur, was mir berichtet wird. Und der Fundort ist nicht in den Logbüchern festgehalten. Otto von Kotzebue hat befohlen, den kleinen Abstecher auf die Inseln geheim zu halten. Ihr könntet auf seine Rückkehr warten, er soll Anfang des Winters---«

»Wir können nicht warten«, unterbrach ihn Pia.

»Wir haben lange genug gewartet«, sagte Natascha.

Der Zar lächelte, die Ungeduld machte aus den zwei Frauen wieder zwei Mädchen, die alles wollten, und zwar sofort. Die Gräfinnen lächelten auch, weil sie sich in diesem Moment wie die Blutsgeschwister fühlten, die nach dem Thron ihres Vaters trachteten. Für sie war Ungeduld die Tugend der Wissbegierigen.

»Wenn das so ist«, sagte der Zar, »dann gibt es außer Otto von Kotzebue nur einen Mann, der alle Informationen hat. Ihr solltet bei Rumi vorsprechen.«

Über Graf Nikolai Petrowitsch Rumjanzew, der vom Zaren kurz Rumi genannt wurde, sind viele Bücher geschrieben worden, die ein jeder selbst durchforschen kann. Wichtig ist zu wissen, dass der Graf ein angesehener Staatsmann war, der an einem heftigen Verrat zerbrach.

Im Jahre 1807 wurde der Graf vom Zaren zum Minister des Auswärtigen Amtes und bald darauf zum Reichskanzler ernannt. Ein Jahr später lernte er in Erfurt Napoleon höchstpersönlich kennen und die beiden verstanden sich von der ersten Minute an prächtig. Sie führten über vier Jahre hinweg einen regen Briefwechsel und an besonders geselligen Abenden konnte es passieren, dass sich Graf Rumjanzew als Napoleons Seelenfreund bezeichnete. All das änderte sich, als Napoleon 1812 in Russland einmarschierte, ohne seinem Seelenfreund vorher auch nur eine kleine Depesche zukommen zu lassen. Graf Rumjanzew war am Boden zerstört und erlitt zwei Stunden, nachdem ihn die Nachricht der Invasion erreicht hatte, einen Schlaganfall. Nicht nur verlor er dabei sein Gehör und hörte auf zu sprechen, er verlor auch den Wunsch weiter am politischen Geschehen teilzunehmen. Kurz entschlossen legte er sein Amt nieder und zog sich vom öffentlichen Leben zurück. Von diesem Tag an sammelte Graf Rumjanzew russische Kunst und Literatur, pflegte Freundschaften zu Wissenschaftlern und Forschern und verbrachte den Großteil der Zeit in seiner prachtvollen Residenz in Sankt Petersburg. Beinahe zeitgleich lernte er über Alexander von Humboldt den legendären Otto von Kotzebue kennen, und es dauerte kein halbes Jahr, da hatte Graf Rumjanzew die *Rurik* auf eigene Kosten ausgestattet und in Kotzebues Hände übergeben. Das Schiff sollte nicht nur die Nordwestpassage erkunden, vielmehr wollte der Graf der Welt zeigen, dass die Neugierde der Russen unstillbar war. Es gab so viel zu entdecken, und Graf Rumjanzew sorgte dafür, dass es entdeckt wurde. Er war das Gehirn der Expedition und wusste über jeden ausgegebenen Rubel und jeden Passagier Bescheid.

Der Zar schickte einen Boten los, der Graf Rumjanzew die Ankunft der Gräfinnen ankündigen sollte. Nach einer weiteren Stunde Geplauder verabschiedeten sich die Damen und versprachen, den Zaren über ihre Pläne auf dem Laufenden zu halten. Der Zar sollte nie wieder von ihrem Vorhaben hören. Nach einem halben Jahr war es für ihn ein abgeschlossenes Kapitel, für die Gräfinnen aber war es der Anfang einer neuen Zeit.

Jedes Kind in Sankt Petersburg wusste, wo Graf Rumjanzew lebte. Seine Residenz war der strahlende Diamant in der Krone der Stadt und außerdem hatte zwei Jahre zuvor die *Rurik* direkt vor seiner Tür abgelegt.

Wortwörtlich.

Die Stadtvilla stand im Herzen von Sankt Petersburg und war fünfzehn Schritte vom Ufer der Newa entfernt. An dem Sommertag, an dem die *Rurik* in See stach, gab es ein großes Fest, an dessen Ende das Schiff unter Jubel und Applaus ablegte und Kurs auf den Finnischen Meerbusen nahm, während Graf Rumjanzew von seinem Balkon aus den Reisenden zum Abschied winkte. Unter den Jubelnden hatten sich auch die Gräfinnen befunden.

»Wir hätten selbst auf den Grafen kommen können«, sagte Natascha.

»Ich habe gehört, Rumi empfängt nicht jeden«, sagte Pia.

Nach einem Spaziergang von einer halben Stunde erreichten die Gräfinnen die Anglijskaja nabereschnaja 44 und wurden sofort eingelassen, denn der Bote des Zaren hatte längst seine Arbeit getan und Graf Rumjanzew war auf ihren Besuch vorbereitet.

Der persönliche Sekretär des Grafen war ein junger Mann, der in Deutschland ausgebildet worden war und dem Grafen in den letzten fünf Jahren die Gebärdensprache beigebracht hatte. Er ging den Gräfinnen bis zur Schulter und wirkte an ihrer Seite wie ein Kind. Die Gräfinnen waren sich während des Gesprächs nie sicher, wen sie ansehen sollten.

Graf Rumjanzew hatte ein feines, feminines Gesicht, das in einem Ziegenbart auslief. Er saß den Damen mit einem Glas Wein in der Hand gegenüber, als würde er darauf warten, dass jemand ein Portrait von ihm machte. Während des Gesprächs beobachtete er die Gräfinnen sehr genau, sein Blick huschte aber immer wieder zur Seite, wo der kleinwüchsige Sekretär stand und in Gebärden wiedergab, was die Gräfinnen sagten. Die Gesten des Grafen wurden im Gegenzug vom Sekretär übersetzt.

»Er spricht seine Komplimente aus, die Gräfinnen sehen ausgesprochen reizend aus, und er erinnert sich, Sie beim Neujahrsfest des Zaren vermisst zu haben. Er fragt, ob es den Gräfinnen nach einem Wein oder etwas Tee verlangt. Er sagt, es sei ihm eine Ehre, die Details der Expedition mit den Damen zu besprechen. Wenn die Gräfinnen sagen würden, wo er in seinen Notizen beginnen soll.«

Neben Graf Rumjanzew stand ein Beistelltisch, auf dem sich Notiz- und Logbücher stapelten. Die Gräfinnen wurden ein wenig verlegen. Die Reise der *Rurik* interessierte sie so sehr wie die Pathologie einer Bettwanze.

»Wir wüssten gerne, wo auf den Färöer-Inseln der Fund gemacht wurde«, sagte Pia freiheraus.

Der Sekretär übersetzte, der Graf schaute überrascht, dann lachte er auf und antwortete.

Der Sekretär übersetzte so schnell, dass sich die Gräfinnen über die Geschwindigkeit wunderten.

»Er sagt, dass es anscheinend keine Geheimnisse mehr in Russland gibt. Er sagt, der Zar hätte ihm von der Unglaublichkeit des Fundes berichtet, er wäre aber noch nicht dazu gekommen, die Villa der Baronin aufzusuchen, um sich selbst von dessen Wahrhaftigkeit zu überzeugen. Aber er lässt die Damen wissen, dass dem Ganzen ein Missverständnis zugrunde liegt. Der Fund kam nicht von den Färörer-Inseln.«

»Nicht?«, rutschte es den Gräfinnen gleichzeitig heraus.

Der Sekretär sparte sich eine Übersetzung.

»Bitte«, bat Natascha, »fragt den guten Grafen, wo der Fundort liegt.«

Der Sekretär fragte, aber Graf Rumjanzew antwortete nicht. Er nippte von seinem Wein, schließlich gab er einen theatralischen Seufzer von sich, stand auf und führte die Damen zu einem gewaltigen Globus, der auf vier Beinen stand. Graf Rumjanzew drehte die Weltkugel und tippte auf die Färöer-Inseln, seine Hände bewegten sich, der Sekretär übersetzte.

»Er sagt, der Fund sei ein halbes Jahr auf Reisen gewesen und die Färöer-Inseln waren nicht sein Ursprungsort, sondern seine Endstation. Der Ursprungsort liegt ganz woanders. Er war …«

Graf Rumjanzew bewegte den Zeigefinger weg von den Färöer-Inseln nach Osten über das Nordmeer und die Barentssee, ehe er auf einer Inselgruppe zur Ruhe kam.

»… hier«, sagte der Sekretär.

»Was ist da?«, fragten die Gräfinnen.

Graf Rumjanzew machte eine knappe Geste.

»Er sagt, es ist Niemandsland«, übersetzte der Sekretär.

Den Rest der Geschichte durften die Gräfinnen selber lesen. Sie wurde in dem Brief eines russischen Emigranten erzählt, der vom Pelzhandel lebte und in den letzten Jahren für drei spanische Missionare den Führer durch die Arktis gespielt hatte. Er war es, der den Fund an Otto von Kotzebue übergeben hatte, zusammen mit einem Brief, der seine Unschuld am Tod der Missionare erklären sollte.

Hoch geehrter Otto von Kotzebue!

Die drei Missionare lebten seit Jahren unter den Robbenjägern. Sie wanderten von einer Siedlung zur anderen und predigten. Mir waren sie wohlgesonnen und zahlten mir guten Lohn für meine Tätigkeit als Führer. Auch gaben sie mir seelische Unterstützung, als mein Weib nach der Geburt unseres zweiten Kindes verstarb, sodass ich den Missionaren einiges schuldig war. Als das Gerücht aufkam, dass in einer Siedlung im Osten zwei Engel in einem Eisberg entdeckt worden waren, baten mich die Missionare, sie dorthin zu begleiten. Es war mir unmöglich, ihre Bitte abzulehnen, denn ich stand in ihrer Schuld und sie erinnerten mich auch wohlweislich daran.

Die Enttäuschung war groß, als wir die Siedlung Monate später erreichten und nur Skelette in dem Eisblock vorfanden. Die Missionare hatten mehr als nur Knochen und Federn erwartet. Doch kaum erblickten sie die Flügel, trat bei ihnen eine Gier zutage, die mich an ausgehungerte Wölfe erinnerte.

Den Fund hatte ein Junge in einem Eisberg gemacht, und da die Jäger befürchteten, dass sich der Berg von der Insel entfernen würde, hatten sie den Fund aus dem Eis geschlagen und auf dem höchsten Punkt der Insel in Sicherheit gebracht. Die Jäger sagten, die Skelette wären Götter des Himmels, die aus Liebe zueinander verbannt worden waren und seitdem im Eis schlafen mussten.

Die Missionare taten das als Humbug ab und fassten einen Entschluss. Sie sagten, sie wollten den Fund mit sich nehmen. Sie sagten: »Gott will das so, denn Gott ist überall.« Als ich auf die Gefahren hinwies, die mit einem Diebstahl einhergingen, warfen sie mir zornige Blicke zu, und so lenkte ich ein, denn ich war ja nur ihr Führer.

Wir verabschiedeten uns von den Jägern und warteten bis zum kommenden Morgengrauen, ehe wir klammheimlich in die Siedlung zurückkehrten. Wir stahlen nicht nur den Fund, wir stahlen auch acht ihrer Hunde und einen Schlitten, auf dem wir den Fund transportierten. Mir war sehr unwohl dabei. Die Missionare dagegen sprachen von dem großen Glück, das sie hatten. Sie sahen sich in ihr Heimatland zurückkehren und ihrer Kirche den Fund präsentieren. Vielleicht würde man sie heiligsprechen, sagten sie. Als ich vorschlug die Route über das Land zu nehmen, schüttelten sie die Köpfe. Niemals würden sie es mit dem Fund über Land bis nach Spanien schaffen. Nein, sie wählten den Weg übers Eis und hofften auf ein Schiff zu treffen.

Ich wusste, es war ein Fehler, diesen Weg zu nehmen. Denn natürlich folgten uns die Jäger. Mit Schlitten und aufgeschnallten Booten jagten sie uns drei Wochen lang. Über die weite Schneeebene und die schmalen Risse im Eis hinweg. Als sie uns dann stellten, fand einer der Missionare einen schnellen Tod, während ein anderer elendig seinen Wunden erlag. Der dritte Missionar trieb die Hunde waghalsig an und brachte den Fund in Sicherheit. Ihm war sein Leben nichts wert, er wollte nur die Überreste der Engel retten. Ich bin ihm gefolgt.

Das Glück war am Ende doch auf unserer Seite, als wir von einem dänischen Segelkutter aufgesammelt wurden, dessen Ziel die Färöer-Inseln waren. Für den Missionar war die Rettung aber nur von kurzer Dauer. Lange bevor wir an Land gingen, starb er an einem Wundfieber und so blieb ich alleine mit dem Fund zurück.

Unter den Matrosen sprach sich schnell herum, was ich mit mir führte, sodass ich befürchten musste, sie würden den Fund und meine Wenigkeit über Bord werfen. Gerüchte machten die Runde und es wurde behauptet, ich sei ein Wahnsinniger und hätte eine ganze Siedlung eigenhändig niedergemacht, um an den Fund zu kommen.

Wie Gerüchte nun einmal sind, breitete sich auch dieses entlang der Küste aus und gelangte so an Ihre Ohren, werter Otto von Kotzebue. Ich bin Ihnen dankbar, dass Sie für meine Wenigkeit von Ihrem Kurs abgewichen sind, und hoffe sehr, diesen Fund nie wieder zu Gesicht zu bekommen.

In Hochachtung und Dankbarkeit,
Ihr Mikael Pavlov Rosakoff,
Nólsoy, 7. August 1815

Nachdem die Gräfinnen den Brief gelesen hatten, fragte Graf Rumjanzew sie, warum der Fundort ihr Interesse geweckt hätte, wenn doch nur der Fund von Wert sei. Die Gräfinnen wechselten einen kurzen Blick, dann stellte sich Pia an die Seite von Graf Rumjanzew und brachte ihren Mund nahe an sein Ohr heran. Sie flüsterte ihm die Antwort zu und gab dann dem Grafen zum Abschied einen Kuss auf die Wange, ehe sie sich abwandte und zu Natascha zurückkehrte.

Die Gräfinnen bedankten sich für die Hilfe und verließen die Villa ganz benommen von all den neuen Dingen, die sie erfahren hatten.

Für eine Weile standen sie vor der Residenz des Grafen am Ufer der Newa und starrten auf das ruhig dahingleitende Wasser.

Benommen war das falsche Wort, sie waren betrunken von den Worten, die sie gelesen hatten.

»Denkst du, er beobachtet uns von einem der Fenster aus?«, fragte Natascha.

»Das Einzige, was er beobachten würde, wären unsere Hintern«, sagte Pia.

»Was hast du ihm zugeflüstert?«

»Dass er sich seinen Ziegenbart rasieren soll.«

Natascha lachte.

»Und der Kuss?«

»Ich wollte nicht, dass er mehr Fragen stellt. Hast du gesehen, wie rot er wurde?«

»Natürlich ist er rot geworden. Er könnte dein Vater sein.«

»Er könnte mein Liebhaber sein, wenn er sich den Bart rasieren würde.«

Die Damen lächelten auf das Wasser der Newa herab, dann wurde ihnen wieder bewusst, was sie soeben erfahren hatten.

»Eine namenlose Inselgruppe«, sagte Pia.

»Das sind von hier aus bestimmt 3000 Kilometer«, sagte Natascha.

Die Damen schüttelten die Köpfe, es war ein Ding des Unmöglichen.

»Nein, es ist ein Ding des Unmöglichen«, sprach es Natascha schließlich laut aus.

Den Rest des Weges redeten sie kein Wort mehr miteinander. Sie erreichten die Villa, in der gerade zu Abend gegessen wurde. Sie waren so erschöpft von den Neuigkeiten, dass sie sich einfach nur in ihre Betten verkriechen wollten.

»Ich würde gerne schlafen«, sagte Natascha.

»Schlaf bei mir«, sagte Pia und ergriff ihre Hand.

Wer weiß, was gewesen wäre, wenn die Gräfinnen sich für Nataschas Zimmer entschieden hätten oder wenn sie beide zum

Abendessen unten geblieben wären. Auch wenn es manchmal scheint, als hätten wir eine Wahl, sind wir oft nur ein Spielball der Umstände. Dieser Umstand verwirrte die Gräfinnen sehr. Sie betraten Pias Zimmer und sahen einen Fuß unter der Bettdecke hervorragen. Die Damen traten näher an das Bett heran und zogen an der Decke.

Ein schlafender nackter Mann kam zum Vorschein.

Auf dem Nachttisch stand eine Champagnerflasche in einem Eiskübel und daneben drei Gläser. Pia war sehr versucht, die Flasche zu ergreifen und dem Mann damit eins über den Schädel zu geben. Neben der Flasche lag eine geöffnete Schachtel mit belgischen Pralinen. Zwei fehlten.

»Ihr denkt, ich schlafe«, sagte der Mann und lächelte, ohne die Augen zu öffnen oder sich aus den Kissen aufzurichten. »Ich dachte mir, ich *tue,* als würde ich schlafen, damit es den Damen nicht so unangenehm ist, einen nackten Mann in ihrem Bett zu entdecken.«

»Barthom van Leeuwenhoek«, sagte Natascha, »Ihr seid ein niederländischer Bauerssohn!«

Barthom hob den Kopf und sah Natascha an.

»Und Ihr seid wahrscheinlich enttäuscht, mich nicht in Eurem Bett anzutreffen«, sagte er.

»Wie wagt Ihr es---«

»In Eurem Bett liegt eine Einladung, dass Ihr mich in *diesem* Bett hier finden könnt, meine Teuerste. Ich musste eine Wahl treffen und meine Vorliebe für Rothaarige ist in ganz Delft bekannt.«

Er setzte sich auf und kratzte sich die behaarte Brust.

»Jetzt mal ehrlich, meine Gräfinnen, seit einem halben Jahr tänzeln wir jetzt umeinander herum und ich finde, es ist an der Zeit, dass wir das Grobe hinter uns lassen, damit wir uns dem Feinen zuwenden können, sind wir da nicht d'accord?«

Die zwei Damen waren nicht wirklich überrascht von diesen Worten. Nichts, was Barthom tat, überraschte sie. Ihre angewiderten Blicke sprachen Bände, aber in ihren Köpfen geschah etwas anderes. Auch wenn Pia sich immer als Erste ins Feuer stürzte, brannte das Feuer am besten, sobald ihr Natascha folgte. Die Damen fassten einen gemeinsamen Entschluss, ohne dabei auch nur ein Wort zu wechseln.

»Eines Tages werdet Ihr hierfür bezahlen müssen«, sagte Pia und knöpfte ihr Kleid auf. Sie hatte längst begriffen, dass es klug war, jemanden wie Leeuwenhoek im Griff zu haben. Und sie wusste auch, dass sie jede Hilfe brauchen würden, wenn sie dem Ruf folgten. Pia ließ ihr Kleid auf den Boden fallen, löste das Mieder und streifte die Unterwäsche ab. Barthom verschlug es den Atem, aber nicht die Sprache.

»Hierfür bin ich bereit, jeden Preis zu bezahlen«, sagte er.

»Ist das ein Versprechen?«, fragte Pia nach.

»Das ist ein Versprechen, Gräfin«, sagte Barthom und besiegelte mit diesem einfachen Satz sein Schicksal.

Pia stellte sich hinter Natascha, die ein wenig beschämt und ein wenig amüsiert den Blick senkte, während sie entkleidet wurde.

»Hast du das gehört?«, flüsterte ihr Pia ins Ohr.

»Ich habe das gehört«, antwortete Natascha.

In der Zwischenzeit hatte der junge Forscher sich aufgesetzt, das Kissen in seinem Rücken zusammengestaucht und die drei Gläser mit Champagner gefüllt. *Sie sind Wachs in meinen Händen,* dachte er, als die Gräfinnen zu ihm ins Bett stiegen. Sie drückten ihre kühlen Körper an ihn und Barthom vergaß völlig, dass er den Damen ein Versprechen gegeben hatte. Es sollte ihn nicht nur seinen linken Arm kosten, es sollte eines Tages auch dazu führen, dass er zwei Flügel stahl und mit ihnen spurlos vom Erdboden verschwand.

DER JOKER

Er hört das Boot kommen und weiß sofort, dass irgendwas nicht stimmt. Er schließt das Buch, legt es auf den Beistelltisch und tritt auf die Terrasse. Das Steinhaus mit seinem Schieferdach ist zwischen den Felsen kaum sichtbar und liegt fünfzig Meter über dem Meeresspiegel. Nur wer weiß, wo er mit dem Boot anlegen muss, findet den Pfad, der hier hochführt.

Er hat das Haus mit seinen eigenen Händen erbaut. Ein großes Wohnzimmer, eine Küche und ein schmaler Flur, von dem drei Zimmer und ein Bad abgehen. Manchmal fühlt es sich für ihn so an, als wäre ein Teil seiner Seele in dieses Haus eingeflossen. Die Terrasse ist fünf Meter breit und zehn Meter lang mit einer Kalksteinbalustrade, an der er ein ganzes Jahr gearbeitet hat. Jetzt lehnt er an dieser Balustrade und schaut übers Meer. Weit entfernt kann er das Gewitter näher kommen sehen, wie es sich über dem Festland als dunkle Wolkenmasse aufbauscht, dann erblickt er das Boot seiner Söhne, das sich der Insel nähert.

Irgendwas ist hier falsch, denkt er und kehrt wieder ins Haus zurück.

Kurz zögert er vor dem Waffenschrank.

Nein, seine Söhne würden ihn nie verraten.

Er geht in die Küche und setzt Kaffee auf. Er nimmt fünf Becher aus dem Schrank und kehrt auf die Terrasse zurück. Und dort sitzt er dann und wartet, dass der Kaffee fertig ist, dass sie die Insel erreichen, dass er erfährt, was geschehen ist.

Er besitzt kein Telefon, bekommt keine Post und ist nirgends registriert. Er schläft wenig, liest viel und kann jede Regung des Himmels und des Meeres deuten. Manchmal baut er einen Stuhl oder einen Tisch, manchmal sitzt er den ganzen Tag nur auf seiner Terrasse und beobachtet die Adria, als wäre sie ein lebendiges Gemälde. Außer zu seinen Söhnen hat er keinen Kontakt zu anderen Menschen. Langeweile ist ihm fremd, er vermisst aber Gespräche und Diskussionen. Seine Söhne haben zu viel Respekt, um sich länger als fünf Minuten mit ihm zu unterhalten. Er führt ein karges Dasein, wie es sich für jemanden gehört, der außerhalb der Welt lebt und ihren Gesetzen nicht mehr unterliegen will. Das Glück hat für ihn neue Formen angenommen – Glück ist der Geschmack des Salzes auf seinen Lippen, wenn er am Morgen von seinem Spaziergang über die Klippen zurückkehrt. Glück ist auch, keine Erwartungen mehr zu erfüllen, mit sich zufrieden zu sein und niemandem Rechenschaft ablegen zu müssen. Und dann ist da die Trauer. Seine Frau ist vor einem Jahr gestorben. Niemand kann dieses Vakuum füllen, seitdem gehört ihm die Insel allein.

Der Kaffee steht auf dem Tisch, die Betten in den Gästezimmern sind gemacht und er hat wegen der nahenden Wolkenfront einige Fackeln entzündet. Es kommt nicht oft vor, dass seine Söhne auf der Insel übernachten. Einmal im Jahr zur Traubenernte. Vielleicht gab es einen Unfall. Vielleicht gibt es einen neuen Krieg.

Vielleicht sollte ich was kochen, denkt er und lauscht den Schritten seiner Besucher, während sie über die Steinplatten nach oben kommen. Es wird zweimal an die Haustür geklopft, dann treten seine Söhne ein, und er sieht sie als Silhouetten im Flur stehen.

»Ich bin hier draußen.«

Sie folgen seiner Stimme, gehen durchs Haus und bleiben vor den offenen Terrassentüren stehen. Sie ziehen ihre Mützen und senken den Blick. Er weiß, er ist ein imposanter Anblick. Wie er dort sitzt, passt er zu der Kargheit der Insel – die breiten Schultern, das hagere Gesicht, sein Haar ist lang und silbern, er trägt es zu einem Zopf geflochten. Seine Söhne sind kahl und haben fülligere Gesichter, es steht aber außer Zweifel, dass sie seine Kinder sind – jeder von ihnen hat die schlanke gerade Statur eines Tänzers.

»Vater«, sagt einer seiner Söhne und dann treten sie alle vier zur Seite.

»Wer hätte denn gedacht, dass dich jemals jemand Vater nennt«, sagt eine Stimme aus dem Inneren des Hauses.

Er neigt den Kopf, er kennt die Stimme, er kennt den Humor und bereut es für den Bruchteil einer Sekunde, sich keins der Gewehre aus dem Schrank genommen zu haben. Furcht und Freude erfüllen ihn. Er war zu lange isoliert, er weiß nicht, wem er trauen kann.

»Alexander!«, ruft er und steht auf.

Der Zar tritt auf die Terrasse raus. Die zwei Männer betrachten einander, dann setzen sie sich gleichzeitig in Bewegung und ihre Umarmung sieht aus, als würden sie in einen Clinch gehen, als würden sie einander nicht verzeihen, so lange auf ein Wiedersehen gewartet zu haben. Nachdem sie sich wieder getrennt haben, dreht sich der Zar um und wendet sich an das Mädchen, das im Flur wartet:

»Mona, das hier ist mein Joker. Wenn es jemanden gibt, den ich das letzte Jahrhundert über schmerzlich vermisst habe, dann ist es dieser Mann hier. Darf ich vorstellen: Barthom van Leeuwenhoek höchstpersönlich!«

Jeder Mensch hat seine Geheimnisse und im Alter sammeln sie sich an, um sich dann mit dem Tod in Wohlgefallen aufzulösen. Schwierig wird es, wenn man nicht daran denkt zu sterben. Die Geheimnisse nehmen bald schon einen Großteil des Lebens ein und werden zu Lasten. Der Zar hat gelernt, seine Geheimnisse zu versiegeln und zu verschließen. In den letzten zwei Jahrhunderten waren sie seine wertvollste Habe, die er mit niemandem geteilt hat – nicht mit seiner Frau oder seinen Kindern, nicht mit seinen Geliebten oder der Unzahl von Bastarden, die er gezeugt hat. Eines der Geheimnisse ist dieser Mann, den der Zar als seinen Sohn betrachtet.

Mona tritt vor und reicht Barthom die Hand. Ihr Blick ist klar und forschend, Barthom gefällt das, ihm gefällt weniger, wie mager sie ist. Die Müdigkeit hat dem Mädchen dunkle Schatten unter die Augen gezeichnet und Barthom fragt sich, wann sie das letzte Mal gelächelt hat. Der Zar ist auch kein erbaulicher Anblick. Er sieht aus, als ob er aus jahrelanger Kriegsgefangenschaft zurückkehren würde. Seine Umarmung war zwar kräftig, aber Barthom hat unter der Kleidung sein Skelett gespürt.

»Was ist mit deinem Arm passiert?«, fragt Mona.

Barthom schaut auf den leeren Ärmel, der nach oben gefaltet und festgesteckt ist.

»Dummer Unfall«, antwortet er und sieht den Zaren an. »Ich hoffe, ihr seid nicht auf der Flucht vor der Bruderschaft.«

»Die Bruderschaft ist im Moment mein geringstes Problem«, sagt der Zar und setzt sich. »Wir müssen reden, wir müssen sehr dringend reden. Und ich brauche was zu trinken.«

Er greift nach Barthoms Wasserglas und leert es. Barthom wendet sich an seine Söhne.

»Ich danke euch. Es war gut, dass ihr sie hergebracht habt. Ihr solltet euch jetzt auf den Weg machen, ehe der Sturm die Insel erreicht. Kommt bitte morgen Nachmittag wieder, dann sollten wir alles besprochen haben.«

Die Brüder nicken, sie beugen sich einer nach dem anderen vor und küssen ihren Vater auf die Wange, ehe sie ihre Mützen aufsetzen und sich vom Zaren und Mona mit einem Nicken verabschieden. Ihre Schritte hallen durch das Haus.

»Es sind gute Jungen«, sagt Barthom.

»Sie ehren ihren Vater«, sagt der Zar.

»Sie fürchten ihren Vater. Manchmal wünschte ich mir, sie würden einen Normalsterblichen in mir sehen. Aber jetzt, wo wir unter uns sind …«

Er setzt sich zum Zaren an den Tisch.

»… Alexander, was ist nur passiert? Du siehst furchtbar aus.«

»Uns wurden die Flügel vor zwei Nächten gestohlen«, antwortet der Zar. »Und dann sind da noch die Toten.«

Barthom erstarrt, Mona kann hinter ihm die dunklen Wolkenmassen sehen, und es ist ein wenig, als wären die Wolken seine Gedanken.

»Du weißt, wovon ich rede, nicht wahr?«, sagt der Zar.

Barthom senkt den Blick. Der Zar schlägt mit der flachen Hand auf den Tisch.

»Verdammt, du hast gewusst, dass die Toten eines Tages erwachen, habe ich recht?«

Barthom schaut wieder auf.

»Die Gräfinnen haben es mir angekündigt.«

»Angekündigt?!«

»Ich kenne die Prophezeiung nur in Auszügen …«

»Du kennst was?!«

»… das Märchen selbst habe ich nie gelesen.«

Der Zar lehnt sich zurück, dann wirft er das Wasserglas mit voller Wucht einen Meter an Barthom vorbei gegen die Balustrade. Anders kann er seine Fassungslosigkeit nicht ausdrücken.

Barthom kann sehen, dass er ihn am liebsten durchschütteln würde.

»Du *weißt* von dem Märchen?!«, zischt der Zar. »Du bist mir wie ein Sohn gewesen und weißt von dem verdammten Märchen und hast es mir nie erzählt!?«

»Ich weiß, dass es existiert«, verteidigt sich Barthom. »Mehr kann ich dir auch nicht verraten. Möchtest du ein zweites Glas Wasser haben?«

»Nein, verdammt noch mal! Wann hast du von dem Märchen gehört?«

»An dem ersten Tag, an dem ich in die Villa kam«, antwortet Barthom und berichtet von seiner Begegnung mit den Gräfinnen im Winter 1816. Wie er am selben Abend die Prophezeiung ohne Schwierigkeiten entschlüsselt hat und wie ihn die Gräfinnen ein halbes Jahr darauf verführt haben.

»Damals nahm unsere Dreierbeziehung ihren Anfang. Ich war ihr Retter, und sie belohnten mich, indem sie mich voll und ganz in ihren Bann zogen. Während unserer gemeinsamen Nächte haben sie mir erzählt, das Märchen würde geduldig darauf warten, verwirklicht zu werden. Sie haben auch gesagt, dass das Jüngste Gericht eines Tages ihnen allein zu verdanken sein würde. Die Toten würden auferstehen und dann sei der Beginn einer neuen Ära eingeläutet. Nun, seit heute Mittag weiß ich, dass es nicht einfach nur ein Märchen ist.«

Er verstummt, er sieht vom Zaren zu Mona, dann steht er auf.

»Bitte, folgt mir.«

Sie folgen ihm ins Haus und zum Flurende, wo er eine Tür öffnet. Zwei Kerzen brennen und der Windzug beugt ihre Flammen, bis sie waagerecht am Docht hängen. In der Luft schwebt ein bitterer Geruch und auf dem Bett liegt zusammengekrümmt eine Gestalt. Barthom schließt die Tür. Als sich die Kerzenflammen beruhigen, sehen Mona und der Zar die Leiche einer Frau.

»Sie starb vor einem Jahr an einer Gehirnblutung«, sagt Barthom. »Eben war sie noch da, dann war sie plötzlich weg und ich konnte nichts tun. Sie war meine dritte Frau und wir haben dreiundfünfzig Jahre miteinander verbracht. Es gibt nichts Schlimmeres, als die zu überleben, die man liebt und ehrt. Ich habe sie mit meinen eigenen Händen hier auf der Insel beerdigt und vor fünf Stunden ist sie zurückgekehrt. Sie kam ins Haus, legte sich vor meinen Füßen nieder und da lag sie dann. Ich habe sie aufgehoben und in unser Bett gelegt. Seitdem hat sie sich nicht gerührt. Ich habe versucht mit ihr zu sprechen, aber sie reagiert nicht. Und das Merkwürdige ist, dass sie so friedlich ist, als wäre sie …«

Er hebt die Schultern.

»… endlich angekommen.«

»Wie heißt sie?«, fragt Mona leise.

»Dragica.«

»Darf ich sie berühren?«

Barthom runzelt die Stirn und wechselt einen Blick mit dem Zaren, dann sieht er Mona an und sagt, das wäre in Ordnung. Mona setzt sich an den Bettrand und legt vorsichtig eine Hand auf den Schädel der Toten. Sie spürt den Knochen, sie spürt die wenigen Haarsträhnen, die wie getrocknetes Gras auf dem Kopf liegen. Als sie die Hand wieder wegnimmt, reißt der Wind die Fensterläden auf und eine der Kerzen wird ausgeweht. Barthom schließt das Fenster und zündet die Kerze erneut an.

»Und?«, fragt der Zar.

»Nichts«, sagt Mona.

»Könnte mir einer von euch erklären, um was es hier geht?«, fragt Barthom.

»Mona ist die letzte Überlebende aus dem Haus der Kormorane«, antwortet der Zar.

Barthom sieht Mona an, als würde er sie jetzt erst richtig sehen.

»Sie kann Erinnerung berühren«, spricht der Zar weiter. »Und sie hat sich auf dem Flug hierher die ganze Zeit gefragt, ob Tote noch Erinnerung haben. Deswegen wollte sie deine Dragica berühren.«

Als Barthom wieder spricht, muss er sich zweimal räuspern, damit sie ihn hören.

»Wir sollten uns wieder nach draußen setzen«, sagt er.

Er wartet, dass Mona und der Zar das Zimmer verlassen, ehe er die Tür so sanft schließt, als wollte er den Schlaf seiner toten Frau nicht stören.

Es ist zwei Stunden später. Die Nacht hat sich über die Adria gelegt wie eine Glocke aus schwarzem Glas, unter der das Meer lautlos von Blitzen erhellt wird. Barthom weiß jetzt alles von dem Niedergang der Häuser und von Motte, dem einzigen Jungen, der die Anschläge der Bruderschaft überlebt hat. Er weiß auch, dass Mona einen Engel in die Gegenwart geholt hat und die Gräfinnen den Zaren an die Bruderschaft ausgeliefert haben. Mona hat für Barthom das Märchen zusammengefasst und jetzt sitzt er einfach nur da und starrt auf das Meer. Barthom ist erschlagen von den Informationen. Er war hier auf der Insel so fernab von der Realität, dass die Geschehnisse der Welt wie flüchtige Gedanken waren, die über sein Leben hinwegstrichen. Natürlich hätte er gerne gewusst, wie es um die Familie stand; natürlich hat er sich gefragt, ob die Experimente erfolgreich waren, aber es gab Regeln.

»Ich wünschte, ich hätte das alles früher erfahren«, sagt er.

»Du hättest nicht davonrennen müssen«, sagt der Zar.

»Als ob mir Kolja eine Wahl gelassen hätte.«

Der Zar gibt ihm recht.

»Kolja ist verrückt.«

»Kolja ist mehr als verrückt«, sagt Barthom.

»Ich mag ihn«, sagt Mona.

Die beiden sehen sie überrascht an, Mona zuckt mit den Schultern.

»Er war nett zu mir.«

»Als *nett* hätte ich Kolja nie bezeichnet«, sagt Barthom und lacht. »Wegen ihm habe ich die Familie verlassen und bin wie ein Dieb aus Sankt Petersburg geflohen.«

»Du *warst* ein Dieb«, sagt der Zar.

»Ja, ich war ein Dieb, aber nur, weil du mich zu einem Dieb gemacht hast.«

Sie grinsen sich an.

»Du hast die Flügel gestohlen«, stellt Mona fest.

»Mit seiner Hilfe«, sagt Barthom und deutet mit dem Kopf auf den Zaren.

»Wieso hast du ihm geholfen?«, fragt Mona ungläubig.

Der Zar zuckt mit den Schultern.

»Es war der einzige Weg«, sagt er. »Das oder Barthoms Tod.«

Es ist Silvester 1899, das Jahrtausend nähert sich seinem Ende und Sankt Petersburg ist seit den frühen Morgenstunden im Glückstaumel. Namhafte Dichter und Maler, Politiker und Schauspieler sind angereist, selbst der legendäre Zauberkünstler Frikell wird eine Vorführung geben, obwohl er sich seit Jahren im Ruhestand befindet. Das Bolschoi-Ballett kommt am Nachmittag mit dem Zug und Rachmaninow hat versprochen eine Stunde nach Mitternacht ein Neujahrskonzert zu geben.

Seit einer Woche wird das Fest im Winterpalast des Kaisers geplant, dabei ahnt niemand, dass Nikolaus II. der letzte russische Kaiser sein wird, so wie auch keiner ahnt, dass ein Krieg gegen die Japaner bevorsteht. Letzteres ist eine grausame Zukunftsmusik, die erst in vier Jahren erklingen und in der Russischen Revolution enden wird. Niemand muss das ahnen, denn an diesem Dezembertag geht es nur darum, das Leben zu feiern und dem Rausch der Dekadenz zu frönen.

Der Empfang soll um sieben Uhr beginnen, Barthom erscheint um acht in Begleitung der Gräfinnen. Kolja fährt sie zum Fest, und während die Gäste in den Winterpalast des Kaisers strömen, bleibt der Diener auf dem Kutschbock sitzen, raucht und betrachtet die Nacht. Er hat nie dazugehört, und er weiß, er wird auch nie wirklich dazugehören. Dennoch ist er für die Familie unersetzlich. Kolja räumt alle Obstakel beiseite, er ist loyal und seine imposante Erscheinung sorgt für Respekt. Auch an diesem Tag wird er im Kreis der Familie erwartet, obwohl es sich für ihn falsch anfühlt, denn hier draußen in der Kälte ist sein wahres Zuhause.

Kolja steigt mit Widerwillen von der Kutsche und betritt das Fest. Er trägt einen Smoking, sein Bart ist gestutzt und die Haltung so aufrecht, als wäre er ein General, der auf das Schlachtfeld zieht. Kolja wird im ersten Jahr des neuen Jahrhunderts seinen 102. Geburtstag feiern, doch wer ihn sieht, hält ihn für Mitte sechzig. Der Diener nimmt sich ein Glas Champagner und grüßt im Vorbeigehen die verstreuten Mitglieder der Familie, die einen wichtigen Teil der Gästeliste ausmachen – Wissenschaftler, Bankiers, Ärzte. Er durchquert den Saal, um sich den Zauberer im Hof anzuschauen, als er den Zaren rufen hört.

»Mein Junge!«

Es ist ein furchtbar zerbrechlicher Moment, in dem die Emotionen in Kolja aufwallen. Erleichterung und Liebe füllen seine Brust. Seit seiner Kindheit weiß er, wer sein Vater ist. Seine Herkunft war auch der Grund, weswegen ihn die Baronin von Krüdener als Diener nach Sankt Petersburg geholt hatte. Die Baronin wusste, wie man die Fäden ziehen muss, und sie dachte sich, einen unehelichen Sohn des Zaren im Haus zu haben, konnte niemals schaden. Kolja ist das Kind einer Ballerina, mit der der Zar 1798 eine Affäre gehabt hatte. Auch wenn der Diener es nie zugeben würde, wartet er Jahrzehnt für Jahrzehnt, dass ihn der Zar als seinen Sohn anerkennt. Er hat nie ein Wort darüber verloren, aber selbst ein Dummkopf mit zusammengekniffenen Augen kann die Ähnlichkeit zwischen Vater und Sohn erkennen. Der Zar dagegen ignoriert alle Gerüchte. Er hatte viele Affären und daraus resultierend viele uneheliche Kinder. Die Frauen wussten, worauf sie sich einließen, und der Zar sieht keinen Grund, irgendwelche Rechnungen zu begleichen. Kolja dagegen empfindet es als einen ironischen Zug des Schicksals, dass die Gründung der Familie seinen Vater und ihn enger zusammengeschmiedet hat. Nach dem Tod der Baronin ist Kolja voll und ganz in den Dienst der Gräfinnen getreten und damit unweigerlich täglich an der Seite des Zaren gewesen. Und an diesem Silvesterabend ruft der Zar nach ihm, endlich nimmt er sich seines Sohnes an.

»Mein Sohn!«, hört Kolja ihn rufen.

Es ist das erste Mal, dass sich Kolja wirklich beachtet fühlt. Die Stimme des Zaren scheint den gesamten Winterpalast auszufüllen. Etwas Außergewöhnliches breitet sich auf dem Gesicht des Dieners aus. Es ist ein Lächeln.

Kolja dreht sich um.

Der Zar ist mit ausgebreiteten Armen durch das Eingangsportal getreten. Einige der Gäste schauen überrascht, sie haben aber keine Ahnung, wer er ist. Nur die nahen Mitglieder der Familie sehen in dem alten gut gekleideten Mann den ehemaligen Zaren. Die Zeit hat ihn sehr verändert, er ist nicht mehr der stattliche Kerl, der gegen Napoleon vor über achtzig Jahren in den Krieg gezogen ist. Er ist jetzt gute vierzig Kilo leichter, die Falten und Kanten in seinem Gesicht treten deutlicher hervor und zahlen Tribut an die Zeit. Sein Kopf ist kahl, die Ohren wirken übertrieben groß. Aber was auch immer der Betrachter sieht, dort steht ein Mann, der sich seiner selbst bewusst ist und im hohen Alter Respekt von seinen Mitmenschen verlangt. Das hohe Alter liegt bei 133 Jahren.

Kolja macht einen Schritt auf ihn zu und bemerkt da erst, dass ihn der Zar nicht ansieht. Sein Blick geht an dem Diener vorbei und ist auf die Gräfinnen und Barthom gerichtet, die einige Meter entfernt stehen. Der Zar schreitet auf sie zu und schließt Barthom in die Arme.

Irgendwas reißt in diesem Moment in Koljas Seele.

Seit einem Jahrhundert wartet er auf den Tag, an dem ihn sein Vater als seinen Sohn annimmt. Und jetzt hat der Zar diese Ehrerweisung Barthom van Leeuwenhoek zukommen lassen und die Sehnsucht in der Brust des Dieners wird in Fetzen gerissen.

Kolja verlässt das Fest, er läuft in die kristallklare Nacht hinaus und sucht eine Kneipe nach der anderen auf. Hier sind sie alle, die keine Familie haben, die sich besaufen und Streit anfangen, als würde die Welt mit dem Jahrhundertwechsel untergehen. Auch Kolja besäuft sich, auch er fängt Streit an. Niemand hat jemals festgehalten, mit wie viel Männern er sich in diesen Stunden vor Mitternacht geprügelt hat. Es wird gemunkelt, dass das Hospital überfüllt war mit blutenden und jammernden Kerlen, die alle über einen alten Kahlkopf sprachen, der zuschlug wie ein junger Spund.

Als die ersten Raketen aufsteigen und das neue Jahr begrüßt wird, sitzt Kolja mit blutigen Handknöcheln und einer Flasche Wodka im Schnee und heult. Der Riss in seiner Seele wird immer größer, alle Sehnsüchte und Hoffnungen verschwinden haltlos darin. Kolja heult wie ein verlorenes Kind, das nicht mehr weiterweiß. Und irgendwann sind da keine Tränen mehr. Der Diener schaut auf, er schaut in den hell erleuchteten Himmel und schreitet zur Tat.

Erst läuft er zur Villa und holt eine Pistole, um dann zum Winterpalast zurückzukehren. Und dort wartet Kolja stundenlang auf dem Kutschbock, sieht die Gäste an sich vorbeitorkeln und hört nichts und sagt nichts und wartet weiter, dass das Fest zu einem Ende kommt und sein Vater sich blicken lässt.

Der Zar ist natürlich vollkommen ahnungslos. Als er das Fest an der Seite der Gräfinnen verlässt, ist es vier Uhr morgens und er hat einen Arm um Barthoms Schultern gelegt. Die Anhänger der Familie drängen sich um ihn herum, unter ihnen ist auch ein schwedischer Dichter, der vor kurzer Zeit zur Familie dazugekommen ist und an einer Übersetzung der *Chronik der Engel* arbeitet. Ingesamt sind es zehn Leute, die betrunken aus dem Eingangsportal des Winterpalastes in das neue Jahrhundert hineintaumeln.

Kolja springt vom Kutschbock. Er ist durchgefroren, alle Gefühle haben ihn verlassen. Die Gruppe erstarrt, als sie ihn kommen sieht. Außer dem Dichter begreifen sie alle, wie gefährlich Kolja ist. Sie bilden einen Kreis um die Gräfinnen und den Zaren. Nur der Dichter tritt vor und sagt in betont poetischer Form:

»Hvad tar ni er för friheter?«

Kolja versteht kein Schwedisch. Er hebt die Waffe und schießt dem Dichter in den Fuß. Der Dichter humpelt schreiend davon und verschwindet in der Nacht wie ein skandinavischer Derwisch. Die Familie soll ihn nie wiedersehen.

»Was tust du da?«, fragt Gräfin Pia.

»Nimm die Waffe herunter«, sagt Gräfin Natascha.

Die Damen klingen sehr betrunken. Kolja senkt die Waffe nicht. Sie ist wieder auf den Zaren gerichtet, der den Arm von Barthoms Schulter nimmt und wissen will, was in den Diener gefahren ist.

»Meine Seele ist zerrissen«, antwortet Kolja und schießt dem Zaren den Hut vom Kopf.

Der Zar zuckt nicht einmal mit der Wimper. Vielleicht ist es der Alkohol oder einfach nur das Gefühl der eigenen Unberührbarkeit. Der Hut landet im Schnee, alle erstarren, dann tritt Barthom vor, stellt sich Kolja in den Weg und kommt näher, bis der Pistolenlauf seine Stirn berührt.

»Ich weiß, es geht um mich«, spricht er so leise, dass es niemand außer Kolja hören kann. »Ich weiß, dass du dir wünschst, ich wäre nie zwischen die Gräfinnen und dich getreten. Aber es ist nun einmal geschehen. Ich wollte auch nie zwischen dir und dem Zaren stehen, aber auch das ist geschehen, und hier bin ich jetzt. Wenn du jemanden erschießen willst, dann erschieße mich.«

»Du stehst in meiner Schuld«, zischt Kolja.

»Ich weiß.«

»Ich habe dein Leben gerettet.«

»Auch das weiß ich, Kolja, und ich werde es nie vergessen.«

Die zwei Männer sehen sich lange an. Koljas Hand ist ganz ruhig. Er ist kein Mörder, er hat noch nie jemanden getötet. Aber er senkt die Waffe nicht.

»Sag mir, was ich tun kann«, spricht Barthom weiter, »und ich werde es tun.«

»Du verschwindest«, sagt Kolja darauf. »Du verschwindest und kommst nie wieder. Sollte ich dich jemals wiedersehen, dann bist du des Todes.«

Barthom durchfährt ein Schauer.

»Aber, ich kann nicht ohne---«

»Niemand von uns kann ohne die Flügel sein, so wie niemand ohne seinen Vater sein kann. Du hast deiner wahren Familie den Rücken zugekehrt, um ein Teil von unserer Familie zu werden. Deine Zeit ist jetzt vorbei. Dein Platz ist mein Platz.«

Barthom senkt den Blick, Kolja nimmt die Waffe herunter, geht zur Kutsche und hält den Gräfinnen die Tür auf. Kein

Wort wird gesprochen, selbst der Zar schweigt. Sie lassen sich zur Villa fahren, wo Kolja die Familie absetzt und die Pferde in den Stall bringt. Er weiß, dass Barthom am Morgen sein Zimmer geräumt und Sankt Petersburg verlassen haben wird. Und so ist es auch. Nur hat Kolja nicht erahnen können, mit welchem Souvenir sich Barthom davonstehlen würde.

Und so kehren wir wieder in die Gegenwart zurück, in der Barthom einen Schluck Wasser trinkt. Mona kann sehen, wie sehr es ihn erschöpft hat, über die Vergangenheit zu reden.

»Wann hat dir Kolja das Leben gerettet?«, fragt der Zar.

Barthom winkt ab.

»Das ist eine andere Geschichte«, antwortet er und wendet sich an Mona. »Ich möchte nicht, dass du mich falsch verstehst. Es ist nicht so, dass ich Furcht vor Kolja hatte. Ich empfand Respekt und Anerkennung für ihn. Die Gräfinnen liebten ihren Diener, ohne es jemals zu zeigen. Er ist der Einzige in der Familie gewesen, der in Kontakt mit den Flügeln gekommen war und auf lange Zeit ohne ihre Nähe überleben konnte. Du hast ihn ja gesehen, Mona, er ist eine Urkraft, und wenn dir so eine Kraft den Krieg ankündigt, dann ist es besser, du beugst dich. Alexander hat mir bei der Flucht geholfen, und es war seine Idee, mir das eine Paar Flügel zu überlassen. Er überließ sie mir natürlich nicht ganz uneigennützig. Ich war sein Joker. Ich musste ihm das Versprechen geben, dass wir in der Not zusammenkommen würden. Ich bin seine Lebensversicherung gewesen, falls alle Stricke rissen. Keiner von der Familie wusste, wo ich mich aufhielt, selbst Alexander hat es heute erst erfahren. Es gab drei Bedingungen, an die ich mich zu halten hatte – ich durfte nicht in mein altes Leben zurückkehren, ich musste meine Identität ablegen und dann gab es noch das Bankschließfach.«

»In Paris«, sagt Mona.

»Richtig. Das Schließfach war ein elementarer Teil unserer Abmachung. Nur wir beide hatten den passenden Schlüssel. In dem Schließfach befand sich eine Adresse und ein Name, an den sich Alexander wenden musste, damit er zu mir geführt wurde.«

Der Zar lacht.

»Um ehrlich zu sein, hätte ich dich auf den Bahamas vermutet. Oder irgendwo in Asien.«

»Ja, ich hätte überallhin verschwinden können, aber es zog mich hierher«, sagt Barthom mit einem Lächeln, aber es ist ein trauriges Lächeln, denn er bedauert die Zeit, die vergangen ist und die der Zar und er nie wieder zurückbekommen werden.

»Doch das ist Vergangenheit«, schließt er seine Erinnerung ab und steht auf. »Wir sind im Hier und Jetzt und sollten etwas gegen deine Blässe tun. Du bist ein schrecklicher Anblick.«

Barthom verschwindet im Haus, der Zar wendet sich Mona zu.

»Bin ich wirklich so blass?«

»Du siehst aus wie ein Geist.«

Der Zar klatscht sich ein paarmal auf die Wangen.

»Diese alten Geschichten saugen mich regelrecht aus.«

»Was hättest du getan, wenn die Adresse nicht im Schließfach gewesen wäre?«, fragt Mona.

»Dann wären wir beide umsonst nach Paris gereist, aber ich denke …«

Der Zar verstummt, Schritte nähern sich und Barthom kehrt mit einem Umhang zurück.

»Das wird helfen.«

»Ich friere nicht«, sagt der Zar abwehrend und fühlt sich wie ein Rentner, dem gleich eine Hühnersuppe serviert wird. Barthom öffnet den Umhang und legt ihn dem Zaren um die Schultern. Der Stoff ist aus Samt, schwarz und schwer. Er ist vollkommen unpassend für das warme Wetter. Für einen Moment sinkt der Zar unter dem Gewicht zusammen, dann heben sich seine Schultern wieder und er atmet tief ein.

»Aah.«

Ein Lächeln wandert über sein Gesicht. Barthom tritt zufrieden zurück. Mona streicht über den Umhang und kann die Energie spüren.

»Was ist das?«, fragt sie.

»Das ist mit einer der Gründe, warum ich die Familie hundert Jahre lang nicht wiedergesehen habe«, antwortet Barthom. »Die Flügel haben uns zusammengeführt und getrennt. Und jetzt führen sie uns wieder zusammen.«

Es beginnt zu regnen. Ein sanftes Trommeln legt sich auf das Dach der Terrasse. Das Zischen der Fackeln klingt im Gegensatz dazu wütend und gereizt.

»Ich weiß ja nicht, wie es euch geht«, sagt Barthom, »aber ich muss meine Gedanken ordnen und das kann ich am besten beim Kochen. Mir ist sehr nach einem Risotto. Wenn ihr mir bitte in die Küche folgt, der Sturm wird die Insel bald erreichen, da wäre es dumm, hier draußen zu sitzen.«

Barthom geht wieder ins Haus. Mona kann die Hand nicht von dem Umhang nehmen, ihre Fingerspitzen prickeln und es fühlt sich an, als würde sich mit jeder Sekunde mehr und mehr von ihrer Müdigkeit auflösen.

»Barthom war schon immer sehr praktisch veranlagt«, sagt der Zar. »Du hast es ja in der Chronik der Familie gelesen. Er war es, der uns damals den Schlüssel für die Experimente gab, er war es auch, der an der Seite von Yves Romain die Experimente vorangetrieben hat. Und so wie es sich anfühlt, hat sein Ideenreichtum nicht nachgelassen.«

Er hebt den Mantel links und rechts an, sodass er für einen Moment an einen Raben erinnert.

»Er hat die Flügel in den Samt eingenäht«, sagt er. »Spürst du die Kraft?«

»Ich spüre sie«, sagt Mona und zieht die Hand zurück, denn sie spürt mehr als nur die Kraft der Flügel, sie fühlt sich wacher und da ist ein Verlangen, das vorsichtig an ihr zu nagen beginnt, je länger sie in der Nähe des Mantels ist. Kaum hat sie den Kontakt gelöst, tritt die Müdigkeit wieder in den Vordergrund.

Der Zar steht auf, seine Haltung ist gerade, ein Feuer brennt in seinen Augen. Er will an Mona vorbei ins Haus gehen.

»Warte«, flüstert sie.

»Was ist?«

»Ich weiß, was du denkst.«

»Und was denke ich?«

»Bitte, tu's nicht. Auch er braucht die Flügel.«

Der Zar ist nicht wirklich überrascht.

»Kleines, es geht um mein oder sein Leben«, sagt er. »Die Entscheidung musst du schon mir überlassen.«

Der Zar folgt Barthom in die Küche, Mona bleibt auf dem Balkon stehen und hört die beiden Männer reden und dann lachen sie. Zwei alte Freunde, die wieder zueinandergefunden haben. Mona stellt sich zu ihren toten Schwestern in den Regen. Sie sitzen schon seit einer Weile schweigend auf der Balustrade, die Regentropfen gleiten mit einem Flüstern durch sie hindurch, ihre Füße baumeln über dem Meer. Sie haben Mona den Rücken zugewandt und beobachten das Gewitter. Mona weiß, warum sie schweigen. Sie können nicht länger bleiben, sie müssen zu Lazar zurückkehren. Nur wenn er stirbt, sind ihre Seelen befreit. Jeder Tag, jede Stunde, jede Minute in diesem Zustand zehrt sie auf.

Bald werden sie für immer verschwinden, denkt Mona und reibt sich mit den Handballen über die Augen. Die Müdigkeit ist im Moment nicht das Schlimmste, die Ratlosigkeit lastet viel schlimmer auf ihr. Sie weiß nicht, was der nächste Schritt ist. Sie weiß aber, dass von ihr erwartet wird, einen Schritt zu machen. Die toten Schwestern sehen sie an.

»Bleibt noch eine Nacht«, bittet sie Mona.

Nur noch eine Nacht, sagen die Schwestern.

Aber dann musst du was tun.

Dann musst du gehen, denn hier bist du falsch.

Mona nickt, dann wischt sie sich den Regen aus dem Gesicht und betritt das Haus.

Von außen sieht es aus wie ein ganz normaler Abend an der Adria – zwei alte Männer tauschen sich über das 19. Jahrhundert aus, als wäre es einer von diesen Filmen, die man erst nach mehrmaligem Sehen zu verstehen beginnt. Mona hört gerne zu, auch wenn sie nicht alle Zusammenhänge begreift, mag sie die Art, wie Barthom und der Zar sich erinnern und die Vergangenheit auferstehen lassen. Da ist Nähe, da ist Wärme. Nach einer Stunde sieht Mona, dass die Flügel dem Zaren zwar Kraft geben, sie sieht aber auch die Nebenwirkung – ein wenig ist es, als würde der Zar jetzt erst die Erschöpfung zulassen. Auch Barthom bekommt das mit und nimmt ihm den Mantel ab. Der Zar sagt, er müsse sich hinlegen. Barthom führt ihn in eines der Zimmer und als er wieder zu Mona zurückkehrt, hat sie den Tisch abgeräumt.

»Du solltest besser auch schlafen gehen«, sagt er.

»Du weißt, dass er die Flügel haben will«, sagt Mona.

»Ich weiß, deswegen ist er hier.«

»Nicht nur deswegen«, sagt Mona. »Er sucht die Gräfinnen und glaubt, du würdest sie am besten kennen. Besser als er.«

»Ich habe die Damen seit über hundert Jahren nicht gesehen.«

»Ja, aber du kennst sie.«

»Ich kenne sie«, gibt Barthom zu, »und ich habe auch eine Vermutung, wo sie sein könnten. Obwohl ich mir nicht sicher bin, was sie dort verloren haben könnten. Sollten sie aber auf der Suche nach neuen Flügeln sein, dann wäre das ihr erstes Ziel. Lass uns morgen darüber reden, wir können beide etwas Ruhe gebrauchen. Ich habe ein Bett für dich bezogen. Dein Zimmer ist die Tür neben dem Bad. Soll ich es dir zeigen?«

Mona schüttelt den Kopf.

»Ich schaue dem Gewitter noch ein wenig zu«, sagt sie.

Nachdem Barthom sie allein gelassen hat, wartet Mona, bis keine Geräusche mehr im Haus zu hören sind. Sie schleicht durch den Flur und betritt das Zimmer, in dem Barthoms tote Frau liegt. Ihre Schwestern erwarten sie schon. Mona weiß, dass es sie erhebliche Kraft und Überwindung kostet, Häuser zu betreten. Häuser sind Orte des Lebens. Sie machen den Schwestern bewusst, dass sie nur Geister sind und nicht mehr teilhaben am Leben, und das ist ein Schmerz, der durch nichts gutzumachen ist.

Die Schwestern hocken auf der Kommode, sie lehnen an der Wand, keine von ihnen sitzt auf dem Bett. Der Platz ist für Mona reserviert. Die zwei Kerzen sind fast runtergebrannt.

Hab keine Angst, sagen sie.

Niemand kann dir was.

Wir passen auf.

Komm.

Mona legt sich neben die Leiche, staucht ein Kissen in ihrem Rücken zusammen und lehnt sich dagegen. Für eine Weile beobachtet sie die Schatten, die von den Kerzenflammen an die Zimmerdecke geworfen werden. Danach nimmt sie die Hand der Leiche in ihre eigene und betritt durch diese einfache Berührung die Erinnerung der Toten. Innerhalb von Sekunden verschwindet Mona im Nichts, und die Stille umschließt sie.

Es fühlt sich an, als wäre sie jahrelang einen Berg hinaufgestiegen, und plötzlich hat sie den Gipfel erreicht und darf endlich wieder hinuntersteigen. Mona lässt sich fallen, die Stille fängt sie auf.

DER BEGLEITER

Auch ihn umschließt die Stille, auch er ist dem Nichts nahe, nur dass er keine toten Schwestern hat, die im Hintergrund auf ihn aufpassen. Er ist auf sich allein gestellt und es ist ein mühsames Verharren in der Dunkelheit. Er weiß nicht, wer er ist, er befindet sich in einer so unbeschreiblichen Leere, dass sich seine Identität aufzulösen beginnt.

Immer wieder kehrt er zu dem Moment zurück, in dem die Kugel seine Schulter durchschlägt und es sich anfühlt, als würde ihm der Arm ausgerissen werden. Er dreht sich um sich selbst und vollführt eine halbe Pirouette, dann kommt der zweite Einschlag und die Kugel explodiert in seinem Rücken.

Danach die Ruhe.

Sein Herz pumpt, das Atmen fällt ihm schwer, er ist dabei, an seinem eigenen Blut zu ertrinken.

Und die Stimmen sagen:

»Lars, hörst du mich?«

»Lars, halt durch!«

»Lars, kannst du mich hören?«

Sie öffnen seine Brust. Das Auseinanderziehen von Rippen, das Knacken von Knochen. Ein Sägen. Ein Saugen. Knappe Befehle. Das Zucken von Nerven. Fleisch wird von Fleisch getrennt. Die Ärzte holen die Kugel heraus, die Ärzte zögern, es wird diskutiert, sie verschließen seine Brust wieder. Nadel. Faden. Er schwebt davon, er schwebt davon und löst sich aus seinem Dasein und ist ein Staubkorn, mit dem der Wind spielt. Mehr bleibt nicht von ihm.

Und die Stimmen sagen:

»Aber ich weiß nicht, welche Blutgruppe ich habe.«

»Das ist egal.«

»Wie, was heißt denn, das ist egal?«

»Motte, glaub mir, wenn ich dir sage, dass es egal ist!«

Der Sturz ist bodenlos. Er fällt und fällt, die Kälte ist überall, sie nimmt ihm alle Gedanken, sie stiehlt seine Identität. Er versucht um sich zu greifen, er sucht etwas, dass ihn an sein Ich bindet, denn wenn er weiß, wer er ist, dann kann er sich an dieser Erinnerung festklammern und die Kälte und der Sturz werden enden. Aber da ist nichts.

Nichts.

Er lauscht.

Nichts.

Und er denkt:

Ich will nicht, ich will nicht, ich---

Nichts.

Ich will nic---

Selbst die Gedanken rutschen ihm weg.

Ich wil---

Sie werden knapper und fressen sich selbst.

nic---

Und dann wird die Dunkelheit zum Jetzt und er ist hier und doch abwesend. Er wird zu einer Erinnerung an sich selbst und glaubt, sich selbst zerbrechen zu hören, als würde ein Schlag quer durch seine Seele wandern und sie in zwei Hälften teilen. Er will nicht mehr. Er gibt nach und wird zur Dunkelheit und die Dunkelheit zu sein ist wie Balsam, der seine zerrissene Seele umschließt. Sie ist wie die Sehnsucht, die einen überkommt, wenn der Verstand nicht mehr kann und der Körper nicht mehr will und sich alles Denken und Fühlen aufzulösen beginnt.

Ja.

Und das soll sein letzter Gedanke sein.

Ja.

Er lässt los und spürt, wie die Kälte weicht, und dann ist da plötzlich eine Hitze und sie kriecht seinen Arm hoch und breitet sich wie Lava unter seiner Haut aus. Sie sammelt sich unter seiner linken Achsel, von wo aus sie den ganzen Körper füllt. Seine Nerven werden überflutet, sodass sich sein Körper verkrampft und wieder entspannt und erneut verkrampft, bis er sich so hastig aufsetzt, dass ihm der Schlauch mit einem Schmatzen aus Hals und Mund rutscht und sich wie eine nervöse Schlange auf der Bettdecke windet.

Er hustet, er atmet wieder von allein und sieht Esko am Bettende stehen. Da ist auch Rike neben einem Infusionsständer und da sitzt ein furchtbar bleicher Motte auf einem Stuhl und hat eine Kanüle im Arm.

»Ich verbrenne«, sagt Lars und heult los, weil es eine furchtbare Erleichterung ist, sich wieder daran zu erinnern, wer er ist.

Sie haben die Tür verriegelt, damit kein Arzt reinplatzt und fragt, was sie da mit der Blutinfusion des Patienten anstellen würden.

»Es ist *dein* Blut?«, sagt Lars.

Motte schaut auf seinen Arm, es ist offensichtlich, wie elendig er sich fühlt.

»Esko wollte nicht«, antwortet er.

»Ich wollte schon«, korrigiert ihn Esko, »aber ich habe keine Ahnung, was passiert, wenn sich mein Blut mit deinem vermischt und ich dann wieder verschwinde. Die Chance besteht jede Sekunde, sollte Mona einschlafen. Außerdem bist du Mottes Begleiter, ich bin davon ausgegangen, dass du es überlebst.«

Lars legt den Kopf schräg.

»Du bist davon *ausgegangen?!*«

»Rike hat gemeint, das wäre alles kein Problem«, sagt Motte.

Lars wendet sich an Rike.

»Seit wann bist du ein Profi?«, fragt er.

»Ich bin nicht umsonst die Tochter einer Krankenschwester«, sagt Rike. »Außerdem habe ich an meiner Mutter geübt und ihr ein paarmal Blut abgenommen. Das ist kein so großer Schritt zur Bluttransfusion. Es war das kleinere Risiko.«

»Was … Was war denn das größere Risiko?«

»Wir Engel wurden nicht nur wegen unserer Flügel gejagt«, antwortet Esko. »Das Volk der Menianer wollte auch unsere Knochen und unser Blut. Aber du kannst nicht einfach das Blut eines Engels trinken, ohne dass es Folgen hat. Alle Körperfunktionen können versagen. Das war das größere Risiko. Wir wussten nicht, wie dein Körper auf Mottes Blut reagiert.«

»Ich weiß aber, wie mein Körper auf Spritzen reagiert«, stöhnt Motte und setzt sich auf. »Leute, können wir das Ding jetzt mal aus meinem Arm ziehen, bevor ich …«

Rike entfernt mit einer schnellen professionellen Bewegung die Kanüle und drückt einen Wattebausch auf Mottes Armbeuge.

»Was ist überhaupt passiert?«, fragt Lars.

Rike tätschelt ihm den Arm.

»Du warst sieben Stunden unter dem Messer.«

»Ich war *was?!*«

»Die Kugel in deiner Schulter war ein glatter Durchschuss, aber die zweite Kugel hat deinen linken Lungenflügel zerfetzt und den rechten beschädigt. Die Ärzte haben getan, was sie konnten, aber nach den sieben Stunden haben sie zugegeben, dass es hoffnungslos ist.«

»Aber …«

Lars lacht.

»… ich lebe doch, oder?«

Er will es nicht aussprechen, aber ihm ist der siedend heiße Gedanke gekommen, dass er gestorben ist und jetzt als Toter hier herumliegt und dass ihm das nur keiner sagen will. *Ich habe noch drei Tage, ehe die Prophezeiung beendet ist, und was mache ich dann?*

»Oder?«, schiebt er hinterher.

»Sie haben deinen linken Lungenflügel entfernt«, sagt Rike.

Lars schaut an sich herab und erwartet einen Krater zu sehen, wo sein linker Lungenflügel war. Der Verband um seine Brust herum ist strahlend weiß. Rike spricht weiter:

»Sie konnten die vielen Risse im Gewebe nicht schließen. Sie meinten, es würde nicht lange dauern, ehe sich deine Lunge wieder mit Blut füllt. Zwar könnten sie das Blut immer wieder abpumpen und dir frisches per Infusion zuführen, aber es wäre, wie ein Sieb zu füllen.«

»Sie haben mich mit einem Sieb verglichen?!«

»Nee, das war ich«, sagt Rike und grinst.

Lars atmet laut aus, er hat keine Ahnung, was es da zu grinsen gibt, gleichzeitig ist er so erleichtert am Leben zu sein, dass ihn Rike gerne mit einem verstopften Klo hätte vergleichen können.

Ich lebe, Mann, ich lebe.

Plötzlich grinsen sie alle.

»Wieso grinst ihr jetzt alle?«, fragt Lars.

»Weil du normal atmest«, sagt Motte. »Vorhin hast du dich angehört, als würdest du gurgeln.«

Esko kommt ums Bett herum und legt seine Hand auf Lars' Brust.

»Wie sehr schmerzt es?«, fragt er.

»Es … Es geht, es juckt, auch in der Schulter, aber in meiner Brust, da juckt es mehr. Es fühlt sich an, als würde jemand ganz langsam einen Ballon aufpumpen. Aber es schmerzt nicht wirklich.«

»Bald wird es richtig wehtun.«

Lars schielt auf Eskos Hand runter.

»Was passiert da drin?«

»Hast du dich schon mal gefragt, warum Neugeborene schreien, wenn sie ihren ersten Atemzug machen?«

»Weil sie wütend sind, dass sie rausmüssen?«

»Nein, weil sich ihre Lungen das erste Mal mit Luft füllen. Das ist furchtbar unangenehm.«

Esko lässt die Hand auf der Brust liegen. Lars wird weiß im Gesicht und rutscht tiefer ins Kissen und sieht Motte Hilfe suchend an.

»Alter, mir wächst eine neue Lunge, oder was?«

»Irre, nicht?«, sagt Motte.

»Bekomme ich auch Flügel?«

Esko schüttelt den Kopf, Rike zeigt Lars einen Vogel.

»Schade«, sagt Lars und will sich aufrichten, denn er fühlt sich gut und hat keine Ahnung, warum er noch rumliegen soll. *Ich bin ein Superheld,* denkt er, *durch mich fließt das Blut eines Engels und eine neue Lunge bekomme ich gratis dazu.* Er schafft es nicht, sich vom Bett zu erheben, Eskos Hand weicht nicht von seiner Brust.

»Ich fühl mich okay.«

»Lars, du bist weit entfernt von okay«, sagt Motte.

»Gleich ist es so weit«, sagt Esko.

»Ganz ehrlich, ich spüre nichts«, lügt Lars, der sich am liebsten in die Brust greifen und an den wunden Stellen rumkratzen möchte.

»Jetzt«, sagt Esko und nimmt die Hand weg.

Nichts geschieht. Lars schaut an sich herab und grinst. *Alles halb so wild,* will er sagen und atmet ein und füllt seine neue Lunge mit Sauerstoff, und es ist ein Gefühl, als würde sich ein zusätzlicher Raum in seiner Brust öffnen. Lars schreit. Es klingt nicht wie der Schrei eines Neugeborenen, es klingt eher wie der Schrei eines Jungen, der von Schmerzen überflutet wird.

Und so endet der erste Tag.

DER ZWEITE TAG

Unsere Kultur gibt sich große Mühe,
die Existenz der Seele zu leugnen.
Wir versuchen uns damit nur einzureden,
nicht für unser eigenes Leben verantwortlich zu sein.
Ich vermute, dass jeder einzelne Augenblick
unseres Lebens in der Erinnerung erstarrt,
um später in der strengen Selbstprüfung zu erscheinen,
die dem Tod folgt.

Whitley Strieber

DIE STARRE

Als die Vögel vor seinem Fenster erwachen, befreit sich der Junge aus den Armen seiner Mutter. Sie hat die Nacht bei ihm geschlafen. Es war eng gewesen in seinem Bett, aber dem Jungen hat es gefallen, denn ein wenig fühlte es sich an, als würden sie zusammen verreisen.

Für den Jungen wurde es eine kurze Reise, denn er konnte es kaum abwarten, dass die Sonne aufging. Gestern durfte er das Zimmer nicht betreten, in dem sein Vater schlief. *Heute ist nicht gestern,* sagt sich der Junge und steigt aus dem Bett und schleicht durch den Flur. Bei jedem Schritt denkt er an gestern und hofft sehr, dass so ein Tag nicht wiederkommt.

Es war eine elendige Warterei gewesen.

Nachdem seine Mutter in das Schlafzimmer gegangen war und losgeschrien hatte, kam sie ohne den Vater wieder raus und sah ihren Sohn fassungslos an.

»Ich hab's doch gesagt«, sagte der Junge, »Papa ist wieder da!«

Die Mutter umarmte den Jungen und trug ihn nach unten, als könnte er selbst nicht mehr laufen. Erst im Garten ließ sie ihn wieder hinunter und verbot ihm, sich von der Stelle zu rühren. Sie sagte auch, sie würde jetzt telefonieren.

»Und wehe, du lauschst!«

Der Junge lauschte nicht. Er akzeptierte alles und wäre stumm wie ein Fisch gewesen, wenn seine Mutter es von ihm verlangt hätte, denn er wusste, sein Vater war zurückgekehrt.

Zurück, dachte der Junge und beschloss, dass es das beste Wort des Jahres war.

Leider verging der Rest des Tages nicht so, wie er erwartet hatte. Er dachte, dass sein Vater bald nach unten kommen, ihm durch die Haare fahren und sagen würde: *Das bisschen Totsein war doch gar nicht so schlimm, oder?* Sein Vater blieb oben, dafür schauten seine zwei Onkel und seine Tante Julia vorbei. Sie begrüßten ihn, ehe sie im Haus verschwanden. Er sah sie durch die Balkontür mit seiner Mutter reden, danach gingen sie nach oben, von wo sie nach kurzer Zeit kopfschüttelnd wieder herunterkamen.

Dann kam ein Polizist.

Und ging wieder.

Dann kam ein Mann, der ganz in Schwarz gekleidet war und einen weißen Kragen hatte, der aussah, als würde er sein Doppelkinn stützen.

Und ging wieder.

Der Junge saß die ganze Zeit im Garten und wippte mit den Füßen. Er hätte auch auf das Baumhaus klettern oder sich die Ameisen beim Schuppen angucken können, aber er befürchtete, dass er dann seinen Vater verpassen würde. Also blieb er an Ort und Stelle.

Tante Julia brachte ihm Limonade. Die Onkel setzten sich links und rechts von dem Jungen auf die Bank, sodass kaum Platz für ihn blieb. Dann brachte ihm seine Mutter eine Pizza. Ihre Hände zitterten. Sie trank ein Glas Wein, als wäre es Wasser. Tante Julia sagte, das würde ihr guttun und goss nach. Einer der Onkel fragte, ob der Junge mit ihm Eis essen gehen wollte. Der Junge schüttelte den Kopf.

»Ich warte.«

»Auf wen?«

»Auf Papa.«

Der Onkel verschluckte sich an der Luft und hustete. Der andere Onkel klopfte ihm auf den Rücken. Die Mutter trank das zweite Glas Wein. Tante Julia sah auf ihr Handy. Der Junge hätte gerne gelacht, er traute sich aber nicht.

Und das waren die Gedanken, die sich der Junge um seinen Vater gemacht hat:

Vielleicht ist er müde, er sah müde aus.

Vielleicht ist er krank und muss ein wenig rumliegen.

Vielleicht gab es Streit und er schmollt.

Vielleicht schleiche ich mich mal hoch und sage, dass ich hier unten bin.

Vielleicht hat er mich vergessen.

Als die Dämmerung anbrach und die Fledermäuse wie verwirrte Träume über ihre Köpfe hinweghuschten, gingen sie ins Haus und aßen zusammen Abendbrot, aber keiner sprach über den Vater. Der eine Onkel sagte, es würde überall auf der Welt passieren und man müsste mal abwarten. Die Mutter zischte, er sollte das nicht vor dem Jungen sagen. Tante Julia weinte ein paar Tränen. Der andere Onkel beschloss, sie sollten sich jetzt alle schlafen legen, denn morgen wäre auch noch ein Tag.

Und dann sind sie nach oben gegangen.

Und der Junge begriff: *Jetzt ist es so weit!*

Aber die Mutter führte ihn nicht in das Schlafzimmer der Eltern, sie führte ihn zu seinem eigenen Bett und sagte, dass sie die Nacht bei ihm bleiben würde.

»Und Papa?«

Die Mutter schwieg und zog dem Jungen den Schlafanzug an.

»Und Papa?«

»Der schnarcht«, sagte die Mutter schließlich und lächelte müde, »und du weißt, wie das ist, wenn er schnarcht.«

Der Junge lachte, plötzlich musste er ganz dringend lachen, wie andere ganz dringend pinkeln müssen. Mensch, daran hatte er gar nicht gedacht! Sein Vater war der schlimmste Schnarcher, er klang wie ein Frosch, der im Klo runtergespült wird und immer wieder auftaucht.

»Ich hoffe, dein Bett ist groß genug für uns beide«, sagte die Mutter.

»Ich bin fünf«, sagte der Junge. »Ich kann mich ganz klein machen.«

Obwohl die Mutter den Jungen fest in die Arme schloss, blieb es eng im Bett. Als die Mutter dachte, er würde schlafen, begann sie zu weinen und der Junge spürte die Tränen an seinem Kopf, sagte aber nichts, denn es war ein bisschen so, als würde es in seinem Zimmer regnen, und das gefiel ihm gut.

All das war gestern Nacht gewesen. Jetzt schläft die Mutter noch und der Junge sitzt im Schlafzimmer seiner Eltern auf einem Sessel und beobachtet seinen Vater. Er hat ein Buch mitgenommen, und das Buch liegt auf seinem Schoß und wartet, dass er es aufschlägt. Eine ganze Stunde lang nimmt der Junge die Augen nicht von seinem Vater. Er hofft, dass er ihn bald bemerkt und die Bettdecke hebt und zu sich in seine warme Höhle holt.

Der Vater macht nichts. Kein Schnarchen, kein Blinzeln.

Der Junge wartet noch ein wenig länger und klappert mit dem Buchdeckel. Das Buch haben ihm seine Eltern so oft vorgelesen, dass er es auswendig kennt. Aber er muss es erst aufschlagen und die Bilder sehen, ehe er die Geschichte erzählen kann.

»Gleich lese ich was vor«, sagt er.

Sein Vater rührt sich nicht. Die Morgensonne wandert über die Außenfassade und knabbert am Fenster, dann kriecht sie durch die Ritzen der Jalousien in das Zimmer hinein, um auch am Bett zu knabbern.

»Geh weg!«, flüstert der Junge.

Die Sonne denkt nicht daran. Sie berührt das Gesicht des Vaters und der Junge beugt sich vor und schnuppert. Sein Vater riecht komisch. Der Junge lehnt sich wieder zurück und seufzt, einmal, dann noch einmal, denn vielleicht hört das der Vater bis in seinen Schlaf hinein und wundert sich, wer da so laut rumseufzt, und macht die Augen auf, um mal zu gucken.

Die Augen bleiben zu. Der Junge hat genug vom Warten.

»Also«, sagt er und schlägt das Buch auf.

Er schaut auf das erste Bild und beginnt die Geschichte zu erzählen.

»Es war einmal ein Junge, der wollte ein Baum sein, aber er mochte keine Regenwürmer, und er mochte auch keine Spatzen und Krähen fand er hässlich. Jeden Morgen guckte er auf seine Hände, ob schon Äste sprießten. Und jeden Abend sah er auf seine Füße runter, ob schon Wurzeln wuchsen.«

Der Junge schaut nicht mehr in das Buch, er sieht seinen Vater an, weil er weiß, dass sein Vater an dieser Stelle immer lacht. »Wurzeln an den Füßen«, sagt der Vater gerne, »so ein Unsinn!«

»Wurzeln an den Füßen«, sagt der Junge, »so ein Unsinn!«

Aber der Vater lacht nicht.

MOTTE

Und das wäre das richtige Ende für diese Geschichte: Wir liegen Seite an Seite, ich atme Rikes Geruch und spüre die Wärme, die von ihr ausgeht. Noch ist es nicht hell, noch schlafen alle, nur die Toten sind wach und spazieren durch die Gegend. Sie waren uns ein Rätsel. Niemand wusste, was in ihnen vorging oder ob überhaupt etwas in ihnen vorging, aber jeder erwartete, dass die Toten jeden Moment durchdrehten und die Zähne bleckten. An die Sehnsucht dachte keiner.

In dieser ersten Nacht lag ich wach wie die Toten und wusste im Gegensatz zu ihnen nicht, wohin mit mir. Ich war in diesem Leben nicht mehr wirklich zu Hause. Ich befand mich irgendwo dazwischen und das machte mich nervös. Meine Gedanken gaben mir keine Ruhe und verirrten sich – von meinem Tod zum Tod des Söldners zum Verschwinden meines Vaters zum Verschwinden meiner Mutter und zurück zum Tod des Söldners und dann zu Rike, die jetzt nicht neben mir liegen würde, wenn ich nicht dreimal abgedrückt hätte, zurück zu Lars, der mit einem neu gewachsenen Lungenflügel im Nebenzimmer schlief und überlebt hatte, weil mein Blut durch seine Adern floss, zurück zu meinem eigenen Tod und dieser verfluchten Sehnsucht nach den Flügeln, weiter zu Esko, einem Engel, der aus einer

Welt vor unserer Welt kam und seit einer halben Million Jahren nicht mehr existierte.

Esko verstand als Einziger, wie ich mich fühlte. Er hatte gesagt, es würde nicht besser werden, bis ich wieder mit meinen Flügeln vereint wäre. Er hatte auch gesagt, er selbst würde jede Minute leiden und insgeheim auf den Moment warten, in dem ihn Mona gehen ließ. Denn dann würde er zu seinem richtigen Ende zurückkehren und seinen Flügeln wieder nahe sein.

Und worauf wartete ich? Wo war mein Ort des Friedens?

Und wie findet man zwei uralte Frauen, die einem die Flügel gestohlen haben?

Ich lag auf dem Bett und drehte die Fragen in meinem Kopf hin und her. Einer völlig anderen Frage ging ich dabei aus dem Weg, weil sie mich ausgesprochen nervös machte. Rike & ich, ich & Rike. Ehe wir uns schlafen gelegt hatten, flüsterte mir Lars zu, ich sollte bloß keine Schweinereien machen, denn ich sei ein Engel und das gehörte sich nicht. Ich hätte so gerne Schweinereien gemacht, das könnt ihr euch nicht vorstellen. Ich wäre auch gerne mal aufs Klo verschwunden, aber da war nichts – nicht vorne, nicht hinten. Auch das hatte Lars kommentiert:

»Wie? Du futterst in dich rein und nichts kommt raus?!«

Worauf Esko sagte:

»Alles wird verarbeitet, wir Engel sind keine Verschwender.«

Und dann lachte er und bot mir einen Schokoladeriegel an, und ich hatte keine Ahnung, ob seine Worte ernst gemeint waren oder nicht. So wenig, wie ich wusste, ob ich das, was ich vor vier Stunden zu Rike gesagt hatte, ernst meinte.

Wir sind mit Lars vom Krankenhaus direkt zu Rike gefahren, von wo aus er seine Eltern angerufen hatte. Sie wussten von meinem Tod und hatten Verständnis dafür, dass ihr Sohn Trost bei seinen Freunden suchte. Als wir gegen halb zehn bei Rike aufschlugen, war ihre Mutter gerade aus dem Haus. Sie hatte Nachtdienst im Krankenhaus. Auf einem Zettel stand, Rike sollte sie übers Handy anrufen, wenn sie über mich reden wollte.

Wir versuchten vergeblich Lars ins Bett zu stecken. Er meinte, er wäre fit, er bräuchte keine Bettruhe, und wenn er nicht noch ein wenig Fernsehen schauen dürfte, würde er durchdrehen. So setzten wir uns also alle vor den Fernseher und sahen den Toten zu, wie sie nichts taten. Jeder Sender berichtete von ihnen. Sie ruhten und lagen wie zufriedene Kinder in Zimmerecken und unter Tischen. Dort, wo sie keinen Einlass fanden, sanken sie auf den Boden und rührten sich nicht mehr. Theologen hatten Theorien, Fatalisten hatten dunkle Gedanken und die Marktwirtschaft lachte sich ins Fäustchen, denn die Lebenden kauften ein wie die Irren. In den Städten waren fünfzig Meter lange Schlangen vor Supermärkten und Kaufhäusern. Die Regale waren leer geräumt, Grundnahrungsmittel wurden gebunkert, Bankkonten überzogen. Es hätte auch ein brillanter Einfall der EU sein können, um für den Aufschwung zu sorgen. Alle horteten Gold und Silber und fürchteten sich davor, dass die Welt unterging.

Wir hatten das Gefühl, außerhalb des Geschehens zu sein. Als wären wir auf Pause. Auch wenn Esko sagte, wir würden morgen früh den nächsten Schritt machen, hatte keiner einen Plan, was der nächste Schritt war. Wir befanden uns in einem unangenehmen Zustand der Ratlosigkeit und bestellten Pizza, saßen vor der Glotze und sahen der Welt zu, wie sie unter der Last der Toten erzitterte. Lars klappte gegen ein Uhr endlich zusammen und schlief auf dem Sofa ein. Esko wollte bei ihm bleiben und aufpassen, dass sich sein Zustand nicht verschlimmerte.

»Auch wenn es Lars selbst nicht glaubt, so steckt er noch immer im Heilungsprozess«, sagte er.

Rike nahm mich bei der Hand und führte mich in ihr Zimmer. Sie zündete eine Kerze an und zog sich aus. Ich saß einfach nur auf dem Bettrand und betrachtete sie in dem warmen Lichtschein.

»Heb die Arme«, sagte sie und streifte mir das T-Shirt über den Kopf.

Vorsichtig löste sie meinen Verband, dann legten wir uns in ihr Bett und waren Brust an Brust, Bauch an Bauch. Ihr Körper drückte sich gegen meinen, als wollte sie in mir verschwinden. Sie küsste mich, ihre Hände strichen über meinen Rücken, ich spürte ihre Fingernägel, ihre Berührungen waren fordernd, aber auch vorsichtig und sie vermied es, an die Wunden auf meinem Rücken zu kommen. Ich küsste sie zurück, ich streichelte sie, aber nichts passierte. Natürlich passiert nichts, wenn du ein Typ bist und dir der Schwanz fehlt, da kann nicht wirklich was passieren. Aber bei mir passierte auch innerlich nichts – keine Erregung, kein sexy Gefühl, das einen wie einen Heißluftballon aufsteigen lässt. Nichts. Ich sagte es Rike.

»Nichts?«

»Nichts.«

Ich berührte ihr Gesicht und fühlte nur Liebe, bodenlose Liebe, aber das war zu kitschig, das konnte ich ihr nicht sagen.

»Du fühlst nichts?«, fragte sie verwirrt, ohne mit dem Streicheln aufzuhören. Zum Glück blieb sie meinem Schritt fern. Ich hatte mir vorhin im Bad die Lage da unten angesehen. Es ist wirklich unheimlich. Einfach nur glatte Haut, kein Schamhaar, nicht einmal eine vage Erinnerung an meine stolze Männlichkeit. An den Hintern hatte ich mir vorsichtshalber nicht gegriffen.

Rike nahm meine Hand und legte sie auf ihre Brust. Ich spürte, wie sich ihre Brustwarze aufrichtete, aber mehr passierte nicht.

»Du fühlst wirklich nichts?«, wiederholte sie leise.

»Liebe«, rutschte es mir heraus. »Einfach nur Liebe, aber nichts Verborgenes dahinter. Keine Lust, keine Geilheit, ich bin einfach bei dir und das … das erfüllt mich mit Liebe.«

Ich klang wie ein Poet, der es nicht besser weiß. Rike sah mich an, sah mich lange an, dann küsste sie mich und murmelte, das wäre okay, das wäre mal was anderes. Sie lächelte, dabei sah ich die Traurigkeit in ihren Augen und dachte: *Ach, scheiße, da hast du dieses wunderbare Mädchen im Bett und das Einzige, was du ihr geben kannst, sind platte Worte und deine Liebe?* Ich küsste sie erneut, unsere Zungen berührten sich, meine Hände wanderten über ihren Hintern, ich zog ihr den Slip herunter und spürte, wie feucht sie war.

»Du musst nicht---«

»Ich will«, sagte ich und ihre Beine öffneten sich und dann habe ich sie gestreichelt und dann habe ich sie fordernder geküsst und wir haben uns geliebt, und es war unnötig, dass ich wie ein erregter Hammel keuchte, es war nahe, es war echt und es war eine andere Form von Sex, denn mehr hatte ich nicht zu bieten.

Das war jetzt vier Stunden her und ich hatte keine Idee, wie ich das, was ich gesagt hatte, besser erklären konnte. Ich empfand alles gleichzeitig und ohne den Überschuss an Lust fühlte es sich richtig und wahr an, aber was wusste ich schon von Liebe? Ich hatte meine Pickel mit zwölf hinter mir gelassen und fast zeitgleich die Masturbation entdeckt. Dann polterte Rike in mein Leben, und ich verliebte mich und wusste, das war es, mehr will ich nicht. Im letzten Sommer übernachteten wir am Ufer der Krumme Lanke und ich verlor meine Jungfräulichkeit an sie. Seitdem schmiedete uns die Verliebtheit und der Sex zusammen. Das Letztere war jetzt weggefallen und ich lag neben dem Mädchen meiner Träume und wunderte mich, wie lange das gut gehen sollte.

Die Kerze war runtergebrannt und flackerte ein letztes Mal, ehe sie verlosch.

Ich hatte die Schnauze voll vom Nachdenken und schlich aus dem Bett.

Esko und Lars schliefen auf dem Sofa, Esko im Sitzen, Lars hatte sich ausgestreckt und sein Kopf lag auf Eskos Oberschenkel. Der Fernseher lief, aber der Ton war runtergedreht. Ich sah Aufnahmen aus Stockholm, wo die Leute um die Toten herum Schreine aufgebaut hatten. Es gab Blumen, es gab Kerzen, die Hinterbliebenen hielten im wahrsten Sinne des Wortes eine Totenwache.

Wenn der Tag des Jüngsten Gerichts so aussieht, dachte ich, *dann hat die Kirche ein richtiges Problem.*

Eine Weile schaute ich in den Kühlschrank und entschied mich für einen Tofujoghurt. Rike hatte mir vor einer Weile erklärt, dass es sich bei Käse und Joghurt um Milchdrüsenprodukte handeln würde. Ich wusste natürlich, woher Milch kam, aber als ich dieses Wort hörte, hat sich irgendwas in mir geschüttelt. *Milch-drü-sen-pro-duk-te.* Rike sah mein Gesicht und schob gleich hinterher, dass keine Kuh ihre Milch freiwillig hergeben würde. Na ja, da war dann bei mir Feierabend. Ich hatte ernsthaft gedacht, die Kühe laufen den lieben langen Tag lachend über die Weide, fressen und fressen und am Abend stehen sie mit einem Grinsen im Stall und produzieren Milch, weil es das ist, was sie am liebsten tun. Oh Mann, manchmal konnte ich furchtbar einfältig sein. Jetzt aß ich einen Tofujoghurt mit Heidelbeeren und schmeckte keinen großen Unterschied zum normalen Joghurt. Und mein Kopf sagte laut Danke, weil er aufhören konnte über geschwollene Milchdrüsen nachzudenken.

So stand ich also in der dunklen Küche – mal wieder in Shorts und mit nacktem Oberkörper – und fragte mich, was das gestern vor der Villa für eine Aktion gewesen war. Wohin war meine Furcht verschwunden? Und wie konnte ich reagieren, ohne darüber nachdenken zu müssen? Und warum war Esko so ausgeflippt?

Ich kratzte den Becher leer und starrte in den dunklen Garten. Die Wunden auf meinem Rücken juckten. Ich wollte mich eben abwenden und ins Bett zurückkehren, als ein Schatten am Fenster vorbeihuschte. Es geschah schnell und lautlos, es hätte auch eine Fledermaus sein können, wenn Fledermäuse hundert Kilo wiegen und einen Meter neunzig groß sind.

Ich rannte ins Wohnzimmer.

Esko und Lars schliefen arglos im Licht des Fernsehers weiter, während zwei rote Punkte durch den Raum wanderten. Es sah aus, als würde jemand tasten und tasten, und dann hatte er sein Ziel gefunden. Die Punkte kamen auf Lars' und Eskos Brust zur Ruhe.

»Ganz ruhig«, sagte eine Stimme hinter mir.

Ich war ruhig, mein Puls veränderte sich nicht, aber ich spürte, wie sich mein Körper anspannte und bereit war in Aktion zu treten. Die Instinkte übernahmen die Kontrolle. Wer auch immer hinter mir stand, muss das gespürt haben. Der Schlag traf mich am Hinterkopf und ließ mich nach vorne taumeln, dem ersten Schlag folgte ein zweiter und ich bekam nicht mehr mit, wie ich auf dem Boden landete.

Als ich wieder zu mir kam, saß ich zwischen Esko und Lars auf dem Sofa und mein Kopf schmerzte, als hätte ihn mir jemand falsch aufgeschraubt. Rike befand sich auf einem der Sessel. Sie war nicht mehr nackt, sie trug mein T-Shirt und ihr Mund war blutverschmiert. Lars' Blick flackerte panisch und teilte mir mit, dass wir in der Scheiße saßen.

»Wir sitzen in der Scheiße«, sagte ich.

»Dasselbe habe ich auch gedacht«, sagte Lars.

Uns gegenüber saß ein Mann, den ich aus Eskos Erinnerung kannte. Mir wären in dem Moment wahrscheinlich die Hoden nach oben gewandert, wenn ich noch welche gehabt hätte. Wir standen nicht mehr außerhalb des Geschehens, wir befanden uns in seinem Zentrum. Lazars linkes Auge war vollkommen schwarz und seine Stimme klang rau, als hätte er sich irgendwann heiser geschrien.

»Es wurde auch Zeit, dass du wach wirst«, sagte er.

Ich schaute nach unten. Unsere Hände lagen vor uns gefesselt im Schoß. Ich schaute wieder auf. Links und rechts von Lazar standen zwei Kleiderschränke, Hände hinter dem Rücken, Augen geradeaus. Sie waren Söldner, denen es vollkommen gleich war, was hier geschah. Lazar hatte meine volle Aufmerksamkeit. Eine merkwürdige Energie ging von ihm aus, und ich zuckte unweigerlich zurück, als er sich vorlehnte. Er war braun gebrannt, aber unter der Bräune schimmerte ein ungesundes Gelb hervor. Als hätte er eine Krankheit, die darauf lauerte auszubrechen. Er verschränkte die Hände, seine Finger waren lang und knochig.

»Ich gehe davon aus, dass du von mir gehört hast«, sagte er. »Deine Brüder sind alle durch meine Hand gestorben, aber bei dir kam ich zu spät. Ich muss zugeben, ich bin enttäuscht von mir. Ich dachte wirklich, ich könnte dich aufhalten.«

Er schüttelte den Kopf, als könnte er es selbst nicht glauben.

»Verstehst du, warum ich hier bin, Markus Hakonson?«

»Um mich zu töten«, sagte ich.

Wieder schüttelte er den Kopf.

»Weißt du, was schlimmer ist als Dummheit? Naivität. Gegen Naivität kannst du kaum was tun. Den Dummen kannst du was beibringen, die Naiven aber werden immer naiv bleiben, das ist ihr Naturell. Nein, ich bin *nicht* hier, um dich umzubringen. Ich habe doch gesagt, ich bin zu spät gekommen.«

Er runzelte die Stirn und lehnte sich wieder zurück.

»Aber sag mal, wenn du ein Engel bist …«

Er sprach die Frage nicht aus.

»Die Gräfinnen«, sagte ich. »Sie haben mir die Flügel abgeschnitten.«

Er verzog das Gesicht, ich sah einen Hauch von Mitleid.

»Verstehe einer die Familie. Du und das Mädchen, ihr seid die einzigen Erfolge, die sie vorzuweisen haben, und was tun sie? Sie lassen das Mädchen unbewacht in der Villa zurück und schneiden ihrem Engel die Flügel ab.«

Er lachte einmal auf.

»Begreifst du jetzt, dass ihr Jungs nur Vieh in ihren Augen gewesen seid? All die Experimente liefen darauf hinaus, euch zu ernten. Weißt du, was *ernten* heißt, Markus Hakonson? Es ist ein Ritual. Sie nehmen den Engeln ihre Flügel und damit die Unsterblichkeit. Sie trinken ihr Blut und zermalmen ihre Knochen, weil sie hoffen, den Engeln eines Tages gleich zu sein. Letzteres konnten sie natürlich bei dir nicht tun, denn sie brauchten dich, damit du deinen ersten Atemzug machst. Du bist der, der die Tür aufstößt, Markus Hakonson. Du bist für sie wie ein Papiertaschentuch. Einmal gebraucht und dann weg damit.«

Ich spürte, wie Esko neben mir unruhig wurde.

»Lass mich ehrlich sein«, sprach Lazar weiter und plötzlich war die Ironie aus seiner Stimme verschwunden. »Ich bin hier, um dich zu beschützen.«

Jetzt war es an mir zu lachen.

»*Du* willst *mich* schützen? Und was sollen dann die Fesseln?«

»Das war nötig, nachdem du einen meiner Männer getötet hast.«

Es war, als hätte er mir ins Gesicht geschlagen. Mein rechter Arm zuckte, als hätte ich eben erst abgedrückt und könnte noch den Rückschlag der Waffe spüren. Dreimal. Die anderen zwei Söldner, die wir gefesselt auf der Villeneinfahrt zurückgelassen hatten, müssen es Lazar erzählt haben. Ich fühlte mich nicht schuldig, aber ich konnte den Mord auch nicht abschütteln.

»Ich glaube dem alten Sack kein Wort«, meldete sich Rike, »der spielt mit uns.«

Lazar machte sich nicht einmal die Mühe, sie anzusehen, sein Blick blieb auf mich gerichtet.

»Glaubst du mir auch nicht?«, fragte er. »Denkst du wirklich, dass ich spiele? Denkst du, ich mache mir all die Mühe, um mit einem Engel zu reden, dem es nicht einmal gelungen ist, seine Flügel länger als zwei Tage zu behalten? Du bist so ahnungslos, dass du eigentlich kein Recht hast zu existieren. Wieso fragst du nicht deinen Kumpel, warum ich dich beschützen will? Er hat es längst begriffen.«

Lars machte sofort den Mund auf.

»Wieso sollte er mich fra---«

»Nicht dich, du Blödmann«, unterbrach ihn Lazar scharf. »Ich meine den Engel, den das Mädchen aus ihrer Erinnerung geholt hat.«

Er neigte den Kopf in Eskos Richtung, es war nervig, dass er nie die Augen von mir nahm.

»Frag ihn!«, forderte mich Lazar auf.

Ich schaute Esko an, Esko sagte:

»Er lügt nicht. Er will dich wirklich beschützen.«

»Jetzt hör aber auf---«

»Wir alle *müssen* dich beschützen«, unterbrach mich Esko. »Was denkst du, warum ich gestern so wütend auf dich war, als du den Söldner angegriffen hast? Was du auch tust, du darfst dich nicht in Gefahr bringen. Die Gräfinnen haben es dir gesagt. Hast du denn nicht richtig hingehört?«

Ich hatte keine Ahnung, wovon er sprach.

»So wie dein erster Atemzug alles Tote erweckt«, sagte Esko, »so zerstört dein letzter Atemzug alles Lebende. Verstehst du, was ich meine, wenn ich *alles* sage?«

Mir klappte die Kinnlade herunter, ich sah von Esko zu Lazar.

»Und?«, fragte Lazar. »Glaubst du mir jetzt, Engel?«

Er wartete keine Antwort ab, sondern wandte sich an seine Söldner. Er befahl ihnen, unsere Fesseln zu lösen und vor der Tür zu warten.

»Ich hab schon einen Blutstau gehabt«, sagte Lars und rieb sich die Handgelenke.

»Bleib ruhig«, sagte Esko zu mir.

Ich blieb ruhig und sah Rike an.

»Mach dir keine Sorgen«, sagte sie. »Ich bin in Ordnung.«

Die Söldner ließen uns mit Lazar allein.

»Bevor ihr was sagt, bevor ihr irgendwas macht«, sagte er, »möchte ich, dass ihr mir zuhört. Sehr gut zuhört, denn es gibt da ein Märchen, und es ist an der Zeit, dass ihr es hört, damit wir alle auf dem gleichen Stand sind.«

Die nächste halbe Stunde war wie ein Drogenrausch ohne Drogen. Das Zimmer war erfüllt von Lazars Stimme. Niemand quatschte dazwischen, niemand rührte sich. Als wir das ganze Märchen gehört hatten, begannen die Räder ineinanderzugreifen. Wir waren wie Puzzleteile, die so lange verschoben wurden, bis sie ins Bild passten. Es war still im Zimmer. Wir wussten nicht, wie wir reagieren sollten.

»Es steht geschrieben, dass vier Engel die Blutsgeschwister im Jetzt erwarten werden«, sagte Lazar. »Einer von ihnen wird die Tür öffnen und sie als Einziger auch wieder verschließen können. Ich denke, du bist dieser Engel, Motte. Dein Atemzug hat---«

»Moment mal, ich komme da nicht hinterher«, unterbrach ihn Lars. »Wir haben doch nur zwei Engel. Motte und Esko. Wann kommen denn die anderen beiden?«

»Mona Breech ist der dritte Engel«, antwortete Lazar. »Sie ist der Engel, der alle täuscht. Und der vierte Engel ...«

Er zeigte auf sein schwarzes Auge.

Rike lachte los.

»Ach, hau doch ab«, sagte sie.

Lazar sah sie das erste Mal an.

»Du glaubst mir nicht?«, fragte er.

»Hör mal«, sagte sie, »Wenn du der vierte Engel bist, dann---«

»DU GLAUBST MIR NICHT?!«, brüllte Lazar sie plötzlich an und kam auf die Beine.

Wir wichen zurück, wir hatten überhaupt keine Ahnung, was eben geschehen war. Mit seinem Sarkasmus kamen wir klar, aber Lazars Wut war ein vollkommen anderer Bahnhof.

»He, Alter, beruhige dich«, sagte Rike und stand ebenfalls auf.

Niemand kann meiner Süßen querkommen und niemand sollte sie einfach so anbrüllen, da ist sie empfindlich. Sie hat einen Vater überlebt, der regelmäßig ihre Mutter verprügelt hatte und jeden Abend besoffen nach Hause kam. Als ihn die Mutter endlich rauswarf, war es Rike, die mit den Fäusten auf seinen Rücken eindrosch. Damals war sie sechs Jahre alt. Niemand brüllt die Liebe meines Lebens an, ohne dass sie zurückbrüllt.

Lazar und Rike standen sich gegenüber wie zwei Kämpfer. Lazar dachte nicht daran, sich zu beruhigen. Plötzlich zog er Jacke, Hemd und Schutzweste aus, streifte sich das Unterhemd über den Kopf und stand mit bloßem Oberkörper vor Rike. Sein Brustkorb war verformt, die Rippen waren an zwei Stellen eingedrückt.

»Glaubst du mir jetzt?«, fragte er und drehte sich um.

Unzählige Narben zogen sich über seinen Rücken, aber ich

sah nur die zwei, wo die Schulterblätter sein sollten. Es waren die gleichen Narben, wie bei Esko und mir. Keiner von uns sprach, nicht einmal Lars fiel dazu was ein. Rike reagierte als Erste. Sie hob das Unterhemd auf und reichte es Lazar.

»Ich glaub dir ja«, sagte sie. »Komm jetzt mal wieder auf den Boden.«

Lazar nahm das Unterhemd und zog sich an. Er wandte uns dabei den Rücken zu. Es war ein peinlicher Moment.

LAZAR

Was ist in dich gefahren? Wie konntest du dich nur so gehen lassen?

Am Vortag in der Villa warst du bereit gewesen, dich vor Mona als Engel zu verleugnen, und dann das hier?! Was ist eben geschehen? Anscheinend hat dich dein Erbe eingeholt, aber musste es auf so eine erbärmliche Art und Weise passieren? Welcher alte Mann zieht sich halb nackt vor ein paar Teenagern aus, um sich zu beweisen? Was stimmt bei dir nicht? Du bist der, der alles im Griff hat; du bist der, dem niemand querkommt. Wo ist nur dein Stolz geblieben? Ein paar erklärende Worte hätten völlig gereicht, aber nein, du verlierst die Fassung. Wirst du auf deine alten Tage etwa weich? Oder haben es dir diese flügellosen Engel angetan? Ist es das?

Du kleidest dich mit abgewandtem Rücken an, ziehst die Schutzweste über und drehst dich erst um, als du die Jacke bis zum Hals geschlossen hast. Sieh sie dir an, wie sie da sitzen und nicht verstehen, was eben passiert ist. Sie ahnen nicht einmal, in was für eine Gefahr ihre Unwissenheit sie gebracht hat. Es war viel zu einfach gewesen, sie ausfindig zu machen – sie fahren noch immer den blauen Volvo mit britischem Kennzeichen und bewegen sich durch Berlin, als hätten sie keine Verantwortung.

Deine Männer sind ihnen vom Krankenhaus direkt zu diesem Haus gefolgt. Es war viel zu einfach. Und jetzt seid ihr alle hier, der Dienstag ist angebrochen und draußen graut der Morgen. Nichts ist mehr, wie es vorher war. Esko, Markus Hakonson und du, ihr gehört zusammen. Da ist eine Verbundenheit, die du nicht abstreiten kannst. Ihr teilt dieselben Wurzeln und dir ist bewusst, dass du diese Wurzeln nicht mehr verleugnen kannst. Deine Jagd hat ein Ende gefunden. Du bist ein Teil der Prophezeiung, obwohl du dich all die Jahrzehnte über mit Händen und Füßen dagegen gewehrt hast. Jetzt gibt es kein Zurück. Du bist einer von den Engeln, lebe damit.

»Uns bleibt nicht viel Zeit«, sagst du und siehst von Esko zu dem Jungen. »Dreißig Kilometer südlich von hier wartet ein Hubschrauber auf uns. Ich erkläre euch den Rest auf dem Flug.«

»Und was ist mit uns?«, fragt Lars.

»Von mir aus könnt ihr machen, was ihr wollt. Ich brauche nur Esko und den Jungen.«

»Ich heiße Motte«, sagt der Junge.

»Ich brauche nur Esko und Motte«, korrigierst du dich.

»Ohne mich gehen die nirgendwohin«, sagt Rike.

Es ist albern, wie sie in dem übergroßen T-Shirt auf dem Sessel sitzt und dich anfunkelt. Ejersbo hat sie vorhin niedergeschlagen, als sie versucht hat, ihm die Augen auszukratzen. Selbst für diese Göre empfindest du Sympathien.

»Ich meine das ernst«, spricht sie weiter. »Wenn du Lars und mich nicht mitnimmst, dann drehe ich durch, dann kommst du keine zehn Meter weit. Ich ruf die Bullen und jage dir ganz Deutschland auf den Hals, wenn du---«

»Rike, es ist okay«, unterbricht sie Motte. »Ich glaube, er hat es verstanden.«

»Und ich komme erst mit, wenn ich weiß, wo Mona abgeblieben ist«, fügt Esko hinzu.

Du zögerst. Sie wissen nicht, was in der Villa geschehen ist; und es ist dir noch immer ein Rätsel, wie es Mona lebend aus den Flammen und bis nach Kroatien geschafft hat. Das Mädchen ist der einzige Faktor in deiner Gleichung, der dir Sorgen macht. In der Prophezeiung steht geschrieben, sie würde die Blutsgeschwister an die Hand nehmen und in das Jetzt treten lassen. Deine Aufgabe ist es, sie um jeden Preis davon abzuhalten.

»Ich nehme an, dass Mona bei der Familie ist«, sagst du. »Und ich brauche eure Hilfe, damit wir sie ausfindig machen. Wenn Motte die Tür ist, dann ist Mona der Schlüssel zur Prophezeiung.«

»Und wo wollen wir nach ihr suchen?«, fragt Motte.

»Im Niemandsland«, antwortest du und verlässt das Zimmer, ehe sie dir noch mehr Fragen stellen können.

Erst als ihr euch auf der Autobahn befindet und du bestätigt bekommen hast, dass der Jet bereitsteht, gehst du in den hinteren Teil des Vans und reichst ihnen die Satellitenaufnahmen.

»Wir sind auf dem Weg nach Russland. Das Archipel heißt Sewernaja Semlja und liegt im Nordpolarmeer. Unser Ziel ist die mittlere der Inseln. Sie wird die Oktoberrevolutions-Insel genannt, aber vor langer Zeit hatte sie einen anderen Namen, doch das kann euch Esko besser erklären.«

Sie schauen zu Esko, der die Satellitenaufnahmen mit gerunzelter Stirn betrachtet.

»Das ist doch ein Witz«, sagt er.

»Das ist kein Witz«, erwidert Lazar, »das ist unser Ziel.«

»Alter«, sagt Lars, »woher kennst du die Insel?«

Esko antwortet, ohne die Augen von den Sattelitenaufnahmen zu nehmen.

»Ihr richtiger Name ist Tuul Han und sie gehört zu einer Inselkette. Sie war einst das Zuhause der Menianer. Ich dachte nicht, dass sie noch in dieser Form existiert. Nicht nach all dem, was dort passiert ist. Die Inselkette hat sich verändert, seht ihr. Hier und hier war sie breiter. Das Meer muss die Küste über die Jahrtausende hinweg abgetragen haben.«

Er tippt auf die mittlere der Insel.

»Und hier sind wir alle gestorben.«

»Wer ist wir?«, fragt Rike.

Esko schaut auf und wirkt ein wenig, als würde er aus einem Traum erwachen.

»Meine Brüder, ich und vierzigtausend Krieger dazu.«

DER KRIEG

Am Tag ihrer Krönung traten die Blutsgeschwister vor ihr Volk und verkündeten, sie würden alles tun, damit das Volk den Engeln eines Tages gleich ist. Ihr Verlangen breitete sich wie ein Hunger unter den Menianern aus. Noch nie zuvor wollten Menschen den Engeln so nahe sein. Noch nie hatten sie so ein drängendes Verlangen nach dem Unberührbaren verspürt.

Unter der Herrschaft der Schwestern begann sich das Königreich zu verändern.

Natürlich bekamen die Engel mit, dass einer aus ihren Reihen verschwunden war. Sie waren ratlos. Noch nie hatte sich jemand gegen sie gewandt, und es brauchte eine Weile, ehe sie akzeptierten, dass Jagd auf sie gemacht wurde. Es gab 321 Engel, und es war diese Zahl, die die Welt im Gleichgewicht hielt. Jeder einzelne Engel war ein Pfeiler des Lebens und nur zusammen ergaben sie ein Ganzes. Als die Blutsgeschwister dem ersten Engel die Flügel abschlugen, brachten sie die Welt in ein Ungleichgewicht. Sie nahmen dem Engel aber nicht nur seine Flügel, sie töteten ihn auch, tranken sein Blut und verbrannten seine Knochen, um sich mit der Asche zu tätowieren.

Es war der Anfang einer gnadenlosen Jagd.

Im selben Jahr, in dem die Blutsgeschwister gekrönt wurden,

verschwanden weitere vierzehn Engel spurlos. Es wurde erzählt, dass sich die Menianer gegen die Herrschaft der Engel gestellt hätten und ihnen gleich sein wollten. Und so machte sich eine Gesandtschaft auf den Weg in das Königreich. Sie sollte in Erfahrung bringen, ob die Gerüchte auf Tatsachen beruhten, und sie sollten auch Ausschau nach den verschwundenen Engeln halten.

Das Königreich war ein erschreckender Anblick. Häuser und Straßen waren verlassen, nicht einmal ein Hund streunte in den Straßen herum. Die Schiffe lagen verwaist in den Häfen. Geschäfte und Werkstätten waren leer geräumt, nirgends ließ sich ein Mensch blicken. Es gab keine Anzeichen, es gab keine Spuren. Das Volk der Menianer hatte sich in nichts aufgelöst und sollte für die nächsten sechs Jahrhunderte vom Angesicht der Welt verschwunden bleiben.

In den folgenden sechshundert Jahren verfielen die Inseln, das Meer nagte an der Küste und das Königreich wurde völlig aus der Erinnerung der Menschen verdrängt.

Ein ewiger Winter legte sich über das Land.

Und so verging die Zeit.

Die Kultur und das Erbe der Menianer gerieten in Vergessenheit, auch das Verschwinden der Engel wurde aus den Chroniken der Menschen verbannt. Nur die Engel selbst erinnerten sich. Für den Rest der Welt war es, als hätte es die Blutsgeschwister und ihr Volk nie gegeben.

Der Angriff kam an einem Herbstabend und war so überraschend, dass ihn viele für das Werk von Dämonen hielten. Ein Dorf im Osten wurde vernichtet und der dort weilende Engel nie wiedergesehen. Der Angriff war nur ein Vorspiel. Schon vier

Tage später brach die Hölle über die Welt herein. Die Dämonen zerstörten Ortschaften, brannten Häuser nieder und machten Jagd auf die Engel. Es wurde geflüstert, sie hätten Flügel und ihre Körper wären von Kopf bis Fuß mit weißen Tätowierungen bedeckt. Niemand begriff, woher sie kamen oder wer sie waren, weil sich niemand mehr an das Volk der Menianer erinnerte. Nur die Engel ahnten, wer da zurückgekehrt war.

Wieder brach eine Gesandtschaft auf, um das verlassene Königreich aufzusuchen, aber dieses Mal kehrte keiner von ihnen zurück.

Die Unruhe wuchs unter den Engeln. Sie wussten, dass sie sich zur Wehr setzen mussten, und so entstand das erste und einzige Engelsheer in der Geschichte der Menschheit. Die Engel wurden zu Kriegern ausgebildet und aus einer friedlichen Gemeinschaft von Brüdern entwickelte sich eine Armee, die lernte zu töten und sich zu verteidigen. An ihre Seite stellten sich die Völker mit ihren Armeen – vierzigtausend Krieger begleiteten die Engel in den Kampf, gemeinsam wollten sie der Plage der Menianer ein Ende setzen. Sie kamen auf Pferden, sie kamen zu Fuß, sie verteilten sich über die Eislandschaft von Menia Tuul Han und nahmen die Inselgruppe ein.

Die Zeit hatte das einst stolze Königreich glatt poliert – Gletscher, Eisberge, weite Schneeebenen und keine Spur einer Zivilisation waren zu sehen. Drei Nächte lang wartete das Heer und beobachtete das Meer, drei Nächte lang wehte der Wind und der Schnee fiel auf sie herab. Als dann die Menianer kamen, kamen sie nicht vom Wasser her. Sie überraschten die Armeen und überrumpelten die Engel, indem sie dem Boden entwuchsen.

Ein gewaltiger Blutrausch brach aus.

Die Engel begriffen sehr bald, dass sie ihren Feind unterschätzt hatten. Die Zahl der Menianer schien unerschöpflich. Für jeden Toten rückten drei Lebende nach. Sie metzelten Menschen und Engel gleichermaßen nieder. Flügel wurden ausgerissen und Schwerter gingen auf Rücken nieder, denn das Volk der Menianer kannte den Schwachpunkt der Engel und wusste, wie es ihnen die Kräfte rauben konnte.

Zwischen den Reihen der Menianer kämpften die Blutsgeschwister. Sie schienen keinen Tag gealtert zu sein. Sie kamen auf Flügeln aus der Luft herab und die Engel verstanden nicht, wie das möglich war.

Zehn Tage und zehn Nächte hielt die Schlacht an.

Jeder tote Engel brachte die Welt mehr und mehr aus dem Gleichgewicht. Die Natur brach unter der Kälte zusammen, Schnee und Eis legten sich barmherzig über das Schlachtfeld und brachten Ruhe mit sich.

Am Morgen des elften Tages war die Erde ein Ball aus Eis.

Die Raben kreisten über den Toten, die Verletzten erstickten unter dem Schneefall, noch war aber der Krieg nicht vorbei.

Von den Engeln war nur einer übrig geblieben.

Von den Schwestern war nur eine übrig geblieben.

Die letzte Königin der Menianer trat gegen den letzten Engel an.

Sie stürmten unermüdlich aufeinander ein. In der Luft, auf dem Boden. Sie waren erschöpft und mit Wunden übersät. Zwischenzeitlich waren sie so müde, dass sie kaum ihre Schwerter heben konnten.

Ein Tag verging, ein zweiter.

Vielleicht hätte der Kampf sich auf noch mehr Tage ausgedehnt, wenn die Königin nicht plötzlich aufgegeben hätte. Sie legte ihre Waffe nieder und schnallte ihre Flügel ab. Tränen standen ihr in den Augen, als sie sich umsah. Die Toten bedeckten das Schlachtfeld wie eine verdorrte Ernte und ihre eigene Schwester lebte auch nicht mehr. Die Königin konnte die Trauer nicht zurückhalten. Sie stand vor dem letzten Engel und zeigte Reue. Sie senkte den Kopf und sagte:

»Wir wollten sein wie ihr.«

Auch der Engel ließ sein Schwert sinken. Er spürte ihr Leid und verstand ihre Sehnsucht. Da trat die Königin auf ihn zu und der Engel reagierte, wie alle Engel reagieren, weil sie sind, was sie sind – er schloss die Königin in seine Arme und so standen sie da, und so standen sie da, bis die Königin ein helles Lachen ausstieß und sagte:

»Nur ein Engel hat die unschuldige Seele eines Kindes.«

Mit diesen Worten packte sie seine Flügel mit beiden Händen. Sie war eine Wildkatze, sie war eine Tigerin, ihre Krallen waren ausgefahren und sie ließ den Engel so lange nicht aus ihrer Umklammerung, bis sie ihm die Flügel vom Rücken gerissen hatte.

Und so wurde der letzte Engel bezwungen.

Und so kniete er im Schnee und die Königin hob ihr Schwert wieder auf.

Und der letzte Engel sprach:

»Du weißt, was geschieht, wenn der letzte Engel fällt?«

»Sobald der letzte Engel fällt«, antwortete die Königin, »gehört die Welt uns ganz allein.«

»Aber mit dem letzten Atemzug verlöscht die Flamme des Lebens«, sprach der Engel.

»Ja, aber mit dem ersten Atemzug wird sie wieder entzündet«, erwiderte darauf die Königin und schlug den Engel nieder. Und wie er da sterbend zu ihren Füßen lag, schwang sich ein Rabe vom Himmel herab und landete auf dem Engelshaupt und nahm die Seele des Engels mit sich fort. Mit der Seele entwich dem Engel sein letzter Atemzug, und es war geschehen – der Atemzug wanderte über die Länder und drang durch alle Ritzen, er trat Türen ein und brach Fenster auf und kein Mensch wurde verschont. Ob jung oder alt, jeder Geist wurde befallen und innerhalb von drei Tagen verlöschte das Menschenlicht und die Welt überzog sich mit Eis. Mit seinem letzten Atemzug hatte der letzte Engel die Menschheit vernichtet, denn ein Leben ohne Engel ist ein Leben ohne Gleichgewicht und ohne Frieden und somit kein Leben mehr.

LAZAR

»Ich war der letzte Engel«, beendet Esko seine Geschichte, »ich befand mich vor einer halben Million Jahren in derselben Position wie Motte jetzt. Als mich der letzte Atemzug verließ, endete die Menschheit und das sollte nicht noch einmal passieren. Die Königin war Theia, sie starb an meiner Seite und unsere Knochen und Flügel wurden eine halbe Million Jahre später im Eis gefunden.«

»Und diese Menianer kamen aus dem Boden?«, sagt Lars, als wäre dieses Detail das Wichtigste an der ganzen Geschichte.

»Aus Löchern und Höhlen«, sagt Esko. »Sie kamen von überall her. Es war, als würde uns eine Flutwelle treffen. Keiner von uns wusste, wie das Volk der Menianer sechshundert Jahre lang in dieser Eiseskälte weiterexistieren konnte. Deswegen verstehe ich auch nicht …«

Er sieht dich an.

»… was die Gräfinnen auf der Insel verloren haben? Die Blutsgeschwister und ihr Volk sind seit Ewigkeiten tot. Niemand kann das Ende der ersten Menschheit überlebt haben.«

»Es hat auch niemand überlebt, aber dank Motte …«

Du neigst den Kopf in Richtung des Jungen.

»… kehrt alles Tote wieder zurück.«

Rike lacht.

»Jetzt hör aber auf. Du meinst, diese Blutsgeschwister und ihr Volk sitzen seit einer halben Million Jahren dort draußen in der Einöde und warten nur darauf, dass ein Engel seinen ersten Atemzug macht?«

»Das ist kein Grund, sich lustig zu machen«, sagst du trocken. »Natürlich weiß ich, dass sie nur Staub und Asche sind, aber irgendwas ist da draußen, denn die Gräfinnen sind vor acht Stunden auf der Insel gelandet. Was auch immer sie dort verloren haben, ich will dabei sein und verhindern, dass sich die Prophezeiung weiter erfüllt. Es steht geschrieben, dass die Engel sich versammeln müssen, denn nur zusammen sind sie stark genug, sich den Butsgeschwistern in den Weg zu stellen. Dazu brauche ich euch an meiner Seite. Wir müssen zusammenhalten.

Deine Worte klingen gut und ehrlich. Esko nickt, du hast ihn auf deiner Seite. Motte hat dich die ganze Zeit beobachtet und sagt:

»Du brauchst ganz besonders mich, weil ich der Engel bin, der die Tür geöffnet hat. Damit bin ich auch der Einzige, der sie wieder verschließen kann.«

»Richtig.«

»Und wenn ich dabei draufgehe?«

»Du wirst nicht sterben. Wenn ich dich nicht im Auge habe, sind meine Männer da und sie werden deinen Tod mit allen Mitteln verhindern, das verspreche ich dir.«

Der Blickkontakt hält einige Sekunden. Motte weiß nicht, was du denkst, wenn er es wüsste, würde er auf keinen Fall mit dir gehen. An erster Stelle existierst du, um die Prophezeiung aufzuhalten; an zweiter Stelle musst du die toten Mädchen loswerden. Der Preis ist dir egal. Deine Planung steht fest, jeder wird seine Aufgabe erfüllen und dann wirst du Motte spurlos verschwinden lassen. Ohne eine Chance, dass sich sein letzter

Atemzug auf den Weg um die Welt macht. Du bist kein Narr, du weißt, was du tust; und was du auch tust, die Menschheit wird es dir am Ende danken.

DER ZAR

Wie ein Stein, wie ein Fels, wie ein Berg.

Er träumt von einer Zeit, in der er die Kraft hatte, den Elementen die Stirn zu bieten. Er ist kein Berg mehr, er wurde zu einem Fels herunterpoliert, und jetzt ist er froh, wenn jemand noch einen Stein in ihm sieht.

Und irgendwann bin ich Staub, denkt er und erwacht mit diesem Gedanken.

Der Zar lehnt mit einer Hand an der Badezimmerwand, während er mit der anderen sein Geschlecht hält und sich wundert, wie ein baumelnder Hautlappen jemals so viel Bedeutung haben konnte. Als die ersten Tropfen kommen, erinnert er sich, wie er gestern im Schlosspark gestanden und Lazar hinter dem Baum hervor beobachtet hat. Der Gedanke bringt ihn zum Lächeln.

Eine Viertelstunde später hat sich der Zar erleichtert, gewaschen und das Bad verlassen. Barthom steht schon in der Küche und bereitet das Frühstück zu. Es ist acht Uhr, das Gewitter ist über die Insel gewandert, ohne auffällige Spuren zu hinterlassen – die Klippen sind trocken, keine abgebrochenen Äste liegen herum, nur das Grün der Gräser wirkt kräftiger.

»Hier lässt es sich gut leben«, sagt der Zar.

»Hier lässt es sich auch gut sterben«, erwidert Barthom und reicht ihm einen Becher. »Hast du schon mal daran gedacht, einfach loszulassen? Du könntest hierherziehen, wir würden das nächste Jahrhundert zusammen anbrechen sehen. Du spielst doch noch Schach, oder?«

Der Zar nippt von dem Kaffee und schaut aus dem Fenster. Um diese frühe Stunde kann man an der Anlegestelle fast bis auf den Meeresgrund schauen, so klar ist das Wasser. Er stellt sich vor, jeden Morgen an diesem Fenster zu stehen.

Und die Welt da draußen kann machen, was sie will.

»Es klingt verlockend«, gibt er zu.

Für eine Minute verharren die Männer in einer Stille, die beiden angenehm ist, dann wendet sich Barthom wieder ab und beginnt eine Melone klein zu schneiden.

»Wie sieht dein Plan aus?«, fragt er.

»Als Erstes will ich die Gräfinnen finden. Sie haben mich an Lazar ausgeliefert, und ich würde gerne wissen, wie sie auf diese dämliche Idee gekommen sind. Niemand macht so was mit dem Zaren. Außerdem will ich mir die Flügel von Erik Hakonson wiederholen.«

»Meine Flügel reichen für uns beide«, gibt Barthom zu bedenken.

»Ja, ich weiß, das ist sehr generös von dir, aber hier geht es ums Prinzip.«

»Ah, das Prinzip«, sagt Barthom.

»Ah, sehr witzig«, ahmt ihn der Zar nach und lächelt.

Barthom dreht sich um.

»Und was ist mit der Prophezeiung?«

»Was soll mit ihr sein?«

»Macht sie dir keine Sorgen? Ihr habt einen Engel erschaffen, der die Toten aufgeweckt hat. Du kannst die Augen nicht davor verschließen, es stehen uns neue Zeiten bevor.«

Der Zar schüttelt den Kopf.

»Es gibt keine neuen Zeiten. Es gibt immer nur dieselben Zeiten und mal werden sie besser und mal werden sie schlechter. Aber egal wie, neu sind sie nicht. Ganz ehrlich, Barthom, die Prophezeiung kann mich mal von hinten sehen. Ich werde in fünf Monaten zweihundertvierunddreißig Jahre alt und es fühlt sich jeden Tag an, als würde ich dreimal krepieren. Ich denke noch nicht daran, den Löffel abzugeben. Deswegen lass mich einen Schritt nach dem anderen machen und erst mal die Gräfinnen finden, der Rest ergibt sich dann.«

»Vielleicht kann ich dir behilflich sein«, sagt Barthom und schenkt ihm Kaffee nach. »Ich habe so eine Ahnung, wo sie sein könnten. Aber es ist eben nur eine Ahnung und wahrscheinlich wirst du sagen, sie ist vollkommen unsinnig.«

»Im Moment bin ich offen für alle Ideen, so unsinnig sie auch klingen mögen«, gesteht der Zar und will noch etwas hinzufügen, als ein Wecker klingelt.

»Eine Sekunde«, sagt Barthom und geht zum Backofen, er öffnet die Klappe und holt frische Brötchen hervor.

»Du bäckst?«, fragt der Zar überrascht.

»Ich baue meine eigenen Möbel, ich keltere meine eigenen Trauben und wenn es mir passt, backe ich meine eigenen Brötchen. Geh und weck die Kleine, wir können frühstücken.«

Der Zar steckt den Kopf zur Tür rein. Monas Zimmer ist verlassen, das Bett unberührt. Der Zar will Barthom eben fragen gehen, wo das Mädchen abgeblieben ist, als er selbst darauf kommt.

Er geht bis zum Flurende und betritt das hinterste Zimmer.

Die Kerzen sind runtergebrannt, es ist stickig und da ist dieser merkwürdige Geruch in der Luft, der den Zaren an alte Keller denken lässt. Monas Augen sind geschlossen, sie liegt neben der

Leiche von Barthoms Frau und hält ihre Hand. Der Zar sagt leise ihren Namen, Mona öffnet sofort die Augen.

»Hallo«, flüstert sie und lässt die Hand der Toten los.

»Hallo«, flüstert der Zar zurück. »Hast du geschlafen?«

»Ich darf nicht schlafen. Ich habe mich nur ausgeruht.«

Mona steht vom Bett auf und streckt sich. Der Zar betrachtet Barthoms Frau und stellt sich vor, wie sich das anfühlen muss, die Hand einer Toten zu halten.

»Was passiert, wenn du sie berührst?«

»Nichts.«

»Kleines, du hast die ganze Nacht an ihrer Seite verbracht. Wir kennen uns zwar nicht lange, aber ich lese dich wie ein Buch mit Großbuchstaben. Ich habe dich gestern gefragt und ich frage dich jetzt ein drittes Mal: Was passiert, wenn du sie berührst?«

Mona muss grinsen.

»Es ist still«, sagt sie.

»Still wie in leise?«

»Still wie in friedlich. Da ist ein Ton, als würde jemand summen. Sie ist zwar tot, aber diese Stille ist geblieben. Darum war ich die ganze Nacht an ihrer Seite. Ich habe mich ausgeruht.«

»In ihrer Stille?

Mona nickt.

»Und du findest das nicht makaber?«

»Was heißt makaber?«, fragt Mona zurück und lächelt. Es ist ein unheimliches Lächeln, sie weiß genau, was makaber heißt. Kinder sind dem Zaren schon immer fremd gewesen, aber dieses Mädchen gehört in eine ganz spezielle Kategorie der Fremdheit. Sie ist kein Kind mehr, sie ist aus der Norm herausgetreten, und vielleicht ist es das, was sie dem Zaren so sympathisch macht.

Wir sind uns ähnlich, denkt er und fragt, was Mona von einem Frühstück hält.

»Ich muss erst pinkeln«, sagt sie und geht pinkeln.
Der Tisch auf der Terrasse ist gedeckt, zwei Sonnenschirme sind aufgespannt, Barthom und Mona sitzen schon draußen. Der Zar hat Barthom gegenüber nicht erwähnt, wo er Mona gefunden hat. Er holt sich in der Küche frischen Kaffee und nutzt den Moment, um einen Blick auf sein Handy zu werfen. Der Empfang ist schwach, aber er ist da. Es gibt keine Nachricht von den Gräfinnen oder vom Sicherheitsdienst. Der Zar kann es nicht glauben, dass sie Erik Hakonson bisher nicht ausfindig machen konnten. Niemals hätte er Erik für so clever gehalten, vollkommen von der Bildfläche zu verschwinden. Der Zar überlegt, ob er dem Leiter des Sicherheitsdienstes eine Nachricht hinterlassen soll. Philipp Draeger ist ein zuverlässiger Mann, auch wenn sein Team in der Villa versagt hat. Vielleicht wäre es nicht dumm, Draegers Sicherheitsdienst auch auf die Gräfinnen anzusetzen.

Als der Zar von seinem Handy aufschaut, befindet er sich nicht mehr in der Küche. Er steht im Flur vor einer der Zimmertüren und weiß nicht, wie er dort hingekommen ist. Seine Hand liegt schon auf der Klinke und er ahnt, was sich hinter der Tür verbirgt.

Die Flügel rufen nach ihm.

Er drückt die Klinke runter, die Tür ist abgeschlossen.

Der Zar kehrt auf die Terrasse zurück. Er hat seinen Kaffeebecher vergessen und erinnert sich auch nicht mehr, was er in der Küche wollte. Das Verlangen nach den Flügeln lenkt ihn ab, sodass er sich konzentrieren muss, damit er dem Gespräch zwischen Mona und Barthom folgen kann. Mona isst ihr zweites Honigbrot, es geht ihr eindeutig besser, ihr Appetit ist zurückgekehrt und die Augenringe sind fast vollkommen verschwunden. Barthom sagt, sie würde aussehen, als hätte sie die Nacht unter dem Umhang verbracht. Mona schaut zum Zaren, der Zar spürt ihren Blick, erwidert ihn aber nicht.

»Ich bin euch sehr dankbar, dass ihr gekommen seid«, sagt Barthom. »Ich fühle mich wie im ersten Jahr der Familie, als wir kaum Schlaf fanden und Feldbetten in den Laboratorien standen. Wir waren in einem permanenten Rausch der Neugierde. Stell dir vor, Mona, es ist der Frühling 1817 und vierzig der renommiertesten Wissenschaftler aus aller Welt leben auf engem Raum zusammen, teilen sich eine Toilette und lassen sich Bärte wachsen, weil sie keine Zeit haben, um sich zu rasieren. Mein Gott, wie wir gestunken haben müssen! Wir waren dem Fund vollkommen verfallen, jeder von uns hatte *Die Chronik der Engel* mehrmals gelesen und die Beweise lagen vor uns, dass es die Engel wirklich gegeben hatte. Uns fehlte nur noch die richtige Formel, um sie wieder zurückzuholen. All das Forschen, all die Aufregung. Es war eine verrückte Zeit, oder?«

Die letzte Frage ist an den Zaren gerichtet, der nur mit den Schultern zuckt. Wann immer jemand sich in der Vergangenheit suhlt, verspürt der Zar ein empfindliches Stechen an der Stelle, an der er seine Seele vermutet. Er weiß, es gibt kein Zurück in die Vergangenheit, nichts und niemand kann ihm dieses Gefühl von Neugierde und Hunger wiedergeben, das damals sein Leben bestimmt hat. Nur die Melancholie bleibt. Der Zar hat nicht vor, einer von diesen alten Säcken zu werden, die stundenlang am Stück reden, ohne dass ihnen jemand zuhört. All das Erinnern macht ihm seine Vergänglichkeit viel zu bewusst.

Barthom zwinkert Mona zu.

»Du musst wissen, dass es unser guter Zar hasst, in der Vergangenheit zu schwelgen. Er mag es auch nicht besonders, wenn man am Morgen so gut gelaunt ist.«

Der Zar gibt ein Schnaufen von sich.

»Die Toten laufen durch die Gegend und die Gräfinnen haben mich verarscht«, sagt er. »So was kann einem schon die Laune verderben. Wie wäre es, wenn du mal auf den Punkt kommst?«

»Du hast recht, verzeih mir die Nostalgie.«

Barthom beugt sich ein wenig vor.

»Was ich euch jetzt erzählen werde, wird eure Laune zwar nicht bessern, aber meine Seele ein wenig erleichtern. Ich vermute, ich weiß, wohin sich die Gräfinnen abgesetzt haben, sollten sie den Ruf erneut vernommen haben.«

»Welchen Ruf?«

»In den Jahrzehnten, die wir uns kannten, hat es mir oft auf der Seele gelegen, dir von dem Ruf zu erzählen, Alexander. Aber ich war auch den Gräfinnen verpflichtet, in mehr als nur---«

»Wovon redest du?«, unterbricht ihn der Zar ungeduldig.

»Ich rede davon, dass der Ruf damals dafür verantwortlich war, dass wir uns auf die Reise ins Eis gemacht haben.«

Der Zar spürt, wie ihm die Galle hochkommt. Bevor er fragen kann, welche verdammte Reise das jetzt wieder sein soll, spricht Barthom weiter:

»Es war im Herbst 1817 und du warst noch kein fester Teil der Familie. Du kanntest *Die Chronik der Engel,* du hattest auch die Flügel berührt, aber es wäre unpassend gewesen, wenn der Zar von Russland sich pausenlos in der Villa aufgehalten hätte. Das Land wollte regiert werden, denn nach Napoleons Niederlage trug dich das russische Volk auf seinen Schultern. Du hattest beide Hände voll. Damals warst du noch weit davon entfernt, deinen eigenen Tod vorzutäuschen.«

Der Zar schaut auf seinen leeren Teller. Barthom hat recht, es waren andere Zeiten gewesen. Acht Jahre hatte er gebraucht, ehe er sich von seinen politischen Verpflichtungen lösen konnte.

»Warum hast du deinen Tod vorgetäuscht?«, fragt Mona.

Erst will er ihr nicht antworten, dann aber verspürt er das merkwürdige Bedürfnis, sich zu erklären. *Einer Zehnjährigen gegenüber,* denkt er, *was kommt danach?*

»Ich wollte raus aus der Politik«, sagt er, »und ich wollte mich um die Familie kümmern, aber natürlich konnte ich nicht einfach so zurücktreten. Ich hätte als Schwächling dagestanden und mein Gesicht verloren. Meine Frau war damals krank, also bin ich mit ihr zur Erholung in den Süden ans Asowsche Meer gereist. Zwei Männer aus meiner Leibgarde und mein Hausarzt waren in den Plan eingeweiht. Sie fanden einen Leichnam, der meine Statur hatte und mir halbwegs ähnlich sah. In dem kleinen Ort Taganrog haben wir dann den Plan ausgeführt. Die Welt bekam zu hören, dass ich einem Fieber erlegen war. Sie transportierten den Leichnam eines Fremden nach Sankt Petersburg, während ich vier Tage später inkognito folgte. Mein Kopf war rasiert, ich trug eine Nickelbrille und ließ mir einen Bart stehen. Selbst meine Mutter hätte mich nicht wiedererkannt. Auf diese Weise starb der Zar und sein neues Leben in der Villa begann. Deswegen habe ich die ersten Jahre der Familie nur am Rand mitbekommen.«

Er wendet sich wieder an Barthom.

»Wohin ging eure Reise?«

»Anfangs war es keine Reise, es war mehr eine Entführung.«

»Und wer wurde entführt?«

»Ich natürlich.«

»Die Gräfinnen haben *dich* entführt?«, sagt der Zar ungläubig.

Barthom zuckt mit den Schultern, als wäre es keine große Sache.

»Es war eine halbwegs freiwillige Entführung, aber eine Entführung trotz alledem. Ich hatte den Gräfinnen ein Versprechen gegeben, aber niemals gedacht, dass ich es so schnell würde einlösen müssen. Niemals wäre ich freiwillig mit ihnen gegangen, nicht in der Phase der Forschung, in der wir uns befanden. Ich würde mich auch nie freiwillig weiter als tausend Meter von den Flügeln entfernen. Es gab so viel Arbeit, die wartete. Zwei Jahre waren seit dem Fund vergangen, und wir waren gerade dabei, ein neues Labor am Rand von Sankt Petersburg zu erbauen. Noch waren die Experimente dilettantisch und unsere Gemeinschaft relativ klein, aber sie wuchs mit jedem Tag. Was aber auch wuchs, war die Ungeduld der Gräfinnen. Im Sommer desselben Jahres fragten sie mich, ob ich es nicht auch hören könnte. Es war das erste Mal, dass sie den Ruf erwähnten. Damals war ich mir sicher, die Damen würden langsam den Verstand verlieren. Sie sagten, seitdem sie auf den Flügeln geschlafen hätten, würde der Ruf sie bis in ihre Träume verfolgen. Und sie hatten vor, diesem Ruf zu folgen. Als mir die Gräfinnen von ihrer geplanten Reise zum Fundort der Engel erzählten, half ich ihnen, ein Schiff für die Überfahrt zu finden. Die Vorbereitung dauerte vier Monate. Wenn ich mich recht entsinne, habe ich sogar den Großteil der Heuer bezahlt, so ein Gentleman war ich. Und kein einziges Mal baten mich die Gräfinnen, sie auf ihrer Reise zu begleiten. Sie wussten, dass mich der Fundort nicht interessierte.«

»Die Färöer-Inseln«, sagt der Zar.

Barthom schüttelt den Kopf.

»Ich wünschte, es wäre so einfach gewesen. Die Färöer-Inseln waren nur der Ort, an den Otto von Kotzebue gereist ist, um den Eisblock zu holen. Der wahre Fundort lag viel weiter im Osten und war über 3000 Seemeilen von Sankt Petersburg entfernt. Als sich die Gräfinnen erkundigten, hat ihnen irgendein hohes Tier den Rat gegeben, sich mit Graf Rumi zu unterhalten. Du erinnerst dich doch noch an Graf Rumi?«

»Sehr witzig«, sagt der Zar.

»Warum ist das witzig?«, fragt Mona.

»Weil ich das hohe Tiere war, das den Gräfinnen den Rat gegeben hat, mit Rumi zu reden«, antwortet der Zar.

»Die Gräfinnen haben ihr Spiel mit uns allen gespielt«, spricht Barthom weiter. »Wir wurden im Dunkeln gehalten, während die Damen sich mit großen Schritten ihrem wahren Ziel näherten. Es war Graf Rumi, der ihnen einen Brief von einem Pelzjäger zeigte, der über den Ort geschrieben hatte, an dem die beiden Skelette im Eis gefunden worden waren. Dieser Ort wurde das Ziel der Gräfinnen. Am Vorabend ihrer Abfahrt haben sie mit mir Abschied gefeiert. Zu der Zeit war ich noch in einer festen Liaison mit den Damen, die ich ausnutzen wollte, denn wer wusste, wie lange sie auf Reisen sein würden.«

»Was ist eine Liaison?«, fragt Mona.

»Eine Liebesbeziehung«, antwortet Barthom. »Und zwar eine sehr aufregende Liebesbeziehung. Du hast die Gräfinnen leider nicht in ihren jungen Jahren erlebt. Sie waren umwerfende Geschöpfe. Ihre Anziehungskraft war fast mit denen der Flügel vergleichbar, sodass ich---«

»Komm mal zur Reise zurück«, unterbricht ihn der Zar.

Barthom hebt entschuldigend die Hände.

»Also, es war der Herbst 1817 und wir haben die Abreise der Gräfinnen gefeiert. Als ich am Morgen wieder zu mir kam, lag ich nicht in meinem Bett, sondern in einer Koje und war hundert Seemeilen von Sankt Petersburg entfernt. Einige könnten das als charmante Geste sehen, mit der mir die Damen deutlich machen wollten, dass sie nicht von mir lassen konnten. Ich sah es anders – es war eine simple Entführung.«

Er lächelt, es ist aber ein gequältes Lächeln, dann fügt er hinzu: »Auf diese Weise verschwand ich für ein halbes Jahr im Eis.«

UCH

Zwei der Alten holten ihn aus dem Schlaf. Sie kamen in sein Zuhause und sagten, das Schiff wäre da. Ihre Stimmen hallten schrill von den Eiswänden wider, ihre Hände waren aufgeschreckte Vögel. Er verspürte keine Aufregung, es war eher eine beruhigende Erleichterung.

Seit über zwei Jahren kündigte er das Schiff an, seit über zwei Jahren blieb sein Stamm deswegen an einem Ort. Die Siedlung wuchs, die Robben kehrten zurück und auch die Wanderroute der Rentiere war dieselbe geblieben. Er hatte recht behalten, und es war gut so, denn auf seinen Schultern lag die Hoffnung des ganzen Stammes. Er sah das Schiff jede Nacht in seinen Träumen – eines der Segel war zerrissen, eines der Boote wurde zu Wasser gelassen und fünf Besucher traten aufs Eis. Er hatte auch vorhergesagt, dass einer von ihnen die Zukunft sein würde.

Und jetzt sind sie da, dachte er und rieb sich übers Gesicht.

Seine Frau scheuchte die zwei Alten aus dem Iglu, damit er sich ankleiden konnte.

Seitdem er die Knochen der Engel im Frühjahr 1815 im Eis entdeckt hatte, war er nicht mehr einfach nur der stumme Junge, den der eigene Vater nicht mit auf die Jagd nehmen wollte.

Er lauschte jetzt den Geistern und las die Spur der Ahnen im Schnee. Sie nannten ihn Uch den Stummen, aber Atli war sein richtiger Name. Er war sechzehn Jahre alt und hatte seine Frau Sunna im Sommer aus dem Iglu ihrer Eltern geraubt. Sie wusste, dass er kommen würde. Sie erwartete ihn schon seit Monaten, und als es dann so weit war und er das Iglu ihrer Eltern eines Abends betrat, schlug die Mutter mit der flachen Hand auf seinen Rücken ein, während der Vater mit dem Speer Drohgebärden machte und Sunnas Geschwister dazu jammerten und heulten. Atli ignorierte sie und warf sich Sunna über die Schulter. Er trug sie aus dem Iglu hinaus und auch sie kreischte, aber ihr Kreischen verstummte, als sie außer Sichtweite waren, denn dann legte Atli sie in den Schnee und sie lachten miteinander, wie es sich für ein Brautpaar gehörte.

Seitdem war Sunna in seinem Zuhause, reichte ihm am Morgen das Wasser und reinigte gründlich die Schale, nachdem er die Augen der Robben studiert hatte. Die Jäger brachten ihm nicht nur Fleisch, sie brachten ihm insbesondere die Robbenaugen, aus denen Atli die kommenden Zeiten ablas und den Jägern verriet, welche Jagdgebiete sich lohnten und welche nicht. Sie vertrauten ihm, denn er lag nie falsch.

Bevor der Fund gestohlen worden war, hatte niemand auf Atli gehört. Dabei war er es, der die Ankunft der Missionare vorhergesehen hatte. Atli wusste, dass manchmal erst die schlimmsten Dinge passieren mussten, bevor ein Mensch begriff, aus welcher Richtung das Schicksal seinen Namen rief.

An dem Tag, an dem die spanischen Missionare den Eisblock entwendet hatten, vernahm Atli den Ruf zum ersten Mal. Der Ruf waren keine Worte, er war kein Gesang, er war ein einziger tiefer Ton, der in seinem Kopf nachklang und nach ihm verlangte. Natürlich ahnte Atli damals nicht, dass zwei russische

Gräfinnen bald schon denselben Ruf hören und dadurch zu ihm geführt werden würden.

Atli folgte dem Ruf. Er nahm keinen Schlitten, nur die Hunde sahen ihn gehen. Er wanderte in die Eiswüste hinaus und seine Spuren verschwanden hinter ihm. Als er in die Siedlung zurückkehrte, waren fünf Tage vergangen und er war abgemagert und hatte ein Leuchten in den Augen, sodass viele dachten, er wäre im Fieber. Atli verkündete dem Stamm, dass sie an Ort und Stelle bleiben müssten. Er sagte, das hier wäre fortan ihr Zuhause. Dazu brauchte er keine Worte, denn die Alten verstanden seine Gesten. Erst murrten die Jäger und sprachen von Jagdgebieten, die ihnen entgingen. Atli versprach ihnen mehr Beute als zuvor. Dann war es an den Frauen zu jammern. Sie wussten, dass es Unglück brachte, länger als ein Jahr an einem Ort zu verweilen, da die Geister Wesen der Gewohnheit waren, und wenn sie erst einmal die Witterung aufgenommen hatten, fraßen sie die Seelen der Kinder, lange bevor diese den Mutterleib verließen. Ein Stamm, der in Bewegung bleibt, sagten sie, überlistet die Geister und hat viele Nachkommen. Atli versprach ihnen, dass die Geister ihnen fernbleiben würden. Aber um ihre Zweifel wirklich zu beruhigen, musste er mehr als nur Versprechungen machen.

Und so forderte Atli den Stamm auf, ihm zu folgen.

Nach einer Wanderung von drei Stunden erreichten sie eine Insel, die unter Eis und Schnee verborgen lag. Den Jägern war die Insel bekannt und sie blieben ihr fern. Kein Tier verirrte sich hierher, denn der Wind hinterließ Kratzer im Schnee, die an die Spuren eines Eisbären erinnerten. Der Schnee selbst klang tückisch unter ihren Stiefeln. Sie vertrauten dem Festland nicht. Ihr Leben war das Meer und das Eis, das vom Meer getragen wurde. Die Männer schauten sich zweifelnd um, die Frauen bedeckten ihre Köpfe, weil der Himmel viel zu tief herabhing, während die Kinder zu weinen begannen, denn sie kannten die Geschichte von dem Dämon, der sie mit seinem süßen Gesang aufs Festland lockte. Sie waren sehr froh, dass Atli nicht singen konnte.

»Was tun wir hier?«, fragten die Männer. »Wohin hast du uns geführt?«

»Lasst uns umkehren«, sagten die Frauen. »Wir haben hier nichts verloren.«

Und dann zeigte ihnen Atli, was sie hier verloren hatten.

Er hob seinen Stab und stieß ihn in den Schnee.

Und da trat dieses Leuchten in ihre Augen, obwohl keiner von ihnen ein Fieber hatte.

Seit jenem Tag wanderte der Stamm nicht mehr, er hatte sogar den Missionaren den Diebstahl verziehen, denn ohne den Diebstahl hätte Atli den Ruf nie vernommen und sie zur Insel geführt. Der Stamm nahm eine neue Rolle ein, er machte sich selbst zu Wächtern und fürchtete keine Geister und keine Dämonen mehr.

Es folgten zwei satte Jahre, in denen niemand hungerte und keine fremden Jäger ihre Siedlung plünderten oder ihnen die Frauen stahlen, selbst die Hunde waren gut genährt und nur einer von den sechs Eisbergen hatte sie in Gefahr gebracht, als er sich im letzten Sommer vom Schelfeis löste. Es war ein gutes Leben, es war ein gesundes Volk und der stumme Junge war ihr Anführer.

Atli wartete, dass Sunna sein Haar zu einem Zopf flocht, dann erst trat er aus dem Iglu. Draußen war der Morgen angebrochen und das Eis glänzte matt, als wäre es von einer Metallschicht bedeckt. Der Stamm erwartete Atli schweigend – sechzig Männer und Frauen, Kinder und Alte.

In einer Reihe schritten sie zum Eisrand hinunter.
Es war an der Zeit, der Zukunft in die Augen zu sehen.

Das Schiff hatte drei Segel und eines davon war zerrissen. Ein Ruderboot wurde ins Wasser gelassen. In dem Boot saßen zwei Frauen und drei Männer. Atli wusste sofort, wer von ihnen die Zukunft war. Er verspürte eine unbeschreibliche Ehrfurcht, und wäre er nicht Uch der Stumme gewesen, hätte er sich umgedreht und wäre davongelaufen.

Das Ruderboot legte an.

Einer der Männer war der Dolmetscher. Er hieß Pim Hardmond und sprach mit Tutiaq dem Alten, dem immer zugehört wurde, weil er wusste, wie man einen Streit schlichtet. Pim Hardmond sagte, es würde sich um Besucher aus Russland handeln, die auf der Suche nach dem Fundort der Flügelwesen waren. Während der Dolmetscher sprach, beobachtete Atli die Besucher.

Der Kahlköpfige war zwei Köpfe größer als Atli, mit einem schwarzen Bart, der ihm auf die Brust hing. Seine Augen waren zu Schlitzen zusammengekniffen, das Morgenlicht auf dem Eis schien ihn zu blenden. Das Haar des anderen Mannes leuchtete gelb wie die Morgensonne, er war jünger und kleiner als der Riese und wirkte zu schwach für die Kälte. Als er Atlis Blick bemerkte, nickte er ihm zu, und Atli sah woandershin, damit der Mann seine Gedanken nicht lesen konnte. Die zwei Frauen dagegen schienen für das Eis geboren zu sein. Sie trugen dicke Mäntel und ordentliche Winterstiefel. Unter den Pelzmützen schaute schwarzes und rotes Haar hervor. Ihre Blicke konnte Atli nicht lesen, denn sie hatten ovale Schneebrillen mit Rauchglas auf. Er erahnte ihre Augen dahinter nur und spürte, dass sie ihn beobachteten. Ihre Blicke waren wie hauchdünne Speerspitzen – kaum sichtbar im Wasser, aber so tödlich, dass eine Robbe nicht einmal den Einstich spürte, ehe die Spitze ihr Gehirn durchbohrte.

Nachdem der Dolmetscher zu Ende gesprochen hatte, wandte sich Tutiaq der Alte an Atli.

»Es ist, wie du es gesagt hast. Sie sind hier, sie sind dein.«

Tutiaq der Alte wendete sich ab und gab ein Zeichen. Der Stamm folgte ihm und verschwand in den Iglus. Die Besucher waren verwirrt. Der Kahlköpfige sah sich um, als würde er einen Angriff erwarten. Der Gelbhaarige lachte einmal auf. Die Frauen waren wie Statuen und beobachteten Atli. Er gab ihnen ein Zeichen und sie folgten ihm zu seinem Iglu, wo Atli stehen blieb und wartete, dass Sunna heraustrat und ihm seinen Stab aus Walknochen reichte.

Atli nahm den Stab und ging weiter.

Am Rand der Siedlung befanden sich die Schlitten und Hunde. Sie tänzelten unruhig, und als Atli sich ihnen näherte, besprühten sie den Boden mit Urin und schnappten nacheinander. Atli spannte sie vor drei der Schlitten und hörte dabei die Besucher hinter sich reden. Sie waren nervös und verstanden nicht, warum Atli nicht mit ihnen sprach. Der Dolmetscher machte einen Versuch, aber Atli winkte ihn weg. Er zeigte auf zwei der Schlitten und hielt vier Finger in die Luft. Die Besucher begriffen. Eine Minute später waren sie unterwegs. Der Dolmetscher blieb zurück.

Das einzige Geräusch war das Gleiten der Kufen. Nur wenn Atli sich zur Seite beugte, konnte er im Windzug das Hecheln der Hunde hören. Er sah sich kein einziges Mal nach den Besuchern um. Nach einer Stunde hielten sie inmitten der Landschaft. Atli wischte sich die Tränen aus den Augenwinkeln und band die Hunde zusammen, ehe er seinen Stab nahm und zwanzig Meter in die Landschaft hineinlief. Dort wartete er, dass die Besucher zu ihm aufschlossen.

Die Knochen lagen im Schnee und bildeten einen Stern, der die Größe eines Robbenjungen hatte. Damit Atli sie nicht übersah, hatte er die Knochen mit Ruß eingefärbt. Einmal in der Woche kam er hierher und legte den Stern frei und prüfte, ob er bewegt worden war. Seitdem er vor über zwei Jahren diese Stelle markiert hatte, fand er die Knochen nur einmal verstreut vor. Den Spuren nach musste es ein Eisbär gewesen sein. Atli wusste, dass der Bär einen einsamen Tod gestorben war.

Mit dem Stab begann er einen großen Kreis um den Knochenstern herumzuziehen. Es war ein Ort, der Respekt verdiente. Respekt und Vorsicht. Wer genau hinschaute, konnte sehen, dass derselbe Stern unzählige Male auf Atlis Gesicht eintätowiert war.

Atli zeigte den Besuchern, wo sie am Rand des Kreises zu stehen hatten. Er konnte ihre Unsicherheit spüren. Als ihre Stiefelspitzen den Rand berührten, stellte der Goldhaarige eine Frage und eine der Frauen antwortete ihm. Atli wartete, dass die Besucher wieder verstummten, dann erst hob er seinen Stab und zeigte auf den Stern.

»Uch«, machte Atli und stieß den Stab zwischen die Knochen.

Er hörte das Knacken und nahm den Blick nicht vom Schnee.

Es knackte ein zweites Mal, dann öffnete sich der Boden.

DIE BESUCHER

1817 war ein trübes Jahr – der Sommer endete schon im August, der Herbst war regnerisch und grau, die Gräfinnen hätten sich keine schlechtere Zeit für ihre Reise aussuchen können.

Das Schiff war ein Walfänger, seine Besatzung bestand aus acht Seemännern und einem Kapitän, der schon mehrmals ins Eis gesegelt war und sich selbst als Veteran der Kälte bezeichnete. Er war nicht überrascht, als er hörte, dass die Gräfinnen ihm kein festes Ziel nennen konnten. So lange er anständig bezahlt wurde und niemand von ihm verlangte, die Nordwestpassage zu durchqueren, war er für alles bereit.

Die Gräfinnen teilten sich eine Kabine, in der anderen Kabine schliefen Kolja und Barthom. Natürlich hat Barthom getobt, als er aus seinem Rausch erwachte und sich auf hoher See befand. Sein Zustand besserte sich auch nicht, nachdem ihm die Gräfinnen von dem Brief des Pelzhändlers erzählt hatten.

»Das ist der Grund?!«, sagte er und konnte selbst hören, wie schrill seine Stimme klang. »Ich dachte, ihr hättet Koordinaten! Ich dachte, ihr wisst, wohin ihr wollt! Das ist ja lächerlich, das sind doch nur die Worte eines verfluchten Pelzhändlers, der die Missionare wahrscheinlich selbst umgebracht hat und sich herauszureden versucht. An welchem entlegenen Ort auch immer sie die Flügel aufgetrieben haben, es widerspricht jeder Logik, dort nach dem Ursprung der Engel zu suchen. Ihr werdet dort niemanden antreffen. Robbenjäger wandern, sie bleiben nie länger als ein Jahr in einer Gegend. Sie könnten jetzt überall sein.«

»Sie wandern nicht, wenn sie den Ort verehren«, entgegnete Gräfin Natascha.

»Außerdem haben wir ein gutes Gefühl«, fügte Gräfin Pia hinzu.

»Ihr habt *was?!*«

Barthom war fassungslos.

»Ihr reißt mich aus meiner Arbeit, ihr verschleppt mich auf einen verfluchten Walfänger und steckt mich in eine Kabine mit diesem Irren, und alles nur, weil ihr ein *gutes Gefühl* habt?!«

»Und dann ist da noch der Ruf«, erinnerte ihn Gräfin Pia.

»Ja, der Ruf, den nur ihr hören könnt«, sagte Barthom und wusste nicht, ob er lachen oder heulen sollte. »Warum gerade ich? Ihr habt Kolja, wozu braucht ihr mich?«

»Kolja ist unser Werkzeug«, gestand ihm Gräfin Natascha, »aber du, mein lieber Barthom, du bist unser Entdecker. Du bist schon in die Geschichte der Familie eingegangen als der Mann, der den Schlüssel in den Knochen aufgespürt hat. Jetzt stell dir den Ruhm vor, wenn du nach Hause zurückkehrst als der Mann, von dem wir zum Ursprung der Engel geführt wurden. Wir brauchen deinen klaren Kopf, denn wer weiß, was uns da noch erwartet.«

Langsam dämmerte es Barthom, wovon die Gräfinnen sprachen.

»Ihr hofft noch mehr Skelette und Flügel zu finden?!«

»Wir hoffen mehr als das, mein Lieber«, sagte Gräfin Pia und nahm Barthom bei der Hand, um ihn hinter sich her in ihre Kabine zu ziehen. Barthom protestierte nicht. Es sind immer die einfachen Waffen der Weiblichkeit, gegen die ein Mann hilflos ist. Und manchmal kostet es ihn seine Ehre, und manchmal muss er mit einem Arm dafür bezahlen.

Barthom verbrachte den Großteil der Reise eingemummt an Deck. Er schrieb Tagebuch und Briefe an seine Schwestern in Delft, wärmte in den Nächten die Betten der Gräfinnen und lauschte ihren Geschichten von einer Zeit, die nicht mehr ist und bald wieder sein sollte. Sie verrieten ihm nie den gesamten Inhalt der Prophezeiung, sie fütterten ihn mit winzigen Details, aber es reichte nie aus, dass er die Zusammenhänge verstand.

Kolja litt auf dieser Reise sehr unter der andauernden Nähe zwischen den Gräfinnen und Barthom. Es schien sein Schicksal zu sein, ungeliebt durchs Leben zu gehen. Der Zar ignorierte ihn als Sohn, die Gräfinnen ignorierten ihn als Geliebten. Kolja wollte derjenige sein, dem sie ihre Geheimnisse offenbarten; Kolja wollte auch derjenige sein, der das Bett mit ihnen teilte. Stattdessen wurde er von den Damen zurechtgewiesen, wenn sie seine finsteren Blicke bemerkten.

In den Nächten lag der Diener mit knirschenden Zähnen in der Koje, wenn das Bett neben ihm frei blieb und er den jungen Niederländer bei den Gräfinnen wusste. Wann immer er Barthom auf dem Schiff begegnete, gab es diesen bedrohlichen Moment, in dem alles möglich schien – ein Barthom, der von Deck flog; ein Barthom, dessen Kopf wie eine Nuss zerquetscht wurde. Natürlich spürte Barthom diese Bedrohung und lebte in permanenter Furcht vor dem Diener. Er aß kaum und hielt immer ein Messer im Hosenbund versteckt. Die Einzigen, die sich auf der Fahrt sicher fühlten, waren die Gräfinnen. Sie folgten dem Ruf und wussten, sie konnten nichts falsch machen.

So waren sie auch unbesorgt, als während eines Sturms eines der Segel riss. Auch als das Meer vor ihnen plötzlich still und ruhig wurde und ein Eisberg lautlos an ihnen vorbeitrieb, blieben sie unbesorgt und sagten, es sei nicht mehr weit.

Sie sollten recht behalten.

Acht Tage später erreichten sie die Siedlung und wurden erwartet.

Atlis Stamm unterschied sich kaum von den Stämmen, denen sie auf ihrer Reise begegnet waren. In Felle gekleidet und mit hochgeschlagenen Kapuzen standen die Bewohner zusammen, stießen einander an, kicherten und redeten mit leisen Stimmen. Nur ein Junge blieb außerhalb der Gruppe und beobachtete die Besucher. Erst später erfuhren die Gräfinnen, dass er Atli hieß und denselben Ruf vernahm wie sie. Er hatte schmale Schultern und trug keine Waffe. Seine Fellkleidung war mit Muscheln bestickt, die im Licht der aufgehenden Sonne blitzten und klimperten, wann immer der Wind sie bewegte. Aber all das registrierten die Gräfinnen nur am Rande, denn was ihre volle Aufmerksamkeit erregte, war Atlis Gesicht. Es war bis um die Ohren herum mit winzigen weißen Zeichen tätowiert. Ihre eigenen Rücken begannen sofort zu jucken, als wollten sich die dort eintätowierten Flügel von der Haut lösen. Der Ruf in ihrem Kopf war zu dem Zeitpunkt laut und unangenehm, er war aber auch auf gewisse Weise beruhigend, denn er ließ sie wissen, dass sie hier richtig waren.

Und so führte Atli sie ins Eis hinaus.

Hunde machten Barthom nervös. Er wusste nicht, woher diese Abneigung kam, aber der Schweiß stand ihm sofort auf der Stirn, als Atli die Hunde vorzuspannen begann.

»Denkt nicht, dass ich auf einen der Schlitten steige«, sagte er.

»Reiß dich zusammen«, sagte Gräfin Pia.

Eine Stunde später hielt Atli auf einer ebenen Schneefläche an und Barthom war der Erste, der in den Schnee sprang und Abstand zwischen sich und die Hunde brachte. Atli marschierte in die Landschaft und sie folgten ihm und sahen, wie er nach zwanzig Metern stehen blieb und einen Kreis im Schnee zog. Im Inneren des Kreises lagen rußgefärbte Knochen in der Form eines Sterns. Nachdem Atli ihnen ihre Plätze zugewiesen hatte, hob er seinen Stab und konzentrierte sich auf die Knochen.

»Wieso sollten wir hier richtig sein?«, flüsterte Barthom.

»Wir sind hier richtig«, sagten die Gräfinnen beinahe gleichzeitig.

»Der Junge ist doch höchstens vierzehn Jahre alt«, sagte Barthom. »Vielleicht ist er nur der Dorfnarr, der mit uns seinen Spaß hat.«

»Halt den Mund, Barthom«, sagte Kolja.

»Uch«, sagte Atli und hieb den Stab mitten in den Stern.

Und der Boden öffnete sich

Und alles begann Sinn zu machen.

Barthom trat als Erster vor. Das Loch hatte einen Durchmesser von einem Meter und als Barthom runterschaute, schaute die Dunkelheit zurück und ein Schauer wanderte über seinen Rücken.

»Was ist das?«, fragte er.

Kolja hockte sich neben ihn.

»Das ist ein Schacht und da sind Sprossen in die Wand gehauen«, sagte er.

Die Gräfinnen kamen dazu. Sie starrten alle vier in die Dunkelheit, sahen die glatten Wände und die Sprossen, die in der Tiefe verschwanden. Hinter ihnen knirschte etwas im Schnee. Sie drehten sich um. Atli hatte eine Laterne im Schnee abgestellt. Er wartete die Reaktion der Besucher nicht ab, sondern setzte sich auf seinen Schlitten und stieß einen Pfiff aus. Alle drei Schlitten wendeten und glitten davon.

»Was soll das?«, fragte Barthom. »Hat er uns etwa zurückgelassen?«

»Schnapp ihn dir!«, befahl Gräfin Pia dem Diener.

Kolja versuchte den Schlitten zu folgen, versank aber nach wenigen Schritten bis zu den Knien im Schnee. Er kehrte schwer atmend zum Schacht zurück. Barthom bestand darauf, dass sie Atlis Spur folgten, so lange sie noch nicht zugeweht war. Die Gräfinnen schüttelten die Köpfe.

»Wir müssen ihm nicht folgen«, sagte Gräfin Natascha. »Wir sind am Ziel.«

»Am Ziel?«

Barthom zeigte in den Schacht.

»Ein Loch im Schnee war euer Ziel?!«

Gräfin Pia tippte sich an die Schläfe.

»Jaja, ich weiß«, sagte Barthom gereizt. »Der verdammte---«

»Der Ruf«, unterbrach ihn Gräfin Pia, »ist verstummt, du Idiot. Da ist nur Stille. Deswegen wissen wir, dass wir hier richtig sind.«

»Wir bleiben also?«, fragte Kolja.

»Wir bleiben«, beschlossen die Gräfinnen.

Mehr musste der Diener nicht hören. Er hob die Laterne aus dem Schnee und begann in das Loch hinabzusteigen.

Es ging kerzengerade hinunter. Der Schacht wurde dabei nicht breiter oder schmaler. Nachdem sie die Schneedecke passiert hatten, setzten sich die Sprossen in der Erdwand fort. Sie schienen stabil, aber Barthom war dennoch versucht, den Rücken an die gegenüberliegende Wand zu drücken. Er folgte als Letzter und schaute immer wieder nach oben, wo das Tageslicht bald schon wie ein entfernter Mond hinabschien.

Die Erdwand wich einem grauen Stein, und dort trafen sie auf ihr erstes Problem. Der Körper eines Eisbären war an den Sprossen hängen geblieben, seine Schnauze schaute nach unten, die Hinterbeine nach oben. Der Bär musste kopfüber in den Schacht gestürzt sein. Nur das Fell und die Knochen waren noch von ihm übrig und versperrten den weiteren Abstieg. Kolja nahm sich des Problems an, indem er die Laterne zu Gräfin Pia hochreichte und die Knochen von den Sprossen freitrat. Das Skelett löste sich nach sechs Tritten und stürzte mit einem Rattern weiter nach unten. Sie hörten den Fall, sie hörten aber nicht den Aufschlag.

Der Abstieg ging weiter.

Je näher sie dem Ende des Schachts kamen, umso heller wurde es. Ein trübes Leuchten strahlte von unten hoch, das sie an die Nebeltage in Sankt Petersburg erinnerte. Barthom hatte das komische Gefühl nicht hinab- sondern hinaufzusteigen.

»Ich sehe den Boden«, rief Kolja nach oben.

Fünf Minuten später traten sie über das Fell und die Knochen des Eisbären und standen auf dem Grund des Schachts. Der Fels um sie herum war mit Eiskristallen bedeckt, der Boden unter ihren Stiefeln hart gefroren. Ein Tunnel führte vom Schacht weg und verschwand in einer Biegung zum Lichtschein hin. Sie folgten der Biegung und dann öffnete sich die Tunneldecke und sie standen auf einem Plateau.

Es war, als wären sie nach draußen getreten.

Über ihnen öffnete sich ein gewaltiger freier Raum, der erst in zweihundert Meter Höhe an einer Steindecke endete, die von Schächten perforiert war, durch die schwach Tageslicht fiel. Das Plateau ragte wie ein ausgestreckter Arm in die Landschaft. Unter ihnen lag in einer Tiefe von hundert Metern eine gewaltige Ebene. Kolja schüttelte benommen den Kopf, die Gräfinnen hielten sich fassungslos an den Händen und Barthoms Knie begannen zu zittern. Sie wussten alle vier nicht, worauf sie ihre Blicke fixieren sollten. Sie schienen zwischen Traum und Realität zu schweben. Die unterirdische Landschaft war gefroren. Bäume, Wälder und Wiesen. Die Luft schwebte als Kristallnebel vor ihren Gesichtern. Es war, als würden sie auf einen neuen Planeten hinabschauen

»Wie ist das möglich?«, brachte Gräfin Pia hervor.

Keiner hatte eine Antwort, denn so berauschend diese gefrorene Welt war und so beeindruckend die Schächte mit ihrem Sternenlicht auch wirkten, nichts kam gegen den Anblick der Stadt an – Häuser und Türme ragten in der Ferne auf, Brücken und Straßen verbanden sich und mittendrin erhob sich eine goldene Kuppel. Keiner von ihnen konnte die Größe der Stadt einschätzen. Die Gebäude flossen mit den Hügeln zusammen, sodass es wirkte, als würden sie in der Landschaft verschwinden.

Barthom bemerkte ein Leuchten.

»Habt ihr das gesehen?«

Das Leuchten verschwand und kehrte nach wenigen Sekunden wieder.

»Das sind Blitze«, sagte er und zeigte auf eine Wolkenwand, die sich unter dem Steinhimmel zusammengebraut hatte. Das Aufleuchten wiederholte sich, der nächte Blitz zuckte über den unterirdischen Baldachin und kurz darauf begann es unter der Erde zu schneien.

MOTTE

Das Flugzeug, das uns auf dem Privatflughafen außerhalb von Berlin erwartete, war ein Bombardier Challenger 300, was Lars natürlich sofort wusste. Kaum sah mein bester Kumpel den Jet, nickte er anerkennend und meinte, damit würden wir weit kommen.

»Zwei Turbofan-Triebwerke, 20,92 Meter lang und mit einer garantierten Höchstgeschwindigkeit von 870 Stundenkilometern.«

Lazar sah ihn überrascht an, Lars zuckte mit den Schultern, wie es Genies tun, die nicht auffallen wollen.

»Quartett«, sagte er. »Ich bin auch mit Panzern und Rennwagen sehr gut.«

Lazar fiel dazu kein Kommentar ein. Er wandte sich an uns alle:

»In sechs Stunden landen wir auf einem stillgelegten Militärflughafen in der Karasee, wo uns ein Transporthubschrauber erwartet, der uns weiter zur Oktoberrevolutions-Insel bringen wird.«

»Wieso fliegen wir nicht gleich zu der Insel?«, fragte ich.

»Weil der Jet eine vernünftige Landebahn braucht«, erklärte mir Lars. »Hubschrauber dagegen können fast überall landen.«

»Besserwisser«, sagte ich.

Lars grinste. Lazar sah auf die Uhr.

»Wir starten in exakt zehn Minuten. Im hinteren Teil des Jets findet ihr passende Kleidung.«

Er stieg aus dem Van. Seine beiden Söldner folgten mit einer Verzögerung von einer Sekunde. Erst als die Tür hinter ihnen zugeschnappt war, atmeten wir aus. Wir waren überrannt worden und hatten keine Zeit gehabt, miteinander zu reden – eben saßen wir noch in Rikes Wohnzimmer und schauten Fernsehen, dann waren wir alle gefesselt und hörten vom größten Feind der Familie, dass er jetzt unser bester Freund sein wollte.

»Wer traut ihm?«, fragte ich.

Alle Hände blieben unten.

»Er hat Generationen von Jungen ausgelöscht«, sagte Esko, »das kann niemand wiedergutmachen. Aber er hat einen Plan.«

»Das ist doch kein Plan«, sagte Lars. »Er fliegt uns in die Eisöde und dann ballert er alles weg, was da ist, und was dann? Wer sagt denn, dass er uns nicht auch niedermäht?«

»Mich wird er stehen lassen«, sagte ich.

»Du Glückspilz«, sagte Rike.

Wir starrten raus und sahen zu, wie Lazar sich mit den Piloten unterhielt.

»Was auch immer seine Pläne sind«, sprach Esko weiter, »er wird uns zu den Gräfinnen bringen. Und das heißt, er bringt uns auch zu Mona. Mir ist die Kleine wichtig.«

Er sah mich an.

»Mir ist auch wichtig, dass du deine Flügel zurückbekommst. Du bist durch die Hölle gegangen, du verdienst es, ein Engel zu sein.«

Ich spürte, wie mir die Tränen in die Augen stiegen. Es stimmte. Ich war durch die Hölle gegangen, war gestorben und als Engel wiedergekehrt. Erst hatte ich meinen Schwanz und dann meine Flügel verloren, ehe ich dann unter der Erde landete.

Nein, das war kein Spaß gewesen. Esko hatte recht. Ich verdiente es, ein Engel zu sein.

»Außerdem könnte es das Ungleichgewicht auf der Welt ein wenig in Balance bringen.«

Ich lachte, Esko sah mich nur an, ich hörte auf zu lachen.

»Das meinst du nicht ernst«, sagte ich.

»Ich meine das ernst.«

»Du meinst, die Welt wird besser, wenn ich meine Flügel zurückbekomme?«

»Das habe ich nicht gesagt. Ich denke, dass deine Flügel für eine Balance sorgen könnten.«

»Und was ist, wenn es nicht klappt?«

»Dann bleibt ein Ungleichgewicht bestehen, aber das ist in unserer Zeit auch nichts Neues.«

Lars gähnte.

»Ich hasse Philosophie«, stellte er fest. »Steigen wir jetzt in diesen Flieger oder nicht?«

»Ich glaub, das ist Blödsinn«, sagte ich zu Esko. »Meine Flügel können nichts bewirken.«

»Deine Flügel nicht, aber deine Flügel *auf* deinem Rücken, das ist eine Kraft, die du nicht unterschätzen solltest. Oder was denkst du, warum die Menianer meine Brüder und mich gejagt haben. Sie wussten um diese Kraft.«

Ich legte den Kopf schräg und grinste, ich fand das alles ein wenig zu viel.

»Du nimmst das nicht sehr ernst«, sagte Esko.

»Ich nehm das ernst.«

»Er nimmt es ernst«, kam mir Rike zu Hilfe. »Er klingt nur immer so, als würde er es nicht tun, aber es ist ihm ernst. Es macht ihm Angst, weil er nicht weiß, ob er das alles packt. Verantwortung und so. Wenn es ihm nicht ernst wäre, hätte ich ihn längst verlassen.«

Rike gab mir einen Kuss auf die Wange, Lars öffnete die Tür und sie stiegen aus.

»Seit wann kennt ihr euch?«, fragte mich Esko.

»Seit vier Jahren.«

»Sei froh, dass du sie hast.«

Mit diesen Worten ließ er mich allein im Van sitzen.

Der Jet hatte Platz für acht Leute und war in zwei Vierer-Sitzgruppen aufgeteilt. Lazar saß mit seinen zwei Söldnern auf den vorderen Plätzen. Mein bester Kumpel hatte sich einen Fensterplatz geschnappt und trank eine Cola. Er trug jetzt Skihosen und einen dicken Pullover. Er sah ein wenig aus wie ein Neureicher, der mit seinem Drink angibt.

»Was sagst du dazu?«

Er klopfte sich gegen die Brust, ein dumpfer Laut war zu hören.

»Kevlar«, erklärte Lars, »stichfest und schusssicher. Das muss eine hübsche Stange gekostet haben. Und sieh dir die mal an.«

Er hob einen Fuß. Die Boots gingen ihm bis zu den Knien und hätten der NASA bestimmt gefallen.

»Ich musste vorne etwas Klopapier reinstecken, damit sie passen. Damit lauf ich zwar keinen Marathon, aber wenn mir der Mount Everest querkommt, mache ich ihn platt.«

Rike kam aus der Toilette. Der Pullover war etwas zu lang und ging ihr bis zu den Knien, die enge Skihose betonte ihre Beine, sie hatte das Haar hochgesteckt und sah gnadenlos gut aus.

»Schutzweste?«, fragte ich.

Rike tätschelte ihre Brust.

Esko zog sich als Nächster um, dann war ich dran. Hosen, Pullover, Stiefel lagen bereit. Sogar für Socken hatte Lazar gesorgt. Die Schutzweste hatte keine Ärmel und wog gute drei

Kilo. Ich war froh, dass die Klimaanlage lief, denn mir stand sofort der Schweiß auf der Stirn. Als ich aus der Toilette trat, erwartete mich ein Steward und bat mich, meinen Platz einzunehmen, der Jet würde in zwei Minuten starten.

Ich rutschte neben Rike. Wir schnallten uns an und schauten aus dem Fenster. Der Jet setzte sich in Bewegung, dann waren wir in der Luft und es war so ein sanfter Start, dass ich mich fragte, warum das nicht immer so ging.

»Weil die normalen Flieger keine 16 Mille kosten«, sagte Lars.

»Woher hast du diesen Schwachsinn nur?«, fragte Rike.

»In der Not ist es der Wissende, der überlebt«, erklärte Lars.

Rike sah ihn nur an.

»Das ist von Seneca oder Sokrates«, schob Lars hinterher.

»Das ist gelogen«, sagte Esko.

»Ja, aber es ist so clever, dass es *nicht* von mir sein kann, oder?«

Wir gaben ihm recht, dann gähnte erst Rike, dann Lars und Esko. Ich habe diesen Reflex noch nie verstanden. Es war sechs Uhr früh am Dienstagmorgen und ich konnte nicht an Schlaf denken. Mein Kopf wiederholte jedes Wort, das Esko gesagt hatte.

Ich denke, dass deine Flügel für eine Balance sorgen könnten.

Rike hatte sofort gewusst, was für ein Problem ich hatte. Ich war noch immer Motte, ich war ein kleiner Scheißer, der nie vorgehabt hatte, von heute auf morgen als Engel rumzulaufen. Da half es auch nicht, dass die Anlage in meinen Genen schon vorhanden gewesen war. Es machte mich nicht klüger oder stärker. Es machte mich vor allem nicht mutiger. Was, wenn ich es vermasselte? Was, wenn ich mir meine Flügel zurückholte und nichts geschah? Alles würde weiterlaufen wie immer, aber alle würden mich schräg ansehen, weil ich mit Flügeln genauso nutzlos war wie ohne. Ich wusste, es war unsinnig, sich Gedanken darüber zu machen, doch ich bekam Eskos Worte einfach nicht aus meinem Kopf.

Das ist eine Kraft, die du nicht unterschätzen solltest.

Ich unterschätzte sie nicht, ich hatte nur Schiss, dass der gute alte Motte überschätzt wurde.

»Worüber denkst du nach?«, fragte Esko.

»Ich hab Schiss«, sagte ich.

Esko zuckte mit den Schultern.

»Wir haben alle Schiss.«

»Ich hab keinen Schiss«, sagte Lars.

»Du bist ja auch Lars«, sagte Rike.

Der Steward brachte uns Frühstück, wir aßen, wir tranken und dabei ahnte keiner von uns, was Lazar am Vortag durch seinen Besuch in Barcelona ausgelöst hatte. Selbst Lazar war es nicht bewusst, dass er durch seine Arroganz und Zielstrebigkeit eine Kraft in Bewegung gesetzt hatte, der er eines Tages unterliegen würde. Diese Kraft trug den Namen Felipe Milos Santos, der in genau neun Stunden und elf Minuten wieder zu Bewusstsein kommen und sich wundern sollte, wo er sich befand.

DER MANN,
DER ALLES VERBINDET

Der Polizist sieht freundlich aus, er ist es aber nicht. Er fragt, ob Felipe vorgehabt hätte, sich umzubringen, denn wenn das so wäre, sollte er es das nächste Mal mit Heroin probieren.

»Das ist effektiver, kostengünstiger und geht schneller.«

Die Krankenschwester sieht unfreundlich aus, sie ist aber nett und sagt, sie würden Felipe für einige Tage zur Beobachtung dabehalten, damit sie auf der sicheren Seite sind. Als Felipe fragt, wo er sich überhaupt befindet, sagt der Polizist, dass es sehr klug ist, vor einer Klinik einen Selbstmordversuch zu begehen.

»Das war kein Selbstmordversuch.«

»Ach.«

Der Polizist zwinkert der Krankenschwester zu.

»Was war es dann? Vielleicht eine Fehlmedikation?«

»Das ist nicht witzig«, sagt die Krankenschwester, sie muss aber lächeln.

Vielleicht bin ich gestorben und das hier ist die Hölle, denkt Felipe und will das Bett verlassen, die Krankenschwester legt ihm eine Hand auf den Arm.

»Bitte, bleiben Sie liegen. Sie brauchen Ruhe. Der toxikologische Befund war erschreckend. Es ist ein Wunder, dass Sie noch am Leben sind.«

»Aber ich wollte mich nicht umbringen«, sagt Felipe und hasst es, wie kläglich er klingt.

Die Krankenschwester wechselt einen kurzen Blick mit dem Polizisten, der Polizist macht ein Pokergesicht und erinnert Felipe an einen übermüdeten Walter Matthau, der die Schnauze davon voll hat, immer den Polizisten zu spielen. Felipe entscheidet, sich ausschließlich an die Krankenschwester zu wenden.

»Seit wann bin ich hier?«

Die Krankenschwester schaut auf die Uhr.

»Seit zwanzig Stunden. Es ist Dienstagnachmittag.«

Felipe kann es nicht glauben, dass er seinen wohlverdienten Ruhezustand in einem Krankenhausbett verbracht hat und um vier wieder im Büro sein muss.

»Ich denke, wenn Sie hier wieder raus sind«, spricht die Krankenschwester weiter, als hätte sie seine Gedanken gehört, »dann wird die Polizei sich mit Ihnen unterhalten wollen.«

»Wozu das?«

Der Polizist räuspert sich, schlägt einen Notizblock auf und blättert darin.

»Einige von den Medikamenten, die Sie im Blut hatten, bekommt man sehr selten auf der Straße. Wir wüssten gerne, in welcher Klinik Sie sich bedient haben.«

In dieser hier, möchte Felipe ihm antworten, *aber ich war das nicht, das war ein ehemaliger Sanitätsoffizier und er hat gesagt, dass der Mix gut für mich sei und ich mich gleich besser fühlen würde.*

Felipe kann in seinem Kopf hören, wie albern die Worte klingen. Ein Geheimagent darf so was denken, aber nicht ein Informatiker, der sich eine Quelle nennt. Er sieht sich nach seinen Sachen um.

»Könnte ich meine Brieftasche haben?«

Die Krankenschwester greift nach einer Plastikwanne und hält sie Felipe entgegen. In der Wanne liegen seine Brieftasche und seine Schlüssel. Der Geruch von Desinfektionsmitteln steigt Felipe in die Nase. Er riecht an der Brieftasche und runzelt die Stirn, dann begreift er.

»Habe ich mir etwa eingeschissen?!«

»Nur ein bisschen«, sagt die Krankenschwester. »Wir haben Ihre Hose und Shorts gewaschen. Wir haben auch Ihre Brieftasche gereinigt, so gut es ging.«

Das Leder der Brieftasche ist noch feucht. Felipe zieht seinen Ausweis und eine Visitenkarte heraus. Auf der Karte ist nur eine Nummer eingeprägt. Felipe hält beides dem Polizisten entgegen, der Polizist zeigt ihm einen Vogel.

»Ich brauche ein Telefon«, sagt Felipe.

Die Krankenschwester schiebt ein Telefon zu ihm rüber, das auf einem schwenkbaren Arm festgeschraubt ist. Felipe tippt die Nummer von der Visitenkarte ein und meldet sich mit seinem Namen. Er legt Hörer und Ausweis neben das Telefon und schwenkt den Arm in Richtung des Polizisten.

»Bitte«, sagt Felipe.

Der Polizist nimmt den Hörer in die Hand und lauscht. Er sagt seinen Namen und Dienstgrad. Er lauscht wieder. Als er eben beschreiben will, was passiert ist, verstummt der Polizist mitten im Satz und runzelt die Stirn. Nach einer Minute legt er den Hörer wieder auf den Apparat.

»Er kann gehen«, sagt der Polizist, wendet sich ab und verlässt das Krankenzimmer.

»Wow, was war denn das?«, fragt die Krankenschwester beeindruckt.

»Politik«, antwortet Felipe und wundert sich, wie lässig er klingen kann. Ihm wurde angeraten, sich im Notfall direkt an die Organisation zu wenden. Seit zehn Jahren trägt er diese Visitenkarte mit sich herum und hat sie kein einziges Mal aus seiner Brieftasche genommen.

Felipe zeigt auf das Bettende.

»Könnte ich bitte den toxikologischen Befund sehen?«

Die Krankenschwester zögert. Sie ist Mitte fünfzig und weiß nicht so recht, was sie von diesem schlaksigen Mann halten soll, der vielleicht ein Diplomat oder einer von diesen Investmentbankern ist, die im Jahr eine Million verdienen.

»Es war kein Selbstmordversuch«, sagt Felipe. »Mir wurde das angetan. Schauen Sie mich an, sehe ich aus wie jemand, der Ahnung von Drogen hat?«

Er sieht nicht so aus, er ähnelt eher einem Studenten, der mit vierzig noch immer mit dem Fahrrad zur Uni fährt und am Abend bei seiner Mutter isst. Die Krankenschwester schaut zur Tür, dann erzählt sie Felipe, was der toxikologische Befund ergeben hat. Sie hatte schon viele Drogensüchtige unter ihren Fittichen, doch so ein Cocktail ist ihr bisher noch nicht untergekommen.

»Mit dieser Mixtur hätte man einen toten Bullen wiedererwecken können. Sie wirkt sehr schnell, aber der Absturz gleicht einem Kurzschluss.«

»Und was heißt das?«

»Das heißt, der Bulle kippt nach einer Stunde um und ist wieder tot. Mich überrascht es, dass Ihr Gehirn nichts abbekommen hat. Ich habe Junkies erlebt, die nach einer ähnlichen Tortur mit einem Gehirnschlag eingewiesen wurden.«

»Gehirnschlag?!«

Die Krankenschwester bereut es, das Wort gesagt zu haben.

»Was … Ich meine, was hatte ich denn?«, fragt Felipe.

»Einen Herzinfarkt. Aber nur einen leichten.«

»Eine *leichten* Herzinfarkt?!«

»So was passiert«, erklärt die Krankenschwester hastig, als hätte ihr Felipe widersprochen. »Machen Sie sich keine Sorgen, Sie sind aus dem Gröbsten raus. Wir haben den Großteil der Drogen aus Ihrem Blut gespült. In ein paar Tagen werden Sie wieder auf dem Damm sein. Ihr Körper hat das gut verkraftet.«

Felipe sieht, wie sich ihr Mund bewegt, aber er hört nicht mehr, was sie sagt.

Ich hatte einen Herzinfarkt, denkt er, und er denkt: *Sie wollten mich töten.*

Zehn Minuten später verlässt er die Klinik und überquert die Straße, er zieht die Chipkarte durch den Scanner und betritt sein Büro. Nichts hat sich verändert, es ist, als wären Lazar und seine Söldner nie da gewesen. Erst als sich die Tür mit einem leisen Klicken hinter Felipe schließt, breitet sich die Panik in seinem Inneren aus und er sinkt auf seinen Arbeitsstuhl.

Sie wollten mich töten, hallt es in seinem Kopf nach.

Die Krankenschwester hat ihm Vitamine und ein Aufbaupräparat injiziert, dennoch fühlt er sich wie gerädert. Sein Herz rast, sodass er eine Hand draufdrückt und es zu beruhigen versucht. Er versteht nicht, wie ihm das passieren konnte. Er ist niemandem quergekommen, er ist ein liebenswürdiger Mann mit einer angeborenen Gutmütigkeit.

Ich habe das nicht verdient, denkt er.

Die Uhr zeigt halb vier. Felipes Arbeit beginnt in einer halben Stunde, dann werden sich die Leitungen öffnen und eine Flut von Informationen darauf warten, bewertet und verarbeitet zu werden. In einer halben Stunde muss er wieder am Platz sein, aber nicht als der verwirrte Felipe, der wegen einem Drogencocktail im Krankenhaus gelandet ist, sondern als der ausgeglichene Felipe, dessen Gehirn auf hundert Ebenen arbeitet und nie den Überblick verliert.

Vielleicht täusche ich mich ja, denkt er und schließt für einen Moment die Augen.

Aber die Zweifel sind stur und lassen sich nicht wegdenken.

Vielleicht wusste Lazar nichts von der Wirkung.

Felipe wird diese nagende Unsicherheit nicht los.

Vielleicht habe ich einfach nur ein schwaches Herz.

Er will auf den Söldner wütend sein, weiß aber, dass ihn keine Schuld trifft. Der Mann hat einen Befehl ausgeführt. Alles dreht sich nur um Dimitri Lazar.

Aber was ist, wenn es aus reiner Bosheit geschah?

Felipe sitzt unentschlossen vor seinem Arbeitsplatz. Eine Quelle darf nicht neugierig sein. Sie ist wachsam, sie stellt Verbindungen her und durchschaut, was verborgen ist. Aber wenn die Arbeit der Quelle getan ist, tritt sie in den Hintergrund und verschwindet. Eine neugierige Quelle ist wie ein Barmann, der Alkoholiker ist.

Lass es ruhen.

Er kann nicht. Er hat den Blick zwar auf die Monitore gerichtet, sieht aber aus den Augenwinkeln, wie seine Fingerspitzen zittern. Er ist nicht jemand, dem es nach Rache verlangt. In ihm brennt das Verlangen nach Logik. Er will den Sinn hinter dem Ganzen verstehen.

Die Uhr zeigt 15:34.

Felipe könnte zum Kaiku gehen und etwas essen. Er könnte seinen Kopf klären und aufhören über Lazar nachzudenken. Es ist ein Ding des Unmöglichen. Ihm bleiben noch sechsundzwanzig Minuten, ehe seine Arbeit beginnt.

Vielleicht war es ein Unfall.

Die Uhr schaltet auf 15:35 um.

Ja, vielleicht war es ein Unfall.

Felipe gibt sich bis 15:55 und beschließt diesen Zeitrahmen nicht zu überschreiten. Als Erstes filtert er aus der Überwachungskamera vor dem Büro eine Frontalansicht von Lazar heraus und schickt die Fotografie samt Lazars Namen durch das

System. Die PCs übernehmen die Arbeit und liefern die Informationen so schnell, als hätten sie seit Anbeginn der Zeit auf diesen Auftrag gewartet – Dimitri Lazar besitzt rumänischen Diplomatenstatus, Kindheit und Jugend in einem Waisenhaus, militärische Ausbildung in den Niederlanden und nach unzähligen Einsätzen im Ausland ist er seit 1988 in Frankreich und Griechenland wohnhaft. Keine Frau, keine Kinder.

Und wo bist du jetzt?, denkt Felipe und startet den Befehl.

Drei Minuten später sieht er Lazar mit einer Waffe in der Hand im Schnee stehen.

DER VATER

Das Haus der Kormorane ist nach dem Brand nur noch eine Ruine, die mit jedem neuen Tag mehr und mehr von der Landschaft eingenommen wird. Nicht einmal eine Woche ist seit dem Angriff der Bruderschaft vergangen, aber das erste Unkraut hat sich schon durch die Asche gekämpft. Drei der Wände stehen noch und ein Teil der Treppe ragt in den Himmel auf wie das Rückgrat eines Sauriers. Die Möwen pausieren auf den Mauerresten und in der Nacht schleppen die Füchse ihre Beute in die Trümmer.

Einen Tag nach dem Brand kam die Polizei vorbei, nachdem die zwei Söhne der Haushälterin sie gerufen hatten. Die zwei Polizisten standen kopfschüttelnd vor der Ruine und hörten sich an, wie das Feuer am Donnerstagmorgen ausgebrochen war und innerhalb von wenigen Stunden das Haus gefressen hatte. Die Brüder O'Niven erinnerten sich, dass es schon seit einer Weile Probleme mit den elektrischen Leitungen gegeben hätte. Das Waisenhaus sei jetzt weiter nach Kerry gezogen.

»Keine Verletzten?«

»Ein paar versengte Haare, nicht mehr«, logen die Brüder.

Der eine Polizist sagte, das Leben würde mit den einfachen Menschen machen, was es wolle, der andere fragte die O'Nivens, wie die Kaninchenzucht laufen würde. Danach fuhren sie wieder davon, und die Brüder standen in den Überresten der Ruine und fühlten sich leer. Sie warteten, bis der Polizeiwagen hinter dem Hügel verschwunden war, dann erst gingen sie um das Haus herum und standen für eine Weile im Garten. Die Reihe der flachen Erdhügel erinnerte an ein gepflegtes Beet. Die Brüder senkten die Köpfe. Es war ihnen schwergefallen, die Gouvernanten und Mädchen namenlos zu begraben, aber sie wussten, dass es nicht anders ging. Keine Obduktion, keine Spuren, keine Fragen. Die O'Nivens bekreuzigten sich und gingen.

Er kommt Sonntagnacht mit dem Auto. Er war noch nie hier. Die Adresse hat er im Tresor aufbewahrt, und als er von der Zerstörung des Hauses hörte, nahm er sie heraus und lernte die Adresse auswendig, ehe er sie verbrannte.

Er ist über Frankreich nach England und von da nach Irland eingereist. Er besitzt unter falschem Namen einen Ausweis und eine Kreditkarte. Er ist nie unvorsichtig gewesen, die Familie hat es ihm vorgelebt, und als ihm bewusst wurde, dass sie Jagd auf ihn machen würde, hat er seine Identität abgelegt. Es ist das erste Mal, dass er nicht vor der Bruderschaft flieht.

Es ist, was es ist, denkt er.

Am Anfang war es schwierig, sich an den Linksverkehr zu gewöhnen, aber nach wenigen Stunden fühlte es sich an, als wäre er nie anders gefahren. Sein Navigationssystem hat ihn in den Südwesten Irlands geführt. Er tankt, er isst und trinkt, er fährt weiter. Seine Konzentration liegt voll und ganz auf dem Navigator.

Das Ziel, das näher rückt. Die Zeit, die runtergezählt wird.

Als die Dämmerung hereinbricht, färbt sich der Himmel purpurn.

Er hofft, er kommt vor der Dunkelheit an.

Vier Kilometer von dem Haus der Kormorane entfernt spürt er, wie verschwitzt seine Hände sind. Er wischt sie an seinen Oberschenkeln trocken und lässt die Fenster runter. Der Fahrtwind tut ihm gut. Auf der nächsten Anhöhe kann er schon Teile der Ruine im Abendlicht sehen und ihm kommen die Tränen. Er wollte nicht heulen, er wollte aussteigen und sich ansehen, was von dem Haus übrig geblieben ist. Die Emotionen überrollen ihn. Die Wahrhheit ist, dass er tief in seinem Inneren gedacht hat, er könnte noch was retten.

Er parkt und steigt aus, er steht vor der Ruine und hat keine Kontrolle über die Tränen. Sein altes Leben ist vorbei, das ist eine Tatsache. Er dreht sich um und starrt auf die immer dunkler werdende Landschaft und die Landschaft erwidert gleichgültig seinen Blick und mehr geschieht für eine Weile nicht.

Er holt einen Schlafsack aus dem Kofferraum. Er hat vor, zwei Tage zu bleiben. Er will seine Gedanken klären und darüber nachdenken, wie sein neues Leben jetzt weitergehen soll. Seine Frau ist tot, sein Sohn ist tot, er hat das eigene Zuhause angezündet und ist sich selbst ein Fremder geworden. Alles, woran er jemals geglaubt hat, hat sich in nichts aufgelöst. Der Zar hat ihn belogen, die Familie hat ihn verraten. Er fühlt sich betrogen. Er braucht Klarheit.

Fünf Minuten später liegt er in der Ruine auf dem Ascheboden und starrt in den Sternenhimmel. Er hört die Tiere um sich herum und bemerkt aus den Augenwinkeln einen Fuchs, der etwas Zuckendes im Maul hält. Der Fuchs verharrt mitten in der Bewegung. Er ist verwirrt von dem Mann, der wie eine verpuppte Raupe in dem Schlafsack liegt. Der Fuchs verschwindet, der Mann schließt die Augen. Die Fahrt hat neunzehn Stunden gedauert. Er schläft.

Montagmorgen. Heute ist die Beerdigung seines Sohnes. Die Gräfinnen und der Zar werden ihn auf dem Friedhof erwarten. Bestimmt glauben sie, er würde die Beerdigung seines Jungen auf keinen Fall verpassen. Es schmerzt, nicht dort zu sein. Er hätte damals auf seine Frau hören sollen. Sie hatte den richtigen Gedanken gehabt, als sie den Jungen entführt hatte, um ihn in eine Klinik zu bringen. »Es muss doch einen anderen Weg geben, als das ihn seine eigenen Gene umbringen«, waren ihre Worte gewesen, aber er hat nicht auf sie gehört, er hat zur Familie gestanden und die Familie sagte Nein.

Und jetzt sind meine Frau und mein Sohn tot, denkt er, während er am Strand entlangläuft und auf einen Moment der Klarheit hofft. Die Mittagssonne hämmert auf ihn herab, das Meer ist erschreckend ruhig, er wünscht sich, es würde toben und über die Ufer treten.

Er kehrt über die Steinstufen wieder zur Ruine zurück und bleibt oben an den Klippen stehen, wo die Kormorane ihn misstrauisch beäugen. Er sieht ihre Nester mit den hellblauen Eiern und wundert sich, was er hier verloren hat.

In der Ruine hockt er sich hin und lehnt mit dem Rücken an eine Mauer, seine Füße sind dreckig von der Asche, seine Haut glüht von der Sonne. Es ist heiß, aber im Schatten sind die Temperaturen erträglich. Er erinnert sich nicht, wo er seine Schuhe gelassen hat. Die Augen fallen ihm zu. Er weiß, Schlaf ist ein Schutz vor der Trauer.

Er dämmert weg und erwacht, weil er nicht mehr allein ist.

Er spürt ihre Anwesenheit.

Da ist Nähe, da ist Stille.

Er beginnt wieder zu weinen. Es gibt diesen fragilen Zustand zwischen Schlafen und Erwachen. Vielleicht schläft er noch. Vielleicht wird er allmählich verrückt.

Er schaut nach rechts.

Sie liegt einen Meter von ihm entfernt auf der Seite, Knie an die Brust gezogen, Hände unter der Wange, wie sie immer geschlafen hat. Er erkennt sie an ihrem Haar, an der Stirnpartie und an einem der geschlossenen Augen, der Rest ist vom Feuer zerstört, das Fleisch dunkel und rissig, die Hände schwarze Klauen. Sie liegt einfach nur in seiner Nähe. Er weiß, dass er halluziniert. Dennoch sagt er leise ihren Namen.

»Natalia?«

Sie reagiert nicht, er kneift die Augen zu, als er sie wieder öffnet, liegt sie noch immer da.

Nahe. Still.

Er begreift es nicht. Er rutscht weg von ihr. Sie bewegt sich unmerklich. Ihre Hand tastet, ihr Körper folgt, sie rutscht Zentimeter um Zentimeter durch die Asche näher an ihn heran und als sie den Abstand wieder verringert hat, bleibt sie liegen.

Sein Kinn beginnt zu zittern, seine Seele ist erschüttert. Er kann zwischen Glück und Panik nicht unterscheiden. Und dann überwindet er sich und setzt sich nahe neben seine Frau und legt eine Hand auf ihre Schulter.

Es ist das Ende seiner Sehnsucht.

Jetzt sind sie beide angekommen.

Er beginnt, den Bezug zur Zeit zu verlieren. Er spricht mit seiner Frau und sagt ihr, wie leid es ihm tun würde, er sagt auch, sie müsste sich nicht fürchten, er würde nicht weggehen.

Irgendwann holt er den Schlafsack.

Ihm ist bewusst, dass seine Frau tot ist und es wenig Sinn macht, dennoch deckt er sie zu und sitzt neben ihrer Leiche und wacht über ihren Schlaf.

Er nennt es den *Schlaf,* er will es nicht den *Tod* nennen.

Als die Dämmerung hereinbricht, hört er ein Rascheln aus der Ruine. Die Härchen auf seinen Armen stellen sich auf. Er will vernünftig sein, aber das, was hier passiert, hat nichts mehr mit Vernunft zu tun. Er versucht die Panik zurückzuhalten und sagt sich: *Es wird ein Tier sein, vielleicht der Fuchs, der hier gestern herumschlich.* Er folgt dem Geräusch ums Haus herum. Jetzt erst sieht er den Garten und die aufgewühlten Erdhügel. Er sieht auch die Fußspuren, die zum westlichen Teil des Hauses führen.

Dort findet er sie alle.

Früher muss es das Wohnzimmer gewesen sein, da sind die Überreste eines Kamins, da ist ein heller Fleck an einer Wand, wo ein Bild hing. Sie liegen eng beieinander auf dem Boden. Nur vier der Frauenleichen wurden vom Feuer verschont. Er sieht die Einschusswunden, er sieht die blasse Haut, das Blut ist schwarz und hat keine Ähnlichkeit mehr mit Blut. Die Mädchen sind durchweg verbrannt. Die Bruderschaft wollte sichergehen, dass niemand sie identifizieren kann. Sie sind nur wegen ihrer Größe als Kinder zu erkennen.

Sie alle umgibt dieselbe Stille.

Und da begreift er, dass es die Flügel sein müssen.

Sie sind verantwortlich für dieses Wunder.

Und er weiß auch sofort, was zu tun ist.

Und so holt er die Flügel aus dem Wagen.

Sie sind in zwei Stofflagen eingewickelt und so leicht, dass er sie beide mühelos tragen kann. Nachdem er sie ausgewickelt hat, legt er die Flügel links und rechts neben seine Frau. Es ist ein schönes Bild. Die Flügel behüten den Menschen, der die Mädchen zehn Jahre lang behütet hat. Ihm gefällt der Anblick. Er sieht seine Frau noch immer als Menschen. Und wie er sie so betrachtet, wird ihm bewusst, warum er hier ist.

Das hier ist ein Neuanfang, sagt er sich und beschließt, er wird das Haus wieder aufbauen und den Toten ein neues Heim geben.

Er ist aufgeregt von diesem Gedanken, er umkreist das Grundstück und stellt sich vor, wie er die Wände wieder aufrichtet, Stein für Stein, wie er den Schutt wegfährt und ein neues Fundament gießt. Er traut sich das zu, er hat den Rest seines Lebens Zeit dafür. Und da kommen ihm schon wieder die Tränen, denn dieser Moment fühlt sich an wie eine Erleuchtung.

Ich werde eine Kirche bauen, denkt er, *ich werde die Toten zu mir holen, denn ich bin derjenige, der ihnen die Flügel gebracht hat. Ich bin das.*

Schmerz, Liebe und Sehnsucht toben in seiner Brust wie ein Unwetter, und da tobt auch ein wenig der Wahnsinn, der Menschen in ihrer tiefsten Trauer befällt.

Als er zu seiner Frau zurückkehrt, erwartet er, dass sie sich aufgesetzt hat und ihn ansieht, dass sie spricht und sagt, alles wäre jetzt gut. Er weiß, die Flügel besitzen diese Kraft.

Seine Frau hat sich nicht von der Stelle gerührt.

Morgen ist auch noch ein Tag, denkt er und lässt sich wieder neben ihr nieder. Seine Hand ruht auf ihrem Kopf, er glaubt ihre Gedanken darunter spüren zu können.

Ich bin hier.

Ich auch.

Er fühlt sich wie ein Gott, der dabei ist, die Menschheit neu zu erschaffen.

»Natalia?«, sagt er leise, und dann sagt er genauso leise den Namen seines Sohnes und wünscht ihn sich her, und wünscht sich, dass sie alle drei von vorne anfangen könnten.

MOTTE

Nachdem wir Archangelsk überflogen und die Petschorasee sich unter uns wie ein Fächer geöffnet hatte, sahen wir durch die Risse in der Wolkendecke die ersten Eisschollen auftauchen. Sie erinnerten mich an ein Tangramspiel, das von einem hyperaktiven Kind durch die Gegend geschleudert worden war. Die Schollen wurden größer und begannen zusammenzurücken, je weiter wir Richtung Osten flogen.

Rike war zehn Minuten nach dem Frühstück eingeschlafen, ihr Kopf lehnte an meiner Schulter, ihre Hand lag auf meinem Oberschenkel. Sie sah aus wie eine entspannte Touristin, die sich auf den Skiurlaub freut. Esko dagegen erinnerte an einen Eishockeyspieler, der wegen zu viel Körpereinsatz aus der Mannschaft geflogen ist. Sein Haar war jetzt zwar gewaschen und die Kratzer und Schrammen waren verheilt, aber selbst in normalen Klamotten hatte er noch etwas Befremdliches an sich. Er schaute auf die Wolken unter uns und war mit seinen Gedanken weit entfernt.

Lars beugte sich vor und tippte ihm aufs Knie.

»He, Esko, jetzt mal ehrlich, wie wird man zum Engel?«

»Was?!«

»Ich meine, gib mir nur ein paar Hinweise, damit ich weiß, ob ich eine Chance habe.«

Esko sah mich an. Ich verdrehte die Augen.

»Du willst nicht sein wie wir«, sagte ich.

Lars war da anderer Meinung.

»Rike hat mir erzählt, was vor der Villa passiert ist. Du hast dich nicht nur mit einem Söldner angelegt, Mann, du hast deiner Süßen auch noch das Leben gerettet. Alter, wer das nicht will, der ist doch schon längst tot. Außerdem habe ich Engelsblut in den Adern, das ist doch ein Anfang, oder?«

Es war kein Anfang, aber für Lars reichte es als Grund. Ich sagte ihm, er sollte es sich aus dem Kopf schlagen. Ich wusste, wie man zu einem Engel wurde, und es hatte nichts mit der Methode zu tun, die Esko bei mir angewandt hatte. Die Experimente der Familie waren über Generationen hinweg Fehlversuche gewesen, weil die Familie nicht verstanden hatte, dass die Geburt für einen Engel zwar wichtig war, dass aber sein Tod eine noch viel größere Rolle spielte. Die Jungen in den Häusern hatten alle Eskos Gen in ihrer DNA gehabt, doch ihre Körper hielten der Verwandlung nicht stand, weil ihr innerer Engel viel zu lange in ihnen verweilt hatte. Ich weiß, das klingt nach Alien und Parasiten, so ist es aber nicht. Engel kommen durch ihren Tod zur Welt. Mit dem Tod löst sich die Seele und der Engel schält sich aus dem Körper hervor. Geschieht das zu spät, sprich nach dem neunzehnten Lebensjahr, kann es eklig werden. Und nicht, dass jetzt einer von euch denkt: *He, prima, das probier ich doch auch gleich mal aus.* Da sage ich dann: *Prima dämlich, denn dir fehlt das Gen und schönes Sterben noch.* Esko war mit mir einen anderen Weg gegangen, damit ich nicht von Lazars Söldnern hingerichtet wurde – ein Rabe schob mir seinen Schnabel in die Kehle, riss meine Seele heraus und ich starb. Danach schälte sich der Engel aus meinem Körper hervor und ließ die tote Hülle zurück. Das ist nicht sehr elegant gewesen, aber es hat funktioiniert.

»Sorry«, sagte Esko.

»Wie jetzt?«

»Lars, du kannst kein Engel werden.«

»Nie?«

»Nie.«

Lars ließ sich enttäuscht in den Sitz zurücksinken, er schaute aus dem Fenster und knabberte an seiner Unterlippe, dann sah er mich an.

»Du weißt, wie es geht, nicht wahr?«

»Ich weiß es. Und Esko hat recht. Du kannst kein Engel werden.«

»Ach, Schiete.«

»Sei froh, Kumpel.«

»Froh? Wieso sollte ich froh sein?«

Ich zeigte auf meinen Schritt.

Lars wurde froh.

Zwei Stunden später sank der Jet aus der Wolkenbank herunter und die Insel Dikson tauchte unter uns in einer rosafarbenen Abenddämmerung auf. Die Zeitverschiebung betrug sechs Stunden, in diesem Teil Russlands war es kurz nach 19 Uhr. Wir sahen Schnee, überall Schnee und mittendrin gnadenlos hässliche Plattenbauten, die um eine Handvoll Straßen angeordnet waren. Der Militärflughafen im Norden der Insel wirkte verlassen, aber man erwartete uns – die Landebahn war beleuchtet und vom Schnee geräumt. Lars murmelte, das würde nie reichen.

»Ein Jet von dieser Größe braucht mindestens einen Kilometer Landestrecke, das da draußen sind nicht mal fünfhundert Meter.«

Rike trat ihm gegen das Schienbein.

»Ich kill dich, wenn du recht hast«, sagte sie.

Der Jet setzte auf, wie er gestartet war, sanft und elegant, und dann wurde es ruppig. Die Risse im Asphalt wirkten wie Schlaglöcher, links von uns huschte das Meer vorbei, rechts sah ich meine eigene Spiegelung im Fenster und hätte beinahe losgelacht – ich hatte die Zähne fest zusammengebissen und diesen irren Blick, den man bekommt, wenn alles den Bach runtergeht. Ich war froh, dass ich nicht wusste, auf was die Piloten da gerade zurollten. Ein Geräusch erklang, das an einen sterbenden Staubsauger erinnerte. Das Geruckel wurde weniger, und wir rollten ruhig aus.

»Manchmal bin ich echt froh, unrecht zu haben«, sagte Lars und löste den Sicherheitsgurt.

Der Jet wendete und hielt vor einem Hangar. Wir stiegen aus und die Kälte traf uns wie ein Faustschlag. Ich war auf Schnee vorbereitet, ich rechnete nicht mit einem schneidenden Wind, der einem bis unter die Schutzweste kroch und noch nie was von Weihnachten und Bratäpfeln gehört hatte. Rike zog den Reißverschluss ihrer Jacke hoch, Lars wollte wieder auf seinen angewärmten Platz im Jet zurück, während Esko auf den Schnee zu seinen Füße starrte. Ich konnte an seinem Gesicht ablesen, was er dachte: *Das letzte Mal, als ich im Schnee stand, war ich dabei zu sterben.*

»Wer hat denn den bestellt?«, fragte Lars.

Zwanzig Meter von dem Hangar entfernt stand neben einem Geländewagen ein Monstrum von einen Transporthubschrauber, der aussah, als wäre er schon während des Vietnamkrieges in der Luft gewesen. Lars pfiff anerkennend durch die Zähne, der Pfiff brach mittendrin ab, als zwei Männer aus dem Hubschrauber sprangen und auf uns zukamen.

»Ihr kennt Cedric und Rutschinski«, sagte Lazar.

Die zwei Söldner, die wir gefesselt vor dem Villengrundstück zurückgelassen hatten, zeigten keine Reaktion. Aber ich war mir sicher, auch sie erinnerten sich an uns. Ganz besonders Rutschinski, den Lars mit einem Stein zwischen den Beinen getroffen hatte.

»Wie geht's den Eiern?«, fragte mein bester Kumpel.

Ich trat ihm auf den Fuß, er jammerte, Cedric wandte sich an Lazar.

»Wieso hast du sie alle vier mitgebracht?«

»Die anderen beiden wollten nicht zu Hause bleiben.«

»Das ist dumm.«

»Ich habe dasselbe gedacht.«

Während sie redeten, ignorierte uns Cedric völlig. Rutschinski dagegen nahm keine Sekunde die Augen von mir. Ich wusste, dass es Lars schwerfiel, die Klappe zu halten. Er bohrte die Hände tiefer in die Taschen seiner Daunenjacke und tat unschuldig.

»Wie ist der Statusbericht?«, fragte Lazar.

»Drei der Raketen wurden uns in der Nacht gestohlen, aber wir haben sie ohne Zwischenfälle wieder aufgetrieben. Chengink hat die zusätzlichen Treibstofftanks anliefern lassen. Sie sind an Bord und geben uns ein Plus von 2200 Litern Kerosin.«

»Reichweite?«

»Maximal zweitausend Kilometer.«

»Das könnte für den Rückflug knapp werden.«

»Hundertneunzig Kilometer südlich von der Insel befindet sich eine Bohrstation, die wir im Notfall anfliegen können.«

»Gut, sehr gut. Nur eine Sache irritiert mich.«

Lazar sah auf seine Uhr.

»Ihr wisst seit fünf Stunden von unserer Ankunft. Wieso laufen die Triebwerke nicht?«

Cedric räusperte sich, als würde etwas in seinem Hals feststecken.

»Es gibt da ein Problem.«

Er wechselte einen kurzen Blick mit Rutschinski und erklärte, sie würden auf grünes Licht von Praporschtschik Olof warten. Lazar neigte den Kopf, als hätte er sich verhört.

»Ein Praporschtschik der russischen Luftwaffe? Hier?«

Cedric nickte. Ich verstand nur Bahnhof.

»Ich dachte, der Luftwaffenstützpunkt ist privatisiert«, sagte Lazar.

»Ist er auch. Der Bürgermeister von Dikson hat das Gelände vor fünfzehn Jahren aufgekauft und Praporschtschik Olof die Leitung übertragen. Die Landebahn wird an eine Erdölgesellschaft vermietet. Der Praporschtschik teilt sich den Profit mit dem Bürgermeister.

Bevor ich den Mund aufmachen und fragen konnte, sagte Rike: »Was ist denn ein Praporschtschik?«

Zu unserer Überraschung antwortete ihr Rutschinski, was so gesehen nicht wirklich eine Überraschung war, denn ein Typ, der Rike nicht antwortet, der ist kein Typ.

»In der DDR hieß das früher Fähnrich.«

»Sehr witzig«, sagte Rike. »Und was ist bitte schön ein Fähnrich?«

»Ein Dienstgrad zwischen Unteroffizier und Offizier. Nicht nennenswert.«

»Wenn es nicht nennenswert ist«, sagte Lazar bissig, »dann will ich wissen, wieso wir auf seine verdammte Erlaubnis warten?«

Rutschinski senkte den Blick. Cedric übernahm wieder.

»Er hat uns gedroht.«

»Er hat *was?!*«

Lazar lächelte, es sah nicht freundlich aus.

»Euch hat ein Praporschtschik gedroht?! Habe ich das richtig verstanden?«

Er lachte.

»Wo ist der Hampelmann jetzt?«

»Er hatte eine Verabredung zum Abendessen und wollte gegen 20 Uhr zurück sein.«

»Ich verstehe. Wie viel hast du ihm angeboten?«

»5000. Er meinte, er müsste mal sehen, ob das reicht. Er wollte mit der Luftwaffe sprechen.«

Lazars Kiefer malmte. Er sah zum Hubschrauber, er sah zu den Wohnblöcken Diksons, die auf die Entfernung hin aussahen wie Marzahn kurz vor dem Mauerfall. Vielleicht fragte er sich, ob es die Mühe wert war, die Stadt in Schutt und Asche zu legen. Lazar traute ich alles zu. Im selben Moment gingen die Flutlichter mit einem Klacken an und der Flughafen wurde in kaltes Licht gebadet. Ein jeder von uns warf vier Schatten. Wir sahen aus, als hätten wir kein Blut in den Adern. Lazar kniff die Augen ein wenig zusammen, dann wandte er sich an uns.

»Von jetzt an steht ihr unter Cedrics Befehl. Was er sagt, das gilt. Wenn er sagt, ihr sollt aus dem Hubschrauber springen, dann springt ihr. Wenn ihr nicht vorhabt auf ihn zu hören, dann lasst mich das wissen. Niemand fliegt mit mir, ohne dass ich mir sicher bin, dass er Befehle entgegennehmen kann.«

Sein Blick wanderte von einem zum anderen. Ich kam mir albern vor, ich wollte nicht sagen, ich hätte verstanden. Esko nickte und sagte, das wäre in Ordnung. Auch Rike nickte und Lars gab ein »Kein Problem« von sich. Ich gab mich geschlagen und hob die Schultern.

»Okay«, sagte ich.

»Gut. Stellt eure Uhren um. Jetzt ist es 18:12, wir warten bis 19:00 auf diesen verdammten Praporschtschik Olof, klären dieses Problem und sind zehn nach sieben in der Luft. Geht spazieren, schaut euch die Landschaft an, macht, was ihr wollt, aber bleibt in der Nähe.«

Lazar stieg wieder in den Jet und schloss die Tür hinter sich. Wie man es auch drehte und wendete, er wollte definitiv keine

Gesellschaft. Cedric machte sich auf den Weg zum Hubschrauber, Rutschinski rührte sich nicht von der Stelle.

»Kein Grund, so schlecht gelaunt zu sein«, sagte Lars.

»Dein Kumpel hat einen von meinen Männern umgebracht«, erinnerte Rutschinski ihn.

»Ja, aber er hat euch am Leben gelassen.«

»Was?!«

Plötzlich stand Rutschinski so dicht vor Lars, dass nicht einmal ein Haar dazwischengepasst hätte.

»Was sagst du da?!«, wollte Rutschinski wissen.

Mein Kumpel war blass, er hatte mit einer Menge gerechnet, nur nicht damit, dass ihm ein Söldner auf die Pelle rückt. Cedric kam zurück und zog Rutschinski weg, dann wandte er sich an Lars:

»Das hier ist nicht Berlin und Party und Spaß, kapiert? Das hier ist unser Leben, das wir jeden Tag aufs Spiel setzen, weil wir dafür bezahlt werden, also zeig ein wenig Respekt.«

Cedric schaute von einem zum anderen, sein geschorener Kopf glühte in der Kälte. Seine Worte klangen pathetisch, aber sein Blick war nüchtern. Der Mann glaubte an das, was er und seine Männer taten. Und niemand sollte ihm dazwischenpfuschen.

»Mir ist egal, was Lazar mit euch ausgemacht hat. Wenn ihr Mist baut, dann geht es auf eure Rechnung.«

Er sah mich an, er hatte seine Befehle und ich war der Einzige in der Runde, um den er sich zu kümmern hatte.

»Ihr seid auf euch selbst gestellt«, sprach er weiter und zeigte auf Lars. »Damit meine ich ganz besonders dich. Komm noch einmal einem meiner Männer quer, dann hast du das alleine mit ihm auszumachen. Haben wir uns verstanden?«

»Ich habe keine Angst«, sagte mein bester Kumpel.

»Lars, halt die Klappe«, sagte ich.

»Ich bin unzerstörbar«, sagte Lars und grinste und hätte wahrscheinlich gleich damit geprotzt, dass Engelsblut durch seine Adern floss. Cedric ließ es nicht so weit kommen. Er schlug schnell und trocken zu. Mein bester Kumpel stieß eine weiße Atemwolke aus und knickte ein. Er versank mit den Knien im Schnee, hielt sich den Magen und ächzte. Der Schlag konnte nicht so schlimm gewesen sein, die Schutzweste hatte den Großteil der Wucht abgefangen. Keiner von uns kam Lars zu Hilfe. Es war mir ein Rätsel, woher mein Kumpel diese große Klappe hatte. Sein Vater ist ein schüchterner Typ, der sich vor jedem Kommentar räuspert; seine Mutter würde sich eher die Zunge rausschneiden, bevor sie jemanden beleidigt.

Cedric verschwand mit Rutschinski im Hubschrauber.

»Autsch«, sagte Lars.

»Selbst schuld«, sagte Rike.

»Da hast du dir keine Freunde gemacht«, sagte Esko.

Ich zog Lars hoch, er humpelte mit mir zu der Treppe vor dem Hangar.

»Wieso humpelst du?«

»Die sollen denken, dass ich angeschlagen bin.«

Ich lachte, ich wusste manchmal wirklich nicht, ob ich ihn knutschen oder treten sollte. Er war eine gute Seele, bei der es immer dazu kam, dass sie ganz dringend Blödsinn anstellen musste.

Wir suchten uns eine windgeschützte Ecke. Rike fand es eine dumme Idee, auf den vereisten Stufen zu sitzen. Sie ging zum Jet zurück. Als sie wieder zu uns kam, hatte sie eine Decke bei sich und wir setzten uns drauf.

»Und was macht Lazar?«, fragte ich.

»Er sitzt an seinem Notebook und flucht.«

»Wir sollten uns auch reinsetzen«, sagte Esko. »Hier draußen erfrieren wir.«

Keiner rührte sich.

»Wieso sind wir so schwer bewaffnet?«, wollte Lars wissen.

Ich folgte seinem Blick zum Hubschrauber.

»Zwei Maschinenkanonen«, zählte er auf, »Raketen und mehrere Lenkflugkörper. Sind wir auf den Weg in einen Krieg oder was?«

Vielleicht sind wir das, dachte ich.

»Vielleicht sind wir das«, sagte Esko.

Ein Knallen und Rattern erklang hinter uns. Wir schauten am Hangar vorbei und sahen einen leuchtenden Punkt näher kommen. Aus dem Punkt wurde ein Moped, das mit höchstens zwanzig Stundenkilometern durch den Schnee auf uns zufuhr. Auf den Gepäckträger war ein großer Topf geschnallt und vom Lenker hingen Plastiktüten, die im Wind flatterten. Der Auspuff knallte, als würde das Moped sich selbst Feuerschutz geben.

Der Fahrer war ein Mongole mit einer Fellmütze auf dem Kopf, die ihm immer wieder in die Augen rutschte. An der Vorderseite seines Parkas waren vier Handys mit Clip festgemacht. Rot, schwarz, blau, grün. Sie baumelten wie Weihnachtsschmuck von seiner Brust. Er hielt direkt vor uns, schob die Fellmütze ein wenig hoch und grinste. Seinem Gebiss nach zu urteilen war er ungefähr hundertvierzig Jahre alt – oben waren zwei, unten drei Zähne. Er klappte ein Schild runter, das mit unlesbaren Zeichen vollgekritzelt war, nicht einmal die Zahlen darauf konnte ich deuten. Dann öffnete er den Topf, sodass eine Dampfwolke in die Nacht entwich, holte Pappteller und Löffel hervor und begann uns Eintopf aufzutun.

Esko nahm einen der Teller und kostete. Er verzog das Gesicht und meinte, es wäre sehr scharf.

Der Mongole holte Schwarzbrot aus einer der Plastiktüten und verteilte dicke Scheiben an uns, in der anderen Tüte waren verbeulte Coladosen. Lars aß seinen Teller so schnell leer, dass er die Schärfe gar nicht bemerkte. Erst als er sich Nachschlag holen wollte, stieg die Hitze von seinem Magen hoch und er begann zu schwitzen. Der Mongole lachte und reichte ihm eine Cola. Ich kostete von dem Eintopf. Er war gut, er schmeckte geräuchert und überwürzt, aber er war genau das richtige Essen an einem Sommerabend im Winter.

Für eine Weile standen wir einfach nur in der Gegend herum, futterten Eintopf und fragten uns, wie es sich wohl anhören würde, wenn alle vier Handys an der Brust des Mongolen gleichzeitig losklingeln würden.

Gegen acht verließ Lazar den Jet. Es ging ihm definitiv nicht gut. Er schwitzte, trug eine Sonnenbrille und schaute sich andauernd um. Keine Ahnung, ob es der Zeitdruck war oder die Ohnmacht gegenüber einem Militärfuzzi, der uns warten ließ. Auf jeden Fall klang seine Stimme scharf, als er Rutschinski beauftragte in die Stadt zu fahren und den Praporschtschik aufzutreiben.

»Wieso fliegen wir nicht einfach los?«, fragte ich.

»Wenn dieser Praporschtschik die richtigen Leute kennt«, antwortete Lazar, »dann kann er uns innerhalb von wenigen Minuten die gesamte russische Luftwaffe auf den Hals schicken. Das Risiko ist zu groß. Wir warten und klären das. Wie ist der Eintopf?«

Lazar bekam von dem Mongolen einen Teller gereicht. Es war komisch, ihn neben uns stehen und essen zu sehen. Er tat, als wäre es das Normalste auf der Welt. Ich hatte so viele Fragen an ihn, dass ich kein Wort rausbrachte. Damals wusste ich nichts von seiner Kindheit und Jugend in Rumänien. Ich ahnte nicht einmal, was er durchgemacht hatte, es hätte aber auch nicht viel an meinem Bild von ihm geändert – er war ein Irrer, der reihenweise Leute umgebracht hatte, um die Prophezeiung aufzuhalten. Dennoch zogen wir mit ihm in den Kampf gegen die

Familie, dennoch wollten wir dasselbe, nur hatten wir unterschiedliche Methoden.

Cedric sprang aus dem Hubschrauber und stellte sich zu uns. Er fragte, ob die Jungs auch was von dem Eintopf essen könnten. Ich sah zum Hubschrauber und fragte mich, wie viele Söldner da drin warteten. Lazar schüttelte den Kopf.

»Wir starten jederzeit, sie sollen sich nicht rühren.«

Der Mongole sammelte unseren Müll ein und machte die Runde mit einer Blechdose. Cedric steckte ihm ein paar Scheine rein. Der Mongole bedankte sich und zurrte den Topf fester. Dann startete er das Moped, rückte seine Fellmütze zurecht und verschwand so langsam, wie er gekommen war. Sein Scheinwerfer tanzte über die Landschaft und das Rücklicht flackerte, als würde es uns eine Nachricht morsen. Der Auspuff war noch zu hören, als wir das Moped längst nicht mehr sehen konnten. Der Mongole hatte kein Wort zu uns gesagt, und keines seiner Handys hatte geklingelt.

»Nicht mehr lange«, sagte Lazar und schaute auf die Uhr.

Wir stampften auf der Stelle, der Wind nahm zu, eine Plane auf dem Dach des Hangars begann laut zu flattern.

»Wieso heißt ein Ort in Russland Dikson?«, fragte Lars.

»Ich dachte, du fragst nie«, sagte Rike.

»Dikson klingt nach einem Kaff in Texas«, sagte ich.

»Da kommt Rutschinski«, sagte Esko.

Eineinhalb Stunden waren vergangen und Rutschinski hatte Praporschtschik Olof im Geländewagen neben sich sitzen. Der Praporschtschik war in Lazars Alter, aber rund und dick, die Uniform saß schief und hinten schaute ein Hemdzipfel unter der Jacke hervor. Der Mann war betrunken und gab sich keine Mühe, es zu verbergen. Er begrüßte Lazar, tippte sich an seine Mütze und bellte ein paar englische Wörter, die keiner verstand.

Dann packte er seine Deutschkenntnisse aus. Wir erfuhren in holpernden Sätzen, dass er vor dreißig Jahren in Leipzig studiert hatte und dass die ostdeutschen Frauen das Salz der Erde seien. Als er anfing von unserem Bier zu schwärmen, unterbrach ihn Lazar, indem er die Sonnenbrille abnahm und unser Problem mit einem Satz zusammenfasste.

»Wann bekommen wir die Fluggenehmigung?«

»Bald, bald.«

Praporschtschik Olof griff nach Lazars Handgelenk, um einen Blick auf dessen Uhr zu werfen, danach rollte er mit den Augen.

»Oh, spät, ganz schön spät, was?!«

Er zeigte auf den Hubschrauber.

»Warum amerikanisches Modell? Warum nicht russisches Kamow, hm?«

Lazar reagierte nicht auf die Frage. Nach einer Minute wurde das dem Praporschtschik unangenehm, er steckte sich zwei Finger in den Mund und gab einen lauten Pfiff von sich. Sofort öffnete sich die hintere Tür des Geländewagens und ein schlaksiger Junge stieg aus. Er war in unserem Alter und trug eine graue Uniform. Seine Stirn war voller Pickel, das Haar nach hinten gegelt. An seinem Gürtel hing ein Pistolenholster, der Waffengriff wurde an zwei Stellen mit Klebeband zusammengehalten. Nachdem der Junge sich neben Praporschtschik Olof postiert hatte, salutierte er uns.

»Mein Sohn! Das ist Sohn Lino, Name wie Lino Ventura«, sagte der Praporschtschik und klopfte dem Jungen stolz auf die Schulter, ehe er ihm etwas auf Russisch ins Ohr sagte.

Lino wurde rot, Lazars Kiefer malmte, der Praporschtschik lachte bellend und versprach, er würde unsere Flugerlaubnis sofort beantragen.

»Gleich und flott«, sagte er und verschwand im Hangar.

Lino blieb zurück und verschränkte die Hände auf dem Rücken. Wir sahen die Lichter im Hangar angehen und dann tauchte der Praporschtschik hinter einem der Fenster auf. Er hielt sich ein Telefon ans Ohr und winkte uns zu. Keine zwei Minuten später lärmte Abba aus den Lautsprechern, durch die früher bestimmt Befehle gebrüllt wurden. *Take A Chance On Me.* Lino lächelte verlegen.

»So sorry«, sagte er und salutierte erneut.

Es war eindeutig, dass er hier abgestellt worden war, um auf uns aufzupassen. Vier Stunden waren seit unserer Ankunft vergangen. Lazars gutes Auge zuckte. Er ließ weitere zehn Minuten verstreichen, stand einfach nur stocksteif vor dem Hubschrauber, als würden wir jeden Moment starten. Die Musik nervte und hinterließ einen klebrigen Geschmack im Gaumen. Durch das Fenster sahen wir den Praporschtschik an einem Schreibtisch sitzen, er hatte die Beine hochgelegt, das Telefon klemmte zwischen Schulter und Ohr, eine Zigarette baumelte in seinem Mundwinkel. Während er telefonierte, sah er kein einziges Mal nach draußen.

»Der hat uns vergessen«, murmelte Lars.

Nach zwei weiteren Hits von Abba gab Lazar ein Zeichen und Cedric betrat den Hangar. Er sprach mit dem Praporschtschik, und als er wieder rauskam, hielt er ein Prospekt in der Hand.

»Er wartet auf einen Rückruf«, erklärte Cedric. »Er meint aber, es würde nicht gut aussehen. Die Büros hätten seit 19 Uhr geschlossen, außerdem würde um 22 Uhr die Karaoke beginnen und da müsste er die Bar übernehmen.«

»Die Bar?«, fragte Lazar.

Cedric nickte. Rike zeigte auf das Prospekt in seiner Hand.

»Wollte er dir was verkaufen?«

Cedric sah auf das Prospekt, als hätte er es eben erst bemerkt. Abba sang von Waterloo. Cedric reichte Rike das Prospekt. Es war Werbung für das einzige Best Western Hotel auf der Insel. Eine der Suiten war mit Kugelschreiber eingekreist und 20% OFF daneben gekritzelt. Ich denke, in diesem Moment riss Lazar der Geduldsfaden. Er nahm Lino zur Seite, sie sprachen miteinander, dann nickte der Sohn des Praporschtschiks und salutierte ein letztes Mal, ehe er sich abwandte und in Richtung Stadt verschwand.

»Was hast du ihm gesagt?«, fragte ich.

»Ich habe ihm verraten, dass ich mit neun Jahren fließend Russisch sprechen konnte. Und dass es für ihn von Vorteil wäre, wenn er jetzt nach Hause ginge.«

»Nett«, sagte ich.

»Notwendig«, sagte Lazar. »Bitte, setzt euch wieder und haltet einen Moment die Klappe, ich muss nachdenken.«

Wir setzten uns auf die Stufen und hielten die Klappe, auch Cedric nahm Platz. Und da saßen wir und Lazar stand zehn Meter entfernt im Schnee und nahm keinen Moment den Blick vom Fenster, durch das der Praporschtschik zu sehen war, wie er fröhlich vor sich hin telefonierte. Lazar wirkte, als würde er auf etwas warten. Abba wollte nicht aufhören zu singen. Die Uhr über dem Hangar zeigte zwanzig vor zehn. Wenn das so weiterging, würden wir erst in den frühen Morgenstunden auf der Oktoberrevolutions-Insel landen. Unser Zeitplan war durcheinander. Als ob Lazar wüsste, was ich dachte, schaute er mich plötzlich an. Ich hielt seinem Blick stand und hatte so eine Ahnung, wie er sich fühlte.

LAZAR

Niemand weiß, wie du dich fühlst. Die Hölle ist zurückgekehrt und es ist, als wäre sie nie von dir gewichen. Dabei lief es heute Morgen so gut – du hast zu deinen Wurzeln als Engel gestanden. Du hast Esko und Motte von deinen Absichten überzeugt und ihr habt euch auf den Weg in die Arktis gemacht. Eben hattet ihr das Haus verlassen, eben hattet ihr euch in den Van gesetzt und seid zum Flughafen gefahren. Alles war in Ordnung, bis du fünf Minuten vor eurem Ziel das Flüstern hörtest. Es erinnerte dich an Blätterrascheln. Kurz darauf kam ein Kratzen und Scharren und dann explodierte das Wageninnere um dich herum und die toten Mädchen machten sich auf dem Beifahrersitz breit und kreischten dich an und lachten über dein verwirrtes Gesicht.

Sieben tote Mädchen, barfuß und in Schlafanzügen. Siebenmal das Grauen.

Der Fahrer neben dir hat nichts davon mitbekommen und die Trennwand war geschlossen, sodass niemand von hinten dich zusammenzucken sah.

Sag ihnen, dass wir wieder da sind!, riefen die Mädchen.

Hast du uns vermisst?!, schrien sie.

Verrat ihnen, wie sehr wir dich hassen!

Du hast nichts davon getan. Nicht im Van, nicht im Jet und auch nicht nach der Landung auf Dikson. In deinem Inneren herrschte Krieg, aber du wolltest den toten Mädchen nicht die Genugtuung geben, und so hast du nach außen hin kontrolliert gewirkt, obwohl dir sehr danach war, um dich zu schlagen und sie anzuschreien. Dachtest du wirklich, sie wären für immer verschwunden? Du hast Cedric den Auftrag erteilt, Mona zu töten. Dachtest du, das vergessen ihre Schwestern? Sei froh, dass sie dich deswegen nicht sofort in der Luft zerrissen haben.

Nein, diesen Krieg hast du dir selbst zuzuschreiben.

Es ist fast unmöglich, die Fassung zu bewahren, wenn sieben tote Mädchen an deinen Armen hängen, dir den Rücken hochklettern und vor dir herumhüpfen. Als du erfährst, dass euch der Praporschtschik Probleme macht, trittst du den Rückzug an und verschwindest im Jet.

Zum einen willst du mehr über diesen Mann erfahren, zum anderen langweilen sich die toten Mädchen sehr schnell, wenn sie dich allein für sich haben. Sie geben dir Raum und Ruhe, um dann mit noch größerer Wucht zurückzukehren. Diese Ruhe kehrt im Jet nach einer Viertelstunde ein. Plötzlich sind die toten Mädchen verschwunden und du trocknest den Schweiß von deiner Stirn und nutzt die Chance, um die Quelle in Regensburg zu kontaktieren.

Der Praporschtschik macht dir Sorgen. Du weißt, wie das russische Militär funktioniert. Je niedriger die Ränge, umso schlimmer sind die Leute. Ein Praporschtschik will nach oben und wenn er es bis zu einem bestimmten Alter nicht geschafft hat, kann es garstig werden. Wer auf diese Insel abkommandiert wird, der hat es definitiv nicht geschafft.

Du wählst die Quelle in Regensburg, weil du davon ausgehst, dass Barcelona nach dem Drogencocktail für eine Weile auf Eis liegen wird. Der Söldner hat dir die Nebenwirkungen im

Voraus genannt. Sie sind für dich alle vertretbar gewesen. Natürlich konntest du nicht wissen, wie angreifbar das Herz von Felipe Milos Santos ist. Aber um ehrlich zu sein, auch wenn du es gewusst hättest, wärst du das Risiko eingegangen. Es ist keine Frage der Moral, es ist eine Frage der Effizienz.

Die Informationen erreichen dich innerhalb einer halben Stunde: Praporschtschik Goljev Olof ist achtundfünfzig Jahre alt und auf die Insel Dikson strafversetzt worden, weil er vor zehn Jahren beim Schmuggeln von Torpedos erwischt worden war. Die Russen gingen da pragmatisch vor – sie degradierten den Mann und verbannten ihn an einen Ort, an dem er weiter sein Unwesen treiben konnte, ohne dabei großen Schaden anzurichten. Aus den Unterlagen geht hervor, dass es nicht das erste Mal ist, dass der Praporschtschik die Fluggenehmigung zurückhält. Seine Kundschaft sind hauptsächlich Leute aus der Ölindustrie, die notgedrungen auf Dikson Zwischenstopp einlegen, um zu tanken. Die Abflüge verschieben sich manchmal um Tage, Schmiergeld wird gezahlt und der Tourismus nebenbei angekurbelt.

»Was mache ich nur mit dir, Praporschtschik Olof?«, fragst du dich laut und schließt das Notebook. Kaum hast du den Jet verlassen, sind die toten Mädchen wieder um dich herum und toben und rufen, sie hätten dich schon erwartet. Der Schweiß steht dir sofort kalt auf dem Rücken und du setzt die Sonnenbrille auf, weil das blendende Flutlicht in deine Augen sticht, als wollte es bis in deine hintersten Gehirnwindungen leuchten. Du bist hypersensibel. Es ist fast unmöglich sich zu konzentrieren. Und Praporschtschik Olof hat sich noch immer nicht blicken lassen.

»Finde ihn«, sagst du zu Rutschinski.

Rutschinski kehrt eineinhalb Stunden später mit Praporschtschik Olof und dessen schlaksigem Sohn zurück. Vielleicht ist es der

Anblick des Jungen, der dich irritiert. Oder sind es die Worte, die ihm der Praporschtschik ins Ohr flüstert? Aus welchem Blickwinkel du es auch betrachtest, es sind immer die Kleinigkeiten im Leben, die alles ins rechte Licht rücken. Sie erleichtern Entscheidungen, sie geben dem Unsinn Sinn.

»Pass gut auf«, sagt der Praporschtschik zu seinem Sohn. »Die Idioten hier ficken wir in den Arsch und lassen sie dazu Abba hören.«

Er lacht. Der Junge wird rot, er bemerkt deinen Blick und lacht mit, weil es sein Vater von ihm verlangt. Danach lässt euch der Praporschtschik alleine und verschwindet in den Hangar.

Die toten Mädchen rufen dir zu: *Folg ihm, nun mach schon.*

Sie rufen: *Der verarscht dich, hahaha, der verarscht dich.*

Du hörst nicht hin und schickst Cedric nach einer Weile in den Hangar. Er kommt mit dieser Hotelbroschüre zurück.

Genug ist genug.

Nachdem der Sohn des Praporschtschik den Flughafen verlassen hat, bittest du die anderen, dass sie sich setzen, denn du musst in Ruhe nachdenken. Du stehst zehn Meter von ihnen entfernt im Schnee und musst eine Entscheidung treffen. Abstand ist eine gute Sache. Die toten Mädchen fauchen dir ins Gesicht. Deine Geduld hängt in Fetzen. Du schmeckst Blut im Mund und spuckst aus, aber da ist kein Blut. Esko kommt zu dir. Er lehnt sich vor, als würde er belauscht werden.

»Ich kann die toten Mädchen auch sehen«, sagt er.

»Aber wie …«

Du verstummst, du bist so erleichtert, dass jemand diese verdammten toten Gören sehen kann, dass es dir die Worte verschlägt.

»Triff eine Entscheidung, die Zeit läuft uns davon«, rät dir Esko und setzt sich wieder zu den anderen, als wäre nichts gewesen. Du siehst sie reden, du siehst sie frieren. *Ohne jemanden, der Entscheidungen trifft, würde die Menschheit sich in Unentschlossenheit verlieren und aufhören zu existieren,* denkst du und weißt nicht, wo du das gelesen hast. Es hilft aber, dir diesen Gedanken ins Gedächtnis zu rufen. Du musst eine Entscheidung treffen. Esko hat recht. Du ziehst deine Waffe. Ein weiterer Song von Abba streicht vorbei. Du nimmst Kurs auf den Hangar, betrittst ihn und schließt die Tür hinter dir.

DER MANN, DER ALLES VERBINDET

Felipe sieht Lazar mit einer Waffe in der Hand im Schnee stehen. Es ist ein surreales Bild, denn in Barcelona scheint die Sonne, es sind 37 Grad und die Bürgersteige wabern in der Hitze, während über Dikson längst die Nacht angebrochen ist und die Temperaturen weit unter null liegen. Felipe weiß jetzt zwar, wo sich Lazar befindet, er weiß aber nicht, wann Lazar auf der russischen Insel gelandet ist und was er dort überhaupt verloren hat. Felipe schiebt die Fragen beiseite. Darum geht es nicht. Es hat ihn nicht zu interessieren. Wichtig ist, dass er Lazar gefunden hat.

Und jetzt?

Der Militärflughafen gehört zu einer Kleinstadt mit zweitausend Einwohnern. Felipe stehen sechsunddreißig Webcams zur Verfügung, drei davon befinden sich auf dem Flughafen. Eine der Kameras ist am Hangar installiert und beobachtet das Flugfeld, der Blick ist durch einen Riss auf der Linse ein wenig verzerrt. Felipe sieht einen Jet, einen Lastenhubschrauber und einen Geländewagen. Im Hangar befindet sich eine weitere Kamera. Sie bewegt sich ein paar Grad von links nach rechts und erfasst den Eingang und einen Großteil des Hangars. Felipe übernimmt die Kontrolle, aktiviert das Mikrofon und verändert den Erfassungswinkel der Kamera, um einen besseren Überblick vom Innenbereich zu bekommen – ein Schreibtisch, ein Fenster und zwei Türen sind zu sehen.

Ein Mann sitzt am Tisch und telefoniert. Im Hintergrund dudelt Abba.

Felipe wechselt wieder in die Außenansicht.

Lazar steht noch immer im Schnee. Ein paar Meter von ihm entfernt sitzen zwei Männer und drei Jugendliche auf einer Treppe. Auch sie scheinen zu warten. Einer der Jungen hat seinen Arm um das Mädchen gelegt.

Felipe ignoriert sie und zoomt näher an Lazar heran.

Was denkst du gerade?, fragt er sich. *Und was hast du dir gedacht, als mir einer deiner Männer den Drogencocktail injiziert hat? Wusstest du, was passieren würde? War es dir egal?*

Felipe sieht die Uhr am unteren Bildrand. Es ist 21:48 im Norden Russlands, es ist 15:48 in Barcelona. Fünf vor vier wollte Felipe seine Recherche abschließen. Es bleiben ihm noch zwöf Minuten.

Und dann?, fragt sich Felipe. *Was mache ich, wenn Lazar erneut in Barcelona auftaucht?*

Er spürt, was für eine Hitzewallung der Gedanke beim ihm auslöst.

Ich habe Angst, ich habe richtige Angst.

Lazar geht auf den Hangar zu und betritt ihn.

Felipe wechselt zur Innenansicht.

Der Mann hinter dem Schreibtisch ist aufgestanden, er ruft in gebrochenem Englisch irgendwas von einer Karaoke-Party und freien Getränken, dabei wedelt er mit den Händen, als würde er einen wütenden Hund auf Abstand halten. Die Tonspur ist verzögert und wie eine schlechte Synchronisation, die Lippenbewegungen passen nicht zu den Worten.

Lazar hebt die Waffe.

Der Mann beginnt zu jammern und bedeckt seine Glatze mit den Händen, als könnte ihn das vor einer Kugel schützen. Dann schnellt sein Kopf nach hinten und ein Blutfleck breitet sich auf der Wand dahinter aus. Der Schuss erreicht jetzt erst Felipes Boxen und bringt sein Büro zum Erzittern.

Felipe springt von seinem Arbeitsstuhl auf.

Er glaubt es nicht, er entfernt sich von der Tastatur, ohne den Blick vom Monitor zu nehmen.

Er glaubt es noch immer nicht.

Da ist ein lautes Klacken in seinem Kopf, und als er sich an den Mund greift, sind es seine Zähne, die unkontrolliert aufeinanderschlagen.

Er hat ihn umgebracht ...

Lazar ist aus dem Blickwinkel der Kamera verschwunden, der Mann liegt auf dem Boden und rührt sich nicht. Felipe kann nicht aufhören zu zittern.

Er hat ihn einfach erschossen ...

Felipe atmet tief durch und geht ins Bad. Er klatscht sich Wasser ins Gesicht, bis er kaum noch zu Atem kommt. Er weiß nicht, was mit ihm geschieht. Der Tod eines Fremden geht ihm so nahe, als wäre es ein guter Freund von ihm gewesen. Felipe kehrt an seinen Schreibtisch zurück, er geht im Zeitrahmen drei Minuten zurück und vertippt sich dabei mehrmals. Er sieht Lazar kommen, sieht Lazar den Mann erschießen, sieht Lazar gehen.

Kein Moment des Zögerns, kein Moment der Reue.

Felipe hat das Gefühl, sich erbrechen zu müssen.

Der Mann war unbewaffnet, er hatte die Hände gehoben.

Und dann begreift Felipe, warum ihn der Tod des Fremden so mitnimmt.

Der Mann hätte ich sein können.

Er sieht auf dem Monitor, wie Lazar die Waffe sinken lässt,

sieht ihn die Musik ausschalten und hält das Bild erneut an. Er versucht in Lazars Gesicht irgendeine Emotion zu lesen. Da ist nichts.

Er zoomt näher heran.

Da muss was sein.

Und dann sieht er es.

Erleichterung. Lazar ist erleichtert.

Felipe lässt die Aufnahme weiterlaufen – Lazar schaut in den Raum, dann wendet er sich ab und stolpert. Sein Mund bewegt sich. Die Worte kommen verzögert in Barcelona an.

»Ihr könnt mich mal!«

Mit wem sprichst du?, fragt sich Felipe.

LAZAR

Der Schuss verklingt und die toten Mädchen um dich herum verstummen mit einem Schlag, nur Abba zeigt sich unbeeindruckt, also gehst du zur Anlage und schaltest sie aus. Im Hintergrund bewegt sich eine Kamera, aber das bekommst du nicht mit. Die toten Mädchen haben ihren Schreck überwunden und lachen dich aus. Sie rufen dir zu, du wärst nur stark, weil du eine Knarre hast. Sie werfen sich vor deine Füße, zerren an ihren Schlafanzügen und tun so, als würden sie sterben. Dabei kommst du ins Stolpern und kannst dich im letzten Moment an einem Regal festhalten.

»Ihr könnt mich mal!«, sagst du und gehst wieder nach draußen.

Vor dem Hangar sind sie von der Treppe aufgestanden und starren dich an. Du gehst an ihnen vorbei, ohne ein Wort zu sagen. Cedric braucht keine Befehle von dir. Er spricht in sein Funkgerät, die zwei Rotoren auf dem Hubschrauber erwachen. Du steigst ein und siehst deine Männer an, deine Männer nehmen Haltung an und erwidern deinen Blick. Da ist Erleichterung in ihren Augen. Cedric hat eine vernünftige Mannschaft zusammengestellt. Achtzehn Söldner sitzen in zwei Reihen im Laderaum. Sie wirken wie aus Stein gemeißelt, tragen schmuddlig weiße Tarnkleidung und haben sich seit eurer Landung nicht von der Stelle gerührt. Stunde um Stunde um Stunde haben sie hier gesessen, Abba ertragen und keiner von ihnen ist durchgedreht.

Du bewunderst ihre Disziplin.

»Abflug in fünf Minuten«, sagst du und gehst nach vorne zum Cockpit.

Jetzt seid ihr seit zweieinhalb Stunden in der Luft und unter euch breitet sich das Eis scheinbar endlos aus. Keine Lichter und keine Schiffe sind zu sehen. Die trostlose Einsamkeit gefällt dir, auch wenn du sie nicht wirklich genießen kannst, denn die toten Mädchen toben durch die Kabine, halten dem Piloten die Augen zu und zischen dir ins Ohr.

Oh, wir sind tot, wir sind tot, jammern sie und brechen dann in Kichern aus.

Du bist im Reinen mit dir, der Praporschtschik hat die Situation herausgefordert; du bereust nur, nicht schon früher gehandelt zu haben.

Der dritte Tag wird angebrochen sein, wenn ihr ankommt.

Die Eiswüste unter euch erinnert dich an einen Nachtflug über Afrika und die kilometerlangen vom Mond beschienenen Sandebenen. Damals war Somalia euer Ziel, die Quelle hatte dort ein Laboratorium der Familie aufgedeckt. Damals ist dreiundzwanzig Jahre her.

Du sitzt neben dem Piloten, dein Notebook ist aufgeklappt und die Satellitenaufnahmen der Oktoberrevolutions-Insel aktualisieren sich alle zehn Minuten. Es ist dir ein Rätsel. Seitdem die Gräfinnen an der Ostküste gelandet sind, gibt es keine Spur von ihnen. Die Satellitenaufnahmen zeigen nur, wie trostlos und verlassen die Landschaft ist. Es macht dich nervös. Du hast keine Ahnung, was euch da unten erwartet. Du hoffst nur, dass deine kleine Armee ausreichen wird.

»Wie lange noch?«, fragst du den Piloten.

»Zehn Minuten.«

Zögerlich beginnt sich die Winterlandschaft unter euch zu verändern. Im Norden taucht ein Eisberg auf. Du betrachtest die Satellitenaufnahmen und studierst sie wie ein Orakel. Als du wieder nach vorne siehst, hat sich die Inselkette unter euch materialisiert – Gletscher, Eis, Schnee. Sewarnaja Zemlja. Die Oktoberrevolutions-Insel liegt im Zentrum des Archipels und hat eine Breite von 100 und eine Länge von 150 Kilometern. Die Landschaft ist flach, nur an der Ostküste ragt ein Berg auf.

Niemandsland, denkst du und sagst dem Piloten, er soll den Berg anfliegen.

Nach den Angaben der Quelle ist der Hubschrauber der Gräfinnen hinter dem Berg an der Ostküste gelandet. Du prüfst erneut die Koordinaten. Sie stimmen. Irgendwo dort unten muss das Meer beginnen, aber es macht eh keinen Unterschied, denn Land und Wasser sind eine Ebene aus Eis, die nur auf der Karte getrennt ist.

Der Hubschrauber überfliegt den Berggipfel. Für einen Moment bohren die Scheinwerfer zwei Löcher in die Nacht, dann neigt der Pilot den Hubschrauber und das Licht ergießt sich den Berg hinunter – Schnee und Eis und Eis und Schnee, und dann glaubst du nicht, was du da unten siehst.

»Wie ist das möglich?«, fragst du und starrst auf deinen Monitor mit der Satellitenaufnahme und dann zurück auf die Landschaft unter dir. »Verdammt, wie ist das möglich?!«

Der Pilot versteht deine Verwirrung. Sein Radar zeigt auch nichts an.

»Wie lautet der Befehl?«, fragt er.

»Ich … Ich weiß es nicht.«

Du bist sprachlos, es ist lange her, dass du sprachlos gewesen bist.

»Ich weiß es nicht«, wiederholst du halblaut, während der Hubschrauber über den Küstenstreifen hinweggleitet und du fassungslos hinabschaust. Die toten Mädchen kleben am Boden des Cockpits, der aus bruchsicherem durchsichtigem Plexiglas besteht. Sie machen *Ahh* und *Ohh.* Sie tauchen an deiner Seite auf und zupfen an deinen Ohren und flüstern:

Damit hast du nicht gerechnet, was?

Jetzt bist du überrascht, was?

Du widersprichst ihnen nicht, du bist überrascht.

DER MANN, DER ALLES VERBINDET

Als Felipe zur Außenkamera schaltet, ist der Lastenhubschrauber von der Insel verschwunden und nur der Jet und der Geländewagen stehen neben dem Hanger. Felipe lässt den Luftraum in einem Umkreis von 100 Kilometern absuchen. Das einzige Flugobjekt ist eine Chinook auf nordöstlichem Kurs, die dreißig Kilometer von der Insel Dikson entfernt ist. Felipe braucht eine Minute, dann hat er sich in den Bordcomputer des Hubschraubers eingeloggt und die Oktoberrevolutions-Insel als Flugziel ausgemacht. Die voraussichtliche Flugzeit beträgt zwei Stunden und neunundvierzig Minuten. Über die Cockpitkamera sieht Felipe, dass Lazar neben dem Piloten sitzt und ein Notebook aufgeklappt hat.

Felipe zögert. Die Uhr zeigt 15:54. In sechs Minuten muss er all das hier beiseiteschieben und wie eine Quelle funktionieren – jemand ohne Furcht, jemand der fehlerlos kombiniert.

Felipe senkt den Kopf und denkt nach.

Ich muss was tun.

Er könnte zum Beispiel Lazars Konten einfrieren, er könnte ihn zu einem Risikofaktor auf Flughäfen werden lassen oder seine Identität auslöschen, aber jeder dieser Schritte wäre die Tat eines Feiglings.

Vier Minuten lang denkt Felipe nach und kommt zu keinem Entschluss.

Punkt 16 Uhr erwachen die anderen Monitore, es fühlt sich an, als würde ein energetisches Beben durch den Raum gehen. Die Quelle ist wieder online, die Anfragen rasen durch die Glasfaserkabel, die Welt will beachtet werden.

Felipe steigt fließend wieder in seine Arbeit ein. Die nächsten zwei Stunden ist er hoch konzentriert und verteilt die Anfragen, lässt die Auswertungen anlaufen und bearbeitet zwei Anomalien gleichzeitig. Aber was er auch tut, er kann Lazar nicht gehen lassen. So macht er einen der Monitore frei und spiegelt darauf das Display von Lazars Notebook. Er kann sehen, dass ein Live-Feed geöffnet ist, der die Satellitenaufnahmen der Insel zeigt. Felipe öffnet seinen eigenen Live-Feed und sieht die Landschaft, die Lazar beobachtet – Eis und noch mehr Eis, mehrere Gletscher. Ein sanfter Schneefall setzt ein. Felipe geht näher heran und scannt die Gegend.

Es ist Einöde pur.

Felipe erkennt eine Bewegung in der Landschaft und zoomt heran.

Ein Eisbär verschwindet hinter einem Hügel.

Er zoomt wieder raus und einige Kilometer entfernt wieder rein.

Ein Wolfsrudel.

Felipe will auf die Cockpitkamera umschalten und sich auf Lazar konzentrieren, als er zögert.

Bär? Wölfe?

Diese Bilder hat er schon einmal gesehen.

Er öffnet die Satellitenaufnahmen von der Oktoberrevolutions-Insel, die er gestern Abend für Lazar runtergeladen hat, und platziert sie links neben dem Monitor mit der aktuellen Aufnahme. Das Wolfsrudel läuft durch die Landschaft, aus der

Höhe wirkt es wie eine gestrichelte Linie. Felipe zoomt näher heran, bis die Wölfe deutlich zu erkennen sind, dabei betrachtet er zeitgleich die aktuelle Satellitenaufnahme auf dem anderen Monitor und findet das Wolfsrudel.

Dieselbe Formation, dieselbe Position.

Der einzige Unterschied ist, dass es gestern dort nicht geschneit hat.

Felipe lacht, er schüttelt ungläubig den Kopf und lacht erneut. Dann teilt er die Umgebung in ein Raster auf und scannt beide Aufnahmen, er sucht Parallelen und entdeckt sie überall. Die Aufnahmen gleichen sich eins zu eins mit einer Verschiebung von exakt vierundzwanzig Stunden.

Jemand hat ein Loop gelegt, denkt Felipe.

Er wechselt von einer Satellitenstation zur anderen und findet heraus, dass jeder der Satelliten mit demselben Feed gefüttert wird. Felipe ist beeindruckt. Selbst den Schnee müssen die Programmierer eingeplant haben – der Loop reagiert auf die Wetterumstände und wird dadurch zur perfekten Illusion. Was auch immer auf der Oktoberrevolutions-Insel zu sehen ist, jemand versteckt es vor der ganzen Welt.

Aber nicht für lange, denkt Felipe und pickt sich einen der neueren Forschungssatelliten heraus. Er wählt den CryoSat-2, der letztes Jahr im April gestartet wurde, um das Volumen der Eismassen in der Arktis und Antarktis zu erfassen. Er loggt sich ein, deaktiviert den Loop und lässt sich zeigen, wie die Oktoberrevolutions-Insel wirklich aussieht.

Schnee, Eis, Gletscher, Eisberge.

Felipe ist enttäuscht. Er hat eine Forschungsstation erwartet, irgendwelche illegalen Ölbohrungen, vielleicht ein paar Raumschiffe. Es ist dasselbe Bild, das der Loop abgespielt hat, nur dass es jetzt schneit. Da ist der Berg im Osten der Insel, da ist das Eis. Felipe kopiert das Flugziel des Hubschraubers und gibt die Koordinaten in sein System ein. Es ist dasselbe Ziel, dass die Gräfinnen gestern angeflogen haben. Das Satellitenbild verändert sich in einer fließenden Bewegung und führt Felipe zu einem Küstenstreifen. Dann kommt das Bild zur Ruhe und Felipe sieht in der Dunkelheit das Ziel leuchten – für einen Moment ist es sichtbar, dann verschwindet es hinter einem Schneevorhang.

Felipe glaubt nicht, dass das der Grund für den Loop sein kann.

Er prüft die Koordinaten erneut, sie stimmen, es gibt keine Zweifel – er befindet sich am östlichen Küstenstreifen der Oktoberrevolutions-Insel und dort unten steht einsam und abgelegen ein Haus in der Arktis und erhellt die Nacht.

Felipe zoomt näher heran.

Eine Veranda führt ums Haus herum. Über der Eingangstür hängt eine Lampe, die im Wind leicht vor und zurück schwankt. Das Holzhaus ist vielleicht zehn Meter lang und sechs Meter breit.

Dort versteckt ihr euch also, denkt Felipe und hat die Gesichter der Gräfinnen vor Augen, als sie in Berlin die Anwaltskanzlei betraten und sich kurz umschauten. Was auch immer die alten Damen da unten verloren haben, es hat sie eine Menge Geld gekostet, um am Ende der Welt nicht entdeckt zu werden.

Aber weshalb?, denkt Felipe.

Das Haus verschwindet wieder hinter einem Vorhang aus Schnee.

Das Haus taucht wieder auf.

Deshalb?

DER JOKER

Es ist sechs Stunden vorher, die Sonne scheint und kein Mensch denkt in Kroatien an Schnee. Die Leute sitzen am Strand, sie genießen die Hitze oder reden auf einer winzigen Insel inmitten der Adria über die Vergangenheit.

Barthom nippt an seinem Becher und verzieht das Gesicht, weil der Kaffee nicht mehr heiß ist. Er hat so viel erzählt, dass sich sein Kopf anfühlt, als wäre er mit Helium gefüllt. Der Zar schaut das vierte Mal ungeduldig auf seine Uhr. Seitdem er weiß, dass der Umhang mit den Flügeln in dem Zimmer eingeschlossen ist, verspürt er den Drang, durch den Flur zu gehen und die Tür aufzubrechen. Barthom bemerkt seine Unruhe zwar, ignoriert sie aber. Er hat Monas volle Aufmerksamkeit, mehr braucht er nicht.

»Unter dem Eis war wirklich eine unterirdische Landschaft?«, fragt sie.

»Eine unterirdische Landschaft *mit* einer Stadt.«

»Und es hat da unten geschneit?«

»Es war ein wenig, als wären wir in einer Schneekugel gefangen. Dazu dieses merkwürdige Dämmerlicht. Ich sage dir, ich fühlte mich unwohl. Die Stadt war mir unheimlich. Sie erinnerte an ein gewaltiges Tier im Winterschlaf, das nur darauf wartet, dass der Frühling kommt.«

Der Zar legt den Kopf schräg.

»Wer soll denn diese Stadt gebaut haben?«, fragt er.

»Ich weiß es nicht«, antwortet Barthom. »Vielleicht war sie schon immer da, vielleicht hat die Menschheit unter der Erde angefangen, ich kann es dir wirklich nicht sagen. Für mich ist und bleibt sie ein Rätsel.«

Der Zar lacht.

»Jetzt mal im Ernst«, sagt er. »Das ist doch alles vollkommener Unsinn.«

Barthom lacht mit ihm, es ist aber ein müdes Lachen.

»Ich habe gewusst, dass du das sagen würdest. Glaubst du wirklich, dass ich auf meine alten Tage hin senil geworden bin? Wer denkt sich denn so eine Geschichte aus?«

Darauf hat der Zar keine Antwort.

»Wieso wusste ich nichts davon?«, fragt er.

»Wieso wusstest du nichts von dem Märchen?«, fragt Barthom zurück.

Der Zar schaut aufs Meer und wundert sich, was alles noch an ihm vorbeigegangen ist. Er versteht die Welt nicht mehr. Wo sind die Regeln? Ein Zar ist ein Zar, niemand darf Geheimnisse vor ihm haben.

»Wir haben diese unterirdische Welt entdeckt«, spricht Barthom weiter, »und ich versichere euch, sie war so echt wie dieser Tisch, dieses Haus und diese Felsen hier. Über unseren Köpfen wölbte sich in einer Höhe von zweihundert Metern ein Himmel aus Stein und Erde, der von Schächten perforiert war, durch die das Tageslicht herabschien. Dieser Himmel war wolkenverhangen und aus den Wolken fielen Schneeflocken. Unter uns breitete sich eine gefrorene Landschaft aus, die aussah, als wäre sie aus Eis gehauen. Wälder, gefrorene Flüsse und dann diese gewaltige Stadt. Wir beschlossen hinabzusteigen, aber es gab keinen Weg nach unten. Die Landschaft lag in einer Tiefe von hundert Metern, sodass ein Sprung gar nicht infrage kam. Kolja versuchte an den Felsen entlang einen Abstieg zu finden, aber es war sinnlos, wir waren auf dem Plateau gestrandet. Die Gräfinnen wollten einen anderen Zugang suchen. Ich widersprach ihnen und meinte, es wäre an der Zeit in die Siedlung zurückzukehren. Zu meiner Überraschung lenkten die Gräfinnen ein und so sind wir den Schacht wieder hochgestiegen. Ich weiß nicht, wie viel Zeit wir da unten verbracht hatten, oben war mittlerweile die Nacht angebrochen und ich war so heilfroh wieder an der Oberfläche zu sein, dass ich mich einfach nur in den Schnee fallen ließ und den echten Himmel genoss. Von Atli und den Schlitten gab es natürlich keine Spur. Kolja behauptete, er würde den Weg schon zurückfinden. Ich hatte einen besseren Vorschlag.«

Barthom unterbricht seine Geschichte und steht auf.

»Wartet einen Moment, ich hole es schnell.«

Er geht ins Haus. Der Zar schaut erneut auf seine Uhr.

»Es ist wichtig, was er uns erzählt«, sagt Mona.

»Ich wünschte, er würde sich ein wenig damit beeilen. Wir haben noch nichts erreicht.«

»Wir wissen, wo die Gräfinnen vielleicht sind.«

»Wir wissen nichts, Mona, sie könnten genauso gut an der Côte d'Azur am Strand liegen und Cocktails trinken und bei jedem Glas auf mich anstoßen. Wenn Barthoms Söhne nicht bald mit dem verdammten Boot kommen, schwimme ich an Land. Ich will zurück nach Berlin.«

Er klappt sein Handy auf, klappt es wieder zu.

»Der Sicherheitsdienst wird wissen, wie die Gräfinnen aufzuspüren sind.«

»Und was ist mit den Flügeln?«, fragt Mona.

»Die Flügel bleiben. Ich schaffe das auch ohne …«

Der Zar verstummt, denn Barthom kommt wieder nach draußen und reicht Mona einen Taschenkompass.

»Er ist auf der Unterseite fast glatt poliert«, sagt er, »aber die Schrift ist noch lesbar.«

Mona liest die Gravierung vor.

»Voor mijn jonge.«

»Für meinen Jungen«, übersetzt Barthom. »Mein Urgroßvater hat den Kompass in seiner ersten Werkstatt in Delft hergestellt. Er hat das Glas geschliffen und die Kompassrose mit Tusche, einer Nadel und der Hilfe einer Lupe gezeichnet. Es ist Tradition, diesen Kompass an den ältesten Sohn weiterzugeben. Aber wie ihr sehen könnt, war mir das bis heute nicht möglich. Meine Söhne wissen nicht, dass ich den Kompass besitze. Und ich denke, ich werde ihn mit in mein Grab nehmen, weil er die Ära der van Leeuwenhoeks eingeläutet hat. Meine Söhne interessieren sich nicht für die Wissenschaft, sie sind einfache Männer mit einfachen Wünschen. Der Kompass hätte für sie keine Bedeutung.«

Mona tippt mit dem Finger an das Glas, die Kompassnadel erzittert.

»Ich habe ihn immer bei mir«, spricht Barthom weiter. »Ich hatte ihn dabei, als ich nach Sankt Petersburg kam …«

Er lächelt den Zaren an.

»… und ich hatte ihn dabei, als du Russland regiert hast und ich dir 1821 an einem Septembertag das erste Mal in der Villa begegnet bin und vor Ehrfurcht kein Wort herausbekam. Auch während der Schiffsreise und als wir auf Atli und seinen Stamm getroffen sind, lag der Kompass sicher in meiner Manteltasche. Kaum waren wir auf die Hundeschlitten gestiegen, hatte ich ihn hervorgeholt, um zu schauen, in welche Richtung uns Atli führte. Deswegen war ich auch unbesorgt, als er uns im Eis allein gelassen hatte, denn ich wusste, wir würden zur Siedlung zurückfinden. So war es auch.«

Barthom verstummt, er schaut an Mona und dem Zaren vorbei aufs Meer, als würde er sich dort selbst sehen mit den Gräfinnen und Kolja an seiner Seite, wie sie durch die Dunkelheit und das Eis marschieren.

»Wir haben sieben elendige Stunden gebraucht«, spricht er weiter. »Der Wind und der einsetzende Schneefall machten das Laufen mühevoll, und ohne den Kompass wären wir verloren gegangen. Als wir die Siedlung schließlich unter uns auftauchen sahen, waren wir am Ende unserer Kräfte. Wir standen auf einer Anhöhe und wollten eben hinuntersteigen, da stolperten uns zwei Eisbären über den Weg. Sie stolperten wirklich. Sie waren jung, verspielt und wahrscheinlich genauso überrascht wie wir, vier Menschen in der Nacht anzutreffen. Kolja sagte, wir sollten um die Bären herumgehen. Wir kamen keine fünf Schritte weit. Das Muttertier tauchte aus dem Nichts auf und rannte uns nieder. Ich fiel mit Natascha zur einen, Kolja mit Pia zur anderen Seite. Als ich mich aus dem Schnee befreit hatte, baute ich mich als Schutzschild vor Natascha auf und war Auge in Auge mit der Bärenmutter. Auch Kolja war wieder aus dem Schnee aufgetaucht und hielt ein Jagdmesser in der Hand. Er rief dem Eisbären zu, er sollte sich umdrehen; der Bär ignorierte Kolja und stürzte sich auf Natascha und mich. Ich hätte zur Seite springen können und bis heute bereue ich meinen Heroismus. Ich wollte die Gräfin schützen und hob abwehrend die Hände, als könnte ich damit den Bären aufhalten. Der erste Prankenhieb schnitt mir den Arm von der Schulter bis zum Handballen auf. Ich spürte den Schmerz im ersten Moment nicht, da war nur eine unbeschreibliche Kälte, die meinen Arm hinunterwanderte, als hätten sich meine Adern mit Eiswasser gefüllt. Der zweite Prankenhieb traf mich vor die Brust und richtete außer ein paar gebrochenen Rippen keinen größeren Schaden an. Ich fiel zurück und landete im Schnee. Der Eisbär kam näher, er hatte sich auf die Hinterbeine gestellt und stand über mir. Ich wusste, jeden Moment würde er sich fallen lassen und mich unter sich begraben. Dann sah ich, wie dem Bären zwei Arme wuchsen, sodass er verwirrt an sich herabschaute. Es war Kolja, der das Tier von hinten umschlossen hatte. Er packte ihn in einem Klammergriff und zog ihn von mir weg. Ein Schritt, ein zweiter, dann hatte der Eisbär seine Verwunderung überwunden, brüllte und begann sich zu wehren. Mensch und Tier stürzten in den Schnee und rollten die Anhöhe hinunter.«

Barthom atmet schwer aus.

»Der Rest war ein Abschlachten, anders kann ich es nicht bezeichnen. Kolja war am Durchdrehen. Wahrscheinlich war ihm bewusst, wenn er auch nur eine Sekunde nachließ, würde der Eisbär zum Gegenangriff übergehen und dann gab es keine Rettung mehr. Das Messer kam nicht zur Ruhe, schnitt durch Pelz und Pfoten, riss dem Bären die Kehle auf, stach wieder und wieder in sein Herz und als Kolja den Arm nicht mehr heben konnte, war der Bär tot und Kolja sank erschöpft auf ihm nieder. Ich versuchte mich aufzurichten und entdeckte den dunklen Fleck im Schnee, wo mein Arm sein sollte. Ich ertastete die Wunde und berührte meinen eigenen Armknochen und genau da überrollte mich der Schmerz, als hätte er nur darauf gewartet, dass ich die Wunde bemerkte. Ich verlor das Bewusstsein.«

Barthom nimmt den Kompass aus Monas Hand und betrachtet ihn.

»Die folgenden drei Wochen vergingen wie im Rausch. Die Gräfinnen haben mir berichtet, ich wäre von einem Fieber ins nächste gestürzt und hätte laut halluziniert. Als ich wieder zu mir kam, war mein Arm amputiert. Sie sagten, sie hätten ihn nicht retten können und wären froh, dass ich noch lebte. Sie selbst waren ohne Blessuren davongekommen, Kolja hatte zwei Kratzer im Gesicht, mehr nicht. Nachdem der Heiler des Stammes erklärt hatte, dass ich für die Rückreise bereit sei, stützten sie mich auf dem Weg zum Schiff, wo ich mir wieder eine Kabine mit Kolja teilte. Auf der Rückreise verschwand ich in mir selbst und sprach mit keinem. Nach unserer Ankunft in der Villa stürzte ich mich in die Arbeit, als würde es nichts anderes mehr auf dieser Welt geben, und lernte mit nur einem Arm klarzukommen. Wenn Leute fragten, erzählte ich von einer Infektion. Ich versuchte alles zu verdrängen, was ich gesehen hatte. Nur in den Nächten an der Seite der Gräfinnen stieg der Albtraum der Reise in mir auf und ich muss gestehen, dass mir dann die Tränen kamen. Nicht nur, weil ich dieses Wunder unter der Erde gesehen hatte, sondern auch weil mir nach der Begegnung mit dem Eisbären bewusst geworden war, wie nichtig ich war. Ich habe viel von meiner Lebensgier auf dieser Reise verloren. Das und meinen Arm natürlich.

Die Gräfinnen erzählten in der Villa, dass wir von einem Unglück ins andere gestolpert wären. Was sollten sie auch sagen? Wir haben diese unterirdische Welt zwar gesehen, aber nie betreten. Diese Entdeckung blieb unser Geheimnis, und ich muss zugeben, ich war froh, dass ich mit niemandem darüber sprechen musste. Es ist mir bis heute ein Rätsel, warum die Gräfinnen nicht ins Eis zurückgekehrt sind, um diese Welt zu erforschen. Vielleicht war es dieselbe Furcht und derselbe Respekt, den ich empfand, denn für kein Geld dieser Welt wäre ich erneut dorthin gereist. Für mich waren die Experimente in der Villa das wahre Leben, an dem ich mich festhalten wollte. Es war eine schwere Zeit, denn wir erlitten nur Fehlschläge. Vergesst nicht, die Genetik steckte damals noch in den Kinderschuhen. Viele Menschen starben qualvoll, weil wir nicht wussten, wie wir das Erbe der Engel weitergeben sollten. Jahrzehnt um Jahrzehnt vergingen. Während wir forschten und die Experimente verfeinerten, wählten die Gräfinnen die Orte aus, an denen die neuen Häuser gebaut werden sollten. Es ist ihnen zu verdanken, dass das Netz der Familie über die ganze Welt gespannt wurde. Das erste Haus der Jungen entstand 1857 in

Russland, das erste Haus der Mädchen ein Jahr darauf in Frankreich. Es waren immer entlegene Küstenorte, weil in der *Chronik der Engel* darauf hingewiesen wurde, dass der Ursprung des Lebens das Meer sei. Zur Jahrhundertwende gab es neun Häuser für Mädchen, aber da bei den Mädchen überhaupt keine Wandlung stattfand und sie über das neunzehnte Lebensjahr hinweg zu gesunden Frauen heranwuchsen, beschloss die Familie, die Versuchsreihe einzustellen. Sie ging davon aus, dass das weibliche Geschlecht nicht dazu gemacht war, Engelsgestalt anzunehmen. Die Gräfinnen wehrten sich vehement gegen den Abbruch der Versuchsreihe und setzten durch, dass wenigstens eines der Häuser bestehen blieb. Es war dein Haus, Mona, das Haus der Kormorane in Irland. 1883 hörten die Gräfinnen ganz mit dem Reisen auf. Ihre Abhängigkeit war zu groß geworden – ein Tag ohne die Flügel ähnelte einem sanften Drogenentzug, mehrere Tage dagegen führten schon zu körperlichen Leiden. Die Gräfinnen agierten fortan nur noch von Sankt Petersburg aus. Ende des 19. Jahrhunderts hatten wir weltweit zehn Laboratorien und zweiundzwanzig Häuser. Dann kam der Jahrhundertwechsel, an dem Kolja die Pistole auf Alexander richtete. Den Rest kennt ihr. Ich verschwand aus Sankt Petersburg, und hier bin ich.«

Das Tuckern eines näher kommenden Motorboots ist zu hören. Mona schaut über die Balustrade und winkt, vom Motorboot wird zurückgewunken. Barthom wischt sich übers Gesicht, als wäre er gerade erwacht.

»Das sind meine Söhne«, sagt er und steht auf. »Ich denke mal, es ist an der Zeit, dass wir Abschied nehmen.«

Der Zar kommt auch auf die Beine.

»Wir sehen uns wieder«, verspricht er, »und dann spielen wir so lange Schach, bis du dich wieder daran erinnerst, was für ein mieser Spieler du bist.«

Sie umarmen sich, sie halten sich fest wie zwei Menschen, die sich nie wiedersehen werden. Barthom sieht über die Schulter des Zaren hinweg, dass Mona sie beobachtet. Er lächelt, Mona lächelt nicht zurück. *Wahrscheinlich macht sie sich Sorgen,* denkt er, *wahrscheinlich ist das alles zu viel für ein zehnjähriges Mädchen, das vor Kurzem ihre Schwestern und ihr Zuhause verloren hat.* Er bereut es, so viel geredet zu haben. Ein Satz kam zum nächsten und dann ließ sich die Flut an Erinnerungen nicht mehr aufhalten. Barthom ist erleichtert, dass seine Söhne endlich da sind.

Die zwei Männer lassen einander los. Das Geräusch des Motorboots verstummt.

»Du könntest mitkommen«, sagt der Zar. »Ich bin mir sicher, die Gräfinnen würden sich freuen, dich wiederzusehen.«

»Die Gräfinnen würden sich freuen, mir die Flügel abzunehmen. Nein, danke, Alexander, ich habe mir selbst versprochen, bis zu meinem Lebensende auf dieser Insel zu bleiben, außerdem …«

Er neigt den Kopf zum Haus.

»… will ich meine Dragica nicht allein lassen.«

Der Zar schaut zu Mona.

»Wollen wir?«

Mona reagiert nicht, sie sieht am Zaren vorbei ins Haus hinein. Hastige Schritte kommen die Steinstufen hoch. Barthom runzelt die Stirn.

»Hallo?«, ruft er ins Haus.

Die Schritte verstummen.

»Das sind nicht meine Jungs«, sagt Barthom und greift sich eines der Messer vom Frühstückstisch. »Und wenn das nicht meine Jungs sind, dann haben wir ein Problem.«

Mona stellt sich neben den Zaren, der ihr beruhigend die Hand auf die Schulter legt. Die Schritte setzen sich wieder in Bewegung. Jetzt sind sie vorsichtig. Eine Gestalt taucht im Flur auf. Die Terrasse ist sonnenüberflutet, im Haus ist es dämmerig, sodass die Gestalt nur als Schatten zu sehen ist.

Barthom tritt vor, das Messer in seiner Hand zittert.

»Du gnadenloser Schweinehund!«, ruft eine vertraute Stimme aus der Dunkelheit. »Ich dachte, du wärst längst krepiert!«

Barthom weicht zurück, als hätte ihm jemand einen Schlag verpasst. Die Gestalt löst sich aus den Schatten und ist mit fünf großen Schritten bei Barthom angelangt. Hände packen ihn am Kragen des Morgenmantels, das Messer löst sich aus seiner Hand und fällt auf den Boden.

»Kolja, was zum Teufel tust du hier?«, fragt der Zar.

Der Diener ignoriert ihn und zieht Barthom zu sich heran.

»Ich hätte dich damals dem Bären überlassen sollen«, zischt er. »Aber was tue ich Idiot? Ich rette dir das Leben. Was habe ich dir versprochen, sollten wir uns jemals wiedersehen?«

Der Zar versucht dazwischenzugehen, Kolja schlägt mit der Rückhand zu, der Zar fällt über den Tisch und reißt einen Stuhl um. Kolja hebt Barthom am Kragen des Bademantels hoch, sodass sich seine Füße vom Boden lösen. Barthom leistet keinen Widerstand.

»Kolja, nicht!«, hört er Mona rufen, aber es ist zwecklos.

Der Rest passiert so schnell, dass Barthom erst wieder denken kann, als sich sein Haus von ihm zu entfernen beginnt – Kolja hat ihn mühelos vor sich hergetragen und über die Balustrade gestoßen, als würde er sich eines Müllsacks entledigen. Barthom fällt. Über ihm wird sein Haus kleiner und kleiner, die Sonne blendet ihn für einen Moment, der Wind rauscht angenehm in seinen Ohren und Barthom wundert sich, dass es überhaupt möglich ist, an einem so wunderschönen Tag zu sterben. Das Letzte, was er sieht, ist Monas erschrockenes Gesicht, das von der Balustrade zu ihm runterschaut, dann trifft Barthom auf die Felsen und ist auf der Stelle tot.

DER ZAR

Er kann sich nicht rühren, er kann nicht glauben, was Kolja eben getan hat. Seine Wange brennt noch immer von dem Schlag. Der Diener hat die Hand gegen den Herrn erhoben. Der Zar ist fassungslos. Er sieht Barthom über die Balustrade fallen und kann sich noch immer nicht rühren.

Kolja dreht sich um.

Da ist Hass und Eifersucht in seinen Augen, da ist aber auch eine unsägliche Traurigkeit, die den Zaren einschüchtert. Kolja starrt, als wollte er auch ihn in die Tiefe stürzen. Der Zar wünscht sich, er hätte eine Pistole. Er würde abdrücken, ohne eine Sekunde zu zögern. Kolja ist viel zu gefährlich, um am Leben gelassen zu werden.

»Was hast du getan?«

Kolja antwortet nicht.

»Das war mein bester Freund, was zum Teufel hast du getan?!«

Der Zar tritt auf ihn zu, Kolja knurrt zwischen zusammengebissenen Zähnen:

»Komm nicht näher! Wag es nicht, näher zu kommen!«

»Du drohst mir?«, fragt der Zar. »Du kleiner Penner drohst mir?!«

Der Zar greift sich den Kompass vom Tisch und umklammert ihn so fest, dass die Kanten in seinen Handballen schneiden. Er schlägt Kolja ins Gesicht. Einmal, ein zweites Mal. Das Gewicht in seiner Faust verstärkt die Wucht der Schläge. Kolja weicht nicht zurück, er zeigt auch keine Gegenwehr, sondern bleibt einfach nur stehen und hebt nach jedem Schlag das Gesicht, damit der Zar weiß, dass er jede Strafe ertragen kann. Nach dem dritten Schlag lässt der Zar die Faust sinken. Blut läuft aus Koljas Mundwinkel.

»Droh mir nie wieder!«, spuckt ihm der Zar entgegegen. »Haben wir uns verstanden!?«

»Wir haben uns verstanden.«

»Und jetzt verschwinde.«

Kolja schüttelt den Kopf.

»Ich bin nicht wegen dir hier«, sagt er. »Ich bin hier, um das Mädchen zu holen.«

Der Zar tritt einen Schritt zur Seite, um Mona zu verdecken.

»Niemals, du denkst, du kannst ...«

Mona zieht an der Hand des Zaren.

»Ich geh mit ihm«, sagt sie.

Der Zar schaut überrascht zu ihr runter. Mona weint, die Tränen laufen ihr die Wangen hinunter. Er will die Kleine hochheben und an sich drücken. Er will ihr sagen, dass Barthom lange genug gelebt hat. Banalitäten rattern durch seinen Kopf.

Eines Tages sterben wir alle. Es ging schnell.

Mona bremst seine Gedanken mit einer simplen Feststellung:

»Es tut mir leid, es dauert zu lange.«

»Was?«

»Ich muss weiter.«

»Wohin weiter? Du---«

»Es ist wirklich an der Zeit, dass wir gehen«, unterbricht ihn Kolja.

Der Zar würde ihm am liebsten erneut eine scheuern.

»Sie hat mich gerufen«, erklärt ihm Kolja.

»Wer?!«

Der Diener deutet mit dem Kinn auf Mona. Der Zar und Mona sehen sich an. Mona weicht seinem Blick nicht aus. Der Zar beginnt zu stammeln.

»Du? Aber ... Aber wie ...«

»Sie hat mir verraten, wo ich sie finden kann«, spricht Kolja weiter. »Am Sonntagmorgen, kurz bevor ihr aufgewacht seid. Sie hat aber nicht gesagt, dass ich Barthom oder dich hier antreffen würde.«

Der Zar ist verwirrt. Heute ist Dienstag. Er versucht aus Koljas Worten irgendeinen Sinn herauszuhören.

»Am Sonntagmorgen?!«

Sein Blick kehrt zu Mona zurück.

»Aber du konntest das nicht wissen, nicht einmal ich wusste vor zwei Tagen, dass wir hierherfahren würden.«

»Ich wusste es auch nicht«, gibt Mona zu.

»Aber dann---«

»Kolja hat sich erinnert«, sagt Mona.

Es ist eine ehrliche Lüge, auch wenn es nicht wirklich so passiert ist, aber Mona hatte es so passieren lassen. Nachdem am Abend zuvor erst der Zar und dann Barthom schlafen gegangen waren, betrat sie das Zimmer, in dem Barthoms Frau lag, und verschwand in der Stille der Toten. Und dort verharrte sie, und dort dachte sie nach, und ihre Gedanken waren dabei kristallklar. Sie wusste, dass es falsch war, hier zu sein. Ihre Schwestern hatten es ihr gesagt. Jeder hatte seine Aufgaben, und Monas Aufgabe war es, ein Teil der Prophezeiung zu sein.

Als sie die Augen wieder öffnete, war es sechs Uhr früh und Mona schaute sich in dem halbdämmrigen Zimmer um. Sie hielt noch immer die Hand der Toten und legte sie behutsam auf das Bett. Sie wollte mit ihren Schwestern sprechen, aber die toten Mädchen hatten ihr Versprechen eingehalten und waren nur die Nacht über geblieben. Mona fühlte sich verlassen, die Zweifel überrollten sie. Sie begriff, dass der Besuch in Kroatien zu lange dauerte. Der zweite Tag war angebrochen, es blieb nicht mehr viel Zeit. Wenn sie die Prophezeiung aufhalten wollte, konnte sie das nur an der Seite der Gräfinnen tun.

Aber wo sind sie?, fragte sie sich. *Und wie komme ich hier schnell genug weg?*

Und so kam Mona zu einer Lösung.

Sie trat am Dienstagmorgen um sechs Uhr früh in ihre Erinnerung.

Sie ging nicht weit zurück.

Zwei Tage nur.

Mona saß in der Villa am Küchentisch, der Sonntag war angebrochen und das erste Morgenlicht strich über die Kronen der Lindenbäume. Die Gräfinnen hatten Mona die letzten Stunden über mit Gesprächen und Kartenspielen wach gehalten. Es war eine lange Nacht nach einem langen Tag nach einer furchtbaren Woche gewesen. Acht Stunden vorher war Mona aus dem Wannsee in ein Boot gezogen worden, nachdem einer von Lazars Söldnern auf sie geschossen hatte. Jetzt saß sie am Küchentisch der Familie und es fühlte sich an, als würde sie schon immer dazugehören.

Als die Gräfinnen gegen fünf Uhr schlafen gingen, übernahm Kolja ihren Platz. Er hielt Mona mit Gesprächen und Cola wach, briet ihr Pancakes und erzählte Geschichten von der Familie.

Genau in diesen Moment ihrer Erinnerung kehrte Mona zurück.

Es war wenige Minuten, bevor der Zar erwachte und von oben herunterkam. Mona beugte sich vor und sagte zu Kolja:

»Falls ich mal verschwinde, dann gibt es da eine kleine Insel in der Adria, sie heißt Svetac. Dort wirst du mich finden. Die Anlegestelle liegt auf der Südseite. Du darfst nicht wütend werden, wenn du mich holen kommst, versprichst du mir das?« Kolja hat sie verwundert angesehen, dann gab er ihr das Versprechen und sagte: »Warum solltest du verschwinden?« Mona hob die Schultern, in derselben Sekunde trat der Zar in die Küche und wünschte ihnen einen guten Morgen.

Mona ließ die Erinnerung los und kehrte an die Adria zurück und lag wieder auf dem Bett neben Barthoms toter Frau. Wo auch immer Kolja an diesem Dienstagmorgen erwachte, er würde diese Erinnerung in seinem Gedächtnis entdecken. Und er würde wissen, wo Mona zu finden war.

Und genau das ist auch passiert.

Und genau das begreift der Zar, als Mona sagt, dass Kolja sich erinnert hat.

»Du hast uns verraten?«, sagt er fassungslos. »Du bist in deine verdammte Erinnerung gegangen und hast diesem Idioten verraten, wo er uns finden kann?! Aber warum?«

»Es dauert zu lang«, wiederholt Mona. »Und die Gräfinnen brauchen mich.«

»Sie wollen dich benutzen, Mona, deswegen brauchen sie dich.«

»Ja, aber vielleicht will ich ja benutzt werden.«

Der Zar möchte ihr widersprechen, aber ihm fehlen die Worte. Mona wendet sich an Kolja.

»Du hast mir versprochen, dass du nicht wütend wirst.«

»Du hättest mir sagen können, dass Barthom hier ist«, entgegnet er.

»Wie wütend wärst du dann erst gewesen?«, will Mona wissen.

Der Zar kann sehen, dass es Kolja unangenehm ist, sich vor dem Mädchen zu rechtfertigen. *Das ist kein Mädchen mehr,* korrigiert er sich, *sieh dir an, wie sie da steht, hör dir an, wie sie redet. In ihr steckt eine Königin.*

»Wir müssen jetzt gehen«, sagt Mona.

»Und die Flügel?«, fragt Kolja.

»Ohne Flügel.«

»Aber---«

»Die Flügel bleiben«, unterbricht ihn Mona. »Sie gehören dir nicht.«

Der Zar schreckt unmerklich zurück, als Mona sich ihm wieder zuwendet. Seine Finger lösen sich um den Kompass, er fällt herunter und zerbricht auf dem Boden. Mona schaut auf die Scherben, dann schaut sie zum Zaren auf. Da ist eine unbeschreibliche Traurigkeit in ihrem Blick.

»Es tut mir leid«, sagt Mona. »Ich wollte nicht, dass das passiert. Ich musste Kolja holen, es ging nicht anders. Es dauert einfach zu lange, und ich komme ohne dich schneller voran.«

Mehr hat sie nicht zu sagen. Sie geht an Kolja vorbei ins Haus. Ihre Schritte sind im Flur nicht zu hören. *Als würde ein Geist die Bühne verlassen,* denkt der Zar und bleibt mit Kolja allein.

»Wieso tötest du mich nicht?«, fragt er ihn. »Da fehlt dir der Mumm, was?«

Kolja schüttelt den Kopf.

»Welcher Sohn tötet schon seinen Vater«, erwidert er.

Vater und Sohn sehen sich an, dann wendet sich der Sohn ab und folgt Mona durch den Flur nach draußen. Der Zar muss sich erst mal setzen. Er spürt das Gewicht von zweihundert Jahren auf sich lasten. Ein Leben, das nie endet, ein Leben, das immer einen Tribut fordert. Erst als er hört, wie sich das Motorboot von der Insel entfernt, geht er ins Haus und bricht mit zwei Tritten die Tür zu dem verschlossenen Zimmer auf. Er nimmt den Umhang, legt ihn sich um die Schultern und sofort kommen ihm die Tränen.

Was auch immer passiert, denkt er, *dafür lohnt es sich, am Morgen aufzuwachen.*

Und so sitzt der Zar wieder auf der Terrasse, lauscht dem Meer und wartet, dass Barthom zurückkehrt.

Er muss nicht lange warten.

Drei Stunden später erklingen die Schritte im Flur. Der Zar sieht die Silhouette des Toten, wie sie für einen Moment zögert und sich dann nach links wendet. Er wartet noch ein wenig länger, dann steht er auf und folgt der nassen Spur zum Zimmer am Flurende. Die Tür steht offen.

Barthom liegt neben seiner Frau im Bett. Sie haben sich eng umschlugen. Zwei Tote, denen die Welt nichts mehr bedeutet, die nicht mehr brauchen, weil sie einander haben.

Es ist ein perfektes Ende für ein perfektes Leben, denkt der Zar und schließt die Zimmertür.

DAS MÄDCHEN

Mona probiert es ein viertes Mal. Sie weiß, dass es ein Fehler ist. Die Erinnerung beginnt schon an den Rändern zu zerfransen, sie wird unscharf und selbst die Geräusche klingen verzerrt.

»Kolja, nicht!«, ruft Mona.

Der Diener hat Barthom am Kragen des Morgenmantels gepackt, er trägt ihn vor sich her und stößt ihn über die Balustrade. Und Mona kann sich nicht rühren. Sie will schreien, aber kein Laut entweicht ihr. Es ist das erste Mal, dass sich die Erinnerung zur Wehr setzt. Mona darf nur beobachten. Die Vergangenheit ist ein Teil ihrer Erinnerung und funktioniert nach eigenen Regeln.

Und so lässt Mona die Erinnerung an Barthoms Tod los und kehrt zurück ins Jetzt.

Sie sitzt mit Kolja im Motorboot, die Sonne brennt auf sie nieder, der Fahrtwind kühlt. Mona fühlt sich, als wäre sie innerlich ausgehöhlt.

Ich wollte das nicht, denkt sie, *aber ich habe es geschehen lassen.*

»Es tut mir wirklich leid«, unterbricht Kolja ihre Gedanken.

Es sind die ersten Worte, die er spricht, seitdem sie die Insel verlassen haben. Mona hat einen trockenen Mund und muss sich räuspern.

»Barthom konnte nichts dafür, dass ihn der Zar mehr mochte als dich«, sagt sie.

»Denkst du wirklich, das ist mein Problem?«

»Du warst eifersüchtig.«

»Ich *bin* noch immer eifersüchtig, aber darum ging es nicht. Barthom hat die Flügel gestohlen, Mona, er hat uns alle mit seinem Diebstahl in Gefahr gebracht. Nur dafür hätte er schon sterben müssen. Alles andere …«

Kolja verstummt für einen Moment.

»Es tut mir wirklich leid«, wiederholt er. »Ich habe die Kontrolle verloren. Könnte ich zurückgehen, würde ich anders reagieren.«

Aber das geht nicht, will Mona sagen, *ich habe es versucht und es geht nicht.*

Sie schweigen, sie schauen dem Festland entgegen, dann fragt Mona, wie lange es dauern wird, bis sie bei den Gräfinnen sind.

»Gegen Mitternacht, wenn uns nichts dazwischenkommt. Vorher aber müssen wir dir warme Sachen zum Anziehen kaufen, denn da, wo wir hinfliegen, hat es schon lange keinen Sommer gegeben. Es ist eine Insel …«

»… in der Arktis«, spricht Mona für ihn weiter. »Ich weiß.«

Kolja sieht sie überrascht an.

»Barthom hat uns von deiner Reise mit den Gräfinnen erzählt. Er hat uns die Stadt mit der goldenen Kuppel beschrieben. Wie konntet ihr nur aufgeben? Wieso seid ihr nicht über einen anderen Schacht nach unten gestiegen?«

»Wer sagt, dass wir das nicht getan haben?«

»Barthom meinte---«

»Barthom, meine Liebe, lag drei Wochen mit hohem Fieber im Bett und halluzinierte. Ich bin mit den Gräfinnen schon am Tag darauf unter die Erde zurückgekehrt. Oder dachtest du wirklich, die Damen hätten sich so eine Chance entgehen lassen?«

Mona hat das nicht wirklich gedacht.

»Und?«, fragt sie. »Wie war es dort?«

Kolja streckt ihr die Hand entgegen.

»Sieh es dir selbst an«, sagt er.

Es ist das erste Mal, dass jemand Mona so ein Angebot macht. Sie zögert, dann nimmt sie Koljas Hand in ihre. Die Finger sind rau, die Innenfläche weich, fast schon samtig vom Alter.

Mona schließt die Augen und hört Kolja sagen:

»Wenn es nicht funktioniert, dann …«

Mona öffnet die Augen und starrt an eine milchig blaue Decke. Ein Wimmern entweicht ihren Lippen, Arme und Beine schmerzen, der Nacken ist wie aus Blei. Um sie herum herrscht dämmeriges Tageslicht, das gefiltert durch die Eisdecke scheint. Mona reibt sich übers Gesicht und spürt die zwei tiefen Kratzer auf der Wange. Sie schaut auf ihre Hände, die jetzt jung und stark und mit Blut befleckt sind. Vor acht Stunden hat Kolja mit diesen Händen einen Bären erlegt, jetzt hat er sich in diesem Iglu aufgesetzt und spürt Monas Anwesenheit wie einen Lichtfleck, der hin und wieder in den Augenwinkeln aufblitzt, den man aber nicht zuordnen kann.

Kolja verlässt das Iglu.

Vor dem Eingang sitzen die Gräfinnen mit Atli im Sonnenschein und trinken Tee. Der Sonnenschein wird blendend vom Eis zurückgeworfen und lässt Kolja die Augen zusammenkneifen. Die frische Luft ist wohltuend und klärt seinen Kopf. Mona sieht die Gräfinnen das erste Mal in jungen Jahren. Sie sind Anfang zwanzig, und Mona hätte die beiden niemals wiedererkannt. Das Alter hat jegliche Ähnlichkeiten ausgelöscht.

»Da bist du ja«, sagt Gräfin Natascha.

Kolja überhört die Worte, er hat nur Augen für Atli.

»Wieso hat er uns im Schnee zurückgelassen?«, will er wissen.

»Beruhige dich«, sagt Gräfin Pia. »Es war eine Prüfung. Er wollte sichergehen, dass wir die wahren Erben sind. Sein Name ist Atli, und er hört denselben Ruf wie wir. Atli war der Meinung, nur die Erben finden den Weg zurück zur Siedlung.«

»Er hätte uns fragen können«, sagt Kolja.

»Er ist stumm, du Dummkopf«, sagt Gräfin Natascha, »und das hier ist sein Zuhause. Er macht die Regeln.«

Kolja lacht.

»Dieser Junge?!«

Atli streckt das Kinn herausfordernd vor, als hätte er Koljas Worte verstanden, dann steht er auf und die Gräfinnen machen es ihm nach.

»Wohin geht ihr?«, fragt Kolja.

Gräfin Pia stellt sich auf die Zehenspitzen und tätschelt dem Diener die Wange. Mona kann das schwache Parfum an ihrem Handgelenk riechen. Es ist derselbe Geruch, den die Gräfinnen auch jetzt an sich haben. Ein wenig Jasmin, ein wenig Lavendel.

»Was denkst du denn, wohin wir gehen?«, fragt Gräfin Pia zurück und lächelt.

Im nächsten Moment stehen sie auf einem Plateau.

Mona hat keine wirkliche Kontrolle über Koljas Erinnerung. Sie folgt seinen Gedanken, wie man einem Impuls folgt, und schaut durch Koljas Augen auf die Landschaft hinunter. Sie kann sehen, dass Barthom mit seiner Darstellung untertrieben hat. Keine Worte können den Anblick beschreiben. Es ist eine neue Welt, die sich da unter ihr ausbreitet.

»Das ist nicht dasselbe Plateau«, stellt Kolja fest. »Hier waren wir gestern nicht.«

Atli führt sie zur Felswand, an der entlang Stufen in den Stein gehauen sind. Sie beginnen den Abstieg und schon nach wenigen Metern ändert sich die Atmosphäre. Die Kälte nimmt zu und es fühlt sich an, als würden sie pures Eis atmen. Als sie am

Boden angekommen sind, stehen sie auf einer gefrorenen Grasebene. Atli zeigt in die Ferne, die Stadt ist am Horizont nur als zackiger Strich zu sehen. Die Entfernung hat von oben getäuscht. Kolja legt den Kopf in den Nacken, Mona schaut in den wolkenverhangenen Steinhimmel, als Kolja wieder nach vorne sieht, treten sie gerade durch das Stadttor.

Mona ist schwindelig von dem Tempo. Sie hat es schon einmal erlebt, als sie in der Erinnerung von Königin Theia gewesen war. Es gibt keinen Halt, die Zeit legt ihre Regeln ab.

In der Stadt fühlt es sich an, als würden sie durch eine Theaterkulisse laufen. Das Knirschen des frisch gefallenen Schnees unter ihren Stiefeln ist das einzige Geräusch. Alles ist leblos und verlassen. Wohnhäuser und Villen, Brunnen und Gassen, verzierte Balkone und Türme. Jedes Gebäude und jeder Gegenstand ist mit einer trüben Eisschicht überzogen.

Und dann sind da die Engel.

Ihre Skulpturen sind überall – Engelswesen aus Stein und Marmor gehauen, Engelswesen in Reliefs an Tür- und Fensterrahmen. Fast erscheint es Mona, als wären die Engel die wahren Bewohner der Stadt, die in der Bewegung erstarrt sind, weil unerwarteter Besuch in ihr Zuhause eingedrungen ist. Aber auch wenn hier den Engeln offensichtlich gehuldigt wird, haben sie auf den Bildern und Skulpturen immer die Köpfe gesenkt, als könnten sie den Betrachter aus Scham nicht ansehen.

Atli führt sie durch die Straßen. Sie betreten keines der Gebäude, sie fassen nichts an, sehen aber durch Fenster und offene Türen und es überrascht Mona, wie ordentlich alles ist. Als würden die Häuser nach einer halben Million Jahren noch immer auf die Rückkehr ihrer Bewohner warten.

Sie erreichen den Tempel mit der goldenen Kuppel. Er ragt aus dem Zentrum der Stadt empor wie ein Gewächs, das seinen

Platz zwischen den Häusern und Villen behauptet hat. Atli bleibt davor stehen und wartet, dass die Gräfinnen und Kolja zu ihm aufschließen. Dann legt er sich den Zeigefinger an die Lippen und als er ihn wieder herunternimmt, lächelt er das erste Mal in ihrer Anwesenheit.

Sie haben verstanden. Sie sollen schweigen.

Und so betreten sie den Tempel.

Ein rundes Becken ist in den Boden eingelassen. Das Becken hat einen Durchmesser von zwanzig Metern und ist mit Kriegern angefüllt, die im Eis eingeschlossen sind. Sie liegen auf dem Rücken, eng an eng nebeneinander und lassen Mona an die Blüten einer Sonnenblume denken. Jeder von ihnen ist in voller Rüstung – Helm, Brustpanzer, Arm- und Beinschutz. Und jeder von ihnen hat ein Metallband um den Hals. Ihre Schwerter sind mit der Spitze nach unten auf ihrer Brust platziert, die Hände umschließen den Griff, ihre Gesichter sind der goldenen Kuppel zugewandt und die Körper zum Mittelpunkt des Beckens angeordnet.

Und dort liegt eine Frau.

Mona will aus Koljas Erinnerung fliehen, als sie Königin Lisk erkennt. Auch wenn sie weiß, dass das nicht wirklich ihre Schwester ist, brandet ein Schmerz in ihrem Denken auf, der von einem so schweren Verlust rührt, sodass Kolja im Gegenzug schwindelig wird.

Er greift ans Geländer, sein Herz verkrampft sich.

»Kolja, alles in Ordnung?«, fragt Gräfin Natascha.

Eine schmale Krone umschließt den Kopf der toten Königin, ihr schwarzes Haar rahmt ein Gesicht, in dem die Tätowierungen wegen der Blässe kaum zu erkennen sind. Auch sie hat ein Metallband um den Hals, auch sie hat die Hände über der Brust gekreuzt, aber Königin Lisk hält keine Waffe, ihre Fingerspitzen berühren die Ränder von einem Flügelpaar, das sie umschließt, als würden die Flügel die Königin selbst im Tod beschützen wollen.

Die Gräfinnen schluchzen auf, Kolja verzieht das Gesicht, es sticht in seinem Kopf, als würde ein Gedanke versuchen auszubrechen. Atli hämmert zweimal mit dem Stab auf den Boden, es ist an der Zeit, dass sie wieder gehen. Er hat ihnen gezeigt, was er ihnen zeigen wollte. Aber Mona will bleiben. Sie versteht nicht, was es mit dem Becken auf sich hat.

»Was tust du da?«, zischt Gräfin Pia.

»Lass das«, zischt Gräfin Natascha.

Kolja ist machtlos. Er beugt sich weit über das Geländer, er hat ein Bein in der Luft und balanciert auf den Zehenspitzen, während sich seine Hand nach unten streckt und das Eis berührt. Mona verbindet sich mit der Erinnerung des gefrorenen Wassers, das mit den eingeschlossenen Toten und deren Erinnerungen verbunden ist. Es ist eine Kettenreaktion. Namen und Gesichter und Gedanken blitzen auf und wollen Mona überfluten. Sie konzentriert sich auf einen der Toten, er ist ein General, sein Name ist Dabor und er gehört zur Garde der Blutsgeschwister. Und er ist in Trauer.

Es ist das Ende einer Epoche.

Es ist dreizehn Tage her, dass eine Armee von Engeln und vierzigtausend Krieger auf Menia Tuul Han an Land gegangen sind. Kein Menianer ließ sich blicken. Drei Tage lang übten sich das Engelsheer und die vierzigtausend Krieger in Geduld und wurden in der dritten Nacht überrannt. General Dabor kämpfte an der Spitze des Menianischen Heeres. Sie griffen so überraschend und brutal an, dass die ersten tausend Krieger innerhalb von vierundzwanzig Stunden fielen.

Jetzt ist der zehnte Tag der Schlacht angebrochen und die Leichen bedecken die Schneeebenen und die reiterlosen Pferde irren durch die Kälte und noch immer kennen die Menianer keine Gnade. Über dreihundert Engel sind schon gestorben, die Welt ist durch ihren Tod so sehr aus dem Gleichgewicht, dass sich eine neue Eiszeit über der Erde ausbreitet. Die Elemente sind außer Kontrolle und die Natur trauert. Die Tage werden kürzer und kürzer, die Nächte scheinen kein Ende zu nehmen.

Auch unter der Erde herrscht Chaos. Sechshundert Jahre lang hat das Volk der Menianer für eine neue Ordnung gesorgt. Diese Ordnung existiert nicht mehr. Für viele aus dem Volk fühlt es sich an, als wären sie im Wettlauf mit der Finsternis. Durch die Schächte fällt kaum noch Licht, der Himmel über der Erde ist voller Zorn und die Sonne verbirgt sich hinter den Wolken.

Eine erstickende Dunkelheit regiert das unterirdische Land, das bis auf die Frauen und Kinder verlassen ist. Selbst die Alten und Greise stehen oben auf dem Schlachtfeld und kämpfen für die Gleichheit, während die Frauen mit den Kindern in den Häusern kauern. Keine von ihnen wagt es, eine Lampe zu entzünden. Sie frieren und fürchten sich, das Jammern der Kinder ist seit dem ersten Tag der Schlacht verstummt; es ist ein wenig, als hätte das Leben unter der Erde den Atem angehalten. Dabei fürchten sie nicht den Feind, sie fürchten den Tag, an dem von oben keine Kampfgeräusche mehr zu hören sein werden und sie hinaufsteigen müssen, um ihre Toten zu holen.

Mona spürt die Besorgnis von General Dabor, die seine Brust wie eine eiserne Stahlklammer umspannt. Er denkt an seine Frau, die seine Leiche bald schon auf dem Schlachtfeld suchen wird. Er will nicht sterben, aber er weiß, dass diese Schlacht mit dem Tod für alle endet.

Mona sucht tiefer in der Erinnerung des Generals. Sie will verstehen, wie dieses unterirdische Reich entstanden ist, und findet die Antwort in Dabors Kindheit. Jeder Menianer hat sich mit der Geschichte seines Volkes auseinandergesetzt, jeder Menianer muss wissen, woher er kommt. General Dabor hat als Sechsjähriger gelernt, was sein Volk unter die Erde brachte.

Als sich vor über einer halben Million Jahren die Gesandtschaft der Engel auf den Weg in das Königreich der Menianer machte, fanden sie das Land verlassen vor und mutmaßten, das Volk wäre geflohen oder hätte sich aus Scham in das Meer gestürzt. Das Volk war aber nicht geflohen, es kannte auch keine Scham.

Das Volk war den sicheren Weg gegangen.

Die Engel konnten nicht wissen, was die Königin ihren Töchtern kurz vor ihrem Tod zugeflüstert hatte. Sie sagte: »Ihr ganz allein werdet dieses Königreich führen und euren Vater und sein Volk unter die Erde bringen.« Die Blutsgeschwister hatten sich diese Prophezeiung zu Herzen genommen und wortwörtlich umgesetzt. Sie hatten sich mitsamt des ganzen Königreiches zurückgezogen, als ihnen bewusst wurde, dass ihr damals recht kleines Heer der geballten Wut der Engel nichts entgegensetzen könnte.

Noch nicht.

Und so standen die Abgesandten der Engel auf dem verlassenen Erdboden des Königreiches und ahnten nicht, dass das Volk der Menianer ihnen näher war, als sie dachten.

Dreihundert Meter unter ihren Füßen war eine neue Welt im Entstehen.

Die Menianer hatten die Erde unter dem Königreich ausgehöhlt. Sie bauten Schächte und Tunnel, die ihnen Licht- und Sauerstoff zuführten, sodass ein Landbau möglich wurde und das Klima beeinflusst werden konnte. Die Handwerker ruhten ein ganzes Jahrzehnt lang nicht. Häuser und Villen entstanden, Plätze und Höfe, Gärten und Parks, so wuchs bald schon eine neue Welt innerhalb der alten Welt empor. Generationen arbeiteten an der Verwirklichung dieses Traumes und hatten alle dasselbe Ziel – eines Tages würden sie zurückkehren, sie würden emporsteigen und sich den Engeln stellen.

Auf diese Weise entstand die Stadt unter der Stadt.

Auf diese Weise entstand das Leben unter dem Leben.

Ein Königreich, das nicht mehr ist, und zwei Königinnen, die ihr Volk für sechshundert Jahre verschwinden ließen, damit es zu einem unbezwingbaren Heer heranwuchs.

Es war das bestgehütetste Geheimnis der Menianer und die Engel sollten es nie aufdecken.

Nach hundert Jahren erinnerten sich nur noch vereinzelte Historiker an die Menianer, an ihre Riten, ihre Kunst und Literatur. Nach zweihundert Jahren waren es nur noch die Experten, die mit dem Namen etwas anfangen konnten. Die Engel dagegen vergaßen nichts. Sie wussten, dass Vergessenheit die grausamste Waffe der Zeit ist. In die Vergessenheit wird die Erinnerung eingesperrt, die uns belastet, die wir nicht verarbeiten können. Aber kein Gefängnis ist für immer, und jede Erinnerung will beachtet werden.

In den sechs Jahrhunderten hatten die Engel das Gleichgewicht der Welt erneut hergestellt. Ihre Anzahl war wieder dieselbe. Es gab keine Kriege, keine Dispute, kein Morden mehr. Die Menianer beobachteten den Wandel. Sie stiegen immer wieder an die Oberfläche und warteten auf den richtigen Moment. Erst als der menschliche Glaube wieder gefestigt war und die Engel ihre alte Zahl erreicht hatten, kehrte das Volk der Menianer an die Oberfläche zurück.

Und sie kamen mit einer Wucht, die die Welt erzittern ließ. Ihre Rückkehr führte zu diesem zehnten Tag der Schlacht, in dem General Dabor sich um seine Frau sorgte, während er müde und erschöpft vom Töten auf dem Kriegsfeld stand. Er wusste, was sein Volk erwartete. Jeder Menianer kannte das Schicksal, wie es in der Prophezeiung festgehalten war – der letzte Engel würde durch die Hand der Königin sterben und sobald ein Rabe seine Seele geholt hatte, würde sich der letzte Atemzug des Engels auf die Wanderung machen und alles Leben auf der Welt auslöschen.

Die Menianer fürchteten ihren eigenen Untergang, aber ihre Furcht war auch von Freude erfüllt, weil sie wussten, dass es ein Leben nach dem Tod gab.

Sie waren vorbereitet.

Am zehnten Tag der Schlacht ist die Armee der Menianer fast vollkommen ausgelöscht und von der Garde der Königinnen sind nur noch zwei Dutzend Männer am Leben. General Dabor hat hilflos zugesehen, wie das Herz von Königin Lisk von einem Schwert durchbohrt wurde. Er hat auch gesehen, wie seine Männer den Engel verfolgt und getötet haben, aber kein Rachezug konnte das Leben der Königin retten. General Dabor kennt seine Aufgaben. Nachdem er die Leiche von Königin Lisk mit einem Leinentuch zugedeckt hat, macht er sich auf den Weg zu ihrer Schwester.

»Königin Theia?!«

Mona weiß, sie war hier schon mal. Es fühlt sich an wie vor einer Ewigkeit, dabei ist es erst eine Woche her, dass sie in diese Erinnerung geflüchtet ist, als Tulli Marsden sie ertränkt hat. Damals betrat sie Königin Theias Erinnerung das erste Mal, und jetzt ist es ein absonderliches Gefühl, wieder an dieselbe Stelle zurückzukehren, sie aber aus dem Blickwinkel des Generals zu erleben.

Dabor steht im Zelteingang und wartet, dass sich Königin Theia ihm zuwendet. Die Menianer haben an verschiedenen Stellen Lager für ihre Truppe und die Verletzten errichtet. Das hier ist der letzte Stützpunkt. Königin Theia betrachtet eine Wandkarte der Insel, und General Dabor kann sehen, wie erschöpft sie ist. Ihre Flügel und ihr ledernes Geschirr sind verdreckt, sie hat Verbände am Bein und an den Armen.

»Ich habe schlechte Nachrichten«, sagt er.

Und dann führt General Dabor die Königin nach draußen. Das Leinentuch wird zur Seite gezogen, der General weicht einen respektvollen Schritt zurück. Er kann sehen, dass es selbst dem Tod nicht gelungen ist, die Ähnlichkeit zwischen den Blutsgeschwistern zu verwischen. Königin Theia zeigt keine Reaktion, während sie die Leiche ihrer Schwester betrachtet.

»Wo sind ihre Flügel?«, fragt sie.

»Sie muss sie im Kampf verloren haben«, antwortet Dabor.

Mona weiß, was geschehen wird, dennoch erschrickt sie. Der Schlag kommt unvorbereitet und trifft Dabor quer über den Mund. Der General senkt den Blick vor Scham.

»Du wagst es erst wieder, mir vor die Augen zu treten, wenn du ihre Flügel gefunden hast«, befiehlt ihm Königin Theia. »Solltest du sie nicht finden, bist du kein Menianer mehr.«

Dabor bleibt allein zurück. Sein Mund schmerzt, er schmeckt Blut und will sich eben auf die Suche nach den Flügeln machen, als Theia wieder neben ihm auftaucht.

»Und danach will ich, dass ihr euch zurückzieht. Der Kampf ist beendet.«

General Dabor kommen Tränen der Erleichterung.

»Es ist so weit?« fragt er.

»Es ist so weit«, antwortet Königin Theia und das soll das letzte Mal sein, dass sie zu ihm spricht.

General Dabor versammelt seine restlichen Männer. Es braucht zwei Stunden, dann haben sie die Flügel von Königin Lisk nahe der Stelle ausfindig gemacht, an der sie gestorben ist.

Der Befehl zum Rückzug wird weitergegeben.

Als die Frauen die Überlebenden der Garde durch die Schächte zurückkehren sehen, wissen sie, was von ihnen erwartet wird. Sie steigen nach oben und ihr Trauergesang breitet sich wie ein Nebel über der vereisten Landschaft aus. So wandern sie über das Schlachtfeld und heben die Leichen ihrer Krieger auf, während über ihren Köpfen die Raben kreisen, um die Seelen der Engel zu holen.

Sie sind auf diesen Tag vorbereitet. Die Rituale, die Worte, die Hingabe wurden von einer Generation zur andern weitergegeben. Sie tragen ihre toten Krieger nach unten, waschen und kleiden sie neu ein, danach bringen sie ihre Körper zum Tempel. Die wenigen Überlebenden der Garde werden auf dieselbe Weise umsorgt. Ihre Frauen verbinden die Wunden und sprechen ihnen gut zu. Dann heißt es Abschied nehmen. Auch General Dabor weiß, dass er seine Frau gehen lassen muss. Er hält ihre Hand und wiederholt ihren Namen wie ein Gebet. Mona ist geduldig, sie rührt sich nicht aus seiner Erinnerung und wartet auf das Ende.

General Dabor und seine Männer betreten den Tempel zu Fuß. Noch ist das Becken nicht gefüllt. Die Garde bildet den ersten Kreis um die tote Königin herum. Sie legen sich nieder und jeder bekommt einen Metallring um den Hals gelegt. Von den Ringen führen Ketten zum Beckenboden. Der zweite, große Kreis um die Königin herum wird mit einer Auswahl von toten Kriegern gefüllt, da nicht alle Platz im Becken finden. Die Frauen ordnen die Leichen nach Alter und Kraft an, sie ordnen sie für die Zukunft. Und ihre Zahl ist 156. Erst als kein Platz mehr im Becken ist, wird das Wasser eingelassen. Dabei wiederholen die Frauen die Worte der Prophezeiung, sodass ihr Murmeln sich wie eine Stimme erhebt: »*Wie Wasser zu Eis und der Tag zur Nacht wird, so müsst ihr euch in den langen*

Schlaf begeben.« Langsam füllt sich das Becken. Keiner der Krieger wehrt sich gegen das Ertrinken, nicht als das Wasser ihn anhebt, auch nicht als die Ketten ihn unter der Oberfläche halten. General Dabor behält die Augen bis zum Schluss geöffnet und Mona spürt seinen Schmerz und sein Sterben, aber sie lässt die Erinnerung nicht los. Dabor nimmt keinen Moment lang den Blick von seiner Frau, die am Geländer steht und keinen Moment lang den Blick von ihm nimmt. Es ist diese Erinnerung, die Dabor in den Tod begleitet. Er atmet ein letztes Mal aus, Mona erschauert, es ist getan – 156 tote Krieger schweben in einem Kreis um ihre Königin herum und die Kälte und das Eis werden sie bald einschließen. Die Erinnerung des Generals umgibt Monas Denken mit Stille. Es ist dieselbe Stille, die Mona auch bei Barthoms toter Frau betreten hat. Mona löst sich von Dabor, sie verlässt das Eis und tritt aus Koljas Erinnerung heraus. Sie versteht jetzt den Sinn. Das Volk der Menianer hat sich seit Generationen auf diesen langen Schlaf vorbereitet. Es hat sich für die Zukunft geopfert.

»… erzähle ich dir gerne alles«, beendet Kolja seinen Satz.

Mona lässt seine Hand los.

»Was ist danach passiert?«, fragt sie.

»Wonach?«

»Nachdem ihr die unterirdische Stadt wieder verlassen habt?«

Kolja ist so verblüfft, dass er für einen Moment den Griff am Ruder verliert und das Boot nach links driftet.

»Du warst dort?!«

»Ich war dort, ich habe das Becken gesehen und ich weiß auch, wieso die toten Krieger da liegen und warum das Volk der Menianer unter die Erde gegangen ist.«

Kolja blickt auf die Hand, die Mona gehalten hat.

»Was ist danach passiert?«, wiederholt Mona.

Kolja schaut auf.

»Wir sind wieder nach Sankt Petersburg zurückgekehrt«, antwortet er. »Es blieb bis zum gestrigen Tag der letzte Besuch der Gräfinnen im Eis.«

»Aber nicht deiner.«

Kolja lächelt.

»Nein, nicht meiner.«

MOTTE

Der Hubschrauber neigte sich nach rechts, bis mein Magen kurz davor stand, mir die Speiseröhre hochzukriechen, dann richtete er sich wieder auf und setzte zur Landung an. Aus meinem Fenster war nur ein wirbelnder Schneevorhang zu sehen. Die Rotoren kamen zur Ruhe und die Söldner lösten ihre Gurte, wir machten es ihnen nach. Ohne den Lärm war es plötzlich unangenehm still im Hubschrauber. Ich wünschte mir, Lars würde einen Spruch machen, aber mein guter Kumpel starrte einfach nur in die Nacht. Rikes Hand lag auf meinem Knie. Ich hatte die ganze Zeit über das Gefühl, dass sie auf mich aufpasste. Meine Hand legte sich auf ihre. Die erste Stunde hatte sie kein Wort mit mir gesprochen. Lazars Mord stand zwischen uns wie ein klobiger Eichenschrank, und als mir Lars zuflüsterte, dass der Praporschtschik eh wieder auferstehen würde, flüsterte ich zurück, dass wir keine Freunde mehr wären, sollte er diesen Spruch Rike gegenüber machen.

»He, war doch nur ein Witz«, verteidigte sich Lars.

Lazar kam aus dem Cockpit. Er machte einen Uhrenvergleich, informierte die Söldner, was für ein Wetter sie da draußen erwartete und aus welcher Richtung der Wind kam. Dann befahl er ihnen, das Ziel einzukreisen und auf weitere Befehle zu warten.

»Und was ist mit uns?«, fragte Esko.

»Ihr bleibt hinter mir. Die ganze Zeit. Kein Spaziergang, keine Heldentaten«

Lazar prüfte den Funkkontakt zu seinen Männern, jeder von ihnen aktivierte den Empfänger in seinem Ohr, dann öffnete sich die Luke und die Söldner verließen den Hubschrauber. Das Knirschen ihrer Stiefel im Schnee war in der Nacht deutlich zu hören. Es machte mich nervös, dass es so still war. Ich hatte einen tosenden Sturm erwartet oder das entfernte Pfeifen eines Eisbären, der sich auf Futter freut. Der Schneefall war dicht und sorgte für ein beständiges Knistern in der Luft.

»Und wieso haben wir keine Waffen?«, fragte Lars.

»Weil sie uns nicht trauen«, sagte ich.

Wir sahen hundert Meter entfernt ein Haus in der Finsternis leuchten. Es hatte ein Stockwerk und eine Veranda. Eine Lampe hing über der Eingangstür und schwankte im Wind. Warmes Licht schien aus den Fenstern und schnitt goldene Balken in den Schnee. Es sah einladend aus und erinnerte an die Fotos von dem Haus in Norwegen, in dem ich die ersten zwei Jahre meines Lebens verbracht und aus dem mich mein Vater vor der Bruderschaft gerettet hatte.

Und jetzt bin ich hier und tue, als wäre Lazar mein bester Kumpel, dachte ich, als Lazar ein Zeichen gab und seine Männer ausschwärmten. Ihre Gewehre blieben im Anschlag und waren bei jedem Schritt auf das Haus gerichtet. Erst als sie in Position waren, setzten sich Lazar und Cedric in Bewegung. Und wir natürlich hinterher. Ich will nicht, dass ihr das Gefühl bekommt, wir wären nur Mitläufer gewesen. Manchmal ist es notwendig, die Klappe zu halten und zu beobachten.

Cedric und Lazar erreichten die Haustür, das Licht legte einen Heiligenschein über ihre Köpfe, wir blieben zwei Meter hinter ihnen stehen. Ich erwartete, dass einer von den beiden die Tür auftrat, und war mir sicher, dass es Cedric sein würde. Aber so weit kam es nicht, denn die Tür öffnete sich wie von allein. Lazar und Cedric wichen zurück und wären uns beinahe auf die Füße getreten.

Der Mann im Türrahmen war riesig, kahlköpfig und mit einem Blick, der locker ein Haus in Brand stecken konnte. Wenn mir jemand gesagt hätte, ich sollte mir Rasputin vorstellen, dann hätte er genau so ausgesehen – ein pechschwarzer Bart, der ihm auf die Brust herabhing, und zwei Augen, die so tief in den Höhlen lagen, als würden sie sich verstecken. Er war steinalt und trug einen grauen Mantel mit silbernen Knöpfen, der ihm bis zu den Fersen ging. In seiner linken Hand hielt er ein doppelläufiges Gewehr, mit der rechten Hand winkte er uns zu sich, wie man einem Boxer winkt, der kurz vor dem Knock-out steht. Wir starrten in den Lauf, der Lauf starrte zurück, keiner von uns rührte sich, auch nicht als ein roter Punkt auf der Stirn des alten Mannes auftauchte. Lazar zischte einen Befehl, der rote Punkt verschwand. Meine Instinkte brüllten mich an, ich sollte irgendwas tun, ich sollte nicht wie ein Schaf hier herumstehen und in diesen Gewehrlauf starren. Esko legte mir beruhigend die Hand auf den Rücken.

»Gut«, sagte der alte Mann. »Ich bin Kolja, wir erwarten euch schon.«

DAS HAUS

Die Söldner haben sich in einem Kreis um das Haus verteilt. Niemand spricht, keine Witze, keine Sprüche, Disziplin. Sie liegen im Schnee und sind ein Teil der Landschaft. Sie haben nur das Ziel im Visier – ein Haus mit neun erleuchteten Fenstern, eine Vorder- und eine Hintertür. Das Kommando hat Lomack, der am Vortag mit Lazar und Ejersbo in Barcelona war. Er ist als Einziger direkt per Funk mit Lazar verbunden und beobachtet ihn durch sein Zielfernrohr. Lazars Befehl an Lomack ist knapp und klar gewesen.

»Halt mir den Rücken frei und zögere nicht zu schießen.«

Lomack weiß, dass der eine Junge und das Mädchen unbedeutend sind. Zwei Söldner behalten die beiden im Auge. Sollten sie die Operation in Gefahr bringen, haben die Männer den Befehl, sie zu eliminieren. Lomack konzentriert sich ganz auf Lazar, der jetzt mit Cedric vor dem Haus stehen bleibt.

»Wir gehen jetzt rein«, hört er ihn sagen.

Die Tür schwingt auf, Lazar und Cedric schrecken zurück, Lomack korrigiert den Waffenlauf um ein paar Millimeter und sieht durch das Zielfernrohr einen alten Mann mit einem Gewehr im Türrahmen stehen. Lomacks Daumen streift die Laseraktivierung, ein roter Punkt legt sich auf die Stirn des Mannes und zittert nicht. Lomack weiß von der Gefahr. Auch wenn er den Mann mit einem Kopfschuss außer Gefecht setzt, kann dieser im Reflex den Abzug durchziehen. Lazar steht im Schussfeld, es ist allein seine Entscheidung und Lazar entscheidet sich richtig.

»Nicht!«, hört ihn Lomack flüstern.

Sein Daumen streift wieder die Laseraktivierung, der rote Punkt verschwindet.

Der alte Mann spricht, Lomack hört ihn klar und deutlich durch Lazars Headset:

»Gut. Ich bin Kolja, wir erwarten euch schon.«

Cedric und Lazar treten ins Haus und die anderen folgen.

Plötzlich kommt einer der Jungen wieder aus der Haustür geschossen und zieht das Mädchen an der Hand hinter sich her. Sie verschwinden in Richtung des Hubschraubers und niemand folgt ihnen.

Lomack ist irritiert.

Die Haustür schließt sich.

Die Unruhe ist sofort spürbar unter den Söldnern, sie wandert durch die Reihen und obwohl sich keiner von ihnen bewegt, weiß Lomack, dass er eine Entscheidung treffen muss.

Er tippt an sein Headset, aber es kommt keine Antwort von Lazar.

»Wir schließen den Kreis in zehn«, gibt er an die Männer weiter.

»Wir schließen in zehn«, kommt die Antwort.

Und so warten sie zehn Minuten.

Nichts geschieht da unten, nur der knisternde Schnee ist zu hören, wie er sich in Böen auf die Söldner legt. Auf die Sekunde genau setzen sie sich in Bewegung. Sechs Männer postieren sich am Hintereingang, der Rest formiert sich vor der Eingangstür,

Lomack ist an der Spitze. Für einen Moment erwartet er, dass die Tür sich öffnet und der bärtige Mann mit dem Gewehr wieder auftaucht.

Der Moment verstreicht.

Lomack gibt den Befehl.

Die Vorder- und Hintertür werden aufgetreten.

Die Söldner schwärmen ins Haus.

MOTTE

Bevor ich euch erzähle, was uns in dem Haus erwartet hat, muss ich das Scheinwerferlicht auf den Mann lenken, der so lange im Hintergrund geblieben ist, dass er darin beinahe verschwand. Er allein trug die Verantwortung dafür, dass wir hier in der Arktis waren, denn er hat dieses Projekt gehegt und gepflegt und zu dem gemacht, was es jetzt war.

Und das alles im Namen der Liebe.

Ich denke, es gab kaum jemanden in der Weltgeschichte, dessen Herz über einen so langen Zeitraum hinweg unerwiderte Gefühle mit sich herumgeschleppt hat wie Kolja. Nicht nur für seinen Vater, den Zaren, sondern auch für die Gräfinnen, die ihn immer auf Abstand hielten. Kolja ist einer von den Menschen, die ihre eigene Existenz vollkommen zurückstellen und für andere leben.

Als wir am zweiten Tag der Prophezeiung vor dieser Haustür standen und in den Gewehrlauf schauten, wussten wir natürlich nichts von seiner Rolle in dieser Geschichte. Wir sahen nur einen alten Kerl mit Bart, der einen Tag zuvor meine Flügel abgeschnitten hatte und nicht danach aussah, als würde er zögern, uns alle auf der Stelle zu erschießen. Wir wussten auch nichts über seine jahrhundertelangen Bemühungen, diesen Ort hier neu aufzubauen. Und hätte er mir nicht davon erzählt, wäre es einfach in Vergessenheit geraten.

DER DIENER

Kolja kehrte auf Wunsch der Gräfinnen elf Jahre später wieder ins Eis zurück. Es war der Sommer 1828. Der Diener sollte die Heimat der Menianer erforschen und den Gräfinnen Bericht erstatten. Er blieb zwei Monate in der Arktis. In dieser Zeit zeichnete er eine Karte mit allen Zugängen in die unterirdische Welt und diese Karte sollte der Grundstein der späteren Erforschung werden. Jeder Schacht wurde mit Länge und Breite festgehalten, jeder Eingang markiert. Atli wich in dieser Zeit keine Minute von Koljas Seite. Er war schon lange kein Junge mehr, Suna hatte ihm sieben Kinder geboren und seine Siedlung war auf zweihundert Bewohner angewachsen. Aber auch wenn sich die Siedlung ausbreitete, rückte sie aus Ehrfurcht keinen Meter näher an die Insel heran.

In den zwei Monaten lernte Kolja die Sprache und Riten von Atlis Stamm kennen, er ging mit den Männern auf Jagd und fühlte sich als Teil der Gemeinschaft. Aber er musste am Ende seines Aufenthaltes zugeben, dass er mit den Funden und Artefakten, die sie in der unterirdischen Stadt entdeckt hatten, vollkommen überfordert war.

Und so beschloss er, sich Hilfe zu holen.

Koljas dritter Besuch fand fünf Jahre später statt.

Es war das Frühjahr 1833.

Der Diener reiste mit zwei Schiffen an, die mit Baumaterial beladen waren. Er wollte eine Basis in der Arktis errichten, und er wollte das nicht alleine tun. Kolja hatte den dänischen Altertumsforscher Gors Thomsen mit an Bord. Die Gräfinnen hatten über andere Forscher von Thomsens Können gehört und waren nach Kopenhagen gereist, um ihm von ihrer Entdeckung unter dem Eis zu erzählen. Thomsen war Mitte vierzig und hatte schon seit einer Weile genug von den staubigen Archiven in der dänischen Hauptstadt. Er bekam leuchtende Augen, als er von der verlorenen Kultur hörte.

Mit seiner Ankunft im Eis begann eine neue Ära für Atlis Stamm.

Der Altertumsforscher kam nicht nur mit einer Menge Büchern angereist, er brachte auch seine Familie mit. Seine Frau war für die Katalogisierung der Funde zuständig, dann gab es noch eine Haushälterin, die sich um die vierjährige Tochter und das Kochen kümmerte.

Thomsens erster Schritt war, Atlis Stamm so weit auszubilden, dass sie mit ihm zusammenarbeiten konnten. Frauen, Männer und Kinder wurden zu seinen Schülern. Er brachte ihnen seine Sprache bei und lehrte sie Lesen und Schreiben. Zusammen erforschten sie die unterirdische Stadt bis ins kleinste Detail. Dabei war Thomsen sehr darauf bedacht, respektvoll mit den Artefakten des Volkes umzugehen. Atlis Stamm bewegte sich durch die Stadt, als könnte eine einzige falsche Bewegung den Eismantel zerbrechen, der die Heimat der Menianer umschloss. Im Stadtkern entdeckten sie eine Bibliothek mit über zweitausend Schriftrollen, auf denen nicht nur das Leben der Menianer festgehalten war, sondern auch ihre Flucht unter die Erde und die Mühe, die sie hatten, sich eine neue Existenz aufzubauen. Thomsen begann die Menianer zu studieren. Er befasste sich dabei auch mit der Kanalisation, der Architektur und dem ausgeklügelten Spiegelsystem, das die unterirdische Welt einst mit Licht und Wärme versorgt hatte.

Um den Schachtausgang herum wurde ein Forschungslager mit Wohnräumen errichtet, in denen sich Thomsens Familie niederließ und die Schriftrollen übersetzt wurden. Aber die Familie blieb nicht einmal ein Jahr im Eis. Die kleine Tochter kränkelte die ganze Zeit über und Thomsen stritt sich viel mit seiner Frau, die ihm vorwarf, er würde das Kind vernachlässigen und sich selbst in seinem Übereifer vergessen. Sie bezeichnete Thomsen als Fanatiker, reiste nach elf Monaten wieder nach Kopenhagen zurück und nahm die Haushälterin mit.

Der Altertumsforscher stürzte sich daraufhin noch mehr in seine Arbeit und schrieb Kolja monatlich einen Brief, in dem er die Funde zusammenfasste und Bericht über den Fortschritt seiner Arbeit ablegte. Er schickte auch Seiten mit Übersetzungen und betonte, er würde noch bis zum Ende des kommenden Jahres bleiben, um dann mit seinen Ergebnissen zurückzukehren.

Er hätte sich nicht schlimmer täuschen können.

Eines Morgens erwachte Thomsen von einem dumpfen Laut in seinem Kopf, den er sich nicht erklären konnte. Er dachte, er wäre dem Wahnsinn nahe. Dabei blieb es aber nicht, denn je näher er dem Schacht kam, umso deutlicher wurde der Laut, der ihn letztlich hinunter zum Tempel führte. Dort stand Thomsen am Becken und starrte auf das Eis herab. Er hatte keine Ahnung, was er an diesem Ort verloren hatte. Erst als er sich vorbeugte und das Eis berührte, verstummte der Laut, um in den darauffolgenden Nächten wieder in Thomsens Kopf zu erklingen.

Und so kam der Ruf zu Thomsen.

Der Altertumsforscher begann seine Abreise zu verschieben und aus dem einen Jahr wurden drei. In den Briefen an seine Frau sprach er davon, dass er bald mit seiner Familie vereint sein würde. Seine Briefe an Kolja dagegen wurden immer beunruhigender, sie verloren mehr und mehr den wissenschaftlichen Aspekt und erzählten Geschichten von den Menianern, die aus den Schriftrollen übersetzt waren, aber immer wieder Bezüge zu Atlis Stamm hatten.

Sie erwarten jeden Moment, dass das Volk erwacht. Sie stehen am Beckenrand und hinterlassen Geschenke, und es sind Geschenke des Grauens. Sie alle tun es. Die Alten fürchten sich, die Jungen sind wütend. In den Nächten kann ich sie wispern hören. Es ist nicht mehr ihre Sprache. Sie sind das Echo einer verlorenen Kultur.

In seinem letzten Brief vom 13. Dezember 1835 schrieb Thomsen:

In den Sommerzeiten werden die Knochen gemahlen, aber erst zum Jahreswechsel darf das Pulver eingenommen werden. Es ist eines dieser Rituale, in denen Blut eine erhebende Rolle spielt. Wenn der Mond richtig steht, kann ich sie weinen hören. Sie sehnen sich, sie hoffen, sie fiebern. Noch wehren sie sich gegen das Blutritual, ich weiß aber nicht, wie lange sie standhaft sein werden.

Gib mir nur noch ein Jahr, Kolja, es gibt noch so viel zu entdecken, ich bitte dich, nur noch ein Jahr, dann komme ich zurück.

Kolja hatte nicht vor, noch ein weiteres Jahr zu warten. Nach einer Korrospondenz mit Thomsens Frau und auf Drängen der Gräfinnen segelte er im Juli 1836 wieder ins Eis und bereute es sehr, so lange gewartet zu haben. Die ersten wirren Briefe von Thomsen hätten Anlass genug sein müssen.

Der Anblick, der sich Kolja bei seiner Ankunft bot, war verstörend.

Die Siedlung war weggefegt, nichts deutete darauf hin, dass hier seit zwanzig Jahren Atlis Stamm gelebt hatte. Auch das Forschungslager war nicht mehr an Ort und Stelle, nur der Eingang zum Schacht war unverändert geblieben und wieder mit gefärbten Robbenknochen markiert.

Kolja schlug sein Lager auf und schaute sich danach die Umgebung an. Vielleicht war Atlis Stamm einfach nur weitergezogen und Thomsen ihnen gefolgt. Aber Kolja glaubte nicht wirklich daran. Er hatte ihre Leidenschaft über die Jahre hinweg beobachtet, nie hätten sie diesen Ort freiwillig verlassen.

Die Hunde waren müde, doch Kolja gönnte ihnen keine Rast, bis er auf die benachbarte Siedlung traf. Als er Atlis Stamm erwähnte, bedeckten die Frauen ihre Augen und die Männer scheuchten ihn davon. Kolja kehrte zur Insel zurück. Es sah aus, als wäre sein Projekt einen stillschweigenden Tod gestorben, und er hatte keine Ahnung, wie er das den Gräfinnen erklären sollte.

Am nächsten Morgen stieg er in den Schacht hinab.

Die unterirdische Stadt befand sich in demselben Zustand, in dem Kolja und die Gräfinnen sie vor achtzehn Jahren angetroffen hatten. Es sah aus, als wäre Thomsen nie hier gewesen. Kein Artefakt fehlte und in der Bibliothek lagen die Schriftrollen wieder ordentlich in den Wandnischen. Selbst die Engelsstatuen, die Thomsen mühevoll durch die Schächte nach oben transportiert hatte, standen wieder an Ort und Stelle.

Kolja ging zum Tempel und bei jedem Schritt lastete die Enttäuschung schwer auf ihm. Er begriff nicht, wie ihn der Stamm so verraten und einfach weiterziehen konnte. *Wohin sind sie verschwunden?*, fragte er sich. *Und was ist Thomsen passiert?* Der Anblick des Beckens ließ ihn alle seine Fragen vergessen. Was er sah, trieb ihn zur Flucht, denn das hier war nicht mehr der Ort, den er damals mit den Gräfinnen entdeckt hatte.

Das Becken besaß eine neue Ebene.

Die Toten waren aus Atlis Stamm. Es gab keine Kinder oder Jugendlichen unter ihnen. Hier lagen nur die Alten. Sie waren in derselben Formation um die Königin herum angeordnet, wie die Krieger im Eis, nur dass sie auf der Eisoberfläche lagen und nicht mit Ketten auf dem Boden fixiert waren. Kolja ging um das Becken herum und entdeckte bei genauerem Hinsehen die Wunden. Niemand war hier in den Freitod gegangen, sie alle waren geopfert worden.

156 Tote.

Kolja wandte sich ab und schwor, nie wieder zurückzukehren.

Vier Stunden später war er beim Schiff und trat seine Rückreise an.

Sieben Wochen darauf stand er vor den Gräfinnen und erstattete ihnen Bericht.

Sie starrten ihn verständnislos an. Sie verstanden nicht, wie ein ganzer Stamm spurlos verschwinden konnte. Als Kolja von dem Becken und der Opfergabe erzählte und wie die Toten auf dem Eis angeordnet waren, begann die Gräfinnen nervös zu werden.

»Irgendwas ist da draußen geschehen«, sagte Kolja. »Vielleicht hätten wir die Stadt nie entdecken dürfen. Vielleicht war es ein Fehler, nach dem Fundort der Engel zu suchen.«

»Was redest du da?«, sagte Gräfin Pia scharf. »Wir haben den Ruf vernommen.«

»Wir waren dort richtig«, fügte Gräfin Natascha hinzu. »Da gibt es keine Zweifel.«

Aber Kolja konnte die Zweifel aus ihren Stimmen heraushören. Es war das erste Mal, dass die Entschlossenheit der Gräfinnen ins Wanken geriet. Sie sagten, sie müssten über das weitere Vorgehen nachdenken, aber so weit kam es nicht, denn in derselben Woche wurde ihnen die Entscheidung durch den Angriff der Bruderschaft abgenommen.

An einem frostigen Oktobermorgen 1837 stürmte eine Gruppe von deutschen Studenten die Villa, erschoss den Großteil der Wissenschaftler und setzte das Haus in Brand. Dem Zaren, Yves Romain und Barthom Leeuwenhoek gelang als Einzige die Flucht. Wie es der Zufall wollte, befanden sich Kolja und die Gräfinnen an diesem Tag nicht in Sankt Petersburg und kamen so ungeschoren davon.

In diesem Herbst wusste noch niemand, wer dieser Feind war, auch die Gräfinnen waren vollkommen ahnungslos, was ihr Treffen mit den Brüdern Grimm in Marburg ausgelöst hatte. Der Angriff veränderte die Pläne der Gräfinnen, ihr Augenmerk richtete sich wieder ganz auf die Familie. Ihnen war der Krieg erklärt worden und das hatte Vorrang.

»Wir kehren zu einem späteren Zeitpunkt in die Arktis zurück«, sagten sie zu Kolja. »Wir waren zu voreilig, nichts rennt uns davon.«

Und so war es beschlossen, und so vergingen neunundzwanzig Jahre.

Im Sommer 1866 bewohnte die Familie ein Stadthaus in Sankt Petersburg, das Tag und Nacht von einer Garde des Zaren patroulliert wurde. Die Bruderschaft hatte in den vergangenen Jahrzehnten zwei der Laboratorien und sechs der Häuser vernichtet, dennoch konnten sie die Entstehung der ersten Generation nicht verhindern. Die Jungen waren ein Jahr alt, die Familie feierte und erwartete jeden Tag, dass den Kindern Flügel wuchsen. Sie konnten ja nicht ahnen, was für Enttäuschungen ihnen bevorstanden.

In diesem Sommer hielt ein Bote vor der Villa und überreichte Kolja einen vollkommen verdreckten Brief. Der Diener war zu dem Zeitpunkt vierundsiebzig Jahre alt und seine Reisen in die Arktis fühlten sich für ihn an wie Episoden aus einem Abenteuerroman. Der Briefumschlag roch rauchig, als wäre er an einem Punkt seiner Reise beinahe in Flammen aufgegangen. Kolja konnte nicht wissen, dass der Brief über ein Jahr unterwegs gewesen war und erst auf Umwegen Sankt Petersburg erreicht hatte. Er sah die Schrift auf dem Umschlag, aber sie sagte ihm nichts, erst als er den Brief geöffnet und die Sätze eng und gedrungen auf dem Papier stehen sah, erkannte er Thomsens Handschrift wieder und der Brief fiel ihm beinahe aus der Hand. Neunundzwanzig Jahre waren seit dem Verschwinden des Altermtumsforschers vergangen. Gors Thomsen galt als verschollen und dieser Brief war der einzige Hinweis darauf, dass er noch lebte.

Kolja,

auch wenn ich nicht glaube, dass dich diese Worte jemals erreichen werden, so muss ich dennoch den Versuch wagen. Wenn die, die im Dunkeln sitzen, aufhören an das Licht zu glauben, dann sind sie verloren. Ich weiß nicht, wie viel Zeit vergangen ist. Es fühlt sich an wie zehn Leben. Mir wurde jedes Gefühl für die Realität geraubt. Ich bin jetzt ein alter Mann, dem die Knochen schmerzen und die Zähne ausfallen. Sie lassen mich nicht gehen, weil ich ihr Lehrer bin. Ich lebe unter ihnen, esse ihre Nahrung und unterrichte ihre Kinder in den Riten und der Sprache der Menianer. Aber was nach außen hin normal aussieht, ist eine qualvolle Gefangenschaft, die erst mit meinem Tod enden wird.

Oh, wie ich ihn ersehne, das kannst du dir nicht vorstellen!

Ich habe mit meinem Auftauchen hier einen Bann gebrochen. Vor meiner Anreise hat sich nur Atli in die unterirdische Welt hinabgewagt, doch als ich dann anfing, seinen Stamm auszubilden, kamen sie täglich in Kontakt mit der Welt der Menianer und verloren ihre Furcht. Zusammen übersetzten wir die Schriftrollen und erfuhren, wie das Volk der Blutsgeschwister gelebt und was es unter die Erde getrieben hatte. Nach dem ersten Jahr aber setzte eine Veränderung ein. Atlis Stamm fing an, die Sprache der Menianer in seinen Wortschatz einzubauen und machte die Legenden zu seinen eigenen. Ganz besonders die jungen Frauen und Männer fühlten sich magisch von der unterirdischen Welt angezogen. Es dauerte nicht lange und ich konnte sie in den Nächten durch die Schächte nach unten schleichen sehen. Ich bin ihnen gefolgt und habe sie aus der Entfernung beobachtet. Sie standen am Becken, wo sie bewundernd auf die Krieger und die Königin hinabschauten. Immer wieder berührten sie das Eis minutenlang und ließen die Haut von ihren Fingerspitzen zurück. Bald schon begannen sie die Tätowierungen zu kopieren und auf ihre Körper zu übertragen.

Aber das ist Jahre und Jahre her.

Irgendwann brachen sie die Siedlung ab, irgendwann verschwanden sie im Eis und nahmen mich mit. Mehrere Male habe ich versucht zu fliehen, aber ich bin alt und ich bin müde, und jetzt machen sie sich nicht einmal mehr die Mühe, mich zu suchen. Sie schicken mir die Kinder hinterher, die mich wie altes Vieh zurücktreiben.

Sie sind ohne Gnade, sie haben ihren Glauben und der ist für sie unfehlbar. Und was habe ich? Wo ist mein Glaube, Kolja? Ich glaube an den Tod und an die Erlösung, aber Religion hat damit nichts zu tun. Ich habe versucht mit ihnen über Religion zu reden. Sie haben mich ausgelacht. Sie glauben an die Rückkehr der Königinnen, wie sie an die Rückkehr der Engel glau-

ben. Das ist ihre Religion! Sie erzählen von der Vergangenheit, als wäre die Vergangenheit ein Teil ihrer Geschichte. Sie zitieren dabei aus den Schriftrollen, aber sie wissen nicht mehr, dass sie zitieren. Es ist unfassbar, wie ein ganzer Stamm eine andere Identität annehmen kann.

Du würdest sie nicht wiedererkennen.

Der Grund, warum ich dir endlich schreiben kann, ist Atlis Tod. Der stumme Anführer hat vor einigen Stunden seinen letzten Atemzug getan und sie haben mich an seine Seite gesetzt, damit ich über seinen Geist wache. Atli war krank und sie wollen, dass ich seine Krankheit auffange, ehe sie auf den Stamm übergeht. Er starb an einer Blutvergiftung, aber das habe ich ihnen nicht verraten. Atlis Geist tobt, habe ich sie wissen lassen und dabei die Augen verdreht, seitdem haben sie mich hier eingesperrt. Es sind die ersten Stunden seit einem gefühlten Jahrhundert, die ich allein für mich habe. Die Verdammnis hat sich einen Spalt weit geöffnet und mir Raum gegeben, und so kann ich dir schreiben. Ich wünschte, ich wäre Manns genug, mich von diesem Leben zu trennen. Ein Messer liegt hier, aber ich bin feige, Kolja, und dann ist da die Hoffnung.

Lebt meine Frau? Lebt meine Tochter?

Ich würde alles dafür geben, sie ein einziges Mal wiederzusehen. Ich möchte sie um Verzeihung bitten. Ich hätte damals mit ihnen gehen sollen. Ich war kein guter Familienvater. Die Flamme der Neugierde hat mich verbrannt und nur diese Hülle zurückgelassen, die meinen Namen trägt.

Meine Dokumentationen und Ergebnisse wurden vernichtet, als Atlis Stamm das Lager abbrach. Ich habe diese Seiten hier aus einem Buch gerissen, das ich neben Atlis Bett fand. Vielleicht sind das die letzten Worte, die ich jemals schreiben werde, und wer weiß, ob du sie jemals lesen wirst.

Die Hunde waren in der letzten Nacht unruhig. Ich kenne

das Jaulen, das sie ausstoßen, wenn ein läufiges Weibchen in der Nähe ist. Wann immer andere Jäger ihren Weg kreuzen, verschwindet Atlis Stamm und wird zu Schnee und Eis. Es sind ihrer so viele, Kolja, dass ich mich berichtigen muss: Sie sind kein Stamm mehr, sie sind jetzt ein Volk. Sobald sie mich hier wieder rauslassen, werde ich die Beinfesseln von einem der Hunde lösen. Vielleicht sucht er das Weibchen auf, vielleicht kreuzt er den Weg eines anderen Stammes. Ich werde den Brief mit einer Schnur an seinem Hals befestigen. Ich hoffe auf das Glück, von dem ich hier so wenig habe. Ich kann die Erschöpfung spüren. Ich werde mich bald niederlegen und sterben. Ich bin so müde von der Kälte. Und ich bin es müde, kein Leben zu haben.

Wenn es eine Gerechtigkeit gibt, dann sollte sie mir eine zweite Chance geben.

Bitte, Kolja, finde mich.

Bitte, sprich mit meiner Familie und sag ihnen, wie sehr ich sie liebe.

Gors Thomsen

Zehn Tage später befand sich Kolja auf dem Weg ins Eis.

Sechs Wochen darauf verließ er das Schiff und fuhr mit dem Schlitten weiter zur Insel.

MOTTE

Es war diese Entschlossenheit Koljas, die ein Echo erzeugt hat, das bis in unser Heute reichte, in dem die Toten ihre Gräber verließen, Engel ohne Flügel durch die Gegend liefen und ein Psychopath Leute erschoss, weil er keine Geduld mehr hatte.

Gut, das Letzte war nicht fair. Lazar tat, was er tat, weil er die Menschheit retten wollte, aber so weit war ich noch lange nicht, um ihn als Helden darzustellen. Wäre Kolja nicht im Sommer 1866 erneut in die Arktis gereist, dann wäre das Projekt nie in die nächste Phase gegangen, und wer weiß, wo wir dann jetzt alle wären.

Und jetzt stand uns Kolja gegenüber und das Gewehr in seiner Hand war abwechselnd auf Lazar und dann auf Cedric gerichtet, die automatisch zurückgewichen waren und sich dabei einen halben Schritt voneinander entfernten, um kein gemeinsames Ziel abzugeben. Ich denke mal, es war gut, dass Kolja nicht wusste, wer von den beiden Lazar war, sonst hätte er längst abgedrückt. Der Diener schaute von einem zum anderen, dann sah er mich an. Sein Blick sagte mir: *Ich habe deine Flügel abgeschnitten und du konntest nichts dagegen tun.* Mein Blick antwortete: *Ich hol mir meine Flügel zurück, und auch wenn du ein alter Knacker bist, werde ich dir in den Arsch treten.*

»Gut«, sagte er. »Ich bin Kolja, wir erwarten euch schon.«

Er trat zurück und wir folgten ihm ins Haus. Er zeigte mit dem Waffenlauf nach rechts, damit wir uns an die Wand stellten.

»Lauf!«, hörte ich Lars rufen.

»Scheiße!«, hörte ich Rike rufen.

Im nächsten Moment rannten die beiden aus dem Haus. Rikes Haar wehte wie eine schwarze Fahne hinter ihr her, dann hatten sie den Lichtkreis der Veranda verlassen und verschwanden in der Dunkelheit.

»Das macht es leichter«, sagte Kolja und schloss die Haustür.

DER BEGLEITER

Er weiß nicht wirklich, was er da eben getan hat. Da war dieser Gedanke in seinem Kopf: *Wenn du in dieses Haus reingehst, ist es vorbei, da kommst du nie wieder lebend raus, Alter, mach alles, aber geh da bloß nicht rein!* Also hat er sich Mottes Hand geschnappt und ist losgerannt, um nach fünfzig Metern zu merken, dass es nicht Motte war, den er hinter sich herzerrte.

Lars bleibt erst stehen, als sie den Hubschrauber erreicht haben. Er sieht sich um und es ist ihm ein Rätsel, dass sie noch am Leben sind. Er hat eine Kugel in den Rücken erwartet oder dass ihm Kolja mit der Knarre hinterherkommt. Da ist aber nur Rike an seiner Seite, und sie ist mehr oder weniger angepisst.

»Was war denn das für eine Aktion?«, fragt sie atemlos.

»Wenn wir da alle reingegangen wären, hätte keiner von uns eine Chance gehabt.«

»Lars, wir stehen mitten in der Arktis und werden in ein paar Minuten erfrieren, was ist das für eine dämliche Chance?!«

Lars schweigt. Er dachte, es wäre ein brillanter Plan, um Motte aus der Situation zu retten. Er ist froh, dass er sich nicht aus Versehen Eskos Hand gegriffen hat. Um sie herum ist finsterste Nacht und kein einziger Söldner lässt sich blicken. Lars schaut zurück. Das erleuchtete Haus wirkt harmlos. Rike lacht plötzlich los.

»Lars, was tun wir hier nur?«

»Wir warten ab. Die Söldner werden die Bude gleich stürmen, sie werden Motte und die anderen rausholen und dann ist alles wieder okay. Das sind achtzehn Killer gegen einen alten Mann, du wirst sehen, das dauert keine Minute.«

»Ich steh hier auf keinen Fall so lange herum«, sagt Rike und steigt in den Hubschrauber.

Der Pilot hat die beiden die ganze Zeit über vom Cockpit aus beobachtet. Er ist ein Veteran, der in seinem Leben eine Menge verrückter Dinge gesehen hat und sich wundert, was bei der heutigen Jugend nur falschläuft. Als Rike und Lars in den Laderaum des Hubschraubers gestiegen sind, schließt er die Seitentür hinter ihnen, damit sie nicht erfrieren. Er hat selbst vier Kinder und weiß, dass es nichts Dümmeres gibt, als jung zu sein.

»Ich dachte, die Söldner stürmen die Bude in einer Minute«, sagt Rike.

»Vielleicht brauchen sie etwas länger.«

Lars kann spüren, dass ihn Rike beobachtet. Schließlich stößt sie ihn mit der Schulter an.

»Ich glaube, du bist der feigste Held, den ich kenne.«

»Zumindest sind wir noch am Leben.«

Sie warten.

Zehn Minuten vergehen.

Sie warten weiter und spüren die Windböen, die den Hubschrauber immer wieder zum Schwanken bringen. Sie wünschten sich, sie würden im Cockpit sitzen und das Haus im Blick haben.

In der fünfzehnten Minute erklingen draußen Schüsse, dann ist es wieder still.

»Was war das?«, fragt Rike.

Sie lauschen mit geneigtem Kopf und dann bricht die Hölle los. Eine Explosion folgt auf die nächste, dann ist es mit einem Schlag wieder still.

Minute um Minute verstreicht.
Es bleibt still.
»Ich halt das nicht mehr aus«, sagt Rike und tritt an die Seitentür, wo sie mit der flachen Hand gegen den Druckknopf schlägt. Die Tür öffnet sich mit einem Ratschen und sofort weht der Schnee herein. Lars flucht und folgt Rike nach draußen. Und da stehen sie wieder neben dem Hubschrauber und schauen in Richtung des Hauses, aber das Haus ist nur noch ein dunkler Fleck in der weißen Landschaft. Alle Lichter sind verlöscht.
Rike schaut zum Cockpit.
Der Pilot ist verschwunden.
»Ich mach mir gleich in die Hose«, sagt sie.
»Vielleicht setzen wir uns am besten wieder rein.«
»Lars, wir können nicht in diesem bekloppten Hubschrauber rumsitzen, während da draußen …«
Weiter kommt Rike nicht, denn die Lichter im Haus gehen wieder an, dann öffnet sich die Haustür und Kolja tritt mit einem Gewehr über der Schulter auf die Veranda, als wollte er kurz mal nachsehen, wie das Wetter ist. Das Licht über der Eingangstür fällt von oben auf seinen kahlen Schädel und taucht seine Augen in Schatten, während der Wind ihn umweht und den langen Mantel flattern lässt. Kolja schaut in die Nacht. Lars und Rike wagen es nicht, sich zu bewegen. Sie stehen hundert Meter entfernt im Dunkeln, Kolja sollte sie nicht sehen können.
»Er kann uns nicht sehen«, flüstert Lars.
»Halt die Klappe«, flüstert Rike.
Sie rücken zusammen, als würde es helfen, wenn sie weniger Angriffsfläche bieten. Lars hat das Gefühl, dass Kolja ihm direkt in die Augen schaut. Eine weitere Minute vergeht und Rikes Mund bewegt sich unmerklich, während sie ein Gebet in die Nacht schickt und darum bittet, dass sie nicht entdeckt werden.

DAS HAUS

Es ist eine Viertelstunde vorher, die Söldner haben das Haus gestürmt und kaschieren ihre Verwirrung mit Schweigen. Das Haus ist alles andere als das, was sie erwartet haben. Fünf Männer gehen in das obere Stockwerk. Sie erstatten Bericht und positionieren sich neben den Fenstern. Lomack hört das Wort *Clear* so oft, dass es in seinem Ohr wie eine Parodie klingt. Lomack hat Schwierigkeiten, seine Gedanken zu sammeln. Der Anblick ist ihm vertraut, obwohl er sich nicht erinnern kann, woher er dieses Bild kennt – keine Möbel und keine Steckdosen. Außer den Lichtern, die in die Decke eingelassen sind, gibt es keine Installationen oder Heizkörper. Die Räume sind offen und ohne Türen. Lomack kann sehen, wie der Atem vor den Mündern seiner Männer steht. Die Temperaturen im Haus liegen nur ein paar Grad über der Außentemperatur, und wohin Lomack auch schaut, es gibt keine Spur von Lazar oder Cedric.

Das Haus ist verlassen.

Irgendwo muss ein Keller sein, denkt er und sucht den Betonboden ab, *irgendwo muss …*

Weiter kommt er nicht in seinen Gedanken, denn im selben Moment verlöschen die Deckenlichter und von draußen erklingen Schüsse, dann ist es wieder still.

Lomack hat es seinen Männern gleichgetan und sich auf den Boden geworfen. Er erwartet einen Kugelhagel, der durch die Fenster kommt und die Tür perforiert.

Nichts geschieht. Es kommt auch kein Bericht von den vier Männern, die draußen an der Vorder- und Hintertür postiert sind.

»Fink? Hausner?«, sagt Lomack in das Headset.

Keine Antwort.

»Thees? Ejersbo?«

Es bleibt still in der Funkverbindung, keiner der Söldner im Haus wagt es dazwischenzuquatschen. Kein Fluchen, keine Fragen, was hier zum Teufel noch mal passiert. Lomacks Stimme ist ruhig, als er die Befehle erteilt. Er weiß, seine Männer dürfen keine Unsicherheit heraushören. Sie richten sich in dem dunklen Haus wieder auf und gehen in Position. Das Scharren ihrer Stiefel ist auf dem Boden kaum zu hören. Fenster und Türen werden besetzt.

»Keine Laser«, befiehlt Lomack, der weiß, wie verführerisch das rote Licht in absoluter Dunkelheit ist. Die Laser bleiben aus. Von draußen kommt noch immer kein Laut. Lomack versucht Kontakt mit dem Piloten aufzunehmen. Es sind zwei Augen mehr, die er dringend braucht.

Der Pilot antwortet nicht.

Lomack tritt zu Rutschinski ans Fenster. Zwei Minuten sind seit dem Stromausfall vergangen. Ihre Augen haben sich an die Dunkelheit gewöhnt. Draußen gibt es nichts zu sehen, der Schnee wirkt unberührt und die Vorder- und Hintertür liegen außerhalb ihres Blickfeldes.

»Die Fenster sind aus Panzerglas und versiegelt«, berichtet Rutschinski.

»Wie sieht es oben aus?«

Fogler meldet sich aus dem oberen Stockwerk.

»Auch hier versiegelte Fenster, und draußen bewegt sich niemand. Ich sehe den Hubschrauber, ich sehe aber nicht den Piloten.«

In diesem Moment weiß Lomack, woran ihn das leere Haus erinnert.

Nachdem er mit Lazar aus Barcelona zurückgekehrt war, wurde er von Cedric beauftragt, das Filmmaterial der letzten Mission aus Edinburgh zu studieren. Die Aufnahmen waren in einer Wohnung gemacht worden, in der Leopold und zwei Söldner ihren Tod fanden. Culmer Street 45. Die Wohnung war genauso leer und verlassen gewesen wie das Haus hier. Und noch während sich Lomack daran erinnert, wird ihm klar, was hier passiert.

»Das ist eine Falle«, zischt er.

Keine Reaktion von seinen Söldnern. Aber er weiß, sie haben ihn gehört.

»Sie haben uns reingelockt«, spricht er weiter, »und jetzt warten sie, dass wir rauskommen. Also geben wir ihnen, wonach sie verlangen und gehen raus.«

Er kann nicht wissen, wie sehr er sich täuscht.

Drei Minuten vergehen.

Von außen wirkt das dunkle Haus einsam und verlassen. Der Wind jagt den Schnee waagerecht über die Landschaft und weit entfernt kracht es, als würde ein Eisberg gegen die Stille protestieren, dann öffnen sich die Vorder- und Hintertür gleichzeitig und die Ruhe explodiert, als sechs Blendgranaten die Nacht erschüttern und die Landschaft in gleißendes Licht baden.

Die Söldner verlassen das Haus und schwärmen nach allen Seiten aus.

Und nichts geschieht.

Der Rauch verzieht sich, Ruhe kehrt wieder ein.

Die Söldner haben sich paarweise auf die Schneeverwehungen verteilt und geben einander Rückendeckung, während ihre Zielfernrohre die Gegend absuchen. Die Laser sind eingeschaltet und tasten und suchen und finden den Feind nicht.

Niemand greift sie an, niemand schießt auf sie, niemand lässt sich blicken.

Die einzige Bewegung kommt von der offen stehenden Vordertür, die sich im Windzug bewegt, ehe sie sich mit einem Klacken schließt. Die Situation ist fast schon absurd.

Lomack sieht keine Spur von den Männern, die vor dem Haus postiert waren.

»Bericht«, verlangt er.

Sie berichten in der Reihenfolge, die ihnen zugeteilt ist. Sie fallen einander nicht ins Wort. Es ist ein gutes Zeichen.

Es gibt nichts zu berichten.

Lomack liegt neben Rutschinski im Schnee, tippt sich ans Ohr und deaktiviert das Mikrofon für einen Moment. Rutschinski macht es ihm nach, denn es ist an der Zeit, dass sie die Situation unter sich besprechen, ohne für große Unruhe zu sorgen.

»Vorschläge?«, fragt Lomack und drückt sich das Nachtsichtgerät an die Augen, um sich die Umgebung anzusehen.

»Wir sollten abwarten«, antwortet Rutschinski. »Lazar muss noch irgendwo im Haus sein, wenn wir zum Hubschrauber zurückkehren …«

Lomack wartet, dass Rutschinski weiterspricht. Er lässt das Nachtsichtgerät sinken und schaut zur Seite. Rutschinski ist verschwunden, nur sein Körperabdruck ist im Schnee sichtbar, eine Schleifspur führt in die Dunkelheit. Lomack lässt das Nachtsichtgerät fallen und kommt auf die Beine. Er hat das Gewehr im Anschlag und folgt der Schleifspur. Er bereut es nach zehn Schritten.

Was tue ich?, fragt er sich. *Wieso renne ich durch die Dunkelheit, ohne meinen Männern Bescheid zu sagen?*

Lomack bleibt stehen und aktiviert das Mikrofon.

»Sie haben Rutschinski«, sagt er und schaut sich um.

Keine Antwort.

»Bericht«, sagt er.

Keine Antwort.

Die Stille ist unangenehm. Dreizehn Männer und keine Antwort. Lomack vernimmt ein Knirschen hinter sich und schnellt herum. Die Gestalt hat sich aus dem Schnee aufgerichtet. Lomack sieht die Tätowierungen auf der blassen Haut, er sieht die Schneeflocken, die an den Wimpern festkleben. Er denkt: *Ich habe doch eben an derselben Stelle gestanden.*

Und das soll auch sein letzter Gedanke sein.

Der Schneefall legt sich über die Spuren der Söldner, bis sie nicht mehr zu sehen sind. Der Wind rüttelt am Hubschrauber, die Lichter im Haus gehen wieder an. Auch die Lampe über dem Eingang erwacht mit einem Flackern und erhellt die Veranda. Drei Herzschläge später öffnet sich die Tür und Kolja tritt heraus. Das Gewehr liegt über seiner Schulter, er kneift die Augen gegen den Wind zusammen und schaut nach links und rechts und ist zufrieden mit dem, was er sieht.

Und so endet der zweite Tag.

DER DRITTE TAG

Denn der Mensch ist in der Tat das Endprodukt.
Nicht weil der Homo sapiens etwa
der Gipfel der Vollendung wäre, sondern
weil der Mensch ein gescheitertes Experiment ist,
in einer biologischen Sackgasse steckt
und unweigerlich aussterben muss.

W. S. Burroughs

DAS ERWACHEN

Und dann ist da ein Junge, der einen Tag lang am Bett seines Vaters sitzt. Er will nicht essen, er will nicht trinken. Könnte er, würde er die ganze Zeit über wach bleiben. Aber wie es in vielen Märchen ist, hat auch dieser Held seine Schwächen und bald schon schläft er ein und erwacht unten im Wohnzimmer auf dem Sofa. Er hat einen ganzen Tag an der Seite seines Vaters verbracht und jetzt ist ein neuer Morgen angebrochen.

Der Junge hat das Gefühl, eine Woche lang durchgeschlafen zu haben.

Seine Mutter sitzt ihm gegenüber und schaut Fernsehen. Er beobachtet sie heimlich aus halb offenen Augen, hält das aber nicht lange aus, denn es duftet nach frisch gebackenen Keksen. Als sich der Junge aufrichtet, sieht er den Teller auf dem Tisch. Er ist so erschöpft von dem langen Schlaf, dass er die nächsten Minuten einfach nur auf dem Sofa sitzt und hintereinander acht Kekse isst. Die Mutter schaltet den Fernseher aus und beobachtet den Jungen, wie er sie beobachtet.

»Papa ist nicht krank«, sagt der Junge schließlich.

»Nein, er ist nicht krank«, sagt die Mutter.

»Was ist er dann?«

»Ich denke, er ist tot.«

»Tot?«

Die Mutter nickt.

»Ich habe den ganzen Tag bei ihm gesessen«, sagt der Junge, »aber es ist nichts passiert.«

»So ist das mit den Toten«, sagt die Mutter. »Da passiert nichts mehr.«

»Aber wieso kann er dann laufen?«

»Ich weiß es nicht.«

»Und er riecht komisch.«

Die Mutter nickt, ja, ihr Mann riecht komisch.

»Bleibt er jetzt für immer da oben liegen?«

Die Mutter weiß keine Antwort. Sie hat im Internet recherchiert. Die ganze Welt ist von den Toten überflutet. Sie hat in Foren gelesen und mit ihrer besten Freundin telefoniert. Niemand hat eine Antwort. Die Kirche liegt in den letzten Atemzügen. Es wird gesagt, der Himmel sei geschlossen. Es wird gesagt, Gott sei ebenfalls von den Toten erwacht und das neue Zeitalter würde beginnen. Manche reden von einem Virus, aber die Mutter weiß, dass das albern ist. »Der Respekt vor den Toten ist so groß wie die Furcht vor den Toten«, sagten sie in den Nachrichten. Die Mutter fürchtet sich auch. Sie fürchtet sich davor, dass ihr Mann wieder verschwindet, dass er bleibt, dass er sich nicht verändert. Furcht und Hoffnung sind eine gefährliche Mischung. Sie halten den Glauben eines Menschen in der Schwebe und lassen ihn die Realität verleugnen.

»Vielleicht warten wir noch ein bisschen«, sagt die Mutter.

»Kann ich denn wieder hochgehen?«

»Nur wenn du runterkommst, sobald ich dich rufe.«

Der Junge rutscht vom Sofa und gibt seiner Mutter die Hand.

»Versprochen«, sagt er.

Und dann ist da ein Mann, der im Bett liegt und nicht mehr existiert. Er ist still, er ist in einer perfekten Ruhe. Es ist nicht die Ruhe des Todes. Es ist die Ruhe des Angekommenseins. Die Flamme seiner Sehnsucht wird durch diese Ruhe genährt.

Sie lässt ihn denken. Aber er denkt nicht.

Sie lässt ihn fühlen. Aber er fühlt nicht.

Denken und Fühlen sind für ihn nicht von Interesse. Er ist nur und er wird so lange sein, solange diese Flamme der Sehnsucht in seinem Inneren weiterbrennt.

»Hallo, Papa, ich bin's wieder«, sagt der Junge und setzt sich ihm gegenüber auf den Sessel.

Der Mann weiß nicht mehr, dass er der Papa ist. Aber etwas in seinem Inneren beginnt sich zu regen, als er die Stimme des Jungen hört. Ein Teil von ihm ist mit dem Jungen verbunden. Nicht wie gestern oder vorgestern. Hier und jetzt am dritten Tag fühlt es sich für den Mann an, als wäre eine Klarheit im Raum, sobald der Junge in seiner Nähe ist. Es ist anders als bei der Frau. Bei der Frau füllt sich der Raum mit Geborgenheit. Sohn und Frau sind keine Körper mehr für ihn, sie sind Zustände.

Es gibt ihn wegen mir.

Der Mann ist verwirrt, sein geschlossenes linkes Auge zuckt. Es ist der erste klare Gedanke, der seit seinem Tod durch seine Gehirnwindungen wandert.

Es gibt ihn wegen mir.

Die Ruhe ist gestört, aber es ist eine gute Unterbrechung. Der Mann öffnet die Augen. Ein trüber Schleier liegt über seinen Pupillen, durch den er den Jungen nur unscharf auf dem Sessel sitzen sehen kann. Der Junge bemerkt den Blick nicht. Er balanciert einen Stapel Kekse auf seinem Knie und schaut in ein Buch.

»Also wenn ich mal ein Buch schreibe«, sagt er mit vollem Mund, »dann mache ich mehr Bilder rein und nicht so viele Wörter.«

Der Junge blättert um und nimmt sich den nächsten Keks, er isst ihn langsam und bedächtig und sieht dabei nicht auf. Der Mann schließt die Augen wieder. Dem einen Gedanken folgt ein Gefühl. Er versteht das Gefühl noch nicht. Aber er wird es bald verstehen.

Die Zeit des Erwachens ist nahe.

MOTTE

Der Mittwoch ging zu Ende, es war drei Uhr früh am Donnerstagmorgen und wir dachten, wir wären nach der Landung auf der Insel bereit für alles, aber dass uns ein alter Mann einen Gewehrlauf vor die Nase hält, damit hatte keiner gerechnet. So wie auch keiner erwartet hatte, dass Lars einen Abgang macht und Rike mitnimmt. Ich muss zugeben, das war mehr als mutig von meinem Kumpel. Besonders in Anbetracht der Tatsache, dass es eigentlich keinen Ort gab, an den er verschwinden konnte.

Wir standen in einem vollkommen leer geräumten Haus und ich fragte mich, wie Kolja uns alle vier unter Kontrolle halten wollte. Kaum hatte ich das gedacht, trat ein Mann aus dem Nebenzimmer. Er passte überhaupt nicht in die Gegend – Cowboystiefel, Jeans und ein rot-schwarz kariertes Flanellhemd. Hätte er in dem Moment einen lockeren Line Dance hingelegt, wäre ich nicht überrascht gewesen. Sein Name war Philipp Draeger und er leitete den privaten Sicherheitsdienst, der seit zwanzig Jahren die Familie schützte. Bis vor Kurzem hatte der Zar gedacht, dass Draeger exklusiv für ihn arbeiten würde, er hätte sich nicht schlimmer täuschen können. Draeger stand unter dem Befehl der Gräfinnen, was auch erklärte, warum er meinen Vater nie ausfindig gemacht hatte – er hatte sich nie die Mühe gemacht, nach ihm zu suchen.

»Stellt euch mit den Händen an die Wand«, befahl uns Draeger und ging dann von einem zum anderen. Er nahm Cedric und Lazar die Waffen und den Empfänger ab, ehe er unsere Hände auf dem Rücken fesselte. Keine zwei Minuten später durften wir uns wieder umdrehen.

»Wie viele von den Söldnern sind noch draußen?«, fragte ihn Kolja.

»Neunzehn mit dem Piloten.«

»Und wie sieht es unten aus?«

»Sie sind auf dem Weg zum Fahrstuhl.«

»Und die Gräfinnen?«

Draeger schüttelte den Kopf.

»Die Gräfinnen und das Mädchen waren nicht dabei.«

Ein Muskel in Koljas Gesicht zuckte.

»Vielleicht kommen sie noch nach«, sprach Draeger schnell weiter. »Der---«

»Wir sollten hier was klären«, unterbrach ihn Lazar.

Draeger und Kolja wandten sich uns zu, wie wir da gefesselt in einer Reihe standen.

»Was willst du klären?«, fragte Kolja.

»Meine Männer werden das Haus in fünf Minuten stürmen«, sprach Lazar weiter. »Es wäre klug, die Waffen niederzulegen. Ihr habt anscheinend keine Ahnung, mit wem ihr es hier zu tun habt.«

Kolja trat näher.

»Ein Auge ist der Tag«, sagte er, »das andere die Nacht. Du musst Lazar sein.«

Kolja wartete keine Antwort ab. Der Gewehrkolben bohrte sich in Lazars Magen und ließ ihn zusammenklappen. Lazar sank auf ein Knie und war weiß im Gesicht.

»Wir wissen genau, mit wem wir es zu tun haben«, sagte Kolja und wandte sich an Draeger. »Bringen wir sie nach unten.«

Im Nebenzimmer war eine der Bodenplatten verschoben und eine Wendeltreppe führte nach unten. Kolja ging vor, wir folgten, Draeger bildete das Schlusslicht. An den Wänden waren alle paar Meter Lampen angebracht. Es gab ein mechanisches Geräusch über uns. Ich schaute hoch. Eine der Bodenplatten verschloss den Zugang zur Wendeltreppe.

»Geh weiter«, sagte Draeger hinter mir.

Fünf Minuten später trafen wir auf eine Zwischenebene und standen in einer Kommandozentrale. Sie war hightech pur und nicht das, was man erwartet, wenn man in der Arktis unter die Erde geht, sie sah aber aus, als wäre sie von einem Tornado verwüstet worden. Bücher, Tastaturen, Papiere und Möbel lagen auf dem Boden, die Deckenlampen warfen ein flackerndes Licht in den Raum und ein Gestank von verbranntem Plastik lag in der Luft. Von den zwanzig Monitoren war der Großteil eingeschlagen. Drei Männer saßen reglos an die Wand gelehnt, ihre Kleidung war blutverschmiert. Im Fernsehen hatten sie gesagt, dass sich die Toten erst Stunden nach ihrem Tod in Bewegung setzten. Die drei hier mussten erst vor Kurzem gestorben sein.

Kolja tippte auf eine der Tastaturen und rief eine Außenansicht des Hauses auf, das wir eben verlassen hatten. Ich hätte gerne nachgeschaut, wo Lars und Rike sich jetzt befanden, aber ich war mir sicher, dass Kolja da nicht mitspielen würde. Das Bild war ohne Ton. Wir sahen Lazars Söldner aus ihren Verstecken kommen und das Haus betreten. Kolja wechselte zur Innenperspektive. Es war skurril, die Söldner vollkommen lautlos durch die Zimmer streichen zu sehen, die zwanzig Meter über uns lagen. Vier Söldner blieben draußen und hielten an der Vorder- und Hintertür Wache.

»Sie werden den Zugang finden«, sagte ich.

»Mit der Zeit ja«, sagte Kolja und tippte einen Befehl ein.

Der Monitor wurde augenblicklich schwarz, Kolja wechselte

zur Außenansicht, das Haus war in Dunkelheit gehüllt. Das ist genau das richtige Wort. Gehüllt. Mehrere Schüsse wurden abgefeuert und blitzten auf dem Monitor in verstörten Pixeln auf. Als das Bild wieder zurückkehrte, waren die Söldner draußen verschwunden.

»Wo sind sie hin?«, fragte ich.

Kolja antwortete nicht.

Hinter mir hörte ich Lazar mit Draeger reden und ihn fragen, ob er auch vom Militär sei und ob er wüsste, was hier passieren würde. Draeger bat Lazar, die Klappe zu halten, sonst würde er auch noch sein zweites Auge verlieren. Kolja blieb auf die Monitore konzentriert. Ich wollte ihm gerade verraten, dass er die Söldner bestimmt nicht loswurde, indem er die Lichter löschte, als die Haustür aufschwang und ein Feuerwerk losging. Keine Ahnung, womit da rumgeworfen wurde, auf jeden Fall blendete es so sehr durch den Monitor, dass ich die Augen abwenden musste. Als das Feuerwerk zu Ende war, trat der letzte Söldner aus dem Haus und verschwand in der Landschaft.

»Blendgranaten«, sagte Kolja. »Sehr clever.«

»Meine Männer sind keine Idioten«, meldete sich Lazar.

Kolja schwenkte die Außenkamera und suchte die Gegend ab. Die Söldner blieben verschwunden, niemand war zu sehen. Kolja suchte weiter. Es dauerte einen Moment, ehe ich begriff, dass er nicht nach den Söldnern Ausschau hielt.

»Wer ist da noch draußen?«, fragte ich.

Endlich nahm Kolja den Blick vom Monitor und sah mich an.

»Wie konntest du dich mit Lazar zusammentun? Er hat alle deine Brüder umgebracht, er wollte auch dich töten! Was stimmt nicht bei dir?«

Ich dachte, ich hätte mich verhört. Ich stand vor ihm wie ein Schüler, der angepfiffen wurde.

»Sag mal, bist du vollkommen bescheuert?«, fragte ich zurück. »Was auch immer Lazar getan hat, er tat es, um die Prophezeiung aufzuhalten. Und was immer ihr getan habt, war für euren eigenen Zweck. Außerdem hast du blöder Penner mir die Flügel abgeschnitten und mich dann beerdigt, was denkst du, wie sich das angefühlt hat?!«

Kolja sprang vom Stuhl auf und packte mich am Nacken, wie man einen Hund packt, der nicht pariert.

»Du hast keine Ahnung, wovon du redest«, zischte er.

»Und du hast Glück, dass ich gefesselt bin«, antwortete ich.

Er ließ mich los, ich taumelte ein paar Schritte zur Seite. Der Diener hatte gezeigt, dass er kein Diener mehr war. Ich spürte, wie die Plastikfesseln in meine Haut schnitten. Meine Wut war unglaublich. Die Knochen in meinen Handgelenken knackten, ich war bereit, so lange an diesen Fesseln zu zerren, bis sie rissen oder mir die Hände abfielen. Aber Kolja war noch nicht fertig mit mir.

»Motte, Lazar hat das Haus der Kormorane vernichtet.«

»Und?«

»Deine Mutter war dort die Hausherrin.«

»Was?!«

Ich schnellte herum und sah Lazar an.

»Es war mein Job«, sagte er. »Ich habe getan, was ich tun musste.«

»Du hast …«

Mir rutschte die Stimme weg, sodass ich erneut ansetzen musste.

»Du hast meine Mutter umgebracht?«

»Ich wusste nicht, dass sie deine Mutter war …«

Er sprach nicht weiter, aber in der Luft lag das Ende seines Satzes: *… selbst wenn ich es gewusst hätte, hätte es keinen Unterschied gemacht.* Wir starrten einander an – ein alter Mann und ein junger Mann und beide mit gefesselten Händen auf dem Rücken.

»Es tut mir leid«, schob Lazar hinterher.

Ich wusste nicht weiter, ich hatte keine Ahnung, wohin mit meiner Wut und Hilflosigkeit. Ich trat einen Schritt auf Lazar zu. Esko stellte sich mir in den Weg.

»Nicht«, sagte er.

Mir standen Tränen in den Augen. Bis eben hatte ich nicht einmal gewusst, wo meine Mutter abgeblieben war. Als mir Esko vom Haus der Kormorane erzählt hatte, war es einfach nur ein weiteres Haus der Familie gewesen, in dem Mona aufgewachsen war und das die Bruderschaft vernichtet hatte. Plötzlich begriff ich, was Esko getan hatte.

»Du wusstest davon«, sagte ich.

Esko machte sich nicht die Mühe zu leugnen.

»Aber wie konntest du das vor mir verbergen?«, wollte ich wissen. »Ich ... Scheiße, ich habe doch deine Erinnerung bekommen. Ich dachte, ich weiß alles.«

»Motte, du hast erfahren, was ich dich habe erfahren lassen. Und der Tod deiner Mutter war eine Information, die ich dir nicht geben wollte. Einen Tag bevor das Haus der Kormorane von Lazar gestürmt wurde, hat Mona die Erinnerung deiner Mutter berührt. Auf diese Weise erfuhr sie von deiner Existenz. Hätte ich dich das wissen lassen, wärst du nie mit Lazar mitgegangen.«

»Natürlich wäre ich nicht mitgegangen, was---«

»Wir *müssen* hier sein«, unterbrach mich Esko. »Es ist absolut notwendig, dass wir hier sind. Darauf solltest du dich konzentrieren.«

Sein Blick bat mich, ruhig zu bleiben. Ich schaute an ihm vorbei zu Lazar.

»Das hier zwischen uns ist noch nicht vorbei, verstehst du?«

Er nickte, ich sah weg und fühlte mich hundeelend. Draeger hatte sich in der Zwischenzeit neben Kolja gestellt. Sie betrachteten den Monitor und die dunkle Schneelandschaft vor dem Haus. Ich hätte den beiden gerne in den Hintern getreten.

»Sie werden uns niemals gehen lassen«, sagte Draeger.

»Das werden wir sehen«, erwiderte Kolja und schaltete den Monitor aus. »Wenn sie jemand zur Vernunft bringen kann, dann bin ich es.«

Er sah uns an. Er wusste zu dem Zeitpunkt längst, dass das Projekt vollkommen aus dem Ruder gelaufen war, hätte er aber gewusst, was uns unter der Erde erwartete, hätte er die folgenden Worte nie ausgesprochen.

»Schaff sie runter zu den Gräfinnen«, sagte Kolja. »Ich habe versprochen, ich bringe ihnen die Engel, und ich bin jemand, der seine Versprechen hält.«

Mit diesen Worten verließ Kolja die Kommandozentrale und stieg die Wendeltreppe wieder hinauf. Wir hörten seine Schritte auf den Metallstufen, dann erklang das mechanische Geräusch der sich öffnenden Steinplatte.

»Dann wollen wir mal«, sagte Draeger.

DAS HAUS

Kolja steht reglos in der Dunkelheit und lauscht. Nichts ist im Haus zu hören. Die Wände und Fenster sind so gut isoliert, dass kein Laut hereindringt. Und nichts entweicht nach draußen, auch nicht die Gerüche. In der Luft steht der herbe Gestank von Panik und Testosteron, er ist die einzige Spur, die von den Söldnern geblieben ist.

Koljas Schritte hallen durch die leeren Zimmer. Er öffnet eine Wandklappe und legt einen Schalter um. Das Haus wird wieder in Licht getaucht. Kolja tritt nach draußen.

Der Wind hat gedreht, der Schnee malt weiße Kratzer in die Luft und Kolja spürt, wie seine Nasenhaare gefrieren. Für eine Weile wartet er unter dem Verandalicht und kann die Nervosität nicht unterdrücken. Seine Hände zittern, es liegt aber nicht an der Kälte. Auch wenn er sie nicht sehen kann, spürt er, dass sie da draußen sind und ihn beobachten.

Das Volk, denkt er, *mein Volk.*

Er weiß, dass sie leichtes Spiel mit den Söldnern hatten. Wenn sie wollten, könnten sie auch ihn innerhalb von wenigen Sekunden in der Luft zerreißen. Sie greifen ihn aber nicht an, weil sie ihn respektieren. Er ist es, der in das Eis zurückgekehrt ist, er ist es, der ihnen die Zukunft brachte, und das hier ist daraus geworden – ein Volk wurde geboren, ein Volk wuchs heran.

Und jetzt ist das Volk wütend, denkt Kolja und rutscht mit diesem Gedanken ein wenig aus der Zeit und spürt den Schneefall im Gesicht, wie er ihn damals gespürt hat, als die Messerklinge gegen seinen Hals gedrückt wurde. Es war sein erster Kontakt mit dem Volk gewesen. Die Erinnerung ist plötzlich und so nahe, dass sie Kolja den Atem verschlägt und er in die Sicherheit des Hauses zurückweichen will. Heute ist gestern ist 1866. Die Zeiten sind wie die Seiten eines Buches – sie liegen übereinander, sie sind gleichzeitig. Nur dass im Jahre 1866 hier noch kein Haus stand, in das Kolja hätte fliehen können.

Es ist Spätsommer in der Arktis und Kolja ist ins Eis gereist, um Thomsen aus der Gefangenschaft von Atlis Stamm zu befreien. Er fühlt sich dem Altertumsforscher gegenüber verpflichtet. An dem Tag, an dem er die Toten des Stammes in der goldenen Kuppel entdeckt hatte, hätte er nicht davonrennen dürfen. Er hätte Thomsen finden und nach Hause bringen müssen. Es war die pure Furcht, die ihn damals flüchten ließ; und jetzt ist er zurück und weiß nicht wirklich, wo er mit seiner Suche anfangen soll.

Atlis Stamm kann überall sein.

Die gefärbten Knochen über dem Schachteingang sind vom Schnee freigeräumt. Kolja schlägt sein Lager daneben auf. Er will bei Tagesanbruch und mit genügend Licht hinabsteigen. Fast dreißig Jahre war er nicht mehr hier und die alte Furcht bewegt sich in seinem Inneren wie ein Parasit, der am Erwachen ist.

Sie warten nicht bis zum Morgen, sie kommen zu ihm, als er in der Nacht aus seinem Zelt tritt, um sich zu erleichtern. Kolja sieht und hört sie nicht. Da ist plötzlich eine Klinge an seinem Hals, und er wagt es nicht, sich zu rühren. Vielleicht vergeht eine, vielleicht sind es fünf Minuten. Sein Körper verkrampft sich, die Beine beginnen zu zittern und die ganze Zeit über weicht das Messer nicht von seiner Kehle.

Nach einer Weile sieht er die Gestalt aus dem Schneefall treten. Sie ist in Robbenfelle gekleidet und trägt eine Schneebrille aus Leder mit zwei Schlitzen, hinter denen Kolja die Augen nur erahnen kann. Die Tätowierungen überziehen jedes freie Stück Haut. Über ihrem Rücken liegt ein Bogen und an ihrem Gürtel stecken zwei Messer. Sie ist eine Kriegerin, und das ist ein irritierendes Bild, denn Kolja weiß, dass es in Atlis Stamm keine Krieger gegeben hat. Sie sind Jäger gewesen.

»Thomsen sagte, du würdest kommen, und hier bist du«, sagt sie. »Wir sind wach, wir warten.«

»Wo seid ihr?«, fragt Kolja. »Wo ist dein Volk?«

»Mein Volk ist hier.«

»Und wo ist Thomsen?«

»Auch er ist hier.«

»Wo ist hier?«

Sie stampft einmal mit dem Fuß auf den Boden.

»Hier ist der Schnee, hier ist der Wind, hier sind wir, und wir warten.«

»Auf was?«

Die Kriegerin tritt näher an ihn heran, Kolja kann trotz des eisigen Windes die Hitze spüren, die von ihr ausgeht. Er riecht ranziges Robbenfett, Schweiß und einen süßen Moschusduft. Wenn das Messer an seiner Kehle nicht wäre, würde er jetzt einen Schritt zurückweichen. Als die Kriegerin wieder spricht, sieht er ihre spitz gefeilten Zähne.

»Wir warten auf dich«, sagt sie und wendet sich ab.

Im selben Moment verschwindet auch die Klinge von Koljas Hals, aber erst als die Kriegerin im Schneefall nicht mehr zu sehen ist, wagt er es, sich umzudrehen. Niemand steht hinter ihm, da sind nicht einmal Spuren im Schnee zu erkennen. Jetzt erst spürt Kolja die Kälte. Er will in das Zelt zurückkehren und sich aufwärmen, als sich aus derselben Richtung, in der die Kriegerin verschwunden ist, ein Licht nähert.

Kolja hatte ein Bild von Thomsen vor Augen – ein alter, müder Mann, der über dreißig Jahre in Gefangenschaft gelebt hat. Er hat nicht mit diesem Anblick gerechnet. Thomsen ist nicht nur alt, er ist so krank, dass er nur die Hülle seines Selbst ist. Die Kleidung hängt schlaff um seinen Körper herum und seine Augen haben einen gelblichen Schimmer. Er stützt sich schwer auf einen Stock, als könnte er ohne ihn nicht laufen. In seiner anderen Hand hält er eine Laterne, ihr Licht lässt die Haut in seinem Gesicht transparent erscheinen. Er lächelt und Kolja kann sehen, dass er zahnlos ist.

»Ich wusste, dass du kommst«, sagt Thomsen. »Und ich hoffe, du verzeihst mir, dass sie dich mit meiner Hilfe hierhergelockt haben. Sie ließen mich den Brief schreiben. Jedes Wort darin ist wahr, nur hätte ich dich nie hergebeten, Kolja. Sie brauchen dich, damit du sie in die Zukunft führst.«

Kolja ist verwirrt.

»Ich kann nicht ihr Anführer sein«, sagt er.

Thomsen schüttelt den Kopf.

»Das hat auch keiner von dir erwartet. Sie haben eine Anführerin, du hast sie eben getroffen. Sie ist Atlis vierte Tochter. Nein, sie brauchen dich, damit du ihnen ein neues Zuhause gibst. Ich nütze ihnen nichts mehr, ich bin eine Last, meine Tage sind gezählt, sieh mich an, meine Nieren versagen. Du aber bist stark, du bist ihre Zukunft.«

Er hebt die Laterne ein wenig, sodass das Licht auf Koljas Gesicht fällt.

»Das hier ist noch immer dein Projekt«, spricht Thomsen weiter. »Seit Atlis Tod ist der Stamm in Unruhe. Atlis letzte Worte handelten von dir. Er sagte, die Zeit wäre gekommen, das Volk wäre erwachsen genug und die Zukunft dürfe beginnen. Sie wissen von der Prophezeiung, Kolja, sie haben die Schriftrollen studiert und ein Recht auf ihr Erbe. Lass sie ein Teil des Ganzen sein, dann werden sie mich gehen lassen.«

»Sie tauschen dich ein?«

»Sie tauschen mich ein.«

»Niemals hätte Atli das zugelassen.«

»Das ist auch nicht mehr Atlis Stamm«, sagt Thomsen. »Ihr Denken hat sich gewandelt. Sie haben die Traditionen der Menianer zu ihren eigenen gemacht. Selbst die Namen aus ihren Totenbüchern haben sie übernommen. Sie wissen von den Engeln, Kolja, sie erwarten ihre Rückkehr.«

»Aber das kann noch Jahrhunderte dauern.«

»Dann wird es eben noch Jahrhunderte dauern. Zeit hat hier keine Bedeutung. Wir beide wissen, dass es eines Tages geschehen wird. Und das Volk weiß es auch.«

Kolja weicht Thomsens Blick aus und schaut über die Schneelandschaft. Er hat die Kriegerin gesehen, er hat die Gefahr gespürt, die von ihr ausging. *Sie ist zu allem fähig gewesen,* denkt er und will seine Zweifel Thomsen gegenüber gerade äußern, da knistert das Funkgerät in seinem Mantel, und das Geräusch lässt Kolja aus der Vergangenheit treten.

Thomsen ist verschwunden, das Laternenlicht ist der Dunkelheit gewichen und Kolja ist benommen von dem Tempo – 145 Jahre innerhalb von einer halben Sekunde. Er steht vor dem erleuchteten Haus und der alte Schachteingang liegt sieben Meter hinter ihm unter dem Fundament.

Damals ist wie heute, heute ist wie damals.

Der eisige Wind, das Stechen der Schneeflocken im Gesicht, die Stille der Arktis.

Kolja zieht das Funkgerät aus dem Mantel. Draeger will wissen, ob da oben alles in Ordnung ist.

»Sie zeigen sich nicht«, antwortet Kolja. »Ich …«

Er verstummt. Da war eben eine Bewegung.

Kolja wartet, dass sich seine Augen fokussieren, dann sieht er den Jungen und das Mädchen hundert Meter entfernt in der Dunkelheit stehen. Hätten sie sich nicht bewegt, wären sie ihm nie aufgefallen.

Wie lange stehen sie da schon?, fragt er sich.

Sie starren zu ihm rüber und rühren sich nicht.

Wie zwei Hasen im Schweinwerferlicht, denkt Kolja und ist unbesorgt, weil von den beiden keine Gefahr ausgeht. Wenn sie klug sind, steigen sie in den Hubschrauber, schließen die Türen und hoffen auf das Beste. Es wundert ihn, dass sie überhaupt noch am Leben sind.

»Ich komme runter«, sagt Kolja in das Funkgerät und steckt es weg.

Eine Böe bringt ihn zum Schwanken. Kolja glaubt die Kriegerin im Wind zu riechen, als würde die Erinnerung an sie noch in der Luft schweben. Er seufzt. Atlis Tochter ist seit über hundert Jahren tot. Die Anführer des Stammes sind gekommen und gegangen, eine Generation nach der nächsten. Die Erinnerung hinterlässt bei Kolja immer ein bedrückendes Gefühl von Sentimentalität. Er teilt das mit dem Zaren. *Es muss in unseren Genen liegen,* denkt er und wendet sich ab, um das Haus zu betreten. Er löscht das Licht und geht zur Wendeltreppe. Und die ganze Zeit über folgt ihm die Vergangenheit wie ein anhänglicher Hund, der beachtet werden will.

DER BEGLEITER

Sie sehen Kolja ins Haus zurückgehen. Die Lichter verlöschen wieder und das Haus wird zu einem Schemen in der Schneelandschaft. Rike atmet laut aus.

»Er hätte zumindest das Licht anlassen können«, sagt Lars. »Glaubst du, er hat uns gesehen?«

»Natürlich hat er uns gesehen«, sagt Rike. »Aber wir sind wahrscheinlich so unwichtig, dass es für ihn keinen Unterschied macht.«

Rike setzt sich in Bewegung.

»He, warte, wo willst du hin?«

»Ins Haus.«

»Und was ist mit dem Alten?«

Rike dreht sich um.

»Willst du hier draußen erfrieren?«

»Wir können uns wieder in den Hubschrauber setzen.«

»Lars, der Pilot ist verschwunden. Was auch immer hier draußen rumläuft, ich will nicht, dass es uns auch holt.«

»Wer sagt denn---«

»Was denkst du, wohin die Söldner verschwunden sind?«

»Ins Haus vielleicht?«

Rike lacht.

»Du meinst, der Alte kommt raus, schaut sich gemütlich um

und kehrt ins Haus zurück, wo achtzehn Söldner auf ihn warten?«

»Na ja«, sagt Lars.

Rike geht weiter auf das Haus zu und wünscht sich, Lars hätte sie nicht mit sich gezerrt.

Ich würde jetzt bei Motte sein, denkt sie, *ich wüsste, was da drinnen passiert.*

»Warte«, ruft Lars und läuft ihr hinterher.

Rike erreicht die Veranda, sie steigt die Stufen hoch und drückt die Klinke herunter. Die Tür ist verschlossen.

»Na, prima«, sagt sie und wendet sich Lars zu. »Das wäre also eine Option, die wir ...«

Sie verstummt, sie steht alleine auf der Veranda, sie steht alleine in der Arktis und hat das Gefühl, der einzige Mensch auf der Welt zu sein. Sie sagt sich, sie muss ruhig bleiben, sie sagt sich, sie darf jetzt nicht wie eine von diesen Gören in Horrorfilmen kreischend durch die Gegend laufen. Rike spielt mit dem Gedanken, sich auf die Verandastufen zu setzen und einfach abzuwarten.

Irgendwas passiert immer, wenn man abwartet.

Oder man erfriert und das war's dann, denkt sie und verwirft die Idee und marschiert durch den Schnee zurück. Niemand kommt ihr in die Quere, niemand hindert sie daran, in den Hubschrauber zu steigen. Rikes Gedanken sind dabei ganz nüchtern.

Das hier ist ein Militärhubschrauber, die werden ja wohl irgendwo Waffen rumliegen haben.

Und so beginnt sie zu suchen.

LAZAR

Zu behaupten, du bist vor den Kopf geschlagen, wäre eine Untertreibung. Du hattest Gegenwehr erwartet, denn niemand verzieht sich in diese Einöde, ohne sich abzusichern. Dass es aber ein uralter Mann sein würde, der euch die Tür öffnet, damit hast du wirklich nicht gerechnet.

Und wo sind deine Söldner?

Und was zum Teufel machst du mit gefesselten Händen auf dem Rücken?

Zumindest sind die toten Mädchen von deiner Seite verschwunden, seitdem du den Hubschrauber verlassen hast. Wenn du jetzt etwas nicht brauchst, dann ist es ihre Anwesenheit.

Draeger zeigt auf die Stufen, die nach unten führen. Cedric geht vor, du folgst, dann kommen Esko und Motte. Du beugst dich über das Geländer. Ein Ende der Wendeltreppe ist weit unten zu sehen, eure Schritte hallen durch den Schacht.

Nach fünf Minuten erreicht Ihr die nächste Ebene.

Hier ist keine zweite Kommandozentrale. Der Boden um die Wendeltreppe herum ist festgestampfte Erde, ein Tunnel öffnet sich rechts von euch und verschwindet hinter einer Biegung. Du hörst über dir, wie Draeger in ein Funkgerät spricht, es ist der beste Moment.

»Wir gehen weiter runter«, hörst du Draeger sagen.

Cedric wirft dir einen kurzen Blick zu, ihr denkt dasselbe. Der Tunnel könnte in einer Sackgasse enden oder zu einer weiteren Kontrollstation führen. Aber darum geht es nicht, es geht nur darum, dass ihr jede Chance nutzt, die sich euch bietet, denn wer das nicht macht, der ist dumm und hat kein Recht zu existieren.

MOTTE

Und dann rannten sie plötzlich los.

Ich hatte schon lange nicht so was Albernes gesehen – zwei alte Männer, die mit auf dem Rücken gefesselten Händen einen Tunnel runterrennen. Hätte ich mit einer Tüte Popcorn auf dem Schoß im Kino gesessen, dann hätte ich laut losgelacht. So blieb ich einfach nur stehen und hörte Draeger hinter mir fluchen, ehe er sich mit gezogener Waffe an Esko und mir vorbeischob.

Lazar und Cedric waren keine zwanzig Meter weit gekommen.

Draeger sprang die letzten Stufen runter und landete sicher auf dem Boden. Er hielt seine Waffe im Anschlag und zielte auf Lazars Rücken, als ihn Esko von der Seite rammte. Draeger verlor das Gleichgewicht, prallte gegen die Wand und sein Kopf traf mit einem knirschenden Laut auf den Stein. Die Waffe fiel zu Boden und Draeger rutschte betäubt am Fels hinunter.

Vom oberen Ende der Wendeltreppe erklangen Schritte.

Kolja befand sich auf dem Weg nach unten.

»Worauf wartest du?«, fragte mich Esko und verschwand in den Tunnel.

Ich stand da wie ein Idiot, der einfach nur dasteht und sich nicht entscheiden kann. Draeger begann sich wieder aufzurichten, er wischte sich über die Stirn, sah das Blut an seinen Fingerspitzen und schüttelte den Kopf, als wäre er eben erst erwacht. Ich hätte ihm die Beine wegtreten können, aber wie ich mein Glück kannte, legte ich mich dabei wahrscheinlich selbst auf die Fresse und das war es dann gewesen mit dem letzten Engel. Aber ich musste was tun, also tat ich was Albernes und kickte Draegers Knarre in den Tunnel. Sie klapperte gute zehn Meter über den Steinboden, dann lag sie still, und ich war wieder acht Jahre alt und rannte die Straße runter und kickte eine leere Dose vor mir her, während das Stadion tobte und mich als Torjäger bejubelte. Ich folgte der Knarre und kickte sie ein zweites Mal, dann reichte es aber auch, denn Kolja musste die Ebene erreicht haben. Ich hörte ihn hinter mir rufen, Draeger antwortete und ich sprintete auf das Licht zu.

Der Tunnel machte einen Knick und plötzlich hörte ich ein lautes Rauschen und kam schliddernd zum Stehen, weil sich der Tunnel vor mir geöffnet hatte und ich plötzlich draußen stand. Natürlich war ich nicht wirklich draußen, ich befand mich noch immer zweihundert Meter unter der Erde auf einem Plateau und über mir wölbte sich ein Himmel aus Stein. Das Rauschen um mich herum war ohrenbetäubend und das Licht trübe, als könnte es sich nicht zwischen Morgen- und Abenddämmerung entscheiden. Weiter vorne sah ich Esko am Rand des Plateaus stehen, Lazar und Cedric waren verschwunden.

»Was machst du da?«, rief ich und rannte zu Esko. »Sie sind hinter uns her und du stehst hier …«

Weiter kam ich nicht, denn jetzt sah ich, was er sah.

Der Anblick da unten war ein wenig, als hätten Jules Verne und H.P. Lovecraft die Nacht durchgekifft und aus ihren Ideen ein wunderschönes Kind mit Krallen wie Brotmessern gezeugt. Das Kind war eine unterirdische Welt. Wohin wir auch schauten, es grünte und blühte und in weiter Ferne breitete sich eine Stadt aus. Bestimmt war sie mal schön, bestimmt war sie mal ein regelrechtes Wunder gewesen, aber das gehörte der Vergangenheit an. Flammen tobten über den Häusern, dichter Rauch wölbte sich dem Steinhimmel entgegen und es lag eine brütende Hitze in der Luft, die einem den Atem raubte. Das da unten war kein Paradies mehr, es war ein Inferno. Ich wusste jetzt auch, woher das Rauschen kam – zwanzig Meter unter uns schoss ein Wasserfall aus dem Fels und stürzte in ein Becken, das von hier oben aussah wie eine Badewanne für Babys.

»Dreht euch um!«

Wir drehten uns um.

»Kommt auf uns zu!«

Kolja stand neben Draeger, das Gewehr im Anschlag. Draeger hatte seine Knarre wieder aufgehoben, das Blut rahmte sein Gesicht wie eine schlechte Frisur. Er sah sich suchend nach Lazar und Cedric um. Ich folgte seinem Blick. Am Rand des Plateaus führten Stufen im Fels nach unten.

»Denk nicht mal dran«, sagte Kolja.

Es wäre unsinnig gewesen, die Stufen mit gefesselten Händen runterzurennen. Niemals würden wir das schaffen, ohne dass uns die beiden einholten. Esko sah mich an, ich hob die Schultern.

»Was haben wir schon zu verlieren?«

»Die Menschheit«, sagte Esko.

»Scheiß auf die Menschheit«, sagte ich.

Wir drehten uns um und sprangen.

LAZAR

»Springen?«, fragt Cedric.

Du schaust nach unten und schätzt, dass es hundert Meter bis zum Boden sind. Ein Wasserfall schießt aus dem Fels hervor und die Gischt umweht euch wie eine nasse Brise. Im Tunnel war es eiskalt, hier draußen ist dir sofort der Schweiß ausgebrochen. Ihr steht am Rand des Plateaus, die Landschaft breitet sich unter euch aus wie eine grüne Oase. Ein Wald geht in den nächsten über und in der Ferne seht ihr eine brennende Stadt.

»Den Sprung überleben wir nie«, sagst du.

Ihr seht euch um, ihr überlegt, ob ihr wieder in den Tunnel laufen solltet, da entdeckt Cedric die Stufen am Rand des Plateaus.

Minuten später steht ihr atemlos unten und seht nach oben. Es ist dir ein Rätsel, dass ihr nicht abgestürzt seid. Die Treppe hatte kein Geländer, links war der Fels und rechts die Tiefe. Du versuchst deine Atmung zu beruhigen. Cedric stemmt sein linkes Bein gegen einen Baumstamm, sodass du an seinen Stiefel herankommen kannst.

»Niemals war dieser Draeger Militär«, sagst du und ziehst das Schnappmesser aus Cedrics Stiefelschaft. Die Klinge fährt raus. Zwei Schnitte reichen und Cedric ist frei, er übernimmt das Messer und kappt deine Fesseln.

»Wo sind wir hier nur?«, fragt er.

Ihr könnt über die Baumwipfel hinweg den Rauch der brennenden Stadt sehen. Vögel fliehen panisch, Tiere brechen durch die Büsche. Du atmest die warme, feuchte Luft tief ein.

»Und wie kann es hier unten Licht geben?«, fragt Cedric weiter.

Am liebsten würdest du ihn bitten, dass er den Mund hält. Es macht dich nervös, vor Fragen zu stehen, auf die du keine Antworten weißt. Du bist Lazar, du solltest alles wissen.

»Ich weiß es nicht«, gibst du zu und legst den Kopf in den Nacken.

Im selben Augenblick hallt ein Schrei durchs Tal und endet in einem lauten Klatschen.

MOTTE

Wir fielen wie Sternschnuppen. Ich dachte, die Zeit würde sich im freien Fall dehnen und strecken und mein Leben dabei lässig an mir vorbeiziehen; dann dachte ich: *Wer bitte schön springt mit verbundenen Händen ins Wasser?* Houdini oder Copperfield war die Antwort, aber nicht zwei flügellose Engel.

Mein Mund ging auf und ich schrie los wie ein Sechsjähriger in der Geisterbahn.

Dann schlugen wir auch schon auf.

Der Schmerz ratterte durch mich hindurch, als würde jeder meiner Knochen mit einem Hammer bearbeitet werden. Im Vergleich zur Außentemperatur war das Wasser eisig. Ich sank bis auf den Grund, stieß mich ab und kam wieder nach oben. Der Wasserfall hämmerte auf mich herab. Ich sank wieder, strampelte, strampelte und tauchte auf, um im selben Atemzug wieder unterzugehen. Meine auf dem Rücken gefesselten Hände machten mich vollkommen hilflos. Lange würde das nicht gut gehen. Ich drehte mich im Wasser, und als ich das nächste Mal nach oben kam, lag ich auf dem Rücken und paddelte mit den Füßen. Es brachte mich außer Reichweite des Wasserfalls, das hieß aber noch lange nicht, dass ich in Sicherheit war. Kaum legte ich eine Pause ein, sank ich, kam wieder hoch, sank, kam wieder hoch und sah ein Gesicht verkehrt herum über mir schweben.

»Du kannst dich hinstellen«, sagte Cedric. »Das Wasser ist flach.«

Meine Füße fanden den Boden und ich richtete mich auf.

»Wieso habt ihr nicht die Treppe genommen?«, fragte Cedric.

»Wir dachten, so geht es schneller.«

Cedric schnitt mir die Fessel auf und half mir über die Felsen an Land. Esko stand mit Lazar am Ufer neben einem Jeep. Sie schauten am Wasserfall hoch.

»Hinterherspringen werden sie uns auf jeden Fall nicht«, sagte Esko. »Dennoch sollten …«

Der Boden zu seinen Füßen flog in Erdklumpen auf, das Schussgeräusch kam verzögert hinterher. Ich sah auch nach oben, Draeger und Kolja sahen nach unten. Wir machten, dass wir wegkamen. Cedric setzte sich hinter das Steuer, ich rutschte mit Esko auf den Rücksitz und kaum saßen wir, explodierte das Heckfenster. Cedric drückte das Gaspedal durch und dann waren wir außer Reichweite der Kugeln und rasten in den Wald hinein.

Die Gefahr des Feuers war überall zu spüren. Wildschweine und Rehe rannten davon. Cedric wich ihnen aus, so gut er konnte, und versuchte dabei auf der Straße zu bleiben, die uns tiefer in den Wald hineinführte. Es war ein Klima wie im Dschungel. Die nassen Winterklamotten klebten an uns und nach der arktischen Kälte fühlte es sich in der Schwüle an, als würden wir den Sauerstoff nicht atmen, sondern trinken. Das Tageslicht wurde durch die dichten Bäume gedämpft, sodass wir die Augen überrascht zusammenkniffen, als der Jeep aus dem Wald schoss. Cedric trat erschrocken auf die Bremse, wir wurden nach vorne geworfen und standen.

Vor uns lag eine Lichtung von der Größe eines Fußballstadions. Der Rasen war gepflegt und hätte jedem Golfplatz Konkurrenz gemacht. Außer dass Golfplätze nicht mit Leichen bedeckt sind. Sie lagen kreuz und quer, sie waren in Uniformen und Kitteln, einige hatten Partyhüte auf, aber sie waren nicht die einzigen Toten. Da lagen Krieger in voller Montur – Lederrüstungen und Helme. Sie hielten Schwerter, Äxte und Speere. Ihre Gesichter und Hände waren mit weißen Tattoos bedeckt. Aber das bemerkten wir erst auf den zweiten Blick, denn erst mal starrten wir mit offenen Mündern auf den Mittelpunkt der Lichtung. Cedric sprach es aus.

»Das ist doch nicht---«

»Nein«, unterbrach ihn Lazar, »das ist sie nicht.«

Natürlich war es nicht die Villa meines Großvaters, es sei denn, ein Gebäude verschwindet in Berlin und taucht in der Arktis wieder auf. Es fehlte nur die Voliere mit den Papageien dahinter und der Anblick wäre perfekt gewesen. Alles stimmte bis ins Detail – die Stufen, die zum Eingang hochführten, das Weiß der Fassade, das Grau der Flusssteine im unteren Bereich, selbst die Fensterbögen.

»Das ist eine Kopie der Villa aus Sankt Petersburg«, sagte Esko. »Die Villa war der Ursprung der Familie. Sie wurde der Baronin von Krüdener 1815 vom Zaren zur Verfügung gestellt. Aus Nostalgie hat die Familie die Villa zweimal nachbauen lassen, das hier muss die dritte Kopie sein.«

»Woher weißt du das alles?«, fragte Lazar.

»Von dem Mann, der sich wegen dir in die Luft gesprengt hat«, antwortete Esko trocken.

Esko sprach von dem Archivar aus Edinburgh, der vier von Lazars Söldnern mit in den Tod genommen hatte, weil er die Geheimnisse der Familie nicht mit der Bruderschaft teilen wollte.

»Jean-Luc Fleur hatte die Baupläne im Archiv«, sagte Esko. »Er kannte die Villen in Berlin und Zürich, nur von dieser Villa hier wusste er nichts.«

DIE NEUE WELT

Kolja ließ die Villa 1921 als Überraschung für die Gräfinnen bauen. Es war eines der vielen Bauprojekte, die er über ein Jahrhundert hinweg unter der Erde umgesetzt hatte. Der große Wiederaufbau begann ein Jahr nachdem Atlis Stamm Thomsen hatte gehen lassen. Der Altertumsforscher wurde im Winter 1866 mit seiner Familie vereint. Es war aber nur ein kurzes Glück, denn Thomsen starb ein Jahr später an Nierenversagen.

Kolja hielt das Versprechen ein, das er für Thomsens Freiheit gegeben hatte, aber er tat es nicht nur für Atlis Stamm, er tat es insbesondere für die Gräfinnen, weil er wusste, dass die Zukunft des Stammes auch ihre Zukunft war. Der Diener kehrte mit einer Gruppe von Architekten und Bauingenieuren in die Arktis zurück. Sie reisten unter dem Mantel der Verschwiegenheit an und erfuhren nie, an welchem Ort sie sich befanden. Erst nachdem die Schiffe im Eis angelegt hatten, durften sie von Bord gehen.

Ein Jahrhundert lang pendelte Kolja zwischen Sankt Petersburg und der Arktis. Er verlegte das Forschungslager nach unten und begann in kleinen Schritten das Klima zu verändern. Das Spiegelsystem wurde repariert und brachte Licht unter die Erde. Die Baupläne der Menianer waren dabei sehr hilfreich, denn mit ihrer Hilfe entwarfen die Ingenieure Maschinen, die die Erdwärme anzapften, und ein Lüftungssystem, das die Wärme zirkulieren ließ. Mit dem Fortschritt der Technik kamen auch die ersten großen Generatoren in die Arktis. Obwohl sich die Welt unter der Erde zu verändern begann, gab es für die Stadt keine Rettung. Die Bausubstanz überlebte den Klimawandel nicht. Das Holz schimmelte und zerfiel, die Steine wurden mürbe, die Metalle rostig. Kolja konnte regelrecht zusehen, wie die Häuser in sich zusammenfielen.

Ein Wiederaufbau begann unter der Leitung von Atlis Stamm. Die alte Zuflucht der Menianer wurde niedergerissen und neue Häuser und Plätze entstanden im selben Baustil an ihrer Stelle. Ein Jahrzehnt dauerte der Aufbau und nur der Tempel mit der goldenen Kuppel blieb erhalten. Er wurde Stein für Stein renoviert und fortwährend gekühlt. Was auch unter der Erde passierte, die Temperatur im Becken durfte sich nicht verändern.

In dieser Zeit des Aufbaus wuchs Kolja mehr und mehr mit Atlis Stamm zusammen. Sie boten ihm ihre Töchter als Frauen an, sie nahmen ihn mit auf die Jagd und behandelten ihn wie ihresgleichen. Er war kein Gast mehr und es entstand eine familiäre Nähe, die der Diener bisher nicht gekannt hatte. Bis zu dem Zeitpunkt hatte sich sein Leben nur um die Gräfinnen gedreht, jetzt kam eine neue Dimension hinzu, die Kolja mit Glück erfüllte.

Botaniker und Biologen setzten Pflanzen und Tiere aus, sodass sich die unterirdische Welt innerhalb von Jahrzehnten in eine reiche Flora und Fauna verwandelte. Mit dem Schmelzen der Eisschichten brach der Wasserfall wieder aus den Felsen hervor und nährte die zwei Flüsse, von denen einer durch die Stadt führte, während der andere in einem Bogen durch den Wald verlief.

Die Schächte wurden über die Jahrzehnte hinweg zu Lastenfahrstühlen erweitert, sodass der Zugang und der Transport von Materialien einfacher wurde. Elektrizität wurde gelegt und Ende des 20. Jahrhunderts stand die erste Satellitenverbindung.

Während die Welt um sie herum technologisiert wurde, verweigerte sich Atlis Stamm dem Fortschritt. Sie wollten keinen Strom und kein Gas, sie heizten mit Holz und ihre Lichter waren die Tranlampen, die sie schon zu Atlis Zeiten benutzt hatten. Sie blieben sich auch bei der Ernährung treu – jeden Tag stiegen sie an die Erdoberfläche und gingen auf die Jagd, so wie sie jeden Tag am Becken vorbeiprozessierten und dem Todesschlaf ihrer Königin huldigten.

Sie waren geduldig, sie warteten.

Als die Welt vom Zweiten Weltkrieg erschüttert wurde, reiste Kolja mit einem Geschenk in die Arktis. Das Geschenk war das einzige Geheimnis, das er den Gräfinnen gegenüber haben sollte. Kolja tat etwas Frevelhaftes, er tat es aber im guten Gewissen. Er hatte Federn aus der Villa in Sankt Petersburg gestohlen. Kurz vor seiner Abreise war er in das Zimmer geschlichen, in dem die Flügel aufbewahrt wurden, und hatte mit einem Messer drei der Federn abgeschnitten. Kolja ging das Risiko ein, weil er einen Tribut zahlen wollte. Atlis Stamm brauchte ein Symbol der Hoffnung.

Ein Leuchten ging von den Federn aus, das gleiche Leuchten lag auch auf Koljas Händen, als er dem Stamm die Federn entgegenhielt. Aber der Stamm lehnte das Geschenk ab. Er wollte es nicht einmal berühren. Ihr Respekt vor den Engeln und ihre Wut auf sie waren zu groß. Sie fragten Kolja, ob er denn die Schlacht zwischen den Menianern und den Engeln schon vergessen hätte. Sie sprachen von der großen Niederlage und wie viele Menianer sterben mussten, um der Herrschaft der Engel ein Ende zu setzen. Dabei sagten sie immer wieder, dass *ihre* Krieger gefallen waren und dass *sie* Rache nehmen mussten für die Schmach, die *ihnen* angetan worden war. Kolja lag es auf der Zunge, sie zu korrigieren und darauf hinzuweisen, dass all das nicht *ihre* Erlebnisse waren. Der Stamm sah sich als Volk und wollte auch so betitelt werden. Er war eine Kopie der Menianer und Kolja war es ein Rätsel, wie die Bewohner reagieren würden, wenn das wahre Volk an der Seite seiner Königin erwachte. Kolja glaubte nicht an einen friedlichen Zusammenschluss und befürchtete ein Blutbad. Er hatte gehofft, die Federn würden Atlis Stamm ein wenig Frieden geben. Er hatte sich getäuscht.

Und so nahm er die Federn wieder mit.

Und so verging die Zeit und das Leben unter der Erde blühte.

Atlis Stamm bevölkerte die Stadt und wartete, dass der letzte Engel seinen ersten Atemzug tat und die Toten erweckte, damit die Königin und ihre Krieger sich aus ihrem langen Schlaf erhoben und ihr Volk an die Erdoberfläche führten.

LAZAR

Du fragst dich, welcher Irre auf die Idee kommt, die Kopie einer Villa unter der Erde zu errichten. Du bist kein Mann der großen Emotionen, deswegen würde dir die Antwort überhaupt nicht zusagen – Liebe ist der Motor für viele Arten der Verrücktheit. Und manchmal führt dieser Motor dazu, dass neue Welten entstehen.

Die Wege um die Villa herum sind gepflastert, ein Springbrunnen plätschert vor sich hin und zwei Jeeps parken vor dem Eingang. Fünfzig Meter entfernt siehst du einen beleuchteten Helipad und einen Hubschrauber. Du schaust hoch und wunderst dich, wie der Hubschrauber hier runtergekommen ist. Ihr steigt aus dem Jeep, denn eine Weiterfahrt wäre makaber. Es liegen einfach zu viele Tote zwischen euch und der Villa.

»Was ist unser Plan?«, fragt Esko.

Obwohl er die Frage gestellt hat, siehst du Motte an. Du hast jetzt einen Feind in ihm. Er wird es dir nie verzeihen, dass du den Tod seiner Mutter mit herbeigeführt hast. Dabei habt ihr ganz andere Probleme. Es ist der dritte Tag, und wer weiß, ob ihr nicht schon zu spät seid. Vielleicht sind die Blutsgeschwister und ihr Volk längst erwacht, vielleicht brennt die Stadt in ihrem Namen. Alles ist möglich. Was auch immer du gleich sagen wirst, lass es optimistisch klingen.

»Wir gehen da rein und machen der Prophezeiung einen Strich durch die Rechnung. Irgendwelche Einwände?«

Es gibt keine Einwände.

Ihr geht auf die Villa zu.

Du fühlst dich nackt ohne eine Waffe. Auf halber Strecke bückst du dich und nimmst einem der Wachleute die Automatik aus der Hand. Das Magazin ist leer. Du lässt die Waffe fallen, auch bei den nächsten zwei hast du kein Glück. Cedric zieht unter einer der Leichen ein Gewehr hervor. Er bietet es dir an, du schüttelst den Kopf, Handfeuerwaffen liegen dir mehr.

»Was ist hier nur passiert?«, fragst du.

»Sie müssen aus der Villa geflohen sein«, antwortet Esko und hockt sich neben einen der Krieger. Er streicht mit den Fingerspitzen über die Tätowierungen in seinem Gesicht, dann schiebt er mit dem Daumen die Unterlippe herunter. Die Zähne sind spitz zugefeilt.

»Du weißt, wer sie sind?«, sagt Motte.

»Ich weiß es.«

Esko sieht euch an.

»Wir sind zu spät gekommen, das Volk ist erwacht.«

Dein Magen zieht sich zusammen. Deine größte Befürchtung hat sich erfüllt.

Ihr geht weiter.

Die Terrassentür auf der Rückseite der Villa steht offen. Der Boden und die Wände sind mit Kratzern und Schmarren überzogen, kein Möbel ist heil. Auf eurem Weg durch die Villa seht ihr weitere fünf Tote. Niemand von ihnen ist bewaffnet. Ihr teilt euch auf. Cedric geht mit Motte, Esko bleibt bei dir. Ihr lauft von Raum zu Raum. Bibliothek. Esszimmer. Ein Tanzsaal mit mehreren Sofas. Esko hält Ausschau nach Mona, sie ist seine Triebfeder. Deine ist, der ganzen Geschichte ein Ende zu setzen.

Vor einer offenen Tür am Flurende bleibst du stehen.

Der Anblick erinnert dich an ein Gemälde aus dem 18. Jahrhundert – das Licht eines Kaminfeuers flackert über die Wände des Zimmers, zwei Chaiselongues stehen mit dem Kopfende zur Tür und bilden ein V, sodass ihr nicht sehen könnt, wer dort liegt. Das Zimmer ist unberührt, keine Kratzer an den Wänden, keine zerstörten Möbel. Zwischen den Chaiselongues kniet das Mädchen in einer Blutpfütze und hält rechts und links eine Hand. Ihr Kopf ist gesenkt, das kurze Haar umfächert ihr Gesicht, sie scheint euch nicht bemerkt zu haben.

»Mona?«

Esko ist neben dir aufgetaucht, seine Stimme ist erschreckend laut in dem Raum.

Das Mädchen reagiert nicht.

Ihr betretet das Kaminzimmer und geht um die Chaiselongues herum, es ist fast schon albern, wie leise ihr euch bewegt, als wolltet ihr das Mädchen nicht stören. Du siehst jetzt, dass es die Gräfinnen sind, die dort liegen. Es ist offensichtlich, dass sie nicht mehr leben. Ihre Pulsadern sind aufgeschnitten, ihre Münder stehen offen, die Köpfe sind nach hinten geneigt, als würden sie zu einem nicht existierenden Gott aufschauen. Ihre Haut wirkt wie Pergament, nein, niemand kann diesen Blutverlust überleben.

»Ich habe sie schon mal gesehen«, sagt Esko.

Du wirfst ihm einen kurzen Blick zu. Esko ist blass.

»Das sind die Gräfinnen«, sagst du. »Woher kennst du sie?«

»Vom Schlachtfeld.«

Esko erwidert deinen Blick.

»Ich habe sie vor einer halben Million Jahren gesehen«, sagt er.

»Aber … Wie ist das möglich?«

»Ich weiß es nicht, aber ich erkenne sie wieder.«

Ihr bleibt wieder vor dem Mädchen stehen. Du hast keine Ahnung, worauf Esko hinauswill. Irgendwas an diesem Moment hier ist falsch, aber du kannst den Finger nicht darauf legen. Der Schweiß läuft dir übers Gesicht, das Kaminfeuer macht das Zimmer brütend heiß. Esko hockt sich hin, um auf einer Höhe mit dem Mädchen zu sein. Wenn er den Arm ausstreckt, kann er ihr Gesicht berühren. Es gibt keine Gefahr und keinen Grund zurückzuweichen. Dennoch sagt dir dein Instinkt, du solltest fliehen.

Monas Augen sind geschlossen, die Haarspitzen zittern, als würde sie innerlich beben.

»Mona?«, wiederholt Esko leise.

Das Mädchen öffnet die Augen, sie hebt den Kopf und lächelt ihn an.

In dem Moment weißt du, dass Esko vorhin recht hatte – ihr seid zu spät gekommen.

ESKO

Der Anblick der Gräfinnen verwirrt ihn. Sie sind ein Teil seiner Erinnerung, der ihm aber immer wieder entgleitet. *Aber vielleicht ist es auch nicht meine Erinnerung,* denkt Esko, *vielleicht sind die Gräfinnen aus der Erinnerung des Archivars und ich kann nicht mehr zuordnen, wem was gehört.*

Und dann ist da Mona. Sie kniet auf dem Boden, als würde sie auf etwas warten. Esko hockt sich neben Lazar, er kann den Pulsschlag an ihrem Hals sehen, er sagt ihren Namen.

»Mona?«

Sie öffnet die Augen, sie hebt den Kopf und lächelt. Da ist ein Erkennen. Esko will zurücklächeln, als Mona die Hände der Gräfinnen loslässt. Die nächste Bewegung ist so fließend, dass Esko nicht reagieren kann. Es ist wie ein Zaubertrick. Während die Hände der Gräfinnen mit einem Klatschen auf die Blutpfütze treffen, rutscht aus Monas Jackenärmel ein Messer heraus und landet in ihrer Handfläche. Monas Gesicht ist Esko plötzlich so nahe, als wären ein halber Meter Abstand nur zwei Zentimeter. Esko spürt das kalte Metall der Klinge an seinem Hals.

»Engel«, sagt Mona.

»Da bist du ja wieder«, sagt sie.

»Endlich«, sagt sie und öffnet dem Engel mit einem Schnitt die Kehle.

LAZAR

Du hast keine Chance zu reagieren. Gerade noch hockt Esko neben dir und sagt den Namen des Mädchens, im nächsten Moment hat sie ein Messer an seiner Kehle. Du hörst Esko röcheln, das Mädchen schiebt ihn zur Seite, als würde sie sich seiner entledigen. Der Engel hat die Hände am Hals, das Blut quillt zwischen seinen Fingern hervor, er kippt zur Seite und ehe er auf dem Boden aufschlägt, ist das Mädchen schon auf dem Weg zu dir. Es ist vollkommen lächerlich und so surreal, dass du wie ein Idiot nach hinten weichst, bis dein Rücken auf die Wand trifft. Die Kleine ist einen Meter vierzig groß, dennoch macht sie dir Angst, was vielleicht auch an dem Messer in ihrer Hand liegen könnte. Doch das sollte dich eigentlich nicht ängstigen. Würdest du dich zusammenreißen, wüsstest du, wie du zu reagieren hast.

Also reiß dich zusammen, verdammt noch mal!

Ihr erster Angriff ist auf dein Gesicht gerichtet, die Klinge schneidet waagerecht durch die Luft, du neigst den Kopf zur Seite und schlägst ihr Handgelenk nach unten.

Sie lacht, sie lacht dich aus und kommt wieder auf dich zu.

Der nächste Schnitt hätte dir den Magen geöffnet, wäre da nicht die Schutzweste gewesen. Das Jackenfutter quillt hervor, das Mädchen runzelt die Stirn und ist für eine Sekunde abgelenkt. Du drückst dich an die Wand und willst nach rechts ausweichen, aber die Wand ist nicht mehr hinter dir und du stolperst über die Türschwelle und landest im Flur.

Das Mädchen wechselt das Messer in die andere Hand, sie tritt aus dem Zimmer und nimmt wieder Kurs auf dich. Du weißt jetzt, wie sich Tulli Marsden am Strand gefühlt haben muss.

Das ist kein Kind mehr, denkst du, *das ist eine Kampfmaschine.*

Der Schuss lässt dich zusammenzucken. Er geht über den Kopf des Mädchens hinweg. Sie bleibt stehen und sieht Cedric an, der in großen Schritten den Flur hinunterkommt, das Gewehr im Anschlag. Du weißt, dass er ein sicherer Schütze ist, der nicht vorbeischießt.

»Das reicht«, sagt er.

Du kannst beobachten, wie sich die Augen des Mädchens verengen, wahrscheinlich erkennt sie den Mann wieder, der sie in der brennenden Villa zurückgelassen hat.

Aber nein, das ist es nicht.

Schau genauer hin.

Die Kleine denkt darüber nach, wie sie ihn angreifen soll.

»Cedric, pass auf!«, rufst du, als sich das Messer auch schon auf die Reise macht.

Cedric erstarrt. Seine Augen weiten sich, sein Mund zittert, der Messergriff ragt aus seinem Hals. Das Mädchen ist schon auf dem Weg zu ihm, sie will ihr Messer wiederhaben.

Cedric zögert nicht und erschießt sie.

Du siehst, wie die Schüsse das Mädchen nach hinten werfen und während sie fällt, schickt Cedric noch zwei Kugeln hinterher. Das Mädchen stürzt auf den Boden. Sie atmet einmal aus, dann ist es vorbei.

DAS MÄDCHEN

Mona schließt die Augen ungläubig und öffnet sie erneut.

Es ist vor drei Stunden, es ist kurz nach Mitternacht und sie befinden sich im Anflug auf die Oktoberrevolutions-Insel. Die Kabine des Hubschraubers vibriert, als sie zur Landung ansetzen, alles scheint zu schwanken, doch das Bild da unten bleibt dasselbe – ein Haus in der Arktis, ein hell erleuchtetes Haus am Ende der Welt. So hat es zumindest Kolja bezeichnet, als die ersten Eisschollen auf dem Meer aufgetaucht sind.

Das Ende der Welt.

Mona findet, er hätte es nicht passender sagen können.

Am Vortag ließ Kolja die Gräfinnen alleine in den Jet steigen und fuhr zurück nach Berlin, um Mona ausfindig zu machen. Den Gräfinnen war es zwar schwergefallen, ohne das Mädchen abzureisen, aber die Gefahr, in Lazars Hände zu geraten, war einfach zu groß gewesen. Es war ihnen dagegen nicht schwergefallen, den Zaren zu opfern. Sie wussten, er hätte dasselbe getan, um seine Haut zu retten.

Während sich die Gräfinnen im Anflug auf die Oktoberrevolutions-Insel befanden, durchkämmte der Diener ganz Berlin nach Mona. Er rief die Krankenhäuser an, aber nirgends war ein zehnjähriges Mädchen eingewiesen worden. Erst in den frühen

Morgenstunden nahm sich Kolja ein Hotelzimmer und fiel erschöpft ins Bett. Im Schlaf erreichte ihn die Erinnerung, die ihm Mona suggeriert hatte. Nach dem Erwachen wusste er, wo sie in Kroatien zu finden war.

Drei Stunden später stieg Kolja in Split aus dem Flugzeug und holte Mona von der Insel. Dummerweise verschob sich ihr Abflug aus Kroatien wegen dem Erwachen der Toten, sonst wären Mona und er lange vor Mitternacht hier gelandet.

Für Kolja ist es wie Heimkommen. Er war in Russland, Deutschland oder der Schweiz nie wirklich daheim gewesen. Die Arktis ist über die Jahrhunderte hinweg seine wahre Heimat geworden. Und das Haus da unten steht als Symbol für alles, was er erreicht hat.

Ruhe, denkt er, *Hoffnung, Zukunft.*

»Wer lebt in dem Haus?« fragt Mona.

»Niemand. Es ist nur ein Eingang. Dort hat alles angefangen.«

»Der erste Schacht?«

»Ja, der erste Schacht, den wir mit Atli betreten haben.«

Sie setzen zur Landung an und laufen geduckt zum Haus, während der Hubschrauber wieder abhebt. Erst als sie die Veranda erreicht haben, wird es still um sie herum. Der Hubschrauber ist nur noch ein blinkendes Licht in der Dunkelheit.

»Dann wollen wir mal«, sagt Kolja und öffnet die Tür.

Seitdem Kolja über Funk erfahren hat, dass Lazars Hubschrauber die Insel Dikson verlassen hatte und zu ihnen unterwegs war, ist er erleichtert. Alles läuft nach Plan. Die Gräfinnen haben genug Spuren gelegt und es Lazar leicht gemacht, ihnen zu folgen. Das Haus ist die Endstation. Es ist ohne Möbel, der Boden aus Beton, die Zimmer weiß getüncht und blank wie eine Leinwand, die auf den ersten Pinselstrich wartet.

»Insgesamt gibt es auf der Insel über sechzig Schächte«, erzählt Kolja, während sich der Zugang zur Wendeltreppe öffnet. »Der Großteil dient der Lichtversorgung, sechs Schächte haben wir zu Lastenfahrstühlen und Treppen umgebaut. Der Hauptzugang liegt einige Kilometer von hier entfernt in Richtung der Küste. Aber wir gehen hier rein, weil ich dir zeigen möchte, wie es für uns war, die Welt der Menianer das erste Mal zu sehen.«

Sie steigen die Stufen hinunter und betreten die Kommandozentrale. Alles ist normal, noch hat sich das Chaos nicht unter der Erde ausgebreitet, noch brennen keine Feuer. Drei Männer sitzen vor einer Reihe von Monitoren, eine geöffnete Flasche Champagner steht in einem Kübel und Salsa-Musik dudelt im Hintergrund. Die drei Männer begrüßen Mona und Kolja mit erhobenen Gläsern.

»Peerson, Markovic und Lunk«, stellt Kolja sie vor. »Sie sind für die Schächte, Fahrstühle und Luft- und Lichtregulation zuständig. Lass dich nicht von ihrem Äußeren täuschen, sie tun gerne, als wären sie die Hausmeister, aber in Wahrheit sind sie unsere Techniker und haben das ganze System mit aufgebaut. Einer von ihnen hat sogar einen Doktor in Philosophie.«

»Das wäre ich«, sagt Markovic und grinst.

»Hallo«, sagt Mona.

»Wieso feiert ihr schon?«, fragt Kolja.

Lunk schaut auf die Digitaluhr an der Wand.

»Ihr seid ganz schön spät. Sie haben längst angefangen und wir dachten, wir bringen uns in Stimmung und stoßen schon mal an.«

Er zeigt auf einen der Monitore. Mona sieht mittelalterliche Häuser und Straßen, sie sieht eine Ansammlung von Menschen, es wird gefeiert, es wird gelacht, Fackeln brennen und es wäre eine ganze normale Szenerie, wenn die tätowierten Gesichter nicht wären.

Sie sehen aus wie Geister, denkt Mona.

»Sind die Gräfinnen noch in der Villa?«, fragt Kolja.

»Sie haben gesagt, sie gehen erst, wenn ihr da seid«, antwortet Lunk.

Kolja bittet ihn, einen Wagen zu rufen. Lunk greift zum Telefon. Mona kann sehen, wie respektvoll die Techniker mit Kolja umgehen. Als er sie bittet, Lazars Hubschrauber auf dem Satelliten aufzurufen, stellen sie ihre Gläser weg und beginnen zu arbeiten. Der Live-Feed erscheint auf einem der großen Monitore. Markovic berechnet die voraussichtliche Flugzeit.

»Zwei Stunden und elf Minuten«, sagt er.

Kolja ist zufrieden.

»Behaltet sie im Auge«, sagt er, »ich will eine Viertelstunde vor ihrer Landung informiert werden.«

Peerson reicht Mona die Hand.

»Es war mir eine Freude, dich kennengelernt zu haben.«

»Grüß mir die Damen«, sagt Markovic.

Sie lassen die drei Techniker alleine und steigen die Treppe weiter hinunter.

Es wird wärmer und als sie die nächste Ebene erreichen, knöpft Mona ihren Mantel auf.

»Wir haben zwar nicht viel Zeit«, sagt Kolja, »aber dafür muss es reichen.«

Sie treten auf dasselbe Plateau, von dessen Rand in zwei Stunden Motte und Esko in den Wasserfall springen werden. Es herrscht eine dämmrige Abendstimmung, sie badet den Wald und die Stadt in kobaltblaues Licht. Fledermäuse huschen durch die Luft und über das Rauschen des Wasserfalls hinweg kann Mona die festliche Musik aus der Stadt hören. Sie ist überrascht, denn das Bild passt nicht zu Koljas Erinnerung, die sie gestern betreten hat. 1817 war dieses unterirdische Land leblos und von Eis eingeschlossen und wirkte wie ein Ort, den keine Sonne erwecken konnte. Was Mona jetzt sieht, ist eine Welt, die lebt und atmet.

»Es ist wunderschön«, sagt sie.

»Das freut mich«, sagt Kolja. »Die Gräfinnen haben es gestern Abend bei ihrer Ankunft zum ersten Mal wiedergesehen. Siehst du die Lichtung?«

Kolja lenkt Monas Blick in den Wald.

»Siehst du das rote Dach mittendrin? Das ist eine Villa. Ich habe Ziegel und Marmor aus Italien eingeschifft. Der Bau war 1922 fertig. Es ist die gleiche Villa wie in Sankt Petersburg, in der alles seinen Anfang genommen hat. Sie ist mein Geschenk an die Gräfinnen. Von hier aus werden wir die Welt verändern.«

Mona schaut zu ihm auf und kann sehen, dass er das wirklich glaubt. Sie legt den Kopf in den Nacken. Der Steinhimmel ist pechschwarz und es fehlt nur ein wenig Sternengefunkel und Mona könnte glauben, dass es ein echter Himmel sei.

»Gehen wir runter?«, fragt sie.

Und so gehen sie runter.

Der Wagen ist ein Jeep mit einem Elektromotor. Der Fahrer strahlt übers ganze Gesicht, als er sie die Stufen hinunterkommen sieht. Mona vergisst seinen Namen sofort, sie hat nur Augen für die Umgebung. Noch nie hat sie so viel Grün gesehen, dazu schwebt in der Luft ein schwerer Duft von Blüten, den sie regelrecht schmecken kann, wenn sie sich über die Lippen leckt.

Die Straße führt in den Wald hinein, tief hängende Äste schleifen über das Autodach, hier und da sieht Mona ein Tier vorbeihuschen. Dann öffnet sich der Wald und sie fahren direkt auf die Villa zu, die in all ihrer Pracht im Zentrum der Lichtung thront. Neben einem Hubschrauber stehen zwei weitere Jeeps.

»Wie kommt hier ein Hubschrauber runter?«, fragt Mona.

»Wir haben die Steindecke mit einer Öffnung versehen. Der erste Hubschrauber, den wir länger als eine Woche hatten oben stehen lassen, wurde von der Kälte schwer mitgenommen, also mussten wir uns etwas überlegen. Schau. Da warten sie schon.«

Die Gräfinnen stehen auf dem obersten Treppenabsatz und haben sich untergehakt. Sie sind festlich angezogen und tragen Kleider, die bis zum Boden gehen. Pias ist grün, Nataschas rot. Es ist das erste Mal, dass Mona die Gräfinnen so strahlend erlebt.

»Komm her«, sagt Pia.

»Komm zu uns«, sagt Natascha.

Sie meinen nicht Mona, sie haben nur Augen für Kolja. Er tritt näher und steht unentschlossen vor den zwei Damen. Er ist einen Kopf größer als sie, und als Pia das Gesicht hebt, beugt er sich vor, sodass sie die Hand um seinen Nacken legen kann, um ihn näher an sich heranzuziehen. Der Kuss ist lang, dann lässt Pia den Diener wieder gehen und es ist an Natascha, ihn zu küssen. Es ist ein glücklicher und es ist ein trauriger Moment zugleich. Mona kann sehen, wie Koljas Hände zittern.

»Danke«, sagen die Gräfinnen. »Du hast ein Wunder erschaffen und dafür danken wir dir.«

Der Diener verbeugt sich und tritt zurück, die Gräfinnen winken Mona zu sich.

»Wir haben uns solche Sorgen um dich gemacht«, sagt Natascha.

»Wo bist du nur gewesen? Wir haben dich überall gesucht«, sagt Pia.

Mona hört zwar, wie besorgt und süß ihre Worte klingen, sie weiß aber auch, dass die Gräfinnen ihr nicht zu Hilfe gekommen sind.

»Ihr habt mich im Stich gelassen«, sagt sie und ein Gefühl von Verlorenheit überkommt sie.

Pia streicht ihr übers Haar.

»Wir hatten leider keine andere Wahl, Kleines, wir *mussten* fliehen. Hat dir Kolja nicht erklärt, in welcher Gefahr wir uns befunden haben?«

Mona weicht zurück, sodass Pias Hand von ihrem Kopf rutscht.

»Ich kenne das Märchen«, sagt sie, »Lazar hat es mir erzählt. Er hat auch gesagt, dass ich am Ende der Prophezeiung sterbe.«

Pia und Natascha schütteln gleichzeitig die Köpfe.

»Der Anführer der Bruderschaft erzählt dir eine Lüge und du glaubst ihm?« Natascha klingt enttäuscht. »Ich hätte ein wenig mehr von dir erwartet. Niemals würden wir zulassen, dass du stirbst, Mona, du bist Familie. Wir schützen unsere Familie.«

»Der Zar war auch Familie und ihr habt ihn dennoch an Lazar ausgeliefert, ist das etwa auch eine Lüge?«

Die Gräfinnen schwanken ganz leicht, als hätte sie ein Windstoß getroffen. Sie wissen nicht, was das Mädchen alles weiß. Sie wechseln einen kurzen Blick, ehe sie sich wieder an Mona wenden.

»Sieh dich um«, sagt Pia. »Denkst du, das hier alles wäre vom Zaren genehmigt worden? Die Familie hatte nur die Engel im Kopf, Mona, wir dagegen haben weitergedacht. Wir haben Millionen in dieses Projekt gesteckt. Jahrzehnt um Jahrzehnt ist Kolja hierhergereist und hat diese Welt aufgebaut. Glaubst du wirklich, der Zar hätte das zugelassen? Wir hatten eine Vision, Mona, und wir hatten die Prophezeiung. Wir haben nach ihren Regeln gelebt. Der Zar wurde ein Ballast, den wir abwerfen mussten. Ihn interessiert die Zukunft nicht. Es war ein Verrat, das geben wir offen zu, aber gleichzeitig war es der einzige Weg, um Lazar von uns fernzuhalten.«

Sie warten auf eine Reaktion von Mona.

»Ich finde es dennoch falsch«, sagt sie.

Die Gräfinnen heben die Schultern wie zwei alte Frauen, die alle Facetten des Lebens mehr als einmal gesehen und sich deswegen für den bequemsten Weg entschieden haben.

»Und wir denken, dass wir damit leben können«, sagt Natascha. »Oder, Pia?«

»Wir können damit leben«, stimmt ihr Pia zu und lächelt. »Wie geht es denn unserem Zaren?«

»Er hat mich aus der Villa gerettet und ist mit mir nach Kroatien gereist.«

»Kroatien? Was wollte er in Kroatien?«

»Barthom besuchen.«

»Barthom?«, hauchen die Damen und sehen Kolja an.

»Ich wusste es nicht, als ich hingereist bin«, erklärt er.

»Barthom ist jetzt tot«, sagt Mona.

Die Gräfinnen wechseln einen erschrockenen Blick. Mona kann spüren, dass Kolja neben ihr nervös wird. Sie erwartet, dass er ihr den Mund zuhält.

»Aber wie …«

»Es war ein Unfall«, sagt Mona.

»Ein Unfall? Und der Zar?«

»Er ist sehr wütend auf euch. Er hat mich vor euch gewarnt. Er hat gesagt, ihr würdet mich nur benutzen wollen.«

Natascha lacht.

»Kleines, wir *sind* die Prophezeiung. Du und ich und Pia, wir alle sind ein Teil einer Geschichte, die die Welt verändern wird. Wir alle *müssen* einander benutzen. Schau, was wir schon erreicht haben. Kolja hat diese Welt hier aufgebaut in Vorbereitung auf eine neue Ära. Wir glauben an die Rückkehr der Königinnen. Die Blutsgeschwister haben Kräfte, Mona, die richtig eingesetzt vielleicht sogar deine Schwestern zurückholen können. Die Toten müssen nicht die Toten bleiben. Diese Welt hier ist für die Ewigkeit gebaut und wir wollen, dass du ein Teil dieser Ewigkeit wirst. Wir sind die Guten und wir brauchen dich.«

Kolja räuspert sich.

»Ich denke, es ist an der Zeit. Wenn wir nicht zu spät kommen wollen, müssen wir jetzt in die Stadt.«

Natascha legt den Kopf schräg.

»Wir sind nicht komplett, Kolja, wo sind die Engel?«

Der Diener sieht auf die Uhr.

»Sie werden erst in eineinhalb Stunden landen. Die Kontrollstation hat den Hubschrauber auf dem Radar. Alles läuft nach Plan. Die Engel werden sofort zu uns runtergebracht.«

Natascha lächelt Mona an.

»Freust du dich, Esko wiederzusehen?«

Ehe Mona antworten kann, sagt Pia:

»Natürlich freut sie sich. Esko und Motte. Die große Zusammenkunft der Engel. Wie wunderbar! Es wird wie eine Wiedervereinigung sein. Aber lasst uns jetzt schnell gehen. Es ist an der Zeit, dass wir das Volk und seine Königin aus ihrem langen Schlaf erwecken. Um die Engel kümmern wir uns später.«

DAS VOLK

Sie haben die Häuser und Straßen geschmückt, sie befinden sich in einem Rausch der Freude. Über hundert Jahre hinweg haben sie beobachtet, wie sich ihre Welt unter der Erde verändert hat. Das Wetter wandelte sich, der Wald erwachte zum Leben, Tag und Nacht kehrten in einem beständigen Rhythmus wieder. Es wurde gebaut, erneuert und technologisiert. Ende des 20. Jahrhunderts wurden Heizspiralen am Becken angebracht, der Tempel mit Kameras ausgerüstet und ein neues Computersystem für die Klimakontrolle installiert.

Das Volk spürte, der letzte Engel würde jederzeit erwachen.

Aber nichts geschah.

Das neue Jahrtausend brach an.

Nichts geschah.

Das Volk blieb vorbereitet. Kinder wurden geboren, wuchsen heran und bekamen selbst Kinder, wurden alt und starben. Jede neue Generation brachte mehr Zuversicht und mehr Entschlossenheit mit sich. Ihre alte Identität legten sie vollkommen ab und wurden zu dem Mythos, den sie verehrten.

Für die Wissenschaftler in der Villa waren sie über die Jahrzehnte hinweg ein unerschlossenes Experiment. Sie ahnten nur, was in den Köpfen des Volkes vor sich ging, so wie sie auch nur ahnten, wie groß ihre Zahl war. Das Volk hielt seine Reihen geschlossen und gab nichts von seinen Gedanken preis. Es hatte sich schon zu Atlis Zeiten aufgeteilt. Eine Hälfte lebte unter der Erde und studierte und praktizierte die Riten der Menianer, die andere Hälfte lebte über der Erde auf den Eisebenen, wo die Frauen und Männer zu Kriegern herangezogen wurden. So bereitet sich das Volk auf die Rückkehr der Königinnen vor, denn nichts anderes würden die Blutsgeschwister von ihrem Volk erwarten, sobald sie erwachten – eine Armee, die mit den Riten vertraut ist, und eine Armee, die für ihre Königinnen in den Krieg zieht. Niemand in der Villa wusste von dem geteilten Volk, auch Kolja war vollkommen ahnungslos. Die Täuschung war perfekt.

Vor drei Tagen erreichte sie dann die Nachricht – der letzte Engel war erwacht und die Gräfinnen befanden sich auf dem Weg ins Eis. Unter der Erde verfiel das Volk in einen Freudentaumel, im Eis darüber versammelte sich die Armee und legte ihre Rüstungen an.

Ein Tag verging, der zweite.

Am dritten Tag hat sich das Volk um den Tempel herum versammelt, es steht eng an eng und sieht Kolja und die Gräfinnen näher kommen. Das Mädchen fällt ihnen am Anfang nicht auf, weil sie so klein ist. Sie geht neben Kolja und greift nach seiner Hand, als die vier in die Menge treten.

Die Musik verstummt, niemand spricht, kein Windzug bewegt die Flammen der Fackeln, Männer und Frauen beben vor Erwartung, die Kinder flüstern nur, die Alten murmeln Gebete. Sie sind alle da. Ihr Haar ist gewaschen und geölt, ihre Augen sind aufgeregt und mit einem Glanz wie in einem Fieberwahn. Der Respekt ist nicht gespielt. Sie kennen den Ursprung der Familie, sie wissen, dass sie alle ein Teil der Zukunft sind, und die Zukunft ist heute in der Gegenwart angekommen.

Seitdem die Gräfinnen die unterirdische Welt betreten haben, wird das Becken von der Kontrollstation aus langsam erwärmt. Die obere Eisschicht ist längst geschmolzen, die Krieger und die Königin sind unscharf unter der Oberfläche zu sehen, als wären sie aus einem Traum, der im Kopf des Träumers noch keine Gestalt angenommen hat.

Das Volk wartet. Sie haben eine Hand auf dem Griff ihrer Schwerter, die andere liegt über ihren Herzen. Sie stehen auf den Straßen, sie lehnen aus den Fenstern und müssen nicht alle sehen, was passiert, sie müssen es fühlen.

Und wie sie da warten, senken sie die Köpfe in Ehrerbietung vor den Gräfinnen, aber insbesondere vor Kolja, denn er ist es, der ihnen diese Zukunft gebracht hat, er ist es, ohne den sie nicht wären.

Die Anwesenheit des Mädchens ist ihnen ein Rätsel.

Seitdem das Eis taut, ist keiner von ihnen ans Geländer getreten, da es keiner wagt, dem Becken zu nahe zu kommen. Und so geht ein Raunen durch die Menge, als das Mädchen die unsichtbare Grenze überschreitet und das Geländer mit beiden Händen umschließt. Die Gräfinnen tun es ihr gleich und stellen sich links und rechts von ihr auf. Kolja wartet im Hintergrund.

Das Mädchen schaut auf die Krieger und die Königin hinab. Die Haare der Toten bewegen sich im Schmelzwasser wie Algen in der Strömung. Das Volk schweigt, die Gräfinnen schweigen, Kolja sieht sich um wie ein Vater, der seine Kinder betrachtet. Das Volk erwidert seinen Blick, alles ist gut, und dann schauen sie wieder ins Becken.

Und warten.

Und warten.

DIE TOTEN

Sie erwachen gleichzeitig.

Sie öffnen ihre Augen und liegen einfach nur da und nehmen den Moment in sich auf.

Die Kälte verlässt zögernd ihre Körper.

Die Sehnsucht erwacht und sie spüren dieses Erwachen in jeder toten Zelle ihrer Körper.

Sie sind.

Nach einer halben Million Jahre sind sie wieder.

DAS MÄDCHEN

Die Augen der Toten öffnen sich und schauen nach oben. Das Gold der Kuppel spiegelt sich auf ihren stumpfen Pupillen wider und lässt sie aufleuchten. Die Körper vibrieren, die Schwingungen wandern durch das Wasser und erzeugen winzige Wellen, die sich am Beckenrand brechen.

Noch sind die Toten gefangen, noch liegen die Metallringe um ihre Hälse.

Mona beobachtet Königin Lisk, als würde es die Krieger nicht geben. Da ist eine Regung in ihrem Inneren, es ist nicht nur ein Wiedererkennen, es ist der Wunsch, in das Becken zu steigen und die Königin zu umarmen. Monas Hände umfassen das Geländer so fest, dass ihre Handknöchel weiß hervortreten.

Kolja schaut zu einer der Kameras auf, die am oberen Rand der Kuppel installiert sind, und gibt ein Zeichen. Die Pumpe setzt ein und das Becken beginnt sich zu leeren.

Ein Murmeln wandert durch die Menge, sie alle sehen es – eine Hand bewegt sich unter Wasser und greift nach oben. Die Bewegung setzt sich fort und die Krieger beginnen die Schlaufen aus dem Ring zu ziehen und ihre Halsfesseln zu lösen.

Auch die Königin tastet, auch die Königin befreit sich.

Und dann tauchen sie auf.

Es gluckert, es plätschert, das Wasser fließt von ihnen herunter, kein Laut kommt aus den Reihen des Volkes. Sie sind still wie die Statuen der Engel, die die Straßen und Plätze der Stadt säumen. Den Gräfinnen laufen Tränen über die Wangen und Kolja muss sie stützen, damit sie nicht zusammenbrechen.

Die Toten ignorieren das Publikum.

Sie haben nur Augen für ihre Königin.

Und ihre Königin heißt sie willkommen.

Sie richtet sich auf, ihre Flügel zucken und bewegen sich unruhig, das herabfließende Wasser ist das einzige Geräusch, das den Tempel erfüllt. Dann liegen die Flügel wieder still. Mona kann durch die nasse Kleidung hindurch das Geschirr aus Lederriemen sehen, an dem die Flügel auf dem Rücken der Königin befestigt sind. Das Wasser ist jetzt aus dem Becken verschwunden, die Königin dreht sich langsam im Kreis und betrachtet ihre Krieger.

Und dann hebt sie die Hände und winkt sie zu sich.

Die Toten rücken vor, sie drängen sich um Königin Lisk und sinken zu ihren Füßen nieder. Sie bilden einen Hügel aus Körpern, der bis zu ihrer Hüfte reicht. Hundertsechsundfünfzig Krieger legen sich übereinander, quetschen und drängen sich und bilden einen gemeinsamen Körper, der nur ein Ziel hat.

Die Königin streicht über ihre Köpfe, die Königin schließt die Augen, die Krieger kommen zur Ruhe, sie sind angekommen und zufrieden damit.

Minuten vergehen und nichts weiter geschieht in dem Becken.

Das Volk starrt fassungslos.

Alles ist wie vorher.

Die Stille der Toten, die Ruhe der Vergangenheit. Das Volk begreift nicht, was hier passiert. Dann erklingen die ersten Stimmen, sie steigen zur goldenen Kuppel auf wie zornige Vögel und wiederholen immer nur eine Silbe, ein Wort, einen Namen, und der Name erfüllt den Raum.

Es ist ein Weckruf, es ist ein Ruf der Hoffnung. Er wandert durch die Straßen und bringt die Stadt und die unterirdische Welt zum Erbeben. Das Volk wiederholt den Namen immer lauter, sodass es für Mona bald wie ein Sturm klingt, vor dem es keinen Schutz gibt.

»Lisk!« ruft das Volk. »Lisk!«

DAS VOLK

Sie rufen den Namen ihrer Königin, sie brüllen ihn. Sie glauben, dass ein Wort alles ändert und der Name ein Schlüssel sein kann, mit dem sich das Bewusstsein ihrer Königin öffnet. Sie denken, wenn sie laut genug rufen, werden sich die Krieger aus dem Becken erheben und das Volk begrüßen. Denn mit allem haben sie gerechnet, nur nicht mit dieser Reglosigkeit.

»Lisk! Lisk!«

Ihre Stimmen werden leiser, die Hoffnung verlässt sie.

Eine Frau tritt aus der Menge heraus. Ihr Kopf ist geschoren und mit schneeweißen Tätowierungen bedeckt, ihr Name ist Pujiq. Sie ist aus Atlis Familie und seit fünf Jahren die Anführerin des Volkes. Ihre Tattoos lassen kaum Haut frei, denn sie ist eine von denen, die im Eis groß geworden ist. Ihre Familie hat sie bewusst zu einer Kriegerin ausgebildet. Pujiq ist bereit gewesen, ihren Platz an Königin Lisk abzutreten. Aber das hier ist keine würdige Nachfolgerin. Das hier ist eine Schande.

Pujiq spuckt ins Becken, ehe sie sich abwendet und geht.

Das Volk ist erschrocken über ihre Respektlosigkeit. Es rempelt, es stößt, aber Pujiq ignoriert die Reaktionen. Zwei ihrer Krieger folgen ihr und so verlässt sie den Tempel, ohne sich noch einmal umzusehen. Bevor ihr jemand in den Rücken fallen kann, tritt einer der Stadtbewohner vor. Er bleibt am Beckenrand stehen, sein Blick wandert über die Menge, dann spuckt auch er aus und geht.

Es ist ein ernüchternder Moment. Das Bewusstsein des Volkes ist bis in die Wurzeln erschüttert. Das Bewusstsein begreift, es hat sich getäuscht. Ihre Hoffnung und ihre Sehnsucht waren nur ein Märchen gewesen, und die Rückkehr der Toten hat keine Bedeutung für sie als Volk – eine Königin soll sie anführen, aber das da im Becken ist keine Königin mehr. Es ist eine Tote, die mit ihrem leblosen Dasein zufrieden ist.

Der Erste streckt seine Waffe in die Luft, der Zweite tut es ihm gleich. Schwerter und Speere ragen in den Himmel, das Murmeln der Unzufriedenheit rast wie ein Lauffeuer durch die Reihen. Die Schwingungen dringen durch die Schächte an die Oberfläche und erreichen die Krieger im Schnee. Die Botschaft muss niemand deuten – die Rebellion ist ausgerufen, die Rebellion beginnt.

DAS MÄDCHEN

Und plötzlich sind da ihre toten Schwestern, plötzlich ist alles wieder gut und sie stehen neben Mona am Becken.

Wir haben dich gefunden, singen die Schwestern.

Wir müssen dich schützen.

Du bist in Gefahr.

»Was ist das?«, fragt Pia hinter Mona. »Was … Was tun sie da?«

Sie meint nicht die toten Schwestern, sie meint auch nicht das Volk, das um sie herum immer zorniger wird. Sie meint die Krieger und Königin Lisk, die sich in ihrer Sehnsucht aneinanderdrängen.

»Wir sollten verschwinden«, sagt Kolja.

»Aber was passiert hier nur?«, fragt Natascha.

Mona dreht sich um.

»Sie sind erwacht«, sagt sie, »und ihre Sehnsucht ist die Königin.«

»Was?! Wovon redest du?«

Die Gräfinnen sehen Mona an, als hätte sie in einer fremden Sprache gesprochen.

Sie verstehen nichts, sagen die toten Schwestern.

Sie sind dumm!

Nimm dich in Acht!

Mona schaut wieder auf das Becken. Es passiert, was überall passiert. Die Toten erwachen und sind sehnsüchtig. Es überrascht sie, dass die Gräfinnen und Kolja so ahnungslos sind.

Sie hatten nur ein Ziel, sagen ihre Schwestern.

Sie sind blind.

Sie sind dumm.

»Die Toten sind angekommen«, sagt Mona. »Mehr wollen sie nicht.«

»Aber …«

Kolja will nicht mehr hören, er zieht die Gräfinnen vom Becken weg. Noch ignoriert sie das Volk, noch richtet sich die Wut nur gegen die Prophezeiung – die Fenster des Tempels zerbrechen, das Volk strömt auf die Straßen und tritt Türen ein und reißt Skulpturen nieder. Häuser werden angezündet, das Zentrum der Stadt erbebt. Kolja weiß, dass die Wut bald ihre Richtung ändern wird. Nach der Stadt werden sie Kurs auf die Villa nehmen. Er schiebt die Gräfinnen vor sich her. Sie laufen durch die Straßen und eilen auf das Haupttor zu. Kurz bevor sie das Tor erreichen, bemerkt Kolja, dass Mona nicht an ihrer Seite ist.

»Geht weiter«, sagt er zu den Gräfinnen, »David wartet am Eingang mit dem Jeep, lasst euch zur Villa fahren und sagt Draeger, er soll die Evakuation einleiten.«

Pia schüttelt den Kopf.

»Wir können hier nicht weg.«

»Ihr *müsst* hier weg«, korrigiert sie Kolja. »Ihr wisst nicht, wie das Volk sich verhalten wird.«

Pia ergreift ihn bei der Hand.

»Kolja, es ist noch nicht vorbei.«

»Es tut mir leid, Gräfin, aber---«

»Nein«, unterbricht ihn Pia und zieht den Diener näher zu sich heran. »Hör gut zu. Erst wenn die Engel sich versammelt haben, erfüllt sich die Prophezeiung. Bring sie zu uns, Kolja, führ die Engel zusammen.«

Kolja will widersprechen.

»Versprich es uns!«, schaltet sich Natascha ein.

»Versprich es uns!«, sagt auch Pia.

Kolja schaut von einer zur anderen, dann nickt er resigniert.

»Gut«, sagt Pia. »Und jetzt geh und finde das Mädchen.«

Die Gräfinnen lassen den Diener stehen und laufen weiter aufs Tor zu. Kolja dreht sich um und taucht wieder in die wütende Menge ein.

Du solltest gehen.

Du solltest rennen.

Lazar ist hier.

Aber auch die Engel.

»Esko und Motte?«, fragt Mona.

Esko und Motte, antworten die Schwestern. *Und jetzt renn!*

Mona ist so glücklich, dass sie die Ruhe der Toten stundenlang betrachten könnte. Die Prophezeiung war eine Illusion. Was auch immer die Mutter den Blutsgeschwistern vor einer halben Million Jahren für eine Zukunft vorhergesehen hat, sie hat sie nur interpretiert, und jetzt hat sich ihre Interpretation nicht bewahrheitet.

Ich muss nicht sterben, denkt Mona erleichtert, als sie der Schlag von der Seite trifft. Ihre Hände lösen sich vom Geländer, sie stürzt und spürt Fußtritte, dann wird sie an den Haaren gepackt und nach oben gezogen und steht mit dem Rücken am Geländer. Vor ihr hat sich ein Mann aufgebaut. Die Tätowierungen in seinem wutverzerrten Gesicht zucken und beben. Die toten Schwestern versuchen sich zwischen Mona und den Mann zu drängen, sie zerren an seinen Armen, aber es ist sinnlos, der Mann packt Mona an der Kehle und hebt sie mühelos mit einer

Hand vom Boden hoch. Sie hängt wie eine Puppe an seinem Arm und bekommt keine Luft.

»Lass sie runter!«

Der Mann erstarrt, er dreht den Kopf und sieht Kolja, der sich durch die Menge auf ihn zuschiebt. Viele weichen zurück, denn Kolja ist noch immer der, der ihnen die Zukunft gebracht hat; andere ballen ihre Hände zu Fäusten, denn Kolja hat sie auch enttäuscht.

»Wieso sollte ich dir gehorchen?«, fragt der Mann zurück.

»Sie gehört zur Familie.«

»Die Familie zählt nicht mehr.«

Kolja wird laut.

»Sie ist einer der Engel, du Narr!«

Ein Raunen wandert durch die Menge. Mona kann spüren, wie der Arm des Mannes zu zittern beginnt.

»Sie ... Sie ist kein Engel«, sagt der Mann unsicher. »Sie ist ja noch ein Kind.«

»*Der dritte Engel wird euch alle täuschen*«, zitiert Kolja, »*denn er wird an der Seite der Engel erwachen, aber er wird kein Engel sein.* Zweifelst du etwa meine Worte an?«

Der Mann setzt Mona auf dem Boden ab, er ist rot im Gesicht, sodass sich die Tätowierungen wie weiße Adern abheben. Er senkt den Kopf und bittet um Verzeihung, dann tun es ihm die anderen gleich und sinken auf ein Knie. Mona reibt sich den Hals, die toten Schwestern bilden eine Barriere vor ihr und weichen erst zur Seite, als sich Kolja vor Mona niederhockt.

»Warum knien alle?«, flüstert Mona.

»Sie haben noch immer Hoffnung. Die Prophezeiung ist ihr Leben. Sie wissen, dass es der dritte Engel ist, der die Blutsgeschwister an die Hand nehmen und in das Jetzt treten lassen wird.«

»Ich werde niemanden bei der Hand nehmen«, sagt Mona.

»Ich denke, dass das auch nicht mehr nötig ist«, sagt Kolja. »Das Volk glaubt daran und deswegen knien sie.«

»Oder vielleicht haben sie einfach nur Angst vor dir«, sagte Mona.

»Ja, vielleicht, aber das wird nicht lange anhalten. Wir müssen verschwinden, solange sie uns gehen lassen. Halt dich an mir fest.«

Er nimmt Mona auf den Arm und rennt los.

Und die toten Schwestern hüpfen hinterher.

DIE FLUCHT

Der Jeep steht nicht mehr vor dem Stadttor, für einen Moment zögert Kolja, dann läuft er auf den Wald zu. Mona hat die Arme um seinen Hals gelegt und klammert sich fest. Noch spürt er ihr Gewicht nicht, das Adrenalin treibt ihn an. Er weiß, er muss so schnell wie möglich Abstand zwischen sich und die Stadt bringen.

Nach einer Viertelstunde erreichen sie den Waldrand und Kolja ist vollkommen ausgelaugt. Er setzt Mona ab und als sie eben der Straße folgen wollen, kommt ihnen der Jeep mit David am Steuer entgegen.

Kolja und Mona steigen ein, David wendet und fährt in den Wald zurück.

»Sind die Gräfinnen in Sicherheit?«, fragt Kolja.

»Ich habe sie vor der Villa rausgelassen«, antwortet David. »Sie haben mich zurückgeschickt, damit ich euch hole. Was ist nur in der Stadt passiert?«

»Zu wenig«, sagt Kolja und schweigt für den Rest der Fahrt.

Zehn Minuten später halten sie vor der Villa. Kolja schickt David los, damit er Draeger ausfindig macht, ehe er mit Mona an seiner Seite die Villa betritt. Die Panik ist überall spürbar. Wissenschaftler und Ärzte haben sich in der Eingangshalle versammelt und wirken albern in ihren Kitteln und mit den Partyhüten. Sie wissen nicht, was in dem Tempel passiert ist. Sie sind darauf vorbereitet gewesen, die aus dem Eis erwachten Krieger und ihre Königin medizinisch zu versorgen. Als sie Kolja eintreten sehen, bestürmen sie ihn mit Fragen.

Er hebt die Hände, die Lüge kommt ihm leicht über die Lippen:

»Wir versammeln uns auf der Terrasse. Die Wachleute werden euch von da aus nach oben bringen. Es gibt keinen Grund zur Unruhe. Wir haben Probleme mit dem Lüftungssystem und wollen niemanden in Gefahr bringen, deswegen evakuieren wir vorübergehend und sehen uns in einer halben Stunde an Bord. Dort holen wir die Feier nach, das ist ein Versprechen, also behaltet die Hüte auf.«

Ein paar der Wissenschaftler lachen, dann beginnt die Gruppe sich in Richtung Terrasse zu bewegen. Kolja weiß, dass es länger als eine halbe Stunde dauern wird, um das Schiff zu erreichen. Nachdem sie mit dem Fahrstuhl an die Oberfläche gefahren sind, kommt der beschwerliche Teil der Flucht mit den Schneemobilen. Drei Kilometer von der Küste entfernt wartet ein Schiff. Der Plan der Evakuation ist handfest, und wenn das Wetter mitspielt, werden sie in einer Stunde an Bord sein.

Kolja hockt sich vor Mona.

»Geh und finde die Gräfinnen, wir treffen uns alle auf der Terrasse.«

»Und was machst du?«

»Ich werde mich um die Flügel kümmern.«

Kolja lässt Mona stehen und läuft die Treppe zum ersten Stockwerk hinauf. Auf dem obersten Treppenabsatz gibt sein Funkgerät zwei Signaltöne von sich. Es ist Draeger.

»Wo bist du?«, fragt er.

»Erster Stock.«

»Wir sind über dir auf dem Balkon. Komm hoch, du musst das sehen.«

Der Anblick ist so erschreckend, dass Kolja für einen Moment glaubt, es wäre eine optische Täuschung. Er steht neben Draeger und David und drückt sich das Fernglas an die Augen. Es ist ihm ein Rätsel, wie eine Stadt von dieser Größe innerhalb von so kurzer Zeit zerstört werden kann. Die Häuser und Straßen brennen, der Rauch ist dick und schwer und erinnert an den Rändern an Schaumkronen. Die Flammen springen von Dach zu Dach, nur die Stadtmauer ist von dem Feuer bisher unberührt. Das Haupttor steht weit offen und das Volk strömt wie ein Insektenschwarm nach draußen. Sie haben Waffen und Fackeln in den Händen und nehmen direkten Kurs auf den Wald.

»Wenn sie das Tempo beibehalten«, sagt Draeger, »dann sind sie in einer halben Stunde hier.«

»Wir könnten sie mit ein paar Schüssen erschrecken«, schlägt David vor.

»Erschrecken?«, spielt Kolja das Echo und senkt das Fernglas. »Sehen die vielleicht aus, als würden sie sich erschrecken lassen?«

Das Funkgerät meldet sich. Kolja drückt es an sein Ohr, lauscht und steckt es wieder weg. Er ist blass und wünscht sich, er könnte drei Tage zurückgehen und einen Neuanfang machen. Alles ist falschgelaufen.

Und mittendrin habe ich den Erzfeind der Familie vergessen, denkt er und sagt:

»Das war die Kontrollstation. Der Hubschrauber ist im Anflug. Ihr macht hier weiter mit der Evakuierung, ich kümmere mich um Lazar. Wenn ihr … was tust du?«

Draeger hat Kolja am Arm zur Seite gezogen, damit David die folgenden Worte nicht mitbekommt.

»Du gehst da nicht alleine hoch«, sagt er. »Das wäre purer Selbstmord. Lazar hat zwanzig Söldner an Bord, was willst du allein gegen sie ausrichten?«

»Ich halte sie in Schach.«

»Kolja, sie werden dich niedermähen.«

»Ich denke nicht. Peerson und Lunk können mit einem Gewehr umgehen. Und Markovic---

»Die drei sind Techniker!«, erinnert ihn Draeger. »Du kannst froh sein, wenn sie nicht schon längst die Flucht ergriffen haben. Du brauchst Rückendeckung. Nimm mich mit.«

»Und wer kümmert sich um die Evakuierung?«

»Ich habe fähige Männer, sie werden das übernehmen.«

»Aber die Gräfinnen---«

»Kolja, hörst du mich nicht? Meine Männer werden auch auf die Gräfinnen aufpassen. Sie sind keine Amateure, das weißt du. Wenn sie jetzt zu den Fahrstühlen aufbrechen, wird ihr Vorsprung groß genug sein, dass sie nicht in Gefahr kommen. Sie brauchen uns nicht.«

Kolja schaut auf das heranstürmende Volk, er weiß, dass Draeger recht hat.

»Gut«, beschließt er, »fahren wir.«

Sie lassen den Jeep am Wasserfall stehen und erstarren, als sie die offene Tür sehen, die zur Wendeltreppe führt. Mit gezogenen Waffen nähern sie sich dem Eingang. Kolja weiß, dass er die Tür vorhin hinter sich geschlossen hat. Auf der Wendeltreppe trifft sie der Gestank von verbranntem Plastik und als sie die Kontrollstation erreichen, ist sie vollkommen zerstört.

»Wie ist das möglich?«, fragt Kolja.

Die Techniker sind nicht mehr am Leben. Lunk und Peerson liegen auf dem Boden. Markovic hat versucht, die Wendeltreppe nach oben zu fliehen, und ist nur ein paar Stufen weit gekommen. Kolja hat keine Ahnung, wie das Volk so schnell sein konnte.

»Du hast gesehen, dass sie den Wald noch nicht erreicht haben«, sagt er.

Draeger schaut die Wendeltreppe hoch.

»Ich glaube, sie kamen nicht von unten. Hier auf den Stufen liegt Schnee und die Steinplatte zum Haus steht offen.«

»Aber da draußen kann niemand sein«, sagt Kolja und setzt sich an einen der Monitore, um die Außenkamera zu aktivieren. Er hätte keinen passenderen Moment wählen können. Lazars Hubschrauber setzt zur Landung an. Die Landschaft vor dem Haus wird von zwei Scheinwerfern erhellt, der Flugwind peitscht den Schnee auf, dann kommen die Rotoren zur Ruhe.

»Sie sind angekommen«, sagt Kolja.

»Wir könnten abwarten, dass sie das Haus betreten und dann die Sprengladung zünden«, sagt Draeger.

Kolja weiß, dass es der einfachste Weg wäre. Das Haus ist als Falle gebaut. Aber er weiß auch, dass er den Gräfinnen ein Versprechen gegeben hat.

Bring sie zu uns, Kolja, führ die Engel zusammen.

Er versteht nicht, wie die Gräfinnen weiterhin an der Prophezeiung festhalten können. Gleichzeitig fragt er sich, wie er die Prophezeiung auch nur eine Sekunde lang anzweifeln konnte. Es kann doch nicht sein, dass er zwei Jahrhunderte überlebt hat, um sich am Ende zu täuschen.

»Ich brauche Lazar, Esko und Motte lebend«, sagt er.

»Und die anderen?«

»Die drei sind unser einziges Ziel. Mir ist egal, was mit den anderen passiert.«

Sie ziehen Markovic' Leiche von der Treppe und machen sich auf den Weg nach oben.

DAS MÄDCHEN

Mona findet die Gräfinnen im Kaminzimmer. Die alten Damen liegen auf zwei Chaiselongues und halten sich an den Händen. Ihre Pulsadern sind aufgeschnitten, sie atmen flach und hastig, als würden sie nicht genug Luft bekommen.

Die bluten ja kaum, meckern die toten Schwestern, *sieh sie dir an, sie tun nur so.*

Wenn Mona genau hinschauen würde, könnte sie sehen, dass die Schnitte nicht tief genug gehen. Das Blut sickert träge aus den Wunden, die so oberflächlich sind, dass sie nicht einmal genäht werden müssten. Mona sieht, was sie sehen will. Sie versteht die Verzweiflung der Gräfinnen und warum sie in den Freitod gehen wollen. Alles, wofür sie gelebt haben, ergibt keinen Sinn mehr. Mona fühlt sich auf eine absurde Art und Weise verantwortlich. Sie starrt auf das Messer auf dem Boden, sie sieht das Blut an der Klinge und weiß nicht, wie sie das wiedergutmachen soll.

»Kleines, sei nicht traurig«, sagt Pia und winkt sie zu sich.

Die Geste ist so schwach, dass es Mona den Hals zuzieht.

Geh nicht, sagen ihre Schwestern.

Bleib hier, sagen sie.

Mona tritt zwischen die Chaiselongues und bleibt vor der Blutpfütze stehen. Sie spürt das Kaminfeuer in ihrem Rücken und die Wärme ist so angenehm, dass sie sich zu den Gräfinnen legen und einfach nur schlafen möchte.

»Erinnerst du dich?«, fragt Pia. »Erinnerst du dich, wie ich dich in der Villa darum gebeten habe, dass du uns die Welt der Königinnen zeigst? Jetzt ist der Zeitpunkt gekommen, an dem ich dich erneut bitte. Öffne die Tür für uns, Mona, nur für eine kleine Weile, mehr verlangen wir nicht. Nimm uns mit in deine Erinnerung und liefere uns an die Vergangenheit aus, wie du Lazar an deine Schwestern ausgeliefert hast, denn bald sind wir nicht mehr, und wenn es einen Ort gibt, an dem wir sterben wollen, dann ist es an der Seite von Königin Theia. Gib uns diese Freiheit, Mona, bring uns zur Königin.«

Natascha lässt Pias Hand los und greift nach Monas. Ihre Finger sind klebrig vom Blut.

»Wir sind Familie«, sagt sie. »Bitte, hilf uns.«

Mona ist verwirrt, ihre Schwestern lärmen und kreischen, Mona soll rennen, Mona soll weglaufen, aber Mona kann sich nicht rühren.

Sie sterben, denkt sie, *könnt ihr das nicht sehen?*

Sie lügen, antworten ihre Schwestern.

Sie täuschen.

Sie sind die Gräfinnen.

Ja, aber sie sind Familie, antwortet Mona und bittet ihre Schwestern zu schweigen, denn sie will klar denken und das fällt ihr schwer mit den Stimmen um sich herum. Mona will Kolja holen, damit er die Gräfinnen rettet. Die Damen lesen ihr die Gedanken vom Gesicht ab.

»Außer dir kann uns niemand helfen«, sagt Pia.

»Bitte«, wiederholt Natascha. »Uns bleibt nicht mehr viel Zeit.«

Die toten Schwestern beugen sich über die blassen Gesichter der alten Damen und schreien sie an, sie sollen die Wahrheit sagen. Die Gräfinnen bekommen davon nichts mit. Sie haben nur Augen für Mona. In ihren Blicken ist Furcht, Hoffnung und Liebe. Ohne dass Mona sich dessen recht bewusst ist, nimmt sie auch Pias Hand in ihre.

Wir sind Familie, denkt sie und fragt:

»Wohin soll ich euch bringen?«

Die Gräfinnen atmen erleichtert aus, Freudentränen laufen ihnen über die Wangen, ihre Münder zittern. Dankbarkeit erfüllt ihr ganzes Wesen und wandert wie ein sanfter Stromfluss durch ihre Hände und in Monas Körper.

»Bring uns zu ihrem Tod«, sagt Pia. »Lass uns an Königin Theias Seite sterben, denn das ist der einzige angemessene Tod für zwei alte Damen wie uns.«

Falsch, Mona!

Warte!

Lass los!

Mona lässt nicht los. Vielleicht ist es die Selbstüberschätzung einer Zehnjährigen, die zu viele Erinnerungen berührt und zu viele Tode gesehen hat und sich gegen jede Gefahr gewappnet fühlt. Oder vielleicht ist es einfach nur Dummheit. Mona ist sich ihrer Gabe sicher und schließt die Augen und berührt ihre Erinnerung, die auch die Erinnerung der Königin ist, und als sie die Augen wieder öffnet, trifft sie der Wind mit voller Wucht von hinten und sie schwankt und wäre beinahe vornübergefallen, wenn die zwei alten Frauen sie nicht an den Händen gehalten hätten.

Mona steht schwankend auf einem Hügel und ein Engel kniet drei Meter von ihr entfernt im Schnee und hat den Kopf gesenkt. *Esko,* denkt Mona und will seinen Namen rufen und ihm vom Boden aufhelfen, aber sie bewegt sich nicht, weil Königin Theia sich nicht bewegt.

Die Königin ist verwirrt. Der Blutverlust beeinträchtigt ihre Konzentration, sie schwankt schon seit einer Weile zwischen Ohnmacht und Bewusstsein und hat aufgegeben, die Wunde an ihrer Hüfte abzubinden. Die Schwäche lässt sie am ganzen Körper zittern und jetzt ist sie zusätzlich noch verwirrt. Nicht nur von Monas plötzlicher Anwesenheit in ihrem Bewusstsein, sondern weil sich das Schwert eben noch in ihrer Hand befand und jetzt liegt es auf dem Boden zu ihren Füßen; eben wollte sie den letzten Engel niederstrecken, jetzt knien zwei alte Damen vor ihr.

»Wir sind es«, sagt Pia.

»Deine Dienerinnen«, sagt Natascha.

Mona erwartet, dass die Königin die Hände der Gräfinnen abschüttelt, dann würde auch Mona die Erinnerung loslassen und in die Gegenwart zurückkehren und ihren toten Schwestern sagen, das wäre doch nur halb so schlimm gewesen. Aber etwas anderes geschieht. Königin Theia runzelt die Stirn.

»Ihr habt euch aber Zeit gelassen«, sagt sie.

Mona versteht nicht, was das heißt, doch kaum hat Königin Theia die Worte ausgesprochen, öffnet sich eine Erinnerung, und da jeder Gedanke der Königin in diesem Moment ein Gedanke von Mona ist, stehen ihr auch alle Erinnerungen offen, und so sieht Mona, wie die Gräfinnen vor knapp zweihundert Jahren Kontakt zu Königin Theia aufgenommen haben.

Es geschah, nachdem die Blutsgeschwister mit ihrem Volk von der Erdoberfläche verschwunden waren. Eines Nachts träumte Königin Theia die ferne Zukunft, zumindest fühlte es sich für sie an wie ein Traum.

Sie träumte das Jahr 1815.

Königin Theia fand sich in einer Berliner Wohnung wieder und sah die Gräfinnen zum ersten Mal. Pia und Natascha waren zu dem Zeitpunkt einundzwanzig Jahre alt und vollführten mithilfe von drei Fingerknochen ein Ritual, das den Geist der Königin zu ihnen rief. Königin Theia begriff sofort, wer die zwei Frauen waren. In der Prophezeiung hieß es: *Wie ihr Geschwister seid, so werdet ihr auch jene finden, die füreinander wie Geschwister sind. Ihnen müsst ihr diese Prophezeiung anvertrauen, damit sie in eurem Namen handeln.* Und so diktierte Königin Theia den Gräfinnen die Prophezeiung, damit sie für die Zukunft festgehalten wurde, und übergab ihnen damit gleichzeitig den Schlüssel für die Rückkehr der Engel. Sie übergab ihnen aber mehr als das, denn bevor sie die Gräfinnen in dem Jahr 1815 zurückließ und aus ihrem Traum erwachte, nahm sie den Damen ein Versprechen ab. »Findet mich, bevor ich sterbe«, sprach sie. »Rettet mich, bevor ich aufhöre zu sein, damit ich das Erbe meiner Mutter in eure Zeit tragen kann.«

Die Gräfinnen versprachen es ihr, und jetzt haben sie ihr Versprechen eingelöst.

»Wie könnt ihr in der Zeit reisen?«, fragt Königin Theia.

»Nicht wir«, sagt Pia und drückt die Hand der Königin. »Du.«

»Wovon redest du?«

»Da ist ein Mädchen«, sagt Natascha, »und sie ist in deinem Bewusstsein. Wenn wir die Verbindung lösen …«

Sie hebt Theias Hand.

»… wird sie verschwunden sein. Ihr Name ist Mona. Sie ist ein Teil deiner Erinnerung. Und somit bist du auch ein Teil ihrer Erinnerung. Sie ist deine Erbin, wir haben sie aus deinen Knochen erschaffen.«

In diesem Moment begreift Mona, dass sie in eine Falle gelaufen ist. Es ist kein Zufall, dass die Gräfinnen diesen Moment ausgewählt haben. Mona war schon vor fünf Tagen hier. Damals floh sie aus der Not heraus in Theias Erinnerung, um Esko in die Gegenwart zu holen. Als sie den Gräfinnen davon erzählt hatte, wollten sie im Detail wissen, wie Mona das angestellt hatte. Und jetzt haben die Gräfinnen diese Erinnerung benutzt, um Mona hierherzulenken.

Aber warum?, fragt sich Mona und versucht sich aus ihrem Griff befreien. Sie will die Gräfinnen in der Erinnerung zurücklassen, wie sie es mit der brennenden Villa getan hat, aber die Verbindung lässt sich nicht kappen. Die Gräfinnen halten die Hände der Königin eisern fest und machen es Mona unmöglich, sich zu trennen.

»Meine Erbin?«, sagt Königin Theia und schaut zu Esko, auch die Gräfinnen drehen sich um und sehen den letzten Engel an. »Hörst du das, Engel, ich habe eine Erbin, ich werde im Gegensatz zu dir in der Zukunft weiterleben.«

Für eine Sekunde hebt Esko den Blick und in seinen Augen ist zu sehen, wie erstaunt er von dem Anblick ist – links und rechts von Königin Theia stehen zwei uralte Frauen in rotem und grünem Kleid. Esko senkt wieder den Blick. Er ist eine elendige Erscheinung, gefrorene Strähnen rahmen sein Gesicht und seine ausgerissenen Flügel liegen neben ihm im Schnee.

Königin Theia weiß, dass sie genauso schlimm zugerichtet ist wie der Engel. Für Sekunden verliert sie das Bewusstsein und sackt nach vorne. Die Gräfinnen drücken sich an die Königin und halten sie aufrecht, ohne den Griff von ihren Händen zu lösen.

»Bleibt wach, Königin«, sagt Pia.

»Bleibt bei uns«, sagt Natascha.

Die Stimme der Königin ist kaum zu hören.

»Ihr kommt zu spät«, sagt sie schwach. »Wieso habt ihr so lange gewartet? Ich sterbe und niemand kann das aufhalten. Auch keine Erbin und erst recht keine Zukunft.«

Natascha widerspricht ihr.

»Wir kommen genau richtig, Königin. Wir sind hier, um dich mitzunehmen. Die Zukunft erwartet dich. Wir haben das Mädchen für dich erschaffen, wir haben sie zu deinem Gefäß gemacht. Sie ist deine Brücke ins Jetzt.«

Ist das so?, hört Mona die Stimme der Königin in ihrem Bewusstsein. *Haben sie dich wirklich aus meinen Knochen erschaffen? Denn wenn dem so ist, dann solltest du auch meine Knochen tragen.*

»Lass sie gehen«, sagt Natascha.

»Lass sie los«, sagt Pia.

Mit diesem Gedanken löst sich Königin Theia von ihrem sterbenden Körper und überlässt ihn Mona. Es scheint so einfach. Mona ist verblüfft von der Leichtigkeit, mit der die Königin diesen Tausch ausführt. Ihre Hände sind mit einem Mal frei und die Gräfinnen verschwunden.

Mona steht alleine im Schnee und es ist vor sechshunderttausend Jahren. Sie schaut an sich herab und sieht die Wunden und erzittert in der Kälte und ist ein fester Teil dieser Zeit. Der Schmerz ihrer Verletzungen trifft sie mit voller Wucht. Sie schwankt, sie macht einen Schritt nach vorne, ihre Beine geben nach und sie stürzt in den Schnee. Vielleicht vergeht eine Minute, vielleicht ist es eine Stunde. Mona sammelt ihre Kräfte, sie kann, sie will, sie wird nicht einfach so aufgeben.

Langsam setzt sie sich in Bewegung und beginnt auf den letzten Engel zuzukriechen.

DAS VOLK

Das Volk tobt, das Volk wütet, das Volk zerstört jeden Widerstand. Sie kommen nicht nur aus der Stadt gestürmt, sie steigen auch von der Oberfläche durch die Schächte herunter. Eine Gruppe Krieger sieht Kolja und Draeger im Jeep an sich vorbeifahren und greift nicht an. Kolja ist nicht ihr Ziel, außerdem ist die Achtung vor ihm viel zu groß.

Nein, ihr Ziel ist ein anderes.

Sie stürmen aus allen vier Himmelsrichtungen durch den Wald und eilen über die Lichtung auf die Villa zu. Draegers Wachleute schießen auf sie und einige der Krieger fallen im Kugelhagel, aber nichts kann sie wirklich aufhalten. Es sind ihrer zu viele. Sie sind wie eine Flut, sie töten jeden, der ihren Weg kreuzt, und dann stürmen sie die Villa und verteilen sich auf die Stockwerke. Ihre Speere durchbohren Möbel, ihre Schwerter schlitzen Gemälde auf. Den Bewohnern gelingt es nicht einmal, den Waldrand zu erreichen, das Volk ist überall und lässt sie nicht entkommen. Sie wissen von den Flügeln, die die Gräfinnen mit unter die Erde gebracht haben. Das Volk hat sie bei der Ankunft beobachtet und ihnen ist der schmale Koffer aufgefallen. Aus Ehrerbietung hätten sie sich niemals in die Nähe der Flügel gewagt, aber seitdem sich die Prophezeiung als Lüge entpuppt hat, ist es an dem Volk, das Schicksal in die Hand zu nehmen.

Und das Schicksal steht klar und deutlich vor ihren Augen – sie brauchen eine Königin, und eine Königin ohne Flügel ist keine Königin.

Vor dem Kaminzimmer verharren sie plötzlich, die Flut erstarrt. Sie verstehen nicht, was sie da sehen.

Die Gräfinnen sind am Verbluten, das Mädchen steht zwischen ihnen und hält ihre Hände. Es macht keinen Sinn. Sie warten auf ihre Anführerin, und als dann Pujiq vortritt, betrachtet sie das Mädchen und das Blut auf dem Boden. In der Pfütze liegt das Messer, mit dem sich die Gräfinnen die Adern geöffnet haben. Auch Pujiq versteht nicht, was das zu bedeuten hat. Sie zieht ihr Schwert und richtet es auf das Mädchen, das im selben Moment die Augen öffnet und zu ihr aufschaut. Das Schwert in Pujiqs Hand beginnt zu zittern, dann weicht sie zurück, denn sie hat das Gefühl, die Augen des Mädchens würden sie aus einer fernen Zeit betrachten und Gericht über sie halten.

»Dämon!«, zischt Pujiq und das Volk kann die Furcht in ihrer Stimme hören.

Pujiq ist vollkommen ahnungslos, wer da vor ihr kniet, und sie soll auch nie erfahren, dass sich das Ziel all ihrer Träume und Sehnsüchte in diesem kleinen Körper befunden hat. Ehe das Mädchen sich zu erkennen geben kann, erklingt ein Schrei aus dem oberen Stockwerk. Der Schrei lässt die Krieger um Pujiq herum toben, sie sind nicht hier wegen des Mädchens oder der Gräfinnen. Das Volk hat ein Ziel, das Ziel sind die Flügel.

Pujiq verlässt das Kaminzimmer, das Volk folgt ihr und das Mädchen wird seinem Schicksal überlassen.

Das Volk steht dicht gedrängt auf der Treppe und eine Gasse von Kriegern hat sich für Pujiq gebildet. Die Gasse endet an dem Zimmer, in dem die Flügel auf einem Podest liegen. Ehrerbietung durchflutet die Anführerin. Sie nähert sich mit gesenktem Blick und verweilt einen Moment vor dem Podest, dann streicht sie mit zitternden Fingerspitzen über die Federn und weiß von diesem Moment an, was ihre Aufgabe ist.

Ihr Volk erwartet sie, eine neue Herrschaft steht bevor.

Der Stolz lässt Pujiq weinen, es sind die Tränen einer Königin.

DIE PROPHEZEIUNG

Als Königin Theia die Augen öffnet, ist eine Schwertspitze auf sie gerichtet. Die Kriegerin am anderen Ende der Waffe hat einen kahl rasierten Kopf, der mit Tattoos bedeckt ist, die sich wie ein Gewächs über ihr Gesicht ausbreiten. Die Augen sind strahlend blau, der Mund voll und sinnlich, aber als Königin Theia sie ansieht, bleckt die Frau die Zähne und ihr entweicht ein einziges Wort: »Dämon!«

Königin Theia weiß, dass eine Kriegerin aus ihrem eigenen Volk sie bedroht. Sie versteht nicht, was die Kriegerin sich herausnimmt und warum sie nicht auf die Knie sinkt. Ehe Königin Theia ihr befehlen kann, erklingt ein Schrei aus dem Haus und die ganze Schar verschwindet aus dem Zimmer.

Stille bleibt zurück.

Königin Theia ist dankbar für die Ruhe. Sie steht an derselben Stelle, an der Mona gestanden hat, als sie die Erinnerung betrat. Seitdem sind Minuten vergangen, aber wenn es nach Königin Theia gehen würde, könnten es Tage sein. Sie braucht Zeit, um sich in der Gegenwart zu sammeln. Es ist ein absonderliches Gefühl, sich im Körper eines zehnjährigen Mädchens wiederzufinden. Ohne Schmerzen, ohne die Kälte, ohne das Gefühl, sich mit jedem Atemzug dem Tod zu nähern. Königin Theia fährt sich mit der Zunge über die Zähne, sie sieht ihre schmalen Arme und die Hände, die die Gräfinnen noch immer halten.

Ich bin ein Mädchen, denkt sie und hätte beinahe aufgelacht, *ich bin jung.*

»Königin?«, sagen die Gräfinnen gleichzeitig.

Königin Theia schaut auf und begegnet dem Blick der Gräfinnen.

»Meine Dienerinnen«, antwortet Theia, »ihr blutet ja.«

Die Gräfinnen lächeln, sie sind zu schwach, um sich von den Chaiselongues zu rühren, sie sagen, das wären nur oberflächliche Schnitte.

»Du bist hier«, sagt Pia, »nur das zählt.«

»Verbinde unsere Wunden«, sagt Natascha, »dann können wir gemeinsam---«

»Gemeinsam?«, unterbricht Theia die Gräfinnen sanft. »Es gibt kein gemeinsam. Ihr seid alt, seht euch an, ich brauche euch nicht mehr. Ihr habt eure Aufgabe erfüllt und ich bin euch zu Dank verpflichtet. Wisst ihr, was mein Volk mit den Alten macht?«

Sie hebt die Hände der Gräfinnen an.

»Alles beginnt mit Blut, alles endet mit Blut. Ihr habt gute Vorarbeit geleistet, lasst es mich zu Ende führen, wie es damals meine Mutter zu Ende geführt hat, als sie meine Schwester und mich in ihrem eigenen Blut badete.«

Köngin Theia nimmt das Messer aus der Blutpfütze und vertieft die Schnitte auf den Unterarmen der Gräfinnen. Natascha wimmert und kneift die Augen zusammen, sodass die Tränen unter ihren Lidern hervorfließen. Pia will sich wehren und den Arm wegziehen, aber der Blutverlust verlangsamt jede ihrer Bewegungen.

»Jetzt blutet ihr wirklich«, sagt Königin Theia und schiebt das Messer in den Ärmel ihrer Jacke. »Es gibt keinen Grund für Tränen, seid unbesorgt, denn ich werde bei euch bleiben, bis eure Herzen nicht mehr schlagen. Ihr seid mir gute Dienerinnen gewesen, eure Erinnerungen werden euch überleben. Öffnet sie für mich und lasst mich sehen, in was für eine Welt ihr mich geführt habt.«

Königin Theia berührt die Erinnerungen der Gräfinnen. Sie erforscht zweihundert Jahre altes Wissen und Erfahrungen. Die Masse der Informationen lässt sie aufstöhnen, sie spürt, wie ihre Beine zu zittern beginnen. Die Königin sinkt auf die Knie und so ruht sie und lässt alles geschehen.

Eine angenehme Ruhe breitet sich im Kaminzimmer aus, sie wird nur unterbrochen vom Knistern des Feuers und den Tropfen, die in die Pfütze fallen. Die Gedanken der Gräfinnen werden schwächer, während sie ausbluten. Sie sind ohne Bitterkeit, denn sie wissen, sie haben ihr Ziel erreicht. Sie hätten nur nicht gedacht, dass ihr Leben der Preis dafür sein würde. Ihre Köpfe sinken zur Seite, ihr Lebenslicht verlöscht. Die Gräfinnen sind stolz, der Königin bis zu ihrem letzten Atemzug zu Diensten gewesen zu sein.

»Mona?«

Königin Theia hört den Namen, aber sie kann ihn nicht zuordnen. Die Hände der Gräfinnen sind zwischen ihren Fingern erkaltet, die Informationen sind da, die Erfahrungen füllen ihren Kopf, dieses Zeitalter ist eine Welt der Wunder. Es fällt Königin Theia schwer, all das Wissen zu verdauen. *Noch eine Weile länger,* denkt sie, als die Stille erneut unterbrochen wird.

»Mona?«

Königin Theia öffnet die Augen und sieht den letzten Engel einen Meter entfernt vor sich hocken. Beinahe wäre sie zurückgeschreckt. Aus den Erinnerungen der Gräfinnen weiß sie, dass das Mädchen den Engel vom Schlachtfeld gerettet hat.

Mona, denkt sie, *das war ihr Name.*

Königin Theia weiß auch, was für eine Ironie es wäre, wenn sie den Engel mit denselben Händen, die ihn in die Gegenwart geholt hatten, in die Vergessenheit zurückschicken würde.

Ein Lächeln breitet sich auf ihrem Gesicht aus. Sie lässt die Hände der Gräfinnen los. Eine knappe Bewegung reicht und das Messer gleitet aus dem Mantelärmel in ihre Hand. Als die Hände der Gräfinnen auf den Boden klatschen, hat Theia dem Engel die Messerklinge an den Hals gedrückt. Jetzt erinnert sie sich auch an seinen Namen. Esko. Für sie wird er immer der letzte Engel bleiben.

»Engel«, sagt sie, »da bist du ja wieder. Endlich.«

Für den Bruchteil einer Sekunde genießt sie das Erstaunen in seinem Blick – er hat das Mädchen erwartet, nicht eine Königin, die zu Ende führt, was sie vor einer halben Million Jahre angefangen hat – dann öffnet sie ihm mit einem Schnitt die Kehle.

Der alte Mann ist kein Problem. Theia weiß, dass sein Name Lazar ist und er die Prophezeiung seit über vierzig Jahren aufhalten will. Sie ist erstaunt, wie schnell er trotz seines Alters auf ihren Angriff reagiert. Bei dem letzten Engel hatte sie den Überraschungsvorteil, der Alte dagegen weicht aus und schlägt ihre Messerhand zur Seite. Bei der nächsten Attacke schneidet sie ihm den Magen auf, aber er blutet nicht, Jackenfutter rieselt hervor, die Königin ist verwirrt. Der Alte will fliehen und stolpert über die Türschwelle und fällt auf den Boden. Theia ist mit vier Schritten aus dem Kaminzimmer raus und will sich eben auf ihn stürzen, als es eine Explosion gibt. Der Laut schmerzt in ihren Ohren und wie sie nach links schaut, sieht sie einen Mann mit einem Gewehr im Anschlag durch den Flur auf sich zueilen.

»Das reicht«, sagt der Mann.

Er ist für einen Angriff zu weit entfernt, und noch während Theia das denkt, wird sie sich ihrer geringen Körpergröße bewusst.

»Cedric, pass auf!«, ruft der Alte, als würde er Theias Vorhaben vorausahnen.

Es ist nicht mehr als eine knappe Bewegung und das Messer macht sich auf die Reise. Theia weiß von dem Panzer, der den Körper des Alten schützt. Also sucht sie sich ein anderes, sichereres Ziel. Das Messer durchbohrt den Hals des Mannes. Die Königin wartet nicht, dass er stürzt, sondern rennt los, um sich ihr Messer zurückzuholen. Eine Kriegerin, die ihre Waffe aufgibt, ist eine Närrin und keine Kriegerin. Theia hat genau vor Augen, was als Nächstes geschehen wird. Sie wird das Messer aus dem Hals ziehen und sich des Alten entledigen, dann wird sie die Flügel suchen. Theia konnte ihre Anwesenheit spüren, als sie den Körper des Mädchens eingenommen hat.

Sie sind im Haus, sie sind nahe.

Mit den Flügeln auf dem Rücken wird sie den nächsten Schritt machen und ihre Erinnerung betreten. Sie wird Lisk aufsuchen und in die Gegenwart bringen. Danach wird niemand die Blutsgeschwister und ihr Volk mehr aufhalten können, denn sie---

Die erste Kugel schlägt in ihre Brust, die zweite zerschmettert ihre Schulter.

Theia fliegt in hohem Bogen nach hinten und während sie stürzt, wird sie von zwei weiteren Kugeln getroffen. Sie versteht nicht, was sie falsch gemacht hat. Sie war schnell, sie war zielstrebig, sie hat nur nicht mit der Kraft des Gewehrs gerechnet. Die Königin stürzt und greift panisch nach der Erinnerung und löst sich von diesem Tod und kehrt dorthin zurück, wo sie hergekommen ist.

Das Mädchen schlägt auf dem Boden auf und ein letzter Atemzug entweicht ihr.

Es ist das Ende einer Ära, es ist das Ende der Blutsgeschwister.

LAZAR

Du verstehst nicht, was in Mona gefahren ist. Du liegst noch immer auf dem Boden und schaust von ihrer Leiche zu Cedric, der keine Kraft mehr hat, sich aufzurichten, und schwer atmend an die Decke starrt.

Es ist keine Minute vergangen, seitdem die Kleine durchgedreht ist.

Du hockst dich neben Cedric. Es ist bisher überraschend wenig Blut aus seiner Halswunde geflossen. Er weicht deinem Blick aus, als du dich über ihn beugst. Du weißt, was das heißt. Cedrics Lippen bewegen sich, etwas Blut fließt aus seinen Mundwinkeln.

»Zieh's raus«, sagt er.

»Wir sollten warten, bis---«

»Bitte … Lazar … zieh's raus.«

Du nimmst keine Sekunde deine Augen von ihm, während du das Messer rausziehst. Cedric seufzt, die Erleichterung lässt ihn entspannen. Das Blut fließt jetzt ungehindert aus der Wunde, Cedric seufzt erneut und Sekunden später lebt er nicht mehr.

Du schließt seine Augen. Du bist furchtbar müde und hast das Gefühl, nichts erreicht zu haben.

»Wo ist Mona?«

Du drehst dich um.

Esko ist im Türrahmen des Kaminzimmers aufgetaucht, die Vorderseite seiner Jacke ist blutgetränkt und du kannst den Schnitt an seiner Kehle sehen, den ihm das Mädchen zugefügt hast. Die Wunde ist geschlossen, das Blut geronnen.

»Du solltest tot sein«, sagst du.

»Hast du schon einmal versucht, einen Engel umzubringen?«, fragt er. »Wir sterben nicht so leicht, aber das müsstest du selbst am besten wissen.«

Dir wird das erste Mal nach über sechzig Jahren bewusst, was für ein zäher Hund du eigentlich bist und wie schnell deine Wunden verheilen. Du dachtest, es wäre deine Konstitution; du dachtest nicht, dass deine Gene etwas damit zu tun haben könnten.

»Was ist nur in Mona gefahren?«, fragt Esko. »Ich habe …«

Er verstummt, seine Augen sind nach rechts gewandert und er hat Monas Leiche im Flur erblickt. Du kannst sehen, wie ihn der Anblick erschüttert. Esko kniet sich neben ihren Körper, berührt ihr Gesicht, streicht ihr übers Haar. Und so haltet ihr beiden eine Totenwache in einer Villa dreihundert Meter unter der Erde, und die Welt dreht sich noch immer.

MOTTE

Ich war nicht verschwunden, niemand hatte mir die Kehle aufgeschnitten oder auf mich geschossen. Ich habe die ganze Action da unten verpasst, weil Cedric und ich in die oberen Stockwerke gestiegen sind. Wir gingen von Raum zu Raum, wir suchten Mona und die Gräfinnen und fanden sie nicht. Als wir eben wieder runtergehen wollten, kam ich an einem Zimmer vorbei und zögerte. Der Raum war bis zur Decke mit Büchern angefüllt und in seiner Mitte befand sich ein Podest mit einer roten Samtfläche. Ich trat an das Podest und legte eine Hand auf den weichen Stoff.

Ja.

Es brach mir beinahe das Herz. Meine Flügel hatten hier gelegen. Ein Nachhall ihrer Existenz war zurückgeblieben wie selbst nach einem Jahr der Geruch eines Menschen in der Kleidung zurückbleibt. Ich weiß nicht, wie lange ich dort stand. Cedric sagte, er würde runtergehen, aber ich reagierte nicht, ich stand einfach nur in diesem Zimmer und strich über den Samt und war vollkommen verloren.

»Alles in Ordnung?«

Esko hatte das Zimmer betreten. Ich war weit entfernt und hatte nicht einmal die Schüsse aus dem Erdgeschoss mitbekommen. Esko war mit Blut beschmiert, und ich wollte ihn fragen, was passiert war, und brachte kein Wort hervor. Ich stand da und war einfach nur hilflos.

»Sie lagen hier«, sagte ich schließlich leise. »Sie lagen auf diesem Podest.«

»Dann werden sie noch nicht so weit weg sein«, beruhigte mich Esko und legte mir den Arm um die Schultern. Er führte mich zur Tür, er führte mich nach unten und dabei erzählte er mir, was im Kaminzimmer passiert war.

»Mona ist tot?«, sagte ich.

»Sie ist tot«, sagte Esko.

»Aber ich habe sie nicht einmal kennengelernt.«

»Sie hätte dir gefallen.«

»Aber … Wenn sie tot ist, warum bist du noch da?«

»Ich weiß es nicht«, gab Esko zu.

Wir standen vor Mona, sie wirkte zerbrechlich und klein, ihre Augen waren einen Spalt geöffnet, die linke Hand eine Faust. Lazar saß neben Cedrics Leiche, keiner sprach. Dann schob Esko seine Hände unter Mona und hob sie auf. Lazar nahm das Gewehr vom Boden.

Wir verließen die Villa und liefen über das Feld der Toten zu einem der Jeeps. Lazar setzte sich hinters Lenkrad, Esko rutschte auf die Rückbank und hielt Mona weiter in seinen Armen. So fuhren wir durch den Wald zurück zum Wasserfall.

»Ich habe mich schon gefragt, wo sie bleiben«, sagte Lazar, als uns Kolja und Draeger auf halber Strecke zu Fuß entgegenkamen. Sie richteten ihre Waffen auf uns, Lazar bremste ab, wir saßen einfach nur im Jeep und starrten die beiden an. Dann näherte sich Kolja, während ihm Draeger Deckung gab. Er blieb auf Höhe der Fahrertür stehen und schaute in den Wagen. Er sah Esko auf dem Rücksitz mit der toten Mona auf dem Schoß.

»Was ist passiert?«, fragte er,

»Sie sind alle tot«, sagte Lazar.

»Die Gräfinnen?«

»Auch die Gräfinnen.«

Kolja senkte das Gewehr, wir hörten, wie es auf dem Boden landete. Er hielt sich mit beiden Händen am Wagendach fest, als wäre er eben fünftausend Meter gerannt und bräuchte dringend eine Pause. Und wieder sprach keiner. Wir waren keine Feinde mehr, wir hatten jede Motivation verloren. Ich hielt das Schweigen nicht aus.

»Und meine Flügel sind verschwunden«, sagte ich.

Kolja schaute auf.

»Scheiß auf deine Flügel«, sagte er und sah von Esko zu Lazar und stellte fest: »Es ist vorbei, Draeger wird euch nach oben bringen. Steigt in den Hubschrauber und verschwindet, das hier ist beendet.«

Er wartete keine Reaktion von uns ab, sondern folgte der Straße in Richtung Villa.

Draeger setzte sich kommentarlos zu uns in den Wagen und wir fuhren weiter.

Nach zehn Minuten verließen wir den Wald und Draeger sagte uns, wo wir halten sollten. Wir umfuhren den Wasserfall und hielten vor dem Zugang zur Wendeltreppe. Schwere Rußwolken stauchten sich unter dem Steinhimmel und Asche hing wie Schnee in der Luft. Wir stiegen die Stufen hoch. Esko wollte sich nicht helfen lassen und trug Mona alleine. Wir kamen an der zerstörten Kontrollstation vorbei, dann standen wir wieder im Haus, Draeger machte Licht und es fühlte sich an, als wäre keine Zeit vergangen, seitdem uns Kolja mit vorgehaltenem Gewehr begrüßt hatte.

Lazar öffnete die Haustür, wir traten nach draußen.

Es wehte Wind, die Schneeflocken stachen uns in die Gesichter, alles war wie bei unserer Ankunft. Die Verandalampe warf einen Lichtkegel in die Dunkelheit und dort draußen stand in zwanzig Metern Entfernung mein bester Kumpel im Schnee und rührte sich nicht. Irgendwas an diesem Bild war falsch. Jemand wie Lars stand nicht einfach so in der Gegend herum. Das war entgegen seiner Natur. Vielleicht lag es auch an den Pfeilen, die vor ihm im Schnee steckten.

»Was tut er da?«, fragte ich.

»Er ist nicht allein«, sagte Esko.

Ich starrte in die Dunkelheit, bis meine Augen anfingen zu tränen, doch erst als eine Windböe über die Landschaft strich und den Schnee wie einen Vorhang anhob, fielen sie mir auf.

Ein Ring aus Körpern umschloss das Haus.

Sie hielten Schwerter und Speere. Sie hatten Bögen gespannt und ihre Pfeile zeigten alle in eine Richtung.

Das Volk erwartete uns.

DAS VOLK

Sie sehen alles, sie sind alles, sie sind überall.

Sie sind Frauen, sie sind Männer, sie sind das Volk.

Erst wüteten sie, als Königin Lisk aus dem Eis erwacht ist und ihre Krieger um sich versammelt hat, ohne das Volk auch nur eines Blickes zu würdigen. Aber das ist vergessen, denn jetzt haben sie eine neue Königin an ihrer Seite, die sie als Volk achtet.

Eine Königin aus ihren eigenen Reihen.

Das Volk war vorbereitet. Sie wussten, dass eines Tages die Engel zurückkehren und die Jagd nach ihnen neu beginnen würde. Jede Generation hat Geschirre aus Leder genäht und ihre Krieger darauf vorbereitet, eines Tages die Flügel der Engel zu tragen.

Als Pujiq mit den Flügeln an die Oberfläche kam, warteten die Frauen und haben ihr das Ledergeschirr angeschnallt. Die Flügel passten perfekt und die Verbindung entstand innerhalb von Sekunden, als sich Nervenstränge von den Federnabeln aus durch Pujiqs Haut bohrten und mit den Schultermuskeln verflochten. Der Schmerz erinnerte an eine Fackel, die über ihren Rücken strich. Doch kein Laut entwich der Anführerin. Als der Schmerz verebbt war, setzte ein erhabener Moment ein. Es wurde die Geburt einer neuen Zeit. Die Anführerin war zur

Königin geworden, sie öffnete ihre Flügel und sprach zu ihrem Volk und sagte:

»Die Engel werden sich versammeln und vor uns treten und aus ihren Knochen werden wir eine Armee erschaffen und aus ihren Knochen wird unser neues Volk hervorgehen, das keinen Schmerz und keine Furcht, das keinen Hunger und keine Müdigkeit kennt.«

Danach haben sie die Ankunft des Hubschraubers beobachtet und ehrfürchtig die Augen gesenkt, als sie die flügellosen Engel aussteigen sahen. Das Leuchten umgab sie wie eine zweite Haut. Das Volk hat dasselbe Leuchten schon an Koljas Händen gesehen, als er ihnen vor langer Zeit die Federn übergeben wollte. Die Federn hatten damals und haben heute keine Bedeutung. Das Volk will die Knochen, das Volk will das Blut der Engel.

Und so haben sie sich einen der Jungen geholt.

Sie haben ihn bluten lassen und waren verwirrt – er hatte zwar das Blut eines Engels in seinen Adern, er hatte aber keine Male, an den Stellen, wo seine Flügel gewesen sein sollten.

Er war ein Engel, ohne ein Engel zu sein.

Das Volk verstand es nicht.

Ihre neue Königin musste eine Entscheidung treffen. Sie entschied, den Jungen als Köder zu benutzen. Denn die Engel halten zusammen, die Geschichte hat es bewiesen, die Engel sterben eher, als dass sie einander im Stich ließen.

Und jetzt wartet das Volk geduldig im Schnee.

Männer und Frauen und Kinder.

Die Alten bilden die letzte Reihe, auch sie sind bewaffnet, auch sie sind bereit für das neue Königreich in den Kampf zu ziehen. Letztendlich ist doch alles gekommen, wie es die Prophezeiung vorhergesagt hat – die vier Engel haben sich versammelt und über zweitausend Augenpaare beobachten sie.

»Das ist eine Falle«, sagt der eine Engel.

»Was machen wir jetzt?«, fragt der zweite.

»Ihr könnt abwarten, aber ich denke nicht daran, hier blöde rumzustehen«, sagt der dritte.

Der vierte Engel spricht nicht, weil die Toten nicht sprechen.

MOTTE

Ich dachte nicht daran abzuwarten, ich stapfte durch den Schnee auf meinen besten Kumpel zu, der sich noch immer nicht von der Stelle gerührt hatte. Sein Gesicht war starr und unlesbar und für Sekunden dachte ich, er lebt nicht mehr, da steht der tote Lars und kann nichts anderes mehr tun, als tot zu sein und in der Gegend rumzustehen. Aber kein Toter klappert mit den Zähnen.

»Was ist los mit dir?«

»Ich kann mich nicht bewegen«, sagte Lars. »Sie haben mich hier abgestellt und als ich zum Haus laufen wollte, kamen die Pfeile. Sie meinen es ernst. Motte, und ich muss so dringend pissen, das kannst du dir nicht vorstellen.«

»Seit wann stehst du hier?«

»Eine Stunde oder so. Aber es fühlt sich an wie ein Monat.«

»Und wo ist Rike?«

»Keine Ahnung.«

»Wie keine Ahnung?!«

»Wir wollten ins Haus zurückkehren, da wurde ich gepackt und weggeschleppt.«

Ich spürte die Wut hochkommen, ich sah mich um und wollte Rikes Namen rufen und wie ein Idiot auf das Volk zurennen. Lars hielt mir seine linke Hand entgegen. Der Schnitt ging quer über den Handballen und war blutverkrustet.

»Sie haben mich bluten lassen«, sprach er weiter. »Ich glaube, sie denken, ich bin ein Engel. Alter, was passiert hier? Ich dachte, ich bin *kein* Engel?«

»Du bist auch kein Engel«, sagte ich, »aber weißt du noch, wie Mona und Esko dich als meinen Begleiter erkannt haben? Deine Hände haben geleuchtet, weil du meine Flügel berührt hast.«

Lars sah auf seine Hände.

»Du meinst, die leuchten noch immer?«

»Schlimmer. Mein Blut fließt jetzt durch deine Adern, wahrscheinlich strahlst du wie eine Neonröhre.«

Für eine Sekunde konnte ich das Grinsen in Lars' Mundwinkeln sehen und wusste, dass er sich vorstellte eine Neonröhre zu sein, dann zog er die Nase hoch.

»Und jetzt?«

Ich trat die Pfeile vor ihm nieder.

»Jetzt nehme ich dich mit. Hätten sie dich erschießen wollen, hätten sie längst ... Lars, was ist?«

Er schaute über meine Schulter in den Nachthimmel und machte große Augen.

Ich drehte mich um und folgte seinem Blick.

Fünfzig Meter von uns entfernt schwebte ein Schemen in der Luft und kam näher und näher und landete vor uns im Schnee. Ihr Oberkörper war nackt, das Geschirr aus Leder, ihre kleinen Brüste verschwanden vollkommen unter den Riemen. In der rechten Hand hielt sie ein Schwert, ihr tätowierter kahler Schädel schien von innen zu leuchten, als wäre sie nicht von dieser Welt.

Ich erkannte die Flügel wieder, mein Rücken reagierte mit einem Ziehen und ein unendliches Verlangen breitete sich in mir aus, sodass ich kurz davor stand, die Kriegerin mit den bloßen Händen anzugreifen. Sie zeigte mit der Schwertspitze auf den Schnee zu meinen Füßen.

»Das ist mein Boden, das ist mein Zuhause«, sagte sie in der Sprache der Menianer. »Ich bin Königin Pujiq und ich bin den Engeln gleich.«

»Du bist uns nicht gleich«, sagte ich.

Sie öffnete die Flügel und zeigte mir, dass sie im Moment mehr Engel war als ich.

»Bald werde ich euch gleich sein«, sagte sie, »denn die Engel haben sich versammelt. Wir kennen eure Geschichte und eure Geschichte ist eure Falle. Nie lässt ein Engel einen anderen Engel im Stich. So haben wir euch angelockt, wie es vor Ewigkeiten die Blutsgeschwister getan haben. Es ist das Ende und der Anfang unserer Zeit. Wir werden an diesem Tag eure Knochen ernten, ihr werdet Nahrung für mein Volk sein. Eure Asche wird unsere Haut färben und euer Blut unseren Durst stillen. Ihr werdet uns Kraft geben, denn ihr seid die letzten Engel und danach kennen wir keine Feinde mehr.«

»Nicht alle hier sind Engel«, sagte ich und dachte an Rike.

»Wir wissen das«, sprach Königin Pujiq und hob die Hand.

Der Einschlag war dumpf. Ich sah an der Königin vorbei zum Haus. Drei Pfeile ragten aus Draegers Brust. Der Sicherheitsmann starrte überrascht an sich herab, dann fiel er nach vorne in den Schnee und rührte sich nicht mehr.

»Jetzt bleiben nur die Engel«, sagte Königin Pujiq.

Ich widersprach ihr nicht, denn ich wollte meinen besten Kumpel aus der Schusslinie haben. Lars sah von mir zur Königin und zurück, als würde er ein Tennisspiel beobachten. Mein Blut floss zwar durch seine Adern, das hieß aber nicht, dass er deswegen die Sprache der Menianer verstand.

»Weißt du, wer ich bin?«, fragte ich die Königin.

Sie reagierte nicht, sie wollte keine Unwissenheit zeigen.

»Ich bin der Engel, der schutzlos vor euch tritt. Ich bin der, der den Lebenshauch in sich trägt.«

Plötzlich lächelte sie und vollführte eine ironische Verbeugung.

»Mit dir nahm es seinen Anfang«, sagte sie, »Wir sind dir dankbar. Du hast die Toten erweckt und die Tür geöffnet.«

»Ich bin auch der, der sie wieder schließen kann.«

Ihr Lächeln verschwand.

»Niemand kann die Tür je wieder verschließen, denn die Königin ist erwacht, und ich bin die Königin. Sieh dich um, sieh mein Volk. Wir sind zurückgekehrt, eine neue Ära hat ihren Anfang gefunden und sie beginnt mit dem Sturz der Engel. Also beuge dein Knie, so wie deine Brüder einst ihr Knie gebeugt haben, und huldige der Königin.«

Ich rührte mich nicht, sie richtete ihr Schwert auf meine Brust, dann trat sie näher, bis sich die Spitze in meine Daunenjacke bohrte. Ich war sehr froh, die Schutzweste zu tragen.

»Knie nieder!«

»Du weißt, wem die Flügel gehören«, sagte ich.

»Der Königin!«

»Eine Königin, die kampflos von einem Engel stiehlt, verdient es nicht, eine Königin zu sein.«

»Ein Engel, der seine Flügel kampflos verliert, verdient es nicht, ein Engel zu sein.«

Ich hasse Wortspiele, und ich hasse Leute, die auf alles, was man sagt, noch eins draufsetzen müssen. Außerdem hatte sie einen wunden Punkt in mir berührt. Ich griff nach der Schwertklinge, meine Finger schlossen sich um das eiskalte Metall, das mir in den Handballen schnitt, als wäre er aus weicher Butter gemacht. Aber ich ließ nicht los.

»Auch wenn es nicht danach aussieht«, sagte ich, »so bin ich eine verdammt lange Strecke gereist, um meine Flügel zurückzuholen.«

Ich schob die Klinge zur Seite.

»Hiermit fordere ich dich heraus, Königin.«

Ich zeigte auf Lars.

»Lass diesen Engel gehen, dann sind wir allein und kämpfen um meine Flügel, um meine Knochen und um mein Blut.«

Sie sah mich verwundert an, als könnte sie es nicht fassen, dass irgendjemand so eine Idee haben könnte. Dann schaute sie über mich hinweg zu ihrem Volk, hob das Schwert mit meinem Blut an der Klinge und drehte sich langsam im Kreis, sodass ich meine eigenen Flügel bewundern konnte. Sie tat es nicht für mich, sie tat es für das Volk, das ihr jubelnd antwortete. Es war unheimlich, denn ich konnte ihre Krieger im dichten Schneefall nicht sehen, nur ihr kehliges Jubeln war zu hören. Königin Pujiq hatte ihrem Volk gezeigt, wie sicher sie sich fühlte, indem sie mir den Rücken zuwandte. Das Ledergeschirr auf ihrem Rücken war so fest gezurrt, dass es in die Haut schnitt. Als sie mich wieder ansah, waren ihre Augen geweitet.

»Und wenn ich dich besiege …«

»… knien wir vor dir nieder«, sprach ich für sie zu Ende. »Alle Engel knien vor dir nieder und huldigen dir.«

Ihre Eitelkeit war geweckt, sie nickte.

»Geh zum Haus«, sagte ich zu Lars.

»Was? Bist du irre? Hast du nicht gesehen, wie sie den armen Kerl durchlöchert haben? Alter, ich rühr mich nicht vom Fleck.«

»Lars, geh zum Haus. Sie werden dir nichts tun.«

»Woher willst du das wissen?«

»Sie halten dich für einen Engel.«

Lars klappte der Mund.

»Und was machst du?«

»Ich klär das hier. Geh jetzt.«

Lars widersprach mir nicht. Er stieg über die Pfeile und lief auf das Haus zu. Erst als er die Veranda sicher erreicht hatte, wandte ich mich der Königin zu. Eskos Worte kamen mir in den Kopf: »*Natürlich werden sie dir deine Flügel nicht zurückgeben, aber das solltest du auch nicht erwarten. Mit Erwartungen kommst du nicht weit, Motte. Nur dein Wille zählt.*« Mein Wille war jetzt bereit in den Krieg zu ziehen, denn das Ziel meiner Sehnsüchte befand sich drei Meter von mir entfernt. Seit einer gefühlten Ewigkeit war ich meinen Flügeln nicht so nahe gewesen. Ich setzte voll und ganz auf meine Kräfte. Königin Pujiq konnte die Entschlossenheit bestimmt an meinen Augen ablesen. Es war mir ein Rätsel, dass sie nicht sofort aufgab. Sie tat das Gegenteil, bohrte das Schwert neben sich in den Schnee und damit war der Kampf eröffnet.

Der erste Schlag kam so überraschend, dass ich einfach nur vor ihr stand und die Wucht ihrer Faust mit meiner Brust abfing. Ich flog nach hinten, landete im Schnee und schnappte nach Luft. Ihr Stiefel verfehlte meinen Kopf um Zentimeter. Ich packte ihr Bein und versuchte sie zu Fall zu bringen. Sie flog auf, die Flügel peitschten die Luft und trafen mich am Arm, trafen mich am Kopf und dann war sie sechs Meter über mir und während ich zu ihr hochschaute und mich wunderte, was sie da oben tat, ließ sie sich fallen. Ich kam nicht dazu, mich von der Stelle zu rühren. Sie stürzte mit ihrem vollen Gewicht auf mich herab und saß plötzlich auf meiner Brust. Ich versuchte sie von mir zu werfen, schlug ihr in die Seite und hörte, wie ihr zischend der Atem entwich, dann hagelten die Schläge auf mich herab. Sie bearbeitete mein Gesicht mit ihren Fäusten, brach mir die Nase und brachte meine Ohren zum Klingeln. Zweimal bekam ich ihre Handgelenke zu packen, zweimal schüttelte sie mich ab. Es war mir ein Rätsel, wie diese kleine Frau nur so stark sein konnte. Ich spuckte Blut und einen Zahn aus, ich versuchte sie zu packen, aber ihr Oberkörper war eingeölt, meine Finger fanden keinen Halt, also hieb ich gegen das Ledergeschirr, doch das war beinahe so, als würde man an eine

Stahltür klopfen. Sie packte mich mit beiden Händen an der Kehle und drückte meinen Kopf tiefer in den Boden. Der Schnee in meinen Ohren knirschte.

»Und, Engel, reicht es dir?«

»Ich … Ich atme noch.«

»Du atmest, aber bald wirst du nicht wissen, wer du bist.«

»Solange ich atme und rede … werde ich immer ich bleiben.«

Sie kam so nahe an mein Gesicht heran, dass sie ein wenig schielte.

»Wortspiele?«, sagte sie.

»Wortspiele«, sagte ich.

»Dann werde ich dir die Worte nehmen, damit das Spiel ein Ende hat«, sprach sie und umfasste mein Kinn mit der rechten Hand. Mein Mund klappte auf wie bei einem Fisch, der an Land gezogen wurde. Mit der anderen Hand griff sie mir in den Mund und versuchte meine Zunge zu packen. Ich hätte ihr gerne die Finger abgebissen, aber der Griff um meinen Kiefer zwang mich den Mund offen zu halten. Ich bäumte mich auf und drehte durch, ich schlug ihr in die Seite, hämmerte gegen ihren Arm, aber ihre Hand blieb, wo sie war, und ihre Finger kramten in meinem Mund herum, während sich meine Zunge klein und kleiner machte. Ich hätte jetzt gerne mein Knie gebeugt, sollte sie doch die Flügel von mir aus behalten, aber dafür war es jetzt ein wenig zu spät.

DIE SCHWESTERN

Die toten Schwestern sitzen auf dem Berggipfel und schauen in die Talmulde hinunter. Sie haben beobachtet, wie die Krieger in Formation gegangen sind. Tausend Männer und Frauen haben das Haus umringt. Sie haben auch gesehen, wie Lars im Schnee abgestellt wurde und sich seitdem kein einziges Mal gerührt hat. All das haben sie beobachtet.

Und dann öffnet sich die Haustür.

Sie sehen ihre tote Schwester auf Eskos Arm. Sie seufzen, sie trauern, sie ziehen die Knie an und legen die Arme drum herum. Sieben Mädchen in Schlafanzügen auf einem Berggipfel. Der Wind weht durch sie hindurch, der Schnee bleibt nicht an ihnen haften.

Sie sind, was sie sind; und sie sind in Trauer.

Und dann beobachten sie, wie Motte zu Lars geht.

Und dann kommt die Königin aus der Luft.

Die Schwestern könnten eingreifen, aber sie wissen, dass es fruchtlos wäre. Niemand sieht sie, sie sind machtlos. Außer beim Anführer der Bruderschaft. Aber sie sind seiner müde geworden. Seitdem Mona gestorben ist, haben die toten Schwestern das Interesse an Lazar verloren. Ihr Verlangen nach Rache ist verlöscht und sie sehen Lazar als das, was er ist – ein alter Mann, der seinen Tod früh genug finden wird.

Die Schwestern wollen ihn nicht mehr.

Sie sitzen auf dem Berggipfel und warten, weil sie Hoffnung haben.

Und dann rennt Lars zum Haus.

Und dann schlägt die Königin auf Motte ein.

Und dann geht Motte zu Boden und die Königin sitzt auf seiner Brust.

Die toten Schwestern schauen nicht weg, auch wenn es ein trauriger Anblick ist.

Da.

Ein Ratschen ist zu hören.

Das Geräusch kommt von dem Hubschrauber.

Die Schwestern sehen Rike von der Ladefläche in den Schnee springen, sie sehen Rike durch den Schnee stapfen und etwas Rotes hinter sich herziehen.

Rike nimmt Kurs auf die Kämpfenden.

Die toten Schwestern strecken die Arme in die Luft und jubeln.

LAZAR

»Wir sollten was tun?«, sagst du.

»Was willst du tun?«, fragt Esko zurück. »Da draußen sind tausend Krieger mit Pfeil und Bogen.«

»Wenn wir nichts tun, wird sie ihn massakrieren.«

Lars winkt ab.

»Alter, Motte weiß sich zu wehren.«

»Sieht das für dich aus, als wüsste er das?«, fragst du gereizt.

Motte liegt im Schnee, die Königin sitzt auf seiner Brust und drischt mit beiden Fäusten auf ihn ein.

»Das überlebt er nie«, sagst du und gehst zu Draeger und ziehst die Waffe aus seinem Gürtel.

Eine Kugel, denkst du, *und der Kampf ist vorbei.*

Du trittst an das Verandageländer, der Schneefall behindert deine Sicht, aber du bist dir sicher, auch wenn der erste Schuss danebengeht, wirst du sie mit der zweiten Kugel erwischen. Du hebst die Waffe und als dein Finger den Abzug berührt, durchbohrt ein Pfeil dein Handgelenk und bricht dir den Unterarmknochen. Die Waffe fällt nutzlos aus deinen Fingern, du umklammerst deinen Arm, während dir ein Fluch entweicht.

Ein lautes Ratschen erklingt.

Die Seitentür des Hubschraubers öffnet sich und Rike springt raus. Alle schauen in ihre Richtung. Selbst der Kopf der Königin schnellt herum. Rike schleppt etwas Rotes durch den Schnee hinter sich her und nimmt Kurs auf sie. Die Königin stößt einen Ruf aus. Du erwartest, dass Rike jeden Moment durchlöchert wird, und kaum hast du das gedacht, bohren sich sechs Pfeile vor ihren Füßen in den Schnee und bringen sie zum Stehen. Es ist eine Warnung. Rike zögert kurz, dann tritt sie die Pfeile nieder und geht weiter. Du erwartest den nächsten Pfeilregen, aber nichts kommt. Dafür lässt die Königin von Motte ab und richtet sich auf.

Rike marschiert weiter auf sie zu.

Die Königin ruft ihr etwas zu.

»Was ruft sie?«, fragst du Esko.

»Sie verhöhnt Rike«, übersetzt er. »Sie fragt, ob sie auch ihre Worte verlieren will.«

»Sie fragt *was?*«

»Ich übersetze nur.«

»Was schleppt Rike da hinter sich her?«, fragt Lars.

Du erkennst es nicht, Rike rennt jetzt fast, ihre Schritt wirbeln den Schnee vor ihr auf. Die Königin zieht ihr Schwert aus dem Boden und rennt Rike entgegen. Kurz bevor sie aufeinandertreffen, hebt die Königin das Schwert mit beiden Händen, Rike wird nicht langsamer und schwingt den rechten Arm nach vorne. Jetzt erkennst du, was sie in der Hand hält, und ein erschrockenes Lachen entweicht dir.

»Sie ist irre«, sagst du.

Die Klinge erzeugt ein Sirren in der Luft, der Feuerlöscher beschreibt einen Bogen und schlägt der Königin das Schwert aus der Hand. Der Aufprall lässt beide Frauen taumeln. Als sich die Königin gefangen hat, ist der Feuerlöscher längst wieder im Anflug. Er zieht einen leuchtend roten Bogen durch die Luft und trifft die Königin an der Schläfe, sodass sich ihre Füße vom Boden lösen und sie mit dem Gesicht im Schnee landet. Rike lässt den Feuerlöscher fallen und sieht aus wie eine Wilde – das Haar hängt ihr ins Gesicht, sie streicht es mit beiden Händen nach hinten, beugt sich vor und erbricht sich. Danach wischt sie sich über den Mund und geht zu Motte.

MOTTE

Die Zeit begann sich vor meinen Augen aufzulösen, meine Kräfte ließen nach, die Wut wich einer Resignation, ich kam gegen diese Verrückte nicht an. Jede ihrer Bewegungen war wie ein Blitzschlag, jede meiner Bewegungen wirkte dagegen träge, was wahrscheinlich auch daran lag, dass ich dicke Winterklamotten und eine Schutzweste trug. Es half mir auch nicht, dass ich völlig benebelt war von den Schlägen, die sie mir verpasste.

Plötzlich zog sie ihre Finger aus meinem Mund und wandte sich um.

Rike war auf dem Weg zu ihr.

Und Rike brachte einen Feuerlöscher mit sich.

Ich erwartete einen Pfeilhagel, der die Liebe meines Lebens niedermähte, ich erwartete nicht, dass die Königin sich ihr stellte. Es war der kürzeste Kampf, den man sich an einem Tag wie diesem vorstellen kann. Die Königin war chancenlos. Der zweite Treffer knockte sie aus. Sie landete mit dem Gesicht im Schnee und rührte sich nicht mehr. Danach stand Rike schwer atmend neben ihr und erbrach sich. Dann kam sie zu mir.

»Ein Feuerlöscher?«, sagte ich.

»Ich habe nichts Besseres gefunden«, sagte sie und berührte mein demoliertes Gesicht.

»Ein Feuerlöscher ist besser als nichts«, sagte ich.

»Was hat sie dir nur angetan?«

»Ich habe einen Zahn verloren, meine Nase ist gebrochen und die Ohren fühlen sich an wie Brei, aber sonst ist alles okay.«

»Das ist nicht witzig«, sagte Rike.

»Ich weiß.«

Rike sah zur Königin.

»Sind das deine Flügel?«

»Das sind meine Flügel.«

»Sie sind wunderschön.«

Rike machte kehrt und trat auf die bewusstlose Königin zu und riss ihr mit beiden Händen erst den linken, dann den rechten Flügel vom Rücken. Das Geschirr löste sich und landete im Schnee. Rike ließ es liegen. Ein Raunen erhob sich, das Volk konnte nicht fassen, was da geschah. Auch ich war fassungslos und gleichzeitig fasziniert von diesem Wunder, das meine Freundin war.

Rike schleifte die Flügel durch den Schnee zu mir.

»Du machst mir Angst«, sagte ich.

»Gewöhn dich daran. Und jetzt steh auf und mach deinen Rücken frei.«

Ich richtete mich auf, zog Jacke, Pullover und Schutzweste aus, meine Finger zitterten, als ich den Verband löste, dann stand ich hager und trostlos und mit nacktem Oberkörper im Schneefall, die Schultern sanken nach vorne und der Rücken glühte und brannte, als hätte ihn jemand mit Brennnesseln ausgepeitscht.

»Weißt du, was du da tust?«, fragte ich.

Rike gab mir keine Antwort. Sie ging um mich herum, das Licht von der Veranda warf ihren Schatten neben mich in den Schnee. Rike hob einen der Flügel, der Schatten wuchs und der Flügel berührte meinen Rücken. Es war ein erhabenes Gefühl. Als hätte ich die ganze Zeit über ohne Seele gelebt. Die Verbindung geschah mühelos, meine Haut reagierte und die Wunde verband sich mit dem Gewebe des Flügels. Nervenenden fanden Nervenenden. Dann kam der zweite Flügel und ich lachte. Ich lachte einfach los, mein Brustkorb weitete sich, ich atmete ein Meer von Luft ein und das Gewicht auf meinem Rücken wurde ein Teil von mir selbst, während sich das Loch in meiner Seele schloss. Alle Hoffnungen und alle Erwartungen, die Esko in mich hatte, kamen mir plötzlich so leicht vor wie meine Flügel. Jetzt war alles möglich, jetzt konnte ich dem Teufel zwischen die Beine treten und Gott den Kopf rasieren. Keiner konnte mir was, denn ich war ein Element, denn ich war ein Engel und fühlte mich fähig, nach verdammten sechzehn Jahren fühlte ich mich das erste Mal zu allem fähig. Auch das Gleichgewicht der Welt würde ich wiederherstellen, scheiße, wenn das jemand konnte, dann ich.

Rike trat einen Schritt zurück, und ich öffnete meine Flügel, wie ich es das erste Mal getan hatte, als Lars in meinem Zimmer gewesen war.

Vor Ewigkeiten, dachte ich und beobachtete fasziniert meinen Schatten. Dann sah ich über meine Schulter und erblickte meine Flügel.

Ich bin wieder ich, dachte ich.

»Gutes Gefühl?«, fragte Rike.

Ich hatte keine Worte. Ich drehte mich um und schloss sie in die Arme.

DAS VOLK

Sie werden zu Eis und hören auf zu atmen.

Ihre Königin fällt, ihre Königin verliert ihre Flügel.

Sie können die Augen nicht von Rike nehmen.

Sie sehen, wie Motte zu einem Engel wird.

Und erneut geht eine Welt für sie unter.

Die Engel haben gesiegt. Die Engel haben gesiegt.

Ihre Starre zerbricht in dem Moment, in dem einer der Krieger einen Schrei der Wut von sich gibt.

Es ist eine Kampfansage, es ist pure Wut, es ist Enttäuschung.

Sie nehmen den Schrei auf.

Sie haben ihre Königin verloren.

Es bleibt nur die Vernichtung, es gibt kein Denken mehr.

Sie sind eine Lawine und die Lawine setzt sich in Bewegung.

DIE SCHWESTERN

Die toten Schwestern wenden sich ab, als Rike auf die Königin zurennt.

Sie haben etwas gehört.

In der Ferne, in der Tiefe.

Sie schauen nach unten. Da kommt jemand, da steigt jemand zehn Meter unter ihnen den Berg hinauf. Die Schwestern schlagen sich die Hand vor den Mund, sie haben Tränen in den Augen, aber sie rühren sich nicht und bleiben auf der Anhöhe sitzen, denn jeder Tote muss seinen eigenen Weg finden.

Mona nähert sich.

Es ist nicht ihr Körper, denn der liegt noch immer in Eskos Armen, es ist ihr Geist, der an die Seite seiner Schwestern zurückkehrt. Einmal bleibt Mona stehen und schaut zu ihnen hoch, als würde sie sich fragen, ob das der richtige Weg ist. Die Schwestern springen auf und rufen ihren Namen und wedeln mit den Armen.

Hier, Mona, hier sind wir, hier!

Mona klettert weiter.

Wir dachten, wir sehen dich nie wieder, sagen ihre Schwestern.

Arme Mona.

Jetzt bist du bei uns.

Mona erreicht ihre Schwestern und es ist wie nach Hause kommen, es ist wie zu neuem Leben erwachen. Sie sind vereint.

Was ist geschehen?, fragt Mona und sieht in das Tal hinunter.

Sie sieht Motte und Rike, die ihre Umarmung lösen und sich umschauen.

Motte hat seine Flügel wieder, sagen die Schwestern.

Aber er hat keine Chance, denn das Volk ist unterwegs.

Er wird sterben, sie werden alle sterben.

Der letzte Engel darf nicht sterben, sagt Mona und verschwindet von der Seite ihrer Schwestern.

MOTTE

Für ein Jahr oder länger hätte ich so dastehen können. Meine Arme um Rike, meine Flügel geöffnet und lebendig. Und scheiß auf die Kälte und scheiß auf das Volk, scheiß auf die Königin und die Zukunft und wenn wir schon mal dabei sind, dann scheißt doch auch gleich auf die Vergangenheit. Nichts zählte in dem Moment. Nur Rike und ich.

»Motte?«

»Was?«

»Sie kommen.«

Rike ließ mich los, ich sah mich um, sie kamen wirklich. Ich drehte mich langsam im Kreis. Sie kamen von allen Seiten und mit Tempo. Sie hoben ihre Waffen und stießen ein Kriegsgebrüll aus, das in den Ohren dröhnte. Und sie hatten alle nur ein Ziel – Rike, die ihre Königin besiegt und ihr die Flügel ausgerissen hatte; und mich, der die Flügel trug. Da blieb keiner stehen und fragte nach, wem die Flügel nun wirklich gehörten.

Ich schob Rike von mir weg.

»Renn ins Haus!«, rief ich ihr zu und holte mir Pujiqs Schwert aus dem Schnee.

Ich war mir sicher, Rike würde an meiner Seite bleiben und mit mir gemeinsam dem Untergang in die Augen schauen. Sie tat es nicht. Meine große Liebe hatte mehr Verstand als ich. Sie rannte aufs Haus zu und beinahe hätte ich das Schwert fallen gelassen und wäre ihr gefolgt.

Ich fing Eskos Blick auf, er schüttelte den Kopf und machte mir mit dieser knappen Bewegung klar, wie dämlich ich mich verhielt, und ich sollte doch bitte nicht vergessen, dass die Menschheit hier auf dem Spiel stand. Ich drehte ihm den Rücken zu, ganz ehrlich, ich hatte genug davon, wie ein Boxsack behandelt zu werden. Ich war eine Macht, ich war Motte, der letzte Engel, und der letzte Engel ließ sich nichts mehr gefallen.

Und dann schlugen meine Flügel und meine Füße lösten sich vom Boden.

In diesem Moment wusste ich, dass ich unschlagbar war.

Ich stieg dem Nachthimmel entgegen, es war das erste Mal und es ging so leicht, es war wie Denken, es war wie Reden. Das Schwert in meiner Hand musste ich mit beiden Händen halten, weil es so schwer war. Als ich in der Luft schwebte, sah ich mit Genugtuung, wie sich die Gesichter der Menianer verwandelten. Ihr Kriegsgeschrei verstummte und sie kamen schliddernd zum Stehen.

Ich war die Macht, die sie aufhielt, ich war für die Furcht und den Respekt in ihren Gesichtern verantwortlich. Auch wenn ich noch keinen einzigen von ihnen angegriffen hatte, fühlte ich mich wie eine Naturgewalt – acht Meter über dem Boden schwebend, die Flügel geöffnet, stolz und stark und mit einem Schwert in der Hand.

Es dauerte einen Moment, ehe ich begriff, dass ihre Blicke an mir vorbeigingen. Dann streckten sie die Waffen aus, zeigten und zeigten, aber keiner zeigte auf mich. Ich hörte einen Pfiff, drehte mich in der Luft um und sah, was das Volk in Ehrfurcht hatte erstarren lassen. Ich selbst erstarrte auch. Der Anblick traf mich mit Wucht. Ich vergaß meine Flügel, das Schwert löste sich aus meiner Hand und ich stürzte senkrecht nach unten in den Schnee.

LAZAR

Du brichst den Pfeil ab. Du ziehst ihn aus deinem Arm und bist kurz davor, das Bewusstsein zu verlieren. Auch wenn du weißt, dass was Gutes passiert ist, fehlt dir im Moment der Elan, um auch nur zu lächeln. Der letzte Engel hat seine Flügel wiederbekommen, es ist ein Sieg mit einem bitteren Beigeschmack, denn das Volk verdaut die Niederlage der Königin nicht besonders gut. Sie kommen in das Tal gestürmt und scheinen nicht zu laufen, sie fließen regelrecht über den Schnee hinweg. Wie viele sind das? Tausend? Zweitausend? Du siehst Frauen und Männer in ihren Reihen, da sind auch Kinder, die ihre kleinen Fäuste in die Luft strecken. Ihre Münder sind aufgerissen, der Lärm ohrenbetäubend. Was du jetzt brauchst, das ist ein Maschinengewehr. Du aber hast einen zerschmetterten Armknochen und keine Idee, was du gegen diese Flut anrichten sollst. Es bleibt nur der Rückzug. Doch wo willst du hin? Das Haus wird diese Horde nur eine Minute lang aufhalten. Selbst für den Hubschrauber ist es zu spät. Du könntest dir flott eine Kugel durch den Kopf jagen, das wäre eine Abkürzung zum unweigerlichen Schicksal, das euch alle erwartet. Aber du hasst Abkürzungen. Du gehst die ganze Strecke, keine halben Sachen, alles oder nichts.

Rike läuft auf euch zu und Motte greift sich das Schwert der Königin aus dem Schnee, während dir das Blut über die Fingerspitzen läuft und auf die Veranda tropft. Du bist keine große Hilfe. Sieh dir Esko an, er hat zumindest einen Plan.

»Halt sie bitte«, sagt Esko und reicht Monas Leiche an Lars weiter.

»Was hast du vor?«, fragst du ihn.

»Motte hat keine Ahnung, was er da tut«, antwortet Esko und rennt die Stufen runter. Auf dem untersten Treppenabsatz begegnet er Rike. Sie versucht ihn zurückzuhalten, Esko schüttelt sie ab, läuft ein paar Meter weiter und dann bleibt er plötzlich stehen. *Da ist jemand neben Esko,* denkst du und legst den Kopf schräg, siehst aber nur einen Schatten, erst als der Wind für Sekunden den Schneefall hebt, erkennst du Mona. Sie greift nach Eskos Hand.

Dein Blick wandert automatisch zu ihrer Leiche, die noch immer auf Lars' Armen liegt. Du begreifst, dass das da draußen ihr Geist ist. Du hoffst sehr, dass er dich nicht jagen wird, wie es ihre toten Schwestern tun.

Esko scheint Mona nicht zu sehen. Er schaut verwundert auf seine Füße, dann schaut er wieder auf, wendet sich dem Haus zu und du begreifst, dass er nichts mehr von dem sieht, was wirklich um ihn herum ist.

Wo bist du gerade?, möchtest du ihn fragen. *Und was macht Monas Geist an deiner Seite?*

ESKO

Esko läuft die Verandastufen herunter und an Rike vorbei. Sie packt seinen Arm, er schüttelt sie ab und kommt zehn Schritte weit, als er eine Bewegung an seiner Seite spürt, die ihn anhalten lässt. Er schaut nach links und da steht Monas Geist und greift nach seiner Hand.

Das ist nicht wirklich, denkt Esko und erinnert sich im selben Moment an einen Herbsttag, den er längst vergessen hat. Er riecht die Luft, er riecht ein Feuer und spürt den Erdboden unter seinen Fußsohlen. Esko schaut nach unten. Seine Füße stehen im Gras und da wächst Moos über die hervorstehenden Baumwurzeln einer Eiche. Er schaut wieder auf. Spinnweben glitzern zwischen den Ästen des Baumes und es ist ein sonniger Herbsttag. Esko atmet tief durch und die Flügel auf seinem Rücken reagieren – die Federn gleiten übereinander und da ist wieder die Kraft, die er vermisst hat. *Endlich,* denkt er und weiß, wo er sich in seiner Erinnerung befindet.

Die Engel haben sich versammelt und feiern. Noch sind die Blutsgeschwister nicht geboren, noch ist die Welt im Gleichgewicht und der Untergang der Engel eine dunkle Zukunftsvision, an die keiner denkt. Sie feiern heute und es liegt eine angenehme Atmosphäre über dem Ort. Das Fest der Feste findet immer im Herbst statt, die Menschheit dankt den Engeln für ein weiteres Jahr der Hilfe und Unterstützung. Die Tafeln sind gedeckt, Musikanten spielen, kein Ton und kein Wort ist zu laut, nichts stört diese Harmonie. Die Engel reden, die Engel lachen, sie sind zusammen und unzertrennlich, wie es Brüder sein sollten, die eine Ewigkeit miteinander teilen. Esko geht von einem zum anderen, er spricht mit ihnen, er lobt sie, so groß ist seine Freude, dass er nicht stillstehen kann. Aber es ist genau diese Unruhe, die ihn stutzig macht. Esko kennt keine Ungeduld, auch Unruhe ist ihm fremd. Seine Zweifel an der Erinnerung verfestigen sich, als er plötzlich in die Hände klatscht und um Aufmerksamkeit bittet. Esko weiß, dass das nicht wirklich geschehen ist. Die Erinnerung nimmt eine andere Gestalt an.

Mona, was tust du?, denkt Esko, aber Mona antwortet ihm nicht, sondern verändert Eskos Erinnerung und lässt ihn sprechen und er sagt:

»Es ist gut, dass wir wieder zusammengefunden haben. Schließt den Kreis, Brüder, legt einander die Hand auf die Schulter und lasst uns eine Gemeinschaft sein und die Zukunft gemeinsam betreten.«

Die Engel wechseln überraschte Blicke und sind verwundert über Eskos Worte, aber sie hören auf ihn und werden zu einem Kreis der Liebe. Sie lachen dabei, ihre Augen strahlen. Es ist ein schöner Moment.

»Danke«, hört sich Esko sagen und mit diesem Wort holt Mona ihn aus seiner Erinnerung. Er befindet sich wieder in der Arktis und ist ohne seine Flügel. Monas Geist hält noch immer seine Hand. Esko spürt die Kälte, er spürt den Wind und der Verlust der Vergangenheit drückt ihm die Beine schwer in den Schnee, aber er hat keinen Grund zu trauern, denn er ist nicht allein aus seiner Erinnerung zurückgekehrt.

Esko hat über dreihundert Engel mit sich gebracht.

DER BEGLEITER

Beinahe wäre ihm Monas Leiche aus den Armen gefallen. Lars blinzelt, aber sosehr er auch blinzelt, der Anblick bleibt derselbe: Er ist von Engeln umringt. Sie stehen barfuß im Schnee, sie stehen auf der Veranda und um das Haus herum. Ihr erstauntes Ausatmen steigt dampfend auf und erhebt sich als Wolke zum Nachthimmel empor. Die Engel sagen:

»Was ist passiert?«

»Wo sind wir?«

»Warum ist es so kalt?«

Lars versteht kein Wort, er hört nur einen Singsang und sieht die Spitzen ihrer Flügel wie Masten in die Luft ragen. Der Wind nimmt zu, der Schneefall wird stärker. Motte schwebt mit ausgebreiteten Flügeln in der Luft und hält das Schwert in beiden Händen. Er hat noch nicht mitbekommen, was hinter ihm passiert. Die heranstürmenden Menianer dagegen sind erstarrt, ihr Kriegsgeheul ist verstummt und sie zeigen mit ihren Waffen auf die Engel. Lars stößt einen lauten Pfiff aus, Motte hört ihn und dreht sich um. Er sieht die versammelten Engel hinter sich stehen und reagiert, wie es nur Motte kann – er vergisst, dass er Flügel hat, und stürzt ab. Lars kann hören, wie er mit einem dumpfen Laut im Schnee landet.

Im Hintergrund beginnt das Volk der Menianer lautlos in die

Dunkelheit zurückzuweichen. Ihre Gesichter sind ehrfurchtsvoll und auch Lars muss sich eingestehen, dass er in Anwesenheit der Engel einen unfassbaren Respekt empfindet und sich kein bisschen wie einer von ihnen fühlt. Er drückt die tote Mona enger an sich und gibt ihr einen Kuss auf die Stirn. Er spricht leise, weil er es nicht gewöhnt ist, mit den Toten zu reden.

»Wenn du was damit zu tun hast«, sagt er, »dann bist du definitiv ein Engel.«

DAS VOLK

Der Anblick lässt viele von ihnen taumeln und fallen. Einige sind so fassungslos, dass sie die Augen zusammenkneifen und sie vorsichtig wieder öffnen. Die Anwesenheit der Engel ist überwältigend. Sie erhellen die Senke, sie leuchten in einem eigenen Licht und sind hier vollkommen fehl am Platz – barfuß und in dünnen Gewändern, viele von ihnen mit nacktem Oberkörper, ihren stolzen Flügeln und dazu der peitschende Schneefall.

Das Volk kommt zum Stehen, das Volk weiß nicht weiter.

»Es ist vorbei«, raunt einer.

»Es ist vorbei«, raunt ein anderer und senkt den Blick.

Sie begreifen, die Welt gehört wieder den Engeln.

Das Raunen setzt sich fort.

Sie haben Waffen, sie haben die Kraft, aber ihre Königin ist geschlagen und ohne die Königin sind sie nur ein Volk mit Kriegern und nicht mehr und nicht weniger. Sie senken die Köpfe in Ehrfurcht. Die Schönheit der Engel ist unerträglich für sie. Wie auf einen geheimen Befehl dreht sich das Volk um und zerstreut sich in die Schneelandschaft und verschwindet.

DAS MÄDCHEN

Das Volk zieht sich zurück, der Schnee weht senkrecht übers Land, die Engel schauen sich um und wissen nicht, wo sie sind.

Mona lässt Eskos Hand los.

In derselben Sekunde verschwinden die Engel wieder in Eskos Erinnerung und stehen auf einer Wiese, während der Schnee in ihrem Haar und auf ihren Flügeln schmilzt. Sie schauen überrascht auf den Rasen zu ihren Füßen und wundern sich, was eben geschehen ist.

Nur ihre Fußspuren bleiben im Schnee zurück.

Nur der Nachhall ihrer Anwesenheit schwebt noch für einen Moment als Atemwolke in der Luft, ehe er vom Wind zerfleddert wird.

MOTTE

Ich hatte keine Ahnung, was ich da gesehen hatte. Als ich mich im Schnee aufsetzte, waren die Engel verschwunden. Ich drehte mich um und bekam mit, dass die Menianer sich zurückzogen. Nur die Königin lag ohnmächtig zehn Meter von mir entfernt auf dem Boden und rührte sich nicht.

»Könnte mir mal jemand den Arm verbinden, der Ahnung davon hat?«, hörte ich Lazar sagen.

»Könntest du mal stillhalten«, sagte Rike. »Ich mache das nicht zum ersten Mal.«

»Warum fühlt es sich dann so an?«

Rike hatte Lazars Arm mit ihrem Schal abgebunden. Lazar sagte ihr, sie sollte den Schal fester ziehen, er sei ja nicht aus Watte gemacht. Rike trat von ihm weg und ich erwartete, dass sie ihn mit einem lässigen Stoß über das Verandageländer beförderte.

Wir sahen uns an.

Wir sahen uns einfach nur an.

Sie war meine Heldin, sie war meine Liebe und hatte mir meine Flügel zurückgebracht.

Esko kam auf mich zu, er zog mich aus dem Schnee hoch und legte mir den Arm um die Schultern. Rike stieg die Treppe runter und Lars rief, wir sollten Platz machen, dann schlossen wir

Rike und Lars in die Umarmung mit ein. Lazar rührte sich nicht von der Veranda und starrte ein Loch in die Landschaft, als würde er eine Rückkehr des Volkes erwarten. Dann gab er sich einen Ruck und ging zum Hubschrauber.

»Wer will nach Hause?«, sagte er im Vorbeilaufen.

Wir folgten ihm. Der Wind drückte sich gegen uns, als wollte er uns aufhalten. Ich war sehr versucht, meine Flügel zu öffnen und mich davontragen zu lassen. Der Schneefall ließ den Hubschrauber hinter einem weißen Vorhang verschwinden. Ich lief Hand in Hand mit Rike. Es war ein brillantes Finale, es war ein Ende und so würde ich es am liebsten in Erinnerung behalten.

Das Ende.

Der Hubschrauber startete, der Lärm der Rotoren wurde lauter und lauter. Ich ließ Rikes Hand los und während sie einstieg, schaute ich ein letztes Mal zum Haus zurück und sah in dem dichten Schneegestöber nur vereinzelte Fetzen vom Dach, von der Veranda und dachte dabei an den Schacht und die unterirdische Welt mit ihrer prachtvollen Stadt, die in Flammen aufgegangen war. Ich dachte auch an die Villa und das Kaminzimmer mit den Gräfinnen und sah darin einen uralten Diener sitzen, der um zwei Menschen trauerte, für die er alles Erdenkliche getan hatte, was ein Mann eben so tut, wenn er ein Leben lang zwei Frauen liebt.

DIE FAMILIE

Er hat den Boden gewischt, er hat am Fenster gestanden und beobachtet, wie sich das Feuer näherte. Bald würde auch der Wald in Flammen aufgehen und die Funken würden die Villa erreichen.

Nicht mehr lange.

Er hat das Blut von den Gräfinnen abgewaschen, Nadel und Faden geholt und ihre Wunden vernäht. Dann ist er in die Küche gegangen, um Brot, Käse und Wein zu holen. Es soll sein letztes Mahl sein. Er hat auch einen Teller mit Obst angerichtet und alles auf einem Tablett in das Kaminzimmer getragen. Die Chaiselongues sind zusammengeschoben, sie bilden jetzt ein kleines Bett. Die Gräfinnen sehen darauf aus, als würden sie schlafen. Kolja sitzt auf einem Stuhl am Fußende, er hat das Tablett auf einem Beistelltisch stehen. Auch das Messer, das er neben Cedrics Leiche gefunden hat, liegt jetzt dort. Er isst, er trinkt und wartet auf den richtigen Moment.

Die Feuer verlöschen, die Villa bleibt verschont, die Stadt ist nicht mehr.

Kolja ist im Sitzen eingeschlafen und schreckt hoch, als er ein Rascheln hört. Der dritte Tag geht zur Neige, es ist das Ende des Erwachens, es ist der letzte Tag der Toten.

»Hört ihr mich?«

Die Gräfinnen sind zusammengerückt und haben die Arme umeinander gelegt. Kolja fürchtet sich. Er hat gesehen, was der Tod bedeutet. Er hat es bei den Kriegern und Königin Lisk beobachtet. Der Tod ist die Sehnsucht, die der Mensch ein Leben lang in sich trägt. Am Ende hören wir auf diesen Ruf und folgen unserer Sehnsucht, wohin sie uns auch immer führt.

Kolja weiß, dass die Gräfinnen seine größte Sehnsucht sind, aber er weiß nicht, was geschehen wird, wenn sie ihn zurückweisen.

Wohin gehe ich dann? fragt er sich.

»Weist mich nicht ab«, sagt er und macht seinen Unterarm frei und drückt die Klinge auf die hervorstehenden Adern. Und wartet. Nichts geschieht. Da ist kein Wille, da ist kein Verlangen. Und was noch viel schlimmer ist – da ist kein Wunsch mehr, den Gräfinnen nahe zu sein.

Sie sind tot und ich lebe, denkt er und bekommt einen Krampf im Oberarm.

»Ach, verdammt auch!«

Kolja legt das Messer wieder weg. Er holt aus einem der Zimmer eine Decke und breitet sie über den Gräfinnen aus. Danach schließt er das Kaminzimmer hinter sich und verlässt die Villa.

Der Wald ist niedergebrannt, die Luft glüht und riecht rauchig; es ist so heiß, dass Kolja nach wenigen Schritten in Schweiß gebadet ist. Er betrachtet die Glut, schaut sich um und sieht, was gewesen ist, und bereut keinen Moment.

Die Leichen sind von der Lichtung verschwunden, die Toten haben sich auf den Weg gemacht und folgen dem Ruf ihrer Sehnsucht. Kolja hat seinen eigenen Weg zu gehen.

Er läuft zum Hubschrauber und erst als er sich angeschnallt und die Rotoren gestartet hat, fällt ihm auf, dass er weint.

Es sind gute Tränen.

Kolja ist der einzigen Sehnsucht gefolgt, die für ihn einen Sinn ergibt.

Leben.

Atmen.

Sein.

Kolja aktiviert die Luke und wartet, dass sich die Deckenplatte öffnet.

Schnee stürzt herab und die Dunkelheit ist wie eine neue Welt, die erforscht werden will.

Der Hubschrauber steigt senkrecht auf.

Die Vergangenheit bleibt zurück, die Zukunft wartet.

MOTTE

»Kommst du?«

Lars schaute aus dem Hubschrauber. Ich stand noch immer an der Ladeluke und fragte mich, was gewesen wäre, wenn sich die Prophezeiung erfüllt und Königin Lisk mit ihren Kriegern auferstanden und kampfbereit gewesen wäre.

»Wir hatten Glück«, sagte ich.

»Wir haben doch immer Glück«, sagte Lars und streckte den Arm aus.

Meine Hand war schon auf dem Weg, als ich von der Seite gerammt und zu Fall gebracht wurde. Ich landete auf dem Bauch und wollte mich aufrichten, da wurde ich an den Fersen gepackt und weggezogen. Mein Gesicht schleifte durch den Schnee, sodass ich kein Wort herausbekam. Erst als der Hubschrauber im Schneetreiben nicht mehr zu sehen war, wurde ich losgelassen. Ich kam auf die Beine und wollte zurückrennen und traf auf eine Wand. Ich hatte keine Ahnung, wie sie sich so schnell durch den Schnee bewegen konnte. Es war ihr Element. Meines war ein gemütlicher Sonnenuntergang an einem See.

»Jetzt bringen wir es zu Ende«, sagte Königin Pujiq und zog ein Messer aus ihrem Gürtel.

Ich breitete die Flügel aus und flog auf. Es war das Lässigste, was man in einem Moment wie diesem tun konnte; und es war wahrscheinlich genau das, womit die Königin gerechnet hatte. Ich kam keinen Meter hoch. Ihr Messer rammte sich in meinen Oberschenkel und sie hängte sich mit ihrem Gewicht daran, sodass ich wie ein Stein fiel und wieder im Schnee landete.

Der Schmerz ließ mich schreien.

»Keine Spiele mehr«, sagte die Königin. »Gib mir die Flügel und ich lasse dich leben.«

»Wenn ich sterbe---«

»... stirbt die Menschheit, ich weiß«, unterbrach sie mich. »Aber ...«

Ihr Gesicht kam meinem nahe.

»... glaubst du wirklich, dass mich das jetzt noch kümmert? Wir haben schon eine Menschheit überlebt, wir werden auch die nächste überleben. Wir sind das Volk, das Volk braucht eine Königin, und eine Königin ohne Flügel ist keine Königin.«

Ich wollte darauf etwas Cleveres erwidern, aber sie riss das Messer aus meinem Oberschenkel und der Schmerz ließ mich wieder schreien. Sie packte mich mit beiden Händen an den Ohren und schlug meine Stirn gegen ihre. Sie wusste, wie sie mich zum Schweigen bringen konnte.

Schwärze. Nichts als Schwärze nahm mich auf.

Ich erwachte im Schnee. Der Wind pfiff in meinen Ohren, die Kälte war mir in die Knochen gekrochen und lullte mich ein. Ich wollte einfach nur liegen bleiben und schlafen. Es war erschreckend still um mich herum. Kein Hubschraubergeräusch, nur der Wind.

Vielleicht haben sie mich zurückgelassen, dachte ich und hörte mein Herz schlagen.

Dann riefen sie meinen Namen.

Ich kam auf die Beine und taumelte nach links, nach rechts, wieder nach links und wünschte mir sehr, da wäre irgendwas, an dem ich mich festhalten konnte.

Schließlich stand ich halbwegs aufrecht. Jeder Schritt schmerzte, jeder Atemzug brannte. Das Loch in meiner Seele hatte sich wieder geöffnet. Für eine Weile war es geschlossen gewesen, für eine Weile hatte ich erfahren, wie friedlich es in meinem Inneren sein konnte. Und dann kam diese verdammte Königin und zerstörte diesen Frieden und riss das Loch wieder auf. Der Schnee, der Wind, das Eis. Alles drang hinein. Vergangenheit, Gegenwart, Zukunft. Das Loch hatte keinen Boden, es ließ sich nicht füllen. Ich taumelte im dichten Schneefall auf die Stimmen zu.

»Motte?«

Der Hubschrauber war vor mir aufgetaucht, ich sah Lars schemenhaft auf mich zugerannt kommen und schmeckte den Winter in meinem Mund.

»Alter, was ist passiert?«

Ich sagte nichts, ich ging an meinem besten Kumpel vorbei zur Einstiegsluke.

»Er ist hier!«, rief Lars, »Er …«

Lars verstummte, als er meinen Rücken sah. Ich stieg in den Hubschrauber, hörte Schritte hinter mir, ging einfach weiter und fand eine der Pritschen und legte mich darauf nieder und schloss die Augen.

»Was ist passiert?«, hörte ich Lazar aus dem Cockpit fragen.

»Wo hast du ihn gefunden?«, fragte Esko.

»Motte?!«

Rikes Schritte trommelten auf dem Metallboden und dann war sie an meiner Seite und ihre Hand strich über meinen Kopf.

»Mist!«, hörte ich Lars sagen, »Mist, Mist, Mist!«

»Wir müssen das verbinden«, sagte Esko.

Rike hatte keine Worte, sie heulte. Ich wollte sie beruhigen, ich wollte ihr sagen, es wäre okay, es wäre halb so schlimm. Ich hielt den Mund und kniff die Augen zusammen, während die Sehnsucht mich innerlich zerriss.

Der Hubschrauber erwachte wieder zum Leben.

Keiner fragte, was mir passiert war. Keiner sagte, dass wir doch rausgehen und meine Flügel suchen müssten. Es wäre vergeblich gewesen. Die Hoffnung des Volkes war zwar zerstört worden, aber sie hatten sich einen Teil der Prophezeiung zurückgeholt. Ich konnte es der Königin nicht verdenken, wenn ich an ihrer Stelle gewesen wäre, hätte ich den guten Motte in Streifen geschnitten und zu meinem Volk geschleift. Ich wünschte mir nur, ich hätte mich mehr gewehrt. Ich wünschte mir, ich wäre nicht so ein verdammter Idiot, der selbstsicher durch die Gegend lief und sich nicht zu wehren wusste.

Mir blieb nur der Schmerz.

Rike deckte mich zu.

Es war nett, aber es half nicht.

Als ich erwachte, waren wir nicht mehr im Hubschrauber. Es fühlte sich an, als würde ich schweben. Sie hatten mich auf der Insel Dikson vom Hubschrauber in den Jet getragen und ich hatte nichts davon mitbekommen. Wir waren zwei Stunden von Deutschland entfernt. Mein Rücken war genäht und verbunden, auch die Wunde an meinem Oberschenkel war versorgt. Lars saß mir gegenüber und hatte eine von diesen Schlafbrillen auf. Mein Kopf lag in Rikes Schoß. Esko saß alleine mit Lazar an einem Tisch und sie redeten halblaut miteinander. Keiner bekam mit, dass ich erwacht war.

Ist das das Ende?, dachte ich.

Es war nicht das Ende, das hier ist das Ende.

DAS ENDE

Der dritte Tag geht zu Ende, und der Junge ist müde vom Warten. Seine Mutter hat ihm Essen gebracht, sie hat einen Stapel Bilderbücher neben ihn auf den Boden gestellt und kann sehen, dass er langsam ungeduldig wird. Sie weiß aber auch, dass er selbst beschließen muss, wann genug genug ist.

Und so schläft der Junge auf dem Sessel.

Und so beobachtet ihn der Mann vom Bett aus.

Der Mann beginnt mit jeder fortschreitenden Minute mehr und mehr zu begreifen, wer er war, wer er ist, wer er immer sein wird.

Mann.

Vater.

Ich, denkt er.

Die Gedanken bewegen sich ungeordnet in seinem Kopf. Den Schleier auf seinen Pupillen hat er weggeblinzelt. Er sieht den Jungen jetzt klar und deutlich im Dämmerlicht, und als sich der Himmel zu verfärben beginnt und der neue Tag Gestalt annimmt, setzt sich der Mann auf.

Die Zeit des Erwachens ist gekommen.

In seinem Traum balanciert der Junge über einen Fluss. Er hat die Arme ausgebreitet und tritt von einem Stein auf den nächsten. Die Fische schauen zu ihm hoch. Sie bewegen ihre Münder, aber der Junge kann nicht hören, was sie sagen. Er geht weiter, denn er weiß, dass am anderen Ufer ein Fest auf ihn wartet. Er kann die Tische und Ballons sehen, Kuchen und Limo warten. Kaum hat er das gedacht, beginnt sein Magen zu knurren und ein unglaublicher Durst legt seinen Mund trocken. Und natürlich rutscht er auf den nassen Flusssteinen ab, kurz bevor er das Ufer erreicht.

Und fällt.

Und fällt.

Eine Hand rettet ihn. Sie kommt aus dem Wasser und bettet und trägt ihn, als wäre er gerade mal so groß wie der Däumling.

Der Junge öffnet die Augen.

Er liegt nicht mehr auf dem Sessel im Schlafzimmer der Eltern, er wird die Treppe hinuntergetragen, durch den Flur, durch das Wohnzimmer, an der Küche und dem Bad vorbei zur Terrasse. Die Tür gleitet auf, der Junge spürt den Morgendunst auf seiner Haut, er riecht die Feuchtigkeit und weiß, wie nass der Rasen vom Tau ist und wie es sich anfühlt, wenn man mit bloßen Füßen darüberläuft.

Und dann hört die Welt auf sich zu bewegen.

Der Junge wird auf der Bank unter dem Kirschbaum abgesetzt und schaut zu seinem Vater hoch. Der Vater schaut zu ihm runter und setzt sich neben seinen Sohn. Die Sonne hat den Horizont noch nicht erreicht, aber sie hat ihn schon warmrot gefärbt.

»Ich habe gewusst, dass du wach wirst«, sagt der Junge.

So sitzen sie und warten auf den Sonnenaufgang.

Der Junge gähnt, dann klettert er seinem Vater auf den Schoß und lehnt den Rücken an seine Brust und beginnt zu erzählen, wie lange er gewartet und welche Bücher er dabei gelesen hat. Er fragt, wieso sein Vater sterben musste und was man so als Toter denkt. Er redet und redet und die Worte verlassen ihn wie eine nie versiegende Quelle. Der Mann lauscht und umschließt sein Kind mit den Armen, und als dann die ersten Sonnenstrahlen über den Horizont kratzen und sich wie ein Fächer aus Licht über das Land legen, kommt es zu einem Moment der Vollkommenheit – der Mann ist da, der Junge ist da und beide begreifen, dass es für immer so bleiben wird, wenn sie sich diesen Moment in seiner reinsten und klarsten Form bewahren und nicht mehr hergeben.

Nicht mehr vergessen, für immer erinnern.

Ich bin hier und du bist hier, denkt der Mann.

»Ich bin hier und du bist hier«, sagt der Junge.

Ich liebe dich, denkt der Mann.

»Ich liebe dich«, sagt der Junge und schläft ein.

DAS MÄDCHEN

Es war ein Schock für Mona. Eben noch befand sie sich in Königin Theias Körper und kroch auf Esko zu, dann wurde sie aus der Erinnerung gerissen und befand sich wieder in der Gegenwart. Sie hatte keine Wahl. Nachdem Königin Theia in die Erinnerung geflohen und ihren Platz auf dem Schlachtfeld erneut eingenommen hatte, musste Mona in ihren Körper zurückkehren.

Es war keine gute Rückkehr.

Monas Körper starb an den Schusswunden, Monas Geist blieb zurück.

Und jetzt steht ihr Geist Seite an Seite mit ihren Schwestern auf dem Berggipfel und sieht den Hubschrauber die Insel verlassen.

Im Cockpit sitzt Lazar, keine der Schwestern winkt ihm.

Es ist vorbei, sagen die Mädchen.

Es ist das Ende.

Wir sind tot.

Und was machen wir jetzt?

Wir gehen nach Hause, antwortet Mona.

Es gibt ein Haus und das Haus steht am Meer. Es kennt kein Morgen, es kennt nur das Jetzt. Im Jetzt ist es Sommer, im Jetzt schlagen die Wellen an die Klippen und die Kormorane brüten ihre blauen Eier aus. Im Jetzt geht die Sonne auf, im Jetzt geht sie auch wieder unter; und manchmal fällt Regen, und manchmal steigt der Nebel vom Meer auf. Was aber auch geschieht, im Jetzt gibt es keine Gefahren. Es ist immer ein neuer Tag, obwohl die Zeit sich nicht voranbewegt.

Niemandem fällt das auf.

Die Gouvernanten erwachen und trinken ihren Tee und belegen ihre Brötchen. Manchmal gibt es Kaffee, manchmal gibt es Toast, manchmal spazieren die Schwestern am Ufer entlang oder laufen über die Wiesen und besuchen die O'Nivens, um die Kaninchen zu streicheln. Sie werden nicht älter, sie werden nicht krank, sie sind glücklich.

Niemand bemerkt den Unterschied.

Monas Erinnerung ist ein eigener Kosmos, der sich um sich selbst dreht. Es ist ein perfekter Ort der Ruhe, an dem die Haushälterin jeden Morgen als Erste erwacht und die Hausherrin nie zum Telefon greift. Es ist ein Moment in Zeit und Raum, in dem Mona für ein Gleichgewicht sorgt.

Als der erste Tag sich seinem Ende nähert und die Nacht anbricht, legt sich Mona in ihr Bett. Jasmin schläft schon. Alle ihre Schwestern schlafen schon. Durch das Fenster ist das Zirpen der Grillen zu hören. Vielleicht spielt ein Radio, vielleicht sitzen die Gouvernanten draußen und schauen auf das mondbeschienene Meer und lassen ihren Gedanken freien Lauf.

Mona weiß, sie sind jetzt alle in Sicherheit. Sie hat einen Ort fernab von jeder Bruderschaft und Familie geschaffen. Es ist ein Ort, an dem die Toten die Lebenden sind. Es ist auch ein Ort, den kein Engel betreten kann.

Mona schließt die Augen und schläft den wohlverdienten Schlaf einer Heldin.

MOTTE

Ich existiere nicht mehr. Meine Leiche liegt auf einem Friedhof in Zehlendorf, mein Name ist aus den Registern gestrichen, ich bin kein Bewohner dieses Landes mehr. Alle Fotos von meinen Eltern und mir sind verbrannt. In einem Jahr wird sich kaum mehr jemand an Markus Hakonson erinnern. In einem Jahr wird sich die Welt oft genug um ihre eigene Achse gedreht haben, dass sie vergisst, was gewesen ist. Auch das Erwachen der Toten wird ein weiterer Mythos sein, den sich keiner erklären kann.

Irgendwo in der Arktis lebt jetzt ein Volk und huldigt einer Königin, die meine Flügel jeden Abend ablegt, um sie sich am Morgen wieder anzuschnallen. Irgendwo gibt es einen Zaren, der einen Mantel aus Federn trägt. Und irgendwo sitzt mein Vater und hat keine Ahnung, dass ich noch am Leben bin.

Die Kirchen haben ihre Tore geschlossen, der Vatikan ist gestürmt worden. Neue Religionen versuchen neue Regeln aufzustellen, denn der Mensch will glauben, sonst hat er das Gefühl, dass das Leben keinen Sinn macht. Der Sinn ist zu sein, aber das sagt keinem was. Sie wollen Schuld, sie wollen Sühne und immer wieder Vergebung. Mich interessiert das nicht wirklich. Ich habe gesehen, was möglich ist, ich habe das Erbe der Engel in meinen Knochen, ich habe einen Sinn – ich bin.

Ich existiere nicht mehr als der, der ich einst war. Ich sitze hier im Schatten eines Olivenbaumes und warte, dass sich die Internetverbindung aufbaut. Es sind zehn Tage vergangen. Die Toten sind wieder die Toten. Nach drei Tagen ist die Sehnsucht in ihnen erloschen und sie wurden ein letztes Mal beerdigt. Die Welt hat mehr oder weniger ihr Gleichgewicht wiedergefunden. Auch meine gebrochene Nase ist verheilt und nur die Narben auf meinem Rücken erinnern daran, dass dort einst Flügel waren.

Rechts von mir hat sich Lars auf einer Liege ausgestreckt und liest ein Comic. Er ist gestern angekommen und ich bin froh, ihn hierzuhaben. Könnte er sich selbst sehen, wäre er wahrscheinlich selbst überrascht, denn nichts an ihm hat sich verändert. Lars ist Lars, und ich denke, Lars wird immer Lars bleiben. Derselbe Blödsinn, dieselben Sprüche und die Hosentaschen voller Arroganz. Er ist für immer mein Begleiter, und er darf so bleiben, wie er ist, ich habe nichts dagegen. Den Sommer über will er bei mir sein, über das Danach denkt er nicht nach.

»Wenn du mich noch länger so anguckst«, sagt er, »werde ich irgendwann sexy und das willst du nicht wirklich.«

Das Haus befindet sich auf einem Hügel und hat eine Terrasse, die aufs Meer hinausgeht. Lazar hat darauf bestanden, dass ich hier einziehe. Das Haus gehört jetzt mir. Auch mein Geld kommt von Lazar. Ihr müsst jetzt nicht denken, dass er sich zu einem Gutmenschen entwickelt hat. Und ihr müsst auch nicht denken, dass ich ihm irgendwas verziehen habe. Er ist ein Mörder, er hat meine Mutter auf dem Gewissen und unter seinen Befehlen sind mehr als tausend Menschen gestorben. Ich vergesse das nicht, aber ich bin auch kein Idiot, der sich von seinem Glück und Schicksal abwendet. Oder um es mit Lazars Worten zu sagen:

»Ich mache dir alles möglich, und du versprichst, dass du am Leben bleibst.«

Damit sichert er die Zukunft der Menschheit ab, und da diese Zukunft unweigerlich mit mir zusammenhängt, haben wir einen Deal.

Der Deal beinhaltet, dass ich isoliert bleibe, dass ich nicht wie ein Blödmann durch die Gegend irre und dass niemand erfährt, wo Markus Hakonson abgeblieben ist. Ihr könnt euch also mein Gesicht vorstellen, als ich nach einer Woche Besuch bekam.

Erst dachte ich, Lars wäre früher als erwartet angereist – es war acht Uhr morgens und jemand saß am Pool. Er hatte sich einen Tee gemacht und das musikalische Klimpern des Teelöffels im Glas hatte ich bis in mein Schlafzimmer gehört. Als ich nach draußen trat, saß mein Besucher in einem Korbstuhl und hatte die Beine in die Sonne gestreckt.

»Keine Sorge«, sagte er, »ich bin nicht hier, um Ärger zu machen.«

»Wie hast du mich gefunden?«, wollte ich wissen.

Er nippte von seinem Tee und lächelte, sein Gesicht war braun gebrannt, der kahle Kopf wirkte poliert.

»Es ist für mich erstaunlich leicht, einen Engel zu finden«, sagte er und tippte sich gegen seine Nase. »Ich habe da einen Riecher für. Aber ich glaube, das ist nicht wirklich deine Frage. Du fragst dich, warum ich hier bin. Die Antwort ist, ich will die Geschichte geraderücken. Ich will, dass du erfährst, wie die Gräfinnen Kontakt zu Königin Theia aufgenommen haben, wie sie zu den Brüdern Grimm kamen und dann zur ersten Expedition in das Eis aufbrachen, weil sie einen Ruf gehört hatten, den sonst kaum jemand zu hören bekam. Es ist wichtig, dass du die Geschichte verstehst, Motte. Du bist der letzte Engel, du hast eine Verantwortung und solltest deine Feinde gut kennen. Die

Familie ist nicht mehr, aber du musst wissen, wie sie einst war, was sie angetrieben und in den Ruin geführt hat. Auch über das alte und das neue Volk der Menianer musst du Bescheid wissen. Das Volk hat sich zwar zurückgezogen, aber du weißt nicht, wie sie unter der Erde gelandet sind oder was sie alles von Gors Thomsen gelernt haben. Du weißt nicht einmal, wer Gors Thomsen ist, habe ich recht? Du weißt so wenig, dass es mir ein Rätsel ist, wie ihr die drei Tage überleben konntet. Schreib es auf oder hol ein Aufnahmegerät, denn ich werde diese Worte nicht wiederholen.«

Ich fand in einer Schreibtischschublade ein digitales Aufnahmegerät und holte es.

»Was ist der Anfang?«, fragte ich und stellte das Gerät zwischen uns auf den Tisch.

»Der Anfang ist für mich eine unglückliche Liebe«, sagte er und sah an mir vorbei aufs Meer. »Ich wurde im Winter 1792 an einem Sonntag geboren, meine Mutter war Elena Mia Pronoff und mein Vater war Alexander Pawlowitsch Romanow, der Zar von Russland.«

Kolja blieb zwei Tage. Ich habe bis zu diesem Augenblick niemandem von seinem Besuch erzählt und werde es auch nicht an die große Glocke hängen. Kolja hat die Geschichte geradegerückt, er hat alle Geheimnisse der Gräfinnen ausgeplaudert und mir nicht nur Einblick in seine eigene Vergangenheit, sondern insbesondere in die Historie der Menianer verschafft. Ich erfuhr von Atlis Stamm und dessen Verwandlung; ich erfuhr von der Sehnsucht eines Mannes, der sich am Ende für das eigene Leben entschied.

Der letzte Engel ist jetzt informiert und ich denke, das ist auch richtig so.

Danach verschwand Kolja, so wie er gekommen war, aber er

ließ mir ein Geschenk zurück. Es sind die drei Federn, die er von den Flügeln abgeschnitten hatte. Ich wüsste gerne, ob die Federn zu Eskos Flügeln gehören. Die Chancen stehen 50 : 50. Wäre Esko da, müsste er die Federn nur berühren und ich wüsste Bescheid. Ich vermisse ihn.

»Da bist du ja!«

Es ist drei Uhr nachmittags in Berlin. Die Verbindung steht. Rike sitzt vor ihrem Notebook und ich kann ihr Zimmer im Hintergrund sehen. Sie muss gerade aus der Dusche gestiegen sein. Ihr Haar ist nass an den Spitzen. Ich würde eine Menge dafür geben, über die Sommersprossen auf ihrer Nase zu streichen.

»Ich vermisse dich«, sage ich.

»Ich vermisse dich auch«, sagt sie.

Rike wird im nächsten Jahr mit dem Abitur fertig, sie will studieren, sie will in die Welt rausgehen. Wir sehen uns jeden Tag über Skype. Zu Weihnachten will sie nach Griechenland kommen. Wir wissen noch nicht, was mit uns passieren wird. Aber es wird was passieren, das ist sicher.

Nach unserer Ankunft in Berlin, nachdem ich mich von Rike und Lars verabschiedet hatte, saß ich mit Esko und Lazar in einem Café. Esko sagte, er würde sich an einen Mann erinnern, der mal einen Raben durch das Fenster eines Cafés geworfen hatte. Lazar winkte ab und machte mir das Angebot, in sein Haus an der griechischen Küste zu ziehen.

»Es liegt direkt am Meer und ist abgeschieden. Die nächste Stadt ist zwanzig Kilometer entfernt. Dort wärst du sicher.«

Ich fragte nicht, wovor ich sicher wäre. Der letzte Engel brauchte so viel Sicherheit, dass es eine Schande war.

»Erst wollte ich dich zur Bruderschaft bringen«, sprach Lazar weiter, »aber dort wärst du in einem Vakuum verschwunden.«

»Was ist das für ein Vakuum?«, fragte Esko.

»Das ist ein Ort, an dem man denkt und atmet, aber auch ein Ort, an dem man nicht wirklich existiert.«

»Und was hat dich deine Meinung ändern lassen?«, fragte ich.

»Deine Dummheit, dein stures Ignorieren der Gefahren, dein Glauben, dass du alles packst.«

»Mh«, machte Esko, »das sind eher Gründe, Motte in Bernstein einzugießen.«

»Ich weiß«, sagte Lazar und nippte von seinem Kaffee. »Ich habe auch einen Scherz gemacht.«

Esko grinste. Lazar beugte sich vor.

»Also, was meinst du?«

»Griechenland?«, sagte ich und klang nicht begeistert.

»Du solltest nicht wählerisch sein«, sagte Lazar.

Esko zuckte mit den Schultern und meinte:

»Wieso nicht …«

Er sprach nicht weiter, seine letzten Worte hingen in der Luft, aber niemand saß mehr auf dem Stuhl. Der Kaffee dampfte in seiner Tasse vor sich hin.

»Ich denke mal, Mona hat endlich Ruhe gefunden«, sagte Lazar trocken.

Und genau so war es auch.

ESKO

»… Griechenland?«, fragt Esko und die Kälte spuckt ihm ins Gesicht.

Er kniet im Schnee, das Kaffeearoma ist noch immer in seinem Mund, dazu kommt der süßliche Geschmack seines eigenen Blutes. Alles ist, wie es sein sollte. Die Wunden, das Wetter, das Ende. Links von Esko liegen seine abgeschlagenen Flügel, und als er aufschaut, sieht er Königin Theia schwankend vor sich stehen. Sie kann sich kaum auf den Beinen halten und fällt beinahe vornüber, als sie ihr Schwert vom Boden aufhebt. Sie ist verwirrt, so wie Esko verwirrt ist. Mona hat ihm nie verraten, was geschieht, wenn er aus der Erinnerung zurückkehrt – es gibt keine Erinnerung an die Erinnerung.

Esko versucht sich an den letzten Sekunden festzuklammern.

Da war ein Tisch, da war ein Junge und ein Mann mit einem schwarzen Auge.

Und da war das Wort Griechenland.

Was ist Griechenland?, denkt Esko.

Der Gedanke verschwindet.

Auch Königin Theia klammert sich vergeblich an ihre Erinnerung. Alles entgleitet. Ein Name klingt in ihrem Kopf nach. *Mona.* Dann ist auch dieser Name verschwunden und zurück bleibt nur der Hass und die Wut auf den Engel, der vor ihr kniet.

»Du weißt, was geschieht, wenn der letzte Engel fällt?«, sagt Esko.

»Sobald der letzte Engel fällt«, antwortet die Königin, »gehört die Welt uns ganz allein.«

»Aber mit dem letzten Atemzug verlöscht die Flamme des Lebens«, sagt Esko.

»Ja, aber mit dem ersten Atemzug wird sie wieder entzündet«, erwidert darauf die Königin und hebt das Schwert. Der letzte Engel sieht zu ihr auf, und da ist für Sekunden eine Erinnerung, die sich festklammert – Eskos Unterarme liegen auf einem Tisch, er kann die Kälte des Steins spüren, ihm gegenüber sitzt ein Mädchen. Im Hintergrund rauscht das Meer und Esko fragt das Mädchen:

»Heißt er wirklich Motte?«

»Er nennt sich so«, antwortet sie.

»Dummer Name.«

»Wem sagst du das.«

Sie lachen und im nächsten Augenblick hat sich auch diese Erinnerung in nichts aufgelöst. Esko lächelt, auch wenn er nicht mehr weiß, worüber er lächelt. Das Schwert senkt sich und die Königin schlägt den letzten Engel nieder. Und wie er da sterbend zu ihren Füßen liegt, schwingt sich ein Rabe vom Himmel herab und landet auf dem Kopf des letzten Engels, der Schnabel schiebt sich in seinen Mund und nimmt Eskos Seele mit sich fort. Mit der Seele entweicht der letzte Atemzug des Engels und es ist geschehen. Der Atemzug wandert über die Länder und schleicht sich in alle Ritzen, er tritt Türen ein und bricht Fenster auf und kein Mensch bleibt verschont. Innerhalb von drei Tagen verlöscht das Menschenlicht und die Welt wird von Eis bedeckt und nichts erinnert mehr an die Zeit der Engel – die Menschheit ist nicht mehr, denn ein Leben ohne Engel ist ein Leben ohne Gleichgewicht, ohne Gerechtigkeit und ohne Frieden und somit kein Leben mehr.

Uns bleibt nur die Hoffnung.

Uns bleibt nur das Jetzt.

LAZAR

Es ist vierzehn Tage später, du bist wieder zu Hause und läufst durch die Straßen von Paris und hast deine üblichen Runden gemacht. Nichts hat sich verändert. Frühstück im Café, die Antiquariate, der Spaziergang an der Seine entlang. Es ist ein Gefühl, als wären die letzten Wochen nicht gewesen. Du hast Cedrics Frau einen Brief geschrieben, du hast der Bruderschaft einen Brief geschrieben. Mails sind für so was nicht geeignet. Deine Arbeit ist getan.

Nachdem du Motte das Haus in Griechenland überlassen hast, hast du ihm auch einen neuen Namen und neue Papiere besorgt. Da niemand ohne Geld sein kann, hast du ihm zusätzlich ein Stipendium eingerichtet. Motte denkt, das Stipendium läuft aus, sobald er zweiundzwanzig wird. Die Wahrheit ist, dass es keine zeitliche Begrenzung gibt und Motte mit der Zahlung sorglos tausend Jahre alt werden kann.

Es ist berechtigt, denkst du, *denn an diesem kleinen Scheißer hängt die Zukunft der Menschheit und das darf sich die Menschheit ruhig kosten lassen.*

Natürlich kommt das Geld nicht von dir. Die Bruderschaft versteht deine Motivation und zahlt, ohne Fragen zu stellen. Sie haben auch verstanden, warum du sie nicht hast wissen lassen, wo sich der Junge aufhält. Mithilfe der Quellen könnten sie ihn problemlos aufspüren, aber ihnen ist bewusst, dass sie damit deine Wut auf sich ziehen würden. Wer will das schon. Solange du am Leben bist, wirst du dich darum kümmern, dass der Junge in Sicherheit ist. Und du hast nicht vor zu sterben.

Die Idee kommt dir, als du mit der Metro in die Innenstadt fährst. Es ist eine spontane Aktion, du hast für das Wochenende Freunde eingeladen. Dein neues Leben hat begonnen und du willst das vernünftig feiern.

Das Kaufhaus hat eine Delikatessenabteilung im obersten Stockwerk eines eleganten Hochhauses, das vor zwei Jahren fertiggestellt wurde. Du hast im Radio gehört, dass sich ein Besuch lohnen würde. Und so nimmst du den Fahrstuhl, stehst neben einem Pärchen und wartest geduldig, dass ihr in der 20. Etage haltet.

Die Delikatessenabteilung ist enttäuschend klein. Du kaufst nichts und beschließt, deine übliche Runde über den Markt zu machen. Auf der Fahrt nach unten bist du alleine. Die Türen schließen sich hinter dir, der Fahrstuhl rührt sich aber nicht. Du wartest und denkst an das Haus in der Normandie, das ein Freund dir angeboten hat. Das Stadtleben hat seinen Reiz verloren. Du willst deinen Wagen mit Büchern beladen und in der Einsamkeit verschwinden. Der Fahrstuhl rührt sich noch immer nicht. Du schaust nach oben in die Kabinenecke. Das Kameraauge schaut zurück. Du lächelst und tippst auf die Uhr. Sollte dich jemand sehen, dann wird er die Message verstehen.

Jemand sieht dich.

Der Fahrstuhl setzt sich in Bewegung. Er nimmt Tempo auf. Du greifst nach dem Geländer, du spürst, wie sich deine Füße ganz leicht vom Boden lösen. Was auch immer hier passiert, du verdienst es nicht wirklich.

DER MANN, DER ALLES VERBINDET

Felipe Milos Santos hat in zwanzig Minuten seinen freien Tag. Die Quelle wird in den Ruhezustand gehen und sie braucht die Ruhe dringend. Felipe schließt für ein paar Sekunden die Augen und denkt an seine Badewanne, er denkt an den Bergamottetee und seine Gedanken entgleiten ihm für einen Moment – während er das heiße Wasser um sich herum zu spüren glaubt, sieht er Lazar neben der Wanne hocken und ihn beobachten. Er hört Lazar sagen: »Und ich dachte, du wärst tot.«

Felipe reißt die Augen auf. Der Schweiß steht ihm kalt auf der Stirn, er ist kurz davor, sich in den Papierkorb zu übergeben.

Ich brauche eine Therapie, denkt er, *ich brauche dringend Hilfe.*

Die letzten Wochen hat Felipe immer wieder nach Lazar Ausschau gehalten. Er hat ihn jeden Tag über die Programme ausfindig gemacht, sporadisch beobachtet und auf den richtigen Moment gewartet.

Und jeden Tag hat er den Entschluss, etwas zu unternehmen, wieder von sich geschoben.

Drei Minuten bevor Felipe seinen Arbeitsplatz verlässt, lokalisiert das Programm Lazar in einem exklusiven Hochhaus in

Paris. Innerhalb von Sekunden loggt sich Felipe wie nebenbei in die Überwachungskameras ein. Es ist fast schon eine Gewohnheit – er wechselt von einer Kamera zur anderen und folgt Lazar durch das Untergeschoss und in den Fahrstuhl hinein, er begleitet ihn durch die Delikatessenabteilung und dann zurück in den Fahrstuhl.

Die Fahrstuhltüren schließen sich, der Fahrstuhl aber rührt sich nicht, weil Felipe es nicht zulässt.

Was tue ich hier?, fragt er sich und spürt, wie schwer ihm das Atmen fällt. Er beobachtet Lazars Gesicht, er sieht jede Regung und schreckt zusammen, als Lazar direkt in die Überwachungskameras schaut.

Er sieht mich, denkt Felipe und kneift die Beine zusammen, um seine Blase unter Kontrolle zu halten. Es hilft nicht, Urin fließt seinen Oberschenkel herunter. Felipe will den Empfang kappen, er will aus dem Programm raus. Er dachte ernsthaft, er wäre stärker, er dachte, er könnte sich Lazars Präsenz stellen und ihm die Stirn bieten. Er hat sich getäuscht. Er kann nicht einmal seinen Blick ertragen. Lazar sieht weiterhin in die Kamera, dann tippt er demonstrativ auf seine Uhr und lächelt wie ein Wolf.

Es tut mir leid, denkt Felipe und deaktiviert den Sicherheitscode und damit die Bremsen des Fahrstuhls. Die Kabine setzt sich in Bewegung. Felipe beugt sich vor und schaltet den Monitor aus.

ENDE

MEIN DANK GEHT AN

Peter & Ulrike, die mir Flügel gaben,
als ich am Boden lag

Christina, die an Fenster und Türen klopfte
und nach den nächsten Seiten verlangte

Gregor, der aus der Dunkelheit kam
und Licht mit sich brachte

Michaela, die mein Buch in ihr Herz schloss
und es dort Wurzeln schlagen ließ

Daniela, die laut nach mehr Klarheit rief
und mehr Klarheit bekam

Michael und seine Brüder,
ohne euch hätte ich das Handtuch geschmissen

alle Leser, die drängten und nachfragten,
die Kraft schickten und wissen wollten,
wie das Finale aussieht

Corinna, Muse der Musen,
die meine Gedanken zu Feuern entfacht

Zoran Drvenkar

Touch the flame

ca. 204 Seiten, ISBN 978-3-570-40285-6

Lukas hat seinen Vater sieben Jahre lang nicht gesehen und jetzt sollen sie eine ganze Woche miteinander verbringen. Er hat von der ersten Minute an das Gefühl, es wird schiefgehen. Und genau das passiert auch. Er verliebt sich in seine Cousine, wird zusammengeschlagen und durch ein Fenster geworfen, rast mit 110 Sachen durch Hamburg und begegnet dem Tod in der Gestalt seines Onkels Ruprecht. Der Onkel ist eben aus dem Gefängnis entlassen worden und will jetzt die Beute holen, die er vor fünf Jahren versteckt hat. Lukas und sein Vater sollen ihm dabei helfen. Doch als sie die Grube auf dem Ohlsdorfer Friedhof ausheben, stellen sie fest, dass das Geld verschwunden ist und nicht nur das ...

cbj

40255

www.cbj-verlag.de

Zoran Drvenkar

Die Kurzhosengang und das Totem von Okkerville

ca. 500 Seiten, ISBN 978-3-570-22317-8

Endlich ist es soweit: Island, Snickers, Rudolpho und Zement sind zurück. Die Kurzhosengang steht vor ihrer bisher größten Herausforderung: Islands toter Vater ruft nach ihnen und eine Mumie stellt sich den Jungs in den Weg. Und dann gibt es da auch noch einen Werwolf, der keinen Spaß versteht, und einen Sportlehrer, der seine Klappe nicht halten kann. Von der PauliGang wollen wir gar nicht reden.

Steig ein und schnall dich an. Du wirst ewige Freundschaft erleben und dir wird das Herz gebrochen werden. Und vergiss nicht, deine Zähne zu schärfen, denn niemand weiß, was dich da draußen im Schnee erwartet.

40170

cbj

www.cbj-verlag.de